오만과 편견

오만과 편견

PRIDE *and* PREJUDICE

오만과 편견 · 제인 오스틴 장편소설 · 김선형 옮김

엘리

일러두기

1. 번역 대본으로는 Jane Austen, *Pride and Prejudice*(Penguin Classics, 2008); Jane Austen, *Pride and Prejudice: An Annotated Edition*(Belknap Press: An Imprint of Harvard University Press, 2010); Jane Austen, *The Annotated Pride and Prejudice*, Annotated and Edited by David M. Shapard(Anchor Books, 2007)를 사용했다.
2. 본 번역은 제인 오스틴 초기 소설의 화자가 하나의 여성 인물이며 자기가 잘 아는 사람들의 이야기를 입말로 들려주고 있다는 전제로 문체를 정했다.
3. 원서에 나오는 줄표(—)와 감정이나 순간적 단절을 극적으로 드러내는 이중 줄표(——)는 그대로 살렸고, 이탤릭으로 표기한 부분은 고딕으로 옮겼다.
4. 본문 중의 주석은 모두 옮긴이 주다.
5. 원문의 어조를 살리기 위해 야드파운드법에 의한 거리의 단위를 그대로 썼으며, 1마일은 약 1.6킬로미터다.

차례

1부

1

온 세상이 인정하는 진리 하나[1]는 재산이 많은 독신 남자라면 반드시 아내가 필요하다는 것이에요. 그런 남자가 그 지역에 이사 온다고 하면, 당사자의 감정이나 의견 따위는 전혀 모르는 상태에서도 이웃 가족들은 저마다 당연히 자기 집 딸내미 중 하나가 차지할 재산이겠거니 생각해버린답니다. 마음속 깊은 곳에서 그 진리를 철석같이 믿고 있기 때문이지요.

"여보, 베넷 씨," 어느 날 베넷 부인이 베넷 씨에게 말했어요. "네더필드 파크를 드디어 세놓았다는데, 얘기 들었어요?"

베넷 씨는 못 들었다고 대답했지요.

"아무튼 그랬다네요. 롱 부인이 방금 와서 다 얘기해주고 갔어요."

---

1 보편적 진리 하나a truth universally acknowledge라는 말을 눈여겨볼 것. 제인 오스틴은 유일한 우주의 진리The universal truth가 프랑스혁명을 통해 무수한 진리들로 부서진 것을 위트와 아이러니로 포착하고 있다.

베넷 씨는 대꾸가 없군요.

"누가 임대했는지 당신은 알고 싶지 않아요?" 부인은 성마르게 와락 소리를 질러요.

"당신이 얘기하고 싶다면야 나는 전혀 이의가 없어요."

이 정도 추임새면 충분하고도 남았어요.

"아니, 글쎄, 있잖아요, 당신도 알아둬야 한다니까요. 롱 부인 말로는 네더필드에 들어올 사람이 잉글랜드 북부 출신의 돈 많은 청년이래요. 월요일에 사두마차를 타고 집을 보러 와서는 옴팡 마음에 들었는지 당장 그 자리에서 모리스 씨와 계약했대요. 이사는 미클머스[2] 전에 할 예정이고 하인들 몇은 다음 주말쯤엔 들어와서 미리 자리를 잡을 거라는데요."

"이름이 뭔데요?"

"빙리요."

"결혼은 했대요, 안 했대요?"

"어머! 독신이래요, 여보, 틀림없이요! 큰 재산이 있는 독신 남자라고요. 연 소득이 사오천 된다지 뭐예요. 우리 딸들한테 참 잘된 일이지요!"

"어째서요? 우리 애들과는 무슨 상관일까요?"

"우리 여보, 베넷 씨," 부인이 대꾸했어요. "당신 어쩜 그렇게 피곤하게 굴어요! 내가 우리 딸 하나를 시집보낼 요량인 걸 다 알면서."

---

2 대천사 성 미카엘의 성당 봉헌 축일로 9월 29일이다. 이 이야기는 가을에 시작된다.

"그이는 그럴 계획으로 여기 자리 잡기로 했답니까?"

"계획이라니요! 뭔 말도 안 되는 소리, 아니 당신 말을 왜 그렇게 한대요? 그래도 한 아이와 사랑에 빠질 공산이 퍽 높으니까 오면 당장 당신이 찾아가봐야 한다잖아요."

"그럴 일은 없겠네요. 당신이 애들 데리고 가면 되겠어요. 아니면 아예 애들끼리만 보내요. 차라리 그편이 훨씬 나을 수도 있겠구려. 당신이 애들보다 훨씬 아름다우니 빙리 씨가 그 중에 당신이 제일 좋다고 할지도 모르잖소."

"여보, 내 비위 맞추느라 맘에 없는 말 말아요. 물론 미모로야 나도 뒤지지 않던 때가 있었지만, 지금은 특출한 미인인 척 굴지 않는답니다. 장성한 딸 다섯을 둔 여자라면 제 미모 생각은 제쳐둬야 옳고요."

"그야, 애초에 생각할 미모가 별로 없는 여자들 얘기겠고."

"하지만 여보, 빙리 씨가 이 동네에 오면 꼭 가서 만나봐요."

"그런 대단한 약속은 못 하겠는데요, 내 그건 확실히 말해두지요."[3]

"하지만 딸들 생각도 좀 하세요. 한 아이라도 그이와 잘되면 얼마나 좋은 혼사겠어요. 딱 그거 하나만 생각하란 말이에

---

3 이 대사는 참으로 베넷 씨답다. 그는 상황의 아이러니를 인지하고 딸들의 결혼에 목을 매는 아내의 욕망을 비웃고 있지만 사실 사회의 압박과 세속적 욕망에서 자유롭지도 못한, 자가당착적 인물이다. 원문은 "That is more than I can engage for, I assure you"인데 여기서 engage for는 현재 쓰이지 않는 표현으로, 약속한다는 의미였다. I assure you가 장담한다는 의미라서, 그런 약속은 못 하겠다고 장담한다는 뜻이니 간절한 아내의 복장이 뒤집힐 수밖에.

요. 윌리엄 경과 레이디 루커스[4]가 작정하고 방문하려는 것도 순전히 그 이유거든요. 당신도 알다시피 누가 새로 온다고 어디 먼저 찾아가서 인사할 사람들인가요. 여보, 당신이 꼭 가줘야 해요. 당신이 안 가면 무슨 수로 우리가 그 집에 가볼 수 있겠어요.”

“당신은 지나치게 생각이 많아요. 장담하는데 빙리 씨는 반색을 할 거요. 내가 우리 딸 중에서 누구를 고르시든 흔쾌히 혼인을 허락하겠노라 몇 줄 써서 당신 편에 보내도록 하지요. 그래도 우리 리지 칭찬은 꼭 한마디 넣어야겠지만요.”[5]

“전 그건 말리고 싶네요. 리지는 다른 애들보다 나을 게 하나도 없다고요. 내 보기엔 미모가 제인의 반도 못 따라가고 싹싹함은 리디아의 반도 못 따라가는걸요. 하지만 당신이야 원체 그 아이를 예뻐하니.”

“하나같이 잘났다 내놓을 구석이 없는 애들이잖아요.” 베넷 씨가 대답했지요. “여느 여자애나 다름없이 멍청하고 무식해요. 하지만 리지는 제 자매들보다 훨씬 총기랄까 뭐 그런 게 있다오.”

“베넷 씨, 어떻게 자식들을 그런 식으로 모독할 수가 있어요? 당신, 나를 괴롭히는 게 재미있어서 그러는 거죠? 내 연약

---

4 뒤에 나오겠지만 윌리엄 루커스는 기사knight 작위를 받았기 때문에 경이라고 불린다. 레이디는 숙녀가 아니라 기사의 아내 작위에 붙이는 경칭이다. 기사 작위는 자손에게 물려줄 수 없다.
5 모르는 사람을 방문할 때는 엄격한 규칙을 지켜야 했다. 빙리 씨가 남자이기 때문에 반드시 베넷 씨가 먼저 안면을 터야 한다. 베넷 씨도 예법을 잘 알지만 오로지 아내를 놀리려고 시치미를 떼고 있다.

한 신경[6]이 불쌍하지도 않나요.”

“오해예요, 여보. 당신 신경에게야 내 아주 크나큰 존경심을 품고 있잖아요. 내 오랜 지기니까요. 적어도 지난 이십 년 내내 허구한 날 당신이 그 친구를 걱정하는 걸 들어왔지 않겠어요.”

“아! 내가 얼마나 고달픈지 당신은 정말 몰라요.”

“그래도 난 당신이 건강하게 오래오래 살아서 우리 동네로 연 소득 사천의 젊은이들이 이사 오는 걸 아주아주 많이 봤으면 좋겠어요.”

“그래봤자 그게 다 우리한테 무슨 소용이에요. 스무 명이 찾아와도 당신은 절대 인사하러 가지 않을 텐데.”

“믿어봐요, 여보. 내 스무 명이라도 전부 다 찾아가서 인사할 테니까.”

베넷 씨는 총기와 냉소적 유머와 내성적인 성향과 변덕이 희한하게 뒤섞인 괴짜라서 이십삼 년의 세월을 겪고도 아내는 남편의 성격을 여전히 잘 몰랐답니다. 그러나 베넷 부인의 마음[7]은 그리 파악하기 어렵지 않았어요. 이해력은 짧고 아는 건 없고 성격은 불안정한 여자였으니까요. 베넷 부인은 뭐든

---

6 18세기 말에서 19세기 초에 신체의 대사를 설명하는 방식이 변화했고 신경nerves이라는 개념이 새롭게 부상했다. 이전에는 인간의 몸이 네 가지 체액humours으로 이루어졌다는 이론이 통설이었다. 신경은 눈에 보이지 않으므로 건강염려증이 있는 사람들에게 좋은 핑곗거리를 주었다. 베넷 부인처럼 건강 타령을 하는 사람에게 유용한 자가 진단이었던 것.

7 원문은 mind지만, 당시에는 감정과 지성을 모두 포괄하는 개념으로 쓰여 ‘정신’보다는 우리말의 ‘마음’에 더 가깝다.

불만이 있으면 신경이 예민해진 탓이라 상상했지요. 부인 인생의 과업은 딸들을 시집보내는 일이었고요, 인생의 낙은 남의 집 방문과 새로운 소식이었답니다.

2

베넷 씨는 빙리 씨를 제일 처음 방문한 이들 축에 들었어요. 아내에게는 갈 일이 없다고 끝까지 시치미를 뗐지만, 사실은 처음부터 찾아가볼 마음이었거든요. 하지만 남편이 방문하고 온 당일 저녁까지도 아내는 아무것도 몰랐지요. 그래서 베넷 씨는 다음과 같이 그 사실을 밝혔답니다. 열심히 모자를 꾸미는 둘째 딸을 보다가 불쑥 뜬금없는 말을 꺼낸 거죠.

"모자가 빙리 씨 마음에 들면 참 좋겠구나, 리지."

"빙리 씨가 뭘 좋아하는지 우리 처지에 어떻게 알까요." 리지의 어머니는 원망 어린 말투로 말했어요. "방문도 안 할 텐데."

"하지만 엄마, 잊고 계시나 본데요." 리지라고 불리는 엘리자베스가 말했죠. "연회[1]에서 만나게 될 거예요. 롱 부인이 소개해주겠다고 약속하셨잖아요."

"롱 부인이 그런 선심을 쓸 리가 있니. 제 조카가 둘이나 있는데. 이기적이고 위선적인 여자야. 솔직히 난 정말 한심한 위인이라고 본다.”

“나도 같은 생각이라오.” 베넷 씨가 말했어요. “그래서 당신이 그런 여자의 친절에 의지하지 않아도 되어서 참 기뻐요.”

베넷 부인은 감히 대꾸는 못 했지만, 그만 울컥하는 설움을 주체 못 하고 딸 하나를 마구 야단치기 시작했습니다.

“기침 좀 뚝 그쳐라, 키티, 제발 좀! 엄마 신경이 안쓰럽지도 않니. 너 때문에 너덜너덜 다 찢어지겠구나.”

“키티는 기침할 때 참 조심성이 없지.” 아버지가 거들었어요. “때를 잘 못 맞춘단 말이야.”

“제가 뭐 저 재미있자고 기침하는 줄 아세요.” 키티가 팩 토라져 대꾸했어요.

“네 다음 무도회는 언제니, 리지?”

“내일부터 세면 이 주 후예요.”

“아휴, 그렇다니까요.” 어머니가 외쳤어요. “롱 부인은 바로 그 전날까지 안 돌아오는데 우리에게 어떻게 소개해주겠어요, 자기도 모르는 사람을.”

“그러면요, 여보, 당신이 지인이라는 이점을 이용해서 빙리

1 Assemblies. 연회는 춤을 비롯한 오락거리를 제공하는 지역 사회의 사교 모임이다. 18세기에 인기가 높아져 이 소설이 쓰일 무렵에는 웬만한 소도시라면 모두 연회장들assembly rooms을 갖추게 되었다.(『설득』의 주요 배경이 되는 바스Bath에서는 지금까지 잘 보존된 연회장을 볼 수 있다.) 연회는 공공 행사로 입장권이나 시즌권을 구매할 재력이 있다면 누구나 참석할 수 있었다. 따라서 베넷 가문의 여자들도 베넷 씨 없이 참석할 수 있었다.

씨를 롱 부인에게 소개해주면 되잖아요."

"턱없는 소리죠, 베넷 씨, 턱도 없는 소리예요. 나도 그 사람을 모르는데. 어쩜 당신은 그렇게 사람 약을 올려요?"

"당신 조심성은 존경스럽다니까요. 이 주일 알고 지낸 사이야 물론 별것 아니지요. 이 주일 만에 사람의 진면목을 알 수는 없으니까 말이오. 하지만 우리가 용기를 안 내면 다른 사람이 나설 텐데. 아니, 어쨌든, 롱 부인과 조카들한테도 기회는 돌아가야 하잖아요. 롱 부인도 친절한 호의로 여길 테니, 당신이 싫다면 내 직접 소개하리다."

딸들이 아버지를 멀뚱히 바라보았어요. 베넷 부인은 그저, "허튼소리, 다 허튼소리!"라고만 읊어대고 있었고요.

"아니, 그런 자신만만한 단언은 대체 뭐지요?" 베넷 씨가 언성을 높였어요. "당신 지금 소개 예절과 그 중요성을 허튼소리로 치부하는 거예요? 이거야 참, 이 점에서는 당신과 도저히 의견을 같이할 수가 없구려. 어떠냐, 메리? 내가 알기로 너는 퍽 생각이 깊은 숙녀 아니냐. 양서를 엄청나게 많이 읽고 필사도 하니[2] 말이다."

메리는 뭔가 매우 분별 있는 대답을 하고 싶었어요. 어떻게 해야 하는지 몰랐을 뿐이지요. "메리가 생각을 정리하는 동안에," 베넷 씨가 이어서 말했습니다. "우리는 빙리 씨 얘기로

---

2 make extracts. 양서를 읽고 좋은 문구를 필사하는 것이 당시 젊은 여성들 사이에서 인기 있는 취미 활동이었다. 특별히 가죽 등으로 양장 제본된 필사용 노트가 고가로 팔렸다고 한다. 물론 베넷 씨는 자신의 바람과 달리 그리 머리가 좋아 보이지는 않는 메리를 놀리고 있다.

돌아갑시다."

"빙리 씨라면 이제 지긋지긋해요." 부인은 버럭 언성을 높
이고 마는군요.

"그 말을 들으니 유감이네요. 그럴 거면 미리 말해주지 그랬
소? 오늘 아침에만 알았어도 내 그 집을 방문하지 않았을 텐
데. 거참 안타깝기 짝이 없구려. 하지만 내 몸소 방문한 이상,
뭐 이제는 친교를 피할 길이 없어요."

아내와 딸들의 놀라움은 베넷 씨가 바란 그대로였어요. 특
히 베넷 부인의 놀라움은 누구보다 컸지요. 그래도 휘몰아치
던 기쁨의 파란이 가라앉자 베넷 부인은 처음부터 이럴 줄 다
알았다고 우기기 시작했답니다.

"아니, 어쩜 속으로 그리 기특한 생각을 했어요, 여보, 우리
베넷 씨! 결국은 내 설득에 넘어갈 줄 알았어요. 그런 훌륭한
인맥을 무시하기엔 딸들을 너무도 사랑하는 아버지인 줄 알
았고말고요. 아유, 어쩜 나 기분이 정말 너무 좋네! 짓궂은 장
난을 어찌나 잘 치시는지. 오늘 아침에 진즉 갔다 왔으면서 지
금껏 한마디도 하질 않고."

"자, 키티야, 이제는 네 맘껏 기침해도 좋겠다." 베넷 씨는
그 말을 남기고 방에서 나가버렸죠. 열렬하고 황홀한 아내의
희열에 벌써 지쳐버렸군요.

"얘들아, 너희가 얼마나 훌륭한 아버지를 뒀는지 몰라." 부
인이 말하고 있는데 문이 쾅 닫혔어요. "너희가 아버지 은혜
를 갚을 날이 과연 오기나 할지 모르겠다. 그야 하긴 나도 마
찬가지지. 솔직히 우리 나이까지 살아보면, 날마다 새로 사람

을 사귀는 게 그리 즐겁지는 않단다. 하지만 너희를 위해서라면, 우리가 못 할 일이 뭐가 있겠니. 리디아, 내 사랑하는 딸, 물론 네가 제일 어리기는 하지만, 그래도 엄마는 빙리 씨가 다음 무도회에서 꼭 너와 춤을 출 것 같구나.”

“아!” 리디아는 당돌하게 말했죠. “난 하나도 걱정 안 해요. 내가 막내지만, 키는 제일 크니까요.”

그날 밤 남은 시간은 베넷 씨의 방문에 답하기 위해 언제 빙리 씨가 찾아올지를 점쳐보고, 빙리 씨를 어떻게 저녁 식사에 초대할지 정하느라 정신없이 흘러갔어요.

3

하지만 베넷 부인은 다섯 딸의 도움까지 받아가며 생각나는 질문이란 질문은 모조리 던져보고도 빙리 씨가 어떤 사람인지 남편으로부터 끝내 만족스러운 설명을 끌어내지 못했어요. 가족들은 온갖 다채로운 방법을 동원해 베넷 씨를 공략했답니다. 노골적으로 묻기도 하고 기발한 가정을 해보거나 턱없는 억측을 마구잡이로 던져보기도 했어요. 그러나 베넷 씨는 그 누가 그 어떤 기술을 걸어도 요리조리 잘도 빠져나갔지요. 그래서 부인과 딸들은 하는 수 없이 이웃인 레이디 루커스가 건너 들은 정보라도 얻어듣기로 했답니다. 레이디 루커스의 전언은 대단히 호의적이었어요. 윌리엄 경은 마음에 쏙 든다고 했다네요. 빙리 씨는 매우 젊고, 깜짝 놀랄 미남인 데다, 굉장히 싹싹하고, 결정적으로 다음 연회에 대규모의 일행을 대동하겠다고 말했다는 거예요. 세상에 이보다 멋진 일이 어디 있겠어요! 춤을 좋아한다니 일단 사랑에 빠지는 쪽으로 확실히 한 발을 내디딘 거예요. 그래서 빙리 씨의 심장을 노리는 여럿의 희망이 힘차게 살아났답니다.

"우리 딸아이 하나가 네더필드에 정착하는 모습을 볼 수만 있다면 얼마나 좋을까요." 베넷 부인이 남편에게 말했지요. "거기에 다른 애들도 다 그보다 처지지 않게 시집보낼 수만 있다면, 난 더 바랄 게 없겠어요."

며칠 후 빙리 씨는 베넷 씨의 방문에 화답했고, 서재에서 베넷 씨와 함께 십 분쯤 앉아 있었어요. 워낙 아름답다는 말을 많이 들은 터라 이 집 아가씨들을 보고 싶은 마음이 있었지만 빙리 씨는 아버지밖에 볼 수 없었죠.[1] 숙녀들은 그나마 운이 좋았어요. 위층 창가에서 내려다보인다는 이점을 이용해, 빙리 씨가 파란 코트를 입고 검은 말을 타고 왔다는 걸 확실히 알아냈거든요.[2]

곧바로 저녁 만찬 초대장이 발송되었지요. 베넷 부인은 살림 솜씨를 인정받을 코스 메뉴를 벌써 다 짰는데, 그만 거사를 미뤄야 한다는 답장이 왔어요. 빙리 씨가 다음 날 런던[3]에

---

1 예법에 따르면 아버지가 소개해주지 않으면 손님이 딸들을 만날 수 없었다. 베넷 씨는 딸들이 빙리 씨와 집에서 만나는 걸 원치 않았던 모양이다. 심지어 이 층에 올라가 있으라고 한 걸 보면 우연히 같은 층에서 마주치는 것도 싫었던 듯.
2 이 시기에 남성 복식에서 짙고 어두운 색이 유행하기 시작했다. 파란 코트를 입었다는 건 빙리 씨가 패션을 아는 멋쟁이라는 의미였다. 베넷 자매와 비슷한 나이에 제인 오스틴은 구애한 남자가 "몹시 과하게 밝은 색" 모닝코트를 입었다면서 "그 하얀 코트를 내다 버리겠다고 약속하지 않으면" 어떤 청혼도 받아줄 수 없다는 농담을 한 적이 있다.
3 town. 특별한 맥락이 없다면 런던을 지칭한다.

갈 일이 있어서 초대를 수락할 수 없다 어쩌고저쩌고 그런 얘
기였지요. 베넷 부인은 몹시 마음이 심란해졌어요. 하트퍼드
셔에 온 지 얼마나 됐다고 벌써 런던에 무슨 볼일이 있다는 건
지 도무지 짐작이 가지 않았어요. 빙리 씨가 네더필드에 꼭 정
착해야 하는데, 영영 그러지 않고 늘 이곳저곳 정신없이 떠돌
아다니는 사람일까봐 너무 걱정이 되었지 뭐예요. 레이디 루
커스는 빙리 씨가 연회에 대동할 대규모 일행을 모으느라 런
던에 갔을 거라는 생각을 처음 해내서 베넷 부인의 근심을 다
소 가라앉혀줬지요. 아니나 다를까 곧 빙리 씨가 연회에 열두
숙녀와 일곱 신사를 데리고 올 거라는 소식이 전해졌답니다.
젊은 아가씨들은 숙녀의 수가 너무 많다고 속상해했지만, 무
도회 바로 전날 열두 명이 아니라 여섯 명만 데려왔다는 소식
이 전해져 한결 마음을 놓았어요. 숙녀는 누이 다섯과 친척 한
명이라더군요. 하지만 정작 실제로 연회장에 입장한 일행은
다섯 명뿐이었어요. 빙리 씨, 두 누이, 큰누이의 남편, 그리고
또 다른 젊은 신사 한 명이었죠.
　빙리 씨는 잘생기고 신사다웠어요. 호감 가는 얼굴에 편안
하고 꾸밈없는 매너를 갖추고 있었죠. 누이들은 세련된 여자
들이었고, 확고하게 상류층의 분위기[4]를 풍겼어요. 매형 허
스트 씨는 그저 신사로 보였고요. 그러나 친구인 다아시 씨는
훤칠하고 늘씬한 몸과 잘생긴 얼굴, 귀티 나는 태도로 장내의

4　fashion. 여기서는 유행이 아니라 상류층 특유의 분위기라는 의미로 쓰
　　였다.

관심을 금세 독식했답니다. 더구나 다아시 씨가 등장하자마자 오 분도 못 되어 장내를 한 바퀴 휩쓴 전언에 따르면 일 년에 만 파운드[5]를 번다는 거예요. 신사들은 참으로 헌칠한 사내라며 입 모아 칭찬했고 숙녀들은 다아시 씨가 빙리 씨보다 훨씬 잘생겼다고 단언했어요. 그날 저녁이 절반쯤 지나갈 때까지 다아시 씨는 굉장한 선망의 시선을 한 몸에 받았는데, 그만 그의 매너가 불쾌감[6]을 유발하면서 인기의 향방이 조수처럼 단번에 바뀌어버렸지 뭐예요. 알고 보니 오만하고, 일행을 멸시하고, 저 혼자 잘나서 웬만한 일에는 즐거워하지도 않는 위인임이 밝혀졌거든요. 이제 더비셔의 너르고 너른 영지가 다 달려온대도 세상에서 가장 쌀쌀맞고 불쾌한 용모의 소유자요, 친구와 감히 비교할 가치도 없는 이 남자를 구해줄 수는 없었답니다.

빙리 씨는 금세 장내의 모든 유력 인사들과 친분을 맺었어요. 쾌활하고 서글서글한 데다, 한 번도 빠짐없이 모든 춤을 추었고, 무도회가 이렇게 일찍 끝나다니 아쉽다고 투덜거렸으며, 자기도 네더필드에서 연회를 열어야겠다는 얘기도 했답니다. 그런 호감 가는 자질은 말하지 않아도 절로 드러나기 마련이잖아요. 친구와는 달라도 어쩜 이렇게까지 다른지! 다아시

---

5 인플레이션을 고려해 구매력을 환산하면 1811년의 연 소득 일만 파운드는 2025년 기준 약 백만 파운드에 맞먹는다. 한화로는 십칠억 원가량이지만 훗날 엘리자베스도 알게 되듯, 연 소득 일만 파운드는 다아시의 자산에서 빙산의 일각일 뿐이다. 당시 영국 기준으로 다아시는 무려 100~200위의 자산가였다.

6 disgust. 지금보다 강도가 약한 반감을 지칭했다.

씨는 허스트 부인과 한 번, 미스 빙리와 한 번 춤을 추었을 뿐 다른 숙녀를 소개받는 일은 아예 거절하고 나머지 저녁 시간 내내 장내를 서성거리며 자기 일행과 간간이 말을 섞는 정도로 보냈거든요. 이제 그 사람의 인품은 확실히 판가름이 난 거예요. 다아시 씨는 세상에 둘도 없이 오만하고 불쾌한 남자였지요. 앞으로 다시는 연회에 오지 말았으면 좋겠다고 모두가 마음 모아 바랐답니다. 특별히 격렬하게 반감을 토로한 이들 중에는 베넷 부인이 있었는데요, 다아시의 전반적인 행동거지에 대해 부인이 유독 날카롭게 서슬을 세워 싫어했던 이유는, 딸 하나가 그에게 홀대받았기 때문이라지요.

엘리자베스 베넷은 신사들의 수가 적어 어쩔 수 없이 두 번 춤에서 빠져 앉아 있어야 했어요. 그런데 바로 그때 다아시 씨가 하필 대화를 엿들을 수밖에 없는 거리에서 빙리 씨와 이야기를 나누며 서 있었던 거죠. 빙리 씨는 춤을 추다가 몇 분쯤 쉬러 와서 같이 추자고 친구를 조르고 있었어요.

"이러지 말고, 다아시. 난 자네가 꼭 춤을 추게 만들어야겠어. 이렇게 따분하게 굴면서 혼자 덩그마니 서 있는 꼴을 보기가 싫다니까. 차라리 춤을 추는 게 자네한테도 좋다고."

"아니, 싫어. 파트너와 특별한 친분이 있다면 몰라도, 내가 춤을 끔찍하게 싫어한다는 걸 자네도 알잖나. 더구나 이런 연회에서라니, 도저히 참아줄 수가 없어. 자네 누이들은 이미 다들 춤을 추고 있고, 마주 보고 서는 게 형벌로 느껴지지 않을 만한 다른 여자가 이 방 안에는 단 한 명도 없단 말이야."

"난 정말 자네처럼 까다롭게 굴기는 싫군." 빙리가 외쳤어요. "맙소사, 정말이지! 명예를 걸고 말하지만, 난 평생 오늘 밤처럼 이렇게 좋은 아가씨들을 많이 만난 적이 없어. 특출하게 어여쁜 미녀도 몇 분 보이고 말이야."

"장내에서 유일하게 아름다운 여자와는 자네가 춤을 추고 있잖아." 다아시 씨가 큰언니 미스 베넷을 보며 말했습니다.

"아! 이리도 아름다운 이는 내 평생 처음 보네! 그렇지만 바로 자네 뒤에 그분의 동생이 앉아 있잖아. 아주 예쁘고, 또 솔직히, 아주 호감 가는 아가씨야. 자네한테 소개시켜주라고 내가 파트너에게 부탁할 테니 제발 그렇게 하자고."

"어느 동생을 말하는 거야?" 그러더니 다아시 씨는 고개를 돌려 잠시 엘리자베스를 보다가, 눈길이 마주치자 시선을 거두더니 싸늘하게 말했어요. "참아줄 만은 하군. 하지만 내 마음을 끌 만한 미모는 아니야. 지금은 다른 남자들한테 홀대받는 여자 체면을 세워줄 기분도 전혀 아니고. 자네도 파트너한테 돌아가서 그 미소를 즐기지 그래. 쓸데없이 나하고 시간 낭비하지 말고 말이야."7

빙리 씨는 친구의 조언을 따랐습니다. 다아시 씨는 휘적휘적 걸어가버렸고요. 혼자 남은 엘리자베스도 그에게 썩 우호적인 감정을 품었을 리 없겠죠. 그래도 엘리자베스는 지인들에게 가서 그 이야기를 아주 신나게 들려주었답니다. 워낙 생

---

7 다아시는 자칫 엘리자베스가 들을지 모른다는 걸 분명히 알면서도 모진 말을 서슴지 않았다. 엿들어서는 안 될 사적인 대화이므로 엄밀히 따지면 결례가 아니다. 소설 초반의 다아시는 말 그대로의 예법을 철저히 지키면서도 전혀 타인의 마음을 배려하지 않는 모습을 자주 보인다.

기발랄하고 장난기 많은 성격이라서 터무니없고 웃기는 걸 보면 마냥 즐거워했거든요.[8]

　그날 저녁은 전체적으로 가족 모두에게 기분 좋게 흘러갔습니다. 베넷 부인은 큰딸이 네더필드의 일행에게 사랑을 듬뿍 받는 모습을 보았고요. 빙리 씨는 제인과 두 번이나 춤을 추었고 빙리 씨의 누이들도 제인을 특별하게 대했지요. 제인 역시 어머니 못지않게 마음 뿌듯이 기뻐했답니다. 물론 표현은 훨씬 조용했지만요. 그래도 엘리자베스는 언니 제인의 기쁨을 느낄 수 있었어요. 메리는 미스 빙리에게 이 동네에서 가장 교양 있는 숙녀라는 수식어로 소개되었답니다. 캐서린[9]과 리디아는 운 좋게도 한 번도 파트너가 없어 춤을 거른 적이 없었고요. 두 사람은 그때까지 무도회에서 걱정할 일은 그것 하나밖에 없다고만 배웠거든요. 그래서 모두가 좋은 기분으로 롱본에 돌아왔지요. 롱본은 그들이 사는 마을이고, 이 지역에서 베넷 가문은 유지였어요. 집에 돌아와보니 베넷 씨는 아직 잠자리에 들지 않고 깨어 있었습니다. 원래 그는 책 한 권만 있으면 시간을 까맣게 잊곤 했어요. 하지만 이번에는 그리 떠들썩한 기대감을 유발한 저녁 행사가 과연 어떻게 치러졌을지 호기심도 크게 동한 참이었죠. 내심 외지인에게 품은 아내

8　엘리자베스가 이 소설에서 처음 독자적으로 행동하는 순간이다. 타인의 평가에 휘둘리지 않는 자존감, 판단의 주체라는 자아 인식, 낙천적 성격, 이야기꾼 기질 등 자매들과 구별되는 주인공의 자질을 단번에 드러낸다.

9　Catherine. 키티의 원래 이름이다.

의 기대가 실망으로 끝났기를 바라기도 했고요. 하나 베넷 씨도 곧 알게 되듯 막상 아주 다른 이야기를 듣게 되겠지요.

"아! 우리 남편 베넷 씨," 하고 베넷 부인이 방으로 들어오네요. "우리 너무나 즐거운 밤을 보냈지 뭐예요. 최고로 훌륭한 무도회였어요. 당신도 같이 갔으면 좋았을 텐데요. 제인이 어찌나 사랑을 많이 받았는지, 세상 그렇게 좋을 수가 없었어요. 하나같이 입 모아 제인이 너무나 아름답다고 한마디씩 했답니다. 빙리 씨도 제인이 굉장히 아름답다면서 두 번이나 춤을 추었어요. 여보, 그냥 그것만 좀 생각해봐요. 정말로 두 번이나 춤을 췄다니까요. 장내에서 빙리 씨가 두 번 춤을 청한 여자는 제인밖에 없었어요. 맨 처음에는 미스 루커스한테 춤을 청하더라고요.[10] 둘이 같이 선 모습을 보니 내가 어찌나 복장이 터지던지. 하지만요, 빙리 씨가 전혀 맘에 들어하지 않았어요. 솔직히 말해서, 걔를 좋아할 사람이 어디 있겠어요. 그런데 대열 중간으로 춤추며 나오는 제인을 보고는[11] 그만 홀딱 반한 눈치더라고요. 누구냐고 묻더니 그 길로 소개를 받고서 다음 춤 두 번을 내리 같이 췄다니까요. 세 번째 두 번은 미스 킹하고 추고, 네 번째 두 번은 마리아 루커스, 다섯 번째 두 번은 다시 제인하고 추고요, 또 여섯 번째 두 번은 리지, 그리

---

[10] 유일하게 작위가 있는 윌리엄 경의 딸이므로 새로 이사 온 빙리 씨로서는 당연한 선택이다.

[11] 이 당시 유행하던 춤은 롱웨이스 컨트리 댄스다. 파트너끼리 짝을 지어 맨 끝의 커플부터 손을 잡고 마주 보고 선 남녀의 대열 사이로 스텝을 밟으며 지나가 다른 쪽 끝에 자리를 잡는다. 그사이 무도회에 참석한 남녀들이 서로를 관찰할 시간이 충분히 주어진다.

고 불랑제[12]는요 ——”

“그 친구가 내 처지를 조금이라도 불쌍하게 여겼다면,” 남편은 그만 참지 못하고 소리를 빽 질러버렸어요. “그 반만큼도 춤을 안 췄을 거요! 하느님 맙소사, 제발 그 친구 파트너 얘기는 집어치워요. 아! 첫 번째 춤에서 그이가 팍 발목을 삐었어야 하는 건데!”

“어머! 여보,” 베넷 부인은 꿋꿋이 말을 이었어요. “나는 그이가 참 마음에 꼭 들더라고요. 아니, 어쩜 그리 인물도 넘치게 잘난 미남이던지! 누이들도 참 매력 있는 여자들이고요. 세상에 그리 우아한 드레스는 난 평생 살다 살다 처음 봤지 뭐예요! 감히 말하지만요, 허스트 부인의 가운에 달린 그 레이스는요, 글쎄 ——”

이 지점에서 부인의 말허리는 또 뚝 끊겼어요. 베넷 씨가 값비싼 옷가지의 묘사만은 참아달라고 항의했거든요. 그래서 부인은 어쩔 수 없이 다른 쪽으로 주제를 다룰 수밖에 없게 됐어요. 그래서 굉장한 악감과 상당한 과장을 더해 다아시 씨의 충격적인 무례를 전했습니다.

“하지만 마음 푹 놓으세요.” 부인이 덧붙여 말했어요. “그 사람 마음에 안 든다고 뭐 리지가 크게 손해 보는 것도 아니니까요. 지독하게 불쾌하고 끔찍한 그딴 남자, 비위를 맞춰줄 일고의 가치도 없어요. 어찌나 도도하고 세상 혼자 잘났는지 차

---

12 프랑스에서 수입된 활기찬 춤곡으로 boulanger는 프랑스어로 빵 굽는 사람이라는 뜻이다. 춤은 보통 두 번을 한 쌍으로 진행된다. 빙리 씨는 두 번씩 여섯 차례 춤을 추고 불랑제를 또 누군가와 춘 것 같다.

마 봐줄 수가 없더라니까요! 이리로 걸어갔다 저리로 서성거
렸다, 제가 참 대단한 뭐라도 되는 줄 알고! 같이 춤춰줄 정도
로 예쁘지 않다니! 여보, 그 자리에 당신이 있었으면 참 좋았
을 텐데. 그럼 당신 잘하는 그 면박으로 기를 팍 꺾어줬을 텐
데요. 정말이지 난 그 인간이 끔찍하게 싫어요.”

4

엘리자베스와 단둘이 있게 되자, 그때까지 빙리 씨에 대한 칭찬을 조심스레 아끼던 제인은 그가 정말로 얼마나 좋은지 동생에게 마음을 솔직히 터놓았습니다.

"그분은 젊은 청년이 추구해야 할 미덕 자체야. 사려 깊고 성격 좋고 활기차고. 게다가 그처럼 근사한 매너는 난 처음 봤어! 어찌나 완벽하게 몸에 배었는지 물 흐르듯 자연스럽더라!"

"또 잘생기기도 했고." 엘리자베스는 대꾸했죠. "역시 젊은 남자라면 응당 그래야지, 노력해서 그렇게 될 수만 있다면 말이야. 즉, 인품이 완성형이시네."

"두 번째로 춤을 청해줘서 나 굉장히 으쓱했다? 그런 찬사는 생각지도 못했거든."

"언니는 생각 못 했어? 나는 예상했는데. 하지만 그게 우리 둘의 큰 차이지. 언니는 칭찬에 늘 놀라지만 나는 절대로 놀라지 않거든. 언니한테 다시 춤을 청하는 것보다 더 자연스러운 일이 어딨어? 그 남자도 언니가 장내의 다른 여자들보다 다섯 배는 더 예쁘다는 걸 알아보지 않을 수가 없는데. 미안하지만 난 그런 건 신사다움이라고 쳐줄 수 없어. 뭐, 물론 꽤 호감 가는 사람이긴 해. 그러니까 언니가 좋아해도 된다고 내가 허락해줄게. 훨씬 멍청한 남자들도 많이 좋아했잖아.”

“리지야!”

“아! 알겠지만 언니는 대체로 사람을 좋아해도 너무 쉽게 좋아해. 어느 누구한테서도 결점을 보는 법이 없잖아. 언니 눈에는 온 세상이 선하고 상냥하지. 평생 한 번도 언니가 사람을 나쁘게 말하는 걸 들어본 적이 없다니까.”

“함부로 남을 비난하고 싶지는 않아. 그래도 난 늘 생각하는 그대로 말하는 거야.”

“나도 언니가 그런다는 거 알지. 바로 그래서 그저 놀라울 따름이고. 언니처럼 훌륭한 분별을 갖춘 사람이 타인의 어리석음과 허튼소리에 이토록 까맣게 눈이 멀다니 말이야! 짐짓 서글서글한 척 가장하는 사람은 흔하거든. 어딜 가나 볼 수 있어. 하지만 겉치레나 꿍꿍이가 없이 순수하게 호의적인 사람은 오로지 언니뿐이야. 만인의 성격에서 좋은 점만 보고 한층 더 좋게 말해주면서 나쁜 점에 대해서는 한마디도 안 하잖아. 그런데 언니, 언니는 그 사람 누이들도 마음에 들어? 빙리 씨만큼 매너가 좋지는 않던데.”

“그야 아니지, 처음에는 말이야. 그런데 대화를 해보면 아주 기분 좋은 여자들이더라. 미스 빙리가 오빠와 함께 살면서 집

안 살림을 맡아줄 건가봐. 내가 크게 착각하고 있는지 몰라도 우리한테 꽤 멋진 이웃이 돼줄 것 같아."

엘리자베스는 말없이 듣기만 했지만 썩 동의가 되지는 않았어요. 연회에서 본 그 여자들의 행동거지에는 남의 기분을 배려하려는 계산이 보이지 않았거든요. 언니보다 관찰력도 예리하고 성격도 그리 나긋나긋하지 않고 남이 주는 관심에 판단력이 흔들리는 법도 없는 엘리자베스는 굳이 빙리 자매를 높이 평가해주고 싶은 마음이 들지 않았어요. 물론 매우 세련된 숙녀들이긴 했지요. 자기네들 기분이 좋을 때면 서글서글하니 성격도 좋았고, 작정하면 상냥하고 싹싹하게 굴 줄도 알았죠. 하지만 오만하고 도도했어요. 다소 아름다운 외모에 런던 일류 사립 여학교에서 교육받은 데다 자산이 이만 파운드지만 써야 할 돈보다 과소비하는 게 습관이었고 늘 고위층의 인사들과 어울리는 경향이 있었으니까, 어느 모로나 자기들이 대단히 잘났다고 여기며 남을 낮잡아 볼 자격을 갖춘 셈이랄까요. 더구나 영국 북부 명문가 출신이라는 사실만 기억에 또렷이 새겨두고 빙리 씨와 자신들의 부가 장사로 벌어들인 돈이라는 건 잊고 있는 듯했죠.

빙리 씨는 아버지로부터 십만 파운드 가까운 부동산을 물려받았어요. 부친은 영지[1]를 사들이고자 했지만 뜻을 이루

1 estate. 이스테이트estate와 매너manor는 둘 다 영지로 번역되나 차이가 있다. 현재 용례에서는 이스테이트가 매너보다 규모가 클 뿐 큰 차이가 없지만, 18세기 영국에서는 뚜렷하게 구분되는 개념이었다. 매너는 저택 한 채와 부속 토지, 헛간과 마구간 등의 부속 건물들로 구성되며 대

지 못하고 돌아가셨지요. 빙리 씨도 아버지의 뜻을 받들었고, 간혹 자기가 살 카운티를 골라보기도 했어요. 하지만 이제 이렇게 좋은 집도 구하고, 영지처럼 관리하지 않아도 사냥은 할 수 있는 자유를 누리게 된 이상, 빙리의 안일한 성정을 누구보다 잘 아는 여러 지인들은 아무래도 그가 여생을 네더필드에서 보내고 영지를 사는 일은 다음 세대로 미룰 것만 같다는 의심을 품고 있었답니다.

누이들은 빙리가 어서 자기 명의의 영지를 장만하기만 안타까이 바라고 있었어요. 하지만 일개 세입자로 자리를 잡았을 뿐인 지금도 미스 빙리는 기꺼이 오빠의 식탁을 관장하려 나섰고, 자산은 좀 모자라도 신분 높은 남자와 결혼한 허스트 부인 역시 필요할 땐 남동생 집을 제집처럼 드나드는 데 거리낌이 없었죠. 빙리 씨는 성년이 되고 겨우 이 년째[2]에 우연한 추천에 마음이 끌려 네더필드 하우스를 구경하게 됐는데요. 집을 보러 가서 내부까지 반 시간쯤 살펴보더니, 그날 상황도 거나하게 기분 좋고 주요 내실들도 마음에 든 데다 제 입으로 자기 저택을 추어올리는 주인의 칭찬에 몹시 만족해서는 그

체로 청지기나 토지 관리인이 영주 대신 전문적으로 영지를 도맡아 관리한다. 네더필드는 매너이며, 빙리는 그조차 소유하지 않고 임대하고 있다. 이스테이트는 하나 또는 둘 이상의 매너를 포괄하는 대규모 영지로 다수의 농장, 농장 주택, 사업장이 딸려 있다. 이스테이트의 영주는 대기업의 CEO처럼 대규모 경제 공동체를 책임지고 경영해야 한다. 다아시의 펨벌리가 대표적인 이스테이트다. 다아시와 빙리의 중요한 차이를 드러내는 숨은 단서다.
2 빙리의 정확한 나이를 알려주는 대목이다. 빙리는 이야기가 시작되는 시점에 스물두 살이다.

만 그 자리에서 계약을 해버렸답니다.

빙리와 다아시의 성격은 완전히 정반대였지만, 사실 둘 사이에는 퍽 탄탄한 우정이 자리 잡고 있었어요. 다아시는 편안하고 솔직하고 성정이 유순한 빙리를 애틋하게 아꼈거든요. 다아시가 빙리와는 극과 극의 대조를 이루는 자기 성격에 전혀 불만이 없어 보이긴 했지만요. 그런가 하면 빙리는 자기 의견을 강하게 피력하는 다아시에게 철저히 의지했고 다아시의 판단력을 최고로 높이 평가했어요. 이해력은 다아시가 월등했지요. 빙리의 지력이 모자란 건 아니지만 다아시는 단연 총명했거든요. 물론 도도하고 내성적이며 까탈스럽기도 했고요. 더욱이 다아시의 매너는, 잘 교육받아 몸에 훌륭히 배어 있는데도 영 타인의 호감을 사지 못했어요. 그 점에서는 친구의 우위가 뚜렷했지요. 빙리는 어딜 가든 당연하게 사랑받을 자신이 있었지만, 다아시는 연신 사람들의 마음만 다치게 하고 다녔어요.

두 사람이 메리턴 연회를 놓고 했던 말들만 봐도 이런 성격이 잘 드러납니다. 빙리는 살면서 이보다 기분 좋은 사람들, 이보다 예쁜 아가씨들을 만나본 적이 없었다고 말했잖아요. 모두 하나같이 세상 친절했고 세심하게 마음을 써줬다면서요. 빙리는 격식을 차리거나 뻣뻣하게 굴지도 않고, 삽시간에 장내의 모든 사람과 친해졌지요. 하물며 미스 베넷으로 말하자면, 그보다 더 아름다운 천사는 꿈에도 상상해보지 못했다고 했고요. 반면 다아시가 본 건 아름답지도 세련되지도 못한 사람들 한 무리뿐이었습니다. 조금이라도 흥미로운 인간이라곤 찾아볼 수 없었고요, 또 아무도 그의 관심을 끌지 못했고 그에게 기쁨을 주지도 못했답니다. 그리고 미스 베넷이 예쁜 건 인정하지만 웃음이 헤펐다고 말했지요.

허스트 부인과 여동생도 그건 그렇더라며 동의했어요. 하지만 그래도 미스 베넷은 아름답다면서 마음에 든다고 말했어요. 누가 뭐래도 상냥한 아가씨가 틀림없으니 좀 더 친해지는 데 이의를 제기하지 말라고 다아시 씨에게 엄포도 놓았답니다. 그렇다면 이제 미스 베넷은 상냥한 아가씨로 확실히 입지를 굳힌 셈이었고, 빙리 씨는 이런 누이들의 칭찬을 마음에 들면 미스 베넷을 좋아해도 좋다는 허락으로 내심 받아들였어요.

5

롱본에서 조금만 걸어가면 베넷가와 특별히 친하게 지내는 가족이 살았어요. 윌리엄 루커스 경은 예전에 메리턴에서 상업에 종사해 거기서 꽤 큰돈을 벌었고, 시장 재임 중에 국왕[1]에게 기사 작위를 받았지요. 그런데 아무래도 그런 영예를 조금은 지나치게 강렬하게 실감했나봐요. 작위를 받자 그간 하던 사업도, 장이 서는 작은 마을에 있던 집도, 그만 딱 싫어져버렸거든요. 그래서 다 집어치우고 가족과 함께 메리턴에서 일 마일 거리에 있는 집으로 은퇴해서 머물게 된 거예요. 그 집은 그때부터 루커스 로지라 불리게 되었는데, 이곳에서는 루커스 경이 자신의 중차대한 지위를 얼마든지 마음껏 흐뭇하게 생각할 수 있었거니와 사업의 족쇄에서 풀려나 홀가분

---

1 1760년에서 1820년까지 재위한 조지 3세를 말한다. 1811년에 정신 질환 때문에 아들 조지 4세가 섭정을 맡았다.

해져 온 세상에 친절을 베푸는 일에만 몰두할 수도 있었지요. 루커스 경은 작위를 받아 높아진 신분에 한껏 들떠 도취되긴 했지만, 그렇다고 거만하고 젠체하는 사람이 되지는 않았답니다. 반대로 사람을 가리지 않고 누구든 깊은 주의를 기울여 대하게 되었어요. 타고난 천성이 무해하고 호의적이며 유순한 호인이다보니 세인트제임스궁에서 작위를 받고 나서 오히려 기사다운 예의범절을 갖추게 된 거죠.

레이디 루커스는 심성이 아주 착한 부류의 여자였어요. 지나치게 똑똑하지도 않아서 베넷 부인에게도 값진 이웃이 되어주었고요. 루커스 부부는 슬하에 자식을 여럿 두었는데, 그중에서도 첫째 딸은 분별 있고 지적인 스물일곱의 젊은 아가씨로 엘리자베스의 절친한 친구였답니다.

미스 루커스들과 미스 베넷들은 기필코 만나서 무도회 이야기를 나눠야만 했어요. 반드시, 절대적으로 필요한 일이었지요. 그래서 연회 바로 다음 날 아침에 이야기도 듣고 의견도 나눌 겸 루커스가의 아가씨들이 롱본을 찾았습니다.

"너는 무도회에서 시작이 좋았지 않니, 샬럿." 베넷 부인이 나대는 심장을 꾹 누르며 미스 루커스에게 예의상 한마디 건넸지요. "빙리 씨의 첫 선택이었으니까 말이야."

"그렇긴 하죠. 하지만 정작 그이는 두 번째 선택이 더 마음에 드는 것 같던데요."

"오! 제인 말이지, 그렇겠지, 그래—빙리 씨가 제인과 두 번 춤을 추었으니까 말이야. 확실히 정말 마음에 있어 보이긴 하더라—아니, 솔직히 나는 그렇다고 생각한단다—좀 들은 얘기도 있고 말이야―하지만 정확히 뭔지는 모르겠네―로빈슨 씨가 어쩌고 하는 얘기였는데."

"아마 말씀하시는 게, 제가 엿들은 빙리 씨와 로빈슨 씨의 대화인가봐요. 제가 그 얘기 안 해드렸나요? 로빈슨 씨가 우리 메리턴 연회가 어땠냐고, 장내에 정말 어여쁜 여자들이 아주 많지 않더냐고 물었거든요. 그러면서 누가 제일 예쁘던가요? 그랬어요. 그러자 빙리 씨가 그 마지막 질문이 떨어지기 무섭게 대답하더군요―오! 의심의 여지 없이 장녀 미스 베넷이지요, 그 점에 있어서는 의견이 둘로 갈릴 수가 없습니다, 하고요."

"그럴 수가!―아니, 그건 정말로 참 굉장히 단호한 말투구나―얼핏 들으면 마치―아니야, 하지만, 그래도, 결국은 별일 아닐 수도 있지."

"내가 엿들은 얘기가 그래도 네가 엿들은 말보다는 쓸모가 있었어, 일라이자." 샬럿이 말했어요. "다아시 씨가 한 이야기는 친구의 말만큼 귀담아들을 가치가 없잖아, 그렇지?―불쌍한 일라이자!―참아줄 만은 하다니 무슨 일이야."

"부탁인데 끔찍한 취급을 당했다는 생각을 우리 리지 머리에 심지는 말아주겠니. 괜히 애가 골머리만 썩이겠다. 그런 불쾌하기 짝이 없는 남자가 좋아한다고 하면, 그거야말로 큰 불행이고말고. 롱 부인이 어젯밤에 그러더라. 반 시간이나 바로 옆에 붙어 앉아 있었는데, 입술 한번 달싹하는 걸 못 봤대."

"정말로 확실해요, 어머니?―뭔가 잘못 아신 건 아니고요?"
―제인이 말했어요. "다아시 씨가 롱 부인한테 말을 거는 걸

제가 똑똑히 봤어요.”

“그래―참다 참다 부인이 네더필드가 마음에 드느냐고 물어봐서 어쩔 수 없이 대답은 했다더라―하지만 말 좀 걸었다고 굉장히 화가 난 눈치였다지 뭐니.”

“미스 빙리가 해준 말인데요,” 제인이 말했어요. “아주 친한 사람들끼리 있을 때가 아니면 절대로 말을 많이 하지 않는대요. 지인들끼리 있으면 굉장히 소탈하다던데요.”

“난 그런 소리 한마디도 안 믿는단다, 얘야. 그렇게 소탈하고 좋은 사람이었으면 애초에 롱 부인에게 말을 걸었을 거야. 하지만 어떻게 된 일인지 사정이 짐작은 가는구나. 하나같이 하는 얘기가 머리끝에서 발끝까지 오만이 뻗친 사람이라니까 말인데, 아무래도 롱 부인네 집에 마차가 없어서 빌려 타고[2] 무도회에 왔다는 얘기를 어디서 들은 게 틀림없어.”

“롱 부인에게 말을 걸지 않은 건 전 괜찮은데요,” 미스 루커스가 말했어요. “그래도 일라이자와는 춤을 췄다면 좋았을 거예요.”

“다음에는 말이다, 리지야,” 리지의 어머니가 말했죠. “내가

2 hack chaise. 지금의 렌터카에 해당하는 임대 마차다. 18세기에는 마차 임대업이 발달해 부유한 상류층도 장거리 여행에 종종 이용했고, 나중에는 엘리자베스도 마차를 빌려 여행을 떠난다. 그러나 거주 지역에서 마차를 빌려 탄다는 것은 마차를 소유할 능력이 없다는 의미로 통했다. hack은 hackney의 줄임말로, 처음에는 일하는 말이라는 뜻이었지만, 빌린 말을 뜻하다가 빌린 마차로 의미가 바뀌었다. 특히 런던은 임대 역마차로 가득한 도시였고, 나중에는 영화 〈마이 페어 레이디〉로 잘 알려진 런던 하층민 특유의 방언을 해크니라고 부르게 되었다.

너라면 그 인간과는 결코 춤을 추지 않을 거야.”

“그러게요, 어머니. 절대로 그 사람과는 춤추지 않겠다고, 저도 마음 편히 약속드릴 수 있겠어요.”

“오만해서 불쾌한 경우도 왕왕 있죠. 하지만 저는 ‘그 사람’이라면 오만방자하게 구는 게 그리 기분 나쁘지 않아요. 그럴 만하잖아요. 집안도 좋고, 재산도 있고, 온 세상이 자기편이고, 그렇게 빼어난 청년이라면 자존감이 높을 수밖에요. 이렇게 표현해도 될지 모르지만, 오만할 자격이 있다고요.” 미스 루커스가 말했죠.

“그래, 지당하신 말씀이야.” 엘리자베스가 대꾸했지요. “그리고 나도 그 사람의 오만쯤이야 쉽게 용서해줄 수 있어. 내 자존심을 짓밟지 않았다면 말이지.”[3]

“오만이란 건 말이지,” 메리가 말했어요. 자신의 견실한 성찰이 사뭇 자랑스러워 뿌듯한 마음으로요. “내 생각에는 인간에게 아주 흔한 결점 같아. 내가 읽은 모든 책 덕분에, 그런 결점이 정말로 몹시 흔하다고 믿어 의심치 않게 됐어. 인간의 본성은 특히 오만에 경도되기 쉽고, 우리 중에도 실제든 상상이든 자기가 가졌다고 믿는 이런저런 자질들을 놓고 자만의 감정에 빠지지 않는 사람은 극소수에 불과해. 허영과 오만은 동의어로 쓰일 때가 많지만 사실 전혀 다르거든. 허영심이 없어도 오만할 수는 있으니까. 오만은 우리 스스로 자신을 어떻게

3　여기서 오만과 자존심은 하나의 역어로 아우를 수 없는 pride의 양면이며, 소설 속 두 주인공의 성장과 밀접하고 복잡하게 얽힌다.

생각하는지와 관련이 더 깊다면, 허영은 다른 사람이 우리를 어떻게 생각하는지와 상관이 있단 말이야."[4]

"내가 다아시 씨처럼 돈이 많으면요," 하고 누나들을 따라온 어린 소년 루커스가 외쳤어요. "내가 얼마나 오만하고 방자한 사람인지, 뭐 그런 덴 신경도 안 쓸걸요. 여우를 사냥하는 사냥개 한 무리를 거느리고 날마다 와인을 한 병씩 마실 테니까요."

"그러면 적당한 주량보다 훨씬 많이 마시게 될 게다." 베넷 부인이 말했어요. "그리고 네가 그러고 있는 꼴을 보면 내가 당장 그 손에서 술병을 빼앗아버릴 거야."

소년은 그러면 안 된다고 항의했고요. 부인은 끈질기게 꼭 빼앗고야 말겠다고 응수했어요. 그렇게 계속 이어진 둘의 말다툼은 손님들이 방문을 파장하고 집에 돌아가는 것으로 간신히 끝났답니다.

---

[4] 메리의 말로 읽고 있던 책을 추론할 수 있다. 특히 휴 블레어의 『수사학과 미문에 대한 강의』는 『노생거 애비』에서도 언급되는데, 이 책에 "자존심은 우리 자신을 높이 평가하게 하고, 허영심은 타인의 인정을 욕망하게 한다. 다만 스위프트의 말대로 남자는 허영을 부리기에는 자존심이 너무 강하다는 말을 하고자 했다"라는 문장이 있다. 휴 블레어는 자존심을 남자의 감정으로, 허영을 여자의 감정으로 규정하는데, 제인 오스틴은 이 소설 전체를 통해 이를 반박한다 해도 과언이 아니다. 무비판적으로 책을 읽으며 지식을 과시하는 메리의 성향도 잘 보여준다.

6

롱본의 숙녀들은 곧 네더필드 숙녀들을 방문했습니다. 방문은 합당한 격식을 갖춰 화답을 받았고요.[1] 미스 베넷의 사근사근한 말씨에 허스트 부인과 미스 빙리의 호감도 한층 커졌지요. 그래서 내심 그 집 어머니는 도저히 참아주기 어렵고 어린 동생들은 굳이 말을 섞을 가치가 없다고 생각하면서도, 베넷가의 손위 두 딸과는 따로 더 친해지고 싶다는 뜻을 전했습니다. 제인은 그네들의 이런 특별한 호의를 비길 데 없는 기쁨으로만 그저 순수하게 받아들였어요. 하지만 엘리자베스의 눈에는 사람을 얄팍하게 취급하고 있는 속내가 빤히 보였답니다. 심지어 언니 제인을 대하는 태도도 예외는 아니었단 말이에요. 그래서 엘리자베스는 도저히 빙리 자매에게 마음을 내

---

1 서로의 자택을 답방하는 일은 당시의 표준적 에티켓이었으며, 상류층 숙녀들의 주된 소일거리였다.

어줄 수가 없었어요. 물론 제인을 저렇게까지 친절하게 대하는 내막에는 제인을 사모하는 빙리 씨의 마음이 깔려 있을 테니, 그런 점에서 값어치가 없진 않았지만요.[2] 만날 때마다 빙리 씨는 정말이지 제인을 넋 놓고 우러러보았는데, 훤히 들여다보이는 그 마음은 아무도 몰라볼 리 없었으니까요. 더욱이 남들은 모르겠지만 적어도 엘리자베스가 보기에는,[3] 제인 역시 첫 만남부터 조금 특별했던 마음을 걷잡지 못하고 이제 깊은 사랑에 빠지는 길목에 들어섰고, 그 또한 빙리의 마음 못지않게 확연히 드러나 있었단 말이지요. 그래도 엘리자베스는 제인이 그런 벅차고 뜨거운 감정을 차분한 성정과 한결같이 명랑한 매너로 누그러뜨리고 있어서 참 다행이라는 생각을 했어요. 그래야 언니가 오지랖 넓은 사람들의 섣부른 의혹에서 스스로를 지킬 수 있을 테니까 말이지요. 엘리자베스는 이런 생각을 친구인 미스 루커스에게 털어놓았답니다.

"그럴 때 사람들에게 마음을 숨길 수 있다면 아마도 기분은 좋을지 몰라." 샬럿이 대답했어요. "하지만 가끔은 지나친 조심성이 불이익으로 돌아올 수도 있어. 여자가 사랑하는 사람한테까지 똑같은 기술을 써서 마음을 숨기다가는, 그 사람을

---

2 사실 빙리의 누이들은 빙리가 정말로 제인을 사랑한다고 확신하자 두 사람을 떼어놓으려 애쓴다. 엘리자베스는 타인의 됨됨이와 심리를 자신 있게 판단하지만, 이미 여기서부터 조금씩 어긋나고 있다.

3 엘리자베스를 지칭하는 대명사 her가 이탤릭체로 강조되어 있다. 빙리와는 달리 제인의 마음은 제삼자가 알아채기 쉽지 않았다는 사실을 제인 오스틴이 명확하게 짚어준 셈이다. 소설의 전개에서 중요한 복선이다.

확실하게 붙잡지 못할 수도 있단 말이야. 그렇게 되면 세상 사람들도 어차피 전혀 모른다는 게 큰 위로가 되지는 못할걸. 애정에 따르는 감사나 허영의 감정에는 대체로 한계가 있어서, 그냥 방치해두면 좀 위험하단 말이야. 사랑의 시작이야 우리 모두 얼마든 자유롭게 할 수 있지. 누군가를 다른 사람보다 조금쯤 더 특별하게 좋아하는 마음은 자연스러운 거니까. 그렇지만 상대가 은근히 부추기고 격려해주지 않아도 진짜로 깊은 사랑에 빠질 만큼 강심장인 사람은 정말 손에 꼽을걸. 열에 아홉은, 여자가 실제 느끼는 감정보다 좀 더 애정을 표현해야 잘되기 마련이야. 빙리가 네 언니를 좋아하는 거야 의심의 여지가 없지. 하지만 네 언니가 나서서 돕지 않으면 그저 좋아하는 마음 이상으로 영영 발전 못 할지도 몰라.”

“하지만 언니 성격을 생각하면 언니도 정말 한껏 도와주고 있는 거야. 언니가 그를 생각하는 마음이 내 눈에도 이렇게 빤한데, 그걸 모르면 바보지.”

“기억해, 일라이자. 그 남자는 너처럼 제인의 성격을 잘 알지 못해.”

“하지만 여자가 남자를 특별히 생각하고, 또 마음을 감추려 애쓰지도 않는데, 그럼 남자가 알아서 깨달아야 하는 거 아니냐고.”

“충분히 오래 만났다면 그래야 마땅하겠지. 그렇지만 빙리와 제인은, 그럭저럭 자주 만나기는 해도 몇 시간씩 함께 시간을 보내지는 못하잖아. 게다가 많은 사람과 어울리는 파티에서만 만나게 되니까, 한 시도 빠짐없이 내내 단둘이 대화할 수도 없고. 그러니까 제인은 빙리의 관심을 낚아챌 수 있는 삼십 분가량의 기회를 십분 활용해야 한다니까. 일단 남편감으로 단단히 붙들어매놓고 나면,[4] 그때는 언니 마음대로 골라서 사랑에 빠지든 말든 할 여유가 생길 테니까."

"네 계획은 훌륭해." 엘리자베스가 대꾸했어요. "오로지 결혼을 잘하겠다는 바람뿐, 다른 무엇도 중요하지 않다면 말이지만. 반드시 부자 남편을 꿰차겠다고 작정한다면, 아니 어떤 남편이든 하나 꼭 잡아야겠다고 작정하면, 솔직히 나라도 그 전략을 쓰겠어. 그렇지만 제인 언니의 감정은 그런 게 아니야. 언니는 계산을 깔고 행동하는 사람이 아니거든. 아직 제 마음의 깊이조차 확신이 없고, 또 그런 깊은 감정이 합당한지도 몰라. 둘은 만난 지 이 주밖에 안 됐잖아. 메리턴에서 네 번 같이 춤을 췄고, 그 사람 자택에서 아침에 한 번 만났고, 그다음엔 다른 사람과 함께 어울리며 저녁을 네 번 먹었어. 언니가 남자의 됨됨이를 제대로 파악하기엔 부족하다고."

"네 말에 좀 어폐가 있네. 단순히 저녁만 같이 먹었을 뿐이라면야, 알아낼 수 있는 게 기껏해야 식욕이 왕성하더라 정도밖에 안 될 테지. 그렇지만 둘이 같이 보낸 저녁 시간이 네 번이나 된다는 걸 꼭 기억해라—네 번의 밤 시간이라면 거사가 이루어질 수도 있다니까."

"그래, 그 네 번의 밤 덕분에 둘 다 카드놀이로는 커머스보

---

4 secure. '남편감을 확보한다'는 구체적인 의미로 쓰였다.

다는 뱅퉁[5]을 선호한다는 것 정도는 확실히 알게 됐다지. 하지만 다른 중요한 자질이라면, 그 이상 밝혀진 바가 별로 없을걸.”

“글쎄다,” 샬럿이 말했어요. “난 진심으로 제인이 성공하길 바라. 그리고 제인이 내일 당장 결혼한대도 일 년 열두 달 내내 매달려서 그 사람 인품을 연구한 다음 결혼하는 거나 다름없이 행복할 확률이 높다고 생각해. 결혼에서 행복은 순전히 운에 달린 거니까. 당사자들이 각자 상대의 성격을 속속들이 파악하고 있다든가 처음부터 둘이 꼭 닮은 사람들이라고 해서, 남들보다 훨씬 행복하게 살 거라는 보장은 전혀 없단 말이지. 살다보면 어차피 서로 충분히 달라질 테고, 그래서 또 남들만큼 속앓이를 할 테니 말이야. 그러니까 오히려 앞으로 평생을 함께 보낼 사람의 결점은 잘 모르면 모를수록 좋은 거야.”

“네 덕에 한바탕 웃네, 샬럿. 하지만 그런 생각은 건강하지 못해. 너도 알잖아, 건강한 사고방식이 아니라는 걸. 자기도 절대로 그런 식으로는 행동하지 않을 거면서.”

빙리 씨가 언니에게 둔 관심에 정신을 온통 쏟은 나머지, 엘리자베스는 자기 또한 그 친구의 눈에 흥미로운 관찰 대상이 되어가고 있다는 사실을 전혀 알아채지 못했습니다. 처음에 다아시 씨는 엘리자베스가 예쁘다는 사실조차 인정하기 싫어

---

5 커머스와 뱅퉁 모두 당시 유행하던 카드놀이의 종류다. 뱅퉁은 숫자 21을 뜻하는 프랑스어 뱅테엉Vingt-et-un에서 유래하며 스물한 장의 카드로 진행한다.

했지요. 연회에서 엘리자베스를 보던 눈길에도 선망이나 흠모의 흔적은 일절 없었고요. 다음에 만났을 때도 오로지 흠을 잡겠다는 생각으로 바라봤을 뿐이었지요. 그런데 자기 자신에게, 또 친구들에게, 단연코 어디 하나 예쁜 구석이 없는 얼굴이라고 선언하기 무섭게, 다아시 씨는 검은 두 눈동자에 서리는 아름다운 표정들이 그 얼굴에 예사롭지 않게 지적인 분위기를 드리운다는 걸, 그만 알아채버리고 말았습니다. 문득 한번 새롭게 다시 보게 되자 만만찮게 창피하고 당혹스러운 자각이 자꾸만 잇달았습니다. 비판적인 눈으로 따지고 들자면야 엘리자베스의 외모에서 완벽한 대칭을 이루지 않는 부분을 한 군데 이상 찾을 수 있었지요. 하지만 몸매가 하늘하늘 가볍고 보기 좋다는 사실만은, 어쩔 도리 없이 인정할 수밖에 없었어요. 상류 사회에는 전혀 어울리지 않는 매너라고 그렇게 본인이 주장해놓고는, 거리낌 없고 장난기 가득한 행동거지에 덥석 사로잡혀버렸고요.[6] 하지만 당사자인 엘리자베스는 까맣게 아무것도 몰랐답니다—그에게 다아시 씨는 정붙일 구석이라곤 없는 매몰찬 남자, 같이 춤출 만큼 예쁘지 않다고 자신을 평가한 남자에 불과했으니까요.

다아시 씨는 엘리자베스와 조금 더 친해지고 싶다는 소망을 슬며시 품기 시작했어요. 그래서 직접 대화를 나누기 위한

---

[6] 다아시의 속마음이 드러나는 이 대목은 가히 이례적이다. 엘리자베스를 통하지 않고 인물의 내면을 독자가 직접 파악할 기회는 거의 없다. 남자 주인공의 사적인 감정을 이토록 직접적으로 설명하는 대목은 제인 오스틴의 다른 소설에서도 찾아보기 어렵다.

사전 단계로, 엘리자베스가 다른 사람과 대화를 나눌 때마다 귀 기울여 경청하기 시작했습니다. 엘리자베스도 이를 눈치 챘고, 그러자 영 신경이 쓰였어요. 윌리엄 루커스 경의 자택에 많은 사람이 모인 파티 날이었습니다.

"다아시 씨는 대체 무슨 뜻으로 저러는 걸까." 엘리자베스가 샬럿에게 말했지요. "포스터 대령하고 내가 나누는 대화를 옆에서 듣고 있었어!"

"그건 다아시 씨 본인 말고는 아무도 대답해줄 수 없는 질문이네."

"하지만 계속 그러면 내가 똑똑히 말해줄 거야. 무슨 꿍꿍이로 그러는지 다 알고 있다고. 저 사람은 눈빛이 너무 냉소적이라 당돌하게라도 내가 선수를 치지 않으면 점점 겁먹게 될거 같아."

잠시 후 다아시 씨가 슬그머니 둘 근처로 다가왔지만, 어쩐지 말을 걸 의도는 전혀 없어 보였어요. 그때 미스 루커스가 용기가 있으면 아까 그 얘기를 본인한테 직접 해보라며 친구를 도발했죠. 그 말에 즉시 발끈한 엘리자베스는 다아시를 돌아보며 말했습니다.

"방금 제가 뛰어나게 의사 표현을 잘했다고 생각지 않으세요, 다아시 씨? 우리를 위해 메리턴에서 연회를 열어달라고 조르며 포스터 대령을 놀릴 때 옆에서 들으셨잖아요."

"생기발랄하고 활기 넘치시더군요─하지만 그야 그런 얘기는 항상 숙녀들에게 생기를 불어넣는 주제니까요."

"우리에 대한 평가가 혹독하시네요."

"하지만 이제는 얘가 놀림감이 될 차례예요." 미스 루커스가 말했어요. "내가 피아노 덮개를 열 거야, 일라이자. 그럼 다음에 어떻게 되는지 알고 있지?"

"너는 친구치고는 참 이상한 캐릭터야! ─대체 좌중에 누가 있든 아랑곳 않고 허구한 날 사람들 앞에서 노래하고 연주하라고 하면 어떡해! ─내 허영심이 음악 쪽으로 기울었다면야 너만큼 귀한 친구가 없겠지만, 지금은 정말이지 피아노[7] 앞에 앉고 싶지 않단 말이야. 늘 최고의 연주만 골라 듣는 데 익숙한 분들이 이렇게 계시는데." 하지만 미스 루커스가 종용하자 엘리자베스는 덧붙여 말했어요. "그래, 좋아. 그래야 한다면 하는 수밖에." 그러고는 엄하게 다아시 쪽을 노려보았지요. "훌륭한 격언이 하나 있죠. 여기 계시는 분들은 당연히 잘 알고 계시겠지만요─'자기 숨은 아꼈다가 자기 죽을 식히는 데만 써라'[8]─라고요. 저도 제 숨을 아꼈다가 제 노래를 부르는 데만 쓰도록 할게요."

엘리자베스의 연주는 듣기 좋았어요. 아무리 잘 봐줘도 최고라고는 할 수 없었지만요. 엘리자베스는 한두 곡을 부르고 나서, 한 곡 더 불러달라는 여러 사람의 요청에 미처 화답하

---

7 the instrument. 이 소설이 등장하기 전인 17세기 말 피아노의 인기가 높아져 가장 흔하게 연주되는 악기로 자리 잡았다. 제인 오스틴 역시 매일 피아노 연습을 했다. 사교 행사에서 음악을 연주하는 일은 흔히 있었고, 대부분 사람들에게 이는 유일하게 음악을 감상할 수 있는 기회이기도 했다.

8 남의 일에 쓸데없는 참견을 하지 말라는 의미의 격언이다. 엘리자베스는 다아시가 트집을 잡을 거라 넘겨짚고는 미리 경고하고 있다.

기도 전에, 열의에 찬 동생 메리에게 자리를 내어줘야 했어요. 가족 중 유일하게 외모가 평범했기에 지식과 교양을 쌓는 데 전념한 메리는 갈고닦은 재주를 뽐내고 싶어 늘 안달 나 있었거든요.

메리에겐 천재성도 음악적 취향도 없었지요. 허영심 탓에 연습은 열심히 했지만 오히려 현학적이고 젠체하는 태도가 배어버렸고, 그러니 아마 실력이 더 좋았더라도 돋보이진 않았을 거예요. 자연스럽고 꾸밈없는 엘리자베스는 절반도 못 되는 실력이었지만 청중이 훨씬 기분 좋게 들을 수 있는 연주를 했거든요. 그래서 메리는 기나긴 협주곡을 한참 친 다음, 동생들이 신청한 스코틀랜드와 아일랜드의 민요를 연주하고 나서야 칭찬과 감사의 말을 벌었고 으쓱해서 기분이 좋아졌어요. 동생들은 루커스 자매들과 다른 장교들 너덧 명과 어울려 한쪽 구석에서 신나게 춤을 추고 있었고요.

그 옆에 서 있던 다아시 씨는 저녁 시간을 이런 식으로 보낼 수 있다는 사실에 기가 막혔고, 조용히 분노한 나머지 아무 대화에도 끼지 않고 혼자만의 생각에 빠져 있었어요. 그래서 윌리엄 루커스 경이 말을 걸어올 때까지 그가 바로 옆에 와 있다는 사실조차 몰랐습니다.

"이거 정말 청년들에게는 참으로 근사한 오락거리로군요, 다아시 씨! 이러니저러니 해도 춤만 한 게 없지요. 아마도 세련된 사회에서 최초로 발달한 교양 중 하나일 겁니다."

"물론 그렇습니다, 경. 하지만 춤은 세계적으로 덜 세련된 사회에서도 유행한다는 이점도 있습니다. 춤을 못 추는 야만인은 없으니까요."

윌리엄 경은 그저 빙그레 웃기만 할 따름이었지요. "친구분의 춤 솜씨가 참으로 훌륭하십니다." 그러더니 잠시 말을 쉬었다가, 빙리가 대열에 합류하는 걸 보고 말을 이었습니다. "당연히 다아시 씨도 이 기예에는 친구분 못지않게 조예가 깊으실 거라 믿습니다만."

"경께서도 메리턴에서 제가 춤추는 모습을 보시지 않았습니까."

"그래요, 잘 봤지요. 더할 나위 없는 기쁨을 느꼈답니다. 세인트제임스궁에서도 자주 춤을 추십니까?"

"그런 일은 결코 없습니다."

"그 장소에 적절한 예우가 아니라고 여기지는 않겠지요?"

"장소를 막론하고, 피할 수만 있다면 단언코 제가 어디에도 바치지 않는 예우입니다."

"런던에 당연히 집이 있으시겠지요."

다아시 씨가 고개를 숙여 답을 대신했습니다.

"한때는 나도 런던에 정착할 생각도 좀 있었답니다. 상류사회를 좋아해서요. 그러나 아무래도 런던의 공기 질이 레이디 루커스의 건강에 영 좋지 않을 것 같았어요."[9]

윌리엄 경은 대답을 기다리며 잠시 말을 끊었지만, 상대는 대꾸할 생각이 전혀 없어 보였습니다. 그런데 때마침 엘리자

---

[9] 윌리엄 경의 자산 규모로 볼 때, 만일 이사한다면 다아시와 달리 런던에만 집 한 채를 두고 살아야 한다.

베스가 근처로 다가왔고, 윌리엄 경은 대단히 신사다운 행동을 하나 해야겠다는 생각이 퍼뜩 들어 엘리자베스를 불러 세웠죠.

"우리 어여쁜 미스 일라이자, 왜 춤을 안 추고 있니?—다아시 씨, 지극히 바람직한 파트너로 이 젊은 아가씨를 내 소개해드리고자 합니다만—설마 이렇게 눈부시게 아름다운 여인이 눈앞에 있는데, 춤을 거절할 수는 없겠지요." 그러더니 경이 엘리자베스의 손을 잡고 다아시 씨에게 건네려 했어요. 다아시 씨는 소스라치게 놀랐지만 그 손을 받아 잡는 게 싫지는 않았는데, 오히려 엘리자베스가 손을 홱 빼더니 상당히 격앙된 말투로 윌리엄 경에게 쏘아붙였습니다.

"아니에요, 경. 저는 전혀 춤추고 싶은 생각이 없습니다—제발 제가 파트너를 구걸하려고 이쪽으로 걸어왔다고 생각지는 말아주세요."[10]

다아시 씨는 공손하게 예를 갖추어 부디 그 손을 잡도록 허락해달라고 청했어요. 하지만 아무 소용 없었죠. 엘리자베스의 뜻은 확고했거든요. 윌리엄 경이 설득에 나섰지만 그 뜻을 꺾을 수는 없었습니다.

---

[10] 춤추기를 좋아하는 엘리자베스는 여기서 이례적으로 반응한다. 물론 상대가 다아시이기 때문이기도 하지만, 자존심 강한 엘리자베스라면 남자를 찾아 이쪽으로 왔다는 윌리엄 경의 말에 담긴 속뜻에도 발끈했을 것이다. 한편 에티켓 규범에 따르면 여자는 특정한 한 남자의 요청을 거절할 수 없으며, 만일 춤추기 싫은 상대가 있다면 모든 파트너를 공평히 거절해야 한다. 이 규칙은 훗날 엘리자베스를 난처한 상황에 몰아넣는다.

"너는 춤 솜씨가 뛰어나잖니, 미스 일라이자. 그 모습을 안 보여주겠다니 내게 너무 매몰차구나. 물론 이 신사분이 춤이라는 유흥을 대체로 싫어하긴 하지만, 그래도 삼십 분쯤은 우리에게 기꺼이 내주지 않겠니, 암, 그렇고말고."

"다아시 씨는 예의범절의 화신이니까요." 엘리자베스가 미소를 띠고 말했어요.

"그럼, 그야 당연하지—하지만 우리 어여쁜 미스 일라이자, 이토록 큰 보상이 걸려 있는데 이 신사분이 나서는 것도 이상할 게 없고말고. 너 같은 파트너를 어느 누가 거절한단 말이냐?"

엘리자베스는 도도한 눈빛으로 쓱 쳐다보고는 돌아서서 가버렸어요. 하지만 그런 반항적인 태도에도 신사의 호감은 전혀 흔들리지 않았고, 다아시 씨는 오히려 그녀를 생각하며 심히 흐뭇한 마음에 젖어들었답니다. 바로 그때 미스 빙리가 말을 걸어왔어요.

"그렇게 백일몽에 빠져서 무슨 생각을 하는지 짐작이 가네요."

"아닐 겁니다."

"이딴 식으로, 이딴 사람들과 어울려 앞으로도 몇 날 며칠 밤을 더 보내야 하나, 정말 도저히 못 참겠다, 그런 생각을 하고 있잖아요. 솔직히 나도 같은 생각이에요. 짜증 나 죽겠다니까요! 흥은 오르지도 않는데 시끄럽긴 또 어찌나 시끄러운지. 별 볼 일 없는 위인들이 엄청 중요한 사람들인 양 빼기는 꼴은 또 어떻고요! 자, 어서 촌철살인으로 트집을 잡아보세요—저

지금 정말 너무너무 듣고 싶으니까요!"

"분명히 말하는데, 그 어림짐작은 완전히 빗나갔습니다. 제 마음은 훨씬 기분 좋은 생각에 젖어 있었거든요. 어여쁜 여인의 얼굴에서 근사한 두 눈이 주는 기쁨이 얼마나 큰지를, 깊이 음미하며 사색하고 있었으니까요."

미스 빙리는 그 즉시 다아시의 얼굴에 시선을 못 박고 말끄러미 쳐다보며 대체 어떤 숙녀이기에 그런 사색에 영감을 주었는지 어서 말해달라고 졸랐습니다. 다아시 씨는 한 치도 위축되지 않고 당당하게 대답했지요.

"미스 엘리자베스 베넷입니다."

"미스 엘리자베스 베넷이라고요!" 미스 빙리가 그 말을 똑같이 따라 했어요. "너무 놀라워서 차마 뭐라 할 말이 없네요. 그렇게 좋아하게 된 지 얼마나 된 거예요? 그럼 대체 언제쯤 우리가 두 사람에게 행복을 빌어주면 될까요?"[11]

"틀림없이, 바로 그 질문을 할 거라고 이미 예상하고 있었습니다. 숙녀의 상상은 빠르게 앞서가기 마련이니까요. 호감에서 사랑으로, 사랑에서 결혼으로, 단숨에 치달아 가버리거든요. 그러니 당연히 내게 행복을 빌어줄 거라고 생각했어요."

"아니, 다아시 씨가 그리 진지한 마음이면 이 문제는 기정사실이나 마찬가지 아닌가요. 참으로 매력적인 장모님을 모시게 되겠어요. 보나 마나 허구한 날 펨벌리에서 부부가 그분을 같이 모시고 떠받들고 살아야 할걸요?"

11 결혼을 축하할 때 쓰던 상투적인 인삿말이다.

다아시 씨는 철저히 초연한 태도로 듣고만 있었고, 미스 빙리는 이런 식으로 혼자 떠들어대며 한참 즐거워했습니다. 다아시의 차분한 표정이 만사 안전하다는 확신을 주었기에, 미스 빙리의 재치가 오래오래 길게도 흘러넘칠 수 있었던 거죠.

7

베넷 씨의 사유지는 연 소득 이천 파운드가량의 영지가 거의 전부였습니다. 그나마 불행히도 딸들은 물려받을 수 없었고, 자동으로 먼 친척인 남자 상속자에게 넘어가게[1] 되어 있었지요. 어머니의 재산은, 지금의 처지를 생각하면 꽤 넉넉한 편이었지만 아버지의 수입을 메꾸기에는 턱없이 부족했고요. 베넷 부인의 아버지는 메리턴의 법무사[2]였고 사천 파운드의 자산을 남기셨거든요.

베넷 부인에게는 부친의 서기였다가 가업을 이어받은 필립

---

1 entail. 제인 오스틴의 세계에서 남녀 관계를 규정하는 가장 중요한 배경은 여성 차별적인 당대의 상속법이다. 당시 영국에서 영지나 주택과 같은 부동산은 법적으로 여성에게 상속할 수 없었고, 직계 남성 상속자가 없을 시 항렬상 가장 가까운 남성 친척에게 자동으로 귀속되었다. 상속자가 한정된다는 의미에서 한정 상속이라고도 한다. 그러므로 베넷 자매는 재산이 있는 남자와 결혼하지 못한다면 아버지의 유고 시 집과 재산을 모두 잃게 된다.

스 씨라는 남자와 결혼한 여동생이 있었고, 상당히 번창하는 무역업에 종사하며 런던에 정착한 남동생도 있었지요.

롱본은 메리턴에서 일 마일밖에 떨어져 있지 않았어요. 젊은 아가씨들에게는 더할 나위 없이 오가기 편리한 거리여서, 대체로 일주일에 서너 번은 그리로 나들이를 가서 이모에게 인사하는 김에 바로 길 건너에 있는 잡화점3에도 들르곤 했어요. 특히 제일 어린 캐서린과 리디아가 하루가 멀다 하고 마실을 나가곤 했지요. 두 언니처럼 옹골차게 속이 들어찬 아이들은 아니었거든요. 사실 특별히 더 나은 할 일이 없다면, 메리턴까지 걸어갔다 오는 것으로 오전을 재미있게 보내고 저녁때 할 이야깃거리도 만들어 올 수 있었어요. 시골이라 늘 새 소식에 목마르기 마련이지만, 이모를 찾아가면 언제나 반드시 뭔가 새로 들어 알게 되는 일들이 있었거든요. 아니나 다를까 이번에는 민병대4 한 개 연대가 근처에 주둔하게 되었다니 새

---

2 attorney. 사업이나 부동산 거래 등의 법무를 맡아 보지만 재판정에서 변론을 할 수 없는 법률가. 전문직의 사회적 지위는 꾸준히 상승했으나 여전히 진정한 신사 계급으로 인정받지는 못했다. 베넷 부인보다는 베넷 씨의 사회적 위상이 더 높았음을 알 수 있다.

3 여성의 의복, 직물, 장신구를 취급하는 상점. 특히 이 시기에는 모자가 주력 상품으로 부상했다.

4 militia. 상비군이 아니라 국가 비상 상황에 소집되는 병력, 말하자면 우리나라의 민방위에 해당한다. 병졸의 대다수는 빈민이었지만 장교는 대체로 신사 계급이었다. 이 시기에는 나폴레옹전쟁으로 유럽 전역의 정치적 안정이 위협받고 있었기에 영국 내에서도 민병대의 위상이 높아져 특히 여성들의 선망을 한 몸에 받았다. 그러나 본토가 위협받는 상황은 아니었기에 민병대 주둔군은 한가로이 연애를 즐길 여유가 있었고, 심지어 "프랑스군보다는 정숙한 영국 숙녀들에게 더 큰 위협"이 되었다는 평가도 있다.

로운 소식뿐 아니라 행복한 마음마저 넉넉히 챙길 수 있었지 뭐예요. 군대는 겨울 내내 머무를 예정이었는데, 다름 아닌 메리턴에 본부를 둔다는 거예요.

요즘은 필립스 부인을 방문하기만 하면 흥미진진한 정보들이 쏟아졌어요. 매일매일 장교들의 이름과 인맥에 관한 지식이 조금씩 더 넓어졌고요. 장교들의 숙소 역시 오래 비밀로 남지는 못했고, 급기야는 장교들과 직접 안면을 트고 친해지기에 이르렀답니다. 필립스 씨가 장교들의 집을 빠짐없이 방문해서 조카들에게 전례 없는 기쁨을 선사해준 거예요. 이제 캐서린과 리디아는 장교들 얘기가 아니면 아무 이야기도 하지 못하게 되어버렸어요. 스치듯 말만 나와도 어머니 얼굴에 방긋 화색이 돌게 만드는 빙리 씨의 그 막대한 재산도, 두 아이 눈에는 장교들이 차려입은 정복에 비하면 무가치하고 하찮을 따름이었죠.

어느 날 이 주제로 호들갑을 떠는 두 딸의 대화를 듣고 있던 베넷 씨가 냉랭하게 말했습니다.

"너희 둘이 하는 얘기를 들어보니 아무래도 너희가 이 나라에서 제일 멍청한 여자아이들인 게 틀림없구나. 얼마 전부터 심증은 품고 있었다만, 이제 정말로 확실히 알겠다."

캐서린은 풀이 죽었지만 말대꾸는 하지 않았어요. 하지만 리디아는 귓등으로 들은 척도 않고 꿋꿋이 카터 대위를 향한 동경을 표현하는 데 여념이 없었습니다. 다음 날 대위가 런던에 갈 예정이라니, 꼭 그날 안에 만날 수 있으면 참 좋겠다면서요.

"여보, 정말 내가 기함을 한다니까요." 베넷 부인이 말했어요. "어쩜 당신은 그렇게 거침없이 제 자식들을 멍청이라고 할 수가 있어요. 어디 다른 집 자식을 낮잡아 볼 마음이 들더라도, 제 자식들한테는 그러면 안 되죠."

"내 아이들이 멍청하면, 부모가 되어서 알고는 있어야지요."

"그래요―하지만 사실, 우리 애들은 하나도 빠짐없이 몹시 영특하다고요."

"이걸 다행이라 해야 하나, 이 문제 하나만큼은 당신과 내 의견이 일치하지를 않네요. 온갖 자질구레한 문제를 놓고 우리가 다 한마음이면 참 좋았겠소만, 우리 막둥이 딸들이 비상하게 멍청하다는 생각에서만큼은 내 당신과 의견이 크게 갈라진다오."

"우리 여보, 베넷 씨, 저리 어린 여자애들한테 부모의 분별을 기대하면 어디 되겠어요―애들도 다 우리 나이가 되면, 우리처럼 장교는 거들떠보지도 않게 될 거예요. 나도 레드 코트[5]라면 덮어놓고 좋아서 어쩔 줄 모르던 시절이 지금도 선한 걸요. 아니, 솔직히 마음속 깊은 곳에서는 나도 여전히 군복이 좋답니다. 연 소득이 오륙천쯤 되는 말쑥한 젊은 대령이 우리 딸아이 하나와 결혼하길 원한다면, 안 된다고 퇴짜 놓진 않을 거예요. 지난밤에 윌리엄 경 댁에서 보니 포스터 대령이 정복을 떡 차려입었던데 아주 잘 어울립디다."

"엄마," 하고 리디아가 외쳤어요. "이모한테 들었는데 포스

---

5 영국군 군복의 전통적 색상이다.

터 대령과 카터 대위는 처음 왔을 때만큼 미스 왓슨네 집에 자주 가지 않는대요. 오히려 클라크 이동도서관 앞에 서 있는 모습이 굉장히 많이 보인다네요."[6]

때마침 시종이 미스 베넷에게 전달할 쪽지를 들고 들어오는 바람에, 베넷 부인은 미처 대답을 하지 못했어요. 네더필드에서 보내온 쪽지였는데 하인이 회신을 기다리고 있었지요. 베넷 부인은 기쁨으로 눈을 반짝이며 쪽지를 읽고 있는 딸에게 열심히 다그쳐 물었어요.

"애야, 제인아, 누구한테 온 쪽지니? 무슨 내용이니? 그이가 뭐라고 하던? 아니, 제인아, 어서 빨리 우리한테 좀 얘기해봐. 어서 빨리 말 좀 해봐라."

"미스 빙리한테서 온 거예요." 그러더니 제인은 쪽지를 큰 소리로 읽기 시작했지요.

친애하는 나의 친구에게

루이자와 나를 불쌍히 여겨 오늘 저녁 함께 식사를 해주지 않는다면, 우리 자매는 남은 평생 서로를 미워할 위험에 처하게 될 거예요. 여자 둘이 하루 온종일 마주 보고 있다보면 반드시 다툼으로 끝이 나고 말지 않겠어요. 이 쪽지를 받는 즉시 우리 집에 와요. 오빠와 신사분들은 장교들과 저녁 식사를 함께 한다고 하네요.

---

6 이동도서관은 구독료를 내는 사람들에게 책을 빌려주는 곳으로, 청년들이 새로운 이성을 만나는 장소로 인기가 있었다.

사랑하는 친구,

캐럴라인 빙리가

"장교들과 함께라니!" 리디아가 외쳤어요. "어째서 이모가 그 얘기는 안 해주셨지!"

"하필 밖에서 식사를 한다니," 베넷 부인이 말했어요. "그건 참 아쉽게 됐구나."

"제가 마차 써도 돼요?" 제인이 말했어요.

"아니다, 애야, 그냥 말을 타고 가는 게 낫겠어. 비가 올 것 같으니까 말이야. 그러면 밤새 그 집에 머물러야 하잖니."

"훌륭한 계략이네요." 엘리자베스가 말했죠. "그쪽에서 언니를 집에 데려다주겠다고 나서지 않는다는 보장만 있다면 말이지요."

"아! 하지만 신사들이 메리턴에 가느라 빙리 씨네 마차가 나갔을 테고, 허스트 부부는 전용으로 쓰는 말이 따로 없단다."

"아무래도 저는 마차를 타고 가는 쪽이 훨씬 좋을 것 같아요."

"하지만 애야, 아버지도 너한테 내줄 말들이 없을 거야, 암, 그렇고말고. 다 농장에서 써야 하잖아요, 그렇죠, 여보, 베넷 씨?"

"농장에서 나보다 말을 더 자주 쓰겠네."[7]

---

7 이 대화는 베넷 부인의 계략을 보여주는 것이 아니라 가족의 경제 규모를 보여준다. 자기 소유의 코치—대형 고급 마차—가 있고 허스트 부부와 달리 자기 소유의 말이 있다. 그러나 농장에서 쓸 말과 마차에 쓸 말은 따로 사서 유지할 만큼 부자는 아니다.

"하지만 오늘은 아버지가 말을 쓰실 수 있을 거예요. 어머니는 어차피 목적을 달성하실 거고요." 엘리자베스가 거들었어요.

꼬드김에 넘어간 아버지는 마차 말을 쓸 일이 있다고 답했고, 제인은 순순히 말을 타고 가기로 했죠. 어머니는 발랄하고 명랑하게 악천후가 닥쳐오길 빌면서 제인을 문간까지 바래다주었어요. 베넷 부인의 소망은 삽시간에 이루어졌답니다. 제인이 출발한 지 얼마 되지 않아 장대비가 쏟아지기 시작했거든요. 자매들은 언니 걱정에 불안했지만, 어머니는 마냥 즐거워 아주 신이 났어요. 빗줄기는 한시도 그치지 않고 저녁 내내 퍼붓다시피 쏟아졌어요. 아무리 봐도 제인이 집에 돌아올 길은 막힌 듯 보였죠.

"때마침 내가 참 기가 막히게 좋은 생각을 해냈지 뭐니!" 베넷 부인이 그 말을 되뇐 게 한두 번이 아니었다니까요. 장대비를 부른 게 전부 다 자기 공이라는 듯 어찌나 생색을 냈는지 말도 못 해요. 그렇지만 베넷 부인이 잔꾀를 부린 덕에 찾아온 진짜 행운은 다음 날 아침이 되어서야 제대로 알 수 있었답니다. 아침 식사를 막 마칠 무렵 네더필드의 하인이 엘리자베스에게 쪽지를 전하러 찾아왔거든요.

사랑하는 리지야,

오늘 아침에는 몸이 너무 좋지 않아. 아무래도 어제 빗물에 흠뻑 젖은 탓이겠지. 아무리 집에 가겠다고 해도, 친절한 친구들이 몸이 나을 때까지는 안 된다고 하네. 존스 선생님한테 진찰도 꼭 받게 해주겠다고들 고집을 부리고. 그러니까—행여 선생님이 나한테 왔다 가셨다는 얘기를 듣더라도 너무 놀라지는 마—목이 좀 아프고[8] 두통이 있을 뿐이지, 크게 아픈 데는 없어.

언니가

"저런, 여보," 엘리자베스가 쪽지를 읽어주자 베넷 씨가 말했습니다. "딸이 위험한 중병에 걸려 죽기라도 한다면, 그게 다 빙리 씨를 잡으려다 벌어진 일이라는 게 퍽도 위로가 되겠소이다. 그것도 애가 당신이 시킨 대로 다 하다가 말이오."

"어머! 난 애가 죽을 걱정은 하나도 안 되는데. 시시한 감기 좀 앓는다고 사람이 죽지는 않아요. 그 집에서 오죽 잘 돌봐주고 있을까. 그 애가 그 집에 머무는 한은, 만사 다 잘 돌아가고 있다는 뜻이에요. 마차를 쓸 수만 있으면 내가 가서 좀 보고 올 텐데."

엘리자베스는 진심으로 언니가 걱정되었고, 마차가 여의치 않더라도 꼭 가서 언니를 살펴야겠다고 결심을 굳혔어요. 승마를 하지 않는 엘리자베스로서는, 걷기 말고는 선택의 여지가 없었죠. 그래서 가족에게 걸어가야겠다고 뜻을 밝혔답니다.

"넌 어쩌면 애가 그렇게 어리석니." 어머니는 냅다 호통을

---

8 당시 심각한 감염병을 곪은 목병putrid sore throat이라고 불렀으므로, 제인이 진짜로 중병에 걸렸을 가능성도 분명히 있었다.

쳤습니다. "온통 진흙밭인데, 무슨 그런 생각을 할 수가 있어! 거기 가면 네 꼴이 말이 아닐 텐데 그런 꼴로 어떻게 그 사람들 앞에 나서겠다고."

"제인 언니를 보기에는 적당한 꼴일 텐데요, 뭐―내가 바라는 건 그뿐이에요."

"너 나한테 은근히 신호를 보내고 있는 거냐, 리지야?" 아버지가 말했지요. "말들을 불러달라는 거야?"

"정말 그런 거 아니에요. 굳이 걷지 않을 이유가 없는걸요. 가야 할 동기만 있다면 아무것도 아닌 거리잖아요. 삼 마일밖에 안 되니까요. 저녁 식사 때 맞춰 돌아올 수 있어요."

"그런 좋은 뜻의 운동이라면 난 훌륭하다고 생각해." 메리가 평했어요. "충동적 감정은 항시 이성의 인도를 따라야 하거든. 내 의견을 말하자면, 운동은 언제나 필요한 수준에 맞게 하는 게 옳아."9

"메리턴까지는 우리가 함께 가줄게." 캐서린과 리디아가 말했어요―엘리자베스도 흔쾌히 승낙했고, 세 아가씨는 함께 출발했지요.

"서둘러 가면 말이야," 나란히 걸어가던 리디아가 말했어요. "카터 대위가 떠나기 전에 볼 수 있을지도 몰라."

자매는 메리턴에서 헤어졌지요. 막내 둘은 어느 장교의 아내가 사는 처소로 향했고, 엘리자베스는 혼자서 계속 걸어갔

---

9 메리가 읽는 당대의 자기 계발서들은 여자에게 운동을 권장하지 않았다. 그리고 메리는 책에서 외운 구절을 실제 상황에 전혀 맞지 않게 쓰고 있다.

습니다. 발걸음을 재촉해 들판을 넘고 밭을 건너고, 마음이 급한 나머지 울타리를 마구 뛰어넘고 비 고인 물웅덩이들도 거침없이 팔짝팔짝 뛰어 건넜어요. 그래서 마침내 저택이 시야에 들어왔을 때는, 발목 힘이 다 빠지고 양말은 엉망으로 더러워지고 얼굴은 운동의 열기로 발갛게 달아올라 빛나고 있었습니다.

엘리자베스는 아침 식사를 하고 있는 응접실로 안내받아 들어갔는데, 그곳에는 제인을 제외한 모두가 모여 있었지요. 다들 엘리자베스의 모습에 크게 놀랐어요. 이렇게 이른 아침에, 이런 험한 날씨에, 그것도 혼자서, 삼 마일이나 되는 거리를 걸어오다니, 허스트 부인과 미스 빙리로서는 도저히 믿을 수 없는 일이었지요. 엘리자베스는 그런 자신을 두 사람이 멸시하는 게 틀림없다고 확신했습니다. 하지만 자매가 그녀를 맞아주는 태도만큼은 흠 없이 공손했어요. 게다가 둘의 남자 형제에게는, 공손함보다 훨씬 나은 뭔가가 더 있었고요. 빙리 씨는 서글서글한 인품과 다사로운 친절을 갖춘 사람이었으니까요. 다아시 씨는 말을 극도로 아꼈고 허스트 씨는 아예 한마디도 하지 않았어요. 전자는 운동의 효과로 반짝이는 얼굴빛이 정말 아름답다는 마음과 과연 이게 이렇게 먼 데까지 혼자 올 일인가 하는 생각이 엇갈리는 바람에 혼란스러워 할 말을 잃었고 후자는 그저 먹고 있던 아침 식사 생각에 여념이 없었을 뿐이고요.

엘리자베스가 언니의 안부를 묻자 돌아온 대답이 썩 좋지는 않았어요. 미스 베넷은 간밤에 잠을 설쳤고, 이제 일어나긴 했지만 열이 높고 방에서 나올 만한 상태가 아니라고요. 그 즉시 언니 방에 데려다주겠다기에 엘리자베스는 다행이라고 생각했지요. 사실 제인은 동생이 이렇게 찾아와주길 간절히 바라고 있었지만 쪽지에 그 말을 썼다가는 괜한 걱정과 불편만 끼칠까 두려워 아무 말 못 하고 있었답니다. 그래서 방으로 들어오는 엘리자베스를 보고 얼마나 반가워했는지 몰라요. 그러나 말을 많이 할 기력이 없어, 미스 빙리가 두 사람만 두고 방을 나갈 때도 이처럼 이례적으로 친절하게 대우해주어 감사하다는 인사를 입술 달싹여 좀 하려다 말았을 뿐이에요. 엘리자베스는 아무 말도 없이 언니를 돌보기만 했습니다.

빙리 자매는 아침 식사를 마치고 두 사람에게로 왔습니다. 엘리자베스는 그 자매가 제인에게 얼마나 진심으로 애정과 배려를 쏟는지 보고 나서, 조금 좋아지려는 마음이 들었어요. 그때 약사가 와서 환자를 진찰하고는, 짐작대로 심한 감기에 걸렸다면서 병이 낫도록 열심히 노력해야 한다고 말했지요. 약사는 다시 자리에 누워야 한다고 조언하고 약물을 처방해주었습니다. 제인은 열이 나는 증상이 악화되고 두통이 심해져서 그 즉시 약사의 조언을 따랐지요. 엘리자베스는 한순간도 언니 방을 떠나지 않았고 다른 숙녀들도 자주 곁을 비우지 않았어요. 신사들이 외출했으니 달리 다른 데서 할 일도 없었지만요.

시계가 3시를 알리자 엘리자베스는 이제 가야 할 때라고 느꼈어요. 그래서 마음이 정말 내키지 않았지만 돌아가야겠다고 말했습니다. 미스 빙리가 마차를 내어주겠다고 해서 엘리자베스는 굳이 사양하지 않고 호의를 받아들였어요. 하지만 제인이 동생과 헤어지는 걸 너무 불안해하는 바람에 어쩔 수 없이 미스 빙리도 마차를 내어주는 대신 당분간 엘리자베스도 함께 네더필드에 머무는 게 좋겠다고 초대 의사를 밝히게 되었답니다. 엘리자베스는 진심으로 감사하는 마음으로 초대에 응했고, 롱본에는 하인을 보내 사정을 알리고 옷가지를 챙겨 오도록 했습니다.

8

5시 정각이 되자 두 숙녀는 옷을 갈아입으러 잠시 물러났고[1] 6시 반에는 엘리자베스도 저녁 식사 장소로 안내를 받아 내려갔습니다. 예의 바르게 안부를 묻는 질문이 쏟아지는 사이 빙리 씨가 그 누구보다도 진심으로 걱정하고 있다는 걸 알아본 엘리자베스는 흐뭇했지만, 예후가 썩 좋다는 답변을 하지는 못했어요. 제인의 병세는 전혀 나아지지 않고 있었거든요. 이 소식을 들은 자매들은 얼마나 마음이 아픈지 몰라요, 독감에 걸리다니 정말 충격이네요, 나도 몸이 아픈 건 딱 질색이에요, 하고 똑같은 얘기를 서너 번씩 되풀이하고는 더는 생각조차 하지 않았어요. 바로 눈앞에 있을 때가 아니면 제인에게 아무 관심도 없다는 듯 행동하는 그들을 보며 엘리자베스는 원

---

1 저녁 식사 시간에 맞추어 좀 더 격식을 차린 옷으로 갈아입는 일은 부유한 가문의 일상적 관례였다.

래대로 마음껏 싫어하기로 다시 마음먹었답니다.

솔직히 그들 무리 중에서는, 엘리자베스가 그나마 호의적인 눈으로 바라볼 만한 사람이 그 자매의 남자 형제 한 사람뿐이었고요. 제인을 걱정하는 빙리 씨의 진심이 또렷이 전해진 데다 엘리자베스에게 쏟는 배려도 흠잡을 데 없이 훌륭했기에 엘리자베스는 다른 일행이 자기를 침입자라고 여기리라 믿으면서도 마음을 좀 편히 가질 수 있었습니다. 엘리자베스에게 조금이라도 관심을 보이는 사람은 빙리 씨밖에 없었어요. 미스 빙리는 다아시 씨에게 홀딱 빠져 정신이 없었고, 그녀의 언니도 별다르지 않았지요. 엘리자베스 옆자리에 앉은 허스트 씨는 나태한 인간이라 오로지 먹고 마시고 카드놀이를 하려고 살았고요. 허스트 씨는 엘리자베스가 라구보다는 소박한 요리를 좋아한다는 걸 알고 나서는 더는 할 말이 없어져버렸어요.

식사를 마치자마자 엘리자베스는 곧장 제인에게 돌아갔는데 엘리자베스가 방을 나서기 무섭게 미스 빙리가 심한 험담을 하기 시작했지요. 정말이지 매너가 형편없는 사람이네요. 오만과 무례가 섞여서 엉망이에요. 대화도 나눌 줄 모르고, 자기 스타일도 없거니와 취향도 아름다움도 없어요. 그러자 허스트 부인도 같은 생각이라며 말을 보탰지요.

"한마디로, 빼어나게 잘도 걷는다는 것 말고는 잘 봐줄 구석이 하나도 없다는 얘기지. 오늘 아침 그 모습은 도저히 잊지 못하겠네. 정말 거의 야생동물처럼 보이더라니까."

"왜 아니야, 루이자 언니. 난 표정 관리가 잘 안 되더라니까.

그렇게 온 것 자체가 터무니없는 짓이잖아! 언니가 감기에 걸렸는데 왜 자기가 나서서 시골 들판을 펄쩍펄쩍 뛰어다녀야 하는 거냐고? 머리는 또 어찌나 너저분하게 흐트러졌던지!"

"맞아, 게다가 페티코트는 또 어떻고, 너도 그 페티코트를 봤어야 하는데. 진흙탕에 육 인치도 넘게 푹푹 빠진 게 틀림없어, 확실하다니까. 그걸 가리려고 치맛자락을 내렸는데, 턱도 없더라."

"누나의 묘사야 정확하겠지, 루이자 누나." 빙리가 말했습니다. "하지만 내 눈에는 그런 게 하나도 보이지 않았어. 오늘 아침 이 방으로 들어오던 미스 엘리자베스 베넷은 굉장히 아름다웠거든. 난 페티코트가 더러워진 걸 아예 알아차리지도 못했다니까."

"다아시 씨라면 눈여겨보셨겠죠. 틀림없이 그랬을 거예요." 미스 빙리가 말했죠. "다아시 씨는 여동생이 그런 몰골로 돌아다니는 걸 바라진 않으실 분이라 믿고 싶네요."

"그야 물론입니다."

"삼 마일, 사 마일, 오 마일인가, 아니 몇 마일이든 무슨 상관이에요, 아무튼 그 먼 거리를, 진창에 발목까지 빠져가면서 걸어오다니, 혼자, 그것도 아무도 안 데리고 정말 혼자서 말이에요! 대체 무슨 생각이었을까요? 내 눈에는 혐오스럽게 오만방자한 독립성을 과시하려는 짓거리로 보였어요. 범절을 깡그리 무시하는 촌뜨기 특유의 태도죠."

"언니를 사랑하는 마음을 보여줄 뿐이야. 아주 보기 좋은 일이잖아." 빙리가 말했어요.

"안타깝네요, 다아시 씨." 미스 빙리가 언성을 낮추어 속살거리듯 말했어요. "이 대단한 모험 덕에 그 아름다운 눈을 흠모하는 마음이 꽤 타격을 받았을 것 같은데."

"천만에요." 그가 대꾸했습니다. "운동을 해서 그런지 오히려 한층 환하게 반짝이던걸요."—이 말에 짤막한 정적이 이어졌는데, 허스트 부인이 재차 말머리를 꺼냈습니다.

"제인 베넷이야 대단히 높이 평가하죠. 정말 너무나 다정한 아가씨니까 부디 좋은 데 시집 잘 가서 자리 잡길 바라고요. 그렇지만 아버지 어머니가 그 모양인 데다가, 인맥도 형편없으니, 그럴 가망이 없어 보이는 게 안타까울 따름이에요."

"언니가 일전에 말하지 않았나, 그 집 이모부는 메리턴의 법무사라면서."

"그래. 외삼촌도 있다더라. 치프사이드 근처 어디 산다던데."[2]

"그건 진짜 대박이다." 동생이 거들자 자매는 함께 깔깔 웃어댔습니다.

"그 집에 치프사이드를 가득 채우고 남을 삼촌들이 있다 해도, 두 사람의 매력은 손톱만큼도 깎아내릴 수 없을걸." 빙리가 외쳤어요.

2　Cheapside. 런던 시내에서 가장 오래된 상업 중심지로 주민은 모두 상업 종사자였다. 치프사이드에 산다는 건 신사 계급이 아니라는 뜻이었고, 아마 허스트 부인은 싸구려라는 뜻의 cheap를 강조해 이중으로 조롱하고자 했을 것이다. 그러나 외삼촌이 사는 집은 그레이스처치 스트리트로 치프사이드뿐 아니라 런던의 다른 주거 지역과도 가까웠다.

"그렇지만 사회에서 중요한 위치를 차지한 남자들과 결혼할 확률은 실질적으로 몹시 낮아지지." 다아시가 대꾸했습니다.

이 말에 빙리는 아무 대답도 하지 않았지요. 그러나 빙리 자매는 열렬하게 동의를 표했고 소중한 친구의 미천한 친척들을 비웃으며 한참을 즐거워 어쩔 줄 몰랐답니다.

그러다가 새삼 무슨 애틋한 마음이 북받쳤는지 식당을 나와 제인의 방으로 가서는 커피[3]를 마시러 오라고 부를 때까지 그 곁에 함께 있어주었어요. 제인은 아직 상태가 몹시 좋지 못했고, 엘리자베스는 언니 곁을 잠시도 떠나고 싶지 않았습니다. 하지만 저녁이 깊어지고, 잠든 언니를 보고 한숨 돌렸을 때는, 기분 문제를 떠나 아래층으로 내려가보는 게 도리라는 생각이 들었어요. 응접실에 들어가보니 모두 카드놀이[4]에 열중하고 있었어요. 즉시 함께 하자는 권유를 받았지만, 아무래도 판돈이 높을 것 같아 사양하고 언니 곁을 오래 비울 수 없다고 핑계를 대면서 잠깐만 아래층에서 책을 읽다가 올라가겠다고 말했지요. 그러자 허스트 씨가 놀랍다 못해 어이가 없다는 얼굴로 쳐다보는 거예요.

"카드놀이보다 독서가 더 좋단 말입니까?" 허스트 씨가 말했어요. "거참 특이하시네."

"미스 일라이자 베넷[5]께서는, 카드놀이를 경멸하신답니다.

---

3 식사를 마치고 한 시간쯤 지난 후에 커피나 티를 케이크나 과자와 함께 먹곤 했다.
4 구체적으로는 루loo다. 포커나 브리지와 유사한 게임으로 세 명에서 여덟 명이 함께 플레이했다.

위대한 독서가셔서 다른 데서는 재미를 찾을 수가 없다네요." 미스 빙리가 비꼬았지요.

"저는 그런 칭찬도 비난도 받을 이유가 없답니다. 위대한 독서가도 아닐뿐더러, 전 많은 일에서 즐거움을 느끼거든요." 엘리자베스는 소리 높여 반박했지요.

"언니를 간호하는 일에서 기쁨을 느끼시겠지요." 빙리가 달 랬어요. "언니의 상태가 곧 호전되어 그 기쁨이 한층 커지면 참 좋겠습니다."

엘리자베스는 진심에서 우러나온 감사의 인사를 건네고 책 몇 권이 놓인 테이블로 걸어갔습니다. 빙리는 다른 책들도 더 가져다주겠다면서, 자기 서재의 책은 전부 다 읽어도 된다고 말했어요.

"그런데 미스 엘리자베스를 위해서도 그렇고 내 체면을 위 해서도 장서가 더 방대하면 참 좋겠는데요. 제가 워낙 게으른 위인이라서 말이지요. 책이 많지는 않습니다만 저는 그만큼도 영영 다 펴보지 못할 거예요."

엘리자베스는 이 방 안에 있는 책만 해도 완벽히 훌륭하다 고 빙리를 안심시켰어요.

"기가 막힐 일이죠." 미스 빙리가 말했어요. "아버지가 그렇 게 초라한 장서를 남겨주실 줄은 몰랐잖아요—펨벌리에 소장

---

5 미스 빙리는 일부러 엘리자베스가 아니라 일라이자라는 애칭을 부름으
   로써 낮잡아 보는 태도를 노골적으로 드러내고 있다. 애칭은 가족이나
   아주 가까운 사이에서만 썼고, 아니면 하인을 부를 때 썼다. 애칭을 함
   부로 부르는 것은 상례에 어긋난다.

된 장서 컬렉션은 얼마나 훌륭하냐고요, 그렇죠, 다아시 씨!"

"그야 당연히 훌륭해야만 하지요." 다아시 씨가 대답했어요. "수 세대에 걸쳐 이룩한 업적이니까요."

"그래도 직접 추가하신 장서들도 어마어마하잖아요. 허구한 날 책을 사고 계시니까."

"요즘 같은 때[6] 가족의 서재를 소홀히 관리한다니, 나로서는 이해할 수 없는 일이에요."

"소홀이라니요! 고귀한 영지의 아름다움을 더하는 일이라면 무엇 하나 게을리하지 않을 분이잖아요! 찰스 오빠, 오빠가 자택을 짓게 되면 펨벌리의 반만이라도 멋지면 좋겠어요."

"나도 그러면 좋겠다."

"하지만 나 진심으로 조언 하나 할게요. 펨벌리 근방에 영지를 사서 펨벌리를 모델로 삼아 짓는 게 어때요. 잉글랜드 전역을 통틀어도 더비셔보다 아름다운 땅은 없어요."

"그야 나도 진심으로 바라는 바지. 다아시가 팔면 아예 펨벌리를 내가 사버릴게."

"현실적으로 가능성이 있는 일을 말해야죠, 찰스 오빠."

"캐럴라인, 내 장담하는데, 펨벌리를 갖고 싶으면 따라 짓느니 차라리 사버리는 쪽이 현실적이야."

엘리자베스는 오가는 대화에 정신이 팔린 나머지 책은 읽

---

6 최근에 살 수 있는 책이 많아졌다는 의미다. 이전 백 년에 걸쳐 출판 산업이 비약적 발전을 이루었다. 1774년 항구적 저작권법이 폐지되어 무수한 옛날 책들이 퍼블릭 도메인으로 풀렸고 책의 가격이 낮아져 대중적으로 배포되는 데 큰 역할을 했다.

는 둥 마는 둥 하고 있었어요. 그러다 아예 책을 치워버리고 카드 테이블 근처로 와서 빙리 씨와 큰누나 사이에 자리를 잡고 게임을 구경하기 시작했지요.

"지난봄 이후로 미스 다아시는 많이 컸나요?" 미스 빙리가 물었어요. "이제 나만큼 키가 클까요?"

"그럴 거예요. 이제 미스 엘리자베스 베넷과 비슷하거나 조금 더 클 것 같습니다."

"얼마나 다시 만나고 싶은지 몰라요! 그렇게 만나서 즐거운 사람은 평생 본 적이 없다니까요. 얼굴하며, 매너하며! 게다가 나이에 비해 걸출하게 뛰어난 재주와 교양을 갖췄잖아요! 피아노포르테 연주 실력이 빼어나더라고요."

"내가 봐도 그저 놀라울 따름이야." 빙리가 말했어요. "젊은 숙녀분들은 어떻게 그렇게 인내심을 갖추고 교양과 실력을 쌓는지 말이지. 다들 그렇잖아."

"젊은 숙녀들이 다 그렇다니! 찰스 오빠, 아니 그게 무슨 말이에요?"

"그래, 하나같이 다들 놀라워. 다들 테이블 문양을 채색하고 가림막을 수놓고 그물뜨기로 가방을 만들잖아. 이런 일을 전부 다 못 하는 숙녀분은 내가 아는 한 거의 없고, 젊은 숙녀를 소개할 때 대단히 재주가 뛰어나다는 설명이 따라붙지 않는 경우는 들어본 적도 없어."

"자네가 열거한 평범한 교양들은 지나치게 상투적인 진리가 됐어. 그 말은 가방을 뜨거나 가림막에 수놓는 것 말고는 재주가 없는 여자들에게도 너무 많이 쓰이거든. 하지만 전반적으로 숙녀를 평가하는 자네의 기준에는 도저히 동의하기 어렵군. 내 지인들을 통틀어 보더라도, 내가 정말로 교양을 갖춘 숙녀를 대여섯 명 넘게 안다고 말하면 허풍이 될 테니까.”

“나도 그래요, 암요, 그렇고말고요.” 미스 빙리가 거들었어요.

“그렇다면 말이에요,” 엘리자베스가 말했습니다. “교양을 갖춘 숙녀라는 다아시 씨의 관념에는 굉장히 많은 것이 포함되어 있겠군요.”

“그래요. 굉장히 많은 걸 포함하지요.”

“아! 당연하잖아요.” 다아시의 충실한 조력자[7]가 외쳤어요. “흔히 볼 수 있는 정도를 너끈히 넘어서지 않는다면 누구도 정말로 교양을 갖췄다는 평가를 받을 수는 없어요. 여자가 그런 말을 들으려면 음악, 성악, 그림, 춤, 현대 언어들을 철저히 숙지하고 있어야 하고요. 이 모두는 물론이고, 분위기라든가, 걸음걸이라든가 어조, 말투와 표현에 뭔가 특별한 게 있어야 한답니다. 그렇지 않으면 그 말의 진가에 절반도 못 미치는 셈이죠.”

“그 모든 것에 더해, 좀 더 실체적인 미덕까지 갖추어야 합니다. 폭 넓은 독서를 통해 정신의 고양을 추구해야 하니까요.” 다아시 씨가 의견을 더했지요.

“이제는 교양을 갖춘 숙녀분을 여섯 명밖에 모르신다 해도

---

7 his faithful assistant. 이 조력자를 빙리 씨라고 읽은 평자들도 있다. 그러나 그렇다면 빙리 씨가 직접 피력한 입장과 내용이 상충하게 된다. 훌륭한 사립학교에서 교육받은 미스 빙리가 우월감을 드러내기 위해 한 말이 옳다고 생각되어 이렇게 번역했다.

전혀 놀랍지 않네요. 단 한 명이라도 알고 있다는 게 오히려 더 놀라워요."

"이 모든 걸 갖출 가능성을 못 미더워하신다니, 같은 성별을 너무 박하게 평가하시는 것 아닙니까?"

"적어도 저는 그런 여자를 본 적이 없거든요. 지금 말씀하시는 것처럼, 그런 대단한 능력과 취향과 재주와 기품을 한 몸에 갖춘 사람을 저는 한 번도 본 적이 없어요."

허스트 부인과 미스 빙리는 그 말에 내재된 불신이 부당하다고 벌컥 언성을 높였고, 둘 다 이런 조건에 부합하는 여자들을 많이 알고 있다고 한참 왈가왈부했어요. 그러다 갑자기 허스트 씨가 다들 조용히 하라고 버럭 외쳤답니다. 그러더니 이제 뭘 하고 놀 건지 왜 아무도 신경을 쓰지 않느냐고 신경질을 부리며 불평했어요. 모든 대화는 그렇게 끝났고, 엘리자베스는 금세 그 방에서 나왔습니다.

"일라이자 베넷도," 하고 미스 빙리가 문이 닫히자 말했어요. "결국 같은 여자를 낮잡아 말하면서 저 혼자 남자한테 잘 보이려고 애쓰는 그런 여자였군요. 그래요, 그런 전략은 많은 남자한테 성공을 거둘 거예요. 하지만 내 의견을 말하자면, 치졸한 수단이고 졸렬한 기술이에요."

"두말할 것 있습니까." 이 말이 주로 겨냥한 대상인 다아시가 대꾸했습니다. "숙녀분들께서 가끔 황공하게도 남자들을 잡으려 쓰는 기술이야 늘 치졸한 구석이 있지요. 무엇이든 음흉한 잔꾀에 가까워지면 딱하고 너절해집니다."

이 대답에 딱히 만족하지 못한 미스 빙리는 그 화두를 더는 이어가지 않았어요.

엘리자베스는 다시 아래층 사람들을 만나러 내려왔지만, 그건 단지 언니의 병세가 악화되어서 도저히 혼자 두고 갈 수가 없다는 말을 전하기 위해서였지요. 빙리 씨는 즉시 존스 씨를 부르자고 했고, 촌구석 약사의 처방 따위는 아무 도움도 안 된다고 확신한 자매는 런던으로 특송 우편을 보내 저명한 전문의[8]를 모셔 와야 한다고 주장했어요. 엘리자베스는 그런 소리는 거두절미 아예 들으려 하지도 않았지만, 빙리 씨의 제안만은 굳이 사양하지 않고 따르기로 했어요. 그래서 미스 베넷의 병세가 크게 호전되지 않으면 아침 일찍 존스 씨를 부르러 사람을 보내기로 했습니다. 빙리 씨는 불편한 마음을 어쩌지 못했고, 누이들은 슬프다 못해 비통하다고 선언했어요. 자매는 저녁 식사 후 이중창을 부르며 비통한 마음을 달랬지만, 어떻게 해도 감정을 다스릴 수 없었던 빙리 씨는 병상의 숙녀와 그 곁을 지키는 동생에게 한 치의 모자람 없이 모든 배려를 아끼지 말라고 하녀장[9]에게 특별히 거듭거듭 지시를 내리는 일 밖에 달리 할 수 있는 일이 없었습니다.

8 physician. 최고의 전문의로서 의사 중에서 유일하게 신사 계급의 일원으로 인정받았다. 정원도 극소수였고, 특수한 대학에서 교육을 받고 대도시에 거주하며 난치병에 걸린 부자들을 주로 진료했다. 제인 오스틴도 지병으로 세상을 떠나기 직전에 전문의의 진료를 받기 위해 대도시 윈체스터로 거주지를 옮겼다.

9 housekeeper. 살림을 관장하는 여자 하인들을 지휘하는 가장 높은 직책.

9

엘리자베스는 언니의 방에서 뜬눈으로 밤을 지새우다시피 했
고, 아침에는 아주 일찍부터 하녀를 보내 안부를 물어온 빙리
씨에게 기쁜 마음으로 그럭저럭 괜찮아졌다는 답을 할 수가
있었어요. 그보다 한참 늦게 찾아오긴 했지만, 빙리 자매의 시
중을 드는 우아한 여자분들[1]에게도요. 병세가 호전되긴 했지
만, 그래도 엘리자베스는 롱본에 쪽지를 보내서 어머니가 와
서 제인을 직접 보고 상황이 어떤지 살펴봐달라고 부탁했습
니다. 쪽지는 즉시 전달되었고 베넷 부인 역시 금방 화답해 아
침 식사가 끝나자마자 제일 어린 두 딸을 대동하고 네더필드

---

1 빙리 자매의 개인적 하녀, 시녀들을 일컫는다. 주로 귀족 숙녀들의 옷시
중을 들고 몸단장을 돕는다. 아마도 엘리자베스에게 오기 전에 자매들
의 치장을 돌보았을 테고, 그래서 빙리 씨의 하녀보다 한참 늦게 찾아왔
을 공산이 높다. 빙리 씨와 자매들의 우선순위를 엿볼 수 있다. 숙녀의
시녀는 헤어 드레싱 등 특별한 기술 훈련을 거쳐야 했고, 여자 하인 중
최고의 직급으로 교육 수준이나 교양도 높았다.

를 찾았지요.

제인의 병세가 위태로운 기미가 있었다면 베넷 부인도 몹시 슬퍼했겠지요. 하지만 크게 걱정할 정도가 아니라는 걸 보고 마음을 놓은 이상, 제인이 빨리 나았으면 좋겠다는 마음은 전혀 들지 않았어요. 건강을 회복하면 네더필드에서는 떠나야 할 테니까요. 그래서 집에 데려가달라는 딸의 제안을 귓등으로도 들으려 하지 않았어요. 거의 같은 시간에 왕진을 온 약사도 그편이 좋겠다고 했지만 부인은 못 들은 척했지요. 한동안 제인 곁에 앉아 있던 베넷 부인은 미스 빙리가 찾아와서 초대하자 세 딸을 모두 데리고 아침 식사를 하는 응접실[2]로 따라갔어요. 빙리가 반가이 인사하며 베넷 부인의 생각보다 따님 미스 베넷의 병세가 나쁘지는 않았기를 바란다고 말했습니다.

"솔직히 내 생각보다 나쁘더라고요"가 부인의 대답이었지요. "애가 너무 아파서 데리고 갈 수가 없네요. 존스 씨는 환자를 옮길 생각은 하지도 말라고 하시고요. 아무래도 여러분의 친절에 좀 더 폐를 끼쳐야겠어요."

"데리고 가신다니요!" 빙리 씨가 외쳤죠. "생각조차 할 수 없는 일이지요! 제가 장담하지만 미스 베넷이 떠난다고 해도 동생이 말을 듣지 않을 겁니다."[3]

"마음 푹 놓으셔도 됩니다, 부인." 미스 빙리가 싸늘하게 예를 차리며 말했죠. "미스 베넷이 우리와 함께 머무는 동안은

2 breakfast parlor. 아침에 해가 잘 드는 넓은 방을 골라 아침 식사 전용 식당 겸 응접실로 썼다. 지금은 아침 식사를 이미 끝낸 상황이다.
3 미스 빙리가 살림을 맡고 있기에 손님 초대는 안주인의 책임 관할이다.

모자람 없이 보살핌을 받을 거예요."

베넷 부인의 감사 인사는 구구절절하다 못해 차고 흘러넘쳤습니다.

"그럼요. 이렇게 좋은 친구들이 없었다면 딸아이가 어떻게 되었을지 모르겠네요. 아이가 정말로 많이 아프거든요, 말도 못하게 심하게 앓아서 말이에요. 세상 누구보다 잘 참아내긴 하지만요. 원래 우리 아이가 그렇긴 해요, 그 애는 단연코 내가 만나본 사람 중에서 가장 다정한 성품을 지녔으니까요. 저는 우리 다른 딸들한테도 자주 말한답니다. 큰언니한테 대면 너희는 아무것도 아니라고요. 빙리 씨, 여기 참 사랑스러운 방을 갖고 계시네요. 저 자갈돌이 깔린 산책로가 근사하게 내다보여요. 이 지방에서 네더필드에 비견할 데가 없다니까요. 임대 기간이 짧더라도 서둘러 이곳을 떠날 생각은 아니시길 바라요."[4]

"저는 뭘 하든 다 서둘러 합니다." 빙리가 대답했어요. "그러니까 네더필드를 떠날 결심이 서면 아마 오 분 만에 짐을 싸서 떠날 거예요. 하지만 지금은, 여기에 붙박이가 된 기분입니다."

"제 짐작으로도 꼭 그러실 것 같았어요." 엘리자베스가 말했어요.

---

4 베넷 부인이 빙리의 임대 기간이 짧다는 말을 하는 것으로 보아, 이곳 사람들이 서로의 재정 상태를 얼마나 잘 알고 있는지 알 수 있다. 빙리와 다아시의 재산 규모가 얼마나 되는지 소식이 금세 퍼진 것 또한 마찬가지다.

"저를 이해하기 시작하신 모양입니다?" 빙리가 엘리자베스를 돌아보며 말했지요.

"아! 그럼요—완벽하게 이해해요."[5]

"이 말씀을 칭찬으로 받아들여도 된다면 좋겠군요. 하지만 이렇게 쉽게 속이 훤히 들여다보인다니 안타깝지만 한심하네요."

"그렇긴 하죠. 하지만 심오하고 복잡한 성격이라고 해서 빙리 씨 같은 성격보다 반드시 더 훌륭하다는 법도 없으니까요."

"리지," 어머니가 외쳤습니다. "지금 어떤 자리에 있는지 기억하렴. 집에서는 네 멋대로 굴어도 참아준다지만, 여기서는 그렇게 거침없이 나대면 안 돼."

"미처 몰랐군요." 빙리가 즉시 대화를 이어나갔습니다. "알고 보니 인간의 성격을 연구하는 분이셨군요. 분명히 흥미로운 공부가 되겠습니다."

"그래요. 하지만 복잡한 성격들이 가장 흥미롭긴 하지요. 복잡한 성격엔 적어도 그런 장점은 있어요."

"지방에 있으면" 하고 다아시가 말했어요. "전반적으로 그런 연구를 할 만한 대상을 얼마 찾기 어려울 텐데요. 이웃을 만나도 아주 제한되고 동질적인 사람들의 모임 속에서 움직여야 하니까요."

"하지만 사람들 자체가 수시로 변하니까요. 영원히 새롭게

---

5 엘리자베스가 사람 보는 안목에 과도한 자신감을 지니고 있음을 보여준다는 점에서 중요한 발언이다.

관찰할 면면들이 나타나곤 한답니다."

"암요, 그렇고말고요." 베넷 부인이 갑자기 버럭 언성을 높였어요. 시골의 이웃을 거론하는 다아시의 태도에 기분이 확 상해버렸거든요. "내 확실히 말해두지만 그딴 건 런던 못지않게 시골에서도 아주 많이 볼 수 있다고요."

모두가 놀라버리고 말았지요. 다아시는 잠시 베넷 부인을 물끄러미 보다가는 말없이 돌아서서 가버렸답니다. 완전한 승리를 거두었다고 상상한 베넷 부인은 의기양양하게 승리에 쐐기를 박으려 들었어요.[6]

"내 입장에서 보면 런던이 지방보다 크게 대단한 우위가 있는지도 모르겠어요. 상점이나 공공 연회장이 많을 뿐이지. 시골이 훨씬 쾌적하잖아요, 안 그런가요, 빙리 씨?"

"시골에 있을 때 전 전혀 떠나고 싶은 생각이 들지 않아요. 하지만 런던에 있을 때도 그건 마찬가지거든요. 각자 장점이 따로 있어서 어디 있으나 그저 똑같이 좋더라고요."

"그래요―워낙 성품이 반듯하셔서 그렇지요. 하지만 저 신사분께서는," 하고 베넷 부인은 다아시 씨를 흘겨보네요. "시골을 퍽이나 하찮게 여기시는 듯하네요."

---

6 다아시가 말없이 돌아선 행위가 멸시를 내포하고 있으며, 무례하거나 터무니없게 구는 사람을 만났을 때 대처하는 참된 신사의 예법이라는 사실을 베넷 부인은 전혀 모른다. 『이성과 감성』의 여자 주인공 엘리너는 멍청한 의견을 피력하는 남자에게 굳이 대답할 필요성을 느끼지 않고 "합리적인 반박이라는 찬사를 바칠 가치도 없는 위인"이라고 생각한다. 따라서 다아시가 중요한 문제를 두고 늘 엘리자베스와 논쟁한다는 사실은 진심으로 존중한다는 뜻이기도 하다.

“아니에요, 엄마, 오해하신 거예요.” 엘리자베스가 어머니 대신 부끄러워 얼굴을 붉히고 말했습니다. “다아시 씨 말씀을 완전히 잘못 알아들으셨어요. 그냥 시골에서는 런던에서만큼 다채로운 사람들을 만날 수가 없다는 뜻이었을 뿐인데, 그건 솔직히 사실이잖아요.”

“당연히 그렇지, 얘야. 누가 아니라고 했니. 하지만 동네에서 사람을 많이 만날 수 없다니 하는 말인데, 여기보다 더 큰 동네는 몇 없단 말이야. 우리가 만찬을 함께하는 가족만 해도 스물하고도 넷은 되는데.”

오로지 엘리자베스를 배려하는 마음 하나만으로 빙리는 간신히 표정을 다잡을 수 있었습니다. 하지만 그의 여동생은 그리 세심하지 못했고, 매우 의미심장하게 웃으며 다아시 쪽을 쳐다보았지요. 엘리자베스는 어머니의 생각을 다른 주제로 돌리기 위해서 자기가 집을 비운 사이 샬럿 루커스가 롱본에 다녀갔느냐고 물었어요.

“그래, 어제 아버지를 모시고 왔더라. 윌리엄 경은 참 얼마나 친절한 분인지 몰라요, 빙리 씨—그렇지 않나요? 참으로 품위 있고 고상하신 분이잖아요. 신사다우면서도 서글서글하시고!—그분은 언제나 누구에게나 꼭 한마디씩 해줄 말씀이 있어요—그런 품행이야말로 잘 배우고 자란 사람다운 거라고 전 생각한답니다. 자기가 굉장히 중요한 줄 알고 입도 뻥긋 않는 그런 사람들은 뭔가 단단히 잘못 알고 있는 거죠!”

“샬럿이 저녁을 함께했나요?”

“아니, 집에 가야 한다더라. 내가 짐작하기론 민스파이 만드는 일을 가서 도와줘야 했나봐. 저는 말이죠, 빙리 씨, 제 할 일은 제가 알아서 하는 하인들만 데리고 있는답니다. 우리 딸들은 그렇게 키우지 않았어요. 하지만 각자 자기가 알아서 판단하는 거니까요. 게다가 루커스네 딸들도 퍽 괜찮은 유의 여자애들이고요, 암요. 애들이 미인이 아닌 게 아쉽죠! 그렇다고 제가 샬럿이 뭐 아주 못생겼다고 생각하는 건 아니고요―그래도 우리와는 각별한 친구니까요.”

“아주 유쾌한 아가씨처럼 보이더군요.” 빙리가 말했다.

“아! 아유, 그럼요―하지만 샬럿이 솔직히 아주 평범한 외모라는 건 인정하셔야죠. 레이디 루커스 본인이 자주 그리 말하면서 제인의 미모를 부러워했거든요. 자기 자식 자랑을 나서서 하는 건 좋아하지 않지만, 그래도 확실히 제인만큼은―애보다 더 예쁜 사람은 자주 보기 힘들잖아요. 사람들 누구나하는 말이에요. 전 제 편향된 마음은 믿지 않는답니다. 제인은나이가 열다섯밖에 안 됐을 때도, 런던에 사는 내 동생 가디너네 집에 묵던 어떤 남자가 정신없이 사랑에 빠져서 우리 올케는 우리가 떠나기 전에 청혼을 할 거라고 철석같이 장담했다니까요. 무슨 영문인지 그러진 않았지만요. 아마 애가 너무 어리다고 생각했던 모양이죠. 그래도 그 남자가 제인한테 바치는 시 구절도 몇 줄 썼는데 참 예쁜 시였어요.”

“그와 함께 애정도 끝나버렸죠.” 엘리자베스가 그만 못 참고 말해버렸어요. “아마 똑같은 방식으로 사랑을 극복한 사람들이 많이 있었을 거예요. 사랑을 쫓는 데 시가 특효라는 걸누가 처음 발견했을지가 전 궁금하네요.”

"저는 이제까지 시가 사랑의 양식[7]인 줄 알았습니다." 다 아시의 말이었지요.

"훌륭하고 탄탄하고 건강한 사랑이라면 그럴 수도 있지요. 이미 강인한 사랑이라면 그 무엇이든 양분이 될 테니까요. 하지만 하찮고 가냘픈 유의 호감 정도에 불과하다면 괜찮은 소네트 한 수로 말끔히 굶겨 죽일 수 있다고 전 확신해요."

다아시는 미소를 머금었을 뿐이에요. 하지만 뒤이어 좌중의 대화가 끊겨버리자 엘리자베스는 어머니가 또 밑천을 드러낼까 두려워 떨 수밖에 없었지요. 정말이지 무슨 말이라도 하고 싶었지만 할 말이 하나도 생각나지 않았어요. 짧은 정적이 흐르고 베넷 부인이 재차 제인에게 친절하게 대해주어 고맙다고 빙리에게 했던 인사를 또 하기 시작했어요. 귀찮게 리지까지 떠맡아서 폐를 끼쳐 죄송하다는 사과도 잊지 않았지요. 빙리 씨는 소탈하게 예의 바른 답인사를 하고 여동생한테도 억지로 예를 갖추고 상황에 적당히 걸맞은 말들을 하게 했답니다. 미스 빙리는 맡은 역할을 그렇게 우아하게 연기하진 못했지만 베넷 부인은 만족했고 머지않아 마차를 불렀습니다. 이신호를 감지한 부인의 막내딸이 전면에 나섰습니다. 어린 두딸은 방문 시간 내내 둘이서만 속살거리고 있었는데, 그 결과 막내가 나서서 처음 시골에 왔을 때 네더필드에서 무도회를

---

7 윌리엄 셰익스피어의 희극『십이야』의 유명한 첫 대사를 인용한 것이다. 상사병을 앓는 오르시노 공작이 말한다. "음악이 사랑의 양식이라면, 계속 연주하도록 하라. If music be the food of love, play on." 다아시는 이미 짝사랑을 시작했고 곧 상사병을 앓게 될 테니 흥미로운 인용이다.

열기로 약속하지 않았느냐고 빙리 씨를 추궁하기로 결정이
났던 거예요.

리디아는 몸집이 다부지고 열다섯 나이에 비해 발육이 빠
른 여자아이로, 눈 코 입이 예쁘고 붙임성이 좋은 얼굴을 하고
있었어요. 어머니가 가장 아끼는 딸이었기에, 총애를 업고 이
른 나이에 사교계에 데뷔했지요. 동물처럼 씩씩한 활력이 넘
치고 애초에 자중심을 타고난 데다, 이모부가 베푸는 후한 만
찬들과 본인이 지닌 싹싹한 태도로 장교들의 호감을 한 몸에
끌었고, 그런 관심을 받다보니 자기애가 더 커져서 확신으로
굳어졌지요. 따라서 얼마든지 빙리 씨에게 무도회 이야기를
할 수 있는 아이였는데, 그야말로 대뜸 무도회를 열기로 약속
하지 않았느냐고 따진 거예요. 그러고는 약속을 하고서 지키
지 않는다면 세상에 그런 수치가 또 없다고 덧붙이기까지 했
지요. 이 급습에 대처하는 빙리 씨의 응답은 그 어머니의 귀에
그저 반갑게만 들렸답니다.

“걱정 마세요. 약속을 지킬 준비는 완벽히 되어 있으니까요.
언니가 건강을 회복하면 원하는 무도회의 날짜만 말씀하시지
요. 하지만 언니가 와병 중인데 춤을 추고 싶지는 않으시겠
지요.”

리디아는 마음에 쏙 드는 답이라고 선언했어요. “아! 그럼
요—제인 언니가 나을 때까지 기다리는 게 훨씬 좋겠어요. 그
때쯤 되면 카터 대위도 다시 메리턴에 와 있을 테니까요. 일
단 그 무도회를 먼저 열어주시면,” 하고 또 한마디 덧붙였지
요. “그쪽에서도 무도회를 열어야 한다고 내가 조를 거예요.

포스터 대령님께도 무도회를 열지 않는 건 수치라고 말해야 겠네요."

베넷 부인과 딸들은 얼마 후 떠났고 엘리자베스는 그 즉시 제인에게로 돌아갔어요. 그녀 자신과 가족의 행실은 숙녀 두 명과 다아시 씨의 품평에 그냥 내맡기기로 했지요. 하지만 후자는, 미스 빙리가 근사한 두 눈을 놓고 아무리 농을 쳐도 굴하지 않고 그녀를 겨냥한 험담에는 끝까지 한마디도 끼어들지 않았답니다.

10

그날은 전날과 크게 다를 바 없이 흘러갔어요. 허스트 부인과 미스 빙리는 오전에 꽤 오랜 시간을 환자와 함께 보냈고, 환자의 병세는 느리지만 꾸준히 나아지고 있었지요. 저녁에는 엘리자베스가 거실로 내려가 일행과 어울렸어요. 하지만 루 카드 게임을 위한 테이블은 차려지지 않았답니다. 다아시 씨는 글을 쓰고 있었고, 미스 빙리는 곁에 자리를 잡고 앉아서 그가 편지를 쓰는 과정을 지켜보며 계속 여동생에게 안부를 전해달라며 그의 주의를 흩뜨렸어요. 허스트 씨와 빙리 씨는 피케[1]를 하고 있었고 허스트 부인은 게임을 구경하고 있었지요.

엘리자베스는 바느질감을 손에 들고 있었지만 다아시와 옆 사람 사이에 오가는 대화를 엿듣는 것만으로도 충분히 재미있었어요. 숙녀는 필체가 훌륭하고 줄 간격이 고르고 편지 길

---

1 piquet. 트럼프 카드의 숫자를 줄여 둘이서 하는 약식 카드 게임.

이도 길다며 쉬지도 않고 칭찬 세례를 쏟아부었고 다아시 씨는 철저히 무관심한 태도로 칭찬을 받기만 하는데도 희한하게 흥미진진한 대화가 이어졌는데, 그 내용이 두 사람에 대한 자신의 평가와 정확히 일치했기 때문이지요.

"미스 다아시는 이런 편지를 받으면 얼마나 기쁠까요!"

그는 아무 대답도 하지 않았어요.

"글 쓰시는 속도가 범상치 않게 빠르세요."

"잘못 보신 겁니다. 저는 오히려 천천히 쓰는 편이에요."

"일 년으로 치면 쓰셔야 할 편지가 얼마나 수없이 많겠어요! 사업상의 편지도 있잖아요! 세상에 난 생각만 해도 몸서리쳐지게 싫은데요."

"그럼 다행이네요. 미스 빙리가 아니라 제가 할 일이라서요."

"부디 동생분께 제가 너무 보고 싶어한다고 전해주세요."

"원하시는 대로, 그 말은 이미 한 번 적었습니다."

"펜이 마음에 들지 않으실까 걱정이네요. 제가 대신 손질해드릴게요.[2] 펜 손질이라면 제가 엄청 잘하거든요."

"감사합니다—하지만 전 제 펜은 늘 제가 직접 손질합니다."

"어떻게 그렇게 고르게 쓰실 수가 있어요?"

그는 침묵을 지켰습니다.

"동생분의 하프 실력이 많이 늘었다던데, 제가 그 소식을

---

2 깃펜은 쓰다보면 금세 닳아서 펜나이프로 깎아 손질해야 했다.

들어서 얼마나 기쁜지 모른다고 꼭 전해주시고요. 그 소담하고 어여쁜 테이블 디자인을 보고 황홀했다고도 전해주세요. 제 생각에는 미스 그랜틀리 것과는 차마 비교도 할 수 없이 뛰어나다고도요.”

“그 황홀감은 제가 다시 편지를 쓸 때까지 유예하도록 허락해주시겠습니까?—현재로서는 마땅히 옮길 지면이 없어서요.”

“오! 전혀 중요한 말은 아니에요. 1월에 만날 테니까요. 하지만 동생한테 항상 그렇게 길고 어여쁜 편지를 써서 보내시는 건가요, 다아시 씨?”

“보통은 길지만, 항상 어여쁜지 아닌지는 제가 판단할 사안이 아닙니다.”

“제가 보니까 법칙이라 해도 되겠던데요. 긴 편지를 쉽게 쓸 수 있는 사람이 글을 못 쓰는 일은 없더라고요.”

“다아시한테 칭찬을 하려면 그걸로는 어림도 없어, 캐럴라인.” 오빠가 힘주어 말했습니다—“그 친구는 쉽게 쓰는 게 아니거든. 네 음절짜리 단어들을 놓고도 지나치게 고민한단 말이야—안 그래, 다아시?”

“내 글쓰기 스타일은 자네와 아주 다르지.”

“어머!” 미스 빙리가 탄성을 올렸어요. “찰스 오빠가 얼마나 아무렇게나 글을 쓰는지 상상도 못 해요. 낱말의 절반은 빠뜨리고 나머지는 잉크 얼룩 범벅이거든요.”

“난 생각이 너무 빠르게 흘러가서 표현이 따라갈 시간이 모자라는 거야—무슨 말이냐 하면 내 편지들은 가끔 수신인에게 아무 생각도 전달하지 못한다는 뜻이지."

"빙리 씨의 겸손은 정말이지," 하고 엘리자베스가 말했습니다. "비난조차 무장해제 해버릴 거예요."

"겸손한 외양보다 기만적인 건 아무것도 없지요." 다아시가 말했어요. "의견 자체가 경솔한 경우가 흔하고, 때로는 간접적인 자랑이거든요."

"그럼 내 이 소소한 겸손은 둘 중 어느 쪽이라고 보나?"

"간접적인 자랑이지—사실 자네는 글쓰기 능력에 있는 결함을 자랑스러워하거든. 사유가 빠르고 글쓰기가 부주의한 결과라고 생각하니까 말이야. 그러면 높이 평가할 만하지는 않아도 적어도 상당히 흥미롭거든. 무슨 일이든 신속하게 처리하는 능력을 당사자들은 늘 대단하게 여기지만, 불완전한 결과에는 아예 신경도 쓰지 않는 경우가 허다해. 오늘 아침에 자네가 베넷 부인에게 했던 말도 그렇잖아. 네더필드를 떠나겠다고 결심하게 된다면 오 분 만에 떠날 거라는 얘기도 자기 자신을 칭찬하기 위해 한, 뭐랄까 뿌듯한 자화자찬이었지 않나—하지만 꼭 필요한 일을 마무리도 하지 않고 다급하게 떠나는데 뭐 그리 칭찬해줄 만한 구석이 있지? 자네한테도 다른 누구에게도 정말로 좋을 게 없는데 말이야."

"저런," 빙리가 외쳤어요. "이건 너무한데. 아침에 했던 바보 같은 소리를 밤에 전부 기억해내는 게 어딨어. 게다가 내 명예를 걸고 말하지만, 나 자신을 두고 했던 말은 진실이었고, 적어도 그 순간에는 정말 그렇게 믿는단 말이야. 그러니까 적어도 숙녀들 앞에서 그냥 잘난 체나 하려고 쓸데없이 성급한 인물인 척 군 건 아니란 말이지.”

“그야 자네는 당연히 믿었겠지. 하지만 나는 자네가 그렇게 기민하게 떠날 거라는 확신이 전혀 들지 않는군. 자네의 행동은 내가 아는 그 누구보다도 우연에 좌우되거든. 그래서 자네가 말에 올라탈 때 친구가 ‘빙리, 다음 주까지 머무는 편이 낫겠어’라고 말하면 아마 자네는 그렇게 할 거야. 십중팔구 떠나지 않고—그리고 한마디만 더 하면, 한 달은 더 머물걸.”

“이 이야기로 입증된 사실은,” 하고 엘리자베스가 외쳐 말했지요. “빙리 씨가 본인의 성격을 제대로 자랑하지 못했다는 거군요. 지금 하신 말씀이 아까의 자화자찬보다 훨씬 더 빙리 씨를 돋보이게 하니까요.”

“정말 진심으로 감사드립니다.” 빙리가 말했습니다. “제 친구의 말을 제 다정한 성격에 바치는 칭찬으로 바꿔주시다니요. 하지만 유감스럽게도 저 신사분의 원래 의도를 한 바퀴 거꾸로 돌려 이해하신 것 같아요. 저 친구는 그런 상황이라면 제가 단칼에 거절하고 최대한 빨리 멀리 떠나야 잘했다고 봐줄 테니까요.”

“다아시 씨는 그럼 원래의 의도가 성급했어도 고집스럽게 끝까지 관철하기만 하면 그 결점이 상쇄된다고 여기시는 건가요?”

“솔직히 말씀드리자면, 저는 정확히 설명드리지 못하겠군요. 다아시가 직접 얘기해줘야 하겠는데요.”

“두 분이 제 의견이라고 정해놓고 설명을 요구하시지만, 막상 저는 인정한 적이 없습니다. 하지만 미스 베넷께서 묘사한

대로 한 친구가 빙리의 계획을 미루고 집으로 돌아오길 요구하고 있다는 가정을 해봅시다. 이 경우 이 친구는 그냥 돌아오길 바랐을 뿐, 왜 그런 행동이 적절한지 어떤 근거도 제시하지 않았습니다.”

“친구의 설득에 기꺼이—순순히—따라주는 건 다아시 씨가 보기에 장점이 아니군요.”

“확신이 없이 따른다면야 두 사람 모두의 이해력에 칭찬이 될 수 없지요.”

“제가 보기에는 다아시 씨가 우정이나 사랑의 영향을 들일 마음의 여지를 주지 않는 것 같네요. 부탁하는 사람을 배려하는 마음만으로, 논리적 근거를 기다리지 않고 흔쾌히 요청을 들어줄 때도 자주 있으니까요. 빙리 씨가 연루된 가상의 상황을 특정해서 하는 얘기는 아니에요. 빙리 씨가 과연 현명한 행동을 하실지 여부야 실제로 그런 상황이 발생할 때까지 기다렸다가 다음에 논해도 되겠지요. 하지만 일반적이고 평범한 사정이라면, 친구 사이에서 그렇게까지 중대하지 않은 결심을 바꿔달라 요청을 받았을 때, 논리적으로 납득할 때까지 망설이지 않고 그 자리에서 순순히 응한다고 해서 그 사람을 나쁘게 생각해야 할까요?”

“우리가 이 주제로 논의를 진행하기 전에, 그 요청과 관련된 사안의 중요성은 물론이고 두 당사자 간에 존재하는 친밀감의 정도를 더 정확하게 규정하는 게 바람직하지 않을까요?”

“제발 부탁인데 말이야,” 하고 빙리가 외쳤지요. “시시콜콜한 세부 사항을 다 들어보도록 하자고. 두 사람의 신장과 몸집이 상대적으로 어떤지도 잊지 말고 꼭 다 말해줘. 미스 베넷, 그런 게 사실 생각하시는 것보다 이 논쟁에서 훨씬 중요할지도 몰라요. 확실히 말씀드리는데, 다아시가 저와 비교해서 저렇게 키가 엄청나게 큰 친구가 아니라면, 제가 지금의 절반만큼도 존중하지 않았을 겁니다. 정말이지 어떤 특정한 상황, 어떤 특정한 장소에서, 다아시만큼 경외감을 유발하는 사람은 내가 아는 한 없어요. 특히 자기 집에서, 특히 아무 할 일도 없는 일요일에 그렇답니다."

다아시 씨는 피식 웃었지만, 엘리자베스는 그의 기분이 확상했다는 걸 감지할 수 있었어요. 그래서 웃음이 빵 터지려는 걸 꾹 눌러 참았습니다. 미스 빙리는 다아시가 당한 모욕에 몹시 분개하며 그딴 허튼소리를 하는 오빠에게 항의했습니다.

"자네의 의도는 알겠어, 빙리."―빙리의 친구가 말했습니다―"자네는 논쟁을 싫어하니, 이 논쟁을 잠재우고 싶어하는 거지."

"아마 그럴걸. 논쟁은 말다툼과 너무 많이 닮았단 말이야. 내가 방에서 나갈 때까지만 자네와 미스 베넷이 논쟁을 유보해준다면 아주 고맙겠네. 그다음엔 나를 두고 뭐든 맘대로 왈가왈부해도 돼."

"부탁하시는 사안은 제 쪽에서는 아무 어려움 없이 들어드릴 수 있어요." 엘리자베스가 말했지요. "그리고 다아시 씨는 편지를 마저 다 쓰시는 편이 훨씬 더 좋겠고요."

다아시 씨는 그 조언을 받아들였고, 편지를 끝까지 썼습니다.

편지를 끝낸 다아시 씨는 미스 빙리와 엘리자베스에게 음악을 좀 즐기고 싶다고 부탁했지요. 그러자 미스 빙리가 매우 민첩하게 피아노포르테 쪽으로 이동했어요. 그러더니 엘리자베스에게 먼저 이끌어달라고 예의 바르게 요청했고, 엘리자베스가 똑같이 예를 갖춰 진심으로 사양하자 피아노포르테 앞에 앉았습니다.

허스트 부인이 동생의 반주에 맞춰 노래했고, 두 사람이 열심히 노래하는 사이 피아노포르테 위에 놓여 있던 악보를 뒤적이던 엘리자베스는 다아시 씨의 시선이 자기한테 못 박혀 있다는 걸 의식하지 않을 수가 없었습니다. 저렇게 대단한 남자가 자기를 흠모할 수도 있다는 상상은 차마 도저히 할 수가 없었지만, 그렇다고 자기를 싫어해서 저렇게 쳐다본다는 건 더 이상했어요. 하지만 결국은, 저 남자가 생각하는 올바름의 기준에 비춰볼 때 여기 다른 누구보다 자기한테 뭔가 틀리고 비난할 만한 구석이 많이 있어서 관심을 끌었나보다 여겼을 뿐, 다른 짐작을 할 수는 없었지요. 그런 생각을 하더라도 뭐 속상하지는 않았어요. 인정받고 싶은 마음에 신경이 쓰일 만큼 그를 좋아하진 않았거든요.

이탈리아 가곡을 몇 곡 연주하고 나서, 미스 빙리는 활달한 스코틀랜드 노래로 바꾸어 다채로운 매력을 발산했답니다. 그러자 다아시 씨가 곧 엘리자베스에게로 다가오더니, 이렇게 말을 걸어왔어요—

"이 기회에 릴[3]을 한 곡 추고 싶다는 마음이 들지 않으십니까, 미스 베넷?"

엘리자베스는 미소만 짓고 아무 대답도 하지 않았어요. 그는 상대의 침묵에 퍽 놀란 눈치로, 같은 질문을 되풀이했지요.

"어머! 아까도 듣긴 했는데, 무슨 대답을 드려야 할지 곧바로 마음을 정할 수가 없었어요. 제가 '네'라고 대답하길 원하셨다는 건 알아요. 그래야 제 취향을 낮잡아 보는 쾌감을 누릴 수 있으니까요. 하지만 저는 그런 유의 계략을 전복하고 심사숙고해서 전략을 짠 상대의 허를 찌르는 데서 기쁨을 느끼거든요. 그래서 릴을 추고 싶은 마음 따위 전혀 없다고 대답하기로 결정했어요―그러니 이제 낮잡아 보시려거든 얼마든 그러셔도 돼요."

"감히 그럴 리가 있겠습니까."

엘리자베스는 당돌하게 대들 작정을 하고 있던 터라 정중하고 신사다운 응대에 오히려 깜짝 놀라 좀 당혹스러워졌어요. 다정함과 도도함이 뒤섞인 특유의 매너 탓에 사실 엘리자베스는 상대가 누구든 무례하게 굴기가 쉽지 않았거든요. 다아시는 다아시대로 지금까지 그 어떤 여자에게도, 지금 엘리자베스한테처럼 홀린 듯[4] 마음을 빼앗긴 적이 없었고요. 엘리자베스의 가문과 인맥이 이토록 열등하지 않았다면 자기가 정말 위험했을지도 모르겠다고, 그는 정말로 그리 믿었습니다.

---

3 reel. 스코틀랜드풍의 활기찬 춤. 스코틀랜드 음악과 함께 당시 큰 인기를 끌었다.
4 bewitch. 이 단어에 들어 있는 마녀라는 단어 'witch'의 의미가 명확해서 밝혀둔다.

미스 빙리도 이만하면 충분히 봤고 충분히 의심을 품었고 따라서 질투심을 느꼈어요. 그래서 갑자기 소중한 친구 제인의 회복을 요란스럽게 걱정하기 시작했고, 엘리자베스를 어서 이 자리에서 치워버리고 싶다는 소망의 실현에 소정의 효과를 보았답니다.

미스 빙리는 종종 다아시를 자극해서 자기가 초대한 손님을 싫어하게 만들려고 노력했는데, 주로 가상의 결혼 얘기를 꺼내서 그런 혼사에서 그가 누릴 행복을 자기가 계획해주는 식이었어요.

"제가 바라는 게 있는데요," 그래서 다음 날 함께 관목 숲을 산책하다 다아시에게 말했습니다. "이 바람직한 혼인이 성사되면 장모님께 입을 다물고 계시는 게 훨씬 득이 된다고 넌지시 몇 마디 던지시면 좋겠어요. 해내실 수만 있다면, 부디 장교들 꽁무니만 쫓아다니는 어린애들의 고질병도 고쳐주시고요—그리고, 민감한 주제에 제가 말을 얹어도 된다면, 당신의 숙녀분이 지닌 그, 무례와 오만을 아슬아슬하게 넘나드는 소담한 성깔을 좀 말려보려고 노력하셔야겠어요."

"제 가정의 행복을 위해서 그 밖에 또 제안하실 사안이 있습니까?"

"아! 네—그 이모와 이모부라는 필립스 부부의 초상화를 펨벌리의 갤러리에 걸어두셔야죠. 판사이신 큰할아버지 바로 옆에 걸어두세요. 알다시피 같은 직종이시잖아요. 분야가 좀 달라서 그렇지. 당신의 엘리자베스 초상화로 말하자면, 감히 주문을 하지도 못하시겠죠? 어떤 화가가 그 아름다운 눈을 제대로 그릴 수 있겠어요?"

"사실, 그 표정을 포착하기가 쉽지는 않을 겁니다. 하지만 워낙 빼어난 눈매의 색과 모양, 그토록 근사한 눈썹쯤은 얼추 비슷하게 그릴 수도 있을 거예요."

그런데 하필 바로 그 순간 그만 다른 길로 산책하던 허스트 부인과 엘리자베스 본인을 딱 마주치고 만 거예요.

"산책할 생각이 있는지 몰랐어요." 미스 빙리는 몹시 혼란스러운 얼굴로 말했습니다. 혹시라도 방금 나누던 대화를 엿들었을까 너무 걱정이 되었어요.

"정말 우리한테 네가 이럴 수가 있니." 허스트 부인이 대꾸했지요. "외출한다는 말도 안 하고 도망가버리다니."

그러더니 허스트 부인은 다아시 씨의 비어 있는 다른 팔을 잡고는 엘리자베스가 혼자 걷도록 두고 그의 옆으로 가버렸어요. 다아시 씨는 그들의 무례를 느끼고 즉시 말했습니다—

"이 길은 우리 일행이 함께 걷기엔 너무 좁습니다. 큰길로 들어서는 게 좋겠어요."

하지만 엘리자베스는 남아서 이들과 함께 걷고 싶은 마음이 추호도 없었기에 소리 내어 웃으며 대답했답니다.

"아니에요, 괜찮아요. 지금 계시는 데 그대로 계세요—매력적인 분들이 함께 모이셔서 지금 정말 유달리 아름다워 보여요. 네 번째 인물이 끼어들면 이 근사한 그림이 망쳐질 거예요. 안녕히 계세요."

그러고는 명랑하게 달려가서는, 이리저리 정처 없이 돌아다니면서 하루이틀이면 집에 갈 수 있다는 소망에 기쁨을 만끽했어요. 제인은 이미 건강이 많이 회복되어 그날 저녁에는 한 두 시간쯤 방 밖으로 나올 생각까지 하고 있었거든요.

11

저녁 식사를 마치고 숙녀들이 먼저 자리를 뜨자,[1] 엘리자베스는 언니에게로 달려 올라가서 언니가 추위를 느끼지 않도록 단단히 감싸 여며주고 함께 응접실로 내려왔습니다. 언니의 두 친구가 다양한 말들로 기쁨을 표현하며 반가이 맞아주었지요. 엘리자베스는 신사들이 등장하기 전까지의 그 시간만큼 그 자매가 함께 있기 즐거운 사람들이라 느낀 적이 없어요. 대화를 끌어가는 능력도 훌륭하지 뭐예요. 두 사람은 사교 모임을 정확히 묘사하고 유머를 섞어 일화를 이야기해주고 신나게 지인들의 흉을 보며 웃어댔답니다.

하지만 신사들이 등장하자 아니나 다를까 제인은 즉시 첫 번째 관심사에서 밀려났지요. 미스 빙리의 눈길은 곧바로 다

1　저녁 식사를 마치고 나서 관습적으로 여자들은 식당에서 자리에서 물러나 응접실로 옮겼고, 남자들은 그때부터 술을 마시고 담배를 피우고 정치를 논했다.

아시를 향했고, 그가 몇 걸음 다가오기도 전에 이미 건넬 말을 준비하고 있었답니다. 다아시 씨는 미스 베넷에게 인사하고 예의 바르게 회복을 축하했습니다. 허스트 씨 역시 살짝 고개를 끄덕이며 "아주 기쁘다"라고 말했고요. 하지만 환한 화색과 온기는 빙리의 인사말 몫으로 남겨졌어요. 빙리는 기쁨과 배려로 가득했지요. 제인이 방을 바꿔서 한기를 느낄까 걱정하며 장작을 쌓느라 처음 삼십 분을 다 흘려보내고 말았고요. 제인은 결국 빙리가 바라는 대로 문간에서 멀리 떨어져 벽난로 건너편으로 자리를 옮겨야 했어요. 그때부터 빙리는 제인 곁에 앉아서 다른 사람과는 거의 이야기를 섞지도 않았습니다. 두 사람과 마주 보는 구석 자리에서 바느질을 하던 엘리자베스는 그걸 모두 지켜보면서 얼마나 기뻤는지 몰라요.

티타임이 끝나자 허스트 씨는 카드 테이블을 내올 시간임을 처제에게 넌지시 상기시켰지만—허사였어요. 미스 빙리는 다아시 씨가 카드를 싫어한다는 정보를 사적인 경로로 입수한 터였거든요. 허스트 씨는 심지어 공개적으로 요청했는데도 돌아오는 건 거절뿐임을 곧 알게 되었고요. 미스 빙리는 아무도 카드놀이를 할 의향이 없다고 단언했고, 이 주제에 관해 다들 침묵을 지킨 걸 보면 맞는 말이었던 것 같아요. 그래서 그만 할 일이 없어져버린 허스트 씨는 소파에 몸을 쭉 뻗고 잠들어버렸지요. 다아시가 책 한 권을 집어 들자, 미스 빙리도 똑같이 따라 했고, 허스트 부인은 주로 자기 팔찌와 반지를 만지작거리고 노는 데 몰두하다 이따금 동생과 미스 베넷의 대화에 한마디씩 말을 얹곤 했지요.

미스 빙리의 관심은 자기 책을 읽는 것만큼이나 다아시 씨가 책을 얼마나 많이 읽었나 지켜보는 쪽에 쏠려 있었어요. 잠시도 쉬지 않고 뭔가 물어보거나 그가 읽고 있는 페이지를 훔쳐보곤 했고요. 하지만 어떻게 해도 그는 대화로 끌려들어오지 않았어요. 질문하면 대답만 해주고 계속 책만 읽었지요. 그녀는 자기 책을 읽으며 재미를 느끼려 한참 애쓰다 그만 완전히 지쳐버리고 말았어요. 사실 처음부터 그가 읽는 책의 2권이라는 이유만으로 고른 책이었으니까요. 그래서 미스 빙리는 급기야 커다랗게 하품을 하고는 이렇게 말했지요. "이런 식으로 저녁을 보내니 얼마나 기분이 좋은지! 아무튼 세상에 독서만 한 오락이 없다니까요! 다른 건 다 지겨워져도 책은 지겹지가 않으니까요!─훗날 내 집을 갖게 됐을 때 훌륭한 서재가 없다면 난 정말 슬플 거예요."

아무도 대답하지 않았어요. 그러자 미스 빙리는 다시 하품을 하고 책을 옆으로 휙 던져 치우더니 눈으로 방 안을 빙 둘러 훑어보며 뭔가 재밌는 게 없나 찾았어요. 때마침 오빠가 미스 베넷에게 무도회 이야기를 하는 걸 듣게 된 그녀는 불쑥 오빠 쪽을 돌아보며 말했습니다.

"그건 그렇고 찰스 오빠, 정말 진심으로 네더필드에서 무도회를 열 생각인 거야?─나는 오빠가 결정을 내리기 전에 여기 지금 이 자리에 계신 분들에게 무엇을 바라는지 여쭤보라고 조언하고 싶은데. 우리 중 몇몇 분한테는 무도회가 즐거움이 아니라 형벌인 것 같거든. 아니라면 내가 크게 잘못 알고 있는 거고."

"다아시를 말하는 거라면," 하고 오빠가 힘주어 말했어요. "싫으면 무도회가 시작하기 전에 자러 가면 되지—하지만 무도회로 말하자면, 이미 기정사실이나 마찬가지야. 니콜스가 화이트 수프[2]를 충분히 만드는 대로 초대장을 돌리도록 하지."

"난 무도회가 좀 다른 방식으로 진행된다면 말도 못하게 더 좋을 것 같아." 동생이 대꾸했지요. "그런 모임이 평소대로 흘러간다면 어쩐지 견딜 수 없이 따분한 구석이 있어서. 춤이 아니라 대화가 행사의 중심이 되면 확실히 훨씬 이성적일 텐데."

"훨씬 더 이성적이기야 하겠지, 우리 동생 캐럴라인아, 물론 나도 그렇게 생각하지만 그럼 무도회하고는 거리가 멀어질 걸."

미스 빙리는 아무 대답도 하지 않았어요. 그러다 금방 일어나더니 방 안을 빙 돌며 걷기 시작했지요. 몸도 우아하고 걷기도 잘 걸었어요—하지만 이 모든 일의 표적인 다아시는 여전히 융통성 없이 꿈쩍도 않고 책만 읽었지요. 왠지 절박한 심정이 되어버린 그녀는 딱 한 가지 노력만 더 해보기로 작정했어요. 그래서 엘리자베스 쪽으로 홱 돌아서서 이렇게 말했지요.

"미스 일라이자 베넷, 제가 본을 보여드리는 대로 방 안을 빙 돌아보길 권하고 싶어요—장담하는데 같은 자세로 오래 앉아 있고 나서 이렇게 하면 기분이 아주 상쾌해진답니다."

2 white soup. 송아지 육수와 크림, 아몬드로 만든 값비싼 수프. 니콜스는 하녀장의 이름이다.

엘리자베스는 놀랐지만 선뜻 좋다고 했어요. 미스 빙리도 그 친절의 진짜 목적을 이루었고요. 다아시 씨가 눈길을 들었거든요. 미스 빙리의 생뚱맞은 관심에 그도 엘리자베스 본인만큼이나 정신이 번쩍 들어서, 무의식적으로 책을 덮어버린 거죠. 그 즉시 같이 걷자는 권유를 받았지만 그는 거절했습니다. 그러면서 굳이 둘이 함께 방 안을 왔다 갔다 걸어 다니는 동기를 두 가지로 짐작할 수 있는데, 둘 다 자기가 개입하면 오히려 방해가 될 거라고 말했어요. 대체 무슨 뜻으로 하는 말일까요? 미스 빙리는 궁금해 죽겠다고 안달했어요—그러면서 엘리자베스에게 물었지요. 저 말이 무슨 뜻인지 이해가 되세요?

"전혀요." 엘리자베스의 대답이었죠. "하지만 한 가지는 분명해요. 우리한테 혹독하게 굴려는 의도니까, 우리가 그를 실망시키는 확실한 길은 아예 이유를 물어보지 않는 거예요."

하지만 미스 빙리는 그 어떤 일로도 다아시 씨를 실망시킬 수가 없었기에 두 가지 동기가 뭔지 어서어서 해명을 하라고 졸라댔답니다.

"해명이라면, 아무 이의 없이 기꺼이 하겠습니다." 미스 빙리가 말할 틈을 주자마자 다아시 씨가 말했어요. "저녁 시간을 보내려고 그런 방식을 선택하신 건, 두 분이 서로 속내를 터놓는 사이여서 뭔가 은밀히 나눌 이야기가 있기 때문이거나, 아니면 걸어 다닐 때 두 분 자태가 가장 아름다워 보인다는 걸 의식하셨기 때문일 겁니다—첫 번째라면, 제가 완전히 방해만 될 테고—두 번째라면 이렇게 따뜻한 불가에 앉아 있는 쪽이 탄복하며 감상하기에는 훨씬 좋습니다.”

“어머! 충격이에요!” 미스 빙리가 외쳤어요. “그렇게 고약한 소리는 처음 들어봤어요. 저런 말을 한 벌을 어떻게 주면 좋을까요?”

“벌을 줄 의향만 있다면 그보다 쉬운 일이 없지요.” 엘리자베스가 말했어요. “우린 다 서로서로 괴롭히면서 벌을 줄 수 있으니까요. 놀려대고—깔깔 웃어댈 거리로 삼아요—두 분은 친하시니까, 어떻게 하는지 다 아실 텐데요.”

“하지만 정말로, 전 어떻게 하는지 몰라요. 친하다 해도 전 아직 그런 걸 배우진 못했다고요. 침착한 성정과 냉철한 지성을 놀린다니요! 아니, 안 돼요—그럼 우리한테 반격이 돌아올 거라는 느낌이 들어요. 그리고 웃음거리라니, 죄송하지만요, 트집 잡을 것도 없는데 비웃으려 들다가는 우리가 약점을 잡힐 위험이 있답니다.”

“다아시 씨는 비웃을 수 없는 분이라는 건가요!” 엘리자베스가 외쳤어요. “그건 정말 범상치 않은 특권인데요. 부탁하는데 앞으로도 그렇게 비범한 분으로 남아주시기 바라요. 그런 지인들이 흔해진다면 제게는 크나큰 상실이 아닐 수 없으니까요. 저는 깔깔 웃는 걸 진심으로 좋아한답니다.”

“미스 빙리께서 저를 과분하게 높이 평가해주신 겁니다.” 다아시가 말했습니다. “제아무리 현명하고 훌륭한 사람이라도, 아니 사람의 행동 가운데 가장 훌륭하고 현명한 것이라 해도, 농담을 인생 최고의 목표로 삼는 사람의 눈에는 우스꽝스럽게 비칠 수 있으니까요.”

“물론이에요.” 엘리자베스가 대꾸했습니다―“그런 사람들도 있지요. 하지만 저는 제가 그런 사람들 중 하나가 아니길 바라요. 현명하고 선한 걸 제가 우스개로 만들어버리는 일은 결코 없었으면 해요. 하지만 우매함과 허튼소리, 변덕과 모순이라면, 솔직히 너무 재미있더라고요. 그래서 기회가 생길 때마다 거침없이 비웃곤 하죠―하지만 그런 것들은, 아마 다아시 씨한테는 없는 자질이겠죠.”

“그런 게 없는 사람이 있겠습니까. 하지만 뛰어난 이해력을 우스갯거리로 전락시키는 약점들을 어떻게 피할 수 있을까 살면서 깊이 고민해온 건 사실입니다.”

“허영이나 오만 같은 약점 말이지요.”

“그래요, 허영은 확실히 약점이지요. 하지만 자존심이라면―정말로 우월한 정신의 소유자라면, 자존심은 항상 잘 제어되기 마련입니다.”

엘리자베스는 피식 배어나는 웃음을 숨기려고 고개를 돌렸어요.

“다아시 씨에 대한 조사는 이제 끝나셨다고 생각해도 되나요.” 미스 빙리가 말했어요―“부탁인데, 연구 결과는 어떻게 나왔는지 말해줄 수 있어요?”

“다아시 씨는 한 점의 결함도 없다는 완벽한 확신을 얻었어요. 전혀 꾸밈없이 본인께서 직접 그리 말씀하시니까요.”

“아니요.”―다아시 씨가 말했지요. “저는 그런 주제넘은 말을 한 적이 없습니다. 제게도 결함은 충분히 많습니다만, 그게 이해력에서의 결함이 아니기를 바랄 따름이지요. 감히 제 성격을 보장하겠다 말할 수는 없습니다―지나치게 양보가 없고 완강한 성질이라고 저도 생각합니다―확실히 세상의 편리를 위해 굽혀주지는 않지요. 다른 사람들의 우매함과 악덕을 잊어야 할 때 잊지 못하고, 제가 당한 억울한 일들도 오래 마음에 담아둡니다. 누가 영향을 미치려 한다고 해서 감정이 매번 쉽사리 요동치지도 않지요. 그런 제 성격을 두고 의분을 품는다 말할 수도 있겠군요―제게 신의를 한번 잃게 되면 영영 되찾지 못할 겁니다.”

“그건 정말 결함이 맞네요!”―엘리자베스가 외쳤어요. “무결한 자의 분노야말로 인격에 드리운 그림자이지요. 하지만 결점을 참 잘 고르셨어요―그것만큼은 도저히 저도 놀리며 웃을 수가 없거든요. 그러니 다아시 씨는 저한테서 안전하세요.”

“모든 성정에는, 특정한 악덕으로 기우는 경향이 있다고 믿습니다. 심지어 최고의 교육으로도 극복할 수 없는, 타고난 결함 말입니다.”

“그러면 당신의 결함은 만인을 싫어하는 경향이군요.”

“그리고 당신의 결함은,” 받아쳐 말하며 그는 설핏 웃었습니다. “멋대로 만인을 오해하려는 경향이고요.”

“어서요, 이제 우리 음악 좀 들어요.”―미스 빙리가 소리쳤어요. 자기가 끼어들 자리가 없는 대화에 지쳐버린 거죠―“루이자 언니, 형부를 내가 좀 깨워도 되겠지?”

언니는 실낱만큼의 반대도 하지 않았고, 피아노포르테의 뚜껑이 열렸지요. 그리고 다아시 씨는, 몇 초쯤 생각을 되짚어보다가, 대화가 끊긴 게 아쉽지는 않다고 생각했습니다. 엘리자

베스에게 지나친 관심을 쏟는 건 위험하다고 느끼기 시작했
기 때문이지요.

12

베넷 자매는 의견의 일치를 보았고 엘리자베스는 다음 날 아침 어머니에게 그날 중으로 마차를 보내달라고 부탁하는 편지를 썼어요. 하지만 베넷 부인은 그 나름대로 이미 다음 주 화요일까지 딸들이 네더필드에 머물게 하겠다고 계산을 마쳐 두고 있었답니다. 그러면 제인이 정확히 일주일의 체류를 마무리하게 되거든요.[1] 그 전에는 딸들이 집에 오더라도 도저히 기분 좋게 맞아줄 수가 없었지요. 그러니 답신은, 적어도 엘리자베스의 바람에 비춰보면, 별로 상서롭지는 못했어요. 엘리자베스는 한시라도 빨리 집에 돌아가고 싶어 몸이 달아 있었으니까요. 베넷 부인은 화요일 전에는 도저히 마차를 보내줄 수가 없다는 말을 딸들에게 전해 왔답니다. 그리고 추신에 덧

---

1 베넷 부인은 정말 우매하다 여겨질 정도로 무신경하고 생각이 없을 때가 많지만 딸들의 결혼에 관해서는 뜻밖의 교활함을 왕왕 드러내곤 한다.

붙여 쓰기를, 빙리 씨와 누이가 더 오래 머물다 가라고 붙잡으면, 그것도 얼마든지 괜찮다고 했지 뭐예요—하지만 엘리자베스는, 더 오래 머물지는 않겠다고 단단히 작정하고 있었어요—게다가 더 머물라는 요청을 받게 되리라는 기대도 별로 없었고요. 그 반대로, 불필요하게 오래 폐를 끼친다고 생각할까 걱정이었지요. 그래서 당장 빙리 씨의 마차를 빌리는 게 좋겠다고 제인을 부추겼고, 결국은 원래 두 사람의 계획대로 그날 아침 네더필드를 떠나겠다는 말을 전하면서 마차도 함께 부탁했지요.

자매의 뜻이 전달되자 근심의 목소리들이 많이 터져 나왔어요. 제인의 회복을 도우려면 적어도 다음 날까지는 머물러야 하지 않겠느냐는 말들도 충분히 나왔고요. 그래서 다음 날까지, 출발이 미뤄졌답니다. 하나 막상 그렇게 되자 미스 빙리는 하루 늦게 가라고 제안한 게 후회가 되었어요. 자매 중 한 사람에 대한 질투와 비호감이 또 다른 사람에 대한 애정을 훌쩍 상회했기 때문이지오.

집주인은 자매가 이처럼 빨리 떠난다는 걸 진심으로 슬퍼했고, 아직 안전하지 않다고—충분히 회복되지 않았다고, 미스 베넷을 거듭거듭 설득하려 했답니다. 하지만 제인은 뜻을 굽히지 않았고, 자신의 결정이 옳다고 느꼈어요.

다아시에게는 반가운 소식이었지요—엘리자베스가 네더필드에 머무는 건 이 정도로 충분했어요. 그 매력에 기분 나쁠 정도로 끌리고 있었을 뿐 아니라—미스 빙리가 엘리자베스에게 유독 무례를 범하며 평소보다 더 그를 성가시게 하고 있었으니까요. 그는 현명하게도 이제부터는 자기도 모르게 호감을 표시하는 일이 결코 없도록 특별히 주의해야겠다는 결심을 했답니다. 혹시라도 그의 행복을 마음대로 좌우할 수 있겠다는 희망을 엘리자베스가 품게 되는 사태는 없어야 하니까요. 그러면서 만에 하나 자기가 그런 여지를 주었다면, 결국 마지막 날 어떻게 행동하느냐가 그 희망을 굳히거나 꺼뜨리는 데 결정적으로 중요하리라는 사실도 잘 알고 있었지요. 그 목적에 충실하기 위해 다아시는 토요일 내내 엘리자베스에게 합쳐서 열 마디도 하지 않았고, 한번은 삼십 분이나 단둘이 남겨져 있었는데도, 몹시 의식적으로 책만 읽으면서 심지어 그녀를 보지도 않았어요.

일요일 예배가 끝나고 거의 모든 사람에게 너무나 반가운 이별이 찾아왔어요. 엘리자베스를 대하는 미스 빙리의 예절이 드디어 급속도로 향상되었고, 제인을 향한 애정 또한 마찬가지였습니다. 헤어질 때는, 롱본이나 네더필드에서 언제든 만나면 기쁠 거라고 말하며 한없이 애틋하게 제인을 안아주었고, 무려 엘리자베스와 악수까지 했지 뭐예요—엘리자베스로 말하자면, 최고로 신나고 활기찬 기분으로 일행과 작별을 고했답니다.

어머니로부터 그리 따뜻한 환영을 받지는 못했어요. 베넷 부인은 대체 왜 왔느냐면서, 그 댁에 그렇게 큰 폐를 끼치다니 크게 잘못했다고 꾸짖었지요. 틀림없이 제인이 또 감기에 걸렸을 거라면서요—하지만 아버지는, 비록 기쁨의 표현은 짧았지만 자매의 귀환에 진심으로 기뻐했습니다. 가족 성원들

가운데 그 둘의 중요성을 그간 크게 실감했던 것이지요. 제인과 엘리자베스의 부재 탓에 저녁에 함께 모여 나누는 대화에 활기가 떨어진 건 물론 상식이나 말다운 말은 거의 찾아볼 수 없게 되었으니까요.

자매가 돌아왔을 때 메리는, 여느 때와 마찬가지로, 음악의 베이스 파트와 인간 본성을 연구하는 데 푹 빠져 있었답니다. 또 새로운 발췌본[2]을 찾아서 감탄하고 또 진부한 도덕 설교를 새롭게 찾아서 경청하고 있었지요. 캐서린과 리디아가 전해줄 소식은 종류가 좀 달랐고요. 지난 수요일 이후로 연대에서 얼마나 많은 일이 있었고 또 얼마나 많은 말들이 오갔는지 몰라요. 장교 여러 명이 최근 이모부와 저녁을 먹었고, 병사 하나가 체벌을 받았고, 포스터 대령이 결혼 계획이 있다는 얘기가 정말로 넌지시 흘러나왔다는 거예요.

2 extract. 긴 책이나 자료를 모두 읽는 수고를 덜어주기 위해 요약 정리한 발췌본. 18세기에는 논설, 저작, 여행기 등을 요약 발췌한 자료를 많이 출간해 유포했다.

13

"여보, 내가 바람이 하나 있어요." 베넷 씨가 아내에게 말했어요. 다음 날 가족이 아침 식사를 할 때였지요. "오늘 저녁 메뉴를 잘 준비했기를 바라네요. 우리 가족 식사 자리에 한 사람이 더 추가될 거라는 기대를 할 만한 이유가 있어서요."

"누구를 말하시는 거예요, 여보? 확실히 올 만한 사람은 아무도 없는데. 샬럿 루커스가 어쩌다 온다고 하면 모를까. 내가 준비한 저녁 식사가 샬럿을 대접할 수준은 될 거고요. 그 정도 되는 음식을 자기 집에서 자주 먹을 것 같지는 않거든요."

"내가 말하는 사람은, 신사고 안면이 없는 사람이에요." 베넷 부인의 눈이 갑자기 반짝반짝했어요—"신사인데 잘 모르는 사람이라니! 빙리 씨가 틀림없네요. 아니, 제인아—넌 왜 그런 말을 한마디도 안 했니. 아유, 애가 음흉하다니까! 참, 당연히 빙리 씨가 온다면 저야 엄청엄청 좋지요—하지만—맙소사! 하필 운이 없네! 오늘은 생선을 한 조각도 못 구했는데.

리디아, 우리 아가, 초인종을 좀 울려라. 지금 당장 힐하고 얘기를 좀 해야겠어."

"빙리 씨가 아니에요." 부인의 남편이 말했습니다. "내가 지금껏 사는 동안 한 번 본 적도 없는 사람이에요."

이 말에 모두들 너무나 놀라버렸어요. 베넷 씨는 아내와 다섯 딸이 동시에 퍼붓는 질문 세례를 받는 즐거움을 만끽할 수 있었답니다.

베넷 씨는 가족의 호기심을 가지고 한참 재미를 보고 나서야 이렇게 설명을 해주었지요. "한 달 전쯤에 이 편지를 받고 이 주일 전쯤에 답장을 했소. 이게 좀 민감한 문제라 일찌감치 신경을 써야 한다고 생각했거든. 우리 친척 콜린스 씨한테서 온 건데, 그 친구는 내가 죽고 나면 자기 마음대로 당신과 애들 모두를 이 집에서 쫓아낼 수 있단 말이오."

"어머! 여보," 아내가 외쳤어요. "그런 말은 듣기만 해도 난 못 견디겠어요. 제발 그 이상한 사람 얘기는 하지도 말아요. 난 정말 이보다 힘든 일은 세상에 다시 없다고 생각해요. 당신 영지가 친자식들이 아닌 다른 사람한테 상속된다니. 정말이지 내가 당신이었다면요, 이미 오래전에 어떻게든 조치를 했을 거라니까요."

제인과 엘리자베스는 한정 상속의 속성을 어머니에게 설명하려고 시도했지요. 전에도 여러 번 해봤지만 이 주제에 관한 한 베넷 부인은 이성적 설득이 닿는 범위 밖에 있었어요. 그래서 딸만 다섯 있는 가족에게서 영지를 빼앗아 뭐가 어떻게 되든 아무도 신경 쓰지 않는 그런 남자한테 물려주는 잔인한 짓이 어디 있냐며, 마구 분통을 터뜨리며 신경질을 냈답니다.

"그야 확실히 부당하기 짝이 없는 일이긴 하지요." 베넷 씨가 말했어요. "콜린스 씨는 그 무슨 짓을 해도 롱본을 물려받는 죄책감을 떨칠 수 없을 테고요. 하지만 이 편지를 좀 읽어보면, 이 친구가 자기를 표현하는 방식에 어쩌면 당신 마음이 좀 누그러질지도 모르겠구려."

"아니, 그럴 리는 절대 없어요. 그치가 당신한테 편지를 썼다는 것 자체가 정말 뻔뻔하지 뭐예요. 굉장히 위선적이기도 하고요. 그런 거짓된 친구들을 난 싫어해요. 자기네 아버지가 그랬던 것처럼, 왜, 당신하고 계속 다툼이나 하지 않고요?"

"아니, 그러게 말이요. 그 머릿속에 뭔가 아들로서 근심이 들어차 있는 것 같기는 해요, 어디 들어나봐요."

켄트주 웨스터럼 근교 헌스퍼드

10월 15일

귀하께,

귀하와 작고하신 선친 간의 불화가 제게는 늘 큰 불편감을 안겨주었기에 그분과 사별하는 불행을 겪은 후로는 갈등을 봉합하고자 하는 소망을 종종 품곤 했습니다. 그러나 한동안은 제 마음속에 의심이 있어 선뜻 그러지 못했습니다. 선친께서 불화를 즐기셨던 사람과 제가 우호적인 관계로 지낸다면 선친의 기억에 누가 되는 것처럼 보일까봐 두려웠기 때문입니다—"이거 잘 들어봐요, 베넷 부인."—그러나 이 문제에 관해 제 마음은 이제 정해졌습니다. 부활절에 서품을 받은 후로 큰 행운을 입어 작고하신 루이스 드 버그 경의 부인이신 존귀하신 레이디 캐서린 드 버그의 후원이라는 영예를 받았고, 그분의 후의와 너그러움이 저를 선호하사 이 교구의 귀한 목사직에 선출해주셨으니, 그곳에서 저는 감사에 찬 존중으로 레이디를 모시며 영국 국교회가 제도화한 의례와 성사를 수행할 준비를 갖추고 저 자신을 천히 낮추며 살고자 성심 어린 노력을 다하려 합니다. 더욱이, 목사로서, 저는 제 영향력이 미치는 범위 내에 있는 모든 가족들에게 평화의 축복을 증진하고 정립하는 것이 제 의무라고 느낍니다. 바로 이런 근거에서 저는 제가 지금 울리는 이 선의의 서곡이 몹시 훌륭한 일이라고 스스로 자찬하며, 롱본 영지의 다음 상속자가 저라는 정황을 귀하께서 너그러이 묵과해주시고 제가 드리는 올리브나무 가지를 거절하지 않으시길 바랍니다. 저는 제가 귀하의 사랑스러운 따님들에게 상처를 주는 수단이 된다는 데 우려를 품지 않을 수 없는바, 부디 제 사과를 받아주시기를 간청드리며 따님들에게 가능한 모든 수단으로 보상할 준비가 되어 있음을 분명히 말씀드립니다—하지만 이 이야기는 나중에 드리도록 하지요. 저를 귀하의 집에 맞아주시는 데 반대가 없으시다면, 11월 18일 월요일 4시까지 귀하와 가족을 찾아뵙는 만족감을 저 자신이 누려보고자 합니다. 그리고 아무래도 그로부터 칠 일 후인 토요일까지 귀하의 환대를 침범하게 될 것 같습니다. 이 방문은 제가 아무 불편을 느끼지 않고도 드릴 수 있는데, 레이디 캐서린께서는 다른 목사가 그날의 의무를 행할 수만 있다면 제가 간혹 일요일에 자리를 비우더라도 아무 반대를 하지 않으시기 때문입니다. 친애

하는 귀하, 귀하의 부인과 따님들께 존경의 찬사를 드리며,

귀하의 행운을 비는 친구,

윌리엄 콜린스 올림

"그러니 4시에 화평을 원하는 이 신사분을 기다리면 된다는 거요." 베넷 씨는 편지를 접으며 말했습니다. "내 장담하지만 이 친구는 정말 누구보다 양심적이고 예의 바른 젊은이 같구려. 귀한 인맥이 될 거라는 데 한 치의 의심도 들지 않아요. 특히나 레이디 캐서린께서 그리 너그럽게도 이 친구가 우리를 방문하게 해주셨으니 말이에요."

"그래도 우리 딸들 얘기를 하는 걸 보면 상당히 분별이 있네요. 우리 딸들한테 뭐라도 보상을 한다고 하면, 나는 굳이 말리는 사람이 되진 않을 거예요."

"솔직히 어떤 식으로 우리한테 합당한 보상을 하겠다는 건지, 상상이 잘 가지 않지만요." 제인이 말했어요. "그런 바람이 있다는 건 확실히 높이 사줄 만하지요."

엘리자베스는 이상하리만큼 레이디 캐서린을 지극하게 받드는 태도와 언제든 필요할 때마다 교구민들에게 세례와 결혼과 장례 성사를 치러드리겠다는 그 친절한 의도에 주로 큰 인상을 받았어요.

"괴짜가 분명해요, 제 생각에는." 엘리자베스가 말했어요. "도저히 이해가 안 되는 사람이에요―그 문체에는 어딘가 몹시 잘난 척 빼기는 느낌이 있거든요―게다가 다음 상속자가 되어서 미안하다고 사과를 하다니 대체 그게 무슨 뜻으로 하

는 소리예요?—자기 능력으로 뭘 어떻게 할 수 있는 일도 아닌데요—그가 상식적인 사람일 수가 있나요, 아버지?"

"그럴 리가 있니, 우리 딸아. 아닐 거다. 난 완전히 상식이 없는 사람이면 좋겠다는 크나큰 소망을 품고 있단다. 그 편지에는 비굴함과 자중감이 뒤섞여 있으니, 다행히 그럴 가능성이 아주 높아 보이는구나. 어서 빨리 만나보고 싶어 조바심이 나지 뭐냐."

"작문의 관점에서 보면," 하고 메리가 말했어요. "편지는 결함이 있어 보이진 않았어요. 올리브나무 가지라는 발상은 완전히 새로운 건 아닐지 몰라도, 표현은 잘한 거 같아요."

캐서린과 리디아에게는, 편지도 글쓴이도 단 한 톨의 흥미조차 불러일으키지 못했지요. 그 친척이 진홍색 군복 코트를 걸치고 온다는 건 불가능에 가까웠고, 다른 색 옷을 입은 남자와 어울리면서는 어떤 기쁨도 느낄 수 없게 되어버린 지가 벌써 몇 주일째였으니까요. 반면 그들의 어머니는, 콜린스 씨의 편지 덕에 악감을 상당히 떨쳐버렸고 일정한 평정심을 유지하며 그를 맞을 준비를 해서 남편과 딸들을 크게 놀라게 했답니다.

콜린스 씨는 시간에 딱 맞춰 도착했고 온 가족으로부터 지극히 정중한 환대를 받았습니다. 베넷 씨는 별말을 하지 않았어요. 아가씨들은 대화할 준비를 그래도 웬만큼 하고 있었지만 콜린스 씨는 추임새가 필요한 사람 같지 않았고 별로 입을 다물고 있을 생각도 없어 보였어요. 그는 키가 크고 몸이 무거워 보이는 스물다섯 살의 청년이었지요. 분위기는 심각하고 엄숙했고 매너는 까탈스럽게 격식을 따졌어요. 착석한 지 얼마 되지도 않아서 이렇게 어여쁜 따님들로 이루어진 가족을 두셨다면서 베넷 부인을 칭찬했고, 따님들의 미모에 관해서는 익히 들어 알고 있었다고, 하지만 이 경우에는 명성이 오히려 실제에 미치지 못한다고 말했거든요. 그러더니 따님들 모두 때가 되면 훌륭한 혼처를 찾아 시집보내길 원하시리라 한 점 의심도 없이 믿습니다, 하고 덧붙여 말하는 거예요. 이 의례적인 칭찬[1]은 듣고 있던 사람 몇몇의 취향을 상당히 거슬렀지만, 어떤 칭찬에도 토를 달지 않고 무조건 덥석 받는 베넷 부인은 반색했어요.

"정말로 아주 친절하시네요. 그럼요, 아이들 모두 그렇게 되길 진심으로 바란답니다. 안 그러면 얼마나 불행하겠어요. 상황이 너무 이상하게 정해져 있으니."

"아마도 이 영지의 상속 문제를 넌지시 말씀하시는 것 같군요."

"아! 바로 그 얘기예요. 우리 가엾은 딸들한테는 참담한 일이지 뭐예요. 솔직히 그렇게 생각하시잖아요. 뭐 트집을 잡자는 게 아니고요, 이 세상에서는 그런 게 다 운수소관이니까요. 상속해야 할 때가 되면 누구한테로 가게 될지 알 길이 없다니

---

1 gallantry. 남자가 여자를 장황하고 유려하게 칭찬하는 예절의 한 형태. 당시에는 흔했지만 제인 오스틴은 이런 유의 칭찬에 매우 냉소적이었다. 성장기의 한 습작에는 한 남자가 여자에게 이런 편지를 쓰는 내용이 나온다. "당신은 필멸의 인간 이상이에요. 당신은 천사예요. 당신은 비너스 그 자체예요. 짧게 말해서, 마담, 당신은 내가 본 중 가장 예쁜 여자예요."

까요.”

“부인, 제 아름다운 친척들이 처한 어려움은 아주 잘 이해하고 있습니다―그리고 이 주제에 대해 드릴 말씀도 많지만, 주제넘고 뜬금없어 보일까 조심스럽습니다. 하지만 확실히 말씀드릴 수 있는 건, 저는 젊은 숙녀분들을 선망할 준비를 하고 왔습니다. 당장은 더 말씀드리지 않겠지만, 아마 우리가 좀 더 친해지면―”

저녁 식사가 준비되었다는 부름에 그가 하던 말이 뚝 끊기자 아가씨들은 서로 눈을 맞추며 웃었어요. 콜린스 씨의 선망의 대상이 된 건 그들뿐만이 아니었답니다. 복도, 식당, 모든 가구를 점검하고 칭찬했지요. 보는 것마다 칭찬을 퍼부었으니 베넷 부인도 감동을 받았을 법했지만, 그가 모든 걸 자기의 장래 재산으로 보고 있다는 걸 알았기에 사실은 끔찍하기만 했지요. 콜린스 씨는 저녁 식사 역시 내오는 것마다 극찬을 아끼지 않았고, 어여쁜 친척들 중 누가 이리도 훌륭한 요리를 했는지 알고 싶다고 말했지요. 하지만 여기서 베넷 부인에게 싸늘하게 타박을 당하고 말았답니다. 부인이 상당히 신랄한 어투로, 우리는 훌륭한 요리사를 둘 형편이 충분히 되니 딸들이 주방에 들어갈 일은 없다고 쏘아붙인 거예요. 그는 부인의 심기를 불쾌하게 해서 정말 죄송하다며 용서를 구했습니다. 부인은 누그러진 말투로 전혀 기분이 나쁘진 않았다고 말했지요. 하지만 그는 대략 십오 분간 계속해서 사과를 하고 또 하고 또 했답니다.

14

저녁 식사 중에 베넷 씨는 거의 아무 말도 하지 않았어요. 하지만 하인들이 물러가자 손님과 대화를 좀 나눌 때가 되었다고 생각하고 손님이 반드시 빛을 발할 거라 예상한 비장의 화두를 꺼내 들었습니다. 그리 훌륭한 후원자를 얻었으니 참으로 행운이십니다, 라고 말한 거예요. 레이디 캐서린 드 버그가 그의 소망을 세심히 배려하고 그의 안위를 마음 써주시다니 대단히 놀라운 일 같다고요. 베넷 씨가 이보다 더 좋은 주제를 고를 수는 없었을 거예요. 콜린스 씨는 청산유수로 레이디를 추앙하기 시작했거든요. 이 주제에 감정이 고양되었는지 평소보다 더 엄숙한 매너와 굉장히 잘난 척하는 표정[1]으로 자기가 평생 살아오면서 신분이 높은 사람이 그런 언행을 하는 걸 본 적이 한 번도 없다고 단언했답니다―자기가 겪은바 레이디

1 aspect. 여기서는 표정이라는 뜻이다.

캐서린처럼 그렇게 상냥하고 아랫사람한테 친절한 분은 세상에 없다나요. 영광스럽게도 벌써 두 번이나 그 앞에서 설교를 했는데 두 번 다 감사하게도 좋아하셨답니다. 또한 두 번이나 로징스에 와서 저녁을 함께하자고 초청해주었고, 바로 전주 토요일만 해도 저녁때 카드리유[2]를 할 사람이 모자란다고 저를 부르셨지 뭡니까. 제가 아는 많은 사람들이 레이디 캐서린이 오만하다고 생각하지만, 저는 오로지 상냥함뿐 다른 건 전혀 보지 못했습니다. 언제나 다른 신사들을 대하는 것과 똑같이 제게 말을 거셨고, 지역의 사교계에 합류하는 데 일말의 반대도 하지 않았고, 간혹 한두 주일씩 교구를 비우고 친척을 방문하러 가도 흔쾌히 허락하십니다. 심지어 할 수 있는 한 빨리 결혼하라는 조언까지 해주셨고, 그래도 꼭 신중하게 신붓감을 고르라 하셨지요. 한번은 제 초라한 목사관에 방문까지 하셨지 뭡니까. 집을 수리하며 제가 바꾼 부분들도 다 완벽하다며 인정해주셨고, 심지어 손수 몇 가지 제안까지 해주셨답니다―글쎄, 위층 수납장에 선반을 설치하라 권하셨어요.

"아주 올바르고 예의 바르신 일이네요, 암요." 베넷 부인이 말했습니다. "감히 말씀드리자면, 아주 상냥한 분이신가봐요. 대체로 대단하신 귀부인들은 별로 그렇지 않던데. 레이디께서

2 quadrille. 브리지와 비슷한 카드 게임으로 18세기에 큰 인기를 끈 적이 있지만 이때는 이미 유행이 지나갔다. 규칙이 복잡하고 카드의 값이 임의적이며 복잡한 전문 용어들을 썼기 때문이다. 레이디 캐서린 드 버그는 자기가 젊었을 때 즐겼던, 복잡하고 장황한 카드 게임을 고집한다. 제인 오스틴의 소설에서 카드리유를 좋아하는 다른 캐릭터로는 『에마』의 미스 베이츠가 있다.

목사관 근처에 사시나요?"

"제 초라한 거처에 자리한 정원과 레이디가 사시는 로징스 파크를 갈라놓는 건 오로지 길 하나뿐이랍니다."

"그분 남편이 돌아가셨다고 하셨지요? 가족은 있나요?"

"로징스를 상속받을 외동딸 한 분과 아주 넓은 영지뿐입니다."

"아!" 베넷 부인이 고개를 절레절레 저으며 말했습니다. "그럼 그분은 웬만한 아가씨들보다는 훨씬 사정이 낫네요. 그런데 어떤 아가씨인가요? 아름다운가요?"

"물론 누구보다 매력적인 젊은 아가씨입니다. 레이디 캐서린께서도 직접 참된 미모의 관점에서 볼 때 미스 드 버그가 같은 성별에 속한 최고의 미인을 훌쩍 능가한다고 말씀하시지요. 그 생김새에는 태생이 특별한 아가씨들만의 태가 난다면서요. 불행히도 병약한 체질이어서 여러 소양을 제대로 익히지 못했지만, 몸만 건강했다면 얼마든지 해내고도 남으셨고말고요. 아가씨의 교육을 담당해왔고 두 분과 함께 기거하는 숙녀분께 직접 들은 이야기예요. 하지만 흠잡을 데 없이 상냥하고, 황송하게도 제 초라한 거처에 작은 포니들이 끄는 경량 페이튼[3]을 타고 종종 찾아오신답니다."

"사교계에 데뷔는 했나요? 궁정의 아가씨들 명단에서 이름

---

3 phaeton. 경량 사륜마차로 빠르고 스포티한 고속 마차였다. 작은 차체에 비해 바퀴가 커서 빠르게 달릴 수 있었지만 개방형 차체라 떨어져 추락할 위험도 컸다. 현재의 고급 스포츠카에 해당한다.

을 본 기억이 없는데요."4

"그리 좋지 못한 건강 탓에 아쉽게도 런던에 가지 못하신답니다. 그 말인즉슨, 언젠가 제가 레이디 캐서린께도 똑같은 말씀을 드렸는데요, 영국 왕실의 궁정이 가장 빛나는 장식품을 잃었다는 의미지요. 레이디께서는 이 생각에 몹시 흐뭇한 듯 보이셨고요. 짐작이 가시겠지만 저는 사사건건 기회가 있을 때마다 기꺼이 이런 섬세한 칭찬을 바치는데 언제나 숙녀분들이 흔쾌히 받아주시곤 하지요. 레이디 캐서린께도 한두 번 말씀드린 게 아니에요. 부인의 매력적인 따님은 천생 공작 부인감이라고요. 최고의 작위로 따님이 신분 상승을 하는 게 아니라 높은 작위를 따님이 아름답게 장식해줄 거라고 말이지요―이런 소소한 칭찬들이 레이디를 기쁘게 해드리니, 이런 배려야말로 제가 특별히 유념해 지켜야 할 의무라고 여깁니다."

"아주 적절한 판단이오." 베넷 씨가 말했지요. "그리 섬세하게 아부를 하는 재주를 타고나시다니 복이 많으신 분입니다. 남의 기분을 맞춰주는 이런 배려는 그 순간에 즉흥으로 나옵니까, 아니면 미리 공부를 많이 한 결과입니까?"

"주로 그때 스치는 생각에서 나오지만, 이따금 그런 사소하고 우아한 칭찬들을 떠올리고 잘 배치해 일상적인 상황에 적

---

4 귀족 계급의 젊은 여성은 열일곱 살이나 열여덟 살쯤 되었을 때 궁정에서 사교계에 데뷔하는 것이 관례였다. 데뷔한 숙녀들의 이름은 궁정의 명단에 오르고, 이 명단은 인쇄되어 베넷 부인처럼 호기심 많은 중산층 사람들이 읽을 수 있도록 배포되었다.

용할 수 있게 해두면서 혼자 즐거워할 때도 있어요. 그래도 최대한 미리 연구한 태를 내지는 않으려 애쓰지만 말이지요."

베넷 씨의 기대는 완전히 충족되었어요. 이 친척은 바랐던 만큼 어처구니없는 인간이었기에, 그가 하는 소리를 열심히 귀담아들으며 한껏 재미를 만끽했지요. 동시에 겉으로는 결연하게 흔들림 없이 차분한 태도를 유지했고요. 이 재미를 함께 나눌 사람이 딱히 필요하진 않았지만 이따금 엘리자베스 쪽으로 흘끗 눈길을 주긴 했답니다.

그러나 차를 마실 시간이 되자 은근히 비웃는 재미도 일일의 정량을 충족했기에, 베넷 씨는 기쁜 마음으로 손님을 응접실로 데리고 갔고, 티타임이 끝나고는, 역시나 기쁜 마음으로, 손님에게 숙녀들을 위해 책을 좀 읽어주십사 부탁했어요. 콜린스 씨가 흔쾌히 수락하자 책 한 권을 내왔습니다. 하지만 그 책을 보자마자(어느 모로 보나 이동도서관에서 빌려 온 것이 분명했기에), 그는 기겁하며 화들짝 물러섰고, 용서를 구하며 자기는 결코 소설을 읽지 않는다고 항의했지요—키티는 눈을 똥그랗게 뜨고 쳐다보았고 리디아는 꺅 소리를 질렀어요—그래서 다른 책들이 대령되었고, 심히 숙고를 거듭하던 콜린스 씨는 『포다이스 설교집』[5]을 골랐답니다. 리디아는 콜린스 씨

---

[5] 1765년 신학 박사 제임스 포다이스가 '젊은 여성들을 위한 설교'라는 제목으로 펴낸 당대의 베스트셀러. 흔히 '포다이스 설교집'으로 불렸다. 각 가정에 한 권씩 구비되어 있을 정도로 큰 영향을 미친 책이다. 여자에게 순종과 아름다움을 강요해 메리 울스턴크래프트로부터 "하녀의 초상"이라는 비난을 받기도 했다.

가 그 책을 펼치자 입을 떡 벌렸고, 그가 매우 단조롭고 엄숙한 어조로 세 페이지를 미처 다 읽기도 전에 낭독을 뚝 자르고 들어와 할 말을 했습니다.

"있잖아요, 엄마, 우리 필립스 이모부가 리처드[6]를 내보낸다는 얘기를 하시더라고요. 그럼 포스터 대령님이 고용할 거래요. 이모가 토요일에 직접 말해줬어요. 우리는 내일 그 얘기를 좀 더 들으려고 메리턴에 가요. 간 김에 데니 씨가 런던에서 언제 돌아오는지도 물어보려고요."

큰 언니 둘이 리디아에게 떠들지 말고 조용히 있으라고 한소리 했지요. 하지만 이미 기분이 확 상해버린 콜린스 씨는 책을 치우고 이렇게 말했어요.

"젊은 아가씨들이 진지하고 묵직한 책에 전혀 흥미를 보이지 않는 걸 왕왕 보게 되네요. 순전히 본인들을 위해서 쓴 책인데 말이지요. 솔직히 말씀드리자면, 그저 놀라울 따름입니다—이런 행실 지침만큼 도움이 되는 책이 또 없을 텐데요. 하지만 우리 어린 친척을 더는 귀찮게 하지 않겠습니다."

그러더니 베넷 씨를 보고 불쑥 자기가 백개먼[7] 상대가 되어드리겠다 제안하지 뭐예요. 베넷 씨는 도전에 응하면서, 딸

---

6 리처드는 하인이다. 신분이 낮은 하인은 성을 뺀 이름으로 불렀다. 아주 친한 친구나 친척이 아닌 이상 자기보다 높은 신분의 사람에게는 이런 식으로 부를 수 없다.

7 백개먼은 참가자가 주사위를 던져 말을 옮기는 보드 게임이다. 17세기 영국에서 시작되어 18세기에 크게 유행했다. 그러나 1810년 당시에는 이미 유행이 지나 인기가 시들했다. 콜린스 씨가 이 게임을 선택한 것은 사교계에서 고립된 외톨이임을 보여준다.

아이들끼리 하찮은 재미나 보게 내버려두신 건 몹시 현명하신 처사라고 그를 추켜올려주었지요. 베넷 부인과 딸들은 리디아가 말을 끊고 낭독을 방해해서 죄송하다고 지극히 정중하게 거듭 사과하면서 책 읽기를 재개해주신다면 다시는 그런 일이 없도록 단속하겠노라 단단히 말했어요. 하지만 콜린스 씨는 어린 친척에게 악감은 전혀 없고, 리디아의 행동이 크게 당돌한 무례라 여기진 않는다고, 뭐 아무튼 말로는 극구 괜찮다고 했답니다. 하지만 그러면서 다른 테이블로 가서 베넷 씨와 함께 앉더니 백개먼을 둘 채비를 시작했지요.

15

콜린스 씨는 사리 분별이 빠른 사람이 아니었는데, 타고나기를 눈치가 없기도 했지만 교육이나 사교의 도움도 별로 받지 못했답니다. 인생에서 가장 중요한 시기를 무식하고 인색한 부친의 지도하에서 보냈으니까요. 대학 한 군데[1]에 소속되긴 했지만 필수 학기만 이수했을 뿐[2] 대학에서 유용한 인맥도 거의 쌓지 못했고요. 아버지에게 무조건 굴종하도록 길러졌기 때문에 원래부터 굉장히 겸손한 매너를 몸에 익혔지만, 빈약한 두뇌의 자만심, 고립된 삶, 일찌감치 기대를 뛰어넘는 성공

1 당시 영국에서 대학은 옥스퍼드와 케임브리지밖에 없었다. 이들 대학의 주요 기능은 성공회 목사의 양성이었다.
2 학사 학위를 받으려면 최소 10학기를 의무적으로 다녀야 했다. 일 년 3학기제였기 때문에 필수 학기만 다니면 사 년이 못 되어 졸업할 수 있었다. 이 기간 동안 기숙사에서 생활하기만 하면 거의 누구나 졸업할 수 있었다. 졸업 후 콜린스 씨는 목사 자격시험을 봤을 테지만, 이 또한 합격하기가 매우 쉬웠다.

을 이뤘다는 뿌듯한 자신감 탓에 이젠 그나마의 장점도 상당히 상쇄되어 사라져버렸지요. 행복한 우연으로 때마침 헌스퍼드 교구 목사직이 공석이 된 시점에 추천을 받아 레이디 캐서린 드 버그를 알게 되었는데요. 높은 신분에 대한 존경심과 후원자로서 레이디를 지극히 떠받드는 마음에 대단히 후하게 내린 자기 평가, 목사의 권위, 심지어 교구장[3]의 권리까지 어우러지자 그만 완전히 오만과 비굴, 자중심과 겸양이 뒤섞인 혼합물이 되어버리고 말았어요.

좋은 집과 매우 넉넉한 수입을 확보했으니 콜린스 씨는 이제 결혼할 마음을 먹었겠지요. 그래서 롱본 가족에게 화해를 청할 때 아내가 될 사람을 구해야겠다는 생각을 염두에 두고 있었어요. 그 집안 딸들이 정말 들려오는 풍문처럼 그렇게 예쁘고 사랑스러운지 직접 가서 보고 한 사람 골라 결혼해야겠다고 생각한 거예요. 그 여자들의 아버지 영지를 물려받게 되었으니 자기 나름대로 마련한 보상—속죄—의 계획이었답니다. 남편감으로서 자격도 넘치게 갖췄다 여겼으니 대단히 합당한 처사라고 믿었고요. 자기 입장에서는 엄청나게 너그럽고 사심이 하나도 없는 행동이었답니다.

이 계획은 아가씨들을 보고 난 후에도 변경되지 않았습니

3 지역의 교구 성직자parson는 교구장rector과 교구 목사vicar로 나뉘었다. 교구장은 교구 본당의 책임 목사로서 본당을 운영하면서 얻는 수입 전액과 함께 신도들에게서 걷는 십일조를 받을 수 있었고, 교구 목사는 본당이 수도원이나 다른 귀족에게 귀속된 경우 교구 운영을 맡아 정해진 급여와 십일조의 일부만 받을 수 있었다.

다—오히려 미스 베넷의 어여쁜 얼굴에 결심이 단단히 굳어 졌고요. 자매는 나이 순서대로 결혼해야 한다는 자신의 엄격한 기준에도 부합했기에 첫날 저녁에는 그렇게 하기로 하고 마음을 정했어요. 그러나 다음 날 아침 선택을 변경할 수밖에 없게 됐어요. 아침 식사 전 베넷 부인과 십오 분 정도 단둘이 만났는데, 목사관 얘기부터 시작해서 목사관 안주인을 롱본에서 찾고 싶다는 소망의 피력으로 자연스레 이야기가 이어졌거든요. 그러자 베넷 부인은 곰살맞기 짝이 없는 웃음을 띠면서 아낌없는 격려의 말을 퍼부었지만, 콜린스 씨가 선택한 제인은 피하는 편이 좋겠다는 경고를 답으로 돌려주었어요—더 어린 우리 딸들은 내가 뭐라 말할 입장이 아니에요—확실히 답을 드릴 수가 없단 말이지요—그래도 걔들은, 먼저 마음을 둔 사람은 없다고 알고 있어요—다만 우리 큰애는요, 이 말씀은 드려야겠는데—아무래도 제가 넌지시 알려드려야 할 것 같네요, 머지않은 장래에 약혼할 확률이 상당히 높답니다.

콜린스 씨는 제인에서 엘리자베스로 선택을 변경하기만 하면 되었지요—그래서 금세 그렇게 했답니다—베넷 부인이 난롯불을 쏘시개로 뒤적이는 사이에 마음이 바뀌었거든요. 출생으로 보나 미모로 보나 엘리자베스가 제인 바로 다음이었으니 당연한 일이었어요.

베넷 부인은 콜린스 씨가 암시한 심중을 보물처럼 간직했고 금세 딸 둘을 시집보낼 수 있을 거라 믿어 의심치 않았어요. 바로 전날 밤에는 말만 꺼내도 참을 수가 없던 남자가 이제 그 마음속에 귀하고 소중하며 훌륭한 사람으로 자리 잡았답니다.

메리턴까지 걸어가겠다는 리디아의 계획은 잊히지 않았어요. 메리를 제외한 자매 모두가 함께 가기로 했고요. 콜린스씨도 동행하게 됐는데, 베넷 씨의 부탁 때문이었지요. 베넷 씨는 콜린스 씨를 어서 치워버리고 서재를 독차지하고 싶어 안달이 나 있었거든요. 콜린스 씨는 아침 식사가 끝난 후 서재까지 따라와서는 장서 중 가장 큰 폴리오판들을 살펴본다는 명목으로 눌러앉아 베넷 씨에게 헌스퍼드의 자기 집과 정원 얘기를 잠시도 쉬지 않고 떠들어대고 있었는데, 아무래도 계속 그럴 태세였단 말이지요. 그건 베넷 씨의 심기를 굉장히 불편하게 만들었어요. 서재에서만큼은 항시 여유와 고요를 즐길수 있다는 확고한 믿음이 있었기 때문이에요. 베넷 씨가 엘리자베스에게는 언젠가 말한 적이 있는데, 그는 집 안 다른 방에서라면 항시 어리석음과 근거 없는 자신감에 맞닥뜨릴 각오가 되어 있었지만 자기 서재에서만큼은 홀가분하고 자유로이지내는 데 익숙해져 있었어요. 그래서 베넷 씨는 선뜻 콜린스씨에게 딸들과 함께 산책하러 가시라고, 지극히 정중한 제안을 하게 되었던 것이지요. 사실 콜린스 씨도 책 읽기보다는 걷기가 훨씬 잘 맞는 사람이었기에 몹시 기쁜 마음으로 커다란책을 탁 덮어버리고 아가씨들을 따라갔답니다.

그가 잘난 척하는 헛소리를 늘어놓으면 친척 아가씨들이예의 바르게 추임새를 넣어주고, 그렇게 시간을 흘려보내다가 그들은 메리턴에 들어섰습니다. 이제는 어떻게 해도 그가제일 어린 자매들의 관심을 끌 길은 없었어요. 어린 아가씨들의 눈길은 즉시 장교들을 찾아 거리를 헤매기 시작했고, 상점 진열장에 아주 말쑥한 보닛이나 최신상 모슬린이 걸려 있지 않은 한 그 무엇도 그 눈길을 다시 붙잡아 올 수는 없었으니까요.

하지만 머지않아 아가씨들의 눈길이 일제히 한 청년에게 꽂히고 말았어요. 일전에 한 번도 본 적 없는 그 청년은 세상 누구보다 신사다운 외모였고, 길 건너편에서 한 장교와 나란히 걷고 있었지요. 장교는 리디아가 런던에서 돌아왔는지 소식을 들으러 온 바로 그 데니 씨였고, 지나치는 길에 그들을 보고 고개 숙여 인사를 했답니다. 다들 낯선 청년의 분위기에 깊은 인상을 받고는 대체 누구일까 궁금해했어요. 키티와 리디아는 어떻게든 정체를 알아내야겠다고 마음먹었고, 건너편 상점에 뭔가 원하는 물건이 있는 척 길을 건너갔는데 운 좋게도 때마침 두 신사가 돌아서는 바람에 같은 자리에서 딱 마주쳤답니다. 데니 씨가 곧바로 말을 걸며 친구인 위컴 씨를 소개해도 될지 허락을 구했고요. 전날 함께 런던에서 왔다면서, 기쁘게도 같은 연대에서 장교로 복무하게 되었다고 말했습니다. 그야말로 순리에 꼭 맞는 일이었지요. 청년의 매력이 완벽해지려면 딱 하나 군복만 있으면 되었으니까요. 외모의 덕을 크게 보는 사람이었어요. 생김새 하나하나 최고로 아름답고 표정도 섬세하고 자태도 훌륭한 데다 말투도 사근사근 호감을 끌었지요. 위컴 씨는 소개를 받자마자 아주 서글서글하게 대화를 시작했답니다—그 태도가 선선했을 뿐 아니라 흠 없이 반듯하고 소탈하기까지 했고요. 그래서 일행은 다 같이 그 자리에 선 채 매우 즐겁게 이야기를 나누었는데, 때마침 말발굽 소리가 들려와 쳐다보니 그 길을 따라 달려가던 빙리 씨와 다아시 씨의 모습이 보였어요. 일행에서 숙녀들을 알아본 두 신사는 즉시 다가와서 평소처럼 예를 갖춰 인사했지요. 주로 말하는 사람은 빙리였고 그 상대는 주로 미스 베넷이었지만요. 빙리는 미스 베넷의 안부가 궁금해 마침 롱본으로 가던 길이었다고 말했습니다. 다아시 씨는 고개를 살짝 숙여 동의하고는, 엘리자베스한테 눈길을 떼지 못하는 일은 없어야 한다고 생각하던 참이었는데, 뜬금없이 그 눈길이 그만 낯선 청년에게 못 박혀버리고 말았지요. 서로 바라보는 둘의 표정을 우연히 다 보게 된 엘리자베스는 그 만남의 결과에 정말로 놀라버렸어요. 둘 다 안색이 싹 달라졌거든요. 위컴 씨는 하얗게 질렸고 다아시 씨는 붉게 상기되었지요. 위컴 씨는 몇 초 후에 모자에 손을 댔고―다아시 씨는 그 인사를 대충 받는 둥 마는 둥 하고 말았습니다. 이게 도대체 무슨 뜻일까요?―아무리 떠올려보려 해도 불가능했어요. 알고 싶어 몸이 달아오르는데 도저히 궁금증을 참을 수가 없었어요.

일 분 후쯤 빙리 씨가 작별 인사를 하고 친구와 말을 타고 달려갔는데, 아무래도 빙리 씨는 방금의 일을 알아채지 못한 눈치였어요.

데니 씨와 위컴 씨는 필립스 씨의 집 문 앞까지 젊은 아가씨들과 함께 걸었지만, 같이 들어가자 졸라대는 미스 리디아의 청을 사양하고 심지어 거실 창문을 활짝 열어젖히고 소리치며 어서 들어오시라 종용하는 필립스 부인의 청도 거절하고,

그 자리에서 정중하게 허리를 굽혀 작별을 고했습니다.

필립스 부인은 조카들을 언제나 반갑게 맞아주지만 최근에 집을 비웠던 큰 조카들 둘은 특별히 열렬하게 환영해주었어요. 집에서 마차를 보내 데리러 가지 않아서 하마터면 돌아온 줄도 까맣게 모를 뻔했는데 때마침 길에서 존스 씨네 약국에서 일하는 남자애를 만나서 미스 베넷 두 자매가 떠나서 네더필드에 약 배달은 이제 안 해도 된다는 얘기를 들었다며, 정신없이 수다를 늘어놓았지요. 제인은 이모가 깜박 예의를 잊을까봐 콜린스 씨를 소개해주었답니다. 필립스 부인은 깍듯이 예를 갖춰 콜린스 씨를 환대했고, 콜린스 씨는 이에 질세라 더욱 공손하게 예의를 차리며 안면도 없는데 불쑥 찾아와서 죄송하다 사과를 하고 또 하고 또 하고 또 했어요. 하지만 한편으로는 부인을 소개해주신 이 젊은 아가씨들과의 인연 덕분에 이런 침범도 할 수 있는 게 아니겠냐며, 그리 생각하니 또 뿌듯하고 으쓱한 마음을 떨치지 못하겠다나요. 필립스 부인은 넘치도록 훌륭한 교육을 받고 자란 이 콜린스 씨의 굉장한 매너에 경외심을 감추지 못했지만, 그것도 잠깐, 금세 또 다른 낯선 청년에 관한 찬탄과 질문 공세에 휩싸이고 말았답니다. 부인도 그 청년에 관해서는 조카들이 이미 아는 바 이상 더 해줄 말이 없었어요. 데니 씨가 런던에서 같이 온 사람이고, ____셔에서 중위 임명을 받아 복무하게 되었다는 정도였지요. 필립스 부인은 위컴 씨가 길거리를 왔다 갔다 하는 모습을 방금 전까지 창가에서 한 시간 내내 구경했다고 말했는데요. 위컴 씨가 다시 나타났다면 보나 마나 키티와 리디아가 이

모의 일을 고스란히 물려받았을 거예요. 하나 불행히도 창밖
으로 지나다니는 사람은 기껏 장교 몇뿐이었고, 그들은 이제
그 낯선 청년과 비교당해서 "따분하고 매력 없는 인간들"로
전락하고 만 참이었지요. 장교들 몇 사람은 다음 날 필립스 씨
집에서 저녁 식사를 함께할 예정이었어요. 이모는 롱본 가족
이 참석할 의사가 있다면 남편에게 말해서 위컴 씨를 방문하
고 초대장을 전달하게 시키겠다고 약속했답니다. 다들 기뻐하
며 좋다고 했지요. 그러자 필립스 부인은 재밌고 쉽고 시끌벅
적한 복권 뽑기 게임을 하고 나서 뜨끈뜨끈한 식사를 간단히
하는 게 좋겠다는 의견을 피력했지요.[4] 이렇게 신나고 재미
있는 모임을 기대하며 한껏 들뜬 그들은 기분 좋게 서로 인
사를 나누고 헤어졌답니다. 콜린스 씨는 일어나 방을 나오며
죄송하다고 이미 한 사과를 또 하고 또 했지만, 부인은 마음
쓸 필요 하나 없다며 싫증 한 번 내지 않고 친절하게 그를 안
심시켜주었어요.

집으로 걸어 돌아오는 길에 엘리자베스는 두 신사 사이에
서 있었던 일을 봤다고 제인에게 이야기했습니다. 뭔가 잘못
한 모양새였다면 제인은 그들 둘 다를, 아니 한 사람이라도 변
호하려 들었겠지요. 하지만 그런 행동은, 제인도 동생과 마찬

4 이른 시간에 간단한 끼니를 해결하는 서퍼supper는 더 늦은 시간에 차리
   는 격식을 갖춘 만찬인 디너dinner가 자리를 잡으면서 한물간 유행이 되
   고 있었다. 창밖으로 장교들에게 들어오라고 큰 소리로 외친다거나 시
   끄러운 복권 게임을 제안하고 간단한 서퍼를 좋아하는 것은 필립스 부
   인이 세련되지 못한 취향을 가졌다는 증거다.

가지로 어떻게 설명해야 할지 알 수가 없었어요.

콜린스 씨는 집에 돌아와서 필립스 부인의 매너와 예절이 훌륭하더라며 칭찬을 늘어놓아서 베넷 부인을 아주 흐뭇하게 만들었답니다. 심지어 레이디 캐서린과 따님을 제외하면 그보다 더 우아한 여자분은 본 적이 없다고까지 선언했다니까요. 필립스 부인은 극도로 예를 차리며 환대를 베풀었을 뿐 아니라 그를 콕 짚어서 다음 날 저녁 식사에 꼭 오라고 초대해주기까지 했다는 거예요. 어쩐지 이 가족과의 관계 때문이리라 짐작이 가긴 했지만, 그래도 그는 이제껏 평생 살아오며 그 정도의 배려를 받아본 적이 단 한 번도 없었는걸요.

16

청년들이 이모와 맺은 약속에는 아무 반대도 없었고 방문 기간 도중 하루 저녁씩이나 베넷 씨 부부를 두고 가다니 영 마음에 걸린다는 콜린스 씨의 걱정 또한 전혀 그럴 필요 없다는 장담을 거듭 들었기에, 코치는 적당한 시간에 그와 다섯 친척을 싣고 메리턴으로 출발했답니다. 아가씨들은 응접실에 들어서자마자 위컴 씨가 이모부의 초대에 응해서 이미 집 안에 와 있다는 소식을 듣는 기쁨을 누렸고요.

소식을 들은 일행이 다들 자리에 앉자 콜린스 씨는 여유롭게 주위를 둘러보며 감탄하기 시작했는데요. 방의 크기와 가구에 심히 깊은 감명을 받고는 흡사 로징스에서 여름철 아침 식사 전용으로 쓰는 작은 응접실에 와 있는 것만 같다고 말했답니다. 이 비교는 처음에는 그다지 유쾌한 반응을 이끌어내지 못했어요. 하지만 로징스가 무엇이고 그 주인이 누구인지 콜린스 씨한테 들어 알게 되고 레이디 캐서린의 응접실 딱 한

군데의 묘사를 낱낱이 듣고 나서는, 필립스 부인도 벽난로 장식 하나만 해도 팔백 파운드가 넘는다는 그 방과 비교한 대단한 칭찬의 진의를 온전히 실감했답니다. 하물며 하녀장의 방과 비교했대도 크게 기분 나빠하지 않았을 거예요.

콜린스 씨는 신사들이 합석할 때까지 필립스 부인에게 레이디 캐서린과 대저택의 화려한 위용을 꼼꼼히 설명했고 이따금 곁길로 빠져서 누추한 자기 집을 자화자찬하다가 또 집이 수리 중이니 앞으로 더욱 좋아질 예정이라고 자랑하면서 여념 없이 행복한 시간을 보냈답니다. 필립스 부인은 콜린스 씨의 말을 정성껏 귀담아들으며 점점 더 그가 얼마나 중요한 사람인지 깨닫는 태가 역력했어요. 심지어 최대한 빨리 이웃들 모두에게 이 이야기를 다시 해주어야 한다고 결심하기지 했다니까요. 반면 사촌의 말을 참고 들어줄 수가 없는 아가씨들은 피아노포르테가 있으면 얼마나 좋을까 애타게 바라거나 벽난로 선반에 놓인 변변찮은 모조 도자기를 감상하거나 하는 것 말고는 할 일이 없어서, 기다림의 시간이 길고도 길었어요. 그러나 기다림도 마침내 끝이 났지요. 신사들이 드디어 합류해서 위컴 씨가 실내로 들어오자, 엘리자베스는 일전에 처음 보았을 때도, 또 그 후로 내내 생각하면서도, 자기 마음이 그토록 끌린 데엔 역시 속속들이 합리적 근거가 있었다고 느꼈어요. ____셔의 장교들은 대체로 아주 믿음직하고 신사다운 집단이었고 지금 여기 참석한 이들은 그중에서도 최고의 신사들이었지요. 하지만 위컴 씨는 자태로 보나 용모로 보나 분위기로 보나 걸음걸이로 보나 독보적으로 우월했답니다.

물론 다른 장교들도 뒤따라 들어온, 얼굴도 넓적하고 뚱뚱하고 입에서 포트와인 냄새를 뿜어대는 필립스 씨보다야 훨씬 근사했지만 말이에요.

위컴 씨는 여자들의 시선을 한 몸에 받은 행복한 남자였고, 엘리자베스는 그 남자가 최종적으로 옆자리에 앉기로 선택한 행복한 여자였습니다. 곧바로 대화에 푹 빠져드는 특유의 서글서글한 매너 덕분에 고작 축축한 밤이라든가 장마철이 오려는가보다 같은 얘기만 나누면서도 엘리자베스는 이 흔하고 따분하고 빈곤하기 짝이 없는 주제마저 화자의 솜씨만 좋으면 흥미로워질 수 있다는 걸 새삼 느꼈어요.

위컴 씨를 위시해 장교들과 라이벌이 되어 여자들의 관심을 두고 경쟁하게 된 콜린스 씨는 자칫 별 볼 일 없이 존재감이 사라질 위기에 처했지요. 실제로 젊은 아가씨들은 그를 거들떠보지도 않았어요. 하지만 필립스 부인이 이따금 친절하게 그의 말을 귀담아들어주고 살뜰히 지켜보다가 커피와 머핀을 풍성하게 가져다주곤 했어요.

카드 테이블이 준비되자 드디어 콜린스 씨도 휘스트 테이블에 앉음으로써 부인에게 은혜를 갚을 기회를 얻었답니다.

"지금은 이 게임에 대해서 제가 아는 바가 별로 없습니다만," 하고 그는 운을 떼었지요. "기꺼이 제 실력을 향상시킬 의향이 있습니다. 왜냐하면 지금 제 삶이 도달한 입지에서는─" 필립스 부인은 순순히 요청을 들어주어 몹시 감사한다면서도 그가 배우려는 이유를 다 말할 때까지 기다려줄 수는 없었답니다.

위컴 씨는 휘스트를 하지 않고 다른 테이블로 가서 엘리자베스와 리디아 사이에 자리를 잡았는데, 그가 앉는 즉시 좌중에서 진심 어린 기쁨이 터져 나올 정도로 크게 환영을 받았어요. 처음에는 리디아가 그의 관심을 독차지할 위험이 커 보였지요. 리디아는 하겠다고 마음먹은 말은 반드시 하고야 마는 성격이었으니까요. 하지만 리디아는 복권 뽑기도 워낙 좋아했기 때문에 금세 게임에 과하게 몰입했고 지나치리만큼 열심히 내기를 걸거나 상을 받아내려고 소리를 질러대곤 했어요. 그러니 단 한 사람에게 특별히 기울일 주의력이 있을 리가요. 반면 게임에서 기본적으로 해야 하는 것만 하던 위컴 씨는 엘리자베스에게 말을 건넬 여유가 있었답니다. 엘리자베스도 흔쾌히 그 말을 들어줄 태세를 갖추고 있었고요. 물론 가장 듣고 싶은 얘기는 다아시와 어떤 관계인지 하는 그 지나간 사연이었지만, 그건 차마 들려달라 청할 꿈도 꿀 수 없었지만 말이에요. 엘리자베스는 감히 그 신사의 이름을 입에 올릴 엄두도 나지 않았어요. 하지만 궁금증은 생각지도 못하게 해소되었답니다. 위컴 씨 본인이 먼저 얘기를 꺼냈거든요. 위컴 씨는 네더필드가 메리턴에서 얼마나 멀리 있느냐고 물었고, 대답을 듣고는 머뭇머뭇 다아시 씨가 거기 머문 지 얼마나 오래되었느냐고 했어요.

"한 달쯤 되었어요." 엘리자베스는 대답하고 나서, 이대로 얘기를 끝내기가 아쉬워 한마디 덧붙였어요. "제가 알기로는 더비셔에 아주 넓은 영지를 소유하고 있다더라고요."

"맞습니다." 위컴이 대답했습니다—"그곳 영지는 귀족의 자산[1]이지요. 연 소득이 깔끔하게 만 파운드 나옵니다. 그에 관련해서 저보다 더 확실한 정보를 드릴 수 있는 사람을 만나긴 어려울 거예요—저는 아주 어릴 때부터 그 가문과 특별한 관계로 얽혀 있으니까요."

엘리자베스는 놀란 표정을 감출 수가 없었어요.

"놀라시는 것도 당연합니다, 미스 베넷. 어제 우리가 만났을 때 오간 냉랭한 기운을 보셨을 텐데, 제가 이리 당당히 그런 주장을 하다니 말이에요—다아시 씨와는 잘 아는 사이이십니까?"

"전혀 원치 않는 바지만 알고 지내긴 해요." 엘리자베스는 흥분하며 말했어요[2]—"나흘 동안 같은 집에서 지냈는데, 제가 보기엔 아주 불쾌한 사람이었거든요."

"그가 유쾌한지 불쾌한지 여부에 관해, 저는 의견을 말할 처지가 못 됩니다." 위컴이 말했습니다. "애초에 그런 판단을 할 자격 자체가 없어요. 너무 오래 너무 잘 알고 지냈기 때문에 공평한 판관이 될 수 없거든요. 저는 불편부당한 입장에 서는 게 불가능해요. 하지만 미스 베넷의 의견을 들으면 다들 크게 놀라겠어요—아니, 다른 데 가시면 그렇게 강한 표현은 삼가시는 게 좋겠습니다—여기서야 가족과 함께 계시니 상관없지만요."

"맹세하지만 여기서 할 수 있는 말이라면 이웃의 다른 집 어

1　a noble estate. 귀족 신분의 세습을 담보하는 영지라는 의미다.
2　speak warmly. 감정의 온도가 높아져 격해지는 것을 당시에는 warm으로 표현했다.

디에서나 할 수 있어요. 네더필드는 예외지만요. 그 사람이 하트퍼드셔에서는 인심을 다 잃었거든요. 다들 그 오만에 질려 버렸어요. 더 좋게 말해주는 사람은 찾아봐도 없을걸요.”

“안타까운 척해야 하는데 그럴 수가 없군요.” 위컴은 잠시 말을 끊었다가 다시 이어 나갔습니다. “그는 물론 어떤 사람도 마땅한 자기 몫 이상의 평가를 받아서는 안 되는 법이지요. 하지만 그한테는 그런 높은 평가가 자주 내려지더군요. 세상은 그 재산과 위상에 눈먼 나머지, 혹은 고고하고 위압적인 태도에 겁먹은 나머지 오로지 그가 보여주고 싶어하는 모습만 보거든요.”

“저처럼 얄팍한 친분을 맺은 사람도 보면 성격이 나쁜 사람이라는 판단이 서던걸요.” 위컴은 그저 고개만 저었습니다.

“그런데,” 다음번 말할 기회가 생기자 위컴이 말했어요. “그가 이 지역에 더 오래 머물 예정인지가 궁금하군요.”

“저는 전혀 몰라요. 하지만 네더필드에 있을 때 그가 떠난다는 얘기를 듣지는 못했답니다. ____셔에서 체류하실 계획이라 들었는데 그 사람이 이웃에 있다는 사실이 영향을 미치지는 않기를 바라요.”

“오! 아닙니다─다아시 씨한테 제가 쫓겨나서야 되겠습니까. 저를 피하고 싶다면 그쪽이 떠나야지요. 우리는 우호적인 사이가 아니고 만나면 항상 괴롭지만, 제게는 그를 피할 꺼림칙한 이유가 하나도 없거든요. 오히려 온 세상에 대고 당당히 말할 수 있습니다. 저는 억울한 일을 당했고, 그가 그런 일을 한 위인이라는 사실이 유감스럽다 못해 고통스러울 따름이라고 말이지요. 미스 베넷, 작고하신 그의 부친 다아시 씨는 세상에 살아 숨 쉰 이들 중에서 최고의 인격자였고 제게는 더할 나위 없이 진실한 친구였습니다. 그래서 아들인 다아시 씨와 함께 있을 때면 어김없이 천 가지 애틋한 추억들이 밀려와 제 영혼을 아프게 찌른답니다. 그가 내게 저지른 파렴치한 짓은 파문을 불러일으키고도 남지만, 내 희망을 꺾고 아버지의 추억을 더럽히지만 않았다면 뭐든 얼마든지 용서했을 겁니다.”

엘리자베스는 이 화두에 흥미가 점점 커져서 온 마음을 다해 경청했어요. 하지만 워낙 민감한 사안이라 더는 캐물을 수 없었지요.

위컴 씨는 메리턴, 동네 사람들, 사교계 같은 좀 더 일반적인 이야기를 하기 시작했어요. 지금까지 본 바로는 몹시 마음에 드는 눈치였고 특히 사교계에 관해서는 온화하고도 두드러진 호의를 보이며 신사답게 칭찬했답니다.

“꾸준하게, 좋은 사람들과 사교계에서 어울릴 수 있겠다는 기대감이 ＿＿＿서에 입대하게 된 가장 큰 동기였습니다.” 그는 이렇게 덧붙여 말했지요. “더할 나위 없이 점잖고 분위기가 좋은 연대라는 건 알고 있었는데, 제 친구 데니가 현재의 주둔지 이야기를 해주면서 메리턴에서 얼마나 크나큰 관심을 가져주었는지, 또 얼마나 훌륭한 지인들과 연을 맺었는지 말해주어서 더욱 마음이 끌렸답니다. 솔직히 고백하자면, 저는 사교계에서 사람들과 어울리는 게 꼭 필요한 사람이에요. 미래에 대한 기대는 꺾여버렸지만 제 기질상 고독을 견딜 수는 없더군요. 저는 반드시 직업을 갖고 사람들과 어울려야만 합니다. 군인의 삶은 원래 제가 갈 길이 아니었지만 이런 처지가 되고 난 지금은 이만하면 훌륭하다 여겨집니다. 교회에서 목사가 되는 게 제 천직이었지만 말이지요─저는 목사로서 교육받고 성장했으니, 지금쯤 아마 그 고귀한 성직에 봉사하고 있었을 겁니다. 우리가 방금 얘기한 신사의 심기가 뒤틀리지만 않았다면 말이지요.”

“그럴 수가!”

“그래요─작고하신 다아시 씨는 최고의 교구에서 후임 목사로 봉직하는 삶을 제게 선물로 물려주셨습니다. 그분은 제 대부셨고 넘치는 사랑을 제게 쏟아주셨어요. 그분의 친절에 마땅히 보답할 길이 없을 정도로요. 제게 넉넉한 생활을 보장해주길 원하셨고 그렇게 했다고 믿으셨어요. 그러나 그분이 돌아가시자 교구는 다른 사람 차지가 되었습니다.”

“세상에, 어떻게 그래요!” 엘리자베스가 외쳤습니다. “어떻게 그럴 수가 있었지요? 그분의 유언이 묵살당하다니요?─어째서 법률적으로 시정하려 하지 않으셨나요?”

“유증이 공적인 요건을 완전히 갖추지 못해서 법적인 공방에서는 희망이 없었습니다. 명예로운 인간이라면 선친의 의도를 의심하지 않았겠지만, 다아시 씨는 의심하는 쪽을 선택했지요─아니, 단순한 조건부의 권유로 취급해서 제가 방탕하다든가 품행이 방정치 못하다든가, 아무튼 그렇게 아무 핑계나 갖다 붙여서는 제가 스스로 모든 권리를 포기했다 주장했습니다. 다만 확실한 건, 이 년 전, 정확히 제가 성년이 되어 자격을 갖췄을 그 무렵, 교구 목사직이 공석이 되었지만 다른 사람 차지가 되었다는 사실이지요. 또한 못지않게 확실한 사실은, 정말로 자격을 잃을 만한 짓을 저질렀느냐 물을 때 저 자신을 비난할 수는 없다는 겁니다. 저는 감정적이고 무방비한 성격이라서, 어쩌면 가끔 그를 내가 어떻게 여기는지, 지나치게 자유롭게 말했을지도 모르겠어요. 심지어 본인에게 직접 말했을 수도 있습니다. 하지만 그보다 나쁜 짓을 저지른 기억은 없습니다. 다만 분명한 사실은, 우리가 아주 다른 종류의 인간이고, 그는 나를 미워한다는 겁니다.”

“정말 충격적인 얘기네요!―그런 사람은 공공연하게 수치를 당해야 마땅해요.”

“언젠가 그런 날이 올 겁니다―하지만 내 입으로 모욕을 주진 않을 겁니다. 그의 부친을 잊을 수 있다면 모를까, 저는 결코 그에게 맞서거나 그의 치부를 폭로할 수 없어요.”

엘리자베스는 그 감정을 명예롭다 여기고 존중했고, 그 말을 하는 순간 그가 어느 때보다도 잘생겨 보인다고 생각했어요.

“하지만 대체,” 잠시 말이 없던 엘리자베스가 다시 물었습니다. “그런 짓을 한 동기가 무엇일까요?―대체 무슨 이유로 그렇게까지 잔인하게 행동한 걸까요?”

“철저히, 작정하고, 저를 미워했기 때문입니다―그 미움은, 저로서는 아무래도 어느 정도 질투심 탓일 거라 여길 수밖에 없어요. 돌아가신 다아시 씨가 저를 좀 덜 아꼈더라면, 그 아들이 절 좀 더 참아줬을지도 모르지요. 하지만 아버지가 이상하리만큼 저를 예뻐하셨던 게, 아주 어렸을 때부터 마음에 거슬렸던 모양이에요. 우리는 경쟁 관계가 되었는데, 그런 걸 견딜 수 있는 성격이 아니었으니까요—제가 오히려 더 큰 사랑을 받는 경우가 왕왕 있었거든요.”

“다아시 씨가 이렇게까지 나쁜 사람일 거라고는 생각지 못했어요—좋아한 적은 없지만, 그렇게까지 나쁘게 생각지도 않았는데—자기도 같은 사람이면서 다른 사람을 통틀어 낮잡아 본다는 생각은 했지만, 이렇게까지 사악한 복수심을 품고, 이렇게까지 부당한 짓을 저지르고, 도저히 사람으로서 못 할 짓을 할 만큼 저열한 위인일 거라 의심해본 적은 없는데 말이에요!”

하지만 몇 분쯤 곰곰이 생각해본 후 엘리자베스는 다시 말을 이어갔어요. “언제였더라, 네더필드에서 자랑하는 말을 들은 적이 있어요. 자기는 한번 원한을 품으면 결코 마음이 풀리지 않는다고, 용서를 모르는 성격이라고요. 성정이 정말 끔찍하고 무서운 사람인가봐요.”

“그 주제라면 저도 저 자신을 못 믿습니다.” 위컴이 대꾸했지요. “저는 그를 공정하게 논할 수 있는 사람이 아니니까요.”

엘리자베스는 또다시 깊은 생각에 잠겼고, 한참 후 이렇게 외쳤어요. “아버지의 대자이자 친구이자 총아였던 사람을, 그런 식으로 대하다니!”—이때 하고 싶지만 하지 않은 말이 더 있긴 했어요. ‘게다가 당신처럼, 얼굴만 봐도 사랑스러운 분이라는 게 이처럼 확실한, 훌륭한 청년을 어떻게요!’—하지만 “게다가 어린 시절부터 함께 자랐을 테고, 방금 말씀하셨던 대로, 누구보다 가깝게 연결된 사이였을 텐데, 그런 사람을 어떻게요!"로 만족해야 했지요.

"우리는 같은 영지 내의 같은 교구에서 태어났고, 젊은 시절의 대부분을 함께 보냈습니다. 같은 집에 살면서 같은 놀이를 즐겼고, 같은 부모의 돌봄을 받고 자랐지요. 제 아버지는 이모부이신 필립스 씨가 지금 훌륭하게 하고 계신 그 일로 직업 생활을 시작하셨습니다. 하지만 돌아가신 다아시 씨에게 쓸모 있는 존재가 되고자 모두 포기하셨고 펨벌리 사유지를 관리하는 일에 모든 시간을 쏟으셨어요. 다아시 씨는 아버지를 누구보다 높이 평가했고 가장 절친한 친구, 허심탄회하게 모든 걸 털어놓는 친구로서 아끼셨지요. 다아시 씨는 입버릇처럼 아버지의 능동적인 관리 감독에 크나큰 빚을 지고 있다 인정하곤 하셨습니다. 그래서 아버지가 세상을 떠나기 직전에, 다아시 씨가 먼저 제 생계를 보살펴주겠다고 약속하신 거고요. 저를 아끼는 마음만큼이나 제 아버지에게 입은 은혜의 빚을 갚고 싶은 마음이 크셨으리라 믿어 의심치 않습니다."

"너무 이상하네요!" 엘리자베스가 외쳤어요. "너무 혐오스러워요!—이 다아시 씨라는 인간은 그 잘난 자존심으로 당신도 온당하게 대우했어야죠!—더 나은 동기가 없다면, 그렇게 기만을 저지른 사람이 그리 지나치게 잘난 척해서는 안 되는 거잖아요—내가 보기엔 기만이 틀림없어 보이니까요."

"정말 기가 막힌 일이지요."—위컴이 대답했어요—"그가 하는 거의 모든 행동이 따져보면 자존심 탓이거든요—자존심이 그 친구에게 가장 좋은 친구가 되어준 적도 많아요. 다른 어떤 감정보다도 그 자존심 덕에 덕성 근처에라도 가볼 수 있었으니까요. 하지만 우리 중 누구도 한결같을 수는 없어요. 누구나 모순적인 데가 있는 법이지요. 더욱이 내게 그렇게까지 한 데는, 자존심보다 더 강력한 충동이 연루되어 있었고요.”

“그 사람이 그 치 떨리게 혐오스러운 자존심의 덕을 볼 때가 있다고요?”

“그럼요. 자존심에 이끌려 종종 너그럽게 관용을 베풀기도 하거든요―아낌없이 돈을 나눠주고 환대를 과시하고 소작인들을 돕고 극빈자들을 구해주고. 그게 다 가문의 자긍심, 아들로서의 자긍심 덕분입니다. 부친의 사람됨을 아주 자랑스럽게 생각하거든요. 겉으로는 가문에 먹칠하기 싫어서, 사람들이 좋아하는 자질에서 이탈해 전락하기 싫어서, 펨벌리 하우스의 영향력을 잃기 싫어서 그런 겁니다. 그런 건 강력한 동기지요. 또 오빠로서의 자긍심도 있어서요. 대단하게 사랑이 넘치는 오빠셔서 자기 동생한테는 아주 친절하고 세심한 보호자 노릇을 합니다. 그래서 저렇게 배려심 깊은 최고의 오빠가 세상에 또 어디 있나 사람들이 입 모아 외치는 소리를 듣게 되실 걸요.”

“미스 다아시는 어떤 아가씨예요?”

그는 고개를 흔들었습니다―“사랑스럽다고 말할 수 있다면 얼마나 좋겠습니까. 다아시 집안사람을 나쁘게 말하는 건 제 마음이 아프니까요. 하지만 그 애는 오빠와 닮아도 지나치게 닮았어요―아주, 아주 자존심이 강하지요―어렸을 때는 다정하고 상냥하고 나를 정말 굉장히 좋아했답니다. 그래서 몇 시간이고 그 애를 즐겁게 해주느라 저도 온 힘을 다했고요.

그러나 지금은 저한테 아무 의미도 없는 사람입니다. 열다섯 열여섯 나이의 어여쁜 여자애인데, 내가 알기로는 소양도 잘 갖췄고 재주도 뛰어날 겁니다. 부친이 세상을 떠난 후로는 런던에서 지냈는데 어떤 부인이 같이 살면서 교육을 관장했거든요.”

대화도 여러 번 끊기고 다른 주제도 여러 번 시도했지만 실패한 끝에 결국 엘리자베스는 참지 못하고 다시 처음에 하던 이야기로 돌아가고 말았어요.

“그 사람이 빙리 씨와 그렇게 친하다는 게 너무 놀라워요! 빙리 씨는 천생 호인처럼 보이는데요. 제가 보기에도 정말이지 다정한 분이고요. 그런데 어떻게 그런 인간과 우정을 맺을 수가 있죠? 그 두 사람이 어떻게 그렇게 서로 잘 맞을 수가 있어요?—빙리 씨를 잘 아시나요?”

“전혀 모릅니다.”

“다정한 성격에 싹싹하고 매력적인 분이거든요. 다아시 씨의 정체를 알고 있을 리가 없어요.”

“모를 확률이 높지요—하지만 다아시 씨는 그럴 마음만 있으면 남의 호감을 살 줄도 알아요. 그럴 능력이 없는 건 아니거든요. 자기 시간이 아깝지 않다 생각하면 말이 잘 통하는 대화 상대가 되어줄 수도 있어요. 자기와 대등한 신분의 사람들과 어울릴 때는, 돈이 좀 없는 이들을 대할 때와 아주 딴판으로 변합니다. 자존심은 물론 한시도 그를 저버리지 않지요. 하나 부자들과 함께 있을 때는, 사고방식도 열려 있고 정의롭고 진지하고 합리적이고 명예롭고, 아마 호감 간다고까지 말할 수 있을걸요—그 재산과 외모를 상당히 참작해야겠지만."

휘스트를 하던 사람들도 곧 흩어져서 게임에 참여한 사람들은 다른 테이블에 둘러앉았습니다. 콜린스 씨는 친척 엘리자베스와 필립스 부인 사이에 자리를 잡고 앉았지요—내내 그랬듯 콜린스 씨에게 게임은 잘 했느냐고 묻는 건 후자의 몫이었고요. 아주 큰 성공을 거두진 못했답니다. 점수를 다 잃었거든요. 하지만 부인이 걱정해주자 콜린스 씨는 몹시 진지하고 위엄 있게 잃은 건 전혀 중요하지 않다면서 그 정도는 자기한테 푼돈이니 조금이라도 불편한 마음을 갖진 마시라고 간절하게 부탁했답니다.

"부인, 저도 아주 잘 알고 있답니다." 그가 말했어요. "사람들이 카드 테이블에 둘러앉을 때는 이런 일이 일어날 위험을 감수해야만 하는 것이지요—다행히도 저는 오 실링 정도에 마음을 쓸 만큼 여유 없는 사정은 아니랍니다. 물론 저처럼 이렇게 말할 수 없는 사람들도 많겠지요. 하지만 레이디 캐서린 드 버그 덕분에 저는 하찮은 문제에 신경 쓰는 처지에서 크게 벗어나게 되었습니다."

그 말이 위컴 씨의 주의를 끌었습니다. 그는 몇 초간 콜린스 씨를 관찰하다가 엘리자베스에게 친척이 드 버그 가문과 아주 가까운 사이냐고 나직하게 물었지요.

"레이디 캐서린 드 버그는 최근에 그에게 교구를 주셨어요. 콜린스 씨가 처음에 어떻게 그분을 알게 되고 소개되었는지는 모르겠지만, 분명 오래 알고 지낸 사이는 아니에요."

"레이디 캐서린 드 버그와 레이디 앤 다아시[3]가 자매였다는 사실은 당연히 알고 계시겠군요. 따라서 그분은 아들 다아시 씨에게 이모가 되십니다.”

“아니, 정말로, 몰랐어요―레이디 캐서린의 혈연에 관해서는 전혀 몰랐어요. 엊그제까지는 그런 사람이 존재하는 줄도 몰랐는걸요.”

“그분의 딸 미스 드 버그는 거액의 재산을 상속받을 테고, 사촌인 다아시 씨와 결혼해서 두 영지를 합칠 거라고 다들 믿고 있습니다.”

엘리자베스는 이 말을 듣고 미소를 지었어요. 불쌍한 미스 빙리 생각이 났거든요. 그토록 온 신경을 쏟았는데 다 허사로 돌아가야 한다니요. 그 사람 동생을 그렇게 예뻐하고 본인한테도 칭찬을 퍼부었건만 그가 이미 정혼한 사람이 있다면 얼마나 헛되고 무용한 일이에요.

“콜린스 씨 말로는 레이디 캐서린과 그 따님이 아주 훌륭한 사람들이라지만, 자세한 얘기를 들어보면 어쩐지 감사하는 마음이 앞서서 좀 오해하는 게 아닐까 해요. 후원자라서 그럴 뿐, 오만하고 잘난 척하는 여자 같거든요.”

“그 두 가지 면에서 모두 상당한 수준일걸요.” 위컴이 대답했습니다. “만난 지 여러 해가 지났지만 난 그분을 좋아한 적이 없어요. 매너도 고압적이고 무례했다는 기억이 생생합니다. 사리 판단도 빠르고 영민하기가 보통이 아니라는 평판이

---

3 다아시의 어머니. 레이디 캐서린처럼 이름 앞에 레이디라는 경칭을 붙이는 것으로 보아 적어도 백작 이상의 귀족 가문 출신이다.

지만, 저는 그 능력의 일부는 신분과 재산에서 나오고, 일부는 그 권위적인 매너에서 나오고, 나머지는 조카의 자존심에서 나온다고 생각하는 편이에요. 자기와 관련된 사람은 모두 최고의 이해력을 지녀야 직성이 풀리는 친구니까."

엘리자베스는 위컴의 설명이 매우 합리적이라고 여겼고, 만족스럽게 서로 계속 이야기를 나누었습니다. 그러다 식사가 나와 카드 게임이 끝나자 위컴 씨의 관심을 나머지 아가씨들에게 양보했지요. 필립스 씨의 서퍼 파티는 너무 시끄러워서 대화가 불가능했지만, 위컴의 매너는 모두의 호감을 샀습니다. 무슨 말을 하든, 잘했으니까요. 또 어떤 행동을 하든, 우아하게 했으니까요. 엘리자베스는 머릿속이 온통 위컴의 생각으로 가득 차서 돌아왔습니다. 집으로 오는 길 내내 위컴 씨와 위컴 씨가 해준 이야기 말고는 아무 생각도 할 수가 없었지요. 하지만 돌아오는 길에서는 위컴의 이름을 입에 한 번 올릴 시간도 없었어요. 리디아도 콜린스 씨도 한시도 입을 다물지 않았거든요. 리디아는 끝도 없이 복권 얘기만 하면서 어떤 칩을 잃고 어떤 칩을 땄는지 수다를 떨었고, 콜린스 씨는 필립스 부부가 얼마나 예의 바른 분들인지 모른다면서 휘스트 게임에서 잃은 돈은 전혀 아쉽지 않다고 우겨댔고, 서퍼에 나온 요리들을 하나하나 열거하며 자꾸만 자기 때문에 친척들 자리가 비좁겠다고 걱정을 하고 또 했고, 롱본 하우스에 마차가 서기 전까지 도저히 다 말할 수 없을 정도로 할 말이 많았답니다.

17

엘리자베스는 다음 날 제인에게 위컴 씨와 나눈 이야기를 들려주었어요. 이야기를 들은 제인은 크게 놀라며 걱정을 했지요—다아시 씨가 빙리 씨의 호의가 아까운 그런 사람이라는 사실을 어떻게 믿어야 할지 몰랐지요. 하지만 위컴처럼 매력적인 외모를 지닌 청년의 말을 의심하는 건 제인의 천성에 어긋나는 일이었어요—그가 실제로 그런 매정한 처우를 견뎌냈을지 모른다는 생각만으로도 애틋하고 안쓰러운 마음이 절로 솟아났으니까요. 그러니 달리 어쩌겠어요. 두 사람 다 좋은 사람이라 여기고, 두 사람 모두의 행동을 변호해주고, 달리 설명이 안 되는 점들은 우연이나 실수의 탓으로 넘기는 수밖에요.

"두 사람 다, 어떤 식으로로든, 뭔가 잘못 알고 있어." 제인은 말했습니다. "무슨 오해인지는 내가 가늠할 수가 없지만. 관련된 사람들이 중간에서 얘기를 잘못 전했을 거야. 간단히 말해서, 우리로서는 추측할 방도가 없지만, 둘 다 실제로 비난받을 일이 없는데도 서로 멀어지게 된 이유나 정황이 있지 않을까.”

“정말 그래, 언니 말이 옳아—그런데 우리 착한 제인 언니, 이 일에 개입한 그 관련자들은 어떻게 두둔해줄 거야?—부디 그들의 혐의도 언니가 말끔히 씻어줘. 안 그러면 우리가 결국 누군가는 나쁘게 생각해야 하잖아.”

“웃고 싶으면 웃어. 하지만 네가 아무리 웃어도 내 생각은 바뀌지 않아. 사랑하는 내 동생 리지야, 아버지의 총아한테 그런 박대를 하다니, 그럼 다아시 씨가 얼마나 굴욕적으로 비치는지, 그 점을 잘 생각해봐—아버지가 생계를 약속한, 그런 사람한테 말이야—말도 안 돼. 만인 공통의 인간성을 지닌 사람이라면, 자기 인격의 가치를 조금이라도 생각하는 사람이라면, 그럴 수는 없어. 제일 친한 친구들이 그렇게 완전히 속고 있다니 그게 말이 되니? 아니야! 그럴 리 없어.”

“차라리 빙리 씨가 속고 있다고 믿는 게 낫지. 위컴 씨가 어젯밤 말해준 그런 사연을 스스로 꾸며낼 수는 없는 거잖아. 이름이며 사실관계며, 전부 어떤 꾸밈도 없이 말해줬어—사실이 아니라면 다아시 씨가 직접 반박해보라고 해. 더구나, 그 표정에 진실이 담겨 있었단 말이야.”

“정말 어렵네—너무 심란해—어떻게 생각해야 할지 알 수가 없으니.”

“미안하지만—어떻게 생각해야 할지는 정해져 있어.”

하지만 제인은 오로지 한 가지에만 확신을 품을 수 있었어요—빙리 씨가 정말로 속은 거라면, 이 사건이 공공연히 알려졌을 때 크게 맘고생을 하리라는 것.

젊은 아가씨 둘은 관목 숲에서 이 대화를 나누다가 부름을
받고 나와야 했어요. 방금 둘이서 얘기하던 사람들 중 몇이 직
접 찾아왔기 때문이지요. 빙리 씨와 누이들이 오랫동안 기대
를 모으던 네더필드 무도회 날짜가 다음 주 화요일로 확정되
었다면서 직접 초대의 말을 전하고자 방문한 것이었어요. 빙
리 자매는 소중한 친구를 만나서 정말 기쁘다고, 만난 지 영
겁의 세월이 흐른 듯하다고, 헤어진 후로 뭘 하면서 지냈느냐
고 호들갑을 떨었어요. 나머지 가족들은 본체만체했고요. 베
넷 부인은 최대한 피하고 엘리자베스에겐 별로 말을 많이 하
지 않았고 다른 가족에겐 아예 한마디도 하지 않았지요. 그들
은 금세 다시 가버렸는데, 빙리 씨가 깜짝 놀랄 정도로 갑작스
레 벌떡 일어나서는 베넷 부인의 인사치레를 피해 도망치는
사람들처럼 황급히 총총 떠났어요.

임박한 네더필드 무도회를 가족의 여자들 전원이 설레는
마음으로 기대하고 있었어요. 베넷 부인은 그 무도회가 오로
지 큰딸을 위해 열리는 거라고 믿기로 했고, 의례적인 카드를
전달받은 게 아니라 빙리 씨가 직접 초대했다는 사실에 특히
으쓱한 기분이 되었지요. 제인은 두 친구와 어울리면서 그들
오빠의 관심을 받을 상상을 하며 행복해했고요. 엘리자베스는
위컴 씨와 춤을 아주 많이 추고 다아시 씨의 표정과 행동에서
확증을 찾을 생각에 즐거워했어요. 캐서린과 리디아가 기대하
는 행복감은 특정한 사건이나 구체적인 사람에 달려 있지는
않았지요. 둘 다, 엘리자베스처럼 저녁의 절반은 위컴 씨와 춤

을 춰야겠다고 생각했지만, 마음에 드는 파트너가 위컴 씨 하나밖에 없는 것도 아니고 무도회는 어쨌든 무도회였으니까요. 심지어 메리마저도 가족들에게 춤을 추기 싫은 건 전혀 아니라고 말했답니다.

"아침 시간만 나 혼자 보낼 수 있다면, 그걸로 충분해—이따금 저녁 약속에 참석하면서 희생한다고 생각지는 않거든. 사교는 우리 모두의 의무니까. 그리고 솔직히 말하자면 나는 간헐적으로 유흥과 놀이를 즐기는 게 만인에게 바람직하다고 믿는 사람 중 하나야."

엘리자베스는 무도회 날 한껏 신나서 들뜬 나머지, 평소라면 불필요하게 콜린스 씨한테 말을 걸지도 않으면서 자기도 모르게 빙리 씨의 초대를 수락할 생각인지 묻고 말았어요. 그러고는 혹시 초대를 수락한다면 그날 밤의 유흥에 참가하는 게 적절한 처신이라 생각하느냐고, 그렇게까지 물어버리고 말았어요. 그런데 콜린스 씨가 자기 머릿속에는 일말의 거리낌도 없으며 감히 춤을 춘다고 해서 대주교님이나 레이디 캐서린 드 버그가 꾸짖지는 않으실 거라 대답해서 좀 놀라고 말았답니다.

"제 의견을 확실히 말씀드리자면," 하고 콜린스 씨가 말했습니다. "인품이 뛰어난 청년이 점잖은 분들을 대상으로 주최하는 이런 무도회는 결코 악한 성향을 띨 수 없다고 믿습니다. 직접 춤추는 데 반대하기는커녕 오히려 저녁 내내 아름다운 친척들 모두의 손을 잡는 영광을 누릴 수 있기를 바란답니다. 그러니 미스 엘리자베스, 이 기회를 빌려 특별히 첫 두 번의 춤을 저와 함께 추어주시길 간절히 청해도 괜찮겠습니까—제가 이처럼 미스 엘리자베스를 특별히 아끼는 마음을 보이더라도 우리 친척 제인은 올바른 명분을 이해하고 제게 어떤 불경한 의도도 없음을 알아주시리라 믿습니다."

엘리자베스는 완전히 함정에 빠졌다는 느낌이 들었어요. 바로 그 춤들을 위컴과 추게 될 거라 내심 정해놓고 있었거든요—그 대신 콜린스 씨라니요!—활기찬 성격을 발휘할 때를 이렇게 잘못 골랐을 수가요. 하지만 이젠 어쩔 도리가 없었어요. 위컴 씨와의 행복은 강제로 뒤로 미뤄졌으니, 콜린스 씨의 청은 최대한 예의 바르게 수락하는 수밖에요. 콜린스 씨가 발휘한 신사도가 더 떨떠름했던 건, 그 이상의 꿍꿍이가 있다는 느낌 때문이었어요—엘리자베스의 뇌리에는 그때 처음으로, 헌스퍼드 목사관의 안주인이 되어 더 품격 있는 방문객이 없을 경우 로징스의 카드리유 테이블을 채울 만한 여자로 자매들 중에서 하필 자기가 간택받았다는 생각이 떠올라버렸지요. 점점 더 깍듯이 예의를 차리면서 걸핏하면 위트 넘치고 활발하다고 칭찬하는 그를 지켜보면서 의심은 곧 확신으로 굳어졌고요. 엘리자베스는 자신의 매력이 초래한 이 결과에 으쓱하긴커녕 기겁했지만, 어머니는 그들이 결혼할 가능성에 십분 만족하고 있다는 의중을 분명히 딸에게 알려주었지요. 하나 엘리자베스는 그냥 알아들은 체도 않기로 했어요. 뭐라 말대꾸를 했다가는 심각하게 말다툼을 하게 되리라는 걸 잘 알고 있었거든요. 콜린스 씨가 영영 청혼하지 않을 수도 있으니 실제로 청혼할 때까지는 괜히 그를 두고 어머니와 왈가왈부 싸워

봤자 소용도 없었고요.

네더필드 무도회에 갈 준비를 하고 무도회 얘기로 소일할 수 없었다면, 이 무렵 어린 미스 베넷들은 참 안쓰럽고 딱한 처지가 됐을 거예요. 초대를 받은 그날부터 무도회 당일까지, 비가 그치지도 않고 어찌나 주룩주룩 내렸는지 단 한 번도 메리턴까지 걸어갈 수 없었거든요. 이모도, 장교들도, 새로운 소식도 쫓아다닐 수가 없었단 말이에요―네더필드 무도회 때 쓸 장미꽃 모양의 구두 장식마저도 사람을 보내서 대신 받아 와야 했다니까요. 심지어 엘리자베스마저 날씨에 참을성을 시험당하는 느낌을 받았어요. 위컴 씨와의 관계가 아무 진전도 없이 답보 상태에 빠져버렸으니 말이에요. 그러니 키티와 리디아가 금요일, 토요일, 일요일, 월요일을 지겨워하며 보내면서도 견딜 수 있었던 건 오로지 화요일에 열릴 무도회 덕분이었답니다.

18

네더필드의 응접실에 들어가 한데 모여 있는 레드 코트들 가운데서 위컴 씨를 헛되이 찾다 포기할 때까지, 엘리자베스는 단 한 번도 그가 참석하지 않을 수도 있다는 의심을 하지 않았어요. 기억을 되짚어보면 불안감을 느낄 근거가 없지 않았는데도, 그를 만나리라는 확신은 흔들리지 않았거든요. 그래서 평소보다 훨씬 공들여 옷을 차려입었고, 단장을 하면서도 혹시라도 아직 그의 마음을 완전히 사로잡지 못했다면 제대로 정복해주리라고 사기가 충천해 있었어요. 그날 저녁이 지나가기 전에 아직 버티는 나머지 마음까지 다 사로잡을 자신이 있었거든요. 하지만 그 짧은 순간에, 빙리 씨가 장교들을 초대할 때 다아시 씨의 기분을 생각해서 위컴 씨를 일부러 빠뜨린 게 아닐까 하는 끔찍한 의심이 고개를 치켜들었어요. 꼭 그런 건 아니더라도 아무튼 위컴의 불참은 친구 데니 씨의 입을 통해 불변의 사실로 공언되었지요. 열심히 캐묻는 리디아에게 데니 씨는 위컴은 전날 피치 못할 볼일이 생겨서 런던에 갔는데 아직 돌아오지 않았다고 대답해주고 나서, 의미심장한 미소를 지으며 이런 말을 덧붙였답니다.

"하필이면 지금 이 시점에 일 때문에 런던에 불려 가다니 잘 이해가 안 된다니까요. 여기 어떤 신사분을 피하고 싶었다면 또 모르겠지만요."

막상 리디아는 듣지 못했지만 이 대목은 마침 엘리자베스의 귀에 들어갔답니다. 이 말을 들은 엘리자베스는 처음의 추측이 옳지 않더라도 위컴이 이 자리에 없는 건 어차피 다아시 탓이라는 확신을 굳혔고요. 당장의 실망감이 너무나 컸던 나머지 다아시를 향한 불쾌한 반감이 칼날처럼 파르라니 날카로워져버렸고, 그래서 다아시가 곧바로 다가와서 정중히 안부를 물었을 때 웬만큼 예의 바른 응대조차 할 수가 없었어요─다아시에게 베푸는 배려와 관용과 인내는 위컴에 대한 배신이 될 테니까요. 그와는 어떤 대화도 하지 않고, 단 한 마디도 섞지 않기로 마음먹은 엘리자베스는 조금 못되게 신경질을 부리며 돌아섰고, 빙리 씨와 대화하는 도중까지도 여전히 화를 풀지 못했습니다. 빙리 씨의 눈먼 편애에 자꾸 부아가 솟구쳤거든요.

하지만 엘리자베스의 천성은 원래 신경질과 어울리지 않았고, 그날 저녁 자신이 품었던 모든 희망이 망가져버렸어도 오래 마음에 담아두고 우울해할 수는 없었어요. 그래서 속상한 일들을 일주일 동안 보지 못한 샬럿 루커스에게 다 털어놓았고, 괴짜 친척을 가리키며 특별히 눈여겨보라고 말해주었지요. 하지만 첫 두 번의 춤을 추다보니 속상한 생각들이 고스란히 다시 돌아왔지요. 참담하게 망신스러운 춤이었거든요. 콜린스 씨는 서투르면서도 세상 심각해서 상대를 배려하기보다 그저 사과하는 데만 급급했고, 동작을 틀리고도 자기는 모를 때가 한두 번이 아니었어요. 그래서 한두 번의 춤을 불쾌한 파트너와 추게 되었을 때 느낄 수 있는 온갖 수치심을 다 느끼게 해주었답니다. 콜린스 씨로부터 해방되는 순간은 기쁘다 못해 황홀했어요.

엘리자베스는 그다음 춤은 어떤 장교와 추었어요. 위컴 이야기를 나누며 기분 전환을 할 수 있었고 누구나 위컴을 좋아한다는 말을 들었답니다. 그 춤들이 끝난 후에는 샬럿 루커스에게 돌아가서 대화를 나누었는데, 그때 다아시가 갑자기 다가와서 말을 걸더니 심지어 그 손을 잡기를 청해도 되겠느냐 묻는 바람에 엘리자베스는 너무 놀란 나머지 자기도 무슨 말을 하는지 잘 모르는 채 그만 승낙하고 말았어요. 그 즉시 그는 돌아서서 가버렸고 엘리자베스만 남아서 자기는 왜 이렇게 정신 없고 차분하지 못할까 속상해 안달이 났답니다. 샬럿이 친구를 위로하려 이렇게 말했어요.

"막상 춤을 춰보면 아주 마음에 들 거야."

"말도 안 돼!—정말 그렇게 되면 세상에 그런 불행이 어디 있겠어!—미워하기로 결심한 남자를 마음에 들어한다니!— 나한테 그런 악담은 하지 말아줘."

하지만 댄스가 재개되자 다아시가 엘리자베스의 손을 잡으러 다가왔고, 샬럿은 도처히 못 참고 친구의 귀에 속삭여 경고

하지 않을 수 없었답니다. 위컴한테 반해서 그보다 열 배는 중요한 남자의 눈에 불쾌한 여자로 보이는 바보짓은 하지 말라고요. 엘리자베스는 대답도 하지 않고 대열로 가서 제자리에 섰는데 다아시의 상대로 마주 보고 선다는 게 얼마나 대단한 특권인지 대번 느껴져서 깜짝 놀라버렸지요. 이 모습을 바라보는 이웃 사람들의 시선에도 똑같은 놀라움이 서려 있다는 걸 읽을 수 있었어요. 그들은 한참 서서 춤을 추면서도 한마디도 나누지 않았어요. 엘리자베스는 이런 침묵이 두 번 춤추는 동안 내내 지속될 거라는 상상을 하기 시작했지요. 그래서 처음에는 침묵을 깨지 않을 작정이었어요. 하지만 억지로 말을 시키는 게 파트너에게 더 큰 형벌이지 않을까 하는 생각이 갑자기 떠올라서 춤에 관해 사소한 얘기를 몇 마디 했답니다. 그는 대답만 하고는 다시 입을 다물었어요. 몇 분쯤 또다시 정적이 이어진 끝에 그녀가 두 번째로 말을 시켰지요, 이렇게요.

"이제는 다아시 씨가 뭔가 말씀하실 차례예요―제가 춤에 관해 말했으니까, 이제 방의 크기라든가 춤추는 쌍들의 숫자라든가 뭐 그런 식의 말을 다아시 씨가 하셔야만 해요."

그는 설핏 웃더니 원하시는 말씀이 있다면 뭐든 당연히 해드리겠다고 말했어요.

"아주 좋아요―당분간은 그 대답으로 충분하겠어요―어쩌면 제가 좀 있다가 개인이 주최하는 무도회들이 공적인 연회들[1]보다 훨씬 좋다고 말할지도 몰라요―하지만 지금은 우리가 조용히 있어도 되겠어요."

"그럼 춤출 때 말을 하는 걸 규칙으로 정해두고 있는 겁니까?”

“가끔은요. 아시다시피, 사람이 말을 좀 하긴 해야 하잖아
요. 삼십 분이나 같이 있으면서 철저히 침묵을 지킨다니 이상
해 보일 거예요. 하지만 어떤 사람들한테 맞춰주려면 최대한 말
하는 수고를 덜어주는 쪽으로 대화를 꾸려나가야 하니까요.”

“지금 이 경우에는 본인의 감정을 감안하신 건가요, 아니면
제 감정에 맞춰주시는 건가요?”

“둘 다예요.” 엘리자베스가 새침하게 대꾸했어요. “항상 보
면 우리는 사고방식이 굉장히 비슷하더라고요—우리는 둘 다
사교성도 없고 과묵한 성격이라서, 장내의 사람들 모두를 놀
래주어서 후대에 대대손손 전해질 금과옥조가 될 만한 말이
아니면 말하기도 싫어하니까요.”

“제가 보기엔, 그 묘사는 본인의 성격과는 크게 닮은 데가
하나도 없는데요.” 그가 말했어요. “제 성격과 얼마나 가까운
지는, 저야 뭐라 말하려는 시늉도 못 하겠습니다만—미스 엘리
자베스는 지금 하신 말이 제 성격에 대한 충실한 초상이라 믿
는다는 건 확실히 알겠습니다.”

“제 처신을 제가 판단해선 안 되겠지요.”

그는 아무 대답도 하지 않았고, 두 사람은 또다시 아무 말
없이 무도회의 대열 사이를 지나갔습니다. 그런데 그때 그가
자매들과 함께 메리턴에 자주 걸어가느냐고 물었지요. 그녀는

1　이를테면 다아시를 처음 만난 메리턴의 연회는 지역 사회에서 공적으로
　개최하는 무도회였다.

그렇다고 답하고 나서, 도저히 유혹을 물리치지 못하고 덧붙여 말했어요. "지난번 다아시 씨가 우리를 만났을 때는 마침 새 친구를 사귀던 참이었답니다."

효과는 즉시 나타났어요. 그의 온몸을 감싼 도도함의 그림자가 한결 짙어졌지만, 입 밖으로는 한마디도 내뱉지 않았어요. 그래서 엘리자베스는 마음 약한 자신을 질책하면서도 뭐라 더 말할 수가 없었어요. 한참 후 다아시가 드디어, 꾹꾹 억누르는 말투로 말했습니다.

"위컴 씨야 훌륭한 매너라는 행운을 지녔으니 친구야 얼마든지 사귈 수 있겠지요—과연 사귄 친구를 오래 지킬 수 있을지는, 그리 확실하지 않습니다만."

"불행히도 다아시 씨의 우정은 잃었다 들었어요." 엘리자베스가 똑똑히 강조하며 대꾸했어요. "절교한 방식을 들으니 남은 평생 그분이 고생하실 것 같더군요."

다아시는 아무 답이 없었지만, 화제를 돌리고 싶은 눈치였어요. 그런데 그 순간 윌리엄 루커스 경이 바로 곁에 불쑥 나타났습니다. 춤추는 대열을 통과해서 방 저편으로 가려고 했다가, 다아시 씨를 보고 그 자리에 멈춰 서서 귀족답게 정중히 절하고 춤 솜씨와 파트너를 칭찬해주기로 한 거죠.

"다아시 씨, 제 마음이 그저 더할 나위 없이 흡족할 따름입니다. 이토록 훌륭한 춤 솜씨는 자주 볼 수 있는 게 아니지요. 최고의 사교계에 소속된 태가 역력하시군요. 하지만 감히 말씀드리지만 아름다운 파트너도 전혀 누가 되지 않습니다. 난 이런 기쁨을 종종 되풀이해 누릴 수 있기를 바라 마지않는단

다, 우리 어여쁜 일라이자야, 더구나 어떤 바람직한 일이 (그
녀의 언니와 빙리를 흘긋 보며) 성사되면 말이지. 그럼 굉장
한 축하의 물결이 밀려들지 않겠니! 다아시 씨께 간청드리는
바예요―하지만 내가 두 분 춤추는 데 방해가 되면 안 되겠지
요. 젊은 아가씨와 매혹적인 대화를 나누는 사람을 이렇게 붙
들고 있어서야 어디 고맙다는 인사가 돌아올 리 있겠습니까.
이 아가씨의 반짝거리는 눈빛도 나를 책망하고 있군요.”

하지만 이 연설의 후반부를 다아시는 제대로 듣지도 않았
어요. 그보다 친구에 대한 윌리엄 경의 말에 큰 충격을 받은
듯 굉장히 심각한 눈빛으로 함께 춤추고 있던 빙리와 제인을
바라보았지요. 하지만 곧 정신을 차리고 파트너를 돌아보고는
이렇게 말했습니다.

“윌리엄 경이 끼어드시는 바람에 우리가 무슨 얘기를 하고
있었는지 잊었습니다.”

“아무 얘기도 안 하고 있었을걸요. 서로 할 말도 없는 사람
들을 윌리엄 경이 어떻게 방해하실 수가 있겠어요―이미 두
세 가지 주제를 시험해봤지만 성공하지 못했으니, 우리가 다
음에 무슨 얘기를 하게 될지는 전 상상도 안 되네요.”

“책은 어떻습니까?” 그는 미소 지으며 물었습니다.

“책이라니―어머! 안 돼요―우리가 같은 책을 읽을 리도
없고, 읽더라도 같은 감정으로 읽을 리가 없단 말이에요.”

“그렇게 생각하신다니 유감이군요. 하지만 정말 그렇다면,
이야깃거리가 떨어질 걱정이 없겠습니다―서로 다른 우리 의
견들을 비교해볼 수 있으니까요.”

“안 돼요ー전 무도회장에서 책 얘기를 할 수는 없어요. 머리에 항상 다른 생각이 가득 차 있단 말이에요.”

“이런 환경에서는 늘 현재에 몰입하시는 거죠ー맞습니까?” 그가 의심스러운 표정으로 물었습니다.

“네, 언제나요.” 대꾸하긴 했지만 그녀는 자기가 무슨 말을 했는지도 잘 모르고 있었어요. 생각이 주제와 동떨어져 먼 곳을 헤매고 있었기 때문이지요. 그 사실은, 곧이어 그녀가 불쑥 외치듯 묻는 바람에 그만 겉으로 드러나고 말았어요. “다아시 씨, 일전에 남을 결코 용서하지 않는 성격이라고, 한번 원한을 품으면 누그러뜨릴 수 없다고 말씀하신 걸 들은 기억이 있는데요. 그럼 처음에 원한을 품을 때는, 아주 신중하시겠네요.”

“그렇습니다.” 그는 단호한 어조로 말했습니다.

“그럼 스스로 편견에 눈이 머는 일도 없으시겠죠?”

“없기를 바랍니다.”

“의견을 결코 바꾸지 않는 사람들은, 처음에 제대로 판단하는 일이 특히 중요하지요.”

“이 대화가 어디로 흘러가는지 물어봐도 되겠습니까?”

“그저 다아시 씨의 성격을 그려보려고요.” 그녀는 짐짓 심각한 분위기를 털어버리려 애쓰며 말했어요. “파악하려고 노력하고 있거든요.”

“성공은 좀 거두셨습니까?”

그녀는 고개를 저었어요. “전혀 진전이 없어요. 너무나 상반되는 이야기들을 들어서 굉장히 혼란스럽거든요.”

“분명 그렇겠지요.” 그가 진지하게 대답했습니다. “나에 관한 이야기들은 크게 엇갈릴 수 있습니다. 미스 베넷, 지금 당장 제 성격을 스케치하지는 않으시길 바랍니다. 우리 둘 다에게 좋은 결과가 나오지 않을 거예요. 저로서는 걱정할 만한 이유가 있습니다."

"하지만 지금 어떤 분인지 대충이라도 그려보지 않으면, 다시는 기회가 없을지도 모르잖아요."

"결단코 미스 베넷의 기쁨을 막지는 않도록 하지요." 그 대꾸는 싸늘했지요. 그녀는 더 말하지 않았고 두 사람은 다른 춤을 다 추고 나서 말없이 헤어졌어요. 불만스럽기는 둘 다 마찬가지였지만, 불만의 정도는 대등하지 않았어요. 다아시 씨의 가슴에는 그녀를 향한, 상당히 강력한 감정이 깃들어 있었기에 금세 그녀는 말끔히 용서하고 분노를 온전히 다른 이에게 돌렸으니까요.

서로 헤어지고 얼마 되지 않아 미스 빙리가 다가오더니 예의 바른 경멸의 표정을 띠고 그녀에게 말했습니다.

"미스 일라이자! 듣기로는 조지 위컴을 굉장히 좋아하신다면서요!―언니분이 저한테 그 사람 얘길 하면서 천 개도 넘게 질문을 퍼붓지 뭐예요. 그 청년이 깜박 잊고 말 안 해준 모양인데, 그이는 작고하신 다아시 씨의 집사 위컴 씨의 아들이에요. 하지만 친구로서 조언을 하자면, 그 사람이 주장하는 얘기들을 곧이곧대로 믿지는 마세요. 다아시 씨한테 억울한 일을 당했다는 건 완전히 거짓말이니까요. 오히려, 다아시 씨는 정말로 그 사람한테 친절을 베풀었어요. 조지 위컴이 다아시 씨한테 차마 말로 못 할 푸대접을 했는데도요. 자세한 내막은 모르지만, 다아시 씨 잘못은 하나도 없다는 건 내가 아주 잘 알고 있어요. 다아시 씨는 조지 위컴 얘기가 나오기만 해도 견디질 못해서, 우리 오빠가 장교들한테 초대장을 보낼 때 피치 못하게 위컴을 포함하긴 했어도 위컴 스스로 자리를 피해줬다는 걸 알고는 굉장히 기뻐했을 정도예요. 이 지역에 오다니 정말 뻔뻔하기 짝이 없지 뭐예요. 어떻게 감히 그럴 생각을 했는지 이해가 안 돼요. 그렇게 좋아하는 남자의 죄과를 알게 됐으니, 불쌍해서 어째요, 미스 일라이자. 하지만 그 사람 혈통을 생각해보면, 큰 기대를 걸기도 어렵지 뭐예요.”

“말씀을 들으니 그 사람의 죄와 혈통을 같은 말로 쓰시는 것 같군요.” 엘리자베스는 화를 냈어요. “비난하시는 죄과가 기껏 다아시 씨의 집사 아들이라는 건데, 분명히 말씀드리지만 그 얘기는 본인한테 직접 들었답니다.”

“미안해요.” 미스 빙리가 대꾸하고는 비웃음을 띠며 돌아섰지요. “괜히 끼어들어 실례했어요—친절한 의도에서 한 말이랍니다.”

‘무례한 계집애!’ 엘리자베스는 마음속으로 대꾸했어요—‘이런 치사한 공격으로 나한테 영향을 끼치려 했다면 완전히 오산이야. 그래봤자 너의 고집 센 무지와 다아시 씨의 악의만 드러날 뿐인데.’ 그러고는 언니를 찾으러 갔는데, 언니도 마침 빙리에게 같은 주제로 이것저것 물어보고 온 참이었지요. 엘리자베스를 맞아주는 제인의 표정이 얼마나 달콤하고 편안한지, 그 얼굴이 얼마나 행복감으로 환히 빛나는지, 그날 저녁 함께 보낸 시간에 깊이 만족하고 있음이 훤하게 드러나 보였어요—엘리자베스는 곧바로 언니의 감정을 읽어냈고, 그 순간 위컴에 대한 걱정, 그의 적들에 대한 원망, 그 밖의 온갖 다른 감정들이 사르르 사라지고 오로지 제인이 행복으로 가는 아름다운 길에 들어섰기를 바라는 소망만 남았지요.

"나 궁금해." 언니 못지않게 환한 미소를 지으며 엘리자베스가 말했습니다. "위컴 씨에 관해 언니가 뭘 알아냈는지 알고 싶어. 하지만 행복한 대화에 푹 젖은 나머지 제삼자를 생각할 여력도 없었다고 하면, 그 경우엔 언니의 죄를 내가 사해줄게."

"아니야." 제인이 대답했습니다. "잊지는 않았지. 하지만 네 마음에 찰 만한 얘기가 없어서 그래. 빙리 씨도 전말을 다 알진 못하고, 다아시 씨 마음이 결정적으로 틀어진 사정은 전혀 모른대. 하지만 친구의 반듯한 행실과 도덕성, 명예는 자기가 보장한다면서, 위컴 씨는 다아시 씨가 쏟은 관심의 절반도 아까운 사람일 거라고 믿어 의심치 않는대. 이런 말 해서 미안한데, 빙리 씨 얘기도 그렇고 그 동생 얘기도 그렇고, 위컴 씨는 아무래도 점잖은 청년이 아닌가봐. 아주 방탕하게 살았고, 다아시 씨가 호의를 거둘 만한 이유가 있었대."

"빙리 씨는 위컴 씨를 직접 알진 못하고?"

"응. 그날 아침에 메리턴에서 처음 봤대."

"그렇다면 이 얘기는 다아시 씨한테 들었겠네. 나한테는 그걸로 완전히 해명이 돼. 그러면 교구에 관한 얘기는 없었어?"

"정확히 상황이 기억나지 않는다더라. 그래도 다아시 씨가 한두 번 이상 설명해주긴 했다던데. 자기가 알기로는 유증은 조건부였대."

"빙리 씨의 진정성에는 일말의 의심도 없어." 엘리자베스는 흥분한 말투였어요. "하지만 난 장담만 듣고는 납득할 수 없다는 것도 이해해줘. 친구를 변호하는 빙리 씨의 고운 마음씨는 잘 알겠지만, 이 이야기에서 모르는 구석이 여럿이고 나머지는 당사자인 친구한테서 들었으니 나는 여전히 두 신사에 관한 한 전과 똑같은 의견을 견지하겠어."

그러고는 둘 다 훨씬 더 즐겁게 할 수 있는 이야기, 감정의 차이가 있을 수 없는 이야기를 하기 시작했어요. 엘리자베스는 빙리의 관심으로 인해 제인의 마음에 싹튼 소심하지만 행복한 희망들을 들으며 기뻐했고, 힘닿는 한 언니의 자신감을 한껏 북돋워주었습니다. 하지만 빙리 씨가 와서 이야기에 끼어들자 엘리자베스는 자리를 비켜주고 미스 루커스에게로 갔지요. 마지막으로 춤춘 파트너와 즐거웠는지 캐묻는 친구에게 별 대꾸를 하지 않고 있는데, 콜린스 씨가 다가오더니 엄청나게 신이 나서는, 방금 운 좋게 굉장히 중요한 사실을 알아냈지 뭐냐고 말했습니다.

"제가 글쎄, 기가 막힌 우연의 일치로, 이 방 안에 제 후원자분의 가까운 친척이 있다는 걸 알아냈지 뭡니까. 바로 이 집의 안주인 역할을 하고 계시는 젊은 숙녀에게 그 신사분이 직접 사촌인 미스 드 버그와 그 모친이신 레이디 캐서린의 이름을 언급하는 걸 운 좋게 옆에서 들었거든요. 이런 일들이 참 얼마나 신기하게 일어나는지 말입니다! 이 연회에서 레이디 캐서린 드 버그의 조카분을—아마 그렇겠지요—제가 만나게 될

줄 누가 생각이나 했겠습니까!—늦지 않게 알게 되어서 직접
가서 존경심을 표할 수 있는 게 다행이에요. 지금 가서 인사를
드리려 하는데, 더 일찍 그러지 못한 걸 양해해주시리라 믿어
의심치 않습니다. 그 혈연관계를 제가 전혀 모르고 있었으니
사정을 참작해주시겠지요."

"다아시 씨에게 직접 자기소개를 하시려는 건 아니지요?"

"왜 아니겠습니까. 더 일찍 가서 인사드리지 못해서 죄송하
다고 용서를 구할 겁니다. 레이디 캐서린의 조카분이 맞다고
생각해요. 어제로부터 일주일 전까지는 레이디 캐서린께서 아
주 건강하셨다고 안심시켜드릴 힘이 제게 있지 않습니까."

엘리자베스는 그런 계획은 포기하시라고 열심히 설득해보
았어요. 소개해줄 사람 없이 가서 말을 걸면 다아시 씨가 이모
에 대한 찬사가 아니라 분수를 모르는 무례라고 여길 거라고,
굳이 서로 아는 척할 필요가 전혀 없다고, 혹시 안면을 트게
되더라도 신분이 높은 다아시 쪽에서 먼저 친분을 맺자고 나
서야 한다고요—콜린스 씨는 그 말을 들으면서도 자기 뜻대
로 하겠다는 결의를 굳힌 분위기였고, 엘리자베스가 말을 다
하자 이렇게 대답했어요.

"우리 소중한 미스 엘리자베스, 당신 이해력이 닿는 범위의
사안이라면야 물론 당신의 훌륭한 판단을 한없이 높이 평가
하지요. 하나 실례지만 일반인 사이에서 통하는 예법의 관례
는 목사들이 따르는 규칙과는 크게 다르답니다. 그러니 부디
목사직이 왕국에서 가장 높은 계급과 품격 면에서 동등하다
고 여긴다 말씀드리는 것을 허락해주시기 바라요—물론 그와

동시에 적절히 겸손한 품행을 유지해야 하겠지요. 그러니 이 경우에는 제 양심이 명하는 대로 따라, 의무라 믿는 바를 행할 수 있도록 허락해주십시오. 제게 득이 되는 당신의 조언을 소홀히 듣는 걸 부디 용서해주시고요. 당신의 조언은 다른 사안이라면 어떤 것이든 제 변함없는 길잡이로 삼을 테니까요. 하지만 우리 앞에 놓인 이 일은, 교육으로 보나 몸에 밴 공부의 습관으로 보나 제가 당신 같은 젊은 아가씨보다는 어느 쪽이 옳은지 더 잘 판단할 수 있다고 생각합니다.” 그러더니 그는 허리를 푹 숙여 깊이 절하고는 엘리자베스를 떠나 다아시 씨를 엄습하러 갔어요. 그녀는 들이대는 콜린스 씨를 다아시 씨가 어떻게 받아주는지 열심히 지켜봤는데, 그런 인사를 받고는 놀라는 기색이 아주 역력했지요. 그녀의 친척은 장황한 연설의 서막을 엄숙한 절로 열었는데, 무슨 말을 하는지 한마디도 들리지 않았지만 엘리자베스는 낱낱이 다 들은 기분이었어요. 콜린스 씨의 입술 움직임에서 “죄송” “헌스퍼드” “레이디 캐서린 드 버그” 같은 말들을 읽을 수 있었지요—하필 저런 남자한테 책잡힐 짓을 하는 그를 보니 마음이 심란했어요. 다아시 씨는 기막힌 표정을 숨기지도 않고 빤히 바라보다가, 콜린스 씨가 마침내 말할 틈을 주자 정중하게 거리를 두며 대답했지요. 그러나 콜린스 씨는 전혀 기죽지 않고 다시 말하기 시작했고 두 번째 장광설이 끝도 없이 늘어지자 다아시 씨의 경멸도 커지다 못해 넘치는 듯 보였어요. 드디어 콜린스 씨의 말이 다 끝나자 그는 슬쩍 고개만 까닥하고는 돌아서서 반대 방향으로 가버렸습니다. 콜린스 씨는 그러고 나서 엘리자베스에게 돌아왔어요.

"걱정 말아요. 아무리 봐도," 하고 그가 말했지요. "나를 맞아주는 태도에 불만을 가질 이유가 전혀 없었으니까요. 다아시 씨는 내가 보인 관심에 크게 기뻐하는 듯했고, 심지어 덕담까지 해줬어요. 레이디 캐서린의 안목에 확신을 갖고 있다면서, 그분이 자격 없는 사람에게 특혜를 주지는 않았으리라 믿는다지 뭐예요. 정말이지 아주 근사한 생각이지 뭡니까. 전체적으로, 난 다아시 씨가 아주 마음에 들어요."

엘리자베스는 이제 개인적으로 흥미로운 일이 없어서 언니와 빙리 씨에게로 모든 관심을 쏟다시피 했지요. 둘을 지켜보다 보니 기분 좋은 생각들이 꼬리에 꼬리를 물고 떠올라서 거의 제인 본인만큼이나 행복해져버렸어요. 상상 속에서 제인은 진정한 사랑으로 맺어진 결혼이 줄 수 있는 모든 행복을 다 누리면서 바로 그 집에 정착해 살고 있었지요. 그런 상황이면, 심지어 빙리의 두 자매한테도 정을 붙여볼 수 있을 것 같았어요. 어머니의 생각 역시 똑같은 방향으로 기울어져 있는 게 뚜렷하게 보였기에, 근처에 가지 않으려 마음먹고 있었어요. 괜히 듣지 않아도 될 이야기까지 다 듣게 될까 두려웠거든요. 그래서 저녁 식사 때 근처에 앉게 되자 하필 운도 지독하게 없다고 생각했답니다. 아니나 다를까 어머니는 바로 그 사람(레이디 루커스)에게 제인이 빙리 씨와 어서 결혼하면 좋겠다는 얘기만, 다른 얘기는 전혀 안 하고 오로지 그 얘기만, 거리낌 하나도 없이, 남들한테 다 들리도록 떠들어댔지요. 엘리자베스는 마음 깊이 창피하고 괴로웠어요—워낙 신나는 주제였기 때문에 베넷 부인은 이 결혼의 이득을 하나하나 열거하면서 영영 지칠 줄 모르는 듯 보였어요. 그이가 워낙 매력적인 청년이잖우, 게다가 그리 부자고, 우리 집에서 겨우 삼 마일 거리밖에 안 되고 등등이 자축할 만한 첫 번째 이유들이었지요. 더욱이 빙리의 두 자매가 제인을 끔찍이 좋아하니 또 얼마나 안심이 되는지, 자기보다 오히려 더 그 결혼을 바라고 있을 거라니까요. 게다가 어린 딸들 장래는 또 얼마나 창창하게 트이겠어요. 제인이 이렇게나 훌륭한 집안에 시집을 가면 애들도 오다가다 다른 돈 많은 남자들을 만나게 될 테니까. 마지막으로, 이 나이가 되고 보니 제인한테 결혼 안 한 딸들의 샤프롱 노릇을 맡길 수 있다는 게 참 큰 기쁨이에요. 그럼 애들을 데리고 사교계 행사에 그렇게 부담스럽게 많이 참석하지 않아도 될 거 아니에요. 그런 일을 즐겨야 한다고 했지만, 그게 에티켓이라 그냥 한 말이에요. 하나 말은 그렇게 해도 젊을 때나 지금이나 베넷 부인은 도저히 집 안에서 가만히 있으면서 즐거움을 찾을 만한 사람이 아니었어요. 부인은 레이디 루커스도 어서 자기만큼 운이 트이면 좋겠다고 덕담을 늘어놓았지만, 누가 보나 그럴 일은 전혀 없다 믿으며 승리감에 젖은 속내가 훤히 들여다보였답니다.

엘리자베스는 어머니의 정신없이 빠른 말투를 말려보기도 하고 남들 귀에 덜 잘 들리게 속삭여서 말해보시면 어떻겠냐 구슬러도 보았지만 다 허사였어요. 그 괴로운 심정을 차마 말로 형언할 수 없었지요. 어머니가 한 말 중 주요 내용을 식탁 맞은편에 앉아 있던 다아시 씨가 엿들었다는 걸 알 수 있었거든요. 하지만 어머니는 그런 말도 안 되는 소리 하지도 말라며 딸을 야단칠 따름이었어요.

"아니, 다아시 씨가 나한테 뭐라고, 내가 그 사람을 무서워해야 한다는 거니? 그이가 우리한테 뭐 그리 특별히 예의를 차렸다고 그이가 듣기 싫어할 소리는 한마디도 말라는 게 무슨 경우야?"

"엄마, 제발, 부탁이니 언성 낮추고 말씀하세요―다아시 씨의 기분을 상하게 해서 어머니한테 무슨 득이 되겠어요?―그래서야 저 사람 친구가 어머니를 좋게 볼 리가 없잖아요."

하지만 무슨 말을 해봐도 아무 영향도 미치지 못했어요. 어머니는 변함없이 누구나 다 알아들을 수 있는 목소리로 자기 생각을 떠들어댔으니까요. 엘리자베스는 부끄럽고 심란해서 얼굴을 붉히고 또 붉혔어요. 자꾸만 다아시 쪽을 흘끔흘끔 쳐다보며 눈치를 살피지 않을 수가 없었는데, 쳐다볼 때마다 두려움이 확신으로 굳어졌어요. 내내 어머니를 보고 있지는 않아도 어머니에게 유심히 주의를 기울이고 있는 게 분명했거든요. 그 얼굴에 서렸던 분노 섞인 경멸은 점차 차분해지더니 한결같이 심각한 표정으로 자리 잡았습니다.

그러나 마침내 베넷 부인도 할 말이 떨어지고야 말았어요. 도저히 공감이 안 되는 기쁨에 찬 얘기를 듣고 또 들으며 아까부터 하품을 하던 레이디 루커스도 차가운 햄과 닭고기 요리로 위안을 삼으러 가버렸고요. 엘리자베스도 이제 생기를 되찾기 시작했어요. 하지만 평온한 막간은 오래가지 않았답니다. 저녁 식사가 끝나자 노래 얘기가 나왔는데, 글쎄 메리가,

청하는 사람도 없는데, 좌중을 즐겁게 할 준비를 하고 있는 거예요. 엘리자베스는 좌절하고 말았지요. 수없이 많이 의미심장한 눈빛을 보내고 말없이 애원하며 그렇게 인정 욕구를 과시하지 말라고 말려보았지만―아무 소용 없었어요. 메리는 전혀 알아듣지 못했어요. 재주를 뽐낼 기회가 기쁘기만 했던 메리는 노래를 시작했답니다. 차마 눈을 떼지 못하고 동생을 바라보던 엘리자베스는 끔찍하게 괴로운 감각에 휩싸여 열 개도 넘는 구절을 꾸역꾸역 부르는 동생을 조바심 내며 지켜보았지만 맘고생한 보람도 없이 마지막이 정말 좋지 못했어요. 테이블에 앉은 사람들이 고맙다고 인사하자, 메리는 자기가 또 한 번 좌중을 즐겁게 해도 되겠다는 희망을 품었고, 삼십 초쯤 쉬었다가 또다시 노래하기 시작했거든요. 메리의 능력은 그런 공연에 전혀 어울리지 않았지요. 목소리는 약하고 매너는 작위적이었거든요―엘리자베스는 괴로워서 어쩔 줄 몰랐어요. 그러다 제인은 어떻게 견디고 있나 궁금해 언니 쪽을 보았지요. 하지만 제인은 아주 평온하게 빙리와 이야기를 나누고 있었답니다. 그래서 빙리의 두 자매를 쳐다보니 그들은 서로서로 눈을 맞추고, 또 다아시 씨를 바라보면서, 놀려대며 조롱하는 신호를 하고 있었어요. 하지만 다아시 씨는 여전히 그 속내를 알 수 없이 심각한 표정을 한결같이 고수하고 있었지요. 엘리자베스는 아버지 쪽을 바라보며 메리가 밤새 노래하는 일이 없도록 중재해달라고 눈으로 간청했어요. 아버지는 그 뜻을 알아차리고 메리가 두 번째 노래를 끝내자 큰 소리로 말했습니다.

"그만하면 아주 되고도 남았다, 얘야. 우리를 충분히 오래 즐겁게 해줬어. 다른 젊은 아가씨들에게도 재주를 뽐낼 시간을 주자꾸나."

메리는 못 들은 척했지만 퍽 속상해 보였어요. 그래서 엘리자베스는 동생이 안쓰러워졌고, 아버지가 공개적으로 한 말이 속상해졌지요. 괜히 자기가 초조한 마음에 나서서 결과적으로 누구한테도 좋을 게 없는 결과를 초래한 건 아닐까 걱정이 되었어요—이제 연주 요청은 다른 사람들 차례로 넘어갔지요.

"만일 제가 말입니다" 하고 콜린스 씨가 말했어요. "노래를 잘하는 행운을 타고났다면, 여기서 한 곡조 부르며 좌중을 즐겁게 해드리면 얼마나 좋겠습니까. 저는 음악이 아주 무해한 오락이며 목사라는 직업과 완벽하게 어울린다고 보거든요. 그러나 우리의 시간을 음악에 지나치게 많이 쏟는 일이 정당화된다 주장하는 건 아닙니다. 분명히 관심을 두어야 할 다른 일들이 있으니까요. 교구의 교구장은 할 일이 아주 많답니다—제일 먼저, 자기한테도 득이 되고 후원자의 심기를 불쾌하게 하지 않는 정도로 십일조의 액수를 잘 합의해야 하지요. 자기 설교는 자기가 직접 써야 하고요. 그러고 나서 남는 시간에는 교구의 의무를 행하고, 사는 집을 돌보고 수리해야 합니다. 집을 최대한 안락하게 꾸미는 의무는 결코 소홀히 할 수 없으니까요. 또한 누구나 배려 깊게, 괜한 갈등이 생기지 않도록 맞춰주는 태도로 대하는 것 또한 중요성이 결코 낮지 않은 일이랍니다. 특히 생계를 후원해주시는 분들께는 더더욱 그러하지요. 목사에게서 그 의무를 덜어줄 수는 없어요. 그리고 후원자의 가문과 혈연이 있는 분에게 존경심을 표할 기회를 놓치는 사람 또한 좋게 생각할 수 없고요.” 그리고 그는 다아시를 향해 고개 숙여 절을 하는 것으로 장광설을 마무리했지요. 말소리가 어찌나 컸는지 장내의 사람들 절반이 다 들었을 거예요—빤히 쳐다보는 사람들도 많았고요—슬그머니 웃는 사람들도 많았어요. 하지만 베넷 씨만큼 즐거워하는 사람은 아무도 없었어요. 반면 그의 아내는 이렇게 사리 분별이 바른 말씀을 해주시다니 훌륭하다며 진심으로 콜린스 씨를 칭찬했고 레이디 루커스의 귓전에 대고 반쯤은 다 들리는 속삭임으로 비범하게 영특하고 착한 청년이라고 말했어요.

엘리자베스가 보기에는, 그날 밤 가족들이 우리 다 같이 온 힘을 다해 한번 제대로 망신을 당해봅시다 작정을 한 거라 해도, 이보다 더 열심히 각자의 역할을 다 하고 이보다 더 훌륭한 성공을 거둘 수는 없을 것만 같았어요. 그나마 이 망신스러운 행태의 일부는 빙리가 미처 눈치채지 못했고, 어리석은 짓을 틀림없이 보긴 했더라도 그런 데 흔들릴 감정이 아니라는 게 빙리와 언니에겐 천만다행이라고 생각했지요. 하지만 빙리의 자매들과 다아시 씨한테 제인의 가족과 지인을 조롱하고 비웃을 기회를 준 것만도 나빴고, 신사의 말 없는 멸시와 숙녀들의 무례한 웃음 중 어느 쪽이 더 견디기 힘든지는 스스로도 알 수가 없었습니다.

나머지 저녁 시간에 엘리자베스는 즐거울 일이 거의 없었어요. 콜린스 씨가 끈덕지게 곁에 붙어 다니며 자꾸 귀찮게 굴었거든요. 그리고 그에게는 엘리자베스를 설득해 자기와 다시 춤추게 만들 능력은 없었지만, 그녀가 다른 남자들과 춤추지 못하게 만들 힘은 얼마든지 있었단 말이에요.[2] 다른 여자와 춤을 추라고 해보기도 하고 이 방 안에 있는 여자 누구든 마음에 들면 소개해주겠다 해보기도 했지만, 다 허사였어요. 춤에는 전혀 관심이 없다지 뭐예요. 자기의 주된 목적은 섬세하게 관심을 쏟아서 그녀의 마음을 사는 것이니, 저녁 내내 그녀 곁에 아주 가까이 붙어 있어야만 한다나요. 자기가 이런 계획을 세웠다는데 말싸움을 해서 뭐 하겠어요. 그나마 엘리자베스의 답답한 심정에 가장 큰 위로가 된 건 친구 미스 루커스였어요. 자주 함께 어울려주면서 마음씨 좋게도 자기가 콜린스 씨의 대화 상대 역할을 맡아주었거든요.

그래도 최소한 다아시 씨의 관심을 더 받는 불쾌한 사태로부터는 해방이었답니다. 그는 꽤 가까운 거리에 종종 서 있으면서도, 철저히 무심하고 초연했고, 다시는 그녀 곁으로 와서 말을 걸지 않았어요. 자기가 위컴 씨 얘기를 꺼낸 결과라 느껴서 엘리자베스는 내심 기쁘고 흐뭇했지요.

롱본의 일행은 참석자들 중에서 마지막으로 출발하게 되었습니다. 게다가 베넷 부인이 미리 수를 써놔서 다른 사람이 다 떠나고 나서도 십 오 분이나 마차를 기다려야 했지요. 그만하면 집주인 가족 중 몇 사람이 얼마나 그들이 빨리 가버리기를 진심으로 바라는지 알기에 충분한 시간이었어요. 허스트 부

2 여자가 한 남자의 청만 계속 거절하는 건 예의에 어긋났기 때문에, 그러려면 아예 다른 남자와도 춤을 추지 말아야 했다.

인과 동생은 피곤하다고 투덜거릴 때 말고는 아예 입을 떼지도 않았고, 얼른 집을 자기들끼리 독차지하고 싶다는 속내를 훤히 드러냈어요. 그들은 베넷 부인이 대화를 해보려 할 때마다 진저리 치며 물리쳤고, 그런 식으로 함께한 모든 사람에게 나른한 권태를 전염시켰어요. 그 시들한 분위기는 콜린스 씨의 장광설로도 전혀 나아지지 않았지요. 콜린스 씨는 빙리 씨와 자매들을 칭찬하며 우아한 환대와 손님들에게 깊은 인상을 준 공손하고 예의 바른 태도에 장황한 찬사를 늘어놓았는데 말이에요. 다아시는 전혀, 아무 말도 하지 않았어요. 베넷 씨도 그 못지않게 말이 없었지만, 이 장면을 즐기고 있었고요. 빙리 씨와 제인은 나머지 일행과 조금 떨어진 곳에 함께 서서, 오로지 둘이서만 이야기를 나누고 있었답니다. 엘리자베스 역시 허스트 부인이나 미스 빙리에 질세라 고집스럽게 침묵을 고수했지요. 심지어 리디아조차 녹초가 된 나머지 가끔 "맙소사, 진짜 피곤해 죽겠네!" 외치며 격렬하게 하품을 할 뿐 뭐라 말할 기력이 없었어요.

드디어 다들 일어나 인사할 때가 오자, 베넷 부인은 곧 롱본에서 가족분들 모두를 뵙게 되길 바란다며 예의 바르지만 완강하게 졸라댔어요. 그러면서 꼭 짚어 빙리 씨 한 사람에게만 말을 걸면서, 거추장스럽게 형식적인 초대를 하지 않더라도, 언제든 와서 가족 식사에 함께해준다면, 정말 더할 나위 없이 기쁠 거라고 했지요. 빙리는 진심 어린 감사와 기쁨을 표했고, 다음 날 잠시 런던에 다녀올 일이 있는데 돌아와서 최대한 이른 기회를 잡아 찾아뵙겠노라 기꺼이 약속했답니다.

베넷 부인은 모자람 없이 흡족한 마음으로 그 집을 떠났고, 살림살이, 새 마차들, 결혼식 의상을 준비하는 데 필요한 시간을 참작할 때 서너 달 후면 틀림없이 네더필드에 정착한 딸아이를 보게 되리라 즐거운 확신을 품었답니다. 또 한 딸은 콜린스 씨한테 시집보낼 거라는 생각 또한 확실히 믿기는 매한가지였고, 그렇게까지 기쁘진 않더라도 상당히 기뻤어요. 엘리자베스는 자식들 중에서 가장 정이 안 가는 아이였고, 신랑감을 보나 혼처로 보나 그애한테야 충분히 훌륭했지만 빙리와 네더필드 앞에서는 값어치가 빛바랬으니까요.

19

다음 날 롱본에서는 새로운 장면이 열렸습니다. 콜린스 씨가 형식을 갖추어 청혼의 뜻을 밝혔기 때문이지요. 자리를 비워도 된다고 허락받은 기간이 다음 토요일이면 끝나기 때문에 시간 낭비 없이 해치워야겠다고 마음을 먹은 데다 자신 없이 소심한 감정이 조금도 없었기에 심지어 그 순간에도 아무 스트레스를 느끼지 않은 그는, 아주 질서 정연한 방식으로, 이런 일에 정석적으로 지켜야 한다고 생각되는 모든 수순을 밟아 일을 진행했어요. 아침 식사를 마치고 곧바로 베넷 부인, 엘리자베스, 동생 하나가 있는 자리에서 이렇게 말한 거예요.

"부인, 아름다운 따님 엘리자베스를 아끼는 부인의 마음에 청하건대, 제가 오늘 아침 따님과 단둘이 있는 자리에서 대화를 나누는 영광을 누려도 되겠습니까?"

엘리자베스가 놀라 얼굴을 붉힐 뿐 미처 아무 대처도 못 했는데, 베넷 부인이 즉시 대답했어요.

"어머, 세상에!—그럼요—당연하지요—리지가 정말로 행복해할 거라 믿는답니다—뭐라 반대할 이유가 있을 리가 없어요—어서 와라, 키티야, 너는 이 층에서 나하고 할 일이 있어." 그러더니 일거리를 주섬주섬 챙겨서 황급히 나가버렸는데, 그때 엘리자베스가 외쳤어요.

"엄마, 가지 마세요—제발 부탁인데 가지 마세요—콜린스 씨한테 실례지만 나 안 돼요—남들 듣지 않는 곳에서 나한테만 하실 말씀 같은 건 없다고요. 나도 갈래요."

"안 돼, 안 된다, 말도 안 되는 소리 하지 마, 리지야—엄마는 네가 지금 그 자리에 그대로 있길 바라니까."—그리고 정말로 진심으로, 창피하고 괴로워 어쩔 줄 모르는 엘리자베스의 얼굴을 보더니 이렇게 덧붙여 말했어요. "리지, 엄마가 똑똑히 말하는데 반드시 여기 남아서 콜린스 씨의 말씀을 듣거라."

엘리자베스는 그런 명령을 거역할 수는 없었어요—그래서 잠깐 사정을 가늠해보다 차라리 최대한 빨리 최대한 조용히 끝내버리는 편이 가장 현명하겠다는 생각에 이르렀지요. 다시 자리에 앉은 그녀는 심란함과 웃김을 오가는 감정을 들키지 않으려고 한시도 쉬지 않고 바느질에 몰두했어요. 베넷 부인과 키티가 걸어 나갔고, 두 사람이 나가자마자 콜린스 씨가 말을 시작했지요.

"사랑하는 미스 엘리자베스, 당신의 겸손이 다른 완벽한 장점들에 흠이 되기는커녕 오히려 더욱 돋보이게 만든다는 제 말을 부디 믿어주시기 바랍니다. 당신이 이렇게 조금 꺼리는 모습을 보이지 않았다면, 제 눈에 이렇게까지 사랑스러워 보이지 않았을 거예요. 하지만 당신 어머니의 허락을 먼저 받고 드리는 말씀임을 양해해주시기 바랍니다. 약하디약한 여자의 천성에 이끌려 그리 가식을 부리더라도 설마 제 담화의 목적을 의심할 수는 없으실 겁니다. 그간 보여드린 제 의도는 오해하기에는 너무 자명했으니까요. 거의 이 집에 들어오자마자 저는 여러 자매 중에서 특별히 당신을 골라 앞으로 제 삶을 함께할 반려로 삼고자 했습니다. 그러나 이 주제와 관련해서는 제가 감정에 걷잡을 수 없이 휩쓸려버리기 전에, 결혼하고자 하는 근거들을 먼저 진술하는 게 저 자신에게 바람직한 바라고 사료됩니다—아냇감을 하나 고르려고 하트퍼드셔에 온 이유도 함께요. 확실히 전 그런 목적으로 찾아왔으니까요.”

엘리자베스는 콜린스 씨가, 저렇게 엄숙하고 근엄한 얼굴을 하고서, 걷잡을 수 없이 감정에 휩쓸리는 상상을 하고는 정말로 터져 나오는 웃음을 가까스로 참았고, 그 바람에 그가 더 말하지 못하게 막을 수 있는 짧은 침묵이 주어졌는데도 그만 놓쳐버리고 말았어요.

“제가 결혼하려는 이유는, 첫째, (저처럼) 안락한 생활을 누리게 된 목사는 누구나 교구에서 결혼 생활의 본보기가 되려고 하는 게 옳은 일이라고 믿기 때문입니다. 둘째, 결혼으로 저의 행복이 크게 증진되리라 믿기 때문입니다. 그리고 셋째—아마 이걸 먼저 말씀드려야 했을지 모르겠는데, 제가 감히 후원자라 부르는 영예를 안게 된 고귀한 레이디께서 특별히 조언하고 권유한 바이기 때문입니다. 그분께서는 이 문제와 관련해 두 번이나 미천한 제게 의견을 주셨어요. (먼저 부탁드리지도 않았는데요!) 제가 헌스퍼드를 떠나기 바로 전 토요일에—카드리유 게임 막간에 젱킨슨 부인이 미스 드 버그의 발받침을 조정해주고 있을 때, 저한테 이리 말씀하셨지 뭡니까. '콜린스 씨, 결혼을 해야 해. 당신 같은 목사는 반드시 결혼해야 한다니까요—제대로 골라, 나를 생각해서 신사 가문의 여자를 고르게. 그리고 본인을 위해서는 고고하게 애지중지 길러진 여자 말고 활발하고 쓸모 있는 사람을 골라야 하네. 그래야 적은 수입이라도 아껴서 아주 잘 쓸 수 있을 테니까. 이게 내 조언이야. 최대한 빨리 그런 여자를 골라서 헌스퍼드로 데려오면 내가 가서 만나보지.' 실례지만 어여쁜 미스 엘리자베스에게 내 이 말씀은 드려야겠는데, 레이디 캐서린 드 버그의 관심과 친절은 제 힘으로 드릴 수 있는 혜택 가운데서 사소한 것이 결코 아니라고 여깁니다. 직접 그분의 매너를 보시면 제가 말로 형용할 수 있는 정도를 초월한다는 걸 알게 될 거예요. 그리고 당신의 위트와 기운찬 활기도 그분은 그럭저럭 용납해주실 겁니다. 그분의 높은 신분 앞에서 불가피하게 표해야 할 침묵과 존경심이 어우러지면 더더욱 그러하겠지요. 이 정도가 제가 결혼이 옳다고 믿는 대체적인 사유입니다. 그럼 이제 왜 저의 관심이 우리 근방이 아니라 헌스퍼드로 향했는지 그 이유를 말씀드리는 일이 남았군요. 분명히 말씀드리지만 제 이웃에도 사랑스러운 아가씨들이 많이 있답니다. 하지만 솔직히 말씀드리자면, 제가 사실, 이렇게, 존경하옵는 부친의 별세 후에 이 영지를 상속받게 된 터라(물론, 앞으로 오래오래 장수하시겠지만요) 그 따님들 가운데서 아내를 고르겠다는 결심을 하지 않고서는 마음이 흡족할 수 없었습니다. 그래야 그 우울한 사태가 발발했을 때 따님들의 손실이 최대한 적어질 테니까요―물론, 그런 일은, 앞에서도 말씀드렸다시피, 앞으로 몇 년은 더 있어야 일어나겠지만 말입니다. 어여쁜 미스 엘리자베스, 이것이 제 동기이고, 저 스스로 흐뭇하게 자찬하건대 당신도 저를 하찮게 낮잡아 볼 수는 없을 겁니다. 그러니 이제 다 말씀드렸고 제 격렬한 애정을 열렬한 언어로 표현해 확실히 당신께 전하는 일만 남았군요. 전 재산에는 전혀 관심이 없고, 그런 쪽의 요구는 아버지께 하지 않을 겁니다. 어차피 부탁해도 들어주실 수 없다는 걸 잘 알고 있으니까요. 그리고 사 퍼센트 이자를 받는 천 파운드는 어머니가 돌아가신 뒤에야 당신 차지가 될 수 있고, 당신 명의의 재산은 그게 다라는 것도 압니다. 그러므로 그 문제에 관해서는 한결같이 입을 꾹 다물 겁니다. 우리가 결혼하더라도 야박한 질책의 말은 제 입에서 결코 나오지 않으리라 장담합니다."1

　이제는 무슨 일이 있어도 반드시 콜린스 씨의 말을 끊어야만 했어요.

　"너무 성급하시네요." 엘리자베스가 외쳤어요. "제가 아무 대답도 하지 않았다는 사실을 잊으셨군요. 더 시간을 허비하지 않고 말씀드리지요. 제게 바친 찬사에 감사드리니 인사를 받아주시길 바랍니다. 이 청혼의 영광을 아주 잘 알고 있지

1　콜린스 씨는 "격렬한 감정을 열렬한 언어로 표현"한다지만 사랑의 말은 한마디도 내뱉지 않고, 결국 엘리자베스의 재산이 적어도 불평하지 않겠다는 말을 함으로써 이미 불평을 하고 있다.

만, 저로서는 거절하지 않을 수가 없고, 달리할 도리를 찾을 수 없습니다."

"제가 지금껏 그걸 모르겠습니까." 콜린스 씨가 형식적으로 손사래를 치며 대꾸했습니다. "젊은 아가씨들은 남몰래 승낙하기로 마음먹은 청혼이라도 남자가 처음 말을 꺼내면 대체로 거절하기 마련이잖아요. 어떤 때는 두 번, 심지어 세 번도 거절한다면서요. 그러니 저도 방금 하신 말씀에 전혀 좌절하지 않고 머지않아 당신을 제단으로 이끌게 되길 바라겠습니다."

"정말이지," 하고 엘리자베스가 언성을 높였습니다. "방금 제가 확실히 의사를 표했는데도 그런 소망을 피력하시다니 좀 이상하군요. 분명히 말씀드리지만 저는 (그런 아가씨들이 과연 있는지도 모르겠지만) 두 번 청혼을 받을 확률에 자기 인생을 걸 만큼 그렇게 대담무쌍한 여자가 아닙니다. 순전히 진지한 마음으로 거절하는 거예요—당신은 저를 행복하게 해줄 수 없고, 저 또한 결단코 당신을 행복하게 해줄 여자가 될 수 없다는 데 한 치의 의심도 없습니다—아니, 친구분이신 레이디 캐서린께서도 저를 안다면, 모든 면에서 이 상황에 적합하지 못한 사람이라고 판단하실 거예요."

"만에 하나 레이디 캐서린께서 그리 생각하실 게 확실하다면," 하고 콜린스 씨는 아주 심각하게 말했어요. "하지만 레이디께서 당신을 조금이라도 탐탁잖게 생각하신다는 건 상상도 되지 않아요. 그러니 제가 다시 그분을 뵙는 영광을 누릴 때, 당신의 겸손과 알뜰함과 여타 사랑스러운 다른 품성들을 지극히 칭찬하도록 하겠어요.”

“아니에요, 콜린스 씨, 정말로 제 칭찬은 한마디도 하실 필요 없습니다. 부디 제가 스스로 판단을 내리도록 허락해주시고, 제 말을 믿어줌으로써 찬사를 보내주세요. 당신께서 아주 행복하고 아주 부유하게 사시길 바라기 때문에 당신이 내민 손을 거절함으로써 그 소망에 도움이 되고자 제 힘닿는 한 최선을 다하는 거예요. 제게 청혼하시면서 우리 가족과 관련해 신경 쓰이던 민감한 감정을 해소하셨을 테니, 언제든 때가 되면 자책하지 말고 롱본 영지를 소유하시면 됩니다. 따라서 이 문제는, 최종적으로 결정이 난 것으로 생각하겠습니다.” 엘리자베스는 이 말과 함께 일어나서 방을 나가려 했지만, 콜린스 씨가 이렇게 말하는 바람에 멈춰 서고 말았습니다.

“이 주제로 다음번에 우리가 이야기를 나눌 영광을 입게 되면, 방금 하신 말씀보다 조금 더 호의적인 대답을 기대하겠습니다. 지금 잔인하다고 당신을 나무라지는 않도록 하지요. 당신의 성별은 원래 첫 청혼 때 남자를 거절하는 게 정해진 관례라는 걸 잘 알고 있고, 아마 당신도 지금 정말로 섬세한 여성의 성격에 부합하도록 제 구애를 오히려 북돋워주고자 이런 말씀을 하셨을 테니까요.”

“정말이지, 콜린스 씨,” 엘리자베스는 상당히 감정이 격앙된 어조로 외쳤습니다. “저는 도저히 영문을 모르겠네요. 지금까지 말씀드린 내용이 구애를 북돋는 격려의 일종으로 보였다면 제가 어떤 표현으로 거절해야 정말 거절이라 믿어주실지 모르겠어요.”

"어여쁜 우리 친척 아가씨께서는 제 청혼을 거절하시는 게 그저 말뿐이라 믿으며 스스로 뿌듯하게 여기는 제 마음을 양해해주셔야 합니다. 그렇게 믿는 근거는 간략히 다음과 같습니다—제가 보기엔, 제 손길이 당신의 승낙을 받을 자격이 없지 않고, 제가 드리려는 특권 또한 몹시 바람직할 따름이기 때문이지요. 제 삶의 위상, 드 버그 가문과의 인맥, 당신 가족과의 혈연 모두 제게 아주 유리합니다. 그리고 좀 더 생각해보셔야 할 점은, 당신이 지닌 겹겹의 매력들에도 불구하고 앞으로 누가 당신한테 또 청혼하리라는 보장은 전혀 없지 않습니까. 당신은 불행히도 재산이 너무 적어서 아무래도 그 사랑스럽고 매력적인 면면의 효과가 무화될 공산이 커요. 그렇기 때문에 저는 당신이 진심으로 저를 거절할 리 없다는 결론을 내릴 수밖에 없고, 우아한 여성분들의 관례에 따라 긴장감을 고조시켜서 제 사랑을 더 애타게 키우려는 바람으로 이러신다고 믿는 쪽을 선택하려 합니다."

"진심으로 단언하지만, 점잖은 남자분을 괴롭히는 게 우아함이라면 저는 전혀 그럴 생각이 없습니다. 차라리 제 말의 진심을 믿어주시는 찬사를 받고 싶어요. 청혼으로 제게 주신 영광에 거듭 감사하고 또 감사드려요. 하지만 승낙은 단언코 불가능합니다. 제 감정이 모든 면에서 허락지 않아요. 제가 이보다 더 명백히 말씀드릴 수가 있나요? 이제 제가 당신을 들볶으려는 우아한 여자라 생각지 마시고, 이성을 갖춘 존재로서 마음에서 우러나는 진실을 말한다고 믿어주세요."

"어쩜 이렇게 한결같이 매혹적인 분이실 수가!" 그는 어색하게 신사도를 발휘하려는 분위기를 풍기며 말했어요. "훌륭하신 두 분 부모님의 자명한 권위로 제 뜻이 허락되었으니 반드시 제 청혼을 받아주시리라 믿습니다."

이처럼 멋대로 자기기만을 완강히 고수하는 사람 앞에서 엘리자베스는 아무 대꾸도 더 할 수 없어서, 그 즉시 아무 말도 하지 않고 나와버렸어요. 거듭되는 거절을 그가 계속 유혹하려는 애교로 받아들이겠다 고집을 피우면 아버지에게 호소해야겠다고 결심하면서요. 아버지라면 단정적인 방식으로 거절하실 분이거니와, 아버지의 행동은 최소한 우아한 여자의 위장이나 애교로 오해받을 리 없겠지요.

20

콜린스 씨에게는 사랑의 성공을 조용히 사색할 시간이 그리 오래 주어지지 않았어요. 문간 복도를 어슬렁거리며 회담이 끝나기를 기다리던 베넷 부인이 엘리자베스가 문을 열고 나와 빠른 발걸음으로 곁을 지나쳐 이 층으로 올라가는 모습을 보자마자 아침 식사를 했던 응접실에 들어가서 더 가까운 혈연을 맺게 되는 행복한 앞날을 상상하며 콜린스 씨를 축하하고 또 스스로 자축했거든요. 콜린스 씨는 이 기쁨의 인사말을 못지않게 기쁜 마음으로 받고 또 못지않은 기쁨으로 화답하고 나서, 두 사람이 나눈 대화의 자세한 내용을 말해주었답니다. 그는 이 결과에 불만을 가질 이유가 하나도 없었거든요. 친척 아가씨가 끈덕지게 거절한 건 수줍은 겸손과 순수하고 여린 성정에서 흘러나온 것일 테니까요.

그러나 이 정보는 베넷 부인을 기겁하게 만들었답니다―딸이 오히려 그의 마음을 애타게 하려고 청혼을 극구 사양했다면야 똑같이 뿌듯하고 기쁘게 여기겠지만, 부인은 도저히 그리 생각할 수가 없었고 그래서 자기 생각을 콜린스 씨에게도 말해주었어요.

"하지만 걱정 푹 놓으세요, 콜린스 씨." 부인은 한마디 덧붙였지요. "리지를 반드시 제정신으로 돌려놓을 테니까요. 내가 곧장 그 애한테 얘기를 해야겠어요. 애가 아주 고집스럽고 바보 같은 계집애라, 뭐가 자기한테 좋은 일인지 모른다니까요. 하지만 내가 꼭 알게 만들고야 말겠어요."

"말을 끊어서 죄송합니다만," 콜린스 씨가 언성을 높였지요. "정말로 그렇게 고집 세고 어리석은 여자라면 결혼 생활에서 당연히 행복을 원하는 저 같은 상황의 남자에게 아주 바람직한 아냇감이기는 한 건지 잘 모르겠군요. 따라서 실제로 제 청혼을 거절하겠다고 우긴다면, 억지로 승낙하게 만들지 않으시는 편이 낫겠습니다. 성격에 그런 결함이 있다면 제 행복에 큰 도움이 되진 못할 테니까요."

"목사님, 제 말을 아주 오해하셨어요." 정신이 번쩍 든 베넷 부인이 말했지요. "리지는 이런 면으로만 고집스럽답니다. 다른 모든 면에서는 세상 그렇게 마음씨 착한 애가 없어요. 내가 당장 베넷 씨한테 가볼게요. 그 애 문제는 우리가 금세 해결할 거예요, 암요, 그렇고말고요."

부인은 콜린스 씨가 대답할 여지를 주지 않고 다급하게 남편에게 가서, 서재에 들어서면서부터 바락바락 악을 썼습니다.

"오! 베넷 씨, 지금 당장 당신이 와줘야겠어요. 난리도 이런 난리가 없다니까요. 당신이 와서 리지가 콜린스 씨와 결혼하게 만들어야 해요. 리지는 그 사람과는 결혼하지 않겠다고 맹세한 데다, 당신이 서두르지 않으면 그 사람도 마음을 바꾸고 그 애와 결혼하기 싫다고 할 판이라고요.”

베넷 씨는 부인이 들어오자 책에서 눈을 떼고는 침착하고 초연하게 응시했고, 그 시선은 부인이 전한 말에도 전혀 흔들림이 없었습니다.

“당신 말뜻을 이해하는 기쁨을 난 누릴 수가 없구려.” 부인이 드디어 얘기를 마치자 그가 말했지요. “대체 무슨 얘기를 하는 거요?”

“콜린스 씨하고 리지 말이에요. 리지는 콜린스 씨와 결혼하지 않겠다고 선언했고, 콜린스 씨도 리지와 결혼하지 않겠다고 그러기 시작했단 말이에요.”

“그럼 내가 이 상황에 뭘 해야 하는 건데요?—영 가망이 없는 혼사로 보이는데 말이오.”

“리지한테 당신이 직접 얘기 좀 해봐요. 꼭 그 사람이랑 결혼해야 한다고 말하시라고요.”

“이리 불러와봐요. 개한테 내 의견을 들려줄 테니.”

베넷 부인이 초인종을 울렸고, 미스 엘리자베스는 서재로 불려 왔지요.

“이리 와봐라, 애야.” 딸이 나타나자 아버지가 불렀습니다. “중요한 일이 있어서 널 불렀단다. 콜린스 씨가 너한테 청혼을 했다고 들었는데, 사실이냐?” 엘리자베스는 그렇다고 대답했지요. “잘 알았다—그럼 이 청혼을 네가 거절했니?”

“거절했어요, 아버지.”

“잘 알았다. 우리가 그럼 이제 본론을 말해주마. 네 어머니는 네가 청혼을 수락해야 한다고 고집이 대단하시다. 그렇지 않아요, 베넷 부인?”

“네, 안 그러면 다시는 저 애를 보지 않을 거예요.”

“아주 불행한 선택이 네 앞에 놓여 있구나, 엘리자베스. 오늘 이 순간부터 너는 부모 중 한 사람과 절연을 해야만 한단다―네 어머니는 네가 콜린스 씨와 결혼하지 않으면 다시는 널 보지 않겠다 하시고, 나는 네가 그와 결혼하면 다시는 널 보지 않을 생각이다.”

엘리자베스는 이런 서두가 이런 결론으로 마무리되었다는 데 미소를 머금지 않을 수 없었지만, 남편의 바람도 자기와 같다고 혼자 믿어버렸던 베넷 부인은 아주 크게 실망하고 말았습니다.

“베넷 씨, 대체 이게 무슨 뜻으로 하시는 말씀이에요? 얘한테 그 남자와 결혼하도록 단단히 이르겠다 했잖아요.”

“여보,” 하고 남편이 대답했어요. “당신한테 내 두 가지 작은 부탁을 할 게 있어요. 먼저, 부디 내가 내 이해력을 자유롭게 사용해서 이 문제를 판단하게 허락해줘요. 두 번째로, 내 방을 자유롭게 쓰게 해주고요. 최대한 빨리 서재를 나 혼자 독차지하게 되면 기쁘겠소이다.”

남편에게 실망하긴 했지만, 아직은 베넷 부인이 그리 쉽게 포기할 리 없었어요. 엘리자베스에게 말을 하고 또 하고 또 했지요. 꼬드기다 윽박지르다 번갈아가면서요. 제인을 자기편으로 끌어들이려 애써보았지만 제인은 온화함을 총동원해 개입을 거절했어요 ─ 그리고 엘리자베스는 가끔은 진심을 다해서, 가끔은 짐짓 농담처럼 명랑하게 어머니의 공격을 되받아치곤 했어요. 하지만 태도는 다를지언정 결심은 꿈쩍도 하지 않았지요.

한편 콜린스 씨는 그 사이 무슨 일이 일어난 건지 혼자서 곰곰이 생각해보고 있었어요. 그는 자기 자신을 너무나 높이 평가했기에 친척 아가씨가 자기를 거절한 이유를 이해할 수가 없었지요. 그래서 자존심에 좀 상처를 입었을 뿐 다른 면에서는 전혀 마음 상할 일이 없었어요. 어차피 사랑한다는 마음은 순전히 상상일 뿐이었고, 그 여자는 실제로 어머니가 비난하는 그런 성격일지 모른다 생각하니 미련이 남을 여지도 싹 사라졌고요.

롱본의 가족이 이런 혼란에 휩싸여 있는 사이 샬럿 루커스가 함께 하루를 보내러 찾아왔답니다. 복도에서 리디아와 마주쳤는데, 리디아가 후다닥 달려가면서 반쯤 속삭이듯 이렇게 외쳤어요. "언니가 와서 정말 다행이야. 여기 완전 재밌는 일이 벌어졌거든! ─ 오늘 아침에 무슨 일이 벌어졌는지 알아? ─ 콜린스 씨가 리지 언니한테 청혼했는데, 언니가 싫다 그랬어."

샬럿이 미처 뭐라 대꾸할 겨를도 없이 키티까지 와서 같은 소식을 전했고, 아침 식사용 응접실에 다 같이 들어서자마자, 거기 혼자 있던 베넷 부인이 똑같은 이야기를 늘어놓기 시작하더니, 자기를 불쌍히 여겨달라며 미스 루커스의 연민을 구했고 친구니까 리지를 설득해서 온 가족의 소망에 따라 결혼하게 해달라고 부탁했답니다. "제발 부탁이야, 미스 루커스." 그러더니 침울한 어조로 덧붙여 말하는 거예요. "내 편은 아무도 없거든, 아무도 내 편을 들어주지 않아. 나한테 다들 너무 잔인하게 굴지 뭐냐. 내 불쌍한 신경을 걱정해주는 사람은 하나도 없어."

마침 제인과 엘리자베스가 들어오는 바람에 샬럿은 대답할 의무를 면제받았어요.

"그래, 마침 애가 오네." 베넷 부인이 계속 말했습니다. "그래, 자긴 아무 관심도 없는 척하겠지. 제 맘대로 하고 살 수만 있으면 우리가 요크[1]에 산대도 신경도 안 쓸 애야—하지만 이건 알아둬라, 미스 리지야, 네 머릿속으로 이런 식으로 들어오는 청혼을 모조리 거절하고 다니겠다 작정하고 있으면, 남편이 절대로 생길 리가 없다는 걸—게다가 네 아버지가 돌아가시면 너는 누가 먹여 살려줄지도 난 모르겠다—나는 널 데리고 살 능력이 없으니 말이야—그러니 경고해두는데—바로 오늘부터 난 너하고는 끝장이다—서재에서도 말했잖니. 너도 알지. 다시는 너와 말도 섞지 않을 거라고. 엄마는 말한 대로 꼭 할 거야. 불효자식과 얘기해봤자 무슨 기쁨이 있겠니—나야 누구든 그리 기쁘게 얘기를 나눌 상대가 있겠느냐마는. 그래, 나처럼 신경이 약해서 고생하는 사람들은 원래 그리 말을 많이 하고 싶은 마음이 크게 들지 않는 법이야. 내가 얼마나

1　베넷가와 까마득히 멀리 떨어진 잉글랜드 북부의 소도시다.

고생하는지 아무도 몰라주지!—하지만 원래 항상 그랬어. 불평 않고 참는 사람을 불쌍히 여겨주는 사람이 어디 있겠어.”

딸들은 이 한탄을 말없이 듣고만 있었어요. 이성적으로 설득하거나 달래주려고 해봤자 어머니의 신경질만 덧치게 할 뿐이라는 걸 잘 알고 있었거든요. 그래서 아무 방해도 받지 않고 부인이 끝도 없이 한탄을 늘어놓고 있는데 콜린스 씨가 들어왔어요. 평소보다 훨씬 더 근엄한 분위기로 방에 들어온 콜린스 씨를 본 부인은 즉시 딸들에게 말했지요.

“자, 반드시 내 말대로 해야 해. 너희, 너희 전부 다, 아무 말도 하지 말고 가만히 있어. 나하고 콜린스 씨가 같이 좀 얘기를 나눠야 하니까.”

엘리자베스는 조용히 방에서 나왔고, 제인과 키티도 따라 나왔지만 리디아는 최대한 오가는 얘기를 들어볼 작정으로 자리를 지키고 꿈쩍도 하지 않았어요. 그리고 샬럿은, 처음에는 콜린스 씨의 예의 바른 인사에 붙들렸지요. 그가 자신과 가족의 안부를 꼬치꼬치 캐물었기 때문이에요. 하지만 다음에는, 약간 호기심이 동해서, 슬며시 창가로 걸어가서 안 듣는 척하고 서서 궁금증을 해소했답니다. 애처로운 목소리로 베넷 부인이 하려던 대화를 이렇게 시작했어요—“오! 콜린스 씨!”—

“친애하는 부인,” 그가 대답했어요. “이 일에 관해서는 우리 영원히 침묵하도록 합시다.” 이윽고 그는 불쾌감을 따박따박 강조하는 어조로 말을 이었습니다. “저는 전혀 따님의 행실을 원망할 생각이 없답니다. 불가피한 악덕에 맞닥뜨리면 체념하는 것도 우리 모두의 의무이지요. 저처럼 젊은 나이에 출세하는 행운을 누린 남자는 특별히 더 그렇고요. 따라서 저는 물러서고자 하니 제 마음을 믿어주십시오. 어여쁜 친척이 영광스럽게도 제 손길을 잡아주었다 해도 제가 행복했을지 의심하는 마음이 들어서 그렇기도 하고 말이지요. 제가 종종 관찰한 바에 따르면, 축복을 내렸는데 거절당한 후 생각해보니 그리 축복해줄 가치가 없었다 여겨질 때만큼 체념이 완벽해지는 순간이 다시 없더군요. 저를 위해 부모의 권위를 발휘해 개입해달라는 청을 부인과 베넷 씨께 드리는 찬사를 바치지도 않고, 이렇게 선뜻 따님을 사랑하는 마음을 거둔다 해서 제가 부인의 가족을 조금이라도 존경하지 않는다 여기진 않으시길 바랍니다. 부인이 아니라 따님의 입술에서 나온 거절을 받아들이는 제 행동이 예법에 어긋날까 걱정되는 마음은 있습니다. 그러나 우리 모두 실수를 저지를 수 있는 법이니까요. 저 또한 처음부터 끝까지 좋은 마음으로 진행한 일입니다. 제 목적은 사랑스러운 반려를 얻음으로써 부인의 가족분들 모두가 혜택을 누리도록 하는 것이었고, 제 매너에 조금이나마 비난받을 점이 있었다면 부디 용서해주시기를 청합니다.”

21

콜린스 씨와의 혼담은 이제 거의 끝나가고 있었고, 엘리자베스는 이제 당연히 따라오는 불편한 감정과 이따금 뿌루퉁해진 어머니가 던지는 고약한 말들만 참아내면 되었어요. 신사분 본인으로 말하자면, 창피함이나 낙심이나 그녀를 피하려는 기색 같은 게 아니라 주로 뻣뻣한 태도와 원망 섞인 침묵으로 자기의 감정을 표현했지요. 엘리자베스에게는 거의 한마디도 하지 않고, 그날의 남은 시간 동안 자기 스스로도 잘 아는 그 끈덕진 관심과 배려를 미스 루커스에게로 돌렸습니다. 미스 루커스는 예의 바르게 그 말을 다 받아주며 때마침 모두에게 필요했던 위로를 주었고, 누구보다 친구가 덕분에 한숨 돌릴 수 있게 해주었습니다.

다음 날에도 베넷 부인의 고약한 성미 또는 고약한 건강은 누그러질 기미를 보이지 않았어요. 콜린스 씨도 역시 똑같이 분노한 자존심의 상태를 고수했고요. 엘리자베스는 기분이 상한 김에 방문 기간을 줄이고 빨리 가지 않을까 내심 기대했지만, 계획에는 전혀 차질이 없어 보였지요. 그는 줄곧 토요일에 떠날 생각이었으니, 여전히 토요일까지는 머무를 생각이었지요.

아침 식사를 마치고 자매들은 위컴 씨가 돌아왔는지 안부를 묻고 네더필드 무도회에 불참해서 서운한 마음을 토로하러 메리턴까지 걸어갔어요. 시내에 들어서는 그들을 만난 위컴 씨는 이모네 집까지 동행했고, 그곳에서 아쉬움과 안타까움을 충분히 표현하고 모든 이들의 안부를 물었답니다—하지만 엘리자베스에게는, 어쩔 수 없이 그 자리를 피해야만 했다고 자기가 먼저 인정했지요.

"시간이 가까워올수록, 다아시 씨를 만나지 않는 편이 낫겠다는 생각이 들었습니다—그와 같은 방 안에, 같은 사람들과 함께, 그렇게 몇 시간씩이나 있어야 하다니, 제가 견딜 수 없을 것 같더군요. 저뿐만 아니라 다른 사람들까지 불쾌하게 만드는 소란이 일어날 수도 있고요."

엘리자베스는 조심스럽게 자제하는 건 아주 훌륭한 마음이라 여겼고, 둘은 이 문제로 여유롭게 깊은 토론을 할 수 있었지요. 서로 예의상 주고받은 수많은 찬사 말고도, 위컴은 다른 장교 한 사람과 함께 그들을 롱본으로 데려다주면서, 집으로 가는 길에 엘리자베스에게 특별한 관심을 쏟았답니다. 위컴이 동행한 덕에 좋은 점이 두 배로 늘어났습니다. 엘리자베스는 그 행동이 자기한테 바치는 찬사라는 걸 실감할 수 있었고, 또한 이를 계기로 위컴을 아버지와 어머니에게 예법에 전혀 어굿나지 않는 방식으로 소개할 수 있었기 때문이지요.

그들이 돌아오고 나서 금세 편지 한 통이 미스 베넷에게 배달되었어요. 네더필드에서 온 편지라서 그 즉시 개봉되었지요. 봉투에는 우아하고 조그만 핫 프레스트 종이[1]가 한 장 들어 있었는데, 숙녀의 유려하고 예쁜 글씨체로 채워져 있었지요. 엘리자베스는 편지를 읽어 나가는 언니의 표정이 변하다가 어느 특정한 대목에 머무르며 유심히 곱씹는 걸 눈치챘어요. 제인은 금세 표정을 가다듬고 편지를 치우고는 평소처럼 명랑하게 사람들의 대화에 섞여들려고 애썼지요. 하지만 엘리자베스는 그 내용이 뭘까 불안하게 마음이 쓰여서 심지어 위컴한테조차 집중할 수가 없었어요. 아니나 다를까 위컴과 동료가 떠나자마자 제인이 위층으로 따라오라고 눈으로 신호를 보냈고요. 둘만의 방에 다다랐을 때 제인이 편지를 꺼내며 말했어요.

"이건 캐럴라인 빙리한테서 온 편지야. 그런데 내용이 내겐 아주 많이 놀라웠어. 지금쯤은 일행이 전부 네더필드를 떠나 런던으로 가고 있을 거라면서, 다시 돌아올 의사는 전혀 없다는 거야. 뭐라고 하는지 들어봐."

그러더니 제인은 첫 문장을 소리 내어 읽어주었는데, 거기

---

1 hot pressed paper. 뜨거운 금속 롤러로 종이 섬유를 눌러 만드는 매끄럽고 고운 표면을 지닌 고급 종이. 18세기 중반 값비싼 책들을 위해 새롭게 개발된 종이 제작 방식이다. 이 책이 출간된 1811년에는 세 개 등급의 지류가 있었는데, 핫 프레스트 종이가 가장 비쌌고 다음 등급이 콜드 프레스트cold pressed였으며, 러프rough는 가장 저렴한 종이였다. 미스 빙리가 보낸 것은 가장 고급 지류로 만든 편지지다.

에는 오빠를 따라 당장 런던으로 가기로 결정했고 그날 저녁은 허스트 씨의 집이 있는 그로브너 스트리트에서 먹을 예정이라는 정보가 담겨 있었지요. 이어서 이런 말들이 이어졌습니다. "솔직히 말해서 하트퍼드셔에 두고 떠나는 것 중에서 아쉬운 건 하나도 없어요. 내 소중한 친구, 당신과의 어울림 말고는요. 하지만 언젠가 미래의 시간에 우리가 익히 아는 그 즐거운 대화를 다시 한껏 만끽할 수 있기를 바란답니다. 그때까지는 아주 빈번히 허심탄회한 편지를 나누며 헤어짐의 고통을 덜어보기로 해요. 꼭 그래줄 거라고 믿어요." 이 번드르르한 표현들을 들으면서도 엘리자베스는 진의를 전혀 믿지 않았고 따라서 무감동했어요. 그들이 그리 갑자기 떠난 게 놀랍기는 했지만 사실 전혀 슬퍼할 일은 아니라고 느꼈거든요. 네더필드에 그들이 없다고 빙리 씨까지 없는 건 아니잖아요. 빙리 씨와 즐겁게 시간을 보내다보면 자매들과 헤어진 건 제인도 금세 잊게 될 거라고, 그렇게 믿었어요.

"운이 없었네." 잠시 가만히 있다가, 엘리자베스는 이렇게 말했어요. "친구들이 떠나기 전에 언니가 만나볼 수 있으면 좋았을걸. 하지만 미스 빙리가 고대하는 그 언젠가 미래의 시간하고 즐거운 대화의 만끽이 자기 생각보다 더 빨리 이루어지길 바랄 수는 없는 거야? 가족 사이가 되어서 훨씬 더 뿌듯한 만족감으로 새로 시작하면 되는 거잖아?—그들이 런던에 빙리 씨를 붙잡아둘 수 있는 것도 아닌데."

"캐럴라인은 올겨울에는 일행 중 아무도 하트퍼드셔에 돌아오지 않는다고 분명히 말했어. 내가 읽어줄게—

오빠가 어제 우리를 두고 떠날 때는 런던에 가서 처리할 일이 사나흘이면 마무리될 거라 생각했었대요. 하지만 그렇지 않다는 게 확실해졌고 찰스 오빠는 런던에 일단 가면 서둘러 떠날 생각이 없어진다는 걸 우리가 너무 잘 알기 때문에 우리가 오빠를 따라 거기로 가기로 결정했어요. 일정 없는 시간을 오빠가 쓸쓸한 호텔에서 보내게 할 수는 없으니까요. 우리 지인들 여럿이 이미 겨울을 보내러 런던에 가 있어요. 내 가장 소중한 친구인 당신도 와서 함께 어울릴 의향이 있다는 얘기를 들으면 얼마나 좋을까요. 하지만 그럴 리 없으니 절망할 따름이에요. 하트퍼드셔에서 보내게 될 당신의 크리스마스가 흔히 그 계절에 누리는 기쁨으로 풍성하길 진심으로 바라요. 그리고 멋진 남자들도 많이 만나서 세 남자를 잃은 아쉬움을 느끼는 일이 없길 바라요. 그분들은 하는 수 없이 우리가 빼앗아 가게 됐네요.

이렇게 보면 자명하잖니." 제인이 덧붙여 말했지요. "올겨울에 그이는 이제 돌아오지 않아."

"자명한 건 오빠가 돌아오지 못하게 하겠다는 미스 빙리의 의도뿐이야."

"왜 그렇게 생각하려 하니? 틀림없이 그 사람이 스스로 한 일인데—그가 자신의 주인이잖아. 하지만 네가 모르는 게 또 있어. 특히 내 마음에 상처가 된 구절을 읽어줄게. 너한테는 숨기고 말고 할 게 없으니까."

다아시 씨는 동생을 만나고 싶어 조바심을 내고 있고, 진실을 털어놓자면 **우리** 또한 그녀를 다시 만나고 싶은 열의라면 모자라지 않아요. 난 정말 진심으로, 아름다움, 우아함, 교양 모든 면에서 조지애나 다아시에 필적할 여자는 없다고 생각하거든요. 루이자와 나의 마음에 그녀가 자아내는 사랑의 감정이 점점 커져서 한층 더 흥미로워지고 있는 건, 앞으로 우리 가족이 되리라는 희망을 감히 품게 되었기 때문이랍니다. 예전에 이 사안에 관한 감정을 내가 말한 적이 있는지 모르겠어요. 하지만 이 마음을 털어놓지 않고 이 지방을 떠날 수는 없어서요. 당신이라면 이런 감정이 비합리적이라 여기지 않으리라 믿는답니다. 우리 오빠는 이미 미스 다아시를 대단히 흠모하는데, 절친한 관계의 발판을 딛고 만날 기회를 빈번히 갖게 될 거예요. 오빠의 지인들만큼 그쪽의 지인들도 이 인연을 간절히 바라고요. 찰스 오빠라면 어느 여자의 마음이라도 사로잡을 힘이 있다고 제가 말하더라도, 동생인 내가 오빠라고 무조건 좋게 봐서 착각하는 거라 여기진 않아요. 이 모든 정황으로 보아 서로 좋아하는 마음이 생기는 것도 당연하고, 사랑을 막을 걸림돌도 하나 없으니, 내 소중한 제인, 이렇게 많은 사람들의 행복을 보장할 혼사가 성사되길 바라는 제가 틀린 걸까요?

"이 문장은 어떻게 생각하니, 리지야?"—제인이 읽기를 마치며 물었어요. "이 정도면 충분히 명확하지 않아?—캐럴라인은 나와 가족의 연을 맺을 거라 여기지도 않고 맺고 싶지도 않다는 게 뚜렷하게 드러나지 않아? 자기 오빠도 나한테 마음이

없다고 철저히 확신하고 있고, 내가 오빠한테 가진 감정의 본
질을 눈치채고 있다면, (정말이지 친절하지 뭐야!) 나한테 조
심하라고 일러주려는 거잖아? 이 문제에 이견이 있을 수가 있
어?"

"그럼, 있지. 내 의견은 완전히 다르거든—들어볼래?"

"당연히 들어야지."

"말을 길게 할 필요도 없어. 미스 빙리는 오빠가 언니를 사
랑한다는 걸 알고 미스 다아시와 결혼하길 원하는 거야. 오빠
를 거기 붙잡아두고 싶어서 런던으로 따라간 거고, 자기 오빠
는 언니한테 마음이 없다고 언니가 믿게 만들려는 거지."

제인이 고개를 저었어요.

"정말이야, 제인 언니. 내 말을 믿어야 해—둘이 함께 있는
모습을 본 사람이라면 그 누구도 그의 사랑을 의심할 수 없어.
미스 빙리도 물론이고. 그렇게 바보는 아니거든. 다아시 씨가
자기한테 그 절반의 사랑만 보여줬어도 아마 웨딩드레스를
주문했을걸. 하지만 내가 생각하는 사정은 이런 거야. 우리는
그 사람들 짝으로는 돈도 없고 화려하지도 않잖아. 그래서 미
스 빙리가 자기 오빠가 미스 다아시와 결혼하면 좋겠다고 더
조바심을 치게 된 거지. 집안 간에 혼사가 하나 성사되면 두
번째 혼인을 성사하기까지 수고를 좀 덜 수 있으니까. 확실히
꽤 기발하긴 해. 그리고 감히 말하자면, 미스 드 버그가 없다
면 성공할 것도 같아. 하지만, 우리 착한 제인 언니, 정말 진지
하게 믿는 건 아니지? 미스 빙리한테 자기 오빠가 미스 다아
시를 대단히 흠모한다는 말을 들었다고 해서, 그 사람이 화요

일에 언니와 헤어졌을 때보다 언니의 장점을 아주 조금이라도 덜 생각하게 됐을 리 없잖아. 오빠를 구슬려서 오빠 스스로 언니를 사랑하는 게 아니라 자기 동생이 좋아하는 친구한테 홀딱 반했다고 믿게 만들 힘이 미스 빙리한테 있을 리도 없고.”

“우리가 미스 빙리에 관해 같은 의견이라면,” 하고 제인이 대답했어요. “이 모든 상황에 대한 네 설명을 듣고 얼마나 내 마음이 편해지겠니. 하지만 난 그 근거가 부당하다는 걸 알아. 캐럴라인은 고의로 누굴 기만할 수 있는 사람이 아니야. 그래서 이 경우 내가 품을 수 있는 소망은, 캐럴라인이 자기를 기만했길 바라는 데 그칠 뿐이야.”

“그래, 맞아—내 말이 위로가 되지 않으니 언니가 정말 신기하고 편리한 발상을 했네. 얼마든지 그 여자가 착각했다고 믿어. 이제 언니는 친구의 의무를 다했으니까 맘을 졸이지도 말아야지.”

“하지만 리지야, 최선을 가정한다 해도 말이야. 그의 자매와 친구가 하나같이 다른 여자와 결혼하길 바라는 상황에서, 내가 그 사람을 받아들인다 한들 행복할 수 있을까?”

“그건 언니 스스로 판단해야지.” 엘리자베스가 말했어요. “어른답게 깊이 숙고해봐도 두 누이의 뜻을 거스르는 불행이 그 남자의 아내가 되는 행복을 상쇄하고도 남는다고 하면, 나도 제발 거절하라고 조언할게.”

“어떻게 그렇게 말할 수가 있니?”—제인이 희미하게 미소를 지으며 말했어요—“그들이 나를 못마땅하게 여기면 물론 굉장히 슬프겠지만, 그래도 난 망설이지 않을 거야.”

"그럴 거라 생각했어─만일 그렇다면, 나도 언니 사정을 크게 안쓰럽다 여겨줄 수가 없네."

"하지만 그이가 올겨울에 다시 돌아오지 않으면, 내가 선택할 필요도 영영 없어질 거야. 여섯 달 사이에 벌어질 수 있는 사건은 천 개도 넘으니까!"

그가 다시 돌아오지 않는다니, 엘리자베스는 턱없이 한심한 생각이라며 넘겨버렸어요. 그가 보기엔 캐럴라인의 이기적인 소망을 암시하는 말에 불과했거든요. 대놓고 피력하든, 은근히 교활하게 암시하든, 동생의 소망이 법적으로나 경제적으로나 자유롭고 철저히 독립적인 청년에게 영향을 미칠 수 있다고는, 단 한 순간도 생각지 않았어요.

엘리자베스는 이 사안에 대한 감정을 할 수 있는 한 강력하게 언니에게 전했고, 다행스럽게도 금세 효과를 볼 수 있었어요. 제인은 우울해서 축축 처지는 성격이 아니었고, 서서히 동생의 설득에 이끌려 희망을 품기 시작했지요. 빙리의 사랑에 자신감을 잃고 소심해질 때면 그가 네더필드로 돌아와 심장이 품은 모든 소망에 응답해주리라는 희망이 꺾일 때도 이따금 있기는 했지만요.

두 자매는 베넷 부인에게는 그 가족이 떠났다는 소식만 전하고 신사의 행실을 걱정할 일은 없게 하자고 마음을 모았어요. 하지만 소식의 일부만 들었는데도 베넷 부인에게는 커다란 근심거리가 생겨버렸지요. 그래서 한창 서로 내밀한 사이가 되는 중에 하필 숙녀들이 떠나게 되다니 지독히도 운이 없다고 목 놓아 한탄했답니다. 하지만 한참을 비탄에 잠겨 있다

가 빙리 씨가 금세 다시 돌아와서 롱본에서 곧 식사할 거라는
생각을 떠올리고 위로를 얻은 부인은, 고작 가족 만찬에 빙리
씨를 초대하는 거라도 신경 써서 풀코스를 두 가지로 대접해
야겠다는 마음 편한 결론으로 마무리했답니다.

22

베넷 가족은 루커스가에서 만찬을 함께할 약속이 있었고, 역시 그날 대부분의 시간 동안 콜린스 씨의 말을 귀담아들어준 사람은 미스 루커스였어요. 엘리자베스는 감사의 뜻을 표할 기회가 있었지요. "네 덕분에 저 사람 기분이 좋아서 다행이야. 너한테 고마운 마음을 말로 다 할 수가 없네." 샬럿은 도움이 되어서 기쁘다고 친구를 안심시켰고, 약간의 시간을 희생해서 큰 보람을 얻었다고 말했어요. 이건 아주 상냥한 행동이었지만, 샬럿의 친절은 엘리자베스가 차마 상상도 못 하는 정도로 확장되었지요―그 목표는 바로, 콜린스 씨의 관심을 자기가 끌어서 다시 엘리자베스에게 향하는 일이 없게 막는 것이었거든요. 그게 미스 루커스의 계략이었어요. 그날 밤 헤어질 때 겉모습만 봐서는 상황이 굉장히 유리해 보여서 콜린스 씨가 하트퍼드셔를 그렇게 빨리 떠나야 하는 게 아니라면 거의 성공을 확신해도 좋겠다는 생각이 들 정도였지요. 하지만 샬럿은 여기서 그의 강단과 독립성이 어느 정도인지 미처 제대로 된 평가를 못 했던 거랍니다. 콜린스 씨는 바로 다음 날 아침 탄복할 만한 교활함을 발휘해서 롱본 하우스에서 탈출했고 한시바삐 루커스 로지로 가서 그녀 발치에 몸을 던졌거든요. 그는 친척들 눈에 띨까봐 노심초사했어요. 자기가 나오는 모습을 보면 친척들이 계획을 반드시 눈치챌 거라고 확신했고, 따라서 성공을 알릴 수 있을 때까지는 시도 자체를 알리고 싶지 않았던 거죠. 샬럿이 그럭저럭 받아주며 구애를 부추겼기에 어느 정도 확신도 섰고, 근거도 탄탄했지만, 수요일의 모험 이후로 아무래도 마음이 전과 달리 소심해져 있었어요. 하지만 극진한 환대를 받고 기가 한껏 살아났지요. 미스 루커스는 위층 창가에서 자기 집 쪽으로 걸어오는 그를 보고는, 즉시 내려가 우연인 척 길에서 그와 딱 마주쳤거든요. 거기서 그렇게 엄청난 사랑과 달변이 자기를 기다리고 있을 줄은 꿈에도 몰랐지만요.

콜린스 씨의 장황한 연설이 허락하는 한 최대한 짧은 시간에 둘 사이의 관계는 모두가 만족하는 방향으로 결정이 났어요. 둘이 같이 집 안으로 들어서면서부터 콜린스 씨는 자기를 세상에서 가장 행복한 남자로 만들어줄[1] 날짜를 어서 정해달라고 간청했지요. 비록 아직 그 청은 훗날로 미뤄야 했지만, 숙녀는 신사의 행복을 하찮게 취급할 의향이 전혀 없었답

---

[1] '세상에서 가장 행복한 남자로 만들어준다'라는 말은 청혼할 때 의례적으로 쓰는 진부한 관용 어구였다.

니다. 다만 대자연의 총애를 입은 바 그가 타고난 천생의 멍청함이 구애에 단 한 점 매혹도 서리지 않게 잘 막아냈기 때문에, 그 구애가 계속되길 바랄 여자가 세상에 하나도 없었을 따름이지요. 더욱이 미스 루커스는 오로지 안정된 생계와 정착할 집을 갖고 싶다는 순수하고도 초연한 욕망에서 청혼을 승낙했기에, 얼마나 빨리 결혼하느냐는 관심 밖이었어요.

월리엄 경과 레이디 루커스에게 허락을 구하는 일도 급속도로 진행되었고 허락 또한 기쁨에 달뜬 기민함으로 내려졌지요. 콜린스 씨의 현 상황은 딸에게는 최고의 혼처였어요. 딸에게 줄 수 있는 재산이 없다시피 했기 때문이지요. 또한 장래에 그가 상속받을 재산의 규모 또한 굉장히 훌륭했어요. 레이디 루커스는 베넷 씨의 앞으로 남은 수명에 관해 이제껏 없던 관심을 가지고 그 즉시 열심히 햇수를 계산해보기 시작했어요. 그리고 월리엄 경은 콜린스 씨가 롱본 하우스를 언제 상속받게 되든, 그 길로 부부가 세인트제임스궁에 가서 인사를 드리는 게 아주 좋겠다고, 단호히 의견을 피력했지요. 짧게 말해 온 가족이 이 일로 적당하게 넘치는 기쁨에 젖은 거예요. 더 어린 딸들은 이렇게 된 덕분에 일이 년 먼저 사교계에 데뷔할 희망을 품게 됐고요. 아들들은 샬럿이 노처녀로 늙어 죽을까 두려운 마음에서 해방되었지요. 샬럿 본인은 썩 침착했어요. 따야 할 점수를 땄으니 이제 시간을 두고 생각해보려 했지요. 되짚어 생각해봐도 대체로 만족스러웠답니다. 콜린스 씨는 물론 눈치 빠른 사람도 아니고 호감 가는 사람도 아니었지요. 같이 어울리기엔 징그러웠고, 자기를 사랑한다지만 그 감정은 허상이 틀림없었어요. 하지만 그래도 그가 그녀의 남편이 되어야 해요—남자도 부부 생활도 대단하게 생각지 않았지만, 결혼은 언제나 그녀의 목표였거든요. 재산은 적고 교육은 잘 받은 젊은 여자에게는 결혼이 유일한 생계 수단이었어요. 그러니 행복을 얻을 가능성이 아무리 불투명해도, 결혼은 궁핍으로부터 지켜주는 가장 쾌적한 보호 수단이 되어주었지요. 이 보호 수단을 이제 손에 넣은 거예요. 그래서 샬럿은 스물일곱 나이에 한 번도 예뻐본 적 없는 여자로서 이것이 얼마나 크나큰 행운인지를 온전히 실감했어요. 이 상황에서 제일 꺼림칙한 상황은, 엘리자베스 베넷이 알면 얼마나 기겁할지 하는 것이었지요. 엘리자베스와의 우정은 다른 누구와도 비교할 수 없이 값진 것이었거든요. 엘리자베스는 이해하지 못할 테고 십중팔구 그녀를 타박할 거예요. 샬럿의 결심은 흔들리지 않겠지만 그런 비난을 들으면 감정은 상처를 받겠지요. 그래서 이 말은 직접 전하기로 결심했고, 롱본에서 저녁 식사를 하러 돌아가는 콜린스 씨에게 방금 있었던 일을 가족들 앞에서 조금도 티 내지 말라고 단단히 일렀습니다. 콜린스 씨는 물론 비밀을 지키겠다는 약속을 아주 충실하게 돌려주었지만, 실제로 지키는 건 상당히 어려웠습니다. 오래 집을 비운 탓에 다들 호기심이 발동해서 돌아오자마자 아주 직설적인 질문의 형태로 폭발했기 때문이에요. 상당히 기발한 기지를 발휘해야 간신히 피할 수 있었는데, 이때 그는 사실 엄청난 자기부정까지 수행하고 있었어요. 속으로는 이 사랑의 대성공을 만천하에 알리고 싶은 마음이 간절했기 때문이지요.

다음 날 아침에 가족들의 얼굴을 보기엔 너무 이른 시각에 출발해야 했기 때문에, 의례적인 작별 인사는 밤이 되어 아가씨들이 물러날 때쯤 이루어졌습니다. 베넷 부인은 극진하게 정중하고 친절한 태도로 바쁜 일과 중에 방문할 여가 시간이 생겨서 언제든 롱본에서 다시 보게 되면 너무나 행복하겠다고 말했어요.

"부인," 그가 대답했지요. "이 초대는 각별히 제 마음에 기쁨으로 다가옵니다. 언제나 꼭 이런 초대를 받고 싶었거든요. 가능한 한 빨리 제 바쁜 일과를 쪼개어 시간을 내어볼 테니 걱정 말고 믿어주십시오."

모두가 깜짝 놀라버리고 말았어요. 그가 그리 빨리 돌아오길 차마 바랄 수 없었던 베넷 씨가 즉시 물었지요.

"하지만 레이디 캐서린께서 여기를 못마땅해하실 위험은 없을까요, 목사님?—후원자의 심기를 거스를 위험을 감수하는 것보다는 친척들을 소홀히 하는 편이 나을 텐데요."

"어르신," 콜린스 씨가 대답했어요. "이토록 우정 어린 주의의 말씀을 주시다니 각별히 감사드립니다. 레이디의 동의 없이 제가 이토록 결정적인 발걸음을 내디딜 리 없으니 걱정 마십시오."

"아무리 조심해도 지나치지 않아요. 다른 건 몰라도 레이디께서 불쾌하실 위험만은 감수해선 안 되지요. 혹시라도 다시 우리 집에 방문해서 그분 심기를 편치 않게 해드리겠다 싶으면, 아니, 그게 내 보기엔 그럴 확률이 굉장히 높아 보여서 하는 말이에요, 조용히 집에 계시고, 우리는 결코 기분 나빠하지 않을 테니 마음 편히 가지세요.”

“진심입니다. 이토록 다정한 관심을 보여주셔서 제 감사의 마음이 뜨겁게 복받쳐 올랐답니다. 이번은 물론이고 제가 하트퍼드셔에 머무는 동안 보여주신 다른 배려에 대해 빠르게 저로부터 감사의 편지를 받으시게 될 겁니다. 물론 이런 인사를 드리기엔 제 부재가 너무 짧을 수도 있겠습니다만, 제 어여쁜 친척 아가씨들에게는 건강과 행복을 빌고자 합니다. 물론 미스 엘리자베스도 예외는 아니고요.”

예법에 맞게 응대한 후 숙녀들은 먼저 물러나 나왔습니다. 콜린스 씨가 이렇게 빨리 돌아올 생각을 했다는 데 모두가 똑같이 놀랐습니다. 베넷 부인은 어린 딸들에게 구애할 생각이 있다는 의미로 이해하고 싶어했지요. 메리를 잘 설득하면 콜린스 씨의 청혼을 받아줄 수도 있었을 거예요. 메리는 다른 자매들보다 훨씬 그의 능력을 높이 평가했고 그의 사색에 담긴 어떤 견고한 면모에 종종 감명을 받았으며, 비록 콜린스 씨가 절대 자기만큼 똑똑한 사람은 아니지만 자기 같은 본보기가 이끌어주면 독서를 통해 훨씬 더 발전할 수 있으니, 어쩌면 아주 마음에 드는 반려가 될 수도 있다고 생각했어요. 하지만 이튿날 아침 이런 유의 희망은 모조리 박살 나고 말았지요. 미스 루커스가 아침 식사 후에 금방 찾아와서 엘리자베스와 단둘이 담화를 나누며 전날 일어난 사건을 얘기해주었거든요.

콜린스 씨가 자기 친구와 사랑에 빠졌다는 공상을 할 가능성은 지난 하루이틀간 엘리자베스도 한 번쯤은 생각해본 터였습니다. 그러나 샬럿이 구애를 부추기는 건, 자기 자신이 콜린스 씨를 부추길 가능성만큼이나 아득하게 희박해 보였지요. 그래서 엘리자베스는 얼마나 경악했는지 처음에는 합당한 예의의 선을 넘어서 버럭 외치지 않을 수가 없었어요.

"콜린스 씨와 약혼했다니! 내 사랑하는 친구 샬럿—있을 수 없는 일이야."

자기 사연을 말해주던 내내 침착한 표정을 유지하던 미스 루커스는 이렇게 직접적인 질책을 듣고는 흔들렸고, 잠깐 혼란에 빠진 얼굴을 비치고 말았어요. 하지만 예상한 수준을 벗어나지는 않았으므로, 금세 다시 평정심을 되찾고 차분하게 되물었어요.

"내 친구 일라이자야, 네가 대체 왜 놀라는 거니?—콜린스 씨가 불운하게도 너한테서 성공을 거두지 못했지만 다른 여자의 호감은 살 수 있는 사람이란 게 그렇게나 못 믿을 일이야?"

이제는 엘리자베스가 마음을 가다듬었고, 강인한 자제력을 발휘하려 애쓴 결과 그럭저럭 확고한 말씨로 두 사람의 결혼을 진심으로 환영한다고, 상상할 수 있는 모든 행복을 바란다고 말할 수 있었어요.

"네가 어떤 감정을 느끼는지 알겠어." 샬럿이 대꾸했어요 —"틀림없이 놀랐겠지, 아주 많이 놀랐을 거야—바로 얼마 전에 콜린스 씨가 너한테 결혼하자고 했으니까. 하지만 다시 되짚어 잘 생각해볼 시간을 갖고 나면, 내가 한 일을 너도 흡족하다 생각하면 좋겠어. 알다시피 나는 낭만적인 사람이 아니잖니. 애초부터 아니었어. 내가 바라는 건 그저 편안한 집이야. 콜린스 씨의 성격, 인맥, 위상을 고려하면 그 사람과 내가 잘 살 확률이 꽤 되는 것 같아. 결혼 생활을 시작하는 사람들 대다수가 자랑하는 정도는 되지 않겠니.”

엘리자베스는 조용히 “그럼, 당연하지”라고 대답했어요— 그리고 어색한 침묵이 흐른 후, 두 사람은 나머지 가족에게로 돌아갔습니다. 샬럿은 길게 머무르지 않았고 엘리자베스는 친구가 가고 나서 혼자 남아 방금 들은 말을 곰곰 생각해보았어요. 이토록 안 어울리는 결혼을 한다는 생각 자체를 조금이나마 받아들일 수 있을 때까지는 제법 시간이 흘러야 했지요. 콜린스 씨가 사흘 안에 청혼을 두 번 했다는 것도 이상하지만, 결혼 승낙을 받았다는 건 더 터무니없이 이상했어요. 샬럿의 결혼관이 자기와 정확히 똑같지는 않다는 건 항상 느꼈지만, 실제로 행동에 나설 때가 되었을 때 세속적 이득 앞에서 보다 훌륭한 감정을 모조리 희생할 줄은 상상도 하지 못했지요. 콜린스 씨의 아내 샬럿이라니, 그건 세상에서 가장 굴욕적인 그림이었어요!—그리고 자의로 굴욕을 선택한 친구를 더는 예전처럼 좋게 평가할 수 없게 되었다는 생각이 심장을 쿡 찌르는 아픔으로 다가왔을 때, 그 통증을 더한 건 친구가 스스로 선택한 처지에서는 웬만큼 행복하게 산다는 것도 불가능하다는, 괴로운 확신이었지요.

23

엘리자베스는 어머니와 자매들과 앉아서 자기가 들은 말을 생각하면서 자기가 그 말을 꺼낼 권한을 받은 걸까 고민하고 있었는데, 마침 윌리엄 경이 직접 찾아왔어요. 이 가족에게 약혼 이야기를 전하라고 딸이 보낸 거지요. 윌리엄 경은 아낌없는 칭찬으로 그들을 높이 추켜세우고 두 가족이 인연을 맺으면 좋겠다며 자화자찬을 늘어놓더니 드디어 본론을 공개했어요—이 말을 듣는 사람들은 그냥 어리둥절해진 정도가 아니라, 아예 믿지를 않았어요. 베넷 부인은 예의를 잊고 고집을 부리며 잘못 아신 게 틀림없다고 반박했고, 언제나 거침없고 종종 무례한 리디아는 시끌벅적하게 소리를 질러댔어요.

"어머나, 맙소사! 윌리엄 경, 어떻게 그런 말씀을 하실 수가 있어요?—콜린스 씨가 리지 언니와 결혼하길 원한다는 걸 모르세요?"

벌컥 분노하지 않고 그런 취급을 견뎌낼 수 있게 해줄 힘은 오로지 궁정 기사의 평정심뿐이었지요. 하지만 윌리엄 경은 훌륭한 교양으로 끝까지 잘 버텨냈답니다. 자기 말이 확고한 진실임을 믿어달라고 애원하다시피 하면서도, 주제넘고 무례한 그들에게 극히 언행을 삼가며 정중하게 대했거든요.

엘리자베스는 윌리엄 경을 이 불쾌한 처지에서 구해줄 의무감을 느끼고 나섰습니다. 샬럿한테 들어 알고 있었다고 말해서 경의 말을 뒷받침해주었지요. 마구 소리를 질러대는 어머니와 동생들의 입을 막으려고 윌리엄 경에게 진심으로 축하드린다는 인사도 전했어요. 곧 제인도 기꺼운 마음으로 축하 인사를 전하며 결혼의 행복과 콜린스 씨의 훌륭한 인품, 헌스퍼드와 런던의 가까운 거리 등에 대해 다양한 덕담을 건넸지요.

베넷 부인은 사실 너무 압도당한 나머지 윌리엄 경이 머무는 동안은 뭐라 말을 많이 하지 못했어요. 그러나 그가 떠나자마자 감정을 급류처럼 빠르게 배출하기 시작했지요. 일단, 이 사태 전체가 차마 믿기지가 않는다며 고집을 부렸고요. 둘째, 콜린스 씨가 함정에 빠진 게 틀림없다고 확신했고요. 셋째, 둘이 절대로 행복하게 살 리가 없다고 장담했고요. 그리고 넷째로, 결혼이 깨질지도 모른다고 말했지요. 그러나 이 사태 전체에서 명백히 도출할 수 있는 결론 두 가지가 있었답니다. 하나는 엘리자베스가 이 모든 참사의 진짜 원인이고요, 또 하나는 자기가 모든 사람한테 잔인무도하게 학대받았다는 것이었지요. 그리고 그날의 나머지 시간 동안은 이 두 가지 요점에 주로 집착했어요. 아무것도 위로가 될 수 없었고 어떻게 해도 울분이 누그러지지 않았지요—물론 그날 하루 만에 씻겨 나갈 원한은 아니었고요. 엘리자베스의 얼굴을 봐도 야단을 치지 않을 수 있게 될 때까지는 일주일이 걸렸고, 윌리엄 경과 레이디 루커스의 면전에서 무례를 범하지 않고도 이야기를 나눌 수 있게 되기까지는 한 달이 걸렸거든요. 그리고 아주 여러 달이 흐른 후에야 그 집 딸을 조금이라도 용서할 수 있었답니다.

이 사태에 관한 베넷 씨의 감정은 훨씬 더 고요했어요. 체감이 얼마나 평온했는지 이보다 더 잘된 일은 없다고까지 말했답니다. 그럭저럭 사리 분별이 바르다고 생각했던 샬럿 루커스가 자기 아내보다 더 어리석고 심지어 자기 딸보다도 더 어리석다는 걸 알고 나니 마음이 몹시 흡족하다나요!

제인은 이 결혼에 좀 놀랐다고 솔직히 털어놓았지만, 경악보다는 두 사람의 행복을 진심으로 빈다는 말을 훨씬 더 많이 했고, 엘리자베스가 아무리 설득해도 불가능한 일이라고는 믿지 않았어요. 키티와 리디아는 미스 루커스를 전혀 부러워하지 않았어요. 콜린스 씨는 일개 목사에 불과했으니까요. 따라서 메리턴을 휩쓴 또 하나의 뉴스거리였을 뿐, 그 이상 신경 쓸 일도 아니었지요.

레이디 루커스는 시집을 잘 간 딸을 둔 기쁨이 얼마나 큰지 베넷 부인에게 되돌려주는 승리감에 둔감할 수는 없었지요. 그래서 행복감을 토로하러 롱본에 평소보다 상당히 자주 들렀답니다. 물론 베넷 부인의 시큼털털한 표정과 고약하고 못된 말에 오던 행복도 도망갈 지경이었지만 말이에요.

엘리자베스와 샬럿은 그 문제에 관해서 서로 자제하면서

침묵을 지켰어요. 그리고 엘리자베스의 마음속에서는 이제 다시는 전처럼 허심탄회하게 속내를 털어놓는 사이가 될 수 없다는 믿음이 굳어졌지요. 샬럿에게 실망한 엘리자베스는 전보다 더 애틋한 마음으로 언니를 아끼게 되었어요. 언니의 반듯하고 섬세한 마음씨를 존중하는 마음은 결코 흔들리지 않으리라 확신했거든요. 빙리가 떠난 지 이제 일주일이 되었는데도 아무 소식이 없어서 언니의 행복이 걱정되어 점점 불안해하던 참이기도 했고요.

제인은 캐럴라인의 편지에 일찍 답을 보내고 상식적으로 다시 회신을 받을 수 있는 날짜를 헤아리고 있었어요. 콜린스 씨가 약속한 감사의 편지는 화요일에 도착했고, 아버지가 수신인으로 되어 있었지요. 가족 사이에서 열두 달쯤 묵은 사람이나 할 만한 엄숙한 감사의 말들로 가득 차 있었어요. 그런 머리말로 양심의 가책을 씻고 난 후 그는 황홀감에 들뜬 온갖 표현을 동원해 사랑스러운 이웃 미스 루커스의 애정을 얻은 기쁨을 표했고, 오로지 그녀와 다시 만나는 기쁨을 누리고자 롱본에서 그들을 다시 만나고 싶다는 뜻을 친절하게 전했던 거라고 설명해주었답니다. 롱본에는 이 주일 후 월요일에 돌아가게 되었는데, 덧붙여 말하길 레이디 캐서린께서 이 결혼을 너무나 흔쾌하게 받아들이셔서 최대한 빨리 식을 올리길 바라신다나요. 따라서 반박할 수 없는 이 논리에 따라 사랑스러운 샬럿과 함께 최대한 빨리 그녀가 자신을 세상에서 가장 행복한 남자로 만들어줄 날을 잡아야겠다고요.

콜린스 씨의 하트퍼드셔 귀환은 이젠 베넷 부인에게 기쁜 일이 될 수 없었지요. 오히려 남편 못지않게 심사가 뒤틀려 불평을 늘어놓았답니다―루커스 로지에 갈 것이지 롱본에 온다니 아주 이상하잖아요. 불편하고 굉장히 번거로운 일인데 말이에요―부인은 건강이 따라주지 않을 때 집에 손님이 와서 묵는 걸 정말 싫어했는데, 온갖 사람 중에서도 연인들이 가장 불쾌한 족속이었으니까요. 베넷 부인은 이런 말을 나직하게 계속 중얼중얼하다가, 빙리 씨가 계속 자리를 비우고 있다는 더 큰 걱정으로 넘어가곤 했어요.

제인도 엘리자베스도 이 점에서는 마음이 편치 않았어요. 소식이 없는 날이 하루하루 더 흘러가다가 이윽고 메리턴에는 그가 겨울 내내 네더필드에 다시 오지 않는다는 소식이 퍼졌답니다. 이 소문에 베넷 부인은 불같이 화를 냈고, 어디서 듣게 될 때마다 큰일 날 헛소리라고 반드시 반박을 해야 직성이 풀렸어요.

심지어 엘리자베스마저 겁이 나기 시작했지요―빙리의 무관심이 겁나는 게 아니라―누이들이 그를 붙잡아두는 데 성공했을까봐서요. 빙리의 충실한 사랑을 모욕하고 제인의 행복을 풍비박산 낼 그런 생각은 인정하기조차 싫었지만, 자꾸만 떠오르는 걸 막을 길이 없었지요. 매정한 두 누이와 고압적인 친구가 힘을 합쳐 노력하고, 거기에 미스 다아시의 매력과 런던의 즐거운 유흥들이 더해지면, 사랑의 힘도 견뎌내지 못할까 두려웠어요.

제인으로 말하면, 이런 불안한 긴장감을 견디는 심정이 엘리자베스보다 당연히 고통스러웠겠지요. 하지만 어떤 감정을 느끼든 제인은 숨기고 싶어했고, 따라서 엘리자베스와 단둘이 있을 때도 이 이야기는 꺼내지 않았어요. 하지만 어머니는 이런 섬세한 배려로 자제할 사람이 아니어서 한 시간이 멀다 하고 빙리 얘기를 꺼내며 대체 왜 오지 않는 거냐며 안달복달하고, 심지어 그가 돌아오지 않으면 너는 완전히 푸대접을 받은 줄 알라고 제인을 붙잡고 말하기까지 했어요. 이런 공격들을 어떻게든 평온하게 견뎌내려면, 제인은 자기가 지닌 온화한 평정심을 죄다 끌어모아야 했답니다.

콜린스 씨는 이 주일 후 월요일에 시각을 딱 맞춰 돌아왔지만 롱본의 환대는 처음 소개받을 때처럼 상냥하진 않았어요. 하지만 어차피 너무 행복해서 별로 관심을 가져줄 필요도 없었지요. 연애 사업을 하시느라 상당 시간 자리를 비워서 같이 어울리지 않아도 되니 나머지 사람들도 크게 부담을 덜었고요. 그는 매일 대부분의 시간을 루커스 로지에서 보냈고, 이따금 가족들이 잠자리에 들기 전 시간을 딱 맞춰 롱본에 돌아와서 함께 있어드리지 못해 죄송하다 사과했을 뿐이거든요.

베넷 부인은 정말로 가엾기 짝이 없는 상태가 되어버렸어요. 그 혼사와 관련된 무슨 말만 들으면 끔찍하게 진저리를 치며 고약하게 신경질을 부렸는데, 부인이 어딜 가나 그 얘기를 듣지 않을 길이 없었거든요. 미스 루커스의 모습만 봐도 싫어서 짜증이 치솟았어요. 자기를 이어 이 집 안주인이 될 그를 볼 때마다 질투심 섞인 혐오감이 복받쳤지요. 샬럿이 그들을 만나러 오면 언제 이 집이 자기 차지가 될까 기대하고 있다는 결론을 내렸고, 콜린스 씨에게 언성을 낮춰 뭐라 말하는 모습을 보면 둘이서 롱본 영지 이야기를 하는 거라며 베넷 씨가 죽자마자 자기와 딸들을 내쫓을 작정이 틀림없다고 생각했지요. 그래서 남편에게 이런 불만을 전부 씁쓸하게 털어놓았답니다.

"정말이지, 베넷 씨," 부인이 말했어요. "샬럿 루커스가 이 집 안주인이 되고 개한테 내가 자리를 비켜줘야 한다니, 살다 살다 그 애가 내 자리를 차지하는 꼴을 보게 된다니, 정말로 생각만 해도 너무 힘들다니까요."

"사랑하는 우리 여보, 그런 우울한 생각에 지지 말아요. 우리 더 나은 미래에 대한 소망을 품읍시다. 기분 좋은 생각을 해요. 내가 당신보다 오래 살지도 모르잖소."

이 말은 베넷 부인에게 큰 위로가 되지 못했고, 그래서, 뭐라 되받아치는 대신 차라리 하던 불평을 계속하기로 했어요.

"저 사람들이 이 영지를 다 차지한다는 생각만 해도 참을 수가 없어요. 한정 상속제만 아니면 난 다 괜찮아요."

"뭐가 다 괜찮다는 거요?"

"전부 다 괜찮다고요."

"그럼 한정 상속 덕분에 당신이 그렇게 무감한 상태에 빠지지 않아도 된다는 사실에 우리가 감사하도록 합시다."

"난 한정 상속제의 어떤 부분에도 결코 감사할 수가 없다고요, 베넷 씨. 대체 어떤 양심 없는 인간이 자기 딸들한테서 영지를 빼앗아 한정 상속을 할 수 있는지 이해가 안 된다고요. 게다가 그 덕을 콜린스 씨가 다 보게 되다니!—왜 다른 사람도 많은데 하필 그 사람한테 가는 거냐고요?"

“그건 당신이 알아서 판단할 몫으로 남겨두리다.” 베넷 씨
가 말했어요.

2부

1

미스 빙리의 편지가 도착해 의혹에 종지부를 찍었습니다. 편지는 다 같이 런던에서 겨울을 나기로 했다는 이야기로 첫 문장을 시작해서 지방을 떠나기 전 미처 하트퍼드셔의 친구들에게 작별을 고할 시간이 없었던 걸 오빠가 아쉬워한다는 이야기로 끝을 맺었거든요.

희망은 끝났어요. 완전히 끝나버렸어요. 제인은 나머지 편지를 가까스로 읽었지만 사랑한다는 글쓴이의 장담 말고는 거의 아무 위로도 얻을 수 없었어요. 미스 다아시에 대한 칭찬이 내용 대부분을 차지하고 있었거든요. 미스 다아시의 무수한 매력들을 끝없이 나열하던 캐럴라인은 두 사람이 점점 가까운 사이가 되어가고 있다고 기쁨에 차서 자랑했고 이전 편지에서 피력한 소망이 이루어질 거라 감히 예상해본다고 덧붙였지요. 또한 자기 오빠가 다아시 씨의 집에 묵고 있다는 무한히 기쁜 소식을 전하며 다아시 씨가 새로 가구를 들일 계획이 있는 것 같다는 말도 황홀한 희열을 담아 써 보냈답니다.

엘리자베스는 제인에게서 주요 내용을 곧바로 전해 들으며 말 없는 분노에 휩싸였습니다. 언니 걱정, 다른 모든 이에 대한 분노, 이렇게 심장이 반반으로 쪼개졌어요. 자기 오빠가 미스 다아시에게 특별한 애정을 쏟는다는 캐럴라인의 주장은 믿지도 않았어요. 빙리가 제인을 정말로 좋아한다는 사실은 예전에도 지금도 전혀 의심하지 않았지요. 다만 엘리자베스에게 빙리는 늘 좋아하고 싶은 사람이었는데, 이제는 그 까탈스러운 구석 없는 편한 성질, 강단 없는 성격 탓에 다른 꿍꿍이를 품은 친구들의 노예[1]로 전락해 변덕스러운 친구들 기분을 맞추느라 자기 행복을 희생하고 있다니 분노가, 경멸심이 치밀어 오를밖에요. 빙리 혼자만의 행복만 걸린 문제라면, 자기가 최선이라 여기는 매너를 지키기 위해 자기가 자기를 하찮게 제물로 바친대도 무슨 상관이겠어요. 하지만 언니의 행복도 걸린 문제고 빙리 자신도 그걸 모를 리 없잖아요. 다시 말해서, 이건 한참 되짚어 생각하고 또 생각할 수밖에 없지만 아무리 생각해봤자 헛되기만 한 주제였지요. 그런데도 엘리자베스는 그 생각에 몰두해 다른 어떤 생각도 할 수가 없었어요.

1　slave를 노예로 그대로 번역했다. 주인master과 노예slave의 비유는 오스틴의 초기 소설에서 아주 중요하기 때문이다. 남자라 해도 경제적 독립성을 지니지 못한 『이성과 감성』의 에드워드나 윌러비는 자기 자신의 주인이 되지 못한다. 빙리의 경우 스스로의 주인master이 될 수 있는 모든 조건을 갖추었는데도(1부 21장에서 제인이 "그가 자신의 주인"이라고 말하는 대목과 연결된다) 우유부단한 성격 탓에 남에게 휘둘려 스스로 노예를 자처한다.

빙리의 관심이 정말로 사그라져 없어졌든 친구들의 방해로 억눌려 있든, 제인의 애정을 알고 있든 눈치도 못 챘든, 어느 쪽이 진실인지에 따라 빙리를 보는 엘리자베스의 시선은 크게 달라졌을 거예요. 하지만 막상 언니의 사정은 하나도 달라지지 않을 테고 자기의 평화로운 마음에 생긴 크나큰 상처도 나을 리 없었어요.

하루이틀이 지나갈 때까지도 제인은 차마 용기 내어 엘리자베스에게 자기 감정을 털어놓을 수가 없었어요. 하지만 베넷 부인이 네더필드와 그 집주인에 대해 평소보다 더 짜증을 늘어놓다가 마침내 자매 둘만 남겨두고 나가자, 참을 수가 없어 그만 말해버리고 말았지요.

"아! 우리 소중한 어머니가 조금만 자제력이 있다면 얼마나 좋을까. 저렇게 한시도 쉬지 않고 그이 이야기만 하시는 게 내 마음을 얼마나 아프게 하는지 전혀 모르시겠지. 하지만 난 시름시름 앓지는 않을 거야. 이런 마음이 오래갈 리도 없어. 그 사람은 잊힐 테고, 우리는 예전과 다름없이 살아갈 거야."

엘리자베스는 그 말을 믿을 수 없어 걱정 어린 표정을 지었지만 아무 말도 하지 않았습니다.

"너 내 말 못 믿는구나." 제인이 살짝 얼굴을 붉히며 외쳤어요. "진심이니까 믿어줘. 그 사람은 내 기억 속에서 내가 아는 가장 사랑스러운 남자로 남겠지만, 그게 다야. 내게는 소망할 일도 두려워할 일도 없고, 그이를 원망할 이유도 전혀 없는걸. 천만다행이지 뭐야! 내게 그런 아픔은 없으니까. 그러니까 시간만 조금 지나면 돼ー당연히 나도 더 나아지려고 애쓸 테니까."

이윽고 말투에 조금 힘을 주어 말하지 뭐예요. "그래도 당장 마음에 위로가 되는 생각은 하나 있어—그러고 보면 나만 마음을 착각했던 거니까, 나 말고는 아무도 다친 사람이 없다는 거야."

"제인 언니!" 엘리자베스가 외쳐 말했어요. "언니는 너무 착해. 다정하고 착하다 못해 천사 같아.[2] 언니한테 난 뭐라고 해야 할지 모르겠다. 난 이때까지 언니가 얼마나 좋은 사람인지 제대로 알지도 못했고, 언니가 마땅히 받아야 하는 사랑을 준 적도 없는 거 같아."

미스 베넷은 자기한테 특별한 덕성 같은 건 없다며 열심히 고개를 젓더니 동생의 따뜻한 사랑에 칭찬을 되돌려주었어요.

"아니야." 엘리자베스는 말했지요. "그건 공평하지 않아. 언니는 온 세상이 존중받아 마땅하다 믿고 싶어하고 내가 누굴 나쁘게 말하면 상처를 받잖아. 나는 완벽한 사람은 언니뿐이라고 믿고 싶은 건데, 언니가 나서서 늘 아니라고 하지. 내가 과잉으로 치닫거나 언니가 지닌 보편적 선의라는 특권을 침해할까 두려워하진 않아도 돼. 정말 그럴 필요 없어. 내가 정말로 사랑하는 사람은 몇 안 되고, 좋은 사람이라 여기는 사람은 그보다 더 적어. 세상을 알면 알수록 내 불만은 커져만 가. 하루하루 흘러갈수록 인간의 성격은 앞뒤가 맞지 않는다는 나

2 angelic. 이 형용사는 18세기 말과 19세기 초에 유행했던 감상소설의 주인공들이 흔히 지닌 자질이었다. 그러나 강단 있고 너그러우며 솔직한 제인의 성격은 전형적인 멜로드라마의 주인공과는 다르다.

의 믿음만 굳어져가고, 미덕이나 분별을 갖춘 외양을 얼마나 신뢰할 수 있을까 의심만 커져가거든. 최근에만도 두 번이나 겪었잖아. 하나는 굳이 말하고 싶지도 않고, 또 하나는 샬럿의 결혼이야. 이해가 안 돼! 어떻게 생각해도 이해가 안 돼!"

"리지야, 이런 감정들에 지면 안 돼. 우리의 행복을 망가뜨린단 말이야. 너는 상황이나 기질의 차이를 충분히 참작해주지 않아. 콜린스 씨의 훌륭한 위상과 샬럿의 신중하고 차분한 성격을 생각해보렴. 샬럿 집안은 대가족이잖아. 재산으로 따지면야 그만한 혼처도 없고. 그러니 모두를 위해서 샬럿이 우리 친척에게 존경심 같은 걸 느낄지도 모른다고 생각해줘."

"언니가 하라면야 난 뭐라도 믿으려 노력할 거야. 하지만 내가 그리 믿는다고 좋을 사람은 언니 말고는 아무도 없어. 샬럿이 그 사람을 손톱만큼이라도 존경한다고 어떻게든 납득한다고 쳐, 그럼 그땐 샬럿의 이해력을 더 형편없게 낮잡아 봐야 해. 지금 내가 못마땅한 건 샬럿의 감정이지만 말이야. 제인 언니, 콜린스 씨는 오만방자하고 헛바람이 들고 편협하고 멍청한 인간이야. 언니도 나만큼이나 잘 알잖아. 언니도 나만큼이나 느끼고 있을 거야. 그 남자와 결혼하는 여자가 제대로 된 사고방식을 가졌을 리 없다는 걸. 그러니까 아무리 샬럿 루커스라도 변호하려 들지는 마. 그건 안 돼. 단 한 사람을 위해서 원칙과 품위의 의미를 바꿀 순 없어. 그리고 이기심은 신중한 거고 위험에 둔감한 건 행복을 보장하는 거라 설득하려 들지도 마. 언니 스스로에게도 또 나에게도."

"그 두 사람을 말하는 네 언어가 너무 센 것 같진 않니." 제인이 대꾸했어요. "둘이 행복하게 함께 사는 모습을 보고 확신을 가지면 좋겠네. 하지만 이 얘기는 우리 그만하자. 네가 또 다른 얘기도 꺼냈잖니. 두 가지 사례가 있었다고 말했지. 네 말뜻은 착각하려야 할 수 없지만, 리지야, 그 사람을 원망하면 언니 마음도 아프니까 그러지 마. 그 사람에 대한 네 평가도 바닥으로 떨어졌다 하면 내가 속상해. 남들이 우리한테 상처를 입히더라도 일부러 그런 거라고 섣불리 믿으면 안 돼. 활기찬 젊은 남자가 항상 마음을 조심하고 신중하게 처신하리라 기대해서도 안 되고. 우리 스스로 자기 허영심에 속아 넘어가는 경우가 더 빈번하지. 여자들은 남자의 호감에 실제보다 더 큰 의미가 있다 상상하곤 하니까."

"그러면 남자들이 행실을 주의해야지."

"일부러 한 짓이라면 변명의 여지가 없겠지. 하지만 세상에 의도적인 계략이 사람들 생각처럼 그리 많은지는 모르겠어."

"빙리 씨의 행동 어떤 면도 계략이라 생각지는 않아. 오히려 그 반대야." 엘리자베스가 말했어요. "하지만 나쁜 짓을 하거나 다른 사람을 불행하게 만들 생각이 없더라도, 잘못은 할 수 있고 불행이 따라올 수도 있는 거야. 생각 없고, 남의 감정을 배려하지 않고, 결단력이 없으면, 얼마든지 그렇게 되지."

"그럼 그런 이유 때문이라고 생각하는 거야?"

"그래. 결단코 그래. 하지만 계속 떠들면 언니가 좋게 보는 사람들에 대한 진짜 속내를 다 말해버려서 언니 속만 상할 거야. 할 수 있을 때 입을 다물게 해줘."

"그럼 그 사람 자매들이 영향을 미친 거라고 우기려는 거구나.”

“그래, 그 친구와 힘을 합쳐서.”

“난 그건 믿을 수가 없어. 왜 그 사람들이 그이 마음을 좌우하려 하겠어? 그가 행복하길 바랄 뿐일 텐데. 그 사람이 날 좋아한다면 다른 여자와 행복할 수도 없을 테고.”

“언니의 첫 번째 가정이 틀렸어. 그 사람들이 바라는 건 빙리 씨가 행복한 것 말고도 많이 있을 수 있거든. 부가 증가하고 지위가 높아지길 바랄 수도 있어. 돈, 훌륭한 인맥, 자존심 같은 중요한 걸 다 갖춘 여자와 결혼하길 바랄 수도 있고.”

“의심할 것도 없이, 물론 미스 다아시를 선택하길 바라겠지.” 제인이 대답했어요. “하지만 그건 네가 짐작하는 것보다는 나은 감정에서 나올지도 몰라. 나보다는 그 아가씨와 훨씬 더 오래 알고 친하게 지내왔잖니. 그러니 나보다 더 사랑하는 것도 당연하지. 하지만 그 자매들의 바람이 무엇이든, 오빠의 바람을 거슬렀을 확률은 매우 낮아. 어떤 누이가 감히 주제넘게 그런 식으로 끼어들겠어? 결정적인 결격 사유가 있으면 모를까. 그이가 내게 애정이 있다고 믿는다면 우리를 갈라놓으려 애쓰진 않을걸. 설사 그렇다 해도 성공할 수도 없고. 너처럼 그 사람이 날 사랑했다고 생각해버리면, 다른 사람들 행동이 전부 다 너무 그릇되고 부자연스러워져. 내 처지도 불행하기 짝이 없어지고. 네가 그런 생각을 하면 나만 괴로워지니까 그러지 마. 마음을 착각한 게 부끄럽진 않아—아니, 적어도, 실수는 사소한 잘못이잖아. 하지만 그 사람과 자매들이 그리 나쁜 인간이라 믿으면 지금과는 비교도 안 되게 기분이 나빠질 거야. 최선의 관점에서, 납득할 수 있는 관점에서 내가 이 일을 받아들이게 해줘."

엘리자베스는 그런 소망을 거스를 순 없었지요. 그래서 이 때부터는 둘이서 얘기할 때 빙리 씨의 이름을 거의 입에 올리지 않았어요.

베넷 부인은 여전히 돌아오지 않는 빙리를 궁금해하고 또 애달파했지요. 엘리자베스가 허구한 날 명확히 설명을 해주었는데도, 부인이 영문을 알게 될 날은 아무래도 영영 올 것 같지 않았어요. 그래서 딸은 자기도 안 믿는 말을 늘어놓으며 어머니를 설득해야 했답니다. 빙리가 제인 언니에게 쏟은 관심은 흔한, 스치는 호감이라서, 자주 못 보게 되자 끝나버렸다고요. 그럼 또 부인은 그런가보다 수긍하는 듯했어요. 하나 결국 엘리자베스는 날이면 날마다 같은 이야기를 되풀이해 하고 또 해야만 했지요. 베넷 부인에게는, 빙리 씨가 기어코 여름에 돌아오리라는 믿음이 마음에 가장 큰 위안이 되었기 때문이에요.

베넷 씨는 문제를 좀 다르게 취급했어요. "그러니, 리지야," 어느 날 이렇게 말했거든요. "네 언니가 실연을 당한 것 같구나. 나는 축하할 일이라고 본단다. 결혼 다음으로 좋은 건, 젊은 여자들이 이따금 살짝 실연을 당하는 거야. 생각할 거리도 생기고, 같이 노는 또래 여자애들 사이에서도 퍽 특별한 위상이 생기잖니. 네 차례는 언제 올 것 같으냐? 제인 언니한테 오래 뒤처져서야 어디 되겠니. 지금이 딱 좋을 때다. 온 나라 젊은 여자들을 실망시키고도 남을 만큼 많은 장교들이 메리턴에 와 있으니까. 네 남자로는 위컴이 좋겠구나. 유쾌한 친구고, 너를 아주 그럴싸하게 뻥 잘 차줄 것 같으니까.”

“감사해요, 아버지. 하지만 저는 좀 덜 매력적인 남자라도 될 것 같아요. 우리가 다 제인 언니 같은 행운을 기대할 수는 없잖아요.”

“그야 그렇지.” 베넷 씨가 말했어요. “이 생각을 하면 마음에 위로가 될 게다. 그쪽으로 네가 무슨 일을 겪을지 몰라도, 사랑이 넘치시는 네 어머니가 십분 기회를 활용하실 게 분명하다고 말이다.”

근간의 불유쾌한 사태로 롱본 가족 다수가 침울한 분위기에 젖었지만, 위컴 씨와의 친교는 우울을 쫓는 데 결정적인 도움을 주었어요. 가족들은 위컴과 자주 만났는데, 그를 돋보이게 하는 장점은 이미 많았지만 거기에 이제 솔직함도 추가되었어요. 엘리자베스가 벌써 들은 내막들, 다아시와의 관계에 대한 그의 주장, 다아시로 인해 겪은 고생, 그런 얘기들을 이젠 사람들도 다 알게 되었고 여기저기서 입에 올랐어요. 사건의 전말을 전혀 몰랐는데도 왠지 다아시 씨가 처음부터 너무 싫더라면서, 다들 그런 생각을 하며 으쓱해했답니다.

미스 베넷은 하트퍼드셔 사교계에는 알려지지 않았지만 다아시에게 뭔가 참작할 만한 사정이 있을 거라고 믿어준 유일한 사람이었어요. 온유하면서도 침착한 관용[3]으로 내내 우리

---

3 candour. 제인이 지닌 크나큰 미덕으로, 가감 없이 있는 그대로, 그러나 항상 최선의 관점에서 타인을 평가하는 태도를 말한다.

는 모르는 사정이 있을 테니 여지를 남겨두자 했고 실수나 착
오의 가능성을 헤아리자 했지요—그러나 다른 모든 이에게
다아시 씨는 최악의 남자로 낙인찍혀버리고 말았지요.

2

사랑을 공언[1]하고 행복한 결혼을 계획하며 일주일을 보낸 콜린스 씨는 토요일이 돌아오자 성직의 부름을 받아 사랑스러운 샬럿을 떠날 수밖에 없었습니다. 하지만 이별의 아픔은 신부를 맞을 준비를 해야 하니 자기 나름대로 달랠 수 있었어요. 다음번에 하트퍼드셔에 돌아가면 세상에서 가장 행복한 남자가 될 구체적인 날짜가 정해지리라 믿을 근거가 있었거든요. 콜린스 씨는 롱본의 친척들에게 전처럼 근엄한 작별 인사를 고했고, 아름다운 친척들의 건강과 행복을 재차 빌었고, 그 부친에게도 감사의 편지를 보내겠노라 재차 약속했지요.

다음 월요일에 베넷 부인은 남동생과 올케를 손님으로 맞는 기쁨을 누리게 되었어요. 부부는 평소처럼 롱본에서 크리

---

1 professions of love. 당대에 profession은 진정성이 없거나 거짓말을 떠벌리는 행위라는 암시가 있었다.

스마스를 보내러 방문했지요. 가디너 씨는 사리가 바르고 신사다운 남자였고, 타고난 천성도 받은 교육도 누나보다는 훨씬 훌륭한 사람이었어요. 네더필드 숙녀들이라면 생업이 상업이고 자기 창고가 보이는 집에 사는 사람이 이리도 교양 있고 매력적이라는 걸 아마 제 눈으로 직접 봐도 믿지 못했을 거예요. 가디너 부인은 베넷 부인과 필립스 부인보다 나이가 여남은 살 젊은 데다 사랑스럽고 지적이고 우아한 여자라서 롱본의 조카들이 다들 무척 좋아했답니다. 특히나 큰 딸들 둘과는 유달리 돈독하게 아끼는 사이였고요. 제인과 엘리자베스는 자주 런던에 찾아가서 외삼촌의 집에 머물기도 했어요.

가디너 부인이 오자마자 처음 한 일은 선물을 나눠주고 최신 유행 패션을 설명해주는 것이었지요. 이 일이 끝나자 이제 좀 덜 능동적인 역할을 맡아야 했어요. 이야기를 들어줄 차례였거든요. 베넷 부인은 한탄할 일도 많고 불평할 일도 많았어요. 마지막으로 올케를 만난 후로 우리 모두 끔찍하고 억울하게도 푸대접을 받았지 뭐야. 우리 애들 둘이 결혼 문턱까지 갔는데 그만 다 흐지부지되고 말았어.

"제인을 원망하진 않아." 부인은 말을 이었어요. "제인은 할 수만 있었다면 빙리 씨와 결혼했을 테니까. 하지만, 리지는! 아, 올케! 걔가 턱없는 고집만 세우지 않았으면 지금쯤 콜린스 씨의 아내가 되었을 텐데, 그 생각만 하면 내 속이 말이 아니야. 바로 이 방에서 청혼했는데 걔가 글쎄 거절했다니까. 그러니 어떻게 됐겠어. 레이디 루커스가 나보다 먼저 딸을 시집보내게 된 거야. 그리고 롱본 영지는 예나 다름없이 생판 남한테 한정 상속 되는 거야. 루커스네 식구들이 정말 아주 교활한 사람들이라니까, 올케. 이득이 된다 싶으면 앞뒤 안 가리고 달려들거든. 내가 그 사람들을 이리 말하게 된 게 유감이지만 그런 걸 어떡해. 그러니 내 신경이 이리 쇠약하고 아프지. 내 집에서 가족한테 이렇게 뒤통수를 맞질 않나, 이웃들은 남 생각 안 하고 제 앞가림만 하질 않나. 하지만 자네가 이럴 때 와주니 참 마음에 크게 위로가 되네. 긴소매[2] 애기를 듣는 것도 즐겁고.”

가디너 부인은 이 소식의 내용을 대체로 다 알고 있었어요. 제인과 엘리자베스 둘과 편지를 주고받고 있었거든요. 그래서 형님에게는 짤막하게만 화답하고 두 조카의 마음에 공감하는 쪽으로 대화의 방향을 돌렸답니다.

나중에 엘리자베스와 단둘이 남자 가디너 부인은 이 주제로 조금 더 이야기하려 했어요. “제인한테는 참 좋은 짝이었을 것 같은데,” 부인이 말했지요. “잘 안 됐다니 아쉽구나. 하지만 이런 일들은 워낙 자주 일어나잖니! 네가 설명하는 빙리 씨 같은 젊은 남자는 예쁜 아가씨와 몇 주일쯤 너무나 쉽게 사

---

2 19세기 초에는 야회복으로 긴소매 옷은 부적절하게 여겨졌지만 유행은 서서히 바뀌었다. 제인 오스틴은 런던을 방문하던 중 커샌드라에게 쓴 편지에서 긴소매를 입어도 될지 걱정한 적이 있다. “오늘 내 거즈 가운을 입을 거야. 긴소매 그대로 다 갖춰서. 성공할지 두고 봐야겠지만 지금까지는 긴소매를 입어도 된다는 조짐이 하나도 없어.” 같은 날 쓴 편지 후반부에는 이렇게 썼다. “틸슨 부인도 긴소매 옷을 입었어. 저녁때 긴소매 입는 사람들이 많다고 날 안심시켜주었고. 그 말을 듣고 기뻤어.”(커샌드라에게 보낸 편지, 1814년 3월 9일.)

랑에 빠졌다가 우연한 계기로 헤어지게 되면 또 너무나 쉽게 잊어버리기 마련이라, 이런 식의 변심은 흔하디흔한 거야.”

“나름대로 썩 훌륭한 위로긴 한데요,” 엘리자베스가 말했어요. “우리한테는 효과가 없겠어요. 우연 때문에 속상한 게 아니니까요. 경제적으로 독립한 청년이 훼방 놓는 친구들의 꼬드김에 넘어가서 바로 며칠 전만 해도 열렬히 사랑하던 여자를 잊는 일은, 그렇게 흔하지 않아요.”

“하지만 그 ‘열렬히 사랑한다’는 표현은 너무 닳고 닳은 데다, 너무 미심쩍고 너무 불명확해서 난 들어도 정말 잘 모르겠구나. 반 시간 알고 지낸 사이에서 솟구친 감정에 쓰이기도 하고, 진짜로 강력한 애정에 쓰이기도 하는 말이잖니. 부탁인데 빙리 씨의 사랑이 얼마나 열렬했는지 말해주겠니?”

“내가 본 중에 가장 앞날이 기대되는 그런 호감이었단 말이에요. 남들은 안중에 없이 언니한테 완전히 빠져 있었어요. 둘이 만남을 거듭하면서 마음이 차츰 더 자명하고 특별해졌고요. 자기가 주최한 무도회에서 춤을 청하지 않아 아가씨들 두서넛을 불쾌하게 만들고, 내가 두 번이나 말을 걸었는데 대꾸도 안 했어요. 더 뚜렷한 증후가 있을까요? 남한테는 대체로 무례해지는 게 진짜 사랑의 본질 아니에요?”

“아, 그래! ─ 내가 짐작한 그런 사랑을 느낀 것 같구나. 제인이 가엾어서 어쩌나! 내가 제인을 안쓰러워하는 건, 그래, 그 애 성격에 바로바로 잊고 극복하지 못할 것 같아서 그래. 차라리 너한테 이런 일이 생겼으면 더 나았을 텐데, 리지야. 너라면 스스로 한바탕 비웃어주고 빨리 털어버릴 테니까. 그런데 언니를 잘 설득해서 우리가 런던에 돌아갈 때 데리고 갈 수 있을까? 환경이 바뀌면 도움이 될 수도 있거든—또 집을 떠나서 마음을 좀 편하게 가지는 것도 괜찮을 거야.”

엘리자베스는 이 제안에 뛸 듯이 기뻤고 언니가 기꺼이 따르리라 믿어 의심치 않았어요.

“내 바람은,” 가디너 부인이 덧붙여 말했어요. “이 청년에 관한 어떤 생각도 네 언니를 흔들지 못하게 하는 거란다. 런던이라도 우리 지역은 그쪽 지역과 아예 다르고, 어울리는 사람들도 아예 다르잖니. 그리고 너도 알다시피 우리는 사교계 행사에 거의 얼굴을 비추지 않고, 그러니 만날 기회도 없을 거야. 그 사람이 실제로 네 언니를 만나러 온다면 모를까.”

“그거야말로 일어날 리가 없는 일이에요. 그 사람은 지금 친구의 보호하에 있는데, 다아시 씨는 빙리 씨가 런던의 그런 지역으로 제인을 만나러 가는 걸 참고 두고 볼 리 없거든요! 외숙모, 그건 정말 큰일 날 생각이세요. 다아시 씨는 그레이스처치 스트리트라는 곳이 있다는 말은 들어봤을지 몰라도, 만에 하나 들어갈 일이 생기면 한 달 내내 씻고도 아직 거기서 묻은 더러운 불순물이 남아 있다고 여길 위인이에요. 또 제가 장담하는데요, 빙리 씨는 다아시 씨 없이는 한 발짝도 움직이지 않아요.”

“그럼 오히려 잘됐지. 난 둘이 아예 만날 일이 없길 바라니까. 하지만 제인이 그 남자 동생하고 편지로 연락하고 있지 않니? 그 사람은 방문하지 않을 수 없을 텐데.”

“그 여자는 그러느니 차라리 친구 관계를 끊고 말걸요.”

하지만 짐짓 확신하는 척 말하면서도, 친구들이 빙리가 제인을 못 만나게 하리라는 좀 더 흥미로운 주장을 펴면서도, 엘리자베스는 아직도 영 마음이 쓰였어요. 찬찬히 따져보면, 사실 아예 가망 없는 일은 아닌 것 같았어요. 빙리 씨의 사랑이 새삼 불타오르고 제인의 매력이 지닌 자연스러운 힘이 친구들의 영향과 싸워 이길 수도 있잖아요. 때로는 그게 순리라는 기대마저 걸게 됐어요.

미스 베넷은 외숙모의 제안을 기쁜 마음으로 수락했어요. 이맘때쯤 제인은 빙리 가족을 별달리 많이 생각하지 않았어요. 다만 캐럴라인이 오빠와 같은 집에 사는 게 아니니 빙리와 마주칠 염려 없이 이따금 오전 시간을 같이 보내면 좋겠다는 정도 생각했지요.

가디너 가족은 롱본에서 일주일 머물렀어요. 필립스 가족, 루커스 가족, 장교들이 오갔고 사교 일정이 없는 날은 단 하루도 없었어요. 베넷 부인이 동생과 올케를 즐겁게 해주려고 유흥을 어찌나 촘촘히 짰는지 가족이 둘러앉아 도란도란 식사할 겨를이 하루도 없었어요. 행사가 집에서 열리면 그때마다 장교들이 몇 사람 참석했고 그때마다 위컴 씨가 있었어요. 엘리자베스의 열띤 칭찬을 듣고 수상한 기미를 눈치챈 가디너 부인은 그때마다 둘을 유심히 관찰했지요. 지켜본 결과 몹시 심각한 사랑에 빠진 사이 같진 않았지만 서로 호감이 있는 건 분명했기에 가디너 부인은 마음이 좀 편치 않아졌어요. 그래서 하트퍼드셔를 떠나기 전 엘리자베스와 이 일로 얘기를 나누고 그 연애를 부추기는 건 현명치 못하다고 알려줘야겠다 마음을 먹었습니다.

위컴은 일반적으로 호감을 사는 능력이 있었지만, 특히 가디너 부인에게는 기쁨을 선사할 수단이 하나 더 있었습니다. 가디너 부인은 결혼하기 전인 십여 년 전, 위컴이 지냈던 더비셔의 바로 그 지역에서 꽤 오랜 시간을 보냈거든요. 그래서 위컴과 공통의 지인이 아주 많았지요. 위컴도 오 년 전 다아시의 부친이 돌아가신 후로는 거의 가보지 못했지만 부인보다는 근황을 생생히 알고 있었고요.

가디너 부인은 펨벌리를 본 적이 있고, 돌아가신 다아시 씨의 인품도 잘 알았어요. 따라서 그쪽으로 이야깃거리가 떨어지지 않았지요. 위컴의 상세한 설명과 자기 기억 속의 펨벌리를 꼼꼼히 비교하고 예전 영주의 인품에 아낌없이 찬사를 보내며, 그도 즐겁고 부인 자신도 즐거운 시간을 보냈어요. 현영주인 다아시 씨가 위컴을 매몰차게 박대했다는 말을 들은 부인은, 그 신사가 아주 어렸을 때도 성격에 관해 비슷한 소문이 돌았던 기억이 어렴풋이 떠오른다고 하더니, 얼마 후엔 짐짓 자신 있게, 피츠윌리엄 다아시 씨가 무척 오만하고 성질이 못된 아이라는 말을 옛날에 들은 기억이 난다고 말했습니다.

3

가디너 부인은 엘리자베스와 단둘이 이야기를 나눌 좋은 기회가 생기자마자 조심하는 게 좋겠다는 말을 때맞춰서, 친절하게 전달했어요. 솔직하게 먼저 본인의 견해를 밝히고 말을 이어갔지요.

"넌 누가 조심하라고 경고한다고 홀랑 사랑에 빠지는 철없는 여자애가 아니잖니, 리지. 그래서 나도 거리낌 없이 터놓고 말할 수 있는 거란다. 진지하게 하는 말인데, 난 네가 행실을 좀 더 조심하면 좋겠다. 재산이 없어도 너무 없으니 현실적으로 가망이 없는 그런 관계[1]에는 너도 마음을 주지 말고, 그 사람 마음을 끌려 애쓰지도 마라. 그 사람 하나만 보면 반대할 이유가 없지. 더없이 흥미진진한 청년이더구나. 원래 제 몫이

---

1 가디너 부인의 경고에는 확실한 근거가 있다. 엘리자베스와 위컴 모두 재산이 없으므로 생계를 유지할 현실적 수단을 마련하기 어렵기 때문이다. 위컴과 같은 하급 장교의 봉급으로는 혼자 살기도 넉넉지 않았다.

었던 재산을 받았다면, 너한테 더 좋은 짝도 없겠다 여겼을 거야. 하지만 지금 상황에서는—헛된 희망에 휩쓸리면 절대 안돼. 너는 바른 판단을 할 이성이 있으니 우리 모두 네가 그 능력을 발휘하길 기대한단다. 네 아버지도 네 강단과 바른 행실을 굳게 믿고 계실 테고. 아버지를 실망시켜서야 쓰겠니.”

“세상에, 외숙모, 이러면 진짜 진지해지잖아요.”

“그래, 너도 똑같이 진지하게 받아들이면 좋겠다.”

“글쎄요, 그렇다면 외숙모가 걱정하실 일은 없어요. 저는 저 자신을 잘 돌볼 테고 위컴 씨도 그럴 테니까요. 그를 막을 힘이 제게 있다면 저와 사랑에 빠지지 않게 할게요.”

“엘리자베스, 너 지금 진지하게 하는 말 아니잖니.”

“죄송해요. 다시 해볼게요. 현재로서는 위컴 씨를 사랑하지 않아요. 정말로 저는 아니에요. 하지만 그 사람은, 비교가 불가할 정도로, 내가 본 가장 매력적인 남자예요—그래도 만일 그 사람이 정말로 나를 좋아한다고 하면—그래도 그런 일은 없는 쪽이 훨씬 낫다고 믿어요. 대책 없는 관계라는 건 저도 알겠으니까요—아! 정말 그 혐오스러운 다아시 씨가 그러지만 않았다면 좋았겠지만!—아버지의 신뢰는 제 크나큰 영광이고, 그걸 잃으면 전 정말 불행해질 거예요. 하지만 아버지는 위컴 씨를 특별히 아낀답니다.

짧게 말해서, 사랑하는 외숙모, 가족 누구라도 슬프게 만드는 일은 하고 싶지 않아요. 하지만 우리가 날마다 목도하듯이, 사랑만 있다면 젊은 사람들은 지금 당장의 가난에 얽매이지 않고 약혼하곤 하잖아요. 만일 유혹을 받게 된다면 이처럼 많은 또래 청년들보다 내가 더 현명하게 굴겠다는 약속을 어떻게 할 수가 있겠어요? 아니, 뿌리치는 게 지혜로운 처사라는 걸 내가 어떻게 알겠어요? 그러니까 제가 드릴 수 있는 약속은, 성급하게 결정하지 않겠다는 것뿐이에요. 그 사람이 가장 원하는 대상이 나라고 섣불리 믿어버리지 않을게요. 그 사람과 함께 있을 때도 그러길 바라지 않을게요. 간단히 말해서, 최선을 다하겠다는 얘기예요.”

“그 사람이 여기 이렇게 자주 드나들지 않게 하는 것도 좋겠어. 적어도 어머니한테 잊지 말고 초대하라는 말은 네가 굳이 안 할 수 있잖니.”

“지난번처럼 그러지 말라는 거죠.” 엘리자베스가 찔리듯 웃으면서 말했어요. “정말 옳은 말씀이에요. 그건 저도 삼가는 게 좋겠어요. 하지만 그 사람이 여기 그리 자주 온다고 생각지는 마세요. 이번 주에 이리 자주 초대한 건 외숙모를 위해서였으니까요. 친구들이 오면 한시도 쉬지 않고 같이 놀 사람들을 찾아줘야 한다고 믿는 우리 어머니 생각 아시잖아요. 하지만 정말로요, 제 명예를 걸고, 가장 현명하다고 생각되는 일을 하려고 노력할게요. 그러니까 이제 마음 놓으세요.”

외숙모는 안심이 된다고 말하고 엘리자베스는 넌지시 조심하라고 일러준 외숙모의 친절에 고마움을 표한 후 둘은 헤어졌어요. 민감한 문제에 관한 조언을 마음 상하지 않게 건넨 멋진 사례였지요.

콜린스 씨는 가디너 부부와 제인이 떠나고 금세 하트퍼드셔로 돌아왔지요. 하지만 거처를 루커스가로 정했기에 그가 온다고 베넷 부인이 크게 번거로울 일은 없었어요. 콜린스 씨의 결혼은 빠르게 다가오고 있었고, 이제 부인도 드디어 불가피한 사태를 받아들이고 체념했지요. 심지어 "어쩌면 둘이 행복할 수도 있겠지. 그러길 바란다"라고 성미 고약한 말투로 입버릇처럼 되뇌고 다니기까지 했어요. 결혼식은 목요일에 치러질 예정이었는데 수요일에 미스 루커스가 작별 인사차 롱본에 방문했습니다. 같이 있다가 샬럿이 가려고 일어나자, 엘리자베스가 친구를 바래다주려고 함께 방에서 나왔어요. 어머니가 던진 매몰차고 못마땅해하는 축하 말이 부끄러웠고 자기까지 속상해져버렸거든요. 둘이서 같이 계단을 내려가는데 샬럿이 말했지요.

"너한테서 자주 연락이 올 거라고 믿는다, 일라이자."

"그거야 당연하지."

"그리고 나 또 하나 부탁할 게 있어. 나를 만나러 와줄래?"

"자주 볼 수 있으면 좋겠다, 하트퍼드셔에서."

"나는 한동안 켄트를 떠나지 못할 것 같아. 그러니까 헌스퍼드로 놀러 온다고 약속해줘."

엘리자베스는 자기가 가서 즐거울 일이 별로 없을 거라 예상했지만 그래도 거절할 수는 없었지요.

"우리 아버지와 마리아가 3월에 올 거야." 샬럿이 덧붙여 말했어요. "그러니까 그때 너도 같이 오겠다고 말해줘. 부탁이야, 일라이자, 나한테는 네가 누구보다 더 반가운 손님이야."

결혼식은 치러졌고, 신부와 신랑은 교회 문간에서 켄트로 출발했고, 늘 그렇듯 이 주제에 관해서는 모두가 할 말도 많고

들을 말도 많았어요. 엘리자베스는 머지않아 친구에게서 소식을 들었지요. 두 사람은 전처럼 정기적으로 자주 편지를 주고받았지만 옛날처럼 허심탄회하게 속마음을 터놓는 건 불가능했어요. 엘리자베스는 친구에게 편지를 쓸 때마다 편안한 친밀감이 끝났음을 어김없이 실감했고, 결심대로 부지런히 편지를 쓰고 읽으면서도 다 현재가 아니라 과거를 위해서라 느꼈어요. 샬럿의 첫 편지들을 받을 때는 진심으로 반갑고 기뻤답니다. 새집을 뭐라고 말할지, 레이디 캐서린은 마음에 드는지, 과연 얼마나 큰 행복을 자처할지, 호기심이 생길 수밖에 없었거든요. 하지만 편지를 읽을 때마다 엘리자베스는 샬럿이 모든 면에서 정확히 예상한 그대로 자기표현을 한다는 느낌을 받았어요. 명랑한 문체로 편지를 쓰며 안락한 삶에 만족하는 태를 내고 칭찬이 아니면 아예 언급을 하지 않았어요. 집, 가구, 이웃, 도로까지 전부 샬럿의 취향에 꼭 맞고 레이디 캐서린의 태도도 더없이 친절하고 너그러웠지요. 그건 헌스퍼드와 로징스를 칭찬하는 콜린스 씨의 묘사를 부드럽게 순화한 그림이었어요. 그래서 엘리자베스는 나머지 사실을 알고 싶으면 기다렸다 직접 방문하는 수밖에 없다는 걸 깨달았어요.

제인은 이미 런던에 안전히 도착했다는 소식을 몇 줄의 편지글로 전해 온 터였어요. 엘리자베스는 언니가 다음 편지에서는 빙리 남매 이야기를 쓸 수 있기를 소망했지요.

두 번째 편지를 애태워 기다리는 엘리자베스의 마음은 조바심이 흔히 그렇듯 제대로 보답받지는 못했답니다. 제인은 런던에 일주일 머물렀지만 캐럴라인을 만나지 못했고 연락을 받지도 못했거든요. 하지만 제인은 롱본에서 마지막으로 친구에게 보낸 편지가 뭔가 사고가 생겨서 유실된 탓일 거라 설명을 붙였답니다.

제인의 편지는 이렇게 이어졌습니다. "외숙모가 내일 그쪽 지역으로 가실 예정인데, 나도 이 기회에 그로브너 스트리트를 찾아가보려 해."

방문이 끝나고 다시 보낸 편지에서 제인은 미스 빙리를 만났다고 했어요. "캐럴라인은 아주 활기차 보이지는 않았어"라는 게 언니의 표현이었지요. "하지만 나를 만나서 아주 기쁘다면서 런던에 오면서 왜 말을 해주지 않았느냐고 원망하더라. 그러니까 내 생각이 옳았어. 마지막 편지를 받지 못한 거지. 물론 오빠의 안부도 물었어. 잘 지내고 있대. 그런데 다아시 씨와 함께 다니는 일정이 워낙 바빠서 자기네들도 얼굴을 보기가 힘들다는 거야. 미스 다아시가 저녁 식사 때 올 예정이라는 사실도 알게 됐어. 나도 만나보고 싶어. 방문 시간은 그리 길지 않았어. 캐럴라인과 허스트 부인이 외출해야 했거든. 감히 말하지만 머지않아 여기서 그들을 만나게 될 것 같아."

엘리자베스는 이 편지를 읽으며 고개를 절레절레 흔들었어요. 뭔가 뜻밖의 사태가 일어나지 않는 한 언니가 런던에 있다는 걸 빙리 씨가 알게 될 리 만무하다는 확신이 굳어졌기 때문이지요.

사 주가 흘러갔지만 제인은 빙리 씨의 흔적도 볼 수 없었어요. 아쉬울 일 아니라고 애써 마음을 다스렸지만 제인은 이제 미스 빙리의 무관심을 알아채지 않을 수 없었어요. 이 주일 꼬박 아침마다 집에서 기다리고 저녁마다 친구가 오지 않는 사유를 새로이 발명한 끝에, 드디어 기다리던 손님을 맞게 되었지요. 그러나 방문 시간도 짧았거니와 딴판으로 달라진 그 태도를 본 제인은 더 이상 자신을 속일 수 없었어요. 이 일이 있은 후 동생에게 보낸 편지에 그 심정이 잘 드러나 있었답니다.

사랑하는 내 동생 리지는 언니가 틀리고 자기가 옳았다고 즐거워할 리가 없으니까, 미스 빙리의 우정을 내가 완전히 잘못 생각하고 있었다고 솔직히 털어놓아도 되겠지. 하지만 사랑하는 동생아, 이 사건으로 네가 옳았다는 게 밝혀지긴 했어도, 그녀의 행동을 돌아보면 나의 믿음도 네 의심만큼 자연스러웠다고 우기고 싶어. 그래도 내가 고집부린다 생각지는 말아줘. 애초에 왜 나와 친해지고 싶었는지는 이해할 수 없지만, 똑같은 상황이 다시 일어난대도 난 틀림없이 또 착각할 거야. 캐럴라인은 내 방문에 어제까지 화답하지 않았어. 그간 난 쪽지 한 장, 메모 한 줄도 받지 못했고. 그런데 마지못해 찾아와서는 만남이 하나도 즐겁지 않은 표시를 뚜렷이 하더라. 더 일찍 못 와서 미안하다며 건성으로 형식적인 사과만 한마디하고는, 또 보고 싶다는 말 한마디 없었어. 더욱이 어느 모로 보나 완전히 딴 사람처럼 굴어서 갈 때는 나도 더는 친구라고 연락하고 지내지 말아야겠다 다짐했단다. 난 그 사람 딱하더라. 미스 빙리를 탓하지 않을 순 없지만 말이야. 하필 나를 골라서 특별 대접을 했던 것부터 크게 잘못한 거지. 친해지자고 다가온 건 매번 그쪽이 먼저였거든. 그래도 난 불쌍해. 잘못된 행동을 하고 있다는 건 스스로도 알 텐데, 그게 다 오빠를 걱정하는 마음 탓이니까. 내 심정을 더 설명할 필요는 없겠지. **우리야** 오빠를 그런 식으로 걱정해줄 필요는 없다는 걸 알지만, 미스 빙리가 그렇게 느낀다면 왜 나한테 이러는지 쉽게 설명이 되긴 하니까. 그이는 누이가 그리 애틋하게 아낄 자격이 있는 오빠니까, 오빠 생각에 무슨 걱정을 하든 그건 자연스럽고 다정한 마음인 거지. 하지만 미스 빙리가 왜 이제 와서 걱정하는지는 잘 모르겠어. 그이가 내게 조금이라도 마음이 있다면 우리는 이미 한참 전에, 아주 한참 전에 만났을 거야. 내가 런던에 있다는 걸 그 사람도 아는 게 분명하거든. 미스 빙리가 그 비슷한 말을 해서 알아. 그런데 그 말을 하는 말투가, 꼭 오빠가 미스 다아시한테 정말로 특별한 관심이 있다고 스스로 믿고 싶어하는 것처럼 들렸어. 이해가 안 돼. 야멸찬 판단을 내릴까 두려워서 그렇지, 그렇지 않았다면 난 아마, 전부 다 굉장히 기만적으로 보인다고 말하고 싶은 유혹을 강렬하게 느꼈을 것 같아. 하지만 고통스러운 생각은 말끔히 털어버리려고 애쓸래. 그리고 행복한 생각만 할래. 너의 사랑, 우리 외삼촌과 외숙모의 변함없는 친절만 생각할래. 아주 빨리 답장해줘야 해. 미스 빙리는 그이가 영영 네더필드에 돌아오지 않고 집은 포기할 거라고 말했지만, 확언한 건 아니야. 우리는 그 얘기는 입에 올리지 않는 게 좋겠어. 네가 헌스퍼드의 우리 친구들에게서 기분 좋은 소식을 듣고 있다니 정말 기뻐. 꼭 윌리엄 경과 마리아가 갈 때 같이 가서 만나. 거기서 네가 아주 편하게 지낼 수 있을 거라 믿어.

사랑하는 언니가

이 편지를 읽고 엘리자베스는 마음이 많이 아팠어요. 하지만 제인이 더는 속지 않으리라 생각하니 조금 기운이 났답니다. 적어도 그 여동생한테 속아 넘어가진 않겠지요. 엘리자베스는 그 오빠에게 기대를 걸기도 했었지만, 그런 기대도 이제는 완전히 꺾여버렸고요. 심지어 언니를 다시 좋아하게 되면 좋겠다는 바람마저 싹 없어졌어요. 되새길수록 인품이 어느 모로 보나 참 하찮다 여겨졌거든요. 그래서 엘리자베스는 빙리가 빨리 다아시 씨의 동생과 결혼하는 것으로 응당한 벌을 받길 진심으로 바랐답니다. 제인 언니를 생각해도 차라리 그편이 나을 것도 같았어요. 위컴 씨의 말을 들어보니, 제 발로 차버린 복을 빙리 씨가 뼈저리게 후회하게 만들 만한 여자처럼 보였기 때문이지요.

가디너 부인은 이 무렵 엘리자베스한테 일전에 그 신사와 관련해 약속한 걸 기억하느냐며 최근의 상황을 알려달라고 했어요. 사실 엘리자베스는 자기 자신보다는 외숙모가 훨씬 흡족해할 만한 소식을 알고 있었지요. 그토록 명백하던 위컴의 호감은 잦아들고 엘리자베스에게 쏟던 관심도 끝이 나고, 이제 다른 여자를 우러러 떠받들고 있었어요. 엘리자베스는 그걸 모두 찬찬히 지켜보아왔지만, 상황을 관찰할 때도 그 얘기를 편지에 쓸 때도 심각한 통증을 느끼지는 않았어요. 마음은 조금밖에 아프지 않았고, 돈 문제만 아니었다면 첫 번째로 위컴의 선택을 받은 여자는 바로 그녀 자신이었으리라는 믿음이 허영심을 채워주었거든요. 지금 그가 한창 매력을 발산하고 있는 대상인 젊은 아가씨의 가장 눈부신 매력은 최근에 상속받은 만 파운드의 재산이었기 때문이에요. 하지만 어쩌면 엘리자베스의 판단이 위컴한테는 샬럿 때만큼 명료하지 않았을지 몰라요. 경제적으로 독립하고자 하는 위컴의 희망을 책잡지 않았으니까요. 아니, 오히려 그보다 더 자연스러운 일이 없다고까지 여겼어요. 위컴도 자기를 포기하느라 퍽 마음고생을 했다고 믿을 수 있었기에, 엘리자베스는 준비된 마음가짐으로 이게 둘 다에게 현명하고 바람직한 길임을 인정하고 진심으로 행복을 빌어줄 수 있었어요.

가디너 부인에게는 이런 심정을 모두 솔직히 인정했답니다. 상황을 설명한 후 엘리자베스는 이런 말을 덧붙였어요—"외숙모, 나는 이제 확실히 알았어요. 나는 애초에 사랑에 깊이 빠진 적이 없었던 거예요. 정말로 내가 그런 순수하고 고양된 열정을 경험했다면 이름만 들어도 진저리 치면서 그가 별의별 방식으로 불행해지길 빌었을 거예요. 하지만 그 사람한테만 좋은 마음인 게 아니라 미스 킹한테까지 별다른 감정이 없어요. 미워하는 마음이 전혀 들지 않는 건 물론, 심지어 썩 괜찮은 여자라고 생각하는 데도 서슴이 없다니까요. 이런데 사랑일 리가 없잖아요. 정신 똑바로 차리고 조심한 보람이 있는 셈이지요. 차라리 사랑에 빠져 정신을 못 차렸다면 전 지금 지인들 모두에게 좀 더 흥미로운 존재였겠지만, 비교적 존재감이 없는 지금의 상태가 더 아쉽다고는 말하지 못하겠네요. 강력한 존재감을 사려면 때로 너무 비싼 값을 치러야 하곤 하니까요. 키티와 리디아가 오히려 나보다 그 사람의 변심을 훨씬 감정적으로 받아들이고 있어요. 그 애들은 어려서 세상의 이치를 잘 모르고, 그러니 잘생긴 청년들도 못생긴 남자들이나 다름없이 먹고살 수단이 있어야 한다는 비참한 믿음을 아직은 납득할 수 없는 거죠.”

를 잘 모르고, 그러니 잘생긴 청년들도 못생긴 남자들이나 다름없이 먹고살 수단이 있어야 한다는 비참한 믿음을 아직은 납득할 수 없는 거죠.”

4

롱본 가족에게 더 큰 사건은 일어나지 않았고, 때론 진흙탕길이고 때론 추운 길을 걸어 메리턴에 놀러 가는 것 말고는 아무 재미도 없이 1월과 2월이 흘러갔어요. 3월이 엘리자베스를 헌스퍼드로 데리고 가게 된답니다.[1] 처음에는 가야겠다는 생각을 진지하게 하지 않았어요. 하지만 샬럿이 그 계획을 기정사실로 믿는다는 걸 곧 알게 되었지요. 일정이 점점 확실해지자 엘리자베스의 기분도 점점 좋아졌어요. 한동안 못 봤더니 샬럿을 다시 보고 싶은 마음은 커진 반면 콜린스 씨가 싫은 마음은 옅어졌거든요. 게다가 이 계획에는 색다른 면이 있었고, 워낙 그런 어머니와 워낙 그런 같이 어울리기 힘든 동생들이 있다보니 집에도 결점이 없다고 할 수는 없었어요. 그래서 약간

---

1 이 소설에서 계절의 변화는 이야기의 흐름과 상응한다. 네더필드에 신사들이 처음 온 것은 초가을, 그들이 떠나면서 춥고 지루한 겨울이 지나고, 첫봄에 엘리자베스는 헌스퍼드로 여행을 떠난다.

의 변화라도 그 자체로 반가운 면이 있었답니다. 더구나 헌스퍼드에 가면 잠깐 제인을 보고 올 수도 있었고요. 간단히 말하자면, 날짜가 임박하자 엘리자베스는 조금만 지체되어도 많이 속상할 것만 같은 기분이 되었죠. 만사는 순조롭게 진행되었고 드디어 샬럿이 처음 대충 계획을 잡은 그대로 실행에 옮겨졌어요. 엘리자베스는 윌리엄 경과 그 둘째 딸과 동행하게 되었고요. 런던에서 하룻밤을 보내는 일정이 때맞춰 추가되어서 계획은 흠잡을 데 없이 완벽해졌어요.

단 하나 마음에 걸리는 일은 아버지를 혼자 두고 떠나는 것뿐이었어요. 아버지는 엘리자베스가 없으면 많이 그리워하실 테니까요. 실제로 때가 되자 그는 딸이 떠나는 게 서운한 나머지 편지를 써서 보내라고 단단히 이르고 나서 하마터면 자기도 답장을 쓰겠노라 약속까지 할 뻔했지 뭐예요.

엘리자베스와 위컴 씨의 작별은 흠 없이 우호적이었어요. 위컴 쪽에서 더욱 그랬지요. 지금 구애하는 여자는 따로 있어도 엘리자베스야말로 처음 관심을 가졌던 여자, 그럴 만한 매력이 넘치는 여자라는 사실을 그 또한 잊을 수는 없었으니까요. 엘리자베스는 처음 그의 이야기를 들어주고 가엾게 여겨준 여자, 그가 처음 흠모한 여자였어요. 한껏 즐기고 오라면서 작별 인사를 고하고, 레이디 캐서린 드 버그에게 어떤 기대를 걸어야 하는지를 새삼 상기시켜주고, 레이디에 관해—아니, 모든 사람에 관해 우리의 의견은 언제까지나 일치할 거라 믿는다고 말하는 그의 매너에는 진심으로 걱정해주는 어떤 마음, 잘되길 바라는 마음이 담겨 있었고, 엘리자베스 또한 언제까지나 진심 어린 호감으로 그를 대할 수밖에 없겠다는 느낌을 받았어요. 그래서 엘리자베스가 독신으로 남든 결혼하든 그는 언제까지나 마음속에서 사랑스럽고 호감 가는 사람의 표본으로 남으리라는 확신을 가지고 헤어졌답니다.

다음 날 같이 길을 떠난 일행만 보아도 위컴에 대한 호감이 줄어들긴 어려웠어요. 윌리엄 루커스 경과 딸 마리아였는데, 마리아는 성격은 좋아도 아버지와 마찬가지로 머리가 텅 빈 여자애였지요. 둘 다 들을 가치가 있는 말은 한마디도 하지 않았고, 그 사람들 하는 말을 듣느니 차라리 덜컹거리는 마차 소리에 귀 기울이는 편이 더 기분이 좋았어요. 엘리자베스는 터무니없고 우스꽝스러운 걸 좋아했지만 윌리엄 경과는 너무 오래 알고 지낸 사이라서요. 경은 이제 궁정 방문과 기사 작위라는 놀라운 기적에 관해 엘리자베스가 처음 듣는 이야기를 하나도 해줄 수 없게 되어버렸거든요. 그의 예의도 그의 정보나 마찬가지로 세월 속에서 닳아 해어져버렸고요.

불과 이십사 마일밖에 안 되는 여행인 데다 워낙 일찍 출발했기에 정오에는 그레이스처치 스트리트에 다다를 수 있었지요. 가디너 씨의 문 앞으로 마차를 몰고 갔을 때, 제인은 응접실 창가에서 그들의 도착을 지켜보았답니다. 그래서 진입로에 들어섰을 때는 벌써 마중을 나와 있었어요. 엘리자베스는 언니의 얼굴부터 열심히 살폈지만 예전과 다름없이 건강하고 어여뻐서 기분이 좋아졌답니다. 계단에는 남자아이들과 여자아이들이 한 무리 모여 앉아 있었어요. 사촌이 빨리 보고 싶어서 얌전히 이 층 응접실에서 기다리지 못하고 나와 있었지만,

열두 달이나 얼굴을 못 본 사이라 수줍어서 더 내려오지도 못하고 있었던 거죠. 기쁨과 친절이 온통 가득했어요. 그날은 모자람 없는 즐거움 속에 흘러갔지요. 낮²에는 부산하게 법석을 떨며 쇼핑을 했고 저녁에는 극장에 갔거든요.³

극장에서 엘리자베스는 일부러 외숙모 옆자리에 앉았답니다. 두 사람이 처음에 나눈 이야기의 주제는 언니였고요. 언니에 관해 외숙모에게 꼬치꼬치 상세하게 물어본 결과 제인은 축 처져 있지 않으려 늘 고군분투하고 있지만 이따금 침울해지는 시기가 있다는 답이 돌아왔답니다. 그런 답을 듣고 엘리자베스는 크게 놀라지는 않았습니다. 그보다는 슬퍼서 마음이 아팠지요. 하지만 언니의 상심이 오래가지 않기를 희망할 근거가 없진 않았어요. 가디너 부인은 미스 빙리의 그레이스처치 스트리트 방문 이야기도 상세하게 들려주고 그 후 자기가 여러 차례에 걸쳐 제인과 나누었던 대화의 내용도 빠짐없이 전해주었습니다. 제인은 진심으로 미스 빙리와의 우정을 포기한 게 분명했어요.

그러고 나서 가디너 부인은 위컴한테 버림받은 조카를 장난치듯 놀리면서 참 꿋꿋이 잘 견뎌냈다고 칭찬해주었답니다.

"하지만, 엘리자베스야," 부인은 덧붙여 말했어요. "미스 킹은 어떤 유의 여자니? 우리의 친구가 돈만 보고 결혼한다면

---

2 morning. 이 단어는 당시 대부분의 낮 시간을 아우르는 개념이었고 day는 이러한 용례로 쓰지 않았다.
3 제인 오스틴은 런던의 극장에서 연극을 보는 걸 무척 즐겼다.

난 서운할 것 같은데.”

“외숙모, 솔직히, 결혼의 문제에서 돈만 보는 것과 신중하고 현명한 것의 차이가 뭐죠? 어디서 현실적 분별이 끝나고 탐욕이 시작되나요? 작년 크리스마스 때 외숙모는 그가 저와 결혼할까봐 걱정하셨잖아요. 경솔하고 무분별한 혼사라고요. 그런데 이제는, 고작 만 파운드 재산이 있는 여자와 결혼하려 한다고 그 사람을 계산적이라고 하시려고요?”

“미스 킹이 어떤 여자인지만 말해준다면, 어떻게 생각할지 알 수 있겠지.”

“아주 좋은 여자일 거예요. 별다른 흠은 없다고 들었어요.”

“하지만 조부가 세상을 떠나고 그 돈을 물려받기 전까지는 아예 관심도 없던 여자잖니.”4

“그럼요—하지만 그게 왜요? 그 사람은 저처럼 돈이 하나도 없는 여자와는 사랑하면 안 된다면서요. 그런데 무슨 일로 관심도 별로 없고 자기와 똑같이 가난한 여자한테 구애를 하겠어요?”

“그래도 상속을 받자마자 그렇게 빨리 그 여자한테로 관심을 돌린 건 뭐랄까 그리 우아해 보이지는 않으니 그렇지.”

“재정적으로 쪼들리는 남자한테는 남들이 지키는 우아한

---

4 미스 킹은 나중에 숙부를 방문하러 리버풀에 간다. 18세기 리버풀은 런던 다음으로 잉글랜드에서 중요한 항구였다. 따라서 미스 킹의 가업은 상업이었을 확률이 높다. 그렇다면 영지를 보존할 필요가 없으므로, 한정 상속제에 얽매이지 않고 현금 자산을 자식들에게 동등하게 배분해 물려줄 수 있었다.

예법을 다 지킬 만한 시간이 없어요. 그 여자가 이의가 없다는 데 우리가 왜 반대해야 하죠?"

"그 여자가 반대하지 않는다고 그 사람 행동이 정당화될 수는 없지. 다만 그 여자한테도 뭔가 부족한 데가 있다는 걸 보여줄 따름이야―판단력이나 감정 같은 것."

"글쎄요," 하고 엘리자베스가 언성을 높였어요. "마음대로 골라잡으시죠 뭐. 그 남자는 계산적이고, 그 여자는 바보면 되겠 네요."

"아니야, 리지야. 이건 내가 골라잡는 게 아니란다. 너도 알 겠지만, 나도 더비셔에서 그렇게 오래 산 청년을 나쁘게 생각 하고 싶지는 않아."

"어머! 그게 다라면, 저는 더비셔에 사는 청년이 아주 별로 라고 생각해요. 하트퍼드셔에 사는 그 사람 절친한 친구들도 별로 나을 게 없고요. 정말 난 다 지긋지긋해요. 천만다행이지 뭐예요! 제가 내일 가는 곳에는 호감 가는 자질이 단 하나도 없고 잘 봐줄 만한 매너나 센스도 없는 남자가 있으니까요. 결 국, 알아둬서 좋을 남자는 멍청한 남자뿐이잖아요."

"조심해라, 리지야. 방금 그 말에서는 실망한 여자의 치졸한 원망이 강하게 묻어나는구나."

연극이 끝나고 헤어지기 전, 엘리자베스는 외삼촌 부부와 함께 여름에 예정된 유람 여행을 같이 떠나자는 뜻밖의 초대 를 받고 행복해졌어요.

"우리가 얼마나 멀리까지 갈지는 아직 확실히 정하지 않았 어." 가디너 부인이 말했어요. "하지만 아마 레이크 디스트릭트[5]까지는 가겠지."

엘리자베스의 마음에 이보다 꼭 드는 계획은 있을 수 없었기에 감사한 마음으로 즉시 초대를 받아들였답니다. "사랑하는, 사랑하는 우리 외숙모," 그녀는 황홀하게 외쳤답니다. "얼마나 즐겁겠어요! 얼마나 신나겠어요! 외숙모가 저한테 새로운 생명과 활력을 주신 거예요. 실망이나 원망 따위 전부 안녕이에요. 바위와 산과 들이 있는데 남자들이 다 뭐래요? 아! 우리는 정말로 황홀한 시간을 함께 보낼 거예요! 그리고 돌아와서도 무엇 하나 정확하게 설명하지 못하는 다른 여행자들과는 전혀 다를 거예요. 우리는 어디에 다녀왔는지 정확히 알 테니까요―우리가 본 것들을 생생히 기억할 테니까요. 호수, 산, 강 들이 우리 상상 속에서 다 뒤섞여버리지도 않을 테고, 어떤 구체적인 풍경을 묘사하려 할 때 서로 다른 상황에서 비교하며 말다툼을 하지도 않을 거예요. 우리의 첫 감탄은 여행자들의 두루뭉술한 칭찬처럼 형편없지 않을 거고요!"[6]

---

5 The Lakes. 레이크 디스트릭트는 잉글랜드 북서부의 인기 관광지였다. 18세기에 걸쳐 도로 사정이 급격히 좋아지고 나라도 부강해지면서 유람 여행이 인기 있는 여가 활동으로 떠올랐다. 특히 제인 오스틴의 시대에는, 압도적인 풍광과 인간의 손이 닿지 않은 자연을 사랑하는 낭만주의 풍조의 유행으로 레이크 디스트릭트가 큰 인기를 끌었다.

6 당시는 관광 산업의 부상과 함께 여행기와 여행 가이드가 새로운 인기 장르로 부상하고 있었다. 나폴레옹전쟁의 여파로 유럽 본토로 떠나던 그랜드 투어가 쉽지 않아지자 영국 국내의 여행 산업이 활발하게 성장했던 것. 18세기를 거치며 마차가 개량되었고 도로 사정도 급격하게 발전한 영향도 있다. 제인 오스틴은 이 대목에서 이 여행기들의 부정확한 정보와 두루뭉술한 묘사들에 우회적으로 불만을 표하고 있다.

5

다음 날 여행에선 보는 것마다 엘리자베스에게 새롭고 흥미로웠어요. 기분이 좋아져서 즐거움을 향유할 만한 상태였거든요. 언니의 얼굴이 정말 좋아 보여서 건강 걱정은 다 떨쳐버렸고, 또 설레는 북부 여행에 대한 기대감으로부터 끝없는 기쁨이 샘솟았답니다.

하이 로드[1]를 벗어나 헌스퍼드로 이어지는 도로로 들어서면서는 눈으로 목사관만 찾았고 모퉁이를 돌 때마다 거기 보일 것만 같았어요. 로징스 파크의 울타리가 길의 한쪽 경계를 이루고 있었는데, 엘리자베스는 그곳 사람들에 대해 들은 이야기를 떠올리며 슬며시 미소를 지었답니다.

마침내 목사관이 눈에 들어왔어요. 정원이 경사를 이루며 길로 이어졌고, 정원 안에 집이 있었습니다. 초록색 울타리에

---

1 high road. 마차가 고속으로 달릴 수 있는 대로. 고속도로의 전신이다.

월계수 관목, 모든 것이 이제 도착했다는 사실을 알려주고 있었어요. 콜린스 씨와 샬럿이 문간에 나타났고, 마차가 아담한 문 앞에 정차하자 일행 모두가 흐뭇해 만면에 웃음을 띠고 고개를 주억거렸습니다. 그 문에서 집까지 짤막한 자갈길이 이어져 있었지요. 곧 모두들 마차에서 내려 서로 바라보며 만남을 기뻐했어요. 콜린스 부인이 누구보다 생기 발랄하게 기뻐하며 친구를 환영했는데, 친구가 이처럼 다정하게 맞아주자 엘리자베스는 점점 더 오기를 잘했다는 마음이 들었어요. 물론 친척의 매너는 결혼한 다음에도 전혀 달라지지 않았다는 건 금세 알아챌 수 있었지요. 격식에 집착하는 예의도 예전과 똑같아서, 콜린스 씨는 모든 가족의 안부를 꼬치꼬치 묻고는 흡족한 대답을 다 들을 때까지 엘리자베스를 몇 분이나 문간에 붙잡아두었어요. 그다음엔 콜린스 씨가 입구를 가리키며 얼마나 정갈한지 보라고 한 것 말고는 별다른 지체 없이 집 안으로 안내를 받아 들어갔습니다. 응접실에 들어가자마자 그는 또 거추장스러운 겉치레 격식을 차리고 자신의 초라한 거처에 와주신 걸 환영한다고 인사하더니 아내가 간식을 권하며 하는 말을 모조리 따박따박 반복했습니다.

엘리자베스는 화려한 영예를 자랑하는 콜린스 씨를 봐줄 각오를 하고 있었어요. 그래도 그가 방의 크기와 채광과 가구가 얼마나 훌륭한지를 설명할 때는, 청혼을 거절한 대가로 무엇을 잃었는지 느껴보라는 듯 특별히 자기를 겨냥해 말한다는 생각을 할 수밖에 없었답니다. 하지만 모든 게 깔끔하고 편안해 보였음에도 그의 마음에 흡족할 만한 후회 섞인 한숨 한

번 내쉬어줄 수가 없었어요. 오히려 이런 반려와 함께 어떻
게 저렇게 명랑한 기분으로 살 수 있을까 의아한 눈길로 친구
를 바라보게 되었지요. 콜린스 씨가 아내를 부끄럽게 만들 만
한 말을 할 때마다―드문 일은 확실히 아니었고요―엘리자
베스는 자기도 모르게 샬럿의 눈치를 살피곤 했어요. 한두 번
은 희미하게 붉어지는 낯빛을 알아보기도 했지요. 하지만 대
체로 샬럿은 현명하게도 아예 귀담아듣지를 않았습니다. 한참
을 응접실에 앉아 그릇장에서 벽난로 막에 이르기까지 가구
한 점 한 점을 낱낱이 짚어가며 탄복하고, 여행이 어땠는지 런
던에서 무슨 일이 있었는지 이야기를 나눈 후에, 콜린스 씨는
정원에서 모두 함께 산책을 하자고 일행에게 권했어요. 정원
은 널따랗고 조경도 잘되어 있었는데 콜린스 씨가 직접 도맡
아 가꾼 것이었고요. 정원 가꾸기는 그의 가장 점잖은 취미라
할 수 있었어요. 야외에서 운동하면 건강에 좋으니 남편이 정
원 일을 최대한 많이 하도록 권장한다고 말하면서 샬럿이 완
벽하게 표정을 관리하자 엘리자베스는 감탄을 금치 못했습니
다. 정원에서는, 콜린스 씨가 모든 오솔길과 교차로를 앞장서
안내하며, 자기가 구하는 칭찬의 말을 손님들이 내뱉을 틈도
거의 주지 않고, 모든 풍경의 세세한 요소까지 구구절절 설명
했지만 그 설명에 아름다움이 끼어들 틈은 없었답니다. 사방
팔방의 농지가 몇 뙈기인지, 가장 먼 숲에서 자라는 나무가 몇
그루인지 말해줄 수는 있었지만요. 그러나 그의 말에 따르면
그의 정원이나 이 지역의 전원, 아니 영국 전체가 자랑하는 그
어떤 절경이라도 로징스 파크의 전망과는 비교조차 되지 않

았어요. 집 바로 맞은편에 영지 경계를 표시하는 나무들이 벌어진 틈새가 있어 로징스 파크 저택이 보였거든요. 높은 지대에 지어진 로징스 파크는 훌륭한 위치에 자리 잡은 아름다운 현대적 건물이었어요.

정원에서 콜린스 씨는 자기 소유의 초원 두 군데로 일행을 안내하고 싶어했지만 숙녀들은 아직 다 녹지 않은 서리를 밟을 만한 신발을 준비하지 못해 돌아설 수밖에 없었어요. 윌리엄 경은 사위와 동행하게 되었지만 샬럿은 동생과 친구를 데리고 집으로 돌아갔지요. 샬럿은 굉장히 기분이 좋았는데, 아마도 남편의 도움 없이 집 구경을 시켜줄 기회가 생겼기 때문이었겠지요. 집은 아담한 편이었지만 만듦새가 훌륭하고 편리했어요. 모든 살림이 잘 갖춰져 있고 정갈하고 일관되게 정리되어 있었지요. 엘리자베스는 이 모든 공을 샬럿에게 돌렸답니다. 콜린스 씨를 잊을 수 있게 되자 정말로 속속들이 편안한 분위기가 조성되었고, 샬럿은 누가 봐도 이를 한껏 즐기는 게 틀림없었어요. 그래서 콜린스 씨가 샬럿 머릿속에서 꽤 자주 잊히겠구나 엘리자베스도 짐작할 수 있었고요.

레이디 캐서린이 아직 이 지역에 있다는 건 이미 들어 알고 있었지만요. 저녁 식사 때 또다시 이 이야기가 나오자 콜린스 씨가 끼어들어 한마디했지요.

"그래요, 미스 엘리자베스, 오는 일요일 교회에서 레이디 캐서린 드 버그를 뵙는 영광을 누리게 되실 겁니다. 아마 만나보면 정말 좋아하시리라는 말은 덧붙일 필요도 없겠지요. 부인께서는 상냥함과 황송한 너그러움의 화신이셔서 예배가 끝나면 미스 엘리자베스에게도 관심을 조금 나누어주시는 영광을 베푸실 겁니다. 거의 주저 없이 말씀드리지만 이곳에 계시는 동안 레이디께서는 미스 엘리자베스와 처제 마리아를 영광스럽게도 저희를 초대해주시는 모든 행사에 함께 초대해주실 거랍니다. 우리 사랑하는 샬럿에게도 참으로 상냥하게 대해주시지요. 우리는 매주 두 번씩 로징스에서 식사하는데 한 번도 집까지 걸어오지 못하게 하셨어요. 우리를 위해 레이디의 마차를 정기적으로 불러주시기 때문이지요. 아니, 레이디의 마차 중 한 대라고 꼭 고쳐 말해야 하겠군요. 마차를 여러 대 가지고 계시니까요."

"레이디 캐서린은 아주 점잖고 합리적인 분이셔." 샬럿이 덧붙여 말했답니다. "게다가 더할 나위 없이 배려 깊은 이웃이시고."

"당신 말이 정말 옳아요, 여보. 내 말이 정확히 그 말이라오. 레이디께서는 아무리 공경해도 지나침이 없는 그런 여자분이시지요."

그날 저녁은 대체로 하트퍼드셔의 새 소식을 전하고 이미 앞에서 편지로 쓴 얘기를 또 하면서 흘러갔어요. 하루를 마무리하고 자기 방에 혼자 있게 된 엘리자베스는 샬럿이 느끼는 만족감의 정도를 곰곰 생각해보며 남편을 솜씨 좋게 유도하고 평온하게 견뎌내는 친구의 능력을 이해했고 다 정말 훌륭하게 해냈다는 사실을 인정했어요. 한편으로는 이 방문 기간이 어떻게 흘러갈지 예상이 될 수밖에 없었고요. 부부가 평소의 일을 처리하는 조용한 분위기, 콜린스 씨의 귀찮은 간섭들,

로징스와 어울리는 즐거움. 엘리자베스의 활발한 상상력 덕분에 앞날의 전망은 모두 쉽게 정리되었답니다.

다음 날 한낮 즈음에 산책을 나가려고 방에서 준비하고 있는데, 아래층에서 갑자기 시끄러운 소리가 들려와 온 집 안을 혼란에 빠뜨렸습니다. 잠시 무슨 소린가 듣고 있는데, 누군가 굉장히 다급하게 계단을 뛰어 올라오면서 큰 소리로 그녀를 부르는 거예요. 문을 열어보니 층계참에 마리아가 흥분감에 숨을 헐떡거리며 서서는 이렇게 외쳤어요.

"아, 일라이자! 어서 서둘러서 식당으로 내려와. 엄청난 구경거리가 있단 말이야! 뭔지는 말 안 해줄 거야. 빨리, 당장 내려와야 해."

엘리자베스는 이것저것 물어봤지만 소용이 없었어요. 마리아는 더 이상 아무것도 알려주지 않았고, 두 사람은 함께 신기한 구경거리를 찾아서 도로가 내다보이는 식당으로 내려갔지요. 그 신기한 구경거리는 바로 정원 문 앞에 낮은 페이튼[2]을 잠시 세워두고 있는 두 숙녀였답니다.

"이게 다야?" 엘리자베스가 외쳤어요. "정원에 돼지들이라도 난입한 줄 알았네. 고작 레이디 캐서린과 딸밖에 없잖아!"

"세상에, 일라이자," 마리아가 어떻게 그런 착각을 할 수 있느냐는 듯 충격받은 표정으로 말했어요. "레이디 캐서린이 아니셔. 저 나이 지긋하신 여자분은 함께 사는 젱킨슨 부인이야.

---

2 덮개가 없는 경량 마차. 가벼워서 몰기가 쉬웠다. 높이도 낮아서 말이 아니라 조랑말들을 쓸 수 있었고, 다른 개방형 마차들과 달리 바퀴가 네 개 달려서 비교적 안전했다.

다른 이는 미스 드 버그이고. 미스 드 버그만 봐. 진짜 작은 여자네. 저렇게 야위고 작을 줄 누가 생각이나 했겠어!"

"이렇게 바람이 심하게 부는데 샬럿을 문밖에 계속 세워두다니 끔찍하게 무례한 여자네. 왜 안으로 들어오지 않는 거야?"

"아! 샬럿 언니 말로는 그런 일은 거의 없대. 미스 드 버그가 집 안에 들어오면 그건 엄청난 후의를 베푸는 거라나."

'외모가 맘에 들어.' 엘리자베스가 속으로 말했어요. 뭔가 다른 생각이 떠올랐거든요. '병약하고 잘 삐칠 것같이 생겼어—그래, 그 남자한테 아주 잘 어울리겠다. 그 사람한테 아주 딱 맞는 아내가 되겠어.'

콜린스 씨와 샬럿은 둘 다 문간에 서서 숙녀들과 대화를 나누고 있었어요. 그리고 윌리엄 경은 복도에 서서 이처럼 높은 분이 눈앞에 계시다는 사실을 심각하게 숙고하며 미스 드 버그가 자기 쪽으로 눈을 돌릴 때마다 계속 절을 하면서 엘리자베스를 몹시 즐겁게 해주었지요.

드디어 할 말이 떨어지자 숙녀들은 마차를 타고 가던 길로 달려갔고, 나머지 사람들은 다시 집 안으로 돌아왔어요. 콜린스 씨가 두 아가씨를 보자마자 행운을 축하드린다고 다짜고짜 인사를 건네자 샬럿이 일행 전원이 다음 날 로징스에서 열리는 저녁 만찬에 초대되었다는 소식을 알려주어 그 행운이 무엇인지 부연 설명을 해주었답니다.

6

이 초대의 결과로 콜린스 씨의 승리는 완벽해진 것이죠. 후원자의 화려한 부를 손님들에게 어안이 벙벙해지도록 과시하고 자기와 아내가 얼마나 훌륭한 대접을 받는지 보여줄 힘이야말로 콜린스 씨가 바랐던 바였잖아요. 그 기회가 이토록 빨리 왔다는 건, 레이디 캐서린의 황송한 은혜는 높고 높아 어찌 칭송해야 할지 모른다는 또 하나의 증거였어요.

"솔직히 말씀드리지요," 하고 그가 말했어요. "레이디께서 일요일에 로징스에서 차를 마시며 저녁을 보내자 하셨다면 전 전혀 놀라지 않았을 겁니다. 그분의 상냥함이라면 이미 제가 익히 알고 있으므로, 오히려 그럴 줄 알았다고 했을 거예요. 하지만 이런 배려를 누가 예상했겠습니까? 여러분이 도착하고 이리 곧바로 (게다가 일행 전원을 아우르는 초대라니요) 거기서 만찬을 함께하자는 초대를 받다니 누가 상상이나 했겠습니까?"

"그나마 덜 놀란 사람이 바로 나라네." 윌리엄 경이 대답했어요. "내가 사회적으로 지위가 좀 있다보니 높으신 분들의 매너가 실제로 어떤지 접할 기회가 있어서 잘 알고 있었거든. 궁정에서는 이처럼 우아한 예법의 사례가 드물지 않다네."

하루 온종일, 아니 다음 날 아침까지도 다른 얘기는 거의 오가지 않고 오로지 로징스 방문만이 화제였답니다. 콜린스 씨는 앞으로 기대해야 할 바를 세심하게 일러주었지요. 그렇게 어마어마한 방과 그렇게 많은 하인과 그렇게 호화로운 만찬에 손님들이 완전히 압도당하는 일이 생겨선 안 되잖아요.

숙녀들이 단장을 하러 따로 들어가려는데, 콜린스 씨가 엘리자베스에게 말했습니다.

"우리 친척 아가씨께서는 의상 문제로 불편한 마음을 가질 필요가 없어요. 레이디 캐서린은 우리한테서 우아한 옷차림을 전혀 요구하지 않으니까요. 그런 옷은 레이디 당신이나 따님한테나 어울리는 거죠. 그냥 갖고 있는 옷 중에서 제일 나은 걸 아무거나 걸치면 되지, 그 이상은 아무 필요가 없답니다. 레이디 캐서린께서는 소박한 옷을 입었다고 우리 친척을 더 낮잡아 보시진 않을 겁니다. 오히려 신분의 차이는 확실히 유지하는 편을 선호하시지요."

아가씨들이 옷을 차려입는 동안 콜린스 씨는 레이디 캐서린께서 만찬을 시작 못 하고 기다리는 걸 아주 싫어하신다면서 이 방 저 방 찾아다니며 빨리 서두르라고 재촉했는데요— 레이디 본인과 그 생활양식에 관한 이런 엄격한 설명에 그만 마리아 루커스가 완전히 겁에 질려버렸지 뭐예요. 사교 모임

에 별로 익숙하지 않은 그녀는 아버지가 세인트제임스궁에
처음 출석할 때만큼이나 잔뜩 겁을 집어먹고 로징스에서 인
사드릴 일을 고대했지요.

날씨가 화창해서 일행은 파크[1]를 가로질러 반 마일 거리
를 쾌적하게 걸어갔어요—영지의 파크는 모두 그 나름대로
아름다움과 훌륭한 조망을 갖추고 있어서, 엘리자베스도 눈이
즐거운 풍경을 많이 찾아볼 수 있었어요. 물론 콜린스 씨의 기
대만큼 황홀한 기쁨에 정신을 잃진 않았고, 콜린스 씨가 집 전
면의 창문 숫자[2]를 말해주고 그 유리창들을 처음 설치할 때
루이스 드 버그 경이 얼마나 엄청난 대금을 지불했는지[3] 설
명해줘도 별 감명을 받지는 못했지만요.

일층의 회랑으로 이어지는 계단을 오를 때쯤엔 마리아의
불안이 시시각각 커져갔고 심지어 윌리엄 경마저도 완벽하
게 평온을 유지하지는 못했답니다—하지만 엘리자베스의 용
기만은 꿈쩍 않고 든든하게 버텨냈지요. 레이디 캐서린이 특
출한 재능이나 경이로운 미덕을 갖췄다는 얘기는 들은 바 없
고 단순히 돈이 많고 신분이 높다는 게 다였으니까요. 엘리

---

1 park. 영지의 사냥터와 산책로, 과수원, 텃밭, 정원, 숲과 호수 등 저택에
   딸린 조경 부지를 모두 포함한다. 매너manner와 마찬가지로 사회적, 문
   화적으로 독특한 의미를 담고 있어 영어 그대로 번역했다.
2 저택 창의 숫자는 부의 지표였다. 주택의 창문 개수에 따라 현재의 재산
   세에 해당하는 창문세window tax가 부과되었다.
3 레이디 캐서린의 남편인 고 루이스 경이 저택의 건설을 관장했음을 알
   수 있다. 따라서 "현대적 건물"이라는 묘사와도 일치한다. 펨벌리처럼
   수 세대의 역사가 축적된 영지가 아니라는 의미다.

자베스는 그런 건 덜덜 떨지 않고 똑바로 볼 수 있다고 생각했어요.

콜린스 씨가 홀린 듯 탄복하며 섬세한 균형과 장식의 마감을 짚어준 진입부 회랑에서부터 일행은 하인을 따라 전실을 통과해 레이디 캐서린, 그 딸, 젱킨슨 부인이 앉아 있는 거실로 갔어요―레이디께서는 황송하기 그지없게도 자리에서 일어나 맞아주는 후의를 베푸셨고, 콜린스 부인이 미리 남편과 정한 대로 손님들의 소개를 맡아 적절히 예의 바르게 임무를 잘 수행했습니다. 콜린스 씨라면 구구절절 변명과 감사가 꼭 필요하다 여겼겠지만, 그런 말 한마디 없이도 훌륭히 잘해냈답니다.

세인트제임스궁에 다녀온 경험에도 불구하고 윌리엄 경은 장엄하고 호화로운 환경에 완전히 압도당한 나머지 아주 깊숙이 허리를 꺾어 절할 용기만 가까스로 내고는 아무 말 없이 자리에 앉았어요. 경의 딸은 혼이 쑥 빠지도록 겁에 질려 어딜 봐야 할지도 모른 채 의자 끄트머리에 걸터앉아 있었고요. 엘리자베스는 이런 광경쯤은 얼마든 대처할 힘이 자기한테 있다는 걸 알았고 평온하게 눈앞의 세 숙녀를 관찰할 수 있었습니다―레이디 캐서린은 키도 크고 몸집도 큰 여자였고, 선이 뚜렷한 눈 코 입을 보면 한때는 아름다웠을지도 모른다는 생각이 드는 외모였어요. 풍기는 분위기는 유화적이지 않았고, 그들을 환영하는 매너도 마찬가지라서, 손님들이 자신들의 열등한 신분을 결코 잊지 못하게 만들었어요. 침묵으로 위엄을 발산하는 사람은 아니었지만 말을 할 때는 늘 몹시 권위적인 어조로 자기가 중요한 사람임을 주지시켰기에, 엘리자베스는 곧바로 위컴을 뇌리에 떠올렸답니다. 그리고 그날 하루 관찰한 바를 근거로 레이디 캐서린은 과연 위컴이 묘사한 그대로라고 믿게 되었지요.

엘리자베스는 곧 레이디 캐서린의 얼굴과 몸가짐이 다아시 씨와 상당히 닮았다는 걸 알았고 어머니를 관찰한 후 딸에게로 눈길을 돌렸는데 어찌나 작고 어찌나 말랐는지 하마터면 마리아처럼 깜짝 놀랄 뻔했어요. 몸으로 보나 얼굴로 보나 모녀 사이에 닮은 점이 하나도 없었어요. 미스 드 버그는 창백하고 병색이 짙었고, 못생긴 생김새는 아니라도 존재감이 없는 외모였거든요. 게다가 거의 말을 하지 않고, 말을 하더라도 아주 나직한 목소리로 젱킨슨 부인에게만 했지요. 젱킨슨 부인은 외모도 특출한 구석이 없었거니와, 온전히 미스 드 버그의 말에만 귀를 기울이고 있다가 그 눈에 빛이 닿지 않도록 적당한 방향으로 차양을 조절해주는 일에만 여념이 없었어요.

몇 분쯤 앉아 있다가 그들은 모두 한쪽 창가로 불려 가 전망에 탄복해야 했지요. 콜린스 씨가 그 아름다움을 조목조목 짚어주는 일을 맡았고, 레이디 캐서린은 친절하게도 여름에는 훨씬 더 볼만하다는 사실을 알려주셨답니다.[4]

만찬은 굉장히 훌륭했고 콜린스 씨가 약속한 대로 하인 전원과 식기 전체가 동원되었어요. 또한 그는 레이디의 뜻에 따라 자기가 예언한 대로 식탁 끝자리를 차지했답니다.[5] 그 자

---

4 웬만한 전망이라면 여름에 더 아름다운 게 당연한 일이다.

리에 앉은 콜린스 씨는 이제 여생에 더 바랄 것이 없다는 얼굴을 하고 있었고요―그는 고기를 썰었고,[6] 먹었고, 신이 나서 입이 마르도록 칭찬을 퍼부었지요. 요리가 나올 때마다 처음에 콜린스 씨가 찬사를 터뜨리면 다음에 윌리엄 경이 이어받곤 했어요. 경은 이제 좀 정신을 차려서 사위가 무슨 말을 하든 메아리처럼 따라 할 만큼은 되었거든요. 엘리자베스는 이런 매너를 과연 레이디 캐서린이 잘 참아줄까 궁금해했지만, 레이디 캐서린은 도가 넘치는 상찬에 오히려 흡족해하는 눈치였고 그들에게 굉장히 뿌듯한 미소를 지어주곤 했답니다. 테이블에 차려지는 어떤 요리를 처음 먹어본다는 말을 들을 때 유난히 더 그랬고요. 좌중에 많은 대화가 오가지는 않았어요. 엘리자베스는 기회만 생긴다면 말을 하리라 준비하고 있었지만 자리가 샬럿과 미스 드 버그 사이여서요―샬럿은 레이디 캐서린의 말을 듣는 데 열중하고 있었고, 미스 드 버그는 식사 시간 내내 엘리자베스에게 단 한 마디도 하지 않았어요. 젱킨슨 부인은 주로 미스 드 버그가 얼마나 조금 먹는지에 정신이 팔려서, 다른 요리를 좀 먹어보라고 조르고 입맛이 없을까 걱정하기만 했지요. 마리아는 말을 한다는 건 어불성설이라 여겼고 신사들은 먹고 감탄하는 일 말고는 아무것도 하지 않았어요.

숙녀들이 응접실로 돌아왔을 때는, 레이디 캐서린의 말을

---

5 식탁의 머리 자리에 레이디 캐서린이 앉았으므로 그 맞은편인 끝자리에 앉았다는 건 이인자로 인정받았다는 뜻이다.
6 당시 영국에서 고기를 써는 일은 흔히 그 집안의 남자가 맡았다.

듣는 것 외에는 할 일이 별로 없었지요. 레이디 캐서린은 커피가 나올 때까지 막간도 없이 말을 계속했는데, 모든 주제에 관해 자기주장을 피력하는 단정적인 매너로 보아 누가 자기 판단에 감히 반박하는 데엔 익숙하지 않은 게 분명했어요. 레이디는 샬럿의 집안 문제를 내밀하고도 상세하게 꼬치꼬치 캐물었고 엄청나게 많은 조언을 서슴지 않았어요. 그렇게 작은 집안에서는 살림을 어떻게 관리해야 하는지 낱낱이 일러주고 소와 가금류를 돌보는 일에 관해서도 지시를 내렸어요. 엘리자베스는 이 위대하신 레이디께서는 남한테 이래라저래라 할 기회만 준다면 아무리 미천한 일이라도 얼마든지 관심을 주신다는 걸 알아챘답니다. 콜린스 부인과 대화를 나누는 틈틈이 레이디는 마리아와 엘리자베스에게도 다양한 것들을 물었고, 특히 엘리자베스에게 많은 질문을 던졌습니다. 가족 관계에 대해서도 전혀 아는 바가 없거니와, 콜린스 부인에게 말했듯 아주 예의 바르고 예쁜 아가씨로 보인다고 생각했기 때문이겠지요. 부인은 시시때때로 엘리자베스에게 자매는 몇이냐, 손위냐 손아래냐, 그중에 결혼할 사람이 있느냐, 자매들이 예쁘냐, 교육은 잘 받았냐, 아버지는 어떤 마차를 소유하고 계시냐, 어머니의 혼전 성씨가 무엇이냐 물었어요―엘리자베스는 그 질문들이 지나치고 무례하다는 걸 똑똑히 느꼈지만 아주 침착하게 대답했습니다―그러자 레이디 캐서린이 이렇게 말했어요.

"아버님의 영지는 콜린스 씨에게 한정 상속 된다고 알고 있다네. 자네를 위해서," 이 말과 함께 샬럿을 보았지요. "다행이

라고 생각해. 하지만 그렇지 않다면 난 여자들이 영지를 상속
하면 안 될 이유를 모르겠더군—루이스 드 버그 가문[7]에서는
한정 상속은 필요 없다고 생각했지—미스 베넷은 연주도 하
고 노래도 하나?”

“조금요.”

“오, 그럼—언제 시간이 되면 한번 들어보면 좋겠군. 우리
악기는 최상급이거든, 아마 훨씬 나을 거야—언제 한번 쳐보
게—자매들은 연주하고 노래도 하고?”

“자매 하나는 합니다.”

“왜 모두 다 배우지 않았지?—전부 다 배웠어야 해. 미스
웨브들은 다들 연주하는데, 그 집 아버지 수입이 자네 아버지
만 못한데도 말이야—그림은 그리고?”

“아니요, 전혀 못 그린답니다.”

“아니, 자매 중에 그림 그리는 사람이 없나?”

“한 사람도요.”

“그거 아주 이상하군. 하지만 내 짐작엔 기회가 없었을 게
야. 자네 어머니가 봄마다 자네들을 데리고 런던에 가서 좋은
선생들한테 배우게 했어야 하는데.”

“저희 어머니는 이의가 없으셨겠지만 아버지께서 런던을
싫어하세요.”

“자네들 가정 교사가 그만두고 가버린 게야?”

7 귀족이 영지를 한정 상속 하지 않기로 결정하는 일은 흔치 않았다. 이는
   드 버그 가문의 전통으로 추정되며, 바로 이 때문에 미스 드 버그가 유
   일한 상속자가 된다.

"저희는 한 번도 가정 교사한테 배워본 적이 없습니다."

"가정 교사가 없다니! 그런 일이 어떻게 있을 수가 있지? 가정 교사도 없이 딸 다섯을 집에서 키우다니!―그런 일은 듣도 보도 못했어. 자네 어머니가 자네들을 교육하느라 고생이 말도 못 했겠구나."

엘리자베스는 비어져 나오는 웃음을 가까스로 참으며 그런 건 아니라고 대답했습니다.

"그럼 대체 누가 자네들을 가르쳤지? 자네는 누가 돌봐줬어? 가정 교사가 없었으면 교육이 소홀했겠구나."

"일부 가족에 비하면 그랬을 겁니다. 하지만 배우고자 하기만 하면 수단이 모자란 적은 없었어요. 저희는 언제나 독서를 권장받았고 필요한 교습은 모두 받았거든요.[8] 나태하기를 선택한 아이들은 확실히 방치되었다 할 수 있지요."

"그래, 당연히 그렇겠지. 하지만 가정 교사가 바로 그런 사태를 막는 일을 하는 사람이야. 내가 자네 어머니를 알았다면 꼭 한 사람 집에 두고 가르쳐야 한다고 단단히 조언했을 텐데. 나는 꾸준하고 정기적인 가르침이 없다면 교육에서 아무것도 얻을 수 없다고 항상 말하거든. 그런 교육은 가정 교사 말고는 아무도 해줄 수가 없지. 내가 그런 식으로 주선해서 도와준 가족이 얼마나 많은지 생각하면 기적 같지 뭔가. 젊은 사람이 좋은 데 잘 자리 잡는 걸 보면 항상 마음이 흐뭇하거든. 젱킨슨

---

8 베닛 자매가 교육 목적으로 정기적으로 런던에 방문하지는 않았지만 구체적인 과목의 교습은 받았던 것 같다. 제인 오스틴이 어렸을 때 받은 교육도 이와 비슷했다. 특히 여러 다른 선생에게 음악 교습을 받았다.

부인의 조카 넷이 내가 주선해줘서 정말 좋은 데 취직했지. 바로 얼마 전만 해도 또 다른 젊은 친구가, 그냥 우연히 내 귀에 얘기가 들려와서 주선해줬는데, 그 가족이 아주 좋아하더라고. 콜린스 부인, 레이디 멧커프가 어제 나한테 고맙다고 찾아온 얘기 내가 해줬나? 미스 포프가 보물이라는 거야. '레이디 캐서린, 제게 보물을 주셨어요' 그러더라고. 동생들 중에 누구 사교계에 데뷔한 아이가 있나, 미스 베넷?"

"네, 부인, 모두 데뷔했습니다."

"모두! —아니, 다섯이 동시에 데뷔했다고? 아주 이상하군! —그런데 자네가 고작 둘째이지 않나—언니가 결혼도 안 했는데 어린 누이들이 데뷔했다고! —자네 동생들은 틀림없이 아주 나이가 어릴 텐데?"

"네, 저희 막내는 열여섯이 채 안 되었어요. 그 아이는 사교 모임들에서 두루 어울리기엔 퍽 어린 나이겠지요. 하지만 솔직히 말씀드리자면, 사정이 안 되거나 의향이 없어서 언니가 일찍 결혼하지 않을 수도 있는데 동생들이 자기 몫의 친교나 오락을 누리지 못하게 하는 건 제 생각에 동생들한테 너무 야박한 처사 같아요—막내로 태어났어도 첫째나 마찬가지로 청춘의 기쁨을 누릴 권리는 있어야 하잖아요. 그런데 그런 이유로 뒷전에 물러나 있어야 하다니요! —제 생각엔 그러면 자매간에 우의가 좋아질 리 없고 서로 배려하고 아끼는 마음도 상하기 쉬울 것 같아요."

"아니, 정말이지," 하고 레이디가 말했어요. "미스 베넷 자네는 나이가 이리 어린 사람치고 자기 의견을 아주 단호하게 말하는군—대체 자네 나이가 몇 살인가?”

 “장성한 동생이 셋이나 있는데,” 하고 엘리자베스가 웃으며 대꾸했습니다. “설마 레이디께서 제가 나이를 솔직하게 밝히리라 생각하진 않으시겠죠.”

 레이디 캐서린은 곧바로 답을 듣지 못했다는 사실에 굉장히 놀라서 기막혀하는 눈치였어요. 그래서 엘리자베스는 부인이 점잖게 저지르는 이 엄청난 무례에 맞서 장난 섞인 반박을 감행한 최초의 인물이 자기가 되었구나 짐작했답니다.

 “자네가 스무 살이 넘었을 리는 없지 않나, 틀림없고말고— 그럼 나이를 숨길 필요는 없어.”

 “스물한 살이 아직 안 되었습니다.”

 신사들이 합류하고 티타임이 끝나자 카드 테이블이 차려졌어요. 레이디 캐서린, 윌리엄 경, 콜린스 부부가 카드리유를 하려고 자리에 앉았지요. 그리고 미스 드 버그는 카지노[9]를 선택했기 때문에 두 아가씨는 젱킨슨 부인과 함께 카드 게임의 인원을 맞춰주는 영예를 얻었어요. 그들의 테이블은 최상급으로 따분했지요. 게임과 무관한 말은 거의 한마디도 나오지 않았고, 이따금 젱킨슨 부인만 미스 드 버그가 너무 더울까 너무 추울까, 또 그녀에게 조명이 너무 밝을까 너무 어두울까 걱정을 늘어놓았어요. 다른 테이블에서는 훨씬 많은 일

---

9 cassino. 손에 든 카드와 보드에 놓인 카드로 숫자의 조합을 만드는 게임. 기교가 들어가긴 해도 휘스트나 카드리유처럼 도박의 요소도 없고 복잡한 전략을 필요로 하지도 않는다. 따라서 비교적 따분하고 느긋한 게임이며 소심하고 유약한 사람에게 잘 어울린다.

들이 일어났답니다. 말은 주로 레이디 캐서린이 하고 있었는데—다른 셋의 실수를 지적하거나 뭔가 자기의 일화를 말하고 있었지요. 콜린스 씨는 레이디께서 하시는 모든 말씀에 열심히 동의하며 자기가 칩을 하나 딸 때마다 꼬박꼬박 레이디께 감사를 표하고 많이 땄다 싶으면 송구하다며 사과하고 있었고요. 윌리엄 경은 말을 별로 많이 하지 않았어요. 일화들과 귀족의 이름들을 기억에 저장하고 있었거든요.

레이디 캐서린과 따님께서 하고 싶은 만큼 카드놀이를 한 후에야 테이블이 치워졌고, 콜린스 부인은 마차를 불러주겠다는 제안을 받고 감사히 수락했어요. 그 즉시 마차에 명령이 전달되었지요. 그리고 일행은 불가에 모여 앉아 레이디 캐서린이 내일의 날씨를 결정하는 동안 얌전히 경청했어요. 이런저런 날씨에 대한 지시 사항을 듣던 중에 코치가 도착했다는 부름을 받고 일어서야 했답니다. 이제 콜린스 씨가 수없이 감사 연설을 장황히 늘어놓고 윌리엄 경이 수없이 절을 한 후에 그들은 출발했어요. 문 앞에서 마차가 출발해 달리기 시작하자마자 엘리자베스는 로징스에서 본 모든 것에 관해 의견을 말해달라는 친척의 요청을 받았고, 샬럿을 위해서 실제보다 훨씬 더 호의적으로 말해주었어요. 하지만 엘리자베스의 찬사는 자기 나름대로는 꽤 고심해서 짜낸 것인데도 불구하고 콜린스 씨의 마음에 도저히 차지 않았지요. 그래서 콜린스 씨는 레이디를 찬양하는 과업을 아주 금방 자기가 떠맡아야 했습니다.

7

윌리엄 경은 헌스퍼드에 겨우 일주일밖에 머무르지 않았어요. 하지만 그 방문 기간은 딸이 잘 자리 잡아 더할 나위 없이 편히 지내고 있고 흔히 만나기 힘든 훌륭한 남편과 이웃을 두고 산다는 확신을 얻기에 충분했지요. 윌리엄 경이 함께 지내는 동안 콜린스 씨는 날마다 하루 반나절을 온전히 할애해 자기 소유의 기그[1]에 장인을 태우고 전원을 구경시켜주었는데요. 경이 떠나자 온 가족은 원래의 일과로 돌아갔는데, 엘리자베스는 이 변화로 친척을 더 많이 만나게 되지는 않는다는 걸 알고 천만다행이라고 여겼습니다. 이제 콜린스 씨는 아침 식사와 저녁 식사 사이의 시간을 대체로 정원에서 일을 하거나

---

1 gig. 말 한 마리가 끄는 개방형 마차. 다른 개방형 마차들처럼 가격이 높지 않아 콜린스 씨가 소유할 법한 마차다. 마차로 전원을 드라이브하는 것뿐 아니라 다른 세부 묘사들을 보아도 콜린스 씨가 사목 의무에 오랜 시간 헌신하는 것 같지는 않다.

읽고 쓰는 일을 하거나 도로가 내다보이는 자기 서재에 앉아서 창밖을 바라보며 보냈거든요. 숙녀들이 함께 앉아 어울리는 응접실은 뒤편에 있었고요. 엘리자베스는 처음에 샬럿이 왜 다이닝 팔러[2]를 일상적으로 더 즐겨 쓰지 않을까 좀 의아했어요. 방 크기도 크고 조망과 분위기도 더 나았거든요. 하지만 머지않아 친구가 그러는 데엔 다 훌륭한 이유가 있다는 걸 알아차렸답니다. 자기가 쓰는 방 못지않게 쾌적한 거실에 그들이 있다면 콜린스 씨가 이렇게 자기 생활 공간에만 머물러 있을 리 없으니까요. 엘리자베스는 샬럿의 이런 현명한 조치를 인정하지 않을 수 없었어요.

응접실에 있으면 길에 무엇이 지나다니는지 알 수 없어서 어떤 마차들이 지나가는지, 특히 미스 드 버그가 페이튼을 타고 얼마나 자주 지나다니는지 알려면 콜린스 씨에게 의지해야 했어요. 거의 날마다 일어나는 일인데도 그는 한 치도 어김없이 그들에게 찾아와서 알려주었답니다. 자주는 아니지만 가끔 미스 드 버그는 목사관 앞에 마차를 세우고 샬럿과 몇 분쯤 대화를 나누기도 했는데, 아무리 설득해도 마차에서 내리게 할 수는 없었어요.

콜린스 씨가 로징스로 걸어가지 않고 지나가는 날은 며칠 되지 않았고, 아내가 함께 갈 필요를 느끼지 않는 날도 별로 많지 않았어요. 엘리자베스는 두 사람이 이처럼 오랜 시간을

2 dining parlor. 식당 겸 응접실. 18세기 영국 저택에서 중요한 공간으로, 식사와 손님을 맞이하는 응접 용도를 겸하는 넓은 방이다. 식사 공간으로만 쓰는 곳인 다이닝 룸과는 조금 다르다.

희생할 이유를 모르겠다고 생각하다가 어느 날 문득 이 가문이 소유한 교구가 하나가 아닐지도 모른다는 생각이 떠올랐지요.[3] 간혹 영광스럽게도 레이디께서 친히 방문하실 때도 있었는데, 그럴 때면 실내에서 오가는 모든 것이 레이디의 관찰을 면하지 못했답니다. 레이디 캐서린 드 버그는 그들이 하고 있는 일을 점검하고 바느질거리를 살피고는 다르게 해보라고 조언했어요. 가구 배치에서 흠을 지적하고 하녀가 일을 제대로 안 하는 흔적을 찾아냈고요. 흔치는 않지만 간단히 요기[4]라도 하고 갈 때는, 오로지 콜린스 부인의 고깃덩어리들이 가족 규모에 비해 너무 크다는 걸 알아내기 위해서 있는 것만 같았어요.

엘리자베스는 이를 지켜보면서 이 고명하신 레이디께서 카운티의 평화를 책임지고 있진 않아도 자기 교구에서만큼은 그 누구보다 활동적인 치안 판사라는 사실을 곧 알게 되었습니다. 교구의 일이라면 지극히 사소한 것까지 콜린스 씨가 낱낱이 고했기에, 영지 내 거주민 가운데 싸움꾼, 불평불만을 일삼는 사람, 지나치게 가난한 사람이 하나라도 생기면 그 즉시 레이디가 마을로 출동하여 불화를 해결하고 불평불만을 침묵시키고 사람들을 야단쳐서 조화와 풍요를 이루고야

---

3 영지에 복수의 교구가 있고 한 목사가 여러 교구를 담당하는 경우가 적지 않았다. 콜린스 부부는 레이디 캐서린 드 버그가 지닌 다른 교구도 담당하게 되길 바라고 있다.

4 이 당시에는 하루 두 번의 식사가 상례였다. 아침은 10시쯤에 먹고 저녁 식사dinner는 오후 5시쯤 먹었으니 그사이 차가운 고기 같은 든든한 간식을 먹을 필요가 있었다.

말았답니다.

　로징스에서의 즐거운 만찬은 일주일에 두 번씩 반복되었는데, 윌리엄 경의 빈자리와 저녁때 카드 테이블이 하나밖에 차려지지 않은 걸 제외하면 첫 번째 만찬과 똑같이 흘러갔습니다. 다른 사교 일정은 거의 없었어요. 이 근방 사람들의 생활 양식이 전반적으로 콜린스 부부가 범접하기 어렵게 높은 수준이었거든요. 하지만 엘리자베스에게는 나쁠 게 하나도 없는 일이었고 전체적으로 충분히 편안한 시간을 보낼 수 있었어요. 이따금 샬럿과 삼십 분씩 유쾌한 대화를 나누었고 이맘때치고는 날씨가 너무 좋아서 자주 야외로 나가서 한껏 그 기쁨을 누릴 수 있었고요. 다른 사람들이 레이디 캐서린을 방문하러 가고 없을 때면 제일 좋아하는 산책로에 자주 갔는데, 그 길은 파크의 한쪽 경계를 이루는 개방된 관목 숲을 따라 나 있었지요. 그곳에 온 세상에서 혼자만이 진가를 알고 있는 듯한 아늑하고 고즈넉한 숲길이 숨어 있었고, 엘리자베스는 거기 가면 레이디 캐서린의 호기심이 미치지 못하는 곳에 다다랐다는 느낌이 들었어요.

　이렇게 조용하게 첫 이 주일의 방문 기간이 금세 흘러갔습니다. 부활절이 다가오고 있었는데 부활절을 일주일 앞두었을 때 로징스에 새로운 인물이 추가되었습니다. 이렇게 인원이 적은 사교계에서는 중요한 일이 아닐 수 없지요. 엘리자베스는 도착하고 얼마 되지 않았을 때 다아시 씨가 몇 주일 후 그곳을 방문할 예정이라는 말을 들었고, 웬만한 지인 중에 그보다 못한 사람이 별로 없긴 해도 그가 오면 로징스의 모임에서 그나마 비교적 참신한 볼거리를 제공해줄 거라 생각했어요. 더욱이 그가 자기 사촌 아가씨를 대하는 태도를 보면 미스 빙리의 계략이 얼마나 가망 없는 헛꿈인지 알 수 있을 테니 재미있을 것 같기도 했지요. 레이디 캐서린이 자기 조카를 미스 드 버그의 짝이라고 정해놓은 게 자명했거든요. 레이디 캐서린은 조카가 온다면서 흐뭇해 어쩔 줄 모르며 최상급의 칭찬을 늘어놓았고 미스 루커스와 엘리자베스가 이미 그를 여러 번 만났다는 사실에 거의 화가 난 듯 보였답니다.

다아시 씨의 도착은 목사관에 금세 알려졌어요. 콜린스 씨는 다아시 씨가 오는 걸 제일 먼저 확인하려고 헌스퍼드에 난 길이 잘 보이는 집들 근처를 오전 내내 산책하고 있다가 마차가 파크로 돌아 들어올 때 고개 숙여 인사하고는 다급히 집으로 돌아와 그 엄청난 소식을 전해주었으니까요. 다음 날 아침 그는 황급히 경의를 표하러 로징스로 걸음했답니다. 알고 보니 경의를 바칠 필요가 있는 레이디 캐서린의 조카는 두 사람이었어요. 다아시 씨가 숙부인 로드____⁵의 차남인 피츠윌리엄 대령을 데려왔던 거지요. 그러고는 콜린스 씨가 집으로 돌아오면서 신사들을 함께 데려오는 바람에 모두가 놀라버리고 말았어요. 샬럿은 남편의 방에서 그들의 모습을 미리 보고는, 길을 건너와서 즉시 다른 방으로 달려가 아가씨들에게 엄청난 영광을 기대하라고 알리면서, 이렇게 덧붙여 말했

---

5 이들의 영자가 있는 지명의 이름은 특별히 밝히지 않고 있다. 제인 오스틴은 실제의 지명을 쓸 때는 정확한 고증을 거치고 허구의 지명을 쓸 때는 새로 작명을 하지 않았다.

답니다.

"이런 후의를 받는 건 네 덕분이니 너한테 고마워해야겠어, 일라이자. 다아시 씨가 나를 만나러 이렇게 서둘러 방문할 리가 없잖니."

엘리자베스가 자기는 그런 감사를 받을 자격이 없다고 미처 손사래 칠 틈도 없이 초인종이 울려 신사들의 방문을 알렸고 잠시 후 세 신사가 방 안으로 들어왔습니다. 제일 먼저 들어온 피츠윌리엄 대령은 서른 살쯤 되어 보였고, 잘생기지는 않아도 몸집과 말투가 흠잡을 데 없이 신사다웠어요. 다아시 씨는 하트퍼드셔에서 본 것과 똑같은 모습이었고, 콜린스 씨에게 평소와 똑같이 조심스레 거리를 두며 칭찬의 말을 건넸으며, 위컴에 대한 감정은 어떤지 몰라도 엘리자베스에게 인사할 때 표면적으로는 완벽한 평정을 유지했습니다. 엘리자베스는 아무 말도 하지 않고 그저 무릎만 살짝 굽혀 인사했지요.

피츠윌리엄 대령은 교양 있는 신사답게 곧바로 기꺼이, 편안하게 대화를 시작했고 매우 유쾌한 입담을 발휘했습니다. 하지만 대령의 친척은 집과 정원에 관한 말 몇 마디를 콜린스 부인에게 했을 뿐, 한참 아무한테도 말을 걸지 않고 앉아만 있었어요. 한참 후에야 그의 예의범절이 좀 정신을 차렸는지, 드디어 엘리자베스에게 가족들은 건강하시냐고 물어왔습니다. 엘리자베스는 평소대로 대답해주고 잠시 가만히 있다가 한마디 덧붙였습니다.

"우리 언니가 지난 삼 개월 동안 런던에 있었어요. 우연히 언니를 만난 적이 한 번도 없으신가요?"

물론 만난 적이 없다는 건 너무나 잘 알고 있었지요. 다만 빙리 남매와 제인 사이에 있었던 일을 아는 내색을 조금이라도 드러낼까 보고 싶었을 뿐이에요. 엘리자베스는 미스 베넷을 만나는 행운은 한 번도 없었다고 대답할 때 그 표정이 조금 혼란스러워 보였다고 생각했습니다. 이 주제는 더 거론되지 않았고 신사들은 금세 가버렸지요.

8

피츠윌리엄 대령의 매너를 목사관 사람들은 다들 아주 좋아했고, 숙녀들은 모두 그가 로징스 모임에 한층 즐거움을 더해 주리라 느꼈어요. 하지만 며칠이 지나도록 초대장은 도착하지 않았지요. 집에 방문객이 있으니 그들이 필요하지 않을 수도 있었고요. 그래서 그런지 신사들이 도착하고 거의 일주일이 지난 후인 부활절 당일이 되어서야 그들에게도 초대의 영광이 내려졌고, 그나마 교회에서 나올 때 이따 저녁에 오라는 말을 들었을 뿐이랍니다. 지난주 내내 레이디 캐서린이나 딸은 거의 보지도 못했어요. 피츠윌리엄 대령은 그사이 한 번 이상 목사관을 방문했지만 다아시 씨는 교회에서만 볼 수 있었고요.

당연히 초대는 즉시 수락되었고, 적절한 시각에 그들도 레이디 캐서린의 응접실에 모인 사람들과 합류했어요. 레이디는 예의 바르게 맞아주었지만, 달리 부를 사람이 아무도 없을 때와는 달리 그들과의 친교가 썩 마땅찮아진 게 분명했지요. 그래서 실제로 조카들에게만 집중해서 말을 걸었고, 특히 방 안의 그 누구보다도 다아시에게 열중했답니다.

피츠윌리엄 대령은 그들을 만나서 진심으로 기뻐하는 듯 보였어요. 로징스에서는 한숨 돌릴 기회를 주는 거라면 무엇이든 반가울 따름이지만, 특히 콜린스 부인의 어여쁜 친구는 대령의 마음을 퍽 많이 사로잡았거든요. 그래서 지금 그는 엘리자베스의 옆자리에 앉아서 켄트와 하트퍼드셔, 여행과 집에만 머무는 일, 새 책들과 음악 이야기를 유쾌하게 늘어놓고 있었어요. 엘리자베스는 이때까지 이 방에서 이 절반도 즐거워본 적이 없었지요. 두 사람은 물 흐르듯 신나게 대화를 이어갔고, 레이디 캐서린은 물론 다아시 씨의 관심까지 끌게 되었어요. 그의 눈길은 호기심 어린 표정을 담고 곧바로 또 거듭거듭 그들 쪽으로 향했답니다. 이윽고 레이디도 같은 감정을 느끼고 그 심중을 훨씬 공개적으로 드러냈어요. 거리낌도 없이 큰 소리로 외쳐 물었거든요.

"너는 무슨 말을 하고 있는 거냐, 피츠윌리엄? 무엇에 관해 얘기하고 있니? 미스 베넷한테 무슨 얘기를 해주고 있어? 뭔지 나도 들어보자꾸나."

"저희는 음악 이야기를 하고 있습니다, 이모님." 더는 대답을 피할 수 없게 되자 대령이 말했어요.

"음악이라! 그럼 큰 소리로 좀 말해보렴. 모든 주제 중에서도 내가 제일 좋아하는 게 그거야. 네가 음악 얘기를 하고 있다면 나도 꼭 끼어야 하겠다. 내 생각엔, 잉글랜드 전체에서 나보다 더 음악을 진정으로 향유하는 사람이 몇 안 되거든. 타고난 취향이 나보다 훌륭한 이도 얼마 없고. 내가 배우기만 했으면 위대한 음악가가 되었을 게야. 건강만 허락했다면 앤도 마찬가지고. 아름다운 연주를 했으리라 자신하고말고. 조지애나는 실력이 잘 늘고 있니, 다아시?"

다아시 씨는 애정을 담아 동생의 연주 실력을 칭찬했습니다.

"그런 좋은 소식을 들으니 참 기쁘구나." 레이디 캐서린이 말했어요. "그 애한테 내가 말하더라고 하고 이리 전해라. 연습을 아주 많이 하지 않으면서 뛰어난 연주자가 될 생각은 하지 말라고."

"안심하세요, 이모님." 다아시 씨가 대답했어요. "그 애한테는 그런 조언이 필요 없습니다. 매우 꾸준히 연습하거든요."

"그럼 더 좋지. 연습은 아무리 많이 해도 지나치지 않아. 내다음에 그 애한테 편지를 쓸 때는 어떤 면에서도 소홀하지 말라고 단단히 일러야겠다. 내가 젊은 아가씨들한테 자주 하는말인데, 꾸준히 연습하지 않으면 탁월한 음악 실력은 얻을 수가 없는 거야. 미스 베넷에게도 여러 번 말했는데, 더 많이 연습하지 않으면 정말로 잘 연주하는 날은 영영 오지 않을 거라니까. 콜린스 부인에게도 그 집에는 악기가 없으니, 날마다 로징스에 와서 젱킨슨 부인의 방에 있는 피아노포르테로 연주해도 얼마든지 좋다고 내 여러 번 말했어. 그 왜 알잖니, 이 집에서 그쪽 방에 있으면, 아무한테도 방해가 되지 않을 테니 말이다."

다아시 씨는 이모의 무례에 약간 부끄러운 표정을 지었지만 아무 대꾸도 하지 않았습니다.

커피를 다 마시고 나서 피츠윌리엄 대령은 엘리자베스에게 자기를 위해 연주해주기로 약속하지 않았느냐고 말했고, 그래서 그녀는 곧바로 피아노포르테 앞에 앉았습니다. 대령이 가까이로 의자를 끌고 와서 앉았지요. 레이디 캐서린은 곡을 반쯤 듣다가 전처럼 나머지 조카에게 말을 걸었지만 그 조카도 곧 이모를 두고 일어나 평소처럼 신중하고 느린 움직임으로 피아노포르테 쪽으로 걸어오더니 어여쁜 연주자의 얼굴을 똑바로 볼 수 있는 위치에 자리를 잡았습니다. 엘리자베스는 다시 씨의 그런 움직임을 보았고, 처음 편하게 말할 틈이 생기자마자 도도한 미소를 띠고 그를 쳐다보았어요.

"이리도 엄숙하게 제 연주를 들으러 와주시다니, 다아시 씨, 제게 겁을 주려는 뜻이겠지요? 하지만 동생분께서 정말로 훌륭한 연주자라 해도 전 하나도 걱정하지 않을 거예요. 저는 고집스러운 구석이 있어서 다른 사람들의 의지에 휘둘려 겁을 먹는 건 정말 못 참거든요. 저는 누가 나를 윽박지르려 하면 그때마다 오히려 용기가 솟구친답니다."

"제 뜻을 오해하신 거라는 말씀은 드리지 않겠습니다." 그가 대꾸했습니다. "제게 미스 베넷을 겁주려는 의도가 조금이나마 있을 거라고 설마 진심으로 믿고 계실 리는 없으니까요. 미스 베넷을 알고 지내는 기쁨을 꽤 오래 누린 터라, 실제 자기 생각이 아닌 의견을 이따금 공언하시면서 굉장히 즐거워하신다는 걸 저도 잘 알고 있습니다."

엘리자베스는 자기를 묘사하는 이런 말에 소탈하게 웃음을 터뜨렸고, 피츠윌리엄 대령에게 이렇게 말했지요. "친척분께서 저에 대해 아주 깜찍한 의견을 주입하시면서 제가 하는 말은 한마디도 믿지 말라고 가르치시네요. 저는 이쪽 사교계에서 상당히 신뢰할 만한 사람으로 통하고 싶었는데, 제 진짜 성격을 이렇게 멋지게 폭로하는 분을 만나게 되다니 운이 없어도 이렇게 없을 수가 있나요. 정말이지, 다아시 씨, 하트퍼드셔에서 저한테 불리한 사실들을 알게 되셨다고 이렇게 전부 다 말해버리다니 참으로 매정하시네요—감히 말씀드리면, 정치적으로 몹시 어리석은 일이기도 하고요—이러시면 저도 발끈해서 반격하게 되거든요. 그럼 여기 계신 친척분들이 충격을 받을 만한 얘기가 나올 수도 있고요."

"저는 미스 베넷이 두렵지 않습니다." 그는 살짝 웃으며 말했습니다.

"무슨 죄로 고발하시려는지 어서 말해주세요." 피츠윌리엄 대령이 외쳤어요. "낯선 사람들 사이에서 저 친구가 어떻게 행동하는지 꼭 알고 싶습니다."

"그럼 들려드리죠—하지만 아주 끔찍한 얘기를 들을 각오를 하셔야 해요. 하트퍼드셔에서 제가 생전 처음 다아시 씨를 만났을 때는, 잘 들으세요, 무도회에서였어요—그런데 그 무도회에서, 어떻게 하셨는지 아세요? 겨우 네 번밖에 춤을 추지 않았어요! 마음 아프게 해드려서 죄송하지만—정말이에요. 네 번밖에 춤을 추지 않았다니까요. 신사분들이 모자랐는데도요. 또 제가 확실히 아는 바로는, 파트너가 없어서 앉아 있는 젊은 아가씨가 한 명 이상이었다고요. 다아시 씨, 사실을 부인할 수는 없으실걸요.”

“그때는 우리 일행 말고는 연회장에 제가 아는 숙녀분이 없었습니다.”

“그건 사실이에요. 하지만 무도회장이라는 데서 원래 아무도 서로 소개하지 않는 건가요. 글쎄요, 피츠윌리엄 대령님, 다음엔 무슨 곡을 연주할까요? 제 손가락들이 대령님의 명을 기다리고 있네요.”

“어쩌면,” 하고 다아시가 말했습니다. “소개해달라고 부탁하는 쪽이, 좀 더 올바른 판단이었겠지요. 하지만 저는 모르는 사람들의 호감을 사는 재주가 없습니다.”

“우리가 친척분께 그 이유를 여쭤봐도 될까요?” 엘리자베스는 여전히 피츠윌리엄 대령을 보고 말하며 이렇게 물었습니다. “사리 분별이 분명하고 좋은 교육을 받으신 분이, 사교계에서 살아오셨으면서, 어째서 낯선 사람들에게 잘 보이는 일에 서툰지 우리 저분께 여쭤볼까요?”

“그 질문에는 제가 대답해드릴 수 있지요.” 피츠윌리엄이 말했어요. “꼭 저 친구한테 묻지 않아도 됩니다. 굳이 그런 수고를 할 생각이 없기 때문이에요.”

“일부 사람들이 지닌 재능을 확실히 저는 갖추지 못했습니다.” 다아시가 말했습니다. “한 번도 본 적 없는 사람들과 쉽게 대화하는 재능이 제게는 없어요. 대화의 어조를 잘 파악하지 못하고, 자주들 그러듯 남들의 관심사에 흥미가 있는 척하기가 어렵단 말입니다.”

“제 손가락은요,” 하고 엘리자베스가 말했어요. “제가 본 수

많은 여자들이 하듯 솜씨 좋게 이 악기 위에서 움직여주지 않아요. 그렇게 힘차거나 빠르지도 않고, 그렇게 풍부한 표현을 하지도 못하지요. 하지만 저는 언제나 그게 제 잘못이라고 여겼답니다—제가 귀찮고 힘든 연습을 하기 싫어해서 그런 거죠. 내 손가락이 훌륭한 연주를 하는 그 어떤 여자의 손가락보다 능력이 모자라서는 아니고요."

다아시는 미소 짓더니 말했어요. "그 말씀이 완벽하게 옳습니다. 미스 베넷은 누구보다 더 훌륭하게 자신의 시간을 쓰셨지요. 미스 베넷의 연주를 듣는 특혜를 얻은 이라면 누구라도, 어느 무엇 하나 모자람이 없다고 느낄 겁니다. 우리는 둘 다 낯선 사람들한테 잘 보이려고 공연하지는 않지요."

이 지점에서 레이디 캐서린이 끼어들어 그들의 대화는 끊겨버렸어요. 레이디 캐서린이 큰 소리를 질러 무슨 얘기를 하고 있는지 말하라고 했거든요. 엘리자베스는 그 즉시 다시 연주하기 시작했습니다. 레이디 캐서린이 다가와서는 몇 분쯤 듣다가 다아시에게 말했어요.

"미스 베넷은 연습을 좀 더 하고 런던의 선생한테 좀 배울 수 있으면 영 못하지는 않겠어. 취향은 앤에 비할 게 못 되어도 운지법은 썩 잘 이해하고 있거든. 건강이 허락해서 연주를 배울 수만 있었다면 앤은 훌륭한 연주자가 되었을 텐데."

엘리자베스는 다아시가 사촌 아가씨를 칭찬하는 말에 얼마나 다정하게 동의하는지 살피려고 쳐다보았지만, 그 순간은 물론이고 다른 때에도 사랑의 증후는 찾아볼 수 없었어요. 미스 드 버그를 대하는 전체적인 태도로 미루어 보면 미스 빙리가 마음의 위로로 삼을 만한 한 가지는 이끌어낼 수 있었지요. 친척이 미스 빙리였다면 그녀와도 얼마든지 결혼했겠다는 생각 말이에요.

레이디 캐서린은 엘리자베스의 연주에 관한 논평을 계속했고 기교와 취향과 관련해 무수한 지시 사항을 섞어 넣었어요. 엘리자베스는 그 말들을 꿋꿋한 예의로 잘 참아냈답니다. 그리고 신사들의 요청에 따라 피아노포르테 앞에 머무르며 계속 연주했어요. 그러다가 마침내 레이디의 마차가 모두를 집에 데려다줄 채비를 갖추었지요.

9

엘리자베스는 다음 날 아침 혼자 앉아서 제인에게 편지를 쓰고 있었어요. 콜린스 부인과 마리아는 볼일이 있어서 마을에 가고 없었는데, 문득 문간의 초인종이 울려서 소스라쳐 놀라버렸어요. 방문객이 찾아왔다는 확실한 신호였거든요. 마차 소리를 미처 못 들어서 레이디 캐서린일 수도 있겠다 생각하고 또 온갖 주제넘은 질문을 받게 될까 두려워 반쯤 쓰다 만 편지를 치우는데 문이 열렸고, 정말이지 너무나 놀랍게도, 다아시 씨가, 그것도 다아시 씨 혼자만, 방에 들어왔어요.

그 역시 방에 엘리자베스가 혼자 있는 걸 보고 크게 놀란 눈치였고, 이렇게 불쑥 찾아와서 죄송하다고 사과하면서 방 안에 숙녀들 모두 함께 있는 줄 알았다고 설명했습니다.

그래서 둘은 자리에 앉았는데, 엘리자베스가 로징스 가족의 안부를 묻고 나자 그만 완전한 침묵으로 빠져들 위험에 맞닥뜨리고 말았지요. 그래서 뭐든 할 말을 반드시 생각해내야만 했는데, 이 비상사태를 맞자 마지막으로 하트퍼드셔에서 본 기억이 새삼 떠올랐고 일행이 그렇게 황급하게 떠나버린 문제에 관해 이 사람은 무슨 말을 할까 호기심이 생기기도 해서 이렇게 말했어요.

"작년 11월에 여러분 모두 너무나 갑자기 네더필드를 떠나버리셨잖아요, 다아시 씨! 여러분 모두 그렇게 금방 뒤따라온 걸 보고 빙리 씨가 얼마나 놀라고 기뻐했겠어요. 제 기억이 옳다면 빙리 씨가 바로 그 전날 떠나셨으니까요. 바라건대 다아시 씨가 런던을 떠날 무렵 빙리 씨와 누이들께서는 잘 지내고 계셨겠지요?"

"더할 나위 없이 잘 지냅니다—감사합니다."

다른 대답은 들을 수 없다는 걸 알아차린 엘리자베스는—잠시 쉬었다가 덧붙여 말했습니다.

"빙리 씨가 다시 네더필드로 돌아올 생각이 별로 없으시다고 알고 있는데요?"

"본인한테 그런 말을 들은 적은 없습니다. 하지만 앞으로는 그곳에서 보내는 시간이 아주 적을 것 같기는 합니다. 빙리는 친구가 많고, 그 나이 때는 친구와 모임이 꾸준히 늘어나기 마련이니까요."

"네더필드에서 거의 머물지 않을 생각이라면 차라리 그 집을 아예 포기하는 게 이웃에게도 좋을 텐데요. 그럼 거기 정착해 살 만한 가족이 들어오게 될 수도 있으니까요. 하지만 아마 빙리 씨가 그 집을 차지한 건 이웃이 아니라 본인의 편리를 위한 것일 테니, 거기 살든 떠나든 똑같은 원칙에 따라 결정하시겠지요.”

“괜찮은 제안이 들어오는 대로 빙리가 그 집을 포기한다 해도 놀라울 건 없지요.” 다아시가 말했습니다.

엘리자베스는 아무 대답도 하지 않았습니다. 친구 얘기가 길어질까봐 걱정이 되었기 때문이지요. 달리 할 말이 하나도 없어서 이제 화제를 찾는 수고는 저쪽에 맡겨야겠다고 결심했어요.

다아시 씨가 눈치를 채고 금세 말머리를 꺼냈습니다. “여기는 아주 편안한 집처럼 보이는군요. 콜린스 씨가 처음 왔을 때 레이디 캐서린께서 신경을 많이 써주신 모양입니다.”

“그러셨다고 알고 있어요―그리고 베풀어주신 후의에 그보다 더 깊이 감사하는 이도 없을 테고요.”

“콜린스 씨가 부인을 얻을 때 운이 아주 좋으셨던 것 같더군요.”

“네, 정말 그렇죠. 콜린스 씨의 친인척들도 기뻐해 마땅하지요. 그분의 청혼을 받아줄 만한 여자들 중 분별 있는 여자는 정말 몇 안 될 텐데 그중 한 사람을 찾았으니까요. 청혼을 수락한다 해도 콜린스 씨를 행복하게 해줄 수 있는 여자도 별로 없을 테고요. 제 친구는 영민한 이해력의 소유자거든요―콜린스 씨와 결혼한 일이 그 애가 이제까지 살면서 한 가장 현명한 처사인지는 잘 모르겠지만요. 하지만 흠 없이 행복해 보이고, 경제적인 면으로 보면 확실히 좋은 혼처니까요.”

“가족이나 친구와 이렇게 쉽게 왕래할 수 있는 거리에 자리 잡았으니 틀림없이 아주 좋을 겁니다.”

"쉽게 왕래할 수 있는 거리라고요? 거의 오십 마일인데요."

"길이 좋은데 오십 마일이 대수입니까? 반나절 좀 넘게 여행하면 갈 수 있는데요. 그래요, 저는 아주 쉽게 왕래할 수 있는 거리라고 생각합니다."

"그 거리가 이 결혼의 장점에 들어간다고는 전 정말 생각도 못 해봤어요." 엘리자베스가 외쳤어요. "저라면 콜린스 부인이 가족과 가까운 데 정착했다고는 결코 말하지 않았을 거예요."

"하트퍼드셔에 그만큼 애정이 있으시다는 증거군요. 롱본 바로 인근 지역이 아니라면 아마 멀게 느껴지겠지요."

그 말을 할 때 묘한 미소가 스쳤는데, 엘리자베스는 그 의미를 알 것 같았지요. 제인과 네더필드를 생각하고 있다고 짐작하는 게 분명했어요. 그래서 대답하는데 얼굴이 화끈 붉어졌지요.

"여자가 본가와 가까우면 가까울수록 좋다는 말을 하려던 건 아니에요. 멀고 가까운 건 상대적이라서 여러 다양한 정황에 따라 달라질 수 있으니까요. 여행 비용에 신경 쓰지 않아도 될 만큼 재산이 있다면 거리가 멀어도 전혀 나쁠 것 없지요.[1] 하지만 이 경우에는 그렇지가 못하잖아요. 콜린스 씨 부부는 안락한 생활을 누릴 만한 소득이 있지만, 자주 여행할 수 있을 만큼은 아니에요―그러니 지금의 절반도 안 되는 거리에 살더

---

[1] 역마를 써서 말들을 중간에 바꿔 쓸 수 있다면 여행비는 대략 일 마일에 일 실링으로 추산된다. 중산층의 소득에는 오십 마일 거리를 여행하는 비용이 큰 부담이 될 수 있다.

라도 제 친구는 결코 가족과 가까운 곳에 정착했다고 생각하진 않을 거예요."

다아시 씨는 엘리자베스 쪽으로 의자를 살짝 끌어당겨 앉으며 말했어요. "당신은 그렇게 지역에 깊은 애착이 있을 리가 없을 텐데요. 당신이 내내 롱본에만 살았을 리가 없지 않습니까."

엘리자베스는 놀란 표정을 지었어요. 신사는 뭔가 감정의 변화가 생긴 듯, 의자를 다시 제자리로 옮기고, 탁자에 놓인 신문을 집어 훑어보면서 좀 더 싸늘한 목소리로 말했습니다.

"켄트는 마음에 드십니까?"

이 지방에 관한 짧은 대화가 이어졌는데, 둘 다 차분하고 간결하게 말했답니다—그나마 샬럿과 마리아가 산책에서 막 돌아와서 방으로 들어오는 바람에 금세 끝나버렸고요. 둘만의 독대를 보고 그들은 놀라버렸어요. 다아시 씨는 혼자 있는 미스 베넷을 방해하게 된 착오를 설명했고, 아무한테도 별말 하지 않으면서 몇 분 더 앉아 있다가는, 가버렸답니다.

"이게 대체 무슨 뜻일까?" 그가 가자마자 샬럿이 말했어요. "일라이자야, 저 사람이 너를 사랑하는 게 틀림없어. 아니면 친한 사이처럼 이렇게 우리 집에 방문했을 리가 없잖니."

하지만 엘리자베스는 그가 침묵을 지켰다고 말해줬고, 그건 또 샬럿의 소망과는 안 맞는 것 같아 보였어요. 둘은 온갖 추측을 동원해봤지만 허사였고, 결국 계절이 계절이니만큼 다른 할 일을 찾기가 만만찮을 테니, 아마 그래서 찾아왔나보다 짐작할 수밖에 없었답니다. 야외 스포츠는 이제 다 끝났거든요. 실내에는 레이디 캐서린, 책들, 당구대가 있었지만 신사들이 항시 집 안에 있을 수는 없었으니까요. 목사관이 가까워서인지, 여기까지 산책하는 길이 쾌적해서인지, 아니면 여기 사는 사람들이 좋아서인지, 이 무렵부터 레이디 캐서린의 두 조카는 목사관까지 걸어오고 싶은 유혹을 거의 매일 느끼곤 했습니다. 낮에 찾아오는 시간대도 다양했고, 가끔은 따로 오고, 가끔은 같이 왔고, 간혹 레이디 캐서린도 모시고 왔어요. 누가 봐도 피츠윌리엄 대령은 그들과 함께 어울리는 게 즐거워서 찾아오는 게 분명했고, 그런 확신을 주니 다들 그를 더 좋아하게 되었답니다. 그리고 엘리자베스는 대령과 함께 있을 때 기분이 좋았고 또 대령이 자기를 좋아하는 게 분명해 보였기 때문에, 예전에 좋아하던 조지 위컴을 떠올리지 않을 수 없었어요. 둘을 비교하면 피츠윌리엄 대령은 매너 면에서 매혹적인 부드러움이 좀 덜하긴 했지만 학식과 지성은 최고라고 생각했지요.

그러나 다아시 씨가 왜 그렇게 자주 목사관에 오는지는 이해하기가 좀 더 어려웠어요. 사교가 목적일 리는 없었지요. 같이 십 분을 내리 앉아 있으면서 입술 한 번 떼지 않는 경우가 왕왕 있었거든요. 게다가 말을 하더라도, 하고 싶어서 하는 말이 아니라 안 할 수가 없어서 하는 말처럼 보였단 말이에요—예법을 지켜야 하니 희생을 하는 거지, 스스로 즐거워서 하는 말 같지가 않았어요. 정말로 생기가 넘쳐 보일 때는 거의 없었고요. 콜린스 부인은 그를 어떻게 생각해야 할지 도무지 알 수가 없었답니다. 피츠윌리엄 대령이 간혹 왜 이렇게 재미없게 구느냐고 친척을 놀리는 걸 보면, 평소에는 다르게 행동하는 게 틀림없었어요. 그녀가 아는 모습만으로는 상상이 가지 않았지만요. 이런 변화는 사랑의 효과이고 사랑의 대상은 친구 일라이자라고 믿고 싶었기에 콜린스 부인은 작정하고 진지하게 살펴보기로 했습니다—그래서 로징스에 갈 때마다, 또 그가 헌스퍼드에 올 때마다, 면밀히 지켜보았어요. 하지만 별로 성과가 없었답니다. 확실히 친구를 굉장히 많이 쳐다보기는 했지만, 그 시선에 담긴 표정이 알쏭달쏭했어요. 진지하고 침착하게 계속 응시하는 눈길이었는데, 과연 흠모가 담겼는지 따지자면 아리송할 때가 많았단 말이지요. 어떤 때는 멍하니 아무 생각이 없는 것 이상도 이하도 아닌 듯 보였어요.

한두 번인가는 그가 특별한 마음을 품은 것 같다는 언질을 엘리자베스에게 흘려보았지만, 엘리자베스는 매번 그런 생각을 웃어넘겼지요. 그래서 콜린스 부인은 이 주제를 더 파고들어가는 건 옳지 못하다고 판단했어요. 실망으로 끝날 수도 있는 일에 미리 기대만 높일 위험이 있으니까요. 왜냐하면 콜린스 부인의 관점에서는, 친구가 일단 저 남자의 마음을 확실히 손에 넣었다고 생각하는 순간 싫다는 마음쯤은 눈 녹듯 사라질 것이 불 보듯 빤했거든요.

엘리자베스를 위한 친절한 계략을 궁리하면서 가끔은 피츠윌리엄 대령과 결혼시키면 어떨까 생각이 들기도 했어요. 비교할 수도 없이 그 누구보다 유쾌한 사람이었으니까요. 대령은 확실히 엘리자베스를 흠모했고 신랑감으로도 흠잡을 데 없이 훌륭한 조건이었어요. 하지만 이런 장점들을 다 상쇄하

고도 남는 한 가지가 있었으니, 다아시 씨는 교회에 후원자로
서 상당한 영향력이 있지만 그 대령은 전혀 없다는 사실이었
습니다.

10

파크를 정처 없이 거닐다가 엘리자베스가 뜻밖에 다아시 씨와 마주친 건 한 번으로 끝나지 않았어요—다른 사람은 아무도 안 오는데 하필 그가 찾아오다니 불운이라 쳐도 참 기이하잖아요. 그래서 다시는 그런 일이 생기지 않도록 처음 맞닥뜨렸을 때 자기가 좋아해서 즐겨 다니는 산책 길이라고 일부러 신경 써서 그에게 잘 말해주었지요—그래서 두 번째로 같은 일이 생겼을 때는, 대체 어떻게 이럴 수가 있는지 정말 이상했어요!—그러나 어쨌든 그렇게 되었고, 심지어 세 번째 마주치기도 했지요—일부러 못되게 구는 건지, 벌받기를 자처하는 건지, 이럴 때면 그냥 형식적으로 몇 마디 인사를 나누고 잠시 어색한 침묵이 이어진 후 헤어지는 게 아니라 그는 반드시 방향을 돌려서 그녀와 함께 걸어야 한다고 생각하곤 했어요. 그는 결코 말을 많이 하지 않았고 그녀 또한 말을 하거나 귀담아듣는 번거로움을 애써 떠맡지 않았답니다. 하지만 세 번째로 마주쳤을 때는 그가 뜬금없이 서로 연관성도 없는 질문들을 툭툭 던진다는 생각이 문득 들긴 했어요―헌스퍼드에 있는 게 즐거운지, 혼자 산책하는 걸 좋아하는지, 콜린스 부부의 행복을 어떻게 생각하는지 같은 걸 물었거든요. 그리고 로징스 얘기를 하다가 그 집을 속속들이 아는 건 아니라고 그녀가 말했을 때는, 언제든 엘리자베스가 켄트에 다시 오면 거기에서도 묵게 될 거라고 당연히 생각해버린 눈치였어요. 설마 피츠윌리엄 대령을 염두에 두고 있는 걸까요? 엘리자베스는 그 말에 뭔가 의미가 있다면 그런 쪽으로 일어날 수도 있는 일을 말하는 거라 짐작했지요. 그래서 좀 마음이 불편해졌고, 목사관 맞은편 울타리 문에 다다랐을 때는 무척 기뻤어요.

하루는 제인의 마지막 편지를 다시 정독하는 데 열중하며 걷고 있었는데, 그중에 제인이 명랑한 기분으로 쓰지 않은 게 틀림없는 몇 구절이 마음에 걸려 깊이 생각에 잠겨 있었어요. 또다시 다아시 씨와 맞닥뜨리는가 싶어 문득 눈길을 들어보니, 피츠윌리엄 대령이 있었지요. 재빨리 편지를 치우고 억지로 미소를 지으며 그녀는 말했어요.

"이쪽 길로 걸으시는 줄은 전혀 몰랐어요."

"파크를 한 바퀴 돌아보고 있던 중입니다." 그가 대답했어요. "보통 해마다 한 번씩은 하는 일이거든요. 목사관에 방문하는 것으로 마무리하려던 참이에요. 한참 더 멀리까지 가십니까?"

"아니에요, 금방 돌아가려 했어요."

따라서 엘리자베스는 발길을 돌렸고, 두 사람은 함께 목사관 쪽으로 걷기 시작했습니다.

"토요일에 켄트를 떠나시는 거죠?" 그녀가 물었어요.

"그렇습니다—다아시가 또 미루지 않는다면 말이지만요. 하지만 나야 그 친구 하자는 대로 해야 해요. 자기 마음대로 일을 처리하니까."

"일 처리가 자기 마음에 들지 않아도, 선택권이 있다는 자체를 무척 즐기시잖아요. 다아시 씨는 내가 아는 사람 중에서 자기 마음대로 할 수 있는 힘을 가장 즐기는 듯 보이는 분이에요."

"자기가 원하는 대로 일이 돌아가는 걸 무척 좋아하긴 하지요." 피츠윌리엄 대령이 말했습니다. "하지만 그야 우리도 다 그렇지 않습니까. 그 친구는 다른 많은 이들보다 그럴 수 있는 수단을 잘 갖추고 있을 뿐이지요. 그는 부자고, 다른 많은 이들은 가난하니까요. 이거 제 말에 감정이 섞이나봅니다. 아시다시피 차남은 자기 욕구는 절제하고 남한테 의존해서 사는 데 단련되어야 하거든요."

"제 생각엔, 백작의 차남은 둘 다 아주 조금밖에 모를 것 같은데요. 진지하게 여쭤보는데, 어떤 자제와 의존에 익숙하시다는 걸까요? 돈이 없다는 이유로 가고 싶은 곳에 못 가거나 갖고 싶은 것을 못 가진 적이 언제였는데요?"

"이건 정곡을 찌르는 질문들인데요—아마 그런 유의 난관을 제가 많이 겪었다고 말할 수는 없을 겁니다. 하지만 더 중요한 문제들에서는, 돈이 없다는 게 시련이 될 수 있지요. 차남들은 원하는 여자와 결혼할 수 없으니까요."

"좋아하는 여자한테 돈이 있다면 몰라도요. 하지만 그런 경우가 아주 흔하잖아요."

"돈 씀씀이 때문에 우리가 이렇게 지나치게 의존적인 입장에 몰리는 겁니다. 우리 계급에서 돈 생각을 어느 정도 하지 않고 결혼할 수 있는 사람은 많지 않답니다."

'이건……' 하고 엘리자베스는 생각했습니다. '설마 나를 염두에 두고 하는 말일까?' 그 생각을 하니 얼굴이 화끈 달아올랐어요. 하지만 곧 정신을 가다듬고 활기찬 말투로 말했습니다. "그럼 어디 한번 말씀해보시죠. 백작의 차남은 보통 가격이 얼마나 되죠? 장남이 아주 병약하지 않다면, 오만 파운드 이상 부르지는 않을 것 같은데요."

대령 역시 같은 스타일로 응수했고 이 주제는 더 이어지지 않았지요. 침묵이 길어지면 방금 오간 이야기에 마음이 상한 줄 알까 두려워 엘리자베스가 곧바로 이렇게 말했습니다.

"제 생각에는 사촌분께서 대령님을 데려오신 건 순전히 마음대로 좌우할 수 있는 사람이 필요해서 같아요. 그런 식으로 항구적인 편리함을 누리려면 결혼하면 되는데, 결혼은 안 하시나 궁금하네요. 하지만 지금 집안 살림은 동생분이 맡아 잘해주실 테고, 동생을 돌볼 책임도 온전히 홀로 지고 있으니, 마음 내키는 대로 하시면 되겠네요."

"아닙니다." 피츠윌리엄 대령이 말했습니다. "그 특혜만은 그 친구가 저와 나눠 가져야 하거든요. 미스 다아시의 후견 임무는 제가 다아시와 공동으로 맡고 있습니다."

"정말요? 그럼 후견인으로 어떤 일을 하시는 거죠? 그런 책임을 지면 골치 아픈 일이 많이 생기지는 않나요? 그 나이의 젊은 아가씨들은, 가끔은 좀 다루기 까다로울 때도 있고, 참된 다아시 가문의 기세를 지녔다면 자기 마음대로 하길 좋아할 수도 있잖아요."

엘리자베스는 대령이 그 말을 듣는 내내 심각한 표정으로 자기를 주시한다는 걸 알아차렸습니다. 그리고 말을 마치기 무섭게 왜 미스 다아시가 후견인들에게 불편을 끼칠 거라 생각하느냐고 묻는 말투로 보아, 어떤 식으로든 그 말이 상당히 진실에 근접했다는 걸 확신할 수 있었어요. 그래서 즉시 대답했습니다.

"그렇게 화들짝 놀랄 필요는 전혀 없으세요. 미스 다아시에게 폐가 될 만한 얘기를 들은 적은 한 번도 없으니까요. 틀림없이 세상에서 가장 고분고분한 아가씨일 거예요. 제 지인 중에서 허스트 부인과 미스 빙리라는 숙녀들이 그 아가씨를 정말 무척 아끼더군요. 대령님도 전에 그분들을 안다고 하신 것 같은데요."

"안면이 조금 있습니다. 그 남자 형제분이 사람 좋고 신사답더군요—다아시와도 절친한 친구고요."

"아! 맞아요." 엘리자베스가 무미건조한 투로 말했어요—"다아시 씨는 빙리 씨에게 유달리 친절하시더군요. 엄청 애지중지 돌보시더라고요."

"돌본다고요!—맞습니다, 내 생각에 다아시는 정말로 돌봄이 필요한 그 지점에서 그 친구를 확실히 잘 돌봐줬거든요. 우리가 함께 여기로 오는 길에 그가 해준 얘기로 미루어 보면,

아무래도 빙리가 친구에게 크게 신세를 진 것 같았어요. 하지만 먼저 양해를 구해야 해요. 멋대로 당사자가 빙리라고 추측할 권리는 제게 없으니까요. 전부 어림짐작일 뿐입니다.”

“그게 무슨 말이에요?”

“다아시가 널리 알려지길 원할 만한 상황이 아니라서요. 상대 아가씨 가족의 귀에 들어가기라도 하면 영 불쾌한 일이 될 겁니다.”

“저는 아무한테도 말하지 않을 테니 믿으셔도 돼요.”

“그럼 기억하세요. 그게 빙리라 믿을 만한 근거가 많지는 않습니다. 다아시가 해준 얘기는 단순히 이 정도가 다예요. 최근에 어떤 친구가 턱없이 경솔한 결혼을 해서 하마터면 크게 곤란을 겪을 뻔했는데 자기가 구해줬다고 하더군요. 하지만 이름이나 구체적인 내용은 전혀 말하지 않았어요. 빙리가 그런 유의 말썽에 휘말릴 만한 청년으로 보이기도 하고, 지난여름 내내 그들이 함께 지내기도 했고, 그래서 제가 넘겨짚은 겁니다.”

“다아시 씨는 그렇게 개입한 이유를 말해주던가요?”

“그 아가씨 쪽에 반대할 만한 몇 가지 강력한 사유가 있었던 걸로 알고 있습니다.”

“그럼 어떤 기술을 써서 둘을 갈라놓았다고 하던가요?”

“자기가 쓴 기술은 말해주지 않았어요.” 피츠윌리엄이 싱글거리며 말했습니다. “그냥 그 얘기만 했습니다, 방금 제가 말한 그대로요.”

엘리자베스는 아무 대답 하지 않고 계속 걷기만 했는데, 분노로 심장이 터질 듯했지요. 잠시 지켜보던 피츠윌리엄은 무슨 생각을 그리 깊이 하느냐고 물었습니다.

"방금 해준 이야기를 생각하고 있어요. 친척분께서 하신 행동이 제 감정엔 별로 잘 맞지 않아서요. 어째서 자기가 판단을 내려야 했던 거죠?"

"그의 개입이 주제넘은 짓이라고 생각하시는 쪽인가요?"

"다아시 씨가 무슨 권리로 친구의 호감이 적절한지 여부를 결정한 건지 모르겠어요. 아니, 어째서 자기 혼자만의 판단으로, 친구가 어떤 식으로 행복해져야 하는지 낱낱이 결정하고 지시하려는 건지도요. 하지만," 엘리자베스는 정신을 차리고 말을 이었어요. "자세한 내용은 우리가 하나도 모르니까, 비난은 정당하지 않겠지요. 이 경우 깊은 사랑이 연루되었다 전제할 건 아니니까요."

"부자연스러운 추측은 아니지요." 피츠윌리엄이 말했어요. "하지만 혹시 그렇다면 아주 슬프게도 우리 사촌의 영광스러운 승리는 빛이 좀 바래겠군요."

이 말은 농담조였지만 다아시 씨를 너무나 정확히 묘사한 듯 느껴졌고, 그래서 엘리자베스는 자기가 무슨 말을 하게 될지가 못 미더워 감히 아무 대꾸도 하지 못했어요. 그래서 불쑥 대화의 주제를 돌려서 목사관에 다다를 때까지 크게 관심 없는 얘기들만 나누었답니다. 그러고는 대령이 떠나자마자 자기 방에 들어가서 문을 꼭 닫고서야 자기가 들은 이야기를 아무 방해도 받지 않고 줄곧 생각할 수 있었어요. 자기가 아는 그 사람들 말고 다른 사람일 리가 없었어요. 다아시 씨가 그렇게 무한한 영향력을 행사할 수 있는 남자가 이 세상에 둘이나 있을 리가 없으니까요. 빙리와 제인이 헤어지게 만든 계략에 그가 연루되어 있다는 사실을 의심한 적은 없어요. 그러나 언제나 미스 빙리가 계략을 꾸미고 실행한 주요 인물이라고 믿었지요. 하지만 다아시 씨가 잘난 척하려고 허튼소리를 한 게 아니라면, 바로 그가 문제였어요, 그의 오만과 변덕이 원인이었어요. 그가 제인 언니가 겪은, 지금도 겪고 있는 모든 고통의 원인이었어요. 그가 이 세상에서 가장 다정하고 너그러운 마음을 지닌 이가 행복해질 희망을 적어도 한동안은 완전히 짓밟아버렸어요. 그가 끼친 피해가 얼마나 오래갈지 지금은 아무도 헤아릴 수 없었어요.

"그 아가씨 쪽에 반대할 만한 몇 가지 강력한 사유가 있었습니다"가 피츠윌리엄 대령이 한 말이었지요. 그 강력한 결격 사유란 건 물론 십중팔구, 시골 법무사로 일하는 이모부가 하나 있고, 외삼촌은 런던에서 상업에 종사한다는 것일 테고요. "제인 언니만 놓고 보면," 엘리자베스는 그만 큰 소리로 말해버렸어요. "반대한다는 건 있을 수 없는 일이야. 언니처럼 어여쁘고 선하기만 한 사람을! 언니는 지성도 뛰어나고, 교양도 갖췄고, 매너도 매혹적인데. 우리 아버지를 보고 반대했을 리도 없고. 조금 괴짜 같은 면이 있지만 아무리 다아시 씨라도 감히 낮잡아 볼 수 없는 능력의 소유자고, 자기가 범접할 수 없을 만큼 점잖은 분이시니까." 사실 어머니를 생각하면 자신감이 조금 꺾이긴 했지만, 그쪽으로 반대할 만한 사유가 있다해도 다아시 씨한테 결정적으로 중요하게 작용했을 거라고는 차마 믿고 싶지 않았어요. 엘리자베스는 확신이 있었거든요. 다아시 씨는 친구의 혼처에 사리 분별이 없는 게 낫지, 인맥이 형편없다고 하면 자존심에 상처를 크게 받을 사람이었어요. 그래서 엘리자베스는 마침내 최종 결론에 다다랐어요. 어느 정도는 최악의 자존심 때문에, 어느 정도는 빙리 씨를 자기 동생의 신랑으로 삼고 싶어서, 그가 그런 짓을 한 거라고요.

이 일로 어지러워진 마음과 흘린 눈물 탓에 급기야 머리가 지끈거렸고 두통이 점점 악화되었어요. 저녁때가 되자 다아시 씨를 보기 싫은 마음까지 더해져서 티타임에 초대받은 친척 부부를 따라 로징스로 가기로 한 걸 취소하겠다는 결심을 하게 되었지요. 콜린스 부인은 친구의 상태가 정말 좋지 않다는 걸 알아보고 같이 가자고 굳이 조르지 않았고, 남편도 압력을 가하지 못하게 최대한 막아주었어요. 그러나 콜린스 씨는 엘리자베스가 집에 남아 있으면 레이디 캐서린이 다소 언짢아 하지 않으실까 두려운 마음을 도저히 감출 수가 없었답니다.

11

콜린스 부부가 외출하고 나서 엘리자베스는 다아시 씨를 향한 반감을 최대한 끌어 올려 터뜨리려 작정한 사람처럼 켄트에 온 이후 제인이 써 보낸 편지들을 모조리 꺼내 꼼꼼히 살펴보는 일에 몰두했어요. 정말로 불평하는 말은 한마디도 없었고, 이미 지난 일을 들추거나 지금 맘고생을 하고 있다는 언질도 없었지요. 하지만 전체적으로, 거의 모든 글줄마다, 예전 언니의 문체에 특징적으로 드러나던 명랑한 활기가 보이지 않았답니다. 자기 자신을 편안히 느끼는 사람 특유의 고요한 평화가 만인을 향한 친절로 퍼져 나가던 언니의 밝은 마음에 구름이 끼는 일은 거의 없었는데요. 처음 숙독할 때보다 한층 더 꼼꼼히 집중해서 읽어보니 한 문장 한 문장에 불편한 마음의 생각들이 담겨 있었어요. 다아시 씨가 부끄러운 줄도 모르고 제힘으로 남의 크나큰 불행을 초래했다 자랑했다 생각하니, 언니의 시련에 한층 뼈아프게 공감하지 않을 수 없었고요. 내일모레면 그의 로징스 방문도 끝이 난다는 생각만이 그나마 큰 위안이었고, 다시 제인을 만날 날이 이 주일도 남지 않았다니 한결 마음도 놓였습니다. 언니를 다시 만나면 줄 수 있는 사랑을 모두 퍼주고 다시 기운을 차릴 수 있게 도와줄 거예요.

물론 다아시가 켄트를 떠난다는 생각을 하면 대령도 함께 간다는 생각을 함께 떠올릴 수밖에 없었어요. 그러나 피츠윌리엄 대령은 구애할 의사가 없다는 걸 이미 명백히 밝혔고, 만나면 기분 좋은 사람이기는 했지만 엘리자베스도 그 남자 때문에 속상해할 의사는 없었답니다.

이렇게 마음을 정리하는 중에 갑자기 초인종이 울려 화들짝 정신이 들었고, 피츠윌리엄 대령이 아닐까 생각한 엘리자베스는 마음이 살짝 설렜어요. 예전에도 한 번 저녁 늦은 시각에 방문한 적이 있기에 혹시 이번에는 특별히 그녀의 안부를 물으러 온 걸까 생각했던 거예요. 하지만 이 생각은 금세 사라졌고, 엘리자베스의 기분은 아주 다른 방향으로 크게 동요하고 말았지요. 경악스럽게도 다아시 씨가 방 안으로 걸어 들어오는 모습을 보게 되었거든요. 그는 다급한 태도로 거두절미 건강은 어떠시냐고, 몸이 좀 나아졌는지 궁금해서 찾아왔다고 말했어요. 그래서 그녀는 예의만 갖춰서 싸늘하게 대답했답니다. 그는 몇 초쯤 앉았다가, 이윽고 일어나서 방 안을 서성거리며 걸어 다녔어요. 엘리자베스는 놀랐지만 한마디도 하지 않았지요. 몇 분간의 침묵이 흐른 뒤 그는 어지러운 마음을 감추지 못하고 그녀에게로 다가와서는 이렇게 말머리를 꺼냈습니다.

"안간힘을 다해봤지만 소용이 없었습니다. 도저히 안 되겠어요. 제 감정이 억눌리질 않습니다. 제가 얼마나 열렬하게 당신을 흠모하고 사랑하는지 말할 수 있도록 당신이 허락해주셔야만 합니다."

엘리자베스의 경악은 표현의 범위를 넘어섰어요. 그녀는 물끄러미 쳐다보다가, 얼굴을 붉혔다가, 잘못 들은 걸까 의심하다가, 아무 말도 하지 않았습니다. 그는 이를 충분한 격려로 받아들였는지, 곧바로 자기가 느끼는 모든 감정, 오래전부터 느껴온 감정을 맹세하는 말을 잇달아 털어놓았지요. 말은 잘했지만 심장의 문제와 무관한 감정들이 소상히 표현되었고, 다정한 사랑의 화제보다 자존심이 걸린 화제를 말할 때 오히려 유창하고 달변이었어요. 그녀가 자기보다 열등하다는 인식―위신이 굴욕적으로 떨어지는 일이라는 자의식―가문이라는 걸림돌들―때문에 그녀에게 이끌리는 마음이 늘 올바른 사리 판단에 가로막히곤 했다는―이런 얘기들을 한참 동안 격한 감정을 섞어 토로했는데, 아마도 극심한 가슴앓이의 결과겠지만 청혼에 별로 도움이 될 리는 없었지요.

깊이 뿌리박힌 혐오에도 불구하고, 엘리자베스 또한 그런 남자의 사랑을 받는다는 게 얼마나 큰 찬사인지 느끼지 않을 수는 없었어요. 마음은 한순간도 흔들리지 않았지만, 처음엔 그래도 그가 받게 될 마음의 상처에 미안한 마음이 들었지요. 하지만 연이어 그가 쏟아내는 언어를 듣고는 그만 울분이 맺힐 만큼 발끈 흥분해버렸고, 너무나 화가 치민 나머지 불쌍한 마음은 다 사라져버리고 말았어요. 그래도 엘리자베스는 노력을 했답니다. 그가 할 말을 다 하면, 마음을 침착하게 가라앉히고 참을성 있게 대꾸하려고 엄청나게 노력했거든요. 그는 자기가 할 수 있는 모든 노력을 다해봤지만 사랑의 힘이 너무 강력해서 끝끝내 정복할 수 없더라고 고백하고는, 이제 그녀가 부디 이 마음을 받아주어 그간의 분투에 보답해주길 희망한다며 말을 맺었습니다. 이 말을 하는 그가 한 치의 의심도 없이 호의적인 대답을 기대하고 있음을, 엘리자베스는 알아챌 수 있었지요. 말로는 걱정되고 불안하다 했지만, 사실 그 확신에 찬 표정이 마음 푹 놓고 있는 속내를 뚜렷이 드러냈어요. 이런 사정은 화를 북돋울 뿐이어서, 그가 말을 마쳤을 무렵에는 엘리자베스의 얼굴이 온통 새빨갛게 달아올라 있었습니다.

"지금 같은 상황에서라면, 방금 다짐하신 그 감정에 제가 어떤 책임감을 표현하는 게 관례적인 어법이겠지요. 아무리 대등한 감정을 돌려줄 수 없더라도 말이지요. 책임감이 느껴져야만 하는 게 자연스러운 일이거니와, 감사한 마음을 제가 느낄 수만 있다면 감사하다 말씀을 드리고 싶어요. 그렇지만 전 그럴 수가 없네요―저는 한 번도 다아시 씨의 호감을 바란 적 없고 다아시 씨 또한 정말이지 억지로 마지못해 저를 좋게 생각해주신 게 분명하니까요. 그 누구든 저 때문에 고통을 겪었다면 유감입니다. 하지만 그럴 의도는 조금도 없이 저지른 일이니, 그 아픔 또한 짧게 지속되고 끝나기를 바랍니다. 말씀해주신 대로, 오래도록 호감을 스스로 인정하지 못하게 가로막은 여러 다른 감정이 있으니, 제가 이리 말씀드린 후 마음을 다스리는 건 크게 어렵지 않으실 겁니다.”

엘리자베스의 얼굴에서 눈길을 떼지 않고 벽난로 선반에 기대서 있던 다아시 씨는, 그녀의 말 한마디 한마디를 새겨들으며 놀라움 못지않게 울분에 휩싸였습니다. 안색이 분노로 하얗게 질렸고, 온 얼굴에 마음의 동요가 역력히 드러났지요. 평정심을 유지하는 척 보이려 안간힘을 썼고, 스스로 침착해졌다 믿기 전엔 입술을 결코 뗄 수 없다 작정한 듯했어요. 그 막간의 침묵이 엘리자베스가 느끼기엔 끔찍하게 무서웠어요. 마침내, 억지로 침착을 가장한 목소리로, 그가 말했습니다.

“제가 감히 기대해도 좋은 대답은 이게 전부란 말이군요! 혹시, 어째서, 이렇게 예의를 갖출 노력조차 거의 하지 않고, 저를 거절하시는 건지, 이유를 알려주시길 바라도 괜찮을까요. 별로 중요하지는 않지만 말입니다.”

“저도 마찬가지로 여쭤봐도 될까요.” 그녀가 대꾸했어요. “어째서 저를 불쾌하게 만들고 모욕하려는 의도가 이토록 분명한 채로, 당신이 저를 좋아하게 되었지만 그건 자기 의지에 반하고, 이성에 반하고, 심지어 인격에 반하는 일이라고 굳이 제게 말하는 쪽을 선택하셔야 했던 거죠? 제가 예의 없이 굴었다면, 이게 그 무례에 상당한 변명이 되지 않을까요? 하지만 제가 화를 내는 데는 또 다른 이유들이 있어요. 알고 계시잖아요. 제가 당신에게 이토록 단정적인 반감을 느끼지 않았다 해도, 아무 감정이 없었다 해도, 심지어 호감마저 느꼈다 해도, 가장 사랑하는 언니의 행복을, 어쩌면 영영 망가뜨린 그 남자의 청혼을 받아들이도록 제 마음을 끌 만큼[1] 고려해볼 만한 점들이 과연 있을 거라 생각하시나요?”

엘리자베스가 또박또박 이 말들을 내뱉을 때 다아시 씨의 얼굴색이 확 변했습니다. 그러나 그 감정은 짧았고, 그는 연이어 말하는 그녀의 말을 끊으려 하지 않고 끝까지 귀담아들었지요.

“제게는 당신을 나쁘게 생각할 이유가 얼마든지 있어요. 그 일에서 당신이 행한 그 부당하고 치졸한 역할은 어떤 동기로도 변명이 안 돼요. 감히, 설마, 부인하진 못하시겠지요. 그 두 사람을 서로 갈라놓고, 한 사람은 변덕스럽고 불안정한 사람이라고 세상의 비난을 받게 만들고, 또 다른 사람은 괜한 희망을 품었다가 실망했다고 세상의 조롱을 받게 만들고, 둘 다를 뼈저린 맘고생으로 몰아넣은 장본인이 바로 당신이라는 걸요. 혼자 한 일은 아니라도 그 주역이었다는 걸요.”

그녀는 말을 멈췄고, 이 말을 듣고 있는 그에게서 풍기는 분위기로 보아 회한의 감정은 전혀 없다는 걸 알고 적잖은 분노에 휩싸였어요. 그는 심지어 기가 막히다는 듯 헛웃음을 지으며 그녀를 바라보기까지 했어요.

“그런 짓은 안 했다고 반박할 수 있나요?” 그녀가 되풀이해 추궁했습니다.

그러자 그가 짐짓 평온을 가장하며 대꾸했지요. “내 친구

---

1 tempt. 다아시가 첫 만남에서 ‘마음을 끌’ 만한 미모는 아니라고 말했던 것이 의식적, 무의식적으로 엘리자베스의 마음에 새겨져 있다는 증거다. 엘리자베스는 다아시가 자기와의 춤을 거절할 때와 똑같은 언어를 사용해 다아시의 청혼을 거절한다.

가 당신 언니와 헤어지게 만들려고 내 힘이 닿는 한 모든 노력을 다했다는 사실을 부인하고 싶은 마음은 전혀 없습니다. 심지어 성공해서 정말 기쁩니다. 나 자신한테보다 그 친구한테 더 친절을 베푼 셈이지요.”

엘리자베스는 이 정중하신 생각을 알아챈 내색을 비친다는 생각만 해도 자존심이 상했지만, 그 말뜻만큼은 확실히 알아들었고, 따라서 마음을 누그러뜨리려야 누그러뜨릴 수가 없었어요.

“하지만 단순히 이 일 때문만은 아니에요.” 그녀는 계속 말을 이었어요. “제 반감의 근거는 또 있어요. 그 일이 있기 오래전부터, 당신에 대한 제 의견은 이미 결정되었거든요. 몇 달 전 위컴 씨한테서 들은 사연으로 당신의 성격이 어떤지 이미 파악할 수 있었어요. 이 주제와 관련해서는 하실 말씀이 있나요? 대체 어떤 꾸며낸 우정을 내세워서 자기 행동을 변호하실 건가요? 아니, 사실을 어떻게 왜곡해서 남들을 속일 생각인가요?”

“그 신사분 일에 참 열렬한 관심을 갖고 계시는군요.” 다아시가 덜 평온한 어조로, 더 상기된 얼굴로 말했습니다.

“그분이 어떤 불행을 겪었는지 아는데 그 누가 마음을 쓰지 않을 수 있겠어요?”

“그의 불행이라!” 다아시가 경멸 조로 따라 말했습니다. “그럼요, 그가 참으로 대단한 불행을 겪었고말고요.”

“그것도 당신이 한 짓이잖아요.” 엘리자베스가 격하게 힘주어 외쳤습니다. “당신이 그를 지금처럼 가난한 상태로, 상대적인 빈곤으로 전락시킨 거잖아요. 애초에 그를 위한 계획이라는 걸 모를 리 없으면서, 특혜를 다 거두어버렸잖아요. 그분이 인생 최고의 시기에 마땅히 누려야 할 정당한 자기 몫을, 그 경제적 자유를 빼앗아버렸잖아요. 당신이 이 모든 짓을 저질렀잖아요! 그런데도 그분의 불행을 입에 올리며 경멸과 조롱으로 취급하는군요.”

“그렇다면 이런 것이,” 다아시가 빠른 걸음으로 방을 가로질러 걸으며 외쳤습니다. “당신이 나에 대해 갖고 있는 생각이군요! 당신은 이런 식으로 저를 평가하고 있었군요! 이렇게 하나도 남김없이 다 설명해주셔서 감사합니다. 제 잘못들이란, 그 셈법에 따르자면, 과연 참으로 무겁기 그지없군요! 하지만 어쩌면,” 그는, 걷다가 문득 발길을 멈추고, 돌아서서 그녀를 보며 덧붙여 말했습니다. “어떤 장래도 진지하게 생각할 수 없게 오래도록 저를 막아세운 그 조심스러운 우려들을 제가 이렇듯 솔직히 고백해서 당신 자존심을 다치게 하지 않았다면, 이런 결점들을 넘겨보아주셨을 겁니다. 제가 더 전략적으로 마음속 갈등을 숨겼다면, 무조건적이고 순수한 호감에 이끌려서, 이성적으로 판단하고 깊이 생각한 끝에, 흠결 없고 완전한 마음으로 청혼한다 믿게 만들어 당신의 비위를 맞췄다면, 이렇게 독한 비난을 쏟아내지는 않으셨겠지요. 하지만 종류를 불문하고 가장은 제가 가장 혐오하는 짓입니다. 또한 제가 말씀드린 감정이 부끄럽지도 않습니다. 자연스럽고 온당했으니까요. 당신의 가문이 열등하다는 사실에 제가 기뻐해야 합니까? 삶의 조건이 이렇게 결정적으로 제 수준에 못 미치는 사람들과 친척의 연을 맺게 된 걸 자축해야 하는 겁니까?”

엘리자베스는 시시각각 점점 더 화가 치밀어 오르는 걸 느꼈지만 침착한 어투를 유지하려고 극도의 노력을 다했고, 그래서 이렇게 말했어요.

“잘못 아셨어요, 다아시 씨. 고백의 태도가 어떤 식으로든 제게 영향을 미쳤다고 생각하신다면 그건 오산입니다. 그보다는 오히려 근심을 덜어주셨지요. 당신이 조금 더 신사다운 매너로 행동했다면, 거절하면서도 걱정하는 마음이 들었을 텐데요.”

엘리자베스는 이 말에 퍼뜩 소스라쳐 놀라는 그를 보았지만 아무 말도 하지 않기에 계속 이어 말했습니다.

“가능한 그 어떤 방식으로 청혼하셨다 해도, 당신이 제 마음을 끌어[2] 수락하게 만드실 길은 단연코 없었을 거예요.”

이번에도 경악하는 기색이 뚜렷하게 드러났습니다. 그는 도저히 믿을 수가 없다는 마음과 끔찍한 수치심이 뒤섞인 표정으로 그녀를 바라보았어요. 그녀는 계속 말했습니다.

“맨 처음부터, 당신과 처음 알게 된 바로 그 순간부터, 당신의 매너는 당신이 오만하고 자만심에 차서 남의 감정을 배려할 줄 모르는 이기적인 사람이라는 인상을 제게 깊이 심어주어서, 당신을 탐탁지 않게 여기는 제 평가의 초석을 다져주었

---

2   엘리자베스는 청혼을 거절하면서 tempt라는 말을 계속 반복한다. 이 말은 강렬한 메아리다. 엘리자베스가 다아시와 처음 만났을 때 그가 "내 마음을 끌 만한 미모는 아니야"라고 한 말을 단 한 번도 잊은 적이 없다는 걸 분명히 알려준다.

어요. 그 후로 일어난 일들을 거치며 영영 변치 않을 혐오가 세워졌고요. 당신을 알게 된 후 한 달도 안 되었을 때 이미 저는, 어떤 감언이설로 꼬드겨도, 당신이 이 세상에 마지막 남은 남자라 해도, 결단코 당신과는 결혼하지 않겠다고 결심했어요.”

“그만하면 하실 말씀은 다 하신 것 같습니다. 당신의 감정은 완벽하게 이해했습니다. 그러니 이제 제가 품었던 감정을 부끄럽게 여기기만 하면 되겠군요. 이렇게 귀한 시간을 오래 빼앗아서 죄송합니다. 부디 건강과 행복을 바라는 제 진심을 받아주십시오.”

이 말을 남기고 그는 황급히 방에서 나갔고, 엘리자베스는 다음 순간 그가 현관문을 열고 집 밖으로 나가는 소리를 들었습니다.

이제 어지럽게 요동치는 마음이 극에 달해 고통스럽기까지 했어요. 도저히 몸을 가눌 수 없고 온몸의 힘이 다 빠져서, 그대로 털썩 주저앉아 반 시간 동안 엉엉 울었습니다. 방금 있었던 일을 되짚어 생각해보면 그럴수록, 기가 막히고 놀라운 마음이 점점 더 커져만 갔지요. 다아시 씨한테서 청혼을 받다니요! 그렇게 여러 달 동안 그 사람이 그녀를 사랑하고 있었다니요! 얼마나 사랑에 빠졌으면 친구가 그 언니와 결혼하는 걸 막을 정도로 반대할 사유가 많았는데도 그녀와 결혼하길 바랐던 건지, 본인의 경우에도 똑같이 중대한 문제로 느꼈을 텐데, 그럼에도 결혼하겠다 나설 정도로 사랑했다니, 차마 잘 믿기지가 않는 일이었어요! 자기도 모르는 사이 그런 엄청난 사랑을 불러일으켰다니, 어쩐지 으쓱하고 기분이 좋아지는 것도 어쩔 수 없었고요. 하지만 그의 자존심, 그 혐오스러운 오만, 제인과 연루된 문제로 자기가 한 짓을 뻔뻔스럽게 털어놓는 그 태도, 변명은 제대로 못 하면서 위컴 씨와의 일을 인정하고, 위컴 씨의 이름을 그리 매정하게 입에 올리는 그 차마 용서할 수 없는 당당함, 그 처사를 부인할 의지조차 없어 보였던 잔인함을 생각하니, 그가 품은 사랑을 헤아려 잠시나마 고개를 들었던 연민이 금세 시들고 말았습니다.

어지럽고 혼란스러운 생각 속에 그렇게 한참을 빠져 있던 엘리자베스는 레이디 캐서린의 마차 소리를 듣고서야 지금은 예리한 관찰력을 지닌 샬럿과 도저히 만날 만한 상태가 못 된다고 느끼고 다급하게 자기 방으로 물러났습니다.

12

간신히 눈을 붙였다가 다음 날 아침 일어났지만 엘리자베스는 똑같은 생각, 똑같은 사색에서 벗어날 수 없었어요. 어제 그 일로 놀란 마음이 도무지 다스려지지 않았어요. 다른 생각을 한다는 건 불가능했고, 무슨 일을 할 의욕도 전혀 나지 않아서, 아침 식사를 마치면 곧바로 맑은 공기를 쐬며 운동을 하기로 마음을 먹었지요. 제일 좋아하는 길로 곧장 걸어가다가, 문득 다아시 씨가 가끔 거기 온다는 생각에 발을 멈췄고, 파크로 들어가는 대신 방향을 틀어 오솔길로 들어서서 유료 도로에서 훨씬 더 멀리 가 걷기로 했어요. 파크의 울타리가 여전히 한쪽 경계를 이루고 있었고, 금세 울타리 문을 지나 영지로 들어가게 되었지요.

그쪽 길을 따라 두세 번 걷고 났더니, 그날 아침따라 유달리 화창한 날씨에 마음에 이끌려, 문 쪽에 발을 멈추고 파크 안쪽을 구경하고 싶은 마음이 동했어요. 켄트에 와서 지낸 오 주일 사이에 전원이 몰라보게 달라졌고, 하루하루 이른 싹을 틔우는 나무들에 초록이 더해졌지요. 산책을 막 재개하려던 참에 파크의 경계를 이루는 관목 숲속에 한 신사의 모습이 살짝 어른거렸어요. 신사는 그쪽으로 걸어가고 있었는데, 엘리자베스는 그 사람이 다아시 씨일까 두려워서 즉시 뒤로 물러나기 시작했지요. 하지만 전진해 다가오는 사람은 이제 그녀를 볼 수 있을 만큼 어느새 가까워져서, 성큼성큼 열심히 걸어오면서 그녀의 이름을 소리쳐 불렀어요. 그녀는 돌아서 가려 했지만, 자기 이름을 부르는 소리를 듣고, 그 목소리가 분명 다아시 씨였음에도, 문 쪽으로 다시 다가갔어요. 그때쯤엔 그 역시 문간에 와 있었고, 들고 있던 편지 한 통을 내밀더니, 그녀가 본능적으로 편지를 받아 들자 도도하고 차분한 표정으로 이렇게 말했습니다. "만나 뵙길 바라며 한동안 이 관목 숲을 걷고 있었습니다. 그 편지를 읽어주시는 영예를 제게 허락해주실 수 있을까요?"[1] — 그러더니, 살짝 고개 숙여 인사하고는, 다시 돌아서서 우거진 숲속으로 들어가버렸고 금세 시야에서 사라졌습니다.

즐거운 내용이 기대되진 않았지만 극도로 강렬한 호기심이 솟구쳐서 편지를 뜯어 보았는데, 갈수록 놀라움이 더 커져만

---

1 약혼하지 않은 사이에서 남자와 여자가 편지를 주고받는 일은 엄격하게 금지되어 있었다. 그래서 빙리와 제인이 미스 빙리를 거치지 않고 직접 서신을 교환할 수 없었던 것이다. 여기서 다아시는 엘리자베스의 평판을 지켜주기 위해 편지를 우편으로 부치지 않고 숲속에서 직접 전달한다.

갔어요. 봉투 속에 앞뒤로 빽빽한 글씨로 가득 채워져 있는 편지지 두 장이 들어 있는 게 보였거든요―봉투에도 글씨가 가득 쓰여 있었고요―엘리자베스는 오솔길을 따라 걸으며 편지를 읽기 시작했어요. 오전 8시에 로징스에서 썼다고 적혀 있었고, 내용은 다음과 같았답니다―

이 편지를 받고 불안해하지는 마십시오. 어젯밤 당신이 그토록 혐오했던, 그런 감정을 반복해 토로하거나 다시 청혼할까봐 두려워하진 않으셔도 됩니다. 우리 둘 다의 행복을 위해 빨리 잊으면 잊을수록 좋은 소망들을 굳이 오래 붙잡고 있으면서 당신을 괴롭히거나 저 자신을 비굴하게 낮출 의사는 전혀 없습니다. 어쩌면 이 편지를 고심해 짓고 숙독[2]하는 수고 또한 아낄 수 있었겠지만, 이 글은 제 성격 탓에 반드시 써야만 했고 또 읽어주셔야만 합니다. 그러므로, 제가 허락도 없이 당신의 주의력을 요구하는 것을 용서해주십시오. 당신의 감정은 집중해 읽는 수고가 전혀 달갑지 않으리라는 걸, 저도 압니다. 그러나 저는 지금 당신의 정의감에 요구하는 겁니다.

본질은 아주 다르지만 막중하다는 점에서는 동등한 두 가지 죄목을 들어 당신은 어젯밤 저를 비난하셨습니다. 첫 번째로

---

2 perusal. 여기서 perusal은 곱씹고 되새기며 깊은 의미를 파헤치는 읽기를 말한다. tempt를 '마음을 끈다'는 역어로 통일한 것과 마찬가지로, perusal을 '숙독'이라는 역어로 통일했다. 제인의 편지를 되새겨 읽는 지점부터 perusal이라는 단어가 계속해서 등장한다. 이는 피상적 관찰이 아니라 시간과 노력을 들여 숨은 진의를 파헤치는 '깊은 읽기'로만 다다를 수 있는, 다아시와 엘리자베스의 관계에서 중요한 열쇳말이다.

언급된 죄목은, 당사자의 감정과 무관하게, 제가 빙리 씨를 당신의 언니와 헤어지게 만들었다는 것이었지요―그리고 또 하나는, 당연히 주장할 만한 여러 권리를 묵살하고, 명예와 인간성을 묵살하고, 위컴 씨가 누려야 할 유복한 삶을 눈앞에서 망가뜨리고 창창한 미래를 바로 제가 꺾었다는 것입니다―어린 시절의 친구이고 아버지가 공언한 총아이며 우리 교구의 목사직 말고는 다른 생계 수단이 없다시피 하고 그 특혜를 당연하게 여기며 성장한 청년을 고의적으로 또 악의적으로 내쳤다면 그거야말로 사악한 악행일 겁니다. 불과 몇 주일 동안 사랑을 키운 젊은이 둘을 헤어지게 만든 정도와는 비교할 수도 없겠지요―그러나 각각의 사정과 관련해, 제 행동과 그 동기를 이제 모두 설명해드리고자 하니, 다 읽고 나신 후로는 부디 어젯밤 당신이 그처럼 거리낌 없이 제게 쏟아내신 그런 가혹한 원망은 누그러뜨리실 거라 믿고 또 소망하는 바입니다―만일, 제 몫으로 주어진 설명을 하는 과정에서 당신께 불쾌감을 주는 감정을 부득이하게 다시 전해야 한다면, 죄송하다는 말씀밖에 드릴 수 없습니다―하지만 설명은 해야만 합니다―이 이상의 사과나 변명은 무의미하고 우스꽝스러울 뿐이겠지요. 하트퍼드셔에 가서 얼마 되지 않아, 다른 사람들과 마찬가지로, 저 또한 빙리가 그 지역의 어떤 아가씨보다도 당신의 언니를 좋아한다는 걸 알아챘습니다―그러나 네더필드에서 무도회가 열렸던 그 밤에야 그의 감정이 진지한 사랑일지 모른다는 걱정을 처음 하게 되었지요―그 친구가 사랑에 빠지는 모습은 예전에도 자주 봐왔습니다―저는 그 무도회에서 당신과 춤추는 영광을 누리던 중 윌리엄 루커스 경이 우연찮게 알려주어서 빙리가 당신의 언니에게 쏟는 관심 탓에 모두가 둘이 결혼하리라 예상하고 있다는 사실을 알게 되었습니다. 경은 기정사실로 여기고 이제 시간을 확정하는 일만 남은 것처럼 말했습니다. 그 순간부터 저는 친구의 행동을 주의 깊게 관찰했습니다. 그러자 미스 베넷을 특별히 아끼는 그의 마음이 이제까지 본 것과는 비할 바 없이 크다는 걸 알 수 있었습니다. 그래서 당신의 언니도 관찰했지요—그분의 표정과 매너는 언제나 그렇듯 개방적이고 명랑하고 매력적이었지만 남다른 호감의 증후는 찾아볼 수 없었고, 그날 저녁 관찰한 결과 빙리의 호감을 기쁘게 받아주기는 해도 같은 감정을 공유하고 있지는 않다고 확신하게 되었습니다—이 점에서 **당신**이 잘못 알고 있지 않다면, **제가** 오판한 것이 분명합니다. 당신이 언니를 훨씬 더 잘 아실 테니 제 오판일 가능성이 높지요—만일 그렇다면, 제가 잘못된 판단에 이끌려 그분의 마음을 아프게 했다면, 당신의 원망도 그럴 만한 이유가 있었던 거군요. 그러나 저는 거리낌 없이 주장할 수 있습니다. 당신 언니의 표정과 분위기가 너무나 평온하고 침착해서, 아무리 예리한 관찰자라 해도, 성정은 다정하기 그지없지만 쉽게 마음을 얻기는 힘든 사람이라고 확신할 만했다고 말입니다—당신의 언니는 제 친구에게 무관심하다고 믿고 싶은 마음이 제게 있었던 건 확실합니다—하지만 감히 말씀드리자면, 제가 관찰하고 결정을 내릴 때는 대체로 희망이나 두려움에 좌우되지 않습니다—그분이 관심이 없다고 믿었던 건 제가 그러길 바랐기 때문은 아닙니다—이성적으로는 그편을 바랐지만, 그 믿음은 중립적인 판단이었습니다―제가 그 결혼에 반대한 사유들은, 저 자신의 경우 묵과하기까지는 엄청나게 강렬한 열정이 필요했다고 당신에게 솔직히 인정했던 그 정도를 넘어섭니다. 훌륭한 인맥이 없다는 게 저보다제 친구에게 더 나쁠 이유는 없으니까요―사실 반감이 든 데는 다른 이유들이 있습니다―그 이유들은, 여전히 존재하지만, 또 두 경우에 똑같은 정도로 작용하지만, 제 경우에는 잊으려고 안간힘을 썼습니다. 바로 제 눈앞에 있는 게 아니기 때문입니다―그 이유들을, 짤막하게나마 기술해야겠군요― 모친의 가문이 지닌 사회적 위상은, 반대할 사유가 될 만하긴 해도, 행실에서 드러나는 철저한 예법[3]의 결여에 비하면 아무것도아닙니다. 모두 다 같이, 그것도 너무나 자주, 올바른 예법에 어긋나는 행동을 일삼으시니까요. 어머님 본인, 당신의 세 여동생, 심지어 간혹 아버님도 그러시더군요―죄송합니다―당신의 마음을 아프게 하려니 저도 괴롭습니다. 그러나 당신이 누구보다 가까운 혈육의 결함 때문에 근심하고 이처럼 그 결함을조목조목 표현하는 것에 불쾌해하시더라도, 그 가운데에서 이것 하나만은 마음에 잘 새기시고 부디 마음의 위로로 삼으셨으면 합니다. 앞서 말씀드린 비난을 한 점의 오점도 없이 피할 만큼 훌륭하게 행동하셨으니, 당신과 당신 언니 두 분께는 아낌없는 찬사를 바쳐 마땅하거니와 두 분의 분별과 성정에는 오히

---

3 propriety. 좋은 매너, 사교계의 규범에 부합하는 행동, 교양 있고 올바른 행실을 모두 포괄하는 말이다.

려 명예라 할 일입니다—한 말씀만 더 드리겠습니다. 무도회가 열렸던 그날 밤 있었던 일들로 인해, 저는 관련된 모든 이들에 대한 판단을 확정 지었고, 이전에도 그랬지만, 내 친구가 지극히 불행한 인연을 맺지 않도록 막아야 할 이유들을 한층 절박하게 느끼게 되었습니다—당신도 분명 기억하시리라 믿습니다만, 그는 바로 다음 날 네더필드를 떠나 런던으로 갔고, 그때는 금방 돌아오겠다는 생각이었습니다—제가 수행한 역할을 이제 설명드리겠습니다—그의 누이들도 저만큼이나 마음이 불편해져 있었고, 우리의 감정이 일치한다는 걸 서로 곧 알게 되었습니다. 한시도 지체 없이 오빠를 미스 베넷과 떼어놓아야만 했기 때문에, 우리는 즉시 그를 따라 런던에 가자는 결정을 내렸습니다—따라서 우리는 런던에 갔지요—거기서 저는 그런 선택에 자명히 따를 해악들을 친구에게 설명하는 일을 기꺼이 떠맡았습니다—열심히 설명하고 또 설득했지요—하지만, 이런 반대가 그의 결심을 휘청거리거나 지연했을 수는 있더라도, 궁극적으로 결혼을 막을 수는 없었을 겁니다. 언니는 그에게 마음이 없다고 제가 주저 없이 단정해서 그 반대를 뒷받침하지 않았다면 말이지요. 그 전까지 그는 언니께서 똑같은 마음은 아니라도 진지한 호의로 자기 사랑에 보답해줄 거라 믿고 있었습니다—그러나 빙리는 타고난 성정이 굉장히 겸손하고, 자기 자신보다 저의 판단을 더 굳게 믿는 친구입니다—따라서 그가 착각했다 믿게 만드는 일은 아주 어렵지 않았습니다. 일단 그런 확신을 심어준 후엔, 하트퍼드셔로 돌아가지 말라고 설득하는 것쯤은 한순간의 일이었고요—여기까지 제가 한 일을 자책할 수는 없습니다. 이 모든 일에서 제가 떳떳이 되돌아 생각할 수 없는 행동을 한 건 단 한 번뿐입니다. 저열하게도 속임수를 써서 당신의 언니께서 런던에 와 있다는 사실을 그에게 숨겼기 때문입니다. 제가 알게 된 건 미스 빙리가 알았기 때문이지만, 그녀의 오빠는 아직도 전혀 모르고 있습니다—두 사람이 만나도, 어쩌면, 아무 나쁜 일도 생기지 않을지 모릅니다—그러나 제가 보기엔 그 친구의 애정이 아직 확실히 꺼지지 않아서 다시 만나면 상당히 위험해질 소지가 있었습니다—이런 은폐, 이런 기만은, 제게 어울리지 않는 저열한 행동이었던 것 같습니다—하지만 이미 저질러진 일이고, 최선의 의도로 행한 일이기도 합니다—이 주제에 대해서 저는 더 이상 할 말이 없고, 더 이상 사과의 말씀을 드릴 수도 없습니다. 제가 당신 언니의 마음에 상처를 주었다면, 저도 모르게 그렇게 된 겁니다. 저를 지배했던 동기들이 당신께는 불충분하게만 여겨지는 것도 너무나 당연합니다만, 아직은 제가 배움이 부족해 자책할 길을 찾지 못했습니다—또 다른 사안, 즉 위컴 씨에게 피해를 입혔다는 더 중대한 혐의에 관해 말씀드리자면, 제가 반박할 길은 우리 가문과 그의 관계를 당신 앞에 모두 밝히는 것 하나뿐입니다. 그가 **구체적으로** 어떤 죄목으로 저를 비난했는지는 전혀 모릅니다. 그러나 앞으로 상술할 내용의 진실성에 관해서는, 의심할 여지 없이 확실한 증인을 한 사람 이상 세울 수 있습니다. 위컴 씨는 매우 점잖은 분의 아들이고, 그 부친께서는 오랜 세월에 걸쳐 펨벌리 영지 전역의 관리를 맡아주셨습니다. 신의를 어기지 않고 훌륭히 행동하신 그분께 제 아버지는 당연히 도움이 되고자 하셨고, 따라서 조지 위컴을 대자로 삼고 아낌없는 친절을 베푸셨습니다. 아버지는 학교뿐 아니라 훗날 케임브리지대학의 교육비까지 책임지셨어요—이것이 그 무엇보다 중요한 지원이었지요. 조지 위컴의 부친은 낭비벽 심한 아내 때문에 늘 가난했고, 따라서 아들에게 신사의 교육을 시켜줄 능력이 없었으니까요. 아버지께서는 언제나 매너가 싹싹한 이 청년과 어울리는 걸 무척 좋아하셨고, 그의 됨됨이도 지극히 높이 평가하셨습니다. 그래서 그가 교회에 봉직하길 원하셨고 교구를 하사할 의향도 있으셨지요. 반면에 저는, 아주, 아주 여러 해 전부터 그를 전혀 다른 눈길로 바라보기 시작했습니다. 부도덕한 성향들—원칙의 부재를, 그는 최고의 후원자가 알아채지 못하게 세심하게 위장했지만, 나이가 비슷한 청년인 제 눈을 피할 수는 없었지요. 아버지와는 달리 저는 무방비한 상태에서 그가 어떻게 행동하는지 살필 기회가 있었으니까요. 여기서 또 한 번 당신의 마음을 아프게 해야 하겠군요—얼마나 깊은 아픔일지는 오로지 당신만이 알겠지만 말입니다. 그러나 위컴 씨가 당신에게서 어떤 감정을 불러일으켰든, 그 마음을 헤아리느라 그 진짜 인격을 펼쳐[4] 밝히지 않을 수는 없습니다. 심지어 꼭 밝혀야 할 동기가 하나 더 추가될 뿐입니다. 제 훌륭하신 아버지께서는 약 오 년 전에 작고하셨습니다. 위컴 씨에 대한 총애는 마지막 순간까지 변함이 없었고,

---

4 unfold. 다아시는 위컴에 관해 말할 때 접혀 있는 것을 펼친다는 의미가 있는 이 동사를 반복해서 쓴다.

제게 남기는 유언장에 특별히 명시하셨지요. 그가 선택하는 직종[5]에서 할 수 있는 한 출세할 수 있도록 돕고 서품을 받는다면 교구 목사직이 공석이 되는 대로 가족을 부양할 가치 있는 생계 수단을 보장해주라고 말입니다. 또한 천 파운드의 현금도 물려주셨어요. 위컴의 부친 또한 오래지 않아 뒤따라가셨는데, 이런 일들이 있은 지 불과 반년도 안 되었을 때, 위컴 씨가 제게 편지로 통보했습니다. 목사직을 선택하지 않기로 최종 결정을 내렸으니, 자기가 포기하는 특혜에 상당하는 현금으로 즉시 보상을 받기를 원한다고요. 그리고 법률을 공부하고자 하는 의향이 좀 있다고 덧붙이고는, 천 파운드의 이자는 교육비를 충당하기에 매우 부족하다는 걸 저도 틀림없이 알고 있으리라 믿는다고 말하더군요. 저는 그 친구가 진심으로 하는 말이라고 믿었다기보다는, 차라리 그러길 바랐습니다. 그러나 어찌 되었든, 그의 제안을 순순히 들어줄 각오는 얼마든지 하고 있었어요. 저는 위컴 씨가 목사가 되면 안 될 사람이라는 걸 알고 있었습니다. 따라서 그 일은 금세 해결되었습니다. 그는 만에 하나 다시 교구 목사직을 받들 수 있게 되더라도 성직과 관계된 후원은 모두 포기하는 조건으로 삼천 파운드를 받았습니다. 그래서 우리 사이의 모든 인연은 이제 희미해져 사라진 듯 보였지요. 저는 그가 정말로 싫었기 때문에 펨벌리에 초대하지도 않고 런던의 사교계에서 어울리지도 않았어요. 그는 런던에

---

5 profession. 영지의 소득이 없는 신사 계급의 남자가 선택할 만한 전문직, 즉 법조인·의사·성직자·군인을 말한다.

서 주로 살았다고 알고 있지만, 법을 공부한다는 건 그저 핑계에 불과했고, 이제 모든 제약에서 풀려나 자유로워졌으니 나태하고 방종한 생활에 빠져들었습니다. 약 삼 년 동안은 그의 소식을 거의 듣지 못했지요. 그러나 원래 그가 차지하게 되어 있던 교구의 목사가 세상을 떠나자 제게 또 편지를 보내서 목사직을 달라고 하더군요. 재정적인 상황이 굉장히 나쁘다고 호소하면서요. 물론 저도 충분히 알 만했습니다. 법률을 공부해봤지만 전혀 아무 도움도 되지 않는 공부였고, 제가 그 문제의 교구를 자기한테 주겠다고만 하면 서품을 받을 결심을 완전히 굳혔다는 겁니다—제가 교구를 줄 거라고, 한 치의 의심도 없이 믿고 있더군요. 달리 줄 사람도 없다는 걸 아주 잘 알고 있다면서, 제게 고명하신 선친의 뜻을 잊을 수 있겠느냐고 했습니다. 당신도 이 요청에 순순히 따라주지 않고 끝없이 반복되는 요구를 계속해서 물리쳤다고 해서 저를 비난하실 수는 없을 겁니다. 재정적 곤란이 극심해지면서 그의 원한도 깊어졌지요—제게 직접 쏟아부은 악담 못지않게 다른 사람들에게도 저에 관한 극심한 중상모략을 했을 거라 믿어 의심치 않습니다. 이 시기 이후로는 허울뿐인 친분마저 모조리 끊어버렸습니다. 그 후로 어떻게 살았는지 전 모릅니다. 하지만 작년 여름 그는 지극히 고통스러운 방식으로 침범해 저의 주의를 끌고 말았지요. 지금부터 제가 말씀드리는 사정은 저 스스로도 잊어버리고 싶고, 지금 같은 상황이 벌어지지 않았다면 무슨 일이 있어도, 이 세상 어떤 인간에게도, 전모를 밝히지 않았을 겁니다. 이만큼 말씀드렸으니, 당신께서도 비밀을 지켜주리라 의심치 않습니다. 저보다 열 살 넘게 어린 제 여동생은 어머니의 조카인 피츠윌리엄 대령과 제가 공동으로 후견의 임무를 맡고 있었습니다. 일 년쯤 전 그 애는 학교를 그만두었고, 런던에 거처를 마련해 생활하게 되었습니다. 그러다 작년 여름에 그곳 생활을 관장하는 숙녀분과 함께 램스게이트[6]를 방문했고, 위컴 씨도 거기로 갔는데 의도적이었던 게 틀림없습니다. 알고 보니 그는 동생을 돌봐주는 영 부인과 예전부터 친분이 있었기 때문입니다. 참으로 불행한 일이지만, 우리 모두가 속아서 그 숙녀의 진짜 인격을 알아보지 못했습니다. 그 여자의 계략과 협조로 그는 결국 조지애나의 호감을 샀던 겁니다. 조지애나는 정이 많은 아이라서 어렸을 때 자기한테 친절하게 대해준 그에게 받은 깊은 인상을 잊지 않고 있었고, 꾐에 넘어가 끝내 자기가 사랑에 빠졌다고 믿게 되어 함께 몰래 도망가서 결혼하겠다는 약속을 해버렸습니다. 그때 나이가 불과 열다섯 살이었으니, 그 아이에겐 분명 그게 변명이 되어줄 겁니다. 제 동생이 저지른 경솔한 행실을 털어놓았으니 다행스러운 마음으로 덧붙이자면, 저는 이 사실을 그 애에게 직접 들어 알게 되었습니다. 도망치기로 한 날보다 하루이틀 전 뜻밖에도 제가 와서 그들과 합류했기 때문입니다. 그때 조지애나는, 아버지나 다름없이 우러러보는 오빠의 심기를 거스르고 슬픔에 빠뜨린다는 생각을 참을 수 없어서 사건의 전말을 제게 솔직히 털어놓았습니다. 제가 어떤 감정을

---

6 Ramsgate. 잉글랜드 남동쪽 해안의 휴양지. 런던에서 멀지 않아 당시에 큰 인기를 끌었다.

느끼고 어떤 행동을 했을지 상상이 가실 겁니다. 제 누이의 평판과 감정을 고려해 공개적인 폭로는 철저히 막았습니다. 그러나 즉시 현장을 떠난 위컴 씨에게 제가 직접 편지를 보냈고, 영 부인도 물론 해고했습니다. 위컴 씨의 주된 목적은 의심할 바 없이 삼만 파운드에 달하는 동생의 재산이었지요. 그러나 제게 복수하겠다는 소망이 강력한 동기로 작용했으리라는 생각을 하지 않을 수가 없습니다. 성공했다면 아마도 완전한 복수가 됐을 겁니다. 이상이 우리가 함께 얽혀 있는 사태의 전모를 충실하게 상술한 사연입니다. 거짓으로 치부하고 철저히 부정하지 않는 이상, 당신이 앞으로 위컴 씨에게 잔인한 처우를 했다는 죄목에서만큼은 저를 사면해주시리라 믿고 또 바랍니다. 어떤 매너로, 또 어떤 허위의 형태로, 그가 당신을 설득했는지 저는 모릅니다. 하지만 그 설득이 성공했다 해도 놀랍지는 않습니다. 이전에 당신은 우리 중 누구에 관해서도 진실의 전모를 모르고 계셨으니까요. 진실의 감지는 당신의 능력 밖이었을 테고, 의심은 분명 당신이 원치 않았겠지요. 어젯밤에 왜 이런 이야기를 다 하지 않았는지 궁금해하실 수도 있겠습니다. 하지만 그때 저는 저 자신을 다스릴 수가 없었기에,[7] 무엇을 밝혀도 되는지 무엇을 밝혀야만 하는지 알 수가 없었습니다. 여기 기술한 모든 사실의 진실성에 관해서 저는 누구보다도 특별히 피츠

---

7 master of myself. 자기 자신의 주인이 된다는 표현이다. 한국어로 자연스럽게 풀어 쓸 수밖에 없었으나 빙리가 '자기 자신의 주인'이라서 친구들의 계략에 휘둘리지 않을 거라는 제인의 믿음이 담긴 말과 연결되는 중요한 표현이다.

윌리엄 대령의 증언에 호소할 수 있습니다. 가까운 혈연이기도 하고 저와는 꾸준히 절친한 사이로 지내왔거니와, 아버지의 유언장 집행자 중 한 명이기도 하니 불가피하게 그간 벌어진 일들의 상세한 내용까지 낱낱이 알게 되었습니다. 당신이 **저를** 끔찍하게 싫어한 나머지 **제** 주장은 아무 값어치 없다 여기신다 해도, 같은 이유로 제 사촌과 허심탄회하게 이야기하는 것까지 꺼리진 않으시겠지요. 피츠윌리엄 대령의 의견을 구하실 가능성을 감안해서, 오전 중에 이 편지를 당신 손에 전달할 기회를 찾아보려 노력하겠습니다. 이제 이 말씀만 덧붙여 씁니다. 당신께 하느님의 가호가 있기를 바랍니다.

피츠윌리엄 다아시[8]

8　이종사촌인 피츠윌리엄 대령의 성으로 미루어 보아, 다아시의 이름인 피츠윌리엄은 어머니의 혼전 성을 따서 지었음을 유추할 수 있다. 즉, 다아시의 어머니인 레이디 앤 다아시는 피츠윌리엄 대령의 부친인 피츠윌리엄 백작, 레이디 캐서린 드 버그와 남매 사이로 신사 신분인 아버지 다아시 씨와 달리 귀족 혈통이다. 모계가 유서 깊은 가문일 경우, 그 성을 따서 장남의 이름을 짓는 것은 흔한 관례였다.

13

다아시 씨가 편지를 주었을 때 재차 청혼하는 내용이리라 기대하지 않았다고 하면, 엘리자베스는 편지의 내용을 미리 전혀 짐작하지 못했던 셈이지요. 그런데 편지 내용이 그러했으니 얼마나 열심히 읽었을지 짐작이 가시겠지요. 또 얼마나 상충되는 감정들이 휘몰아쳤을지도요. 편지를 읽는 동안의 그 마음은 뭐라 정의할 수가 없었답니다. 처음에는 그가 자기 마음대로 무슨 사과든 할 수 있다고 여기는 줄 알고 경악했고, 온당히 느껴야 할 수치심 탓에 진상은 숨길 수밖에 없을 텐데 자기가 할 수 있는 해명이 뭐가 있겠는가 불신을 굳혔습니다. 따라서 그가 할 만한 모든 말에 강한 편견을 가지고서, 네더필드에서 있었던 일에 관한 해명을 읽기 시작했습니다. 글을 읽긴 읽었지만, 읽는 데 급급한 마음에 그 뜻을 이해할 능력이 잘 따라오지 못했고, 다음 문장이 어떤 내용일지 알고 싶어 조바심치느라 지금 읽는 문장의 의미에 주의를 기울일 수가 없었어요. 언니가 무감정하다 믿었다는 말은, 읽자마자 거짓말이라고 단정해버렸고, 혼사에 반대한 진짜 이유, 최악의 이유들을 설명할 때는 화부터 치밀어 올라 온당하게 이해해주고 싶지도 아예 시비를 가려주고 싶지도 않았어요. 자기가 한 짓을 전혀 후회하지 않는다 밝힌 걸 보니 엘리자베스도 차라리 흡족했지요. 그 문체는 참회하긴커녕 도도한 고자세를 유지했어요. 처음부터 끝까지 자존심과 뻔뻔한 오만함으로 점철된 글이었어요.

그러나 이 주제에 이어 위컴 씨에 관한 설명이 나오고 좀 더 명료한 주의력을 기울여 사건의 전말을 읽게 되자, 엘리자베스는 통렬하게 고통스럽고 뭐라 정의하기 어려운 감정에 휩싸였습니다. 사실이라면, 위컴 씨의 인격에 관해 그간 견지해온 평가가 통째로 뒤집힐 수밖에 없었어요. 게다가 위컴 자신이 들려준 이야기와 비슷해서 오히려 더 불안했지요. 경악, 불안, 심지어 공포심마저 들어 가슴이 답답해져왔습니다. 처음부터 끝까지 다 거짓이라 믿고 싶었어요. 줄곧 "이건 거짓말이 틀림없어! 그럴 리가 없어! 이건 더럽기 짝이 없는 거짓말이야!"라고 반복해서 뇌까렸어요—그리고 편지 전체를 다 읽고 나서는, 마지막 한두 페이지는 아예 머릿속에 들어오지조차 않았는데도, 다급하게 편지를 덮어 치워버리고, 생각도 하지 않겠다고, 다시는 쳐다보지도 않겠다고, 내심 억지로 우겨댔습니다.

마음이 온통 어지럽게 흐트러져 그 무엇에도 생각을 집중할 수 없는 채로, 걷고 또 걸었어요. 하지만 그걸로는 도저히 안 되었어요.[1] 삼십 초도 못 되어 편지는 다시 펼쳐졌고, 할 수 있는 한 최대한 정신을 가다듬은 후에 그녀는 다시 위컴과 관련된 모든 이야기를 숙독하는 죽도록 수치스러운[2] 일을 재개했고, 이번에는 모든 문장의 의미를 검토할 만큼은 자제력을 발휘할 수 있었습니다. 펨벌리 가문과 위컴의 인연에 대한 설명은 위컴 본인이 한 얘기와 정확히 일치했어요. 작고하신 다아시 씨의 친절도, 물론 어느 정도였는지 지금까지는 몰랐지만, 그가 한 말에 부합했고요. 지금까지는 모든 내용이 서로의 이야기를 확인해주고 있었지요. 그러나 유언장에 이르자 극명한 차이가 드러났습니다. 위컴이 교구직에 관해 한 말이 기억에 생생했지요. 위컴이 자기 입으로 한 말들을 되새겨보면, 이쪽 아니면 저쪽에 더러운 기만이 도사리고 있음이 분명했어요. 몇 초간, 엘리자베스는 자기가 소망한 사실이 틀린 게 아니라고 애써 믿으며 기분을 추스렸어요. 그러나 다시 읽고, 지극히 세심한 주의를 기울여 또 읽자, 위컴이 교구 목사직에 대한 모든 권리를 포기한 직후 벌어진 상세한 일들, 그 대가로 받은 삼천 파운드의 거액이라니, 그녀는 결국 또다시 주저

---

1 It would not do. 다아시가 청혼하면서 했던 말을("도저히 안 되겠어요") 똑같이 반복하고 있다. 다아시가 느꼈던 이성으로 억누를 수 없는 감정을 이제 엘리자베스가 똑같이 느끼고 있다.

2 mortifying perusal. 죽도록 수치스러운 숙독. '죽도록'이라는 표현을 쓴 것은 mortify의 어원인 mort에 죽음의 의미가 들어 있기 때문이다. 사회적 자아의 죽음, 혹은 어떤 기존의 자아의 죽음을 초래할 만큼 파괴적인 수치심, 자신의 결함에 대한 날카로운 인식을 말한다. 엘리자베스와 다아시는 서로 맞부딪치는 과정에서 둘 다 mortification을 경험한다.

하지 않을 수 없게 되어버렸지요. 편지를 내려놓고는, 중립적인 입장에 서고자 애쓰며 모든 정황을 가늠해보았습니다—각진술의 개연성을 숙고해보았고요—하지만 별로 성과가 없었습니다. 양측이 각자의 주장을 펼칠 뿐이었지요. 그래서 계속해서 읽었습니다.[3] 그러나 한 줄 한 줄 읽을수록 그 연애 사건, 거짓으로는 꾸며냈다면 결코 그렇게 이야기할 수는 없을 그 사건에서 다아시 씨가 한 행동을 악하다 탓할 수는 없다는 게 명료해졌고, 오히려 그는 이 사태의 전말을 통틀어 아무 잘못도 없다는 반전에까지 이를 수 있게 되었어요.

다아시가 아무 거리낌 없이 위컴의 책임으로 돌리는 방탕과 전반적 무절제에 엘리자베스는 엄청난 충격을 받았어요. 부당한 비난이라는 증거를 찾을 수가 없었기에 더욱 그러했지요. 그____셔 민병대에 입대하기 전까지 이름 한번 들어본 적없는 사람이었고, 그가 민병대에 입대한 계기 또한 얕은 면식만 있다가 런던에서 다시 만나 친해진 청년의 설득 때문이었어요. 그 이전에 어떤 생활을 했는지 하트퍼드셔에 알려진 바는 전혀 없고 다 본인이 직접 한 말뿐이었지요. 진짜 인품을알아볼 길이 있었다 해도, 엘리자베스는 굳이 캐묻고 싶은 마음이 아예 없었어요. 얼굴, 목소리, 매너만 봐도 그 즉시 모든

---

[3] 재독re-reading과 숙독perusal은 엘리자베스가 다아시의 편지를 읽는 과정에서 중요한 열쇳말로 계속 등장한다. 돈, 외모, 신분, 평판에 따라 빠르게 인간을 판단하는 것이 이 사회의 관례인 반면, 엘리자베스는 숙고와 숙독을 통해 다아시라는 인간의 깊이를 해석한다. 심도 높은 텍스트로서의 인간이라는 관념이 이 책에서는 매우 중요하다.

미덕을 갖추었으리라 단정 지을 수 있었으니까요. 엘리자베스는 위컴이 뭔가 선행을 한 적이 있는지, 뚜렷한 도덕성이나 후의를 드러낸 적이 있는지, 뭐든 다아시 씨의 공격에서 그를 사면해줄 사례가 하나라도 있는지, 어떻게든 기억해내려 애써보았어요. 아니 적어도, 뚜렷하고 두드러진 미덕이 있어서, 저도 모르게 저지른 실수를 보상할 수 있을지 따져보려 했어요. 다아시 씨는 오랜 세월 계속된 나태와 악덕이라 말했지만 엘리자베스는 무심결에 저지른 실수로 치부하고 싶었거든요. 그러나 어떤 기억도 편을 들어주지 않았어요. 바로 눈앞에 그 모습을 생생히 그려볼 수는 있었지요. 분위기와 화법으로 한껏 매력을 발산하는 광경이 선했어요. 그러나 이웃들이 입 모아 칭찬한다는 것과 사교적 처세술로 함께 어울리는 장교들한테 인기가 있다는 것 말고는 실체적인 장점이 단 하나도 기억나지 않았어요. 엘리자베스는 이 대목에서 한참 동안 읽기를 멈추고 가만히 생각하다가, 다시금 편지를 읽기 시작했어요. 하지만, 아, 이럴 수가! 미스 다아시를 꾀어내려는 계략 다음에 나오는 이야기는, 바로 전날 아침에 피츠윌리엄 대령과 나눴던 대화가 이미 상당한 증거가 되어주었지요. 게다가 마지막에는, 상세한 내용의 진실을 피츠윌리엄 대령 본인에게 물어보아도 좋다는 말이 있었고요―그런데 이미 자기 사촌 여동생의 모든 일에 밀접하게 간여한다는 이야기를 그로부터 들어 알고 있었잖아요. 대령은 인품을 의심할 이유가 없는 사람이고요. 한순간 대령에게 정말로 물어보려고 결심할 뻔도 했지만, 그런 걸 묻는 게 너무나 어색할 것 같아 머뭇거리다가,

대령의 말과 완벽하게 부합하리라는 자신감이 없다면 다아시 씨가 결코 그런 위험한 제안을 했을 리 없다는 생각에 완전히 포기하고 말았답니다.

필립스 씨 댁에서 처음 만난 저녁에 위컴과 나눴던 대화에서 오간 모든 말을 남김없이 기억할 수 있었어요. 그가 쓴 표현들 다수가 여전히 기억에 생생했지요. 이제야 모르는 사람한테 그런 이야기를 전하는 게 얼마나 부적절하고 경솔한가를 충격적으로 실감할 수 있었어요. 어떻게 자기가 예전엔 이런 생각을 못 했을까 의아할 따름이었지요. 그가 하듯 자기를 전면에 내세우는 짓이 천박하다는 걸 깨달았고, 공언한 말들과 행동이 일치하지 않는다는 것도 알았어요. 다아시 씨를 만나는 건 전혀 두렵지 않다고 허세를 부렸던 기억도 떠올랐고요 ―다아시 씨가 이 지역을 떠나면 떠났지, 자기는 꿈쩍도 할 생각이 없다고 했었지요. 그래놓고는 바로 다음 주에 네더필드 무도회를 피해 도망갔잖아요. 또 다른 기억도 떠올랐는데, 위컴은 네더필드 가족이 그 지역에서 떠나기 전까지 그녀를 제외한 누구에게도 자기 이야기를 하지 않고 있었거든요. 하지만 네더필드의 일행이 떠난 후로는 어디서나 회자되는 그 이야기를 들을 수 있었어요. 위컴은 그때 다아시 씨의 인격을 전혀 거리낌 없이, 아무 걱정 없이 마음껏 추락시켰지요. 엘리자베스에게는 선친을 존경해서 아들의 흠을 폭로하는 일은 결코 하지 않겠다고 그렇게 확실히 말했으면서 말이에요.

이제 위컴이 연루된 모든 일이 얼마나 다르게 보였는지요! 미스 킹에게 쏟는 관심은 이제 순전하고 혐오스럽게도 돈만 노리고 하는 짓의 결과로 보였지요. 미스 킹의 어중간한 재산 또한 위컴의 소박한 소망 탓이 아니라 뭐라도 붙잡고자 하는 필사적인 열의로 보였고요. 엘리자베스에게 한 행동도 용인할 만한 동기에서 했을 리가 없었어요. 재산의 규모를 잘못 알았거나 그녀 자신이 극히 부주의하게 드러낸 호감에 우쭐해 자기 허영심을 채웠을 거예요. 그를 변호하려던 분투의 여운은 점점 더 희미해져갔어요. 오히려 다아시 씨의 정당성을 뒷받침해주는 또 다른 증거를 인정할 수밖에 없었지요. 제인이 물어봤을 때 빙리 씨도 오래전 이 일에 다아시 씨의 잘못은 없다고 단언했었어요. 물론 매너는 오만방자하고 재수 없지만, 그는 처음 알게 되고 함께 어울리는 내내, 원칙이 없다거나 부당한 면모를 내비친 적이 단 한 번도, 정말 단 한 번도 없었어요. 최근 들어 아주 많은 시간을 함께 보내게 되면서, 뭐랄까, 그의 방식을 내밀하게 접할 수 있었는데도 말이지요—불경하거나 부도덕한 습관을 방증하는 그 어떤 면모도 본 적이 없었어요. 가까운 친지들 사이에서는 훌륭한 평가를 받고 존경받는 사람이었고요—심지어 위컴마저도 훌륭하고 좋은 오빠라고 인정했고, 애정을 담뿍 담아 여동생 이야기를 하는 걸 그녀도 자주 들었으니 어쨌든 다정한 감정을 느낄 줄 아는 사람이긴 한 모양이지요. 위컴이 말한 대로 그가 처신했다면, 올바른 규준을 모조리 위반하는 그런 끔찍한 짓을 저질렀다면, 세상 사람들로부터 숨길 수 없었을 테고요. 그런 짓을 할 수 있는 인간이 빙리 씨처럼 상냥한 사람과 친구 사이라면 그 또한 이해할 수가 없는 일이지요.

그녀는 점점 더 자기 자신이 참담하게 부끄러워졌어요—다 아시나 위컴, 누구를 생각하든 그녀야말로 맹목적이고 편파적이고 편견에 차고 부조리했다 느끼지 않을 수 없었지요.

"내가 정말 너무나 형편없이 처신한 거야!" 그녀는 외쳤어요—"분별력이라면 자신 있었던 내가! —훌륭한 능력이 있다고 자처한 내가! 누구든 너그럽게 사정을 봐주려는 언니를 종종 낮잡아 보고, 무용하고 비난받아 마땅한 불신으로 자기 허영심만 채웠던 내가! —정말이지 굴욕적인 깨달음이구나! —수치를 당해 마땅하고말고! —사랑에 빠졌다 해도, 이보다 더 한심하게 눈이 멀 수는 없었을 거야! 하지만 난 사랑도 아니고 허영심으로 어리석게 굴었잖아—처음 만난 그 순간 호감을 보이면 기분이 좋아지고 홀대당하면 기분이 상해서, 그 두 사람에 관한 한 나는 편견과 무지를 떠받들고 이성을 내몰아 쫓아버렸어. 이 순간까지, 나는 나 자신을 전혀 몰랐던 거야."

자기 자신으로부터 제인으로—제인으로부터 빙리로, 선을 따라 생각을 짚어가다보니 그들 문제에서는 다아시의 설명이 아주 불충분하게 느껴졌던 기억이 떠올랐어요. 그래서 다시 읽었습니다. 두 번째 숙독의 효과는 딴판으로 달랐어요—이미 한 가지 사안에서 그의 말을 믿을 수밖에 없게 되었는데, 또 다른 사례라 해서, 그 주장을 믿지 않을 도리가 있겠어요? —그는 자기가 언니의 애정을 전혀 알아채지 못했다고 확실히 말했어요—그러자 샬럿이 늘 피력하던 의견을 떠올리지 않을 수 없었어요—제인에 관해 한 말에도 일리가 있다는 걸 부정할 수도 없었고요—제인의 감정은, 열렬한 사랑이긴 했어도, 거의 밖으로 드러나지 않았다는 느낌이 들었거든요. 언니는 분위기와 매너도 변함없이 차분해서, 감정을 풍부하게 표현하는 경우가 흔치 않았어요.

편지에서 자기 가족이 거론되는 대목에서 죽도록 부끄럽지만 받아 마땅한 비난을 짚으며, 엘리자베스는 혹독한 수치심에 휩싸였지요. 정당한 비난이 강하게 정곡을 찔렀기에 차마 부정할 수 없었고, 네더필드 무도회에서 있었던 일 가운데 그가 부정적인 판단을 굳히게 된 계기로 특별히 지목한 상황들은 그 못지않게 그녀에게도 강렬한 인상으로 남아 있었어요.

그녀와 언니에 대한 찬사 또한 무심하게 넘길 수는 없었어요. 위로가 되긴 했지만 이제껏 나머지 다른 가족들이 자처한 멸시마저 달래줄 수는 없었지요—제인의 희망을 꺾은 건 다름이 아니라 가장 가까운 피붙이들이며 그들의 부적절한 행실 탓에 언니와 그녀가 피해를 입을 수밖에 없다는 생각을 하니, 이제까지 알고 있던 어떤 사실과도 비할 데 없이 우울해져 버렸어요.

두 시간 내리 그녀는 오솔길을 정처 없이 걸으며, 온갖 떠오르는 상념들에 자신을 내맡겼어요. 일어난 일들을 재고하고, 개연성을 가늠하고, 이토록 급작스럽고 이토록 중요한 변화를 힘이 닿는 한 받아들이려 애썼지요. 그러다 피로가 밀려왔고, 너무 오래 자리를 비웠다는 생각이 들어, 그녀는 마침내 집으로 돌아가기로 했습니다. 그래서 평소처럼 명랑하게 보였으면 좋겠다고 바라는 마음과 함께 사람들과 대화를 나누지 못할 정도로 깊은 생각은 하지 말자는 각오를 품고 집에 들어섰지요.

그 즉시 그녀가 없는 동안 로징스에서 두 신사가 각자 따로 방문했다는 소식을 들었습니다. 다아시 씨는 겨우 몇 분쯤 있다가 떠났지만, 피츠윌리엄 대령은 적어도 한 시간가량 그들과 함께 앉아 있으면서 그녀가 돌아오기만 애타게 바랐고, 자칫하면 나가서 그녀를 찾을 때까지 계속 걸어야겠다 결심이라도 할 기세였다고요—엘리자베스는 못 만나서 아쉬운 척 간신히 시늉만 할 수 있었어요. 사실은 정말로 천만다행이라고 여겼거든요. 피츠윌리엄 대령에겐 이제 아무 관심도 없었어요. 오로지 그 편지뿐 다른 생각은 전혀 할 수가 없었어요.

14

두 신사는 다음 날 아침 로징스를 떠났고 콜린스 씨는 오두막들 근처에서 기다렸다가 공경 어린 작별 인사를 고하고 와서는, 막 로징스에서 우수에 젖은 이별을 했는데도 두 사람 다 아주 건강해 보였으며 그럭저럭 기분도 좋아 보이더라며 반가운 소식을 전해 왔습니다. 이윽고 그는 레이디 캐서린과 따님을 위로하려고 황급히 로징스로 갔지요. 그러고는 돌아오는 길에는, 더할 나위 없이 흐뭇한 심정으로, 레이디께서 보낸 전언을 가지고 왔습니다. 어찌나 기분이 처지는지 그들 모두가 저녁 만찬에 와주기를 진심으로 바랄 정도라는 내용이었지요.

엘리자베스는 레이디 캐서린을 볼 때마다, 자기가 그러기로 선택했다면, 지금쯤 장래의 조카며느리로 소개되었을 수도 있었다는 생각을 하지 않을 수가 없었어요. 또 레이디께서 얼마나 노발대발했을까 생각하면, 슬며시 웃음 짓지 않을 수 없었고요. '뭐라고 말했을까? ―어떤 식으로 행동했을까?' 그런 질문을 해보며 혼자 재미있어했지요.

첫 번째 화두는 로징스의 사교 인원이 줄어들었다는 이야기였지요—"정말이지, 빈자리가 얼마나 크게 느껴지는지. 몰라." 레이디 캐서린이 말했어요. "어울리던 사람들이 없어지면 나처럼 크게 아쉬움을 느끼는 사람은 아무도 없을 거야. 하지만 그 청년들한테는 내 특별히 애정이 크다네. 그 애들도 나를 깊이 사랑한다는 걸 잘 알고 있지!—가면서 굉장히 아쉬워들 했어! 하나 그 애들은 늘 그러지. 다정한 대령은 마지막 날까지 그럭저럭 기분을 잘 다스리는 것 같았는데, 다아시는 이별의 아픔을 훨씬 절절히 느끼는 듯 보이더군. 내 생각엔 작년보다 더 심했어. 그 애는 로징스에 점점 더 깊이 정을 붙이는 게 틀림없더군."

콜린스 씨는 바로 이 대목에서 때맞춰 찬사를 바치고 혼사 이야기를 슬쩍 끼워 넣어서, 레이디 캐서린 모녀의 친절한 미소로 보답을 받았답니다.

레이디 캐서린은 저녁을 마치고 나서 미스 베넷이 좀 기운 없어 보인다고 말하고는, 곧바로 이리 빨리 집에 돌아가기가 싫어서 그러는 모양이라고 자기 마음대로 설명을 붙였지요. 그러더니 이렇게 덧붙였어요.

"하지만 만일 그렇다면, 자네 모친한테 편지를 보내서 좀 더 머물러 있겠다고 하게. 콜린스 부인은 사뭇 기쁜 마음으로 자네와 함께 지내고자 할 게야."

"레이디께서 이리 친절하게 초대해주시니 진심으로 감사합니다." 엘리자베스가 대답했어요. "하지만 제 뜻대로 초대를 수락할 입장이 못 된답니다—다음 주 토요일에는 런던에 가야 하거든요."

"아니, 그렇게 따지면, 자네는 여기 겨우 육 주밖에 머물지 않는 거잖아. 두 달은 있을 거라 예상했는데. 자네가 오기 전에 콜린스 부인한테도 그리 일렀고. 자네가 그리 일찍 간다니 그런 일은 있을 수 없어. 베넷 부인도 자네 없이 이 주일 정도는 잘 살 수 있을 게야."

"하지만 저희 아버지는 못 그러세요—지난주에 편지로 더 빨리 오라고 재촉하셨거든요."

"아! 자네 아버지야 당연히 자네가 없어도 되지. 어머니만 괜찮다면야. 딸들은 아버지한테 결코 그리 중요한 존재가 될 수 없다네. 꽉 채워서 한 달만 더 머물면 자네 중 한 사람은 내가 런던에 데려가줄 수도 있어. 6월 초에 일주일 동안 런던에 가거든. 도슨이 바루슈 박스[1]에 앉아 가도 좋다고 하면 자네들 중 한 사람이 더 타기에 충분한 공간이 생길 거야—마침 날씨도 시원할 거라 하니, 둘 다 데리고 가도 난 불만이 없다네. 자네들 둘 다 몸집이 크지 않으니 말이야."

"레이디께서는 정말 더할 나위 없이 친절하시네요. 하지만 저희는 원래 계획을 따라야 할 것 같습니다."

---

1 바루슈는 천장을 개폐할 수 있는 사인승 사륜마차로 크기와 안정성, 디자인 모든 면에서 부유층이 모는 최고급 마차였다. 바루슈 박스는 짐을 실을 수 있도록 마차 전면에 설치된 상자로 마부가 그 위에 앉아서 마차를 몰곤 했다. 레이디 캐서린은 하인인 도슨도 마부 옆자리에 앉아 가면 된다고 여기는 듯하다.

레이디 캐서린은 이제 체념한 눈치였어요―

"콜린스 부인, 자네 집 하인 하나를 같이 딸려 보내주게. 자네도 알다시피 나는 늘 속마음을 그대로 솔직히 말하는데, 젊은 여자 둘이서만 역마로 여행하는 건 생각만 해도 참을 수가 없어. 아주 예법에 어긋나는 일이야. 어떻게 해서든 누굴 딸려 보낼 궁리를 해보게. 그런 유의 일들이 나는 세상에서 제일 싫어―젊은 여자들은 언제나 신분에 걸맞게 신변도 보호하고 시중도 들어줘야 하는 법이야. 우리 조카 조지애나가 작년 여름 램스게이트에 갔을 때도, 내가 단단히 일러서 남자 하인 둘을 딸려 보냈다고―펨벌리의 다아시 씨와 레이디 앤의 딸 미스 다아시쯤 되면 그 정도는 되어야 제대로 체면을 갖췄다 하지. 나는 그런 유의 일들에 굉장히 세심하다네. 자네도 젊은 아가씨들이 갈 때 꼭 존을 같이 보내게, 콜린스 부인. 이 생각이 마침 떠올라 이리 말해둘 수 있어서 다행이야. 둘만 보내면 정말로 자네의 평판에 영 좋지 못할 테니 말이지."

"저희 외삼촌께서 저희를 데려갈 하인을 보내준다고 하셨습니다."

"오!―자네 외삼촌이!―남자 하인을 두고 사시나보군, 그렇지?―이런 일들을 생각해주는 이가 있긴 있어서 참 다행이야. 역마는 어디서 바꿀 생각인가?―오! 당연히 브롬리겠지. 그렇고말고―벨 여인숙에 내 이름을 대면, 아마 신경 써서 잘해줄 걸세."

레이디 캐서린은 여행에 관해 온갖 다른 질문들을 꼬치꼬치 캐물었고, 전부 다 엘리자베스가 직접 대답하진 않았지만 계속 정신을 차리고 주의를 기울일 필요는 있었어요. 그나마 그녀 자신을 위해서도 다행스러운 일이었지요. 워낙 정신이 한곳에 쏠린 나머지 지금 자기가 어디에 있는지조차 잊기 일쑤였거든요. 사색은 혼자만의 시간을 위해 아껴두어야 했어요. 언제든 혼자가 되기만 하면, 마음을 푹 놓고 깊은 생각에 빠져들곤 했지요. 하루도 빠짐없이 혼자 산책을 했는데, 그때만큼은 온갖 불유쾌한 일들을 돌이켜 회상하는 쾌감에 마음껏 빠져들 수 있었어요.

다아시 씨의 편지는, 이러다간 머지않아 완전히 외울 지경이었지요. 그녀는 한 문장 한 문장을 찬찬히 되짚어 연구했고, 편지를 쓴 이에 대한 감정 또한 시시때때로 크게 달라졌어요. 그가 어떤 스타일로 말했던가 기억이 나면 지금도 분노가 머리끝까지 차올랐지만, 반면 자기가 얼마나 부당하게 힐난하고 질책했는지 생각하면 그 분노는 고스란히 자기 자신에게 돌아왔지요. 그리고 실연한 심정이 어떨까 측은한 마음이 들었어요. 그가 준 사랑은 감사의 마음을 자아냈고, 전반적 인품은 존경심을 불러일으켰어요. 하지만 여전히 좋아할 수는 없었기에 한순간도 거절을 후회하지 않았고, 다시 만나고 싶다는 마음 역시 조금도 들지 않았습니다. 또 자신의 지난 과오를 생각하면 심란하고 후회스러운 마음이 끝도 없었고, 가족의 안타까운 결함들을 생각하면 속상한 마음에 가슴이 답답하고 무거워졌지요. 가족의 행실은 고쳐질 가망이 없었어요. 아버지는 놀려대며 비웃는 데 만족해서 어린 동생들이 현기증이 나도록 들떠서 날뛰어도 애써 자제시키려는 수고를 하지 않았

거든요. 본인부터가 올바른 매너와는 거리가 먼 어머니는 뭐
가 나쁜 건지 아예 알아보지도 못했고요. 엘리자베스는 제인
과 힘을 합쳐 캐서린과 리디아의 방종을 여러 번 말려보려 했
어요. 하지만 어머니가 괜찮다고 오히려 두둔하는데 나아질
가망이 있을 리 없잖아요? 캐서린은 기도 약하고 신경질적이
고 리디아한테 완전히 휘둘리고 있었기에 언니들의 충고에
모욕감을 느끼고 울컥 대들곤 했어요. 반면 독자적이고 경솔
한 리디아는 아예 그런 말을 귀담아듣지도 않았지요. 두 아이
는 무식하고 나태하고 허영심이 강했어요. 메리턴에 장교가
한 사람이라도 있는 한 그 애들은 추파를 던지며 놀 게 분명한
데, 메리턴은 롱본에서 걸어갈 수 있는 거리였으니 그 말은 언
제까지나 거기에 들락거릴 거라는 뜻이었지요.

제인을 걱정하는 마음도 떨칠 수 없는 마음의 짐이었답니
다. 다아시 씨의 설명 덕분에 빙리 씨도 원래 생각했듯 정말
좋은 사람이라 다시 믿게 되자, 제인 언니가 얼마나 소중한 것
을 잃었는지 뼈아프게 절감하게 되었어요. 빙리 씨의 사랑은
진실했고 비난받을 행동은 전혀 하지 않았으니까요. 물론 친
구를 무조건적으로 믿고 의지했다는 걸 탓할 이가 있다면 모
르겠지만 말이지요. 그렇다면 얼마나 슬프디슬픈 생각이에요.
모든 면에서 이렇게 바람직하고, 좋은 점이 넘쳐나고, 행복할
가능성이 이토록 높은 혼처를 제인에게서 빼앗아버린 게 바
로, 자기 가족의 우매와 무례라니 말이에요!

이런 생각들에 위컴의 진짜 인격이 폭로된 것까지 더해지
니, 아무리 예전에 우울을 거의 모르던 낙천적인 기질이었다

지만 이제 그럭저럭 쾌활한 척 시늉도 하기 힘들 지경으로 맘 고생에 시달렸다 해도 쉽게 믿을 수 있을 거예요.

로징스에서의 사교 모임은 그녀가 방문하고 첫 주에 그랬 듯 마지막 주에도 빈번히 열렸답니다. 마지막 날 밤도 그곳에서 보내야 했어요. 그리고 레이디는 또다시 여행에 관해 상세한 부분까지 꼬치꼬치 캐묻고, 짐을 최고로 잘 싸는 방법을 낱낱이 지시하고, 드레스를 개어 넣는 유일하게 올바른 방법이 있으니 그걸 반드시 따라야만 한다고 힘주어 강조하는 바람에, 그 말에 따르지 않으면 안 된다는 생각에 사로잡힌 마리아는 집에 돌아와서 아침 내내 싼 짐을 다시 풀어 트렁크를 완전히 새로 정리하고 말았어요.

헤어질 때 레이디 캐서린은 여행 잘하라고 인사해주었을 뿐 아니라 내년에도 헌스퍼드에 놀러 오라고 초대해주기까지 했으니, 엄청난 생색을 내셨지 뭐예요. 그리고 미스 드 버그는 놀랍게도 무릎을 굽혀 인사하고는 떠나는 두 사람에게 손을 내밀어 악수를 청하는 노력을 보였답니다.

15

토요일 오전 엘리자베스와 콜린스 씨는 다른 사람들이 나타나기 전 몇 분간 아침 식탁에서 만나게 되었어요. 그는 이 틈을 타서 절대적으로 필요하다고 생각하는 작별의 예를 갖추었지요.

"미스 엘리자베스, 우리 집에 와주신 친절에 대해 콜린스 부인이 감상을 이미 밝혔는지 모르겠습니다만, 떠나시기 전에 반드시 감사의 인사를 받으시리라 저는 믿어 의심치 않습니다. 저희와 함께 시간을 보내주신 따뜻한 마음은 저희가 절실히 느끼고 있다고 장담을 드립니다. 우리 초라한 거처가 누가 오고 싶어할 만큼 매력적이지 못하다는 걸 저희도 압니다. 생활양식도 소박하고 방도 적고 하인도 몇 없고 사교계와도 교류가 거의 없으니 미스 엘리자베스 같은 젊은 아가씨한테는 헌스퍼드가 굉장히 따분하실 겁니다. 하지만 양해하고 또 양보해주신 데 우리가 진심으로 감사하고 있으며 불쾌하게 시간을 보내지 않으시도록 저희가 할 수 있는 한 온 힘을 다했다는 걸 믿어주시길 바랍니다.”

엘리자베스는 열띤 감사의 인사를 전하고 지내는 동안 행복했다고 장담했어요. 육 주간 지내면서 더할 나위 없이 즐거웠답니다, 샬럿과 함께 지내는 것만도 기뻤는데 그간 그토록 친절히 마음을 써주셨으니 감사는 도리어 제가 해야지요. 콜린스 씨는 흡족해했고 좀 더 미소를 띠고 한층 엄숙한 태도로 대답했습니다.

“여기서 보낸 시간이 불쾌하지는 않으셨다는 얘기를 들으니 참으로 기쁘기가 그지없습니다. 우리는 확실히 최선을 다했거든요. 가장 큰 행운은, 우리보다 계급이 높은 사교계에 미스 엘리자베스를 소개시켜드릴 수 있는 힘이 저희에게 있었다는 것이지요. 로징스에 닿은 우리의 인맥으로, 소박한 집 안의 정경을 자주 다채롭게 바꿔볼 수 있었으니까요. 헌스퍼드에 방문하신 것이 완전히 귀찮기만 하지는 않았으리라 저희 스스로 좀 흐뭇하게 여겨도 되리라 사료됩니다. 레이디 캐서린 가문과의 관계라면, 우리만큼 특별한 혜택과 축복을 누린다 자부할 이들이 몇 안 될 거예요. 우리가 얼마나 든든한 발판을 딛고 서 있는지 보이시지요. 보시다시피 그곳의 사교 일정에 저희가 항시 참여하지 않습니까. 솔직히 인정해야 하지 않겠어요. 이 소박한 목사관이 아무리 모자란 점이 많더라도, 우리처럼 로징스와 절친한 사이로 지낸다면야 누가 우리를 목사관에 산다고 안쓰럽게 여기겠습니까?”

콜린스 씨의 이 벅차게 복받치는 감정은 차마 말로는 제대로 표현할 수 없었어요. 그래서 콜린스 씨는 방 안을 서성거리지 않을 수가 없었고, 그사이 엘리자베스는 몇 개의 짧은 문장 속에 예의와 진실을 합쳐보려고 노력했지요.

"그러니 사실, 당신께서 하트퍼드셔에 우리에 관해 아주 좋은 말들을 전해주셔도 괜찮으실 겁니다. 적어도 그럴 힘은 있으시다고 저 또한 뿌듯하게 믿어보겠습니다. 레이디 캐서린께서 콜린스 부인에게 쏟으시는 엄청난 배려를 날마다 보셔서 알고 계시잖아요. 전체적으로 보기에 친구가 불행한 결혼—아니, 이 점에는 제가 침묵하도록 하지요. 다만, 친애하는 미스 엘리자베스, 제가 이 말씀만 확실히 드리고 싶은데, 저는 진심으로 호의를 담아 미스 엘리자베스도 이와 동등하게 행복한 결혼을 하시길 바랍니다. 내 사랑하는 샬럿과 나는 한마음 한뜻이거든요. 모든 면에서 우리는 인격과 사고방식 모두 놀랍게 닮았거든요. 우리는 흡사 처음부터 서로를 위해 태어난 사람 같단 말이지요."

엘리자베스는 안전하게, 사실이 정말 그렇다면 크나큰 행복이 아닐 수 없다고 말했고, 자신 역시 진심으로 가정의 위안을 행복하게 누리고 계신 줄로 굳게 믿고 있다고 덧붙였어요. 말하는 도중에 행복의 원천인 부인이 들어와 인사말이 도중에 끊겼지만, 정말이지 하나도 아쉽지 않았답니다. 가엾은 샬럿!—이런 사람과 함께 지내도록 혼자 두고 떠나려니 마음이 침울해졌어요—하지만 이건 그 애가 눈을 똑바로 뜨고 스스로 선택한 운명이었지요. 손님들이 떠나야 한다니 못내 아쉬운 태가 역력했지만 안쓰럽게 여겨주길 바라는 태도는 아니었어요. 그녀의 집과 그녀의 살림, 그녀의 교구와 그녀의 가금, 거기 딸린 온갖 신경 쓸 일들이 아직은 그 매력을 잃지 않았으니까요.

마침내 셰즈[1]가 도착했고 트렁크들도 단단히 묶였고 작은 짐들도 마차 안에 잘 실었고, 이제 정말 갈 준비가 다 되었답니다. 친구들끼리 애틋한 이별을 하고 나서 엘리자베스는 콜린스 씨의 팔을 잡고 마차까지 갔고, 정원을 지나 걷는 동안 그는 또다시 가족 모두에게 최고로 좋은 말을 전해달라 주문했고, 겨울에 롱본에서 받았던 환대에 잊지 않고 또다시 감사를 표했으며, 알지도 못하는 사람이지만 가디너 부부에게도 감사를 전했어요. 그러더니 엘리자베스의 손을 잡고 마차에 오르는 걸 도와주었고, 다음에 마리아가 그 뒤를 따랐고, 문이 막 닫히려는데 또 갑자기 콜린스 씨가, 또 엄청나게 당황하면서, 로징스의 레이디들에게 전언을 남기는 걸 잊었다고 하는 거예요.

"하지만," 하고 그는 덧붙여 말했어요. "물론 두 분은 당연히 로징스에 계신 분들께 겸손히 공경의 마음을 바치고 여기 묵는 동안 베풀어주신 친절에 감사의 인사를 드리고자 하시겠지요."

엘리자베스는 아무 이의도 없었어요—그제야 문이 닫혀도 좋다는 허락을 받았고, 마차가 출발해 달리기 시작했습니다.

---

1 chaise. 바루슈보다 크기가 작은 마차로 최대 삼인승이었다. 가디너 씨가 젊은 아가씨 두 명을 위해 남자 하인을 딸려 보낸 마차로 보인다.

"아유, 세상에나!" 몇 분쯤 아무 말도 없던 마리아가 탄성을 질렀어요. "우리가 온 지 하루이틀밖에 지나지 않은 것 같은데!—정말 얼마나 많은 일들이 일어났는지!"

"정말로 많은 일들이 있었지." 그녀의 동행이 한숨을 섞어 말했습니다.

"로징스에서 두 번의 티타임을 빼고도 아홉 번이나 만찬을 했잖아!—해줄 얘기가 얼마나 많겠어!"

엘리자베스는 마음속으로만 덧붙여 말했지요. '그리고 또 숨겨야 할 얘기는 얼마나 많은지.'

여행은 대화도 별로 없고 돌발적인 일도 별로 없이 흘러갔어요. 그래서 헌스퍼드를 떠나고 네 시간 내로 가디너 씨의 집에 도착했고, 그곳에서 며칠 머물게 되었지요.

제인은 얼굴이 좋아 보였고, 엘리자베스는 외숙모가 친절하게 준비해둔 여러 사교 일정을 소화하느라 언니의 기분을 살필 기회가 거의 없었어요. 하지만 제인은 그녀와 함께 집으로 돌아갈 예정이었으니, 롱본에 가면 언니를 느긋하게 살필 여유가 있겠지요.

사실 롱본에 갈 때까지 기다리는 것도, 상당한 노력이 필요했답니다. 엘리자베스는 한시라도 빨리 다아시 씨의 청혼 이야기를 언니한테 들려주고 싶었거든요. 제 손에 쥐고 있는 비밀을 밝히면 제인이 엄청나게 놀랄 게 틀림없었고, 또 이성적으로 털어버리고 싶어도 사라지지 않는 그녀의 허영심을 너무도 흡족하게 채워주는 일이어서, 빨리 솔직히 다 털어놓고 싶은 유혹은 정말로 물리치기가 어려웠습니다. 그런데도 결국 말하지 않은 건, 어느 정도까지 말해야 할까를 두고 마음을 정하지 못하고 머뭇거리는 상태였기 때문이고 또, 이 화제를 꺼냈다간 섣부르게 빙리에 관한 얘기를 다시 해서 언니의 슬픔을 가중할까 두려웠기 때문이에요.

16

5월 둘째 주에 세 아가씨는 함께 그레이스처치 스트리트를 떠나 하트퍼드셔의 ___ 마을로 향했습니다. 그리고 베넷 씨의 마차가 마중을 나오기로 한 여인숙에 가까워질 무렵, 키티와 리디아가 둘 다 이 층의 식당에서 내려다보고 있는 걸 보고 마부가 약속 시간을 정확히 지켰다는 걸 알았어요. 두 소녀는 한 시간도 넘게 여기 있으면서, 거리 맞은편의 모자 가게를 구경하고 보초를 서는 경계병을 구경하고 샐러드 채소와 오이[1]를 준비하며 행복하게 놀고 있었던 거예요.

언니들을 환영해주고 두 소녀는 득의양양하게 여인숙 식품 저장고에 보통 있을 법한 차가운 고기로 차린 식탁을 보여주며 탄성을 질렀어요. "이거 정말 근사하지 않아? 진짜 기분 좋

---

1 당시 오이는 특히 몹시 비싼 채소였으며, 이는 리디아의 과소비와 낭비벽을 잘 보여준다. 2025년 현재 원화 환율로 환산하면 한 개에 최소한 팔천 원이 넘었다.

은 깜짝 선물이지?”

“그리고 우리가 언니들을 다 대접하려고 했는데,” 하고 리디아가 덧붙여 말했어요. “돈은 언니들이 빌려줘야겠어. 우리가 방금 저기 상점에서 돈을 다 썼거든.” 그러면서 산 물건들을 보여주는 거예요. “여기 봐, 이 보닛을 샀어. 아주 예쁘다고 생각하진 않았는데, 그래도 안 사는 것보다는 낫겠다 싶었어. 집에 가면 조각조각 다 뜯어서 좀 더 낫게 만들어볼 수 있는지 봐야지.”

그러더니 언니들이 모자가 못생겼다고 비난하자, 전혀, 하나도 신경 쓰지 않고 이렇게 말했지요. “아! 하지만 가게에 이것보다 훨씬 더 못생긴 게 두세 개는 더 있었단 말이야. 내가 좀 더 예쁜 색 새틴을 사서 새로 꾸미면 그때는 썩 봐줄 만할 거라고 생각해. 거기다가, 민병대가 메리턴을 떠나고 나면 올여름이야 뭘 쓰고 다니든 어차피 아무 상관도 없어. 이 주일 후에 간다니까.”

“아, 군대가 떠나는구나!” 엘리자베스가 더없이 기쁜 마음으로 외쳤어요.

“브라이턴 근처에 숙영지를 마련할 거래. 그래서 아빠가 여름에 우리 모두를 거기 데려가주시면 좋겠어! 얼마나 근사한 계획이 되겠어. 솔직히 돈도 별로 안 들잖아. 무엇보다 엄마가 정말로 가고 싶어하시는데! 안 그럼 우리 모두 얼마나 서글픈 여름을 보낼지 그 생각만 해봐!”

‘그래,’ 엘리자베스는 마음속으로 생각했어요. ‘그거야말로 참 근사한 계획이겠다, 당연히. 그랬다간 우리가 다 같이 완전히 망하는 거야. 맙소사! 우리한테 브라이턴이라니, 게다가 숙영지 가득한 병사들이라니. 이미 한심한 민병대 부대 하나가 와서 매달 메리턴에서 무도회를 연 것만으로도 이렇게 다 흐트러졌는데.'

"이제 언니한테 좋은 소식 하나 들려줄게." 리디아가 식탁에 다들 자리 잡고 앉았을 때 말했어요. "뭐일 거 같아? 완전 멋진 소식이야, 끝내주는 소식, 게다가 우리 모두가 좋아하는 어떤 사람 얘기라니까."

제인과 엘리자베스는 서로 얼굴을 쳐다보고, 웨이터에게 이제 가도 좋다고 말했어요. 리디아는 깔깔 웃더니 이렇게 말했지요.

"그래, 격식 따지고 분별 찾는 언니들답다, 진짜. 웨이터 귀에 들어가면 안 된다 이거지. 막상 웨이터는 신경도 안 쓸 텐데! 지금 내가 하려는 말보다 더 나쁜 얘기들을 아마 자주 들을걸 뭐. 하지만 웨이터가 진짜 못생겼더라! 가버리니까 내 속이 시원해. 평생 살면서 저렇게 턱이 긴 사람은 처음 봤지 뭐야. 아무튼, 이제 내가 소식을 말해줄게. 친애하는 우리 위컴 얘기야. 웨이터가 듣기에는 너무 멋진 소식이지? 위컴이 메리 킹과 결혼할 위험은 이제 사라졌어. 언니를 위해서 말해주는 거야! 메리 킹은 리버풀의 삼촌한테 갔대. 가서 거기서 살 거래. 위컴은 안전해."

"그리고 메리 킹도 안전하네!" 엘리자베스가 덧붙여 말했어요. "재정적으로 현명하지 못한 결혼에서 안전해진 거지."

"위컴을 좋아했다면, 그렇게 떠나버린 건 정말 바보짓이야."

"그래도 난 두 사람 사이에 깊은 애정은 없었길 바라." 제인이 말했지요.

"위컴 쪽에는 절대 없을걸. 그 여자한테 지푸라기 세 가닥만큼도 관심이 없었다고 내가 장담해. 그렇게 쪼끄맣고 못된 주근깨투성이를 누가 사랑할 수 있겠어?"

엘리자베스는 문득 떠오른 생각에 충격을 받았어요. 자기라면 저렇게 조야한 표현을 쓰진 못했겠지만, 그 조야한 감수성은 일전에 자기도 가졌고 또 분방하다 자처했던 바로 그 생각이었거든요!

모두가 식사를 마치고 큰 언니들이 돈을 낸 후에 마차를 불렀지요. 한참을 궁리한 끝에, 짐 상자들과 바느질거리가 든 가방들과 작은 짐 꾸러미들과 키티와 리디아가 새로 산 달갑지 않은 물건들까지 전부 싣고 일행이 모두 마차에 자리를 잡았답니다.

"참 잘도 꽉꽉 끼어 앉았네." 리디아가 외쳤어요. "저 보닛을 사서 너무 기뻐. 순전히 모자 상자가 하나 더 생기는 재미로 산 거라도 말이야! 아무튼, 이제 우리 완전 아늑하고 편하게 앉아서 집에 갈 때까지 수다 떨면서 깔깔 웃자. 제일 먼저, 먼 데 여행 가서 무슨 일이 있었는지 언니들부터 얘기해줘봐. 괜찮은 남자들 만났어? 추파도 던지고 재밌었어? 돌아오기 전에 언니 둘 중 하나라도 남편이 생겼으면 참 좋겠다 내가 얼마나 바랐는데. 진짜 이러다간 제인 언니 금방 완전 노처녀가 된다고. 스물세 살이 다 되어가잖아! 맙소사, 스물세 살 때까지 결혼도 못 하면 난 엄청 창피할 텐데! 필립스 이모는 언니들한테 남편이 생기길 간절하게 바라던데, 왜 아니겠어. 이모는 리지 언니가 콜린스 씨를 받아들이는 편이 나았을 거래. 하지만 나는 그건 정말 재미가 하나도 없었을 거 같아. 아아, 언니들 시집가기 전에 내가 제일 먼저 결혼하면 얼마나 좋을까. 그럼 내가 언니들 샤프롱이 되어서 온갖 무도회들에 데리고 다닐 텐데. 아, 진짜! 포스터 대령네 집에서 우리가 얼마나 신나게 놀았다고. 키티하고 내가 하루 거기서 보냈는데, 포스터 부인이 저녁때 작은 무도회를 열어주겠다고 약속했었거든. (그나저나 나 포스터 부인하고 진짜 친해졌다!) 그래서 해링턴 자매 둘도 불렀는데, 해리엇이 아파서 펜이 하는 수 없이 혼자 온 거야. 그런데 우리가 어떻게 했게? 우리가 체임벌린한테 여장을 시켜서 여자인 척하라고 했다―말도 마, 완전 재밌었어! 포스터 대령 부부하고 키티하고 나 말고는 정말 아무도 아는 사람이 없었어. 아, 이모는 알았다. 우리가 이모 드레스를 하나 빌려야 했거든. 그런데 체임벌린이 얼마나 예뻤는지 아마 언니들은 상상도 못 할 거야! 데니하고 위컴하고 프랫이랑 남자들 두서너 명이 들어왔는데, 전혀 알아보지 못하더라.[2] 맙소사! 나 진짜 엄청 웃었지 뭐야! 포스터 부인도 얼마나 웃었다고. 웃다 죽는 줄 알았지 뭐야. 그래서 남자들이 그제야 뭐가 이상하다 생각했는지 또 금세 뭐가 문제인지 찾아내더라.”

리디아는 자기네들이 갔던 파티들과 신나게 쳤던 장난 이

2 크로스드레싱은 당시 뜨거운 논쟁을 불러일으키는 화두였고 따라서 이는 위험천만한 놀이다.

야기를 늘어놓으면서 롱본까지 가는 길 내내 동행들을 즐겁게 해주려고 노력했지요. 키티는 중간중간 힌트를 주고 내용을 덧붙여 넣었고요. 엘리자베스는 최대한 듣지 않았지만, 위컴의 이름이 자주 나와서 피할 길이 없었답니다.

집에서는 더할 나위 없이 친절한 환대를 받았어요. 베넷 부인은 제인의 미모가 전혀 시들지 않고 그대로라며 기뻐했지요. 그리고 저녁 식사 도중에 베넷 씨는 묻지도 않았는데 먼저 엘리자베스에게 한 번 이상 이렇게 말했답니다.

"네가 돌아와서 기쁘다, 리지야."

식당에는 대규모의 인원이 모였는데, 마리아를 마중할 겸 소식도 들을 겸 루커스 가족이 거의 전부 왔기 때문이었죠. 대화의 주제는 몹시 다양했어요. 레이디 루커스는 식탁 건너편에 앉은 마리아에게 큰딸은 잘 살고 있는지 가금류는 어떤지 묻고 있었고요, 베넷 부인은 두 배로 바빴답니다. 한편으로는 몇 사람 건너 아래쪽에 앉은 제인에게 최근 유행하는 패션이 뭔지 물어보면서 또 한편으로 어린 미스 루커스들한테 그 얘기를 낱낱이 다시 말해줘야 했기 때문이지요. 그리고 리디아는 다른 누구보다 더 시끄러운 목소리로, 자기 말을 들어주는 사람 아무한테나 그날 아침의 다채로운 즐거움들을 늘어놓고 있었어요.

"오, 메리 언니," 하고 리디아는 말했지요. "언니도 우리와 같이 갔으면 좋았을 텐데, 정말 재밌었단 말이야! 가는 길에 키티 언니랑 나랑 창문 블라인드를 전부 다 내리고 코치 안에 아무도 없는 척했거든. 키티 언니가 멀미를 하지 않았으면 아마 난 끝까지 그렇게 갔을 거야. 조지 여인숙에 다다랐을 때는, 우리가 진짜 엄청 근사하게 행동했다고 생각해. 세상에서 제일 맛있는 콜드 런천[3]을 대접했거든. 메리 언니도 갔으면 우리가 점심을 샀을 텐데. 그리고 돌아올 때도 얼마나 재밌었다고! 난 우리가 몽땅 다 그 마차에 타서는 안 되겠다 싶었거든. 웃겨서 죽는 줄 알았지 뭐야. 하지만 그래도 오는 길 내내 너무너무 신나고 재밌었어! 어찌나 큰 소리로 웃고 떠들었는지 십 마일 밖에서도 다 들렸을걸!"

이 말에 메리는 아주 심각한 얼굴로 대꾸했어요. "사랑하는 동생아, 그런 쾌락을 비하하려는 의도는 전혀 없어. 두말할 것도 없이 일반적인 여성의 정신에는 훌륭히 부합하겠지. 하지만 나한테는 전혀 매력이 없다고 고백해야겠어. 그보다는 책이 무한히 우월하거든."

하지만 이 대답을 리디아는 한마디도 듣지 않았어요. 그녀는 누구의 말이든 삼십 초 이상 듣는 법이 별로 없었지만, 메리의 말은 아예 귀담아듣지 않았지요.

오후에 리디아가 자매들과 메리턴에 꼭 가서 다들 어떻게 지내는지 봐야 한다고 다급하게 졸라댔는데, 엘리자베스는 그 계획에 꿋꿋이 반대했어요. 미스 베넷들이 돌아와서 반나절도

---

3 cold luncheon. 식힌 고기를 중심으로 점심시간에 먹는 간단한 식사. 이 당시에는 점심 식사라는 개념이 없었고, 이따금 가벼운 간식을 먹는 정도에 그쳤다. 하지만 특별한 날이나 중요한 손님이 있을 때는 차가운 고기를 중심으로 점심을 차려 먹었다. 런천은 가벼운 점심이라는 뜻으로 이 당시 차츰 더 널리 쓰이기 시작한 말이다.

집에 있지 못하고 장교들 뒤를 쫓아다닌다는 말이 나와서는 안 되니까요. 반대하는 이유는 하나 더 있었어요. 위컴을 다시 만나기가 두려워서, 최대한 오래 피하려고 마음먹고 있었거든 요. 연대가 곧 철수한다는 사실에 그녀가 느낀 안도감은 이루 말로 표현할 수가 없었어요. 이 주일 후면 그들은 떠날 테니, 가버리고 나면, 그 사람 문제로 시달리는 일이 설마 더는 없겠 지 바라면서요.

집에 와서 불과 몇 시간 만에 엘리자베스는 리디아가 여인 숙에서 넌지시 말한 브라이턴 여행 계획이 부모님 사이에 자 주 거론된다는 걸 알아차렸어요. 엘리자베스는 아버지가 양보 할 의향이 전혀 없음을 즉시 알아보았지만, 아버지의 대답이 애매하고 알쏭달쏭했기에 어머니는, 자주 낙심하곤 했지만, 결국 성공하리라는 희망을 버리지 못했어요.

17

그간 있었던 일을 제인에게 어서 알려주고 싶은 조바심을 이제 엘리자베스도 더는 억누를 수 없었습니다. 그래서 결국 언니가 관련된 소상한 내용들은 하나도 말하지 않기로 하고 다음 날 아침 언니에게 놀랄지 모르니 마음의 준비를 하라고 한 후 다아시 씨와 있었던 그날의 일을 주된 내용만 간추려 이야기해주었습니다.

미스 베넷의 놀라움은 곧 자매의 진한 애정으로 누그러졌어요. 언니에게는 그 누구든 엘리자베스를 사랑한다는 게 그 무엇보다 자연스러운 일로 여겨졌기 때문이지요. 그리고 놀라움은 금세 다른 감정들 속에 묻혀 사라졌고요. 제인은 다아시 씨가 그토록 호감을 사기 어려운 태도로 마음을 고백했다는 게 참 유감스럽다 하면서도 동생의 거절로 지금 얼마나 비참한 심정일까 헤아려주고 오히려 마음 아파했거든요.

"당연히 성공할 거라 자신만만했던 건, 물론 잘못이지." 제인은 말했어요. "그랬다 해도 겉으로 내색해서는 안 되는 거였고. 하지만 오히려 그랬기 때문에 실망이 얼마나 더 컸겠어. 그 생각을 해봐."

"그야 물론이지." 엘리자베스가 대꾸했어요. "나도 진심으로 안됐다고 생각해. 하지만 그 사람한테는 나를 좋아하는 마음을 금방 털어내게 해줄 여러 다른 감정들도 있을 테니까. 그런데 언니는 그 사람을 거절한 내가 잘못이라고 생각하진 않아?"

"네가 잘못이라고! 아니, 전혀."

"하지만 위컴 얘기를 그렇게 열성적으로 한 건 잘못이지?"

"아니야—그런 말을 한 네가 잘못인지는 모르겠어."

"하지만 언니도 알게 될 거야. 바로 다음 날 무슨 일이 있었는지 이제 얘기해줄 테니까."

엘리자베스는 편지 이야기를 해주고, 조지 위컴과 관련된 내용만 빠짐없이 말해주었어요. 이 이야기에 불쌍한 제인이 얼마나 충격을 받았는지! 제인이라면 온 인류를 통틀어도 여기 이 한 인간에게 집중된 만큼의 악덕도 존재하지 않는다고, 얼마든지 믿으며 평생을 살았을 수도 있었을 텐데요. 다아시의 무죄가 밝혀졌다는 게 그나마 감정을 달래주긴 했지만, 이런 폭로에 다친 마음을 위로해줄 수는 없었어요. 제인은 뭔가 착오가 있었을 가능성을 찾으려 안간힘을 썼고, 어떻게든 한 사람을 연루시키지 않고 다른 사람의 죄를 씻어줄 길을 찾아 헤맸어요.

"도저히 안 돼." 엘리자베스가 말했어요. "언니가 아무리 해봐도 둘 다 어떤 식으로든 좋은 사람으로 만들어줄 수는 없어. 언니가 선택을 해. 하지만 딱 하나로 만족해야 해. 두 사람 사이에 존재하는 미덕은 괜찮은 사람을 딱 하나 만들 정도밖에 안 되거든. 그런데 최근에는 그게 이리저리 엄청 옮겨 다니더라고. 나로 말하자면, 전부 다 다아시 씨 차지라고 믿는 쪽으로 기울었지만, 언니는 언니 마음대로 고르면 돼.”

하지만 제인에게서 다시 미소를 끌어낼 때까지는 상당히 오랜 시간이 걸렸답니다.

“이보다 더 큰 충격을 받아본 적이 언제인지 모르겠어.” 제인이 말했어요. “위컴이 그렇게나 나쁜 사람이라니! 기가 막혀서 믿을 수가 없을 정도야. 다아시 씨가 가여워! 리지야, 그 사람 맘고생이 얼마나 심했을지 생각 좀 해봐. 얼마나 실망이 컸겠어! 게다가 네가 자기를 그렇게 형편없는 사람으로 생각했다는 사실까지 알아버렸잖아! 게다가 자기 동생에 관해 그런 얘기까지 해야 했고! 생각만 해도 정말 너무 괴로워. 너도 그 마음은 알 거라 생각해.”

“아! 아니, 전혀! 언니가 그렇게 안타깝고 불쌍하다 하니까 내 연민은 다 싹 없어져버렸어. 그 사람 생각은 언니가 충분히 해주고도 남으니까 나는 정말 시시각각 근심도 사라지고 관심도 없어지네. 언니한테서 넘쳐나니까 내가 아껴야지 어떡해. 언니가 그 사람 걱정에 조금만 더 슬퍼했다간 내 마음이 깃털처럼 가벼워지겠어.”

“불쌍한 위컴, 겉보기엔 그렇게 선해 보이는 얼굴인데! 매너는 또 얼마나 소탈하고 신사다워!”

"확실히 그 두 신사의 교육을 관장할 때 큰 실수가 있었던 게 분명해. 한 사람이 선함을 다 가져가고, 또 한 사람은 선한 외양을 모조리 가져갔으니."

"나는 예전에도 너처럼 그렇게 다아시 씨가 선해 보이지 않는다고 생각하지는 않았어."

"그런데 나는 아무 이유도 없이 그렇게 작정하고 싫어하면서 남다르게 똑똑하다 자부했지 뭐야. 그런 유의 혐오를 품으면 왠지 천재성에 날개를 단 것 같고 위트가 흘러넘치는 기분이 되거든. 공정한 말은 한마디도 안 하고 끝없이 중상모략을 늘어놓을 수도 있지만, 그렇게 사람을 계속 비웃고 놀려대다 보면 결국 가끔은 뭔가 위트 있는 말이 걸려들고야 말거든."

"리지, 처음 그 편지를 읽었을 때는 너도 이 일을 지금처럼 대하진 못했을 것 같아."

"그럼 당연히 못 했지. 마음이 너무 불편했거든. 정말 불편했어, 불행했다 해도 될 정도로. 그런데 내 감정을 털어놓을 사람도 아무도 없고, 내가 정말로 그렇게까지 약하고 허영심 덩어리고 말도 안 되는 짓거리를 저지른 건 아니라고 날 위로해줄 제인 언니도 없었잖아. 물론 나는 정말로 그렇게 약하고 허영심덩어리에 말도 안 되는 짓거리를 저질렀지만 말이야! 아, 언니가 얼마나 필요했는지 몰라!"

"네가 그렇게 강한 표현으로 다아시 씨 앞에서 위컴을 두둔한 게 너무 속상하다. 지금 생각해보면 일말의 가치도 없어 보이는데."

"확실히 그렇지. 하지만 불행히도 그리 원망을 담아 말하게 된 건, 내가 키워왔던 편견의 지당한 결과야. 그런데 한 가지, 내가 언니의 조언을 구하고 싶은 일이 있어. 위컴의 진짜 인격을 사람들이 다들 알게 해야 하는 걸까, 그러면 안 되는 걸까.”

미스 베넷은 잠시 말이 없다가 대답했어요. “그렇게까지 지독하게 그 사람의 정체를 폭로할 필요는 없지 않니. 네 의견은 어때?”

“시도조차 해선 안 될 일이지. 다아시 씨는 내게 말해준 내용을 공개해도 좋다고 허가해준 게 아니야. 오히려, 동생과 관련한 모든 구체적인 정황은 최대한 나 혼자만의 비밀로 간직하길 바랐지. 그러니까 나머지 얘기로 위컴의 실상을 사람들한테 알려봤자 누가 내 말을 믿어주겠어? 다아시 씨에 대한 세간의 반감이 너무 격해서, 아마 메리턴의 착한 사람들도 절반은 죽어도 다아시 씨를 좋게 봐주려 들지 않을걸. 나는 진실을 알릴 능력이 없어. 위컴은 금세 떠날 테니까, 진짜 그가 어떤 사람이든 여기 있는 사람들한테는 아무 의미도 없을 거야. 언젠가는 다 밝혀질 테고, 그때는 우리도 왜 그걸 미리 알아채지 못했냐고 어리석은 사람들을 비웃어주지 뭐. 지금 당장은 아무 말도 하지 않을 거야.”

“네 말이 정말 옳아. 과오를 공개적으로 밝히면 그 사람 신세를 영영 망쳐버릴 거야. 어쩌면 지금은 과거에 저지른 잘못을 후회하고, 새사람이 되려고 노력하고 있을지 모르는데. 우리가 절박한 처지로 몰아넣으면 안 되지.”

엘리자베스의 마음속에서 휘몰아치던 격랑은 이 대화로 조금 잠잠해졌어요. 이 주일 동안 가슴을 짓누르던 두 가지 비밀

중 하나를 털어버렸으니까요. 그리고 또 다른 비밀을 언제 털어놓을지 모르지만, 제인은 그때도 분명 기꺼이 귀담아들어주리라는 확신이 있었지요. 하지만 여전히 마음 저 깊은 구석에 도사리고 있는 무언가가 있었고, 그건 밝히기가 아무래도 조심스러웠어요. 감히 다아시 씨의 편지에 담긴 나머지 절반의 내용을 이야기할 수도 없었고, 그의 친구가 언니를 얼마나 진심으로 귀하게 아끼는지 설명해줄 수도 없었어요. 이 앎은 누구와도 공유할 수 없는 것이었지요. 당사자들끼리 완벽한 이해에 다다르지 않는 한, 마음의 짐으로 남은 이 마지막 비밀을 털어버리는 일이 정당화될 수는 없었어요. 엘리자베스는 마음속으로 생각했지요. '그래, 가능할 것 같진 않지만, 만에 하나 그런 일이 일어난다면, 그때는 빙리가 훨씬 더 기분 좋은 방식으로, 직접 자기 이야기를 할 수 있을 테니 나는 그냥 거들기만 하면 될 거야. 이 소식이 비밀로서 아무 가치도 없어질 때까지는, 내 멋대로 이야기를 전해서는 안 돼.'

이제 집에서 보내는 일상에 다시 적응한 엘리자베스는 여유를 가지고 언니의 진짜 심정을 살필 수 있었어요. 제인은 행복하지 않았지요. 여전히 빙리에게 아주 애틋한 감정을 간직하고 있었거든요. 사랑에 빠졌다는 생각을 한 번도 해보지 못한 언니였기에, 그 마음은 첫사랑의 뜨거운 열정을 모두 품고 있으면서도, 나이와 성정으로 인해 첫사랑이 흔히 갖추기 어려운 꾸준한 심지가 있었지요. 추억을 뜨겁게 간직한 데다 다른 어떤 남자도 빙리만큼 좋아할 수 없었기에, 회한에만 젖어 있지 않으려면 모든 분별과 상식, 친지들의 감정에 대한 모든 배려를 다 동원해야 했어요. 회한에 한없이 빠져들다보면 건강도 다치고 마음의 평온도 잃고 말 테니까요.

"얘, 리지야," 베넷 부인이 어느 날 말했지요. "제인에게 벌어진 이 슬픈 사태를 너는 지금 어떻게 생각하니? 엄마는, 아무한테도 다시는 입도 뻥긋하지 않을 생각이다. 내 동생 필립스한테도 그리 말했어. 하지만 제인이 런던에서 빙리의 발끝이라도 봤는지 도저히 알아낼 수가 없어. 뭐, 그럴 가치도 없는 형편없는 청년이기는 하지ー이제는 제인이 그 남자를 잡을 가능성은 요만치도 없어 보이는구나. 여름에 네더필드에 다시 온다는 얘기도 전혀 들리지 않고 말이야. 알 만한 사람들한테는 샅샅이 캐묻고 다녔는데도 말이야."

"제 생각에는 이제 네더필드에서 살지 않을 것 같아요."

"아, 그럼 그러라지! 자기 마음대로 하는 거지 뭐. 어차피 누가 오길 바란다니. 하지만 나는 언제까지나 그 친구가 우리 딸한테 아주 지독하게 푸대접을 했다고 말하고 다닐 거야. 내가 제인이었으면 난 안 참았다. 아니, 그나마 위로가 되는 건, 우리 제인이 실연으로 마음이 아파서 결국 앓다 죽을 게라는 거지. 그러면 그놈도 자기가 한 짓을 후회할 테고 말고."

하지만 엘리자베스는 그런 예상에서 어떤 위로도 찾을 수가 없어서, 아무 대꾸도 하지 않았어요.

"그나저나, 리지야," 어머니는 또 금세 말을 이었습니다. "그래서 콜린스 부부는 아주 편하게 살더냐, 응? 그래, 그래, 어디 오래가기만 바랄 뿐이야. 그런데 식탁은 어떻게 차리고 살던? 샬럿이 엄청 살림을 잘하지, 그야 그렇지. 제 어머니 반만큼만 똑똑하다면 충분히 잘 저축하고 살 게야. 그 집에는 분에 넘치게 화려한 건 하나도 없다니까, 암."

"네, 전혀 없지요."

"살림을 어찌나 알뜰하게 잘하는지, 그야 믿어도 되지. 그래, 그렇고말고. 그 부부는 수입보다 돈을 더 많이 쓰지 않게 잘 관리할 게 틀림없어. 그 부부는 돈 걱정도 할 일이 없을 테고. 뭐, 그럼 아주아주 잘 살 테지 뭐냐! 그건 그렇고, 언제가 되든 네 아버지가 죽으면 롱본을 차지할 거라는 얘기를 자주 입에 올리고 살겠지. 그때마다 아주 롱본이 자기 거나 된 듯 넘볼 게다."

"그야 제 앞에서는 감히 거론할 수 없는 주제잖아요."

"그래. 말했으면 그게 더 이상했겠지. 하지만 난 한 치의 의심도 없어. 자기네들끼리는 그 얘기를 종종 할 거야. 합법적으로 제 것도 아닌 영지를 마음 편하게 차지할 수 있다면야 뭐 그 사람들한테야 잘됐지 뭐냐. 한정 상속 된 영지를 받게 되면 나는 참 남 보기에 부끄러울 텐데 말이야."

18

돌아오고 나서 첫 주는 금세 지나가버렸어요. 둘째 주가 시작되었지요. 메리턴에서 연대가 주둔하는 마지막 주였고, 동네의 젊은 아가씨들은 모두 금세 축 처졌어요. 우울이 거의 온 세상에 내리 깔렸지요. 여전히 먹고 마시고 잠도 잘 자고 늘 하던 일을 열심히 할 수 있는 사람은 베넷 가문의 큰딸과 둘째 딸뿐이었어요. 그들은 왜 이렇게 둔감하냐고 키티와 리디아에게서 아주 잦은 비난을 받아야만 했지요. 본인들이 참담하게 불행해서 가족 중에 그렇게 돌 같은 심장의 소유자가 있다는 게 이해가 가지 않았던 거예요.

"맙소사, 정말이지! 이제 우리는 어떻게 될까! 우리는 이제 뭐 하고 살아!" 쓰디쓴 괴로움에 몸부림치며 두 아이는 외치곤 했어요. "어떻게 그렇게 웃고 다닐 수가 있어, 리지 언니?"

그들의 다정다감한 어머니는 이 아이들의 슬픔을 온전히 함께 나누었어요. 자기가 비슷한 상황에서 견뎌내야 했던 아품을 기억해낸 거예요. 이십오 년 전에 말이지요.

"그래, 맞아. 나도 밀러 대령의 연대가 떠났을 때 이틀을 꼬박 울었단다. 마음이 찢어지는 줄 알았지 뭐냐."

"내 마음은 틀림없이 찢어질 거예요." 리디아가 말했어요.

"브라이턴에 갈 수만 있다면 얼마나 좋겠니!" 베넷 부인이 말했지요.

"아, 그럼요!─브라이턴에 갈 수만 있다면! 하지만 아빠가 너무 심술을 부리세요."

"바다에서 멱을 좀 감으면 나도 아픈 게 싹 다 나으련만."

"게다가 우리 필립스 이모도 나한테 엄청 좋을 거라고 하셨단 말이에요." 키티까지 거들었지요.

롱본 하우스 전역에 끝도 없이 낭랑히 울려 퍼지는 통곡은 그런 유였답니다. 엘리자베스는 뭐든 재밌는 일을 찾아 하면서 우는소리를 잊으려 했지만 수치심 때문에 어떤 즐거움도 느낄 수가 없었어요. 다아시 씨가 반대한 이유가 얼마나 일리 있는지 새삼 절감했고, 처음으로 친구를 생각해서 개입한 그의 행동을 용서해주고 싶은 마음마저 들었어요.

하지만 리디아의 미래에 드리운 어두운 우울은 금세 말끔히 걷혔답니다. 연대 대령의 아내 포스터 부인에게서 함께 브라이턴으로 가자는 초대를 받았기 때문이지요. 이 귀하디귀한 친구는 아주 갓 결혼한 젊은 여자였어요. 서글서글한 성격과 활기찬 기질이 닮아서 리디아와 서로 마음이 맞았고, 석 달 동안 알고 지낸 결과 세상에 둘도 없는 단짝이 된 거예요.

리디아의 황홀한 희열, 포스터 부인에 대한 끝없는 찬사, 베넷 부인의 기쁨, 키티의 비참한 좌절은 뭐라 묘사하기가 어렵네요. 키티의 감정에는 아랑곳하지 않고, 리디아는 기쁨에 넋을 놓고 한시도 가만히 있지 못하고 집 안을 후다닥 날아다니면서 한 사람 한 사람 축하를 요구하고 그 어느 때보다 더 격하게 폭소를 터뜨리며 수다를 떨었어요. 반면 불운한 키티는 거실에 주저앉아 하염없이 신세 한탄을 했는데, 토라진 어투만큼이나 비합리적인 허튼소리들이었지요.

"포스터 부인이 왜 리디아만 초대하고 나는 안 불렀는지 이유를 모르겠어." 키티는 말했지요. "아무리 내가 특별한 친구가 아니라도 그렇지. 나도 걔만큼 초대받을 권리가 있단 말이야. 심지어 더 큰 권리가 있어. 내가 두 살이나 언니잖아."

엘리자베스는 키티가 이성적으로 생각하게 만들려 애썼고 제인은 키티가 체념하게 하려 애썼지만 다 헛수고였지요. 엘리자베스에게는 이 초대가 불러일으킨 감정이 어머니나 리디아와는 딴판으로 달랐어요. 리디아가 그나마 상식을 갖출 가능성에 사형선고가 떨어진 거라고 판단했기 때문이지요. 만에 하나 들키면 끔찍한 미움을 살 각오를 무릅쓰고 비밀리에 아버지에게 리디아가 못 가게 막으시라고 조언을 건네기까지 했어요. 평소 리디아의 부적절한 행실을 조목조목 지적하고, 포스터 부인 같은 여자와 친구가 되어봤자 득이 될 것이 없다고, 브라이턴에서 그런 친구와 함께 다니면 훨씬 더 방종하고 경솔한 아이가 될 거라고, 거기 가면 집과는 비교할 수도 없이 크나큰 유혹들이 있을 거라고 말했지요. 아버지는 엘리자베스의 말을 경청하고 나서 이렇게 말했어요.

"리디아는 어디든 공공연한 장소에서 망신을 당해야 직성이 풀릴 아이니, 그나마 지금 같은 상황에서 해치우는 게 대가도 적게 치를 테고 가족한테 폐도 덜 끼칠 게다."

"리디아가 이렇게 무방비로 방종하게 행동하는 걸 사람들이 알아채면 우리 모두한테 얼마나 큰 피해가 돌아갈지 아버지가 아신다면," 하고 엘리자베스는 말했지요. "아니, 벌써 얼마나 큰 피해를 받았는지 아신다면, 분명히 이 문제를 다르게 판단하실 거예요."

"벌써 피해를 받았다니!" 베넷 씨가 딸의 말을 그대로 되받아 말했어요. "뭐냐, 리디아 때문에 널 따라다니던 남자들 몇 명이 겁먹고 도망이라도 친 게냐? 이거 이거 우리 리지가 가없어서 어쩐다! 하지만 풀 죽지 마라. 어리석고 무례한 행태 근처에만 가도 못 참는 그런 까탈스러운 젊은 애들은 아쉬워할 가치도 없어. 자, 어디 멍청한 리디아 때문에 가까이 오지 못하는 가없은 친구들의 명단을 좀 보자꾸나."

"아버지, 정말 그런 게 아니에요. 제가 그런 속상한 일을 당하지는 않았어요. 전 지금 구체적인 피해가 아니라 전반적인 악영향을 걱정하고 있는 거예요. 사교계에서 우리의 중요성, 우리의 체면이 반드시 영향을 받게 되어 있어요. 저렇게 정신 없이 들떠 날뛰고, 뻔뻔스럽게 당당하고, 규제와 제약을 모조리 무시하는 게 리디아 성격의 특징이 되었잖아요. 죄송하지만—터놓고 직설적으로 말씀드려야겠어요. 사랑하는 아버지, 수고스럽더라도 아버지께서 저 걷잡을 수 없이 들뜬 저 애의 기를 꺾고 지금 저 애가 쫓아다니는 즐거움이 인생의 중대사가 될 수 없다는 걸 확실히 가르치지 않으시면, 머지않아 무슨 수를 써도 고칠 수 없는 상태가 되어버릴 거예요. 저 성격이 그대로 굳어질 테고, 그럼 저 애는 나이 열여섯에 남자만 보면 작정하고 유혹하는 세상에 둘도 없는 헤픈 여자가 되어서 자기는 물론이고 가문을 다 우습게 만들 거예요. 그것도 최악의, 수준이 치졸한 추파를 날리는 그런 여자 말이에요. 젊음과 그럭저럭 봐줄 만한 외모 말고는 아무 매력도 없는 데다 머리는 텅 비고 무식해서, 남자들의 흠모만 저리 정신없이 쫓아다니다 보면 응당 쏟아질 세상의 멸시에 무방비로 노출될 거예요. 키티도 이런 위험에서 안전하지 않고요. 그 애는 리디아가 어디로 이끌든 무조건 따라가니까요. 허영심 강하고, 무지하고, 나태하고, 자제력도 전혀 없단 말이에요! 아! 아버지, 어떤 사교계에서든 저 애들의 행실이 알려지면 비난과 경멸을 받지 않을 리가 있나요? 그럼 그 치욕에 언니들까지 당연히 다 끌려들어가지 않겠어요?”

베넷 씨는 엘리자베스가 온 마음으로, 진심으로 이 주제를 걱정하고 있다는 걸 깨달았어요. 그래서 다정하게 딸의 손을 잡으며 대답했습니다.

“사랑하는 딸아, 너는 그리 불편한 마음을 가지지 마라. 어떤 사교계에서든 너와 제인은 존경받고 귀히 받들어질 테니까. 한두 명—아니, 솔직히, 세 명의 아주 멍청한 동생들이 있다고 해서 너희의 장점이 깎여 보이지는 않을 게다. 리디아가 브라이턴에 가지 않으면 롱본은 결코 평화로울 수 없을 게다. 그러니 가라고 해라. 포스터 대령은 사리 분별이 바른 사람이니까 정말로 위험한 상황이 생기지는 않게 보호해줄 게야. 게다가 다행히 리디아는 누가 사냥감으로 삼기에는 너무 돈이 없지 않니. 브라이턴에 가면 평범한 헤픈 여자애로서도 여기보다 존재감이 없을 게야. 장교들이 그 애보다 신경 쓸 가치가 있는 여자들을 많이 보게 될 테니까. 그러니 그 애가 거기 가서 자기가 하찮은 존재라는 걸 깨닫기를 바라자꾸나. 아무튼, 지금보다 심하게 더 나빠질 데도 없잖니. 그랬다간 우리가 그 애를 평생 어디 가둬놔야 할 테니까 말이다.”

엘리자베스는 이 대답으로 만족할 수밖에 없었어요. 하지만 이 의견에는 변함이 없었기에 실망스럽고 유감스러운 심정으로 물러났지요. 하지만 미련을 버리지 못하고 속앓이만 더 하는 건 엘리자베스의 천성에 맞지 않았어요. 떳떳이 자기 의무를 다했다 자부했고, 나쁜 결과가 불가피하더라도 미리 조바심치거나 불안해하며 상황을 악화시키는 건 성정이 허락지 않았지요.

만일 엘리자베스가 아버지와 무슨 얘기를 나누었는지 리디아와 어머니가 알았다면, 둘이 힘을 합쳐 어마어마한 악담을 쏟아내는 걸로 분을 풀었을 거예요. 리디아의 상상 속 브라이턴 방문은 지상에서 누릴 수 있는 모든 행복을 아우르고 있었지요. 리디아는 공상 속 창의적인 눈으로 발랄한 해변 휴양 도시의 거리가 온통 장교들로 뒤덮인 광경을 보았어요. 지금은 아직 알지 못하는 열몇 명, 아니 수십 명의 장교들이 자기한테 홀딱 반해 따라다니는 모습도 보았지요. 숙영지의 화려한 영광도 눈에 선했고요. 천막 막사들이 아름답고 정확하게 도열

해 있고, 진홍빛[1] 제복을 자랑하는 청년들과 멋쟁이들로 붐비고 있겠지요. 그 풍경은, 천막 밑에 앉아 적어도 여섯 명의 장교와 한자리에서 다정하게 추파를 던지며 놀고 있는 그녀 자신의 모습으로 완벽하게 마무리되었어요.

언니가 그런 전망, 그런 현실로부터 자기를 떼어놓으려 했다는 걸 알았다면 리디아의 기분이 어땠을까요? 그 기분을 제대로 알아줄 사람은 아마 온 세상에서 오로지 어머니뿐이었을 거예요. 리디아와 거의 똑같은 감정을 느꼈을 테니까요. 리디아가 브라이턴에 간다는 사실은, 자기 남편은 결코 자기를 거기 데려가주지 않을 거라는 우울한 확신을 달래주는 단 하나의 위로였거든요.

하지만 그 모녀는 전혀 모르고 있었어요. 그래서 황홀하게 들뜬 그들의 기쁨도 별다른 방해를 받지 않고 리디아가 집을 떠나는 당일까지 계속 이어졌답니다.

엘리자베스는 이제 위컴 씨를 마지막으로 만나야 했어요. 돌아온 후로 모임에서 자주 만날 기회가 있었기에, 불편한 마음도 이제 웬만큼 다 정리되었어요. 특별한 호감 탓에 흔들렸던 예전의 심정은, 흔적도 없이 정리되었고요. 심지어 처음에 그토록 마음에 들었던 그 신사다운 태도가 알고 보니 작위적이고 늘 똑같다는 걸 감지했고, 가증스럽고 싫증 난다고까지 느끼게 되었지요. 게다가 현재 그녀를 대하는 태도가 새삼

1　scarlet. 보통 영국 군인의 군복은 레드 코트red coat라 불렸다. 하지만 리디아의 상상 속에서는 더 화려하고 에로틱한 진홍색으로 채색된다.

스레 아주 불쾌했어요. 그는 얼마 안 가서 처음 만났을 때처럼 재차 특별한 구애를 하겠다는 의사를 명확히 드러냈는데, 그간의 일을 생각하면 엘리자베스는 발끈하지 않을 수 없었겠지요. 저토록 안일하고 얄팍한 찬사나 유혹의 대상으로 자기를 선택했다는 걸 알고는, 그나마 남아 있던 관심마저 싹 다 없어져버리고 말았으니까요. 꿋꿋이 아무 말 없이 참기는 했지만, 그 구애는 한편으로 힐난의 속뜻을 품고 있음도 느꼈고요. 이유가 뭐든 또 얼마나 오랫동안이든 다른 여자한테 관심을 돌렸다가도 언제든 자기가 마음만 먹으면 엘리자베스를 떠받들어주고 허영심을 채워줘서 또다시 호감을 살 수 있다 자신한다는 뜻이니까요.

연대가 메리턴에 주둔하는 마지막 날, 위컴도 롱본에서 다른 장교들과 함께 저녁 식사를 했어요. 엘리자베스는 기분 좋게 헤어질 마음이 전혀 없었기에, 헌스퍼드에서 어떻게 지냈느냐고 묻는 그에게 피츠윌리엄 대령과 다아시 씨가 둘 다 로징스에서 이 주일을 보냈다고 슬쩍 말을 꺼냈고 혹시 피츠윌리엄 대령을 아느냐고 물었지요.

위컴은 놀라고 불쾌하고 불안한 표정을 지었지요. 하지만 잠시 생각하다 금세 다시 미소를 짓고는, 옛날에 자주 만났다고 대답했지요. 아주 신사다운 사람이라고, 얼마나 마음에 들더냐고 되물었습니다. 그래서 열렬한 칭찬으로 답을 대신했어요. 그는 무심한 척하면서 곧 덧붙여 물었어요. "로징스에 대령이 얼마나 오래 있었다고 하셨지요?"

"삼 주 가까이 계셨어요."

“그럼 자주 만나셨겠군요?”

“네, 거의 매일 만났어요.”

“대령의 매너는 사촌과는 아주 다르지요.”

“네, 아주 다르지요. 하지만 다아시 씨는 알면 알수록 좋아지는 분 같아요.”

“설마요!” 위컴이 외치는 순간 떠오른 표정을 엘리자베스는 놓치지 않았습니다. “아니, 그럼 여쭤봐도 됩니까?” 하지만 멈칫 자제하며, 그는 좀 더 쾌활한 어투로 말했습니다. “좋아지는 게 화법입니까? 황송하게도 평소 본인의 스타일에 예의를 좀 추가하셨나보지요? 전 감히,” 그는 나직하게 좀 더 진지한 말투로 이어 말했습니다. “본질적인 면모가 나아질 거라고는 바라지도 않습니다.”

“아, 그럼요!” 엘리자베스가 말했어요. “본질적인 면모는, 예전과 달라진 데가 거의 없다고 믿어요.”

그 말을 들으며 위컴은 좋아해야 할지 속뜻을 의심해봐야 할지 몰라 어쩔 줄 모르는 표정을 지었습니다. 그녀 얼굴에 떠오른 뭔가가 웬지 마음에 걸려서, 걱정스럽고 불안하게 주의를 기울이며 경청하지 않을 수 없었거든요. 그때 엘리자베스가 이 말을 덧붙였어요.

“친해지면 더 좋아지는 분이라고 한 말은, 정신이나 매너가 향상되었다는 의미가 아니라 그분을 잘 알게 되니 성정이 더 잘 이해된다는 의미였어요.”

위컴의 불안은 이제 상기된 얼굴과 동요한 표정이 선연했지요. 그러더니 몇 분간 아무 말도 하지 않았습니다. 하지만 이윽고 당황한 기색을 털고 다시 그녀를 바라보며 다정하기 그지없는 어조로 이런 말을 하는 거예요.

"미스 엘리자베스께서는, 다아시 씨에 대한 제 감정을 잘 알고 계시니 그가 올바른 행동을 시늉이나마 할 만큼은 현명해졌다는 소식에 제가 얼마나 기쁠지 기꺼이 알아주시겠지요. 그런 방향의 변화에는 그의 자존심이, 자기 자신에게도 그렇지만, 다른 많은 사람들에게 도움이 될 겁니다. 저한테 저지른 그런 파렴치한 짓을 저지르지 않도록 제어해줄 테니 말이지요. 아마 방금 말씀하신, 그런 유의 신중한 몸가짐은, 자기 이모를 방문하러 갔을 때만 보여줄 겁니다. 그 이모의 견해와 판단을 대단하게 떠받들거든요. 제가 잘 아는데, 이모와 함께 있을 때는 늘 좀 무서워하더라고요. 아마 미스 드 버그와 혼사를 진행하고 싶은 마음이 커서 그럴 거예요. 확실히 말하지만 미스 드 버그를 진심으로 마음에 두고 있다니까요."

엘리자베스는 이 말에 웃음을 물지 않을 수 없었지만, 대답 대신 그냥 고개만 까닥하고 말았어요. 위컴이 자기 억하심정을 늘어놓던 옛날의 그 화제를 또 꺼내고 싶어하는 눈치였지만 전혀 그 비위를 맞춰줄 기분이 아니었거든요. 위컴의 입장에서 말하자면 그날 저녁 나머지 시간을 그는 평소처럼 명랑한 겉모습을 유지하는 데 치중하며 보냈지만, 그때부터 엘리자베스를 특별히 떠받들지는 않았답니다. 그리고 둘은 서로 예의를 지키며, 또 아마도 서로 다시는 만나지 말았으면 하는 심정으로, 마침내 헤어졌지요.

식사가 끝나고 사람들이 뿔뿔이 흩어졌을 때, 리디아는 포스터 대령의 부인과 함께 다시 메리턴으로 돌아갔어요. 다음 날 아침 일찍 거기서 출발할 예정이었거든요. 가족과의 작별 은 섭섭하다기보다는 시끌벅적했어요. 키티가 유일하게 눈물 을 보였지만, 속상하고 부러워서 울었던 거고요. 베넷 부인은 딸에게 신나게 즐기고 오라며 덕담을 아끼지 않았고, 자기도 속상하지만 여기서 기회가 되는 대로 즐거이 살겠노라 의미 심장하게 덧붙여 말했죠. 참 잘도 따르겠다만 그래도 건넬 수 밖에 없는 조언들, 시끌벅적하게 안녕을 고하는 리디아 본인 의 행복감 속에 묻혀서, 언니들이 조금 더 온화하게 건넨 인사 는 누구의 귀에도 들리지 않았어요.

19

온전히 자신의 가족만 염두에 두었다면 엘리자베스는 결혼의 행복이나 가정의 위안에 관해 썩 유쾌한 의견을 가질 수는 없었을 거예요. 아버지는 젊음과 미모, 또 대체로 그 젊음과 미모에서 비롯하는 성격 좋아 보이는 외양에 매혹되어 그렇게 이해력도 얕고 편협한 마음을 지닌 여자와 결혼해서, 결혼 후엔 아주 일찌감치 아내에 대한 애정을 모조리 잃고 말았습니다. 존중, 존경, 신의는 영원히 사라져버렸지요. 그래서 가정의 행복을 바라보는 관점마저 뒤집히고 말았습니다. 그러나 베넷 씨는 성격상 자기 자신이 부주의했던 탓에 겪은 좌절을 쾌락으로 달래려 하지는 않았어요. 본인이 어리석고 약했던 탓에 겪는 불행을 다른 유의 쾌락에 빠져 달래는 이들이 세상에 너무나 많은데 말이지요. 베넷 씨는 전원과 책을 좋아했어요. 그래서 이 취미들에서 주로 즐거움을 찾게 되었지요. 아내가 그 기쁨에 기여하는 바라면, 멍청하고 어리석어서 놀려대고 비웃을 수 있다는 것 말고는 별로 없었어요. 물론 이건 남자가 아내에게서 일반적으로 바라는 행복은 아니지요. 그래도 다른 식으로 즐거움을 누릴 길이 없을 때, 진정한 철학자라면 주어진 것들로부터 혜택을 찾기 마련이니까요.

그러나 엘리자베스는 아버지가 남편으로서 하는 행동들이 부적절하다는 사실을 언제나 의식하지 않을 수 없었어요. 그래서 볼 때마다 마음이 아팠지만, 아버지의 능력을 존경하고 다정하게 자신을 애틋이 아껴주는 아버지에게 감사했기에, 눈감기 어려운 과오는 빨리 잊으려 노력했지요. 아내의 결점을 공개적으로 폭로해 자식들이 어머니를 낮잡아 보게 만들면서 결혼 생활의 책무와 예법을 무시로 위반하는 건 크게 책망받아 마땅하다는 생각이 들더라도 뇌리에서 떨치려 애썼고요. 하지만 이렇게 안 어울리는 부부 사이에서 자라난 자식들이 맞닥뜨릴 불이익을 지금만큼 통렬히 절감한 적은 없었어요. 재능이 오판으로 인해 엉뚱한 방향으로 쓰일 때 생겨나는 해악 또한 지금에 와서야 온전히 깨달을 수 있었고요. 그 재능이 올바르게 쓰였다면 설사 아내의 편협한 마음을 넓히진 못했더라도 딸들의 품위를 지켜줄 수는 있었을 거예요.

엘리자베스는 위컴이 떠나서 기쁘고 후련했지만, 연대의 철수를 반가워할 다른 이유는 거의 없다시피 했어요. 집 밖에서 열리는 사교 모임은 전처럼 다채롭지 않고 집엔 주변 만사 다 재미없고 따분하다며 한탄만 주야장천 늘어놓는 엄마와 동생이 있어서 분위기가 어둡고 칙칙하기 이루 말할 수가 없었지요. 머릿속을 어지럽게 헤집어놓는 사람들이 없어지니 키티가 이따금 그나마 타고난 정신머리를 되찾기도 했지만, 막냇동생은, 해수욕장과 숙영지라는 이중의 위험 속에서 그 멍청함과 근거 없는 당당함을 단단히 굳히게 될 공산이 높았지요. 따라서 전반적으로 보아, 엘리자베스는 한 가지 사실을 깨달았어요. 전에도 때때로 느꼈지만, 조급한 열망으로 고대했던 사건은 실제로 일어났을 때 기대한 만큼의 행복감을 가져다주지 못한다는 것을요. 그러니 실제로 행복을 누리게 될 또 다른 시기를 재차 정할 필요가 있었어요. 또 다른 시점을 정해놓고 소망과 희망을 걸어둔 후 다시금 기대의 즐거움을 누리면서 현재의 자신을 위로하고 또 다른 낙심에 대비해야 하는 거예요. 엘리자베스의 모든 행복한 생각들은 레이크 디스트릭트로의 여행이라는 목표로 달려가고 있었어요. 어머니와 키티가 늘어놓는 불만 탓에 피할 길 없이 불편해진 이 모든 시간을 달래주는 최고의 위로였어요. 제인을 이 계획에 끌어들일 수만 있다면 이 여행이 모든 면에서 완벽해질 텐데 말이에요.

'하지만 아쉬워서 뭔가를 바랄 여지가 있어서 더 다행이야.' 엘리자베스는 생각했어요. '여행 계획이 흠잡을 데 없이 완벽하면 가서는 분명 실망하고 말 테니까. 하지만 지금으로선, 언니가 없다는 아쉬움이 늘 있을 테니, 바라는 다른 즐거움은 현실로 온전히 누릴 수 있다 기대해도 무리는 아니겠지. 모든 면에서 기쁨을 장담하는 계획은 결코 성공할 수 없어. 구체적으로 마음에 걸리는 작은 흠결들이 있어야 전체적으로 실망하게 되더라도 대비할 수 있지."

리디아는 떠나면서는 어머니와 키티에게 아주 자주, 아주 상세하게 편지를 써 보내겠다고 약속했어요. 하지만 그 편지는 오래 기다려야 했고, 또 언제나 아주 짧았답니다. 어머니에게 쓴 편지에는 다른 내용은 하나도 없이 방금 도서관에서 돌아왔는데, 누구누구 장교가 동행했고, 어디서 아름다운 장식을 봐서 기쁨을 주체할 수 없었고, 자기가 새 드레스를 샀고, 새 양산을 샀다고, 그러고는 불쑥 양산을 훨씬 더 자세하게 묘사하다가, 포스터 부인이 불러서 숙영지에 가야 하는데, 엄청 급해서 시간이 없다면서 갑자기 뚝 끊기곤 했어요—언니들에게 보내는 편지에는, 알려주는 바가 더 없었고요—키티에게 쓴 편지는, 좀 더 길긴 해도, 밑줄을 그어서 표시한 사적인 내용이 너무 많아서 남들한테 보여줄 수가 없었다네요.

리디아가 가고 이삼 주가 지나서야 건강, 유쾌함, 명랑함이 롱본에 다시 등장하기 시작했어요.[1] 세상만사가 살짝 더 행복한 색채를 띠었지요. 겨울을 보내려고 런던으로 떠났던 가족들도 돌아왔고, 멋진 여름옷들과 여름의 사교 일정이 눈에 띄기 시작했어요. 베넷 부인은 원래대로 시끌벅적한 불평쟁이로 돌아가 평온을 되찾았고 6월 중순쯤이 되자 키티마저 눈물 없이 메리턴에 들어갈 수 있을 만큼이나 회복되었어요. 이처럼 앞날이 기대되는 회복세를 보니 엘리자베스도 희망을 품을밖에요. 다음 크리스마스 때는 키티가 웬만큼 이성을 갖춰서 하루에 한 번 이상 장교라는 말을 입에 올리는 일이 없게 될지도

---

1 제인 오스틴은 연극을 좋아했고, 이렇게 연극적인 묘사를 자주 쓰곤 한다. 건강, 유쾌함, 명랑함 등 추상적 개념을 인격화하는 우의극처럼 묘사한 원문을 그대로 살리고자 '나타나다'가 아니라 '등장하다'로 번역했다.

모르잖아요. 물론 전쟁부[2]에서 뭔가 잔인하고 악의적인 군사 배치를 결정해서 메리턴에 다른 연대가 주둔하게 되면 큰일이지만요.

북부 여행이 시작되는 날짜가 이제 빠르게 다가오고 있었어요. 겨우 이 주일을 앞두고 있을 때, 가디너 부인에게서 편지가 한 통 도착했고, 그로 인해 출발일도 늦춰졌을 뿐 아니라 여행 일정 자체가 단축되었답니다. 가디너 씨가 사업상 사정이 생겨 여행을 이 주일 미뤄서 7월에 출발할 수밖에 없고 그 후 한 달 내로 런던에 돌아와야 했기 때문이지요. 그러면 일정이 너무 짧아져서 원래 생각만큼 멀리 가거나 많은 곳을 구경할 수가 없게 되고, 적어도 처음 계산대로 여유롭고 편안하게 유람할 수가 없어지기 때문에, 하는 수 없이 그들은 레이크 디스트릭트를 포기하고 훨씬 단축된 여행 일정으로 대체해야 했어요. 수정된 계획에 따르면, 더비셔보다 더 북쪽까지 갈 수는 없게 된 것이지요. 더비셔는 주어진 삼 주의 시간을 대부분 할애해도 좋을 만큼 볼거리가 많은 고장이었고, 가디너 부인에게는 유달리 마음이 이끌리는 관광지이기도 했어요. 성장기에 여러 해를 보낸 고장에서 앞으로 며칠을 보낼 수 있다니, 아름다운 장관으로 유명한 매틀록과 채츠워스와 도브데일과 피크 디스트릭트를 다 합친 것 못지않게 호기심이 동할 밖에요.

엘리자베스로 말하자면, 실망이 이만저만이 아니었어요. 레

---

2 The War Office. 나폴레옹전쟁을 총괄 지휘하는 군 참모 본부.

이크 디스트릭트의 호수들을 보겠다고 진심으로 기대하고 있었고, 지금도 여전히 갈 만한 시간 여유가 된다고 여겼거든요. 하지만 만족하는 건 그녀의 의무였고—행복을 누리는 건 분명 그녀의 기질이었어요. 전부 다 금세 괜찮아졌지요.

더비셔라는 말에는, 여러 생각들이 얽혔습니다. 그 말을 보고 펨벌리와 그 영주를 떠올리지 않을 수는 없었지요. '하지만 내가 그 사람 눈을 피해 좀 뻔뻔스럽게 그 땅에 쳐들어가서 더비셔 스파[3]를 몇 개 훔쳐 온다고 뭐 어떻게 되겠어.' 엘리자베스는 생각했지요.

기대의 시간이 이제 두 배로 늘어났어요. 외삼촌과 외숙모가 오기 전까지 사 주의 시간을 흘려보내야 했으니까요. 그러나 시간은 잘 흘러갔고, 가디너 부부가 네 아이를 데리고 드디어 롱본에 모습을 나타냈어요. 여덟 살과 여섯 살의 딸 둘, 더 어린 두 아들이었는데 다들 사촌인 제인 누나가 특별히 맡아서 돌봐주기로 했지요. 제인은 아이들이 다들 좋아하는 누나였고, 흔들림 없는 올바른 판단과 다정한 성격 덕분에 모든 면에서 아이들을 돌봐주기에 적임자였어요—아이들을 가르쳐주고, 함께 놀아주고, 사랑해줄 수 있었으니까요.

가디너 부부는 롱본에서 하룻밤 머물렀고 다음 날 엘리자베스와 함께 새로운 풍경과 즐거움을 찾아 떠났습니다. 한 가지 즐거움만은 보장되는 여행이었지요—잘 맞는 여행 친구들

---

3 petrified spar. 석화된 광물 결정체로 푸른색과 보라색 띠를 지닌 형석의 일종이다. 더비셔 특산물로 유명하다.

이라는 기쁨 말이에요. 잘 맞는다는 건, 불편을 견뎌낼 건강과 기질—모든 기쁨을 배가시켜줄 밝은 성격—그리고 애정과 지성을 모두 아우르는 말이었고, 외부에서 실망스러운 일에 맞닥뜨리더라도 여행 친구들 사이에서 서로 즐거움을 나눠줄 수 있게 해준다는 뜻이었지요.

더비셔는 물론 그들의 동선이 거쳐 가는 다른 훌륭한 장소들을 묘사하는 건 이 소설의 목표가 아니랍니다. 옥스퍼드, 블레넘, 워릭, 케닐워스, 버밍엄 등등, 다들 충분히 유명하잖아요. 현재 소설의 모든 관심은 더비셔의 작은 일부 지역에 집중되어 있어요. 램턴이라는 작은 마을, 가디너 부인이 예전에 살았던 곳, 지인 몇 사람이 아직도 거기 산다는 사실을 최근 부인이 알게 된 곳이지요. 이 고장의 주요한 절경들을 모두 구경하고 나서 그들은 바로 그 마을로 발길을 돌렸어요. 그리고 램턴에서 오 마일도 떨어지지 않은 곳에, 펨벌리가 있다는 사실을 엘리자베스는 외숙모에게 들어 알게 되었지요. 똑바로 질러가는 길목에 있는 건 아니고, 이삼사 마일 거리를 돌아가야 볼 수 있다고 해요. 전날 저녁 일정을 의논하던 중에 가디너 부인은 펨벌리를 다시 보고 싶다는 의향을 밝혔고, 가디너 씨도 흔쾌히 동의하고는 엘리자베스에게 동의를 구했어요.

"리지야, 그곳 얘기를 그렇게 많이 들었는데 가보고 싶지 않니?" 외숙모가 말했지요. "그 장소는, 네가 잘 아는 여러 사람과도 연이 깊잖니. 그 왜, 위컴이 청소년기를 다 거기서 보냈다면서."

엘리자베스는 심란했어요. 자기가 펨벌리에 가면 안 될 것만 같아서 별로 구경하고 싶은 마음이 없는 척하는 수밖에 없었지요. 화려하고 커다란 대저택들이 실제로 지겹기도 해서 그렇게 솔직히 말했어요. 하도 많이 봤더니, 이제 아무리 값비싼 카펫과 새틴 커튼을 봐도 아무 감흥이 없네요.

가디너 부인이 왜 이렇게 재미없게 구느냐고 엘리자베스를 타박했어요. "그냥 값비싼 가구들이 들어찬 좋은 집에 불과하다면, 나부터도 굳이 보고 싶지 않을 거야. 하지만 영지가 정말 느낌이 좋단다. 이 지역에서 가장 훌륭한 숲들이 거기 있고."

엘리자베스는 더는 뭐라 말하지 않았어요―하지만 마음속으로는 순순히 따를 수가 없었어요. 유람을 하다가 다아시 씨와 마주칠 가능성이 곧바로 뇌리를 스쳤기 때문이지요. 정말 끔찍한 일일 거예요! 생각만 해도 얼굴이 화끈 달아올랐어요. 그래서 그런 위험을 감수하느니 차라리 외숙모에게 다 터놓는 편이 낫겠다 생각했지요. 하지만 막상 다 밝히자니 또 마음에 걸리는 문제들이 있었어요. 그래서 이건 마지막 수단으로 남겨두었다가 펨벌리의 집주인들이 정말 부재중인지 따로 물어보고 나서 아니라는 답이 돌아오면 그때 써야겠다 마음먹었지요.

그래서 밤에 잠자리에 들기 전에 하녀에게 넌지시 물어봤어요. 펨벌리는 정말 멋진 곳이죠, 그곳 영주님의 이름이 뭔가요, 그리고 적잖이 불안한 마음으로, 가족분들이 여름철에 여기 와 있나요, 하고 물었지요. 마지막 질문에 더없이 반가운 부정의 대답이 돌아왔어요―불안할 이유가 이제 싹 사라졌

으니, 이제 엄청난 호기심을 품고 신나게 그 집을 구경하러 갈
마음의 여유가 생겨나더군요. 다음 날 아침 다시 그 주제가 나
와 어떻게 생각하느냐는 질문을 또 받았을 때, 엘리자베스는
기꺼이, 하지만 적당히 무관심한 분위기를 풍기면서, 사실 특
별하게 싫은 건 아니라고 대답할 수 있었답니다.

펨벌리로, 그러니까, 가는 거예요.

3부

1

마차를 타고 달려가는 사이 펨벌리 숲이 처음 모습을 드러내
자 엘리자베스는 마음이 크게 동요했지만, 드디어 관문에 있
는 청지기의 집 앞에서 영지로 들어서자 설레는 마음이 파닥
이며 높이 날아올랐어요.

파크는 아주 넓었고 다종다양한 지형을 아우르고 있었습니
다. 그들은 제일 낮은 지점에서 진입해서 광활한 면적에 걸쳐
뻗어 나가는 아름다운 숲을 한참 가로질러 달렸지요.

엘리자베스는 머릿속이 가득 차서 대화를 나눌 수가 없었
지만, 걸출한 풍경과 조망은 하나라도 놓칠세라 주시하고 감
탄했어요. 일행은 반 마일쯤 서서히 오르막길을 달려 올라갔
고 정신을 차려보니 어느새 상당히 높은 고지에 올라서 있었
는데, 거기서 문득 숲이 끝나더니 곧바로 눈길이 펨벌리 하우
스에 붙들렸습니다. 저택은 골짜기 건너편에 위치하고 있었
는데, 길이 그쪽을 향해서 상당히 급하게 꺾여 있었어요. 크

고 멋지고 근사한 석조 건물로, 솟아오른 지대에 탄탄히 버티고 서 있었고 숲이 울창하게 우거진 높은 언덕 능선이 그 뒤를 든든하게 받쳐주고 있었습니다—저택 바로 앞에서는, 자연적으로 상당히 중요한 시냇물이 마침 수량이 불어 넓은 강으로 변해서 인공적인 느낌이 전혀 없이 풍부하게 흘러가고 있었어요. 강둑은 형식적이지도 않고, 가짜로 꾸며져 있지도 않았지요.[1] 엘리자베스는 기분이 너무나 좋아졌어요. 이처럼 자연이 큰 힘을 보태고 자연의 아름다움이 어설픈 취향으로 훼손되지 않은 장소는 한 번도 본 적이 없었거든요. 일행은 모두들 흥분해서 뜨거운 칭찬을 아끼지 않았고, 그 순간 엘리자베스는 느꼈어요. 펨벌리의 여주인이 된다는 건 어쩌면 대단한 일이겠구나!

언덕을 내려가서 다리를 건너고 마차를 달려서 문 앞에 다다랐어요. 저택을 좀 더 가까이에서 살펴다보니, 이 집의 주인을 만날지도 모른다는 불안이 온전히 되돌아왔지요. 엘리자베스는 하녀가 잘못 알았을까봐 너무 무서웠어요. 집 구경을 하고 싶다고 청하고, 허락을 받아 복도로 들어서서, 하녀장이 내려오기를 일행과 함께 기다렸어요. 시간의 여유가 좀 생기자 엘리자베스는 기막힌 심정으로 어쩌다 내가 여기에 오게 된

---

1 영국에서 조경에 대한 관점은 18세기에 파격적인 변화를 거쳤다. 18세기 초반에는 프랑스의 조경 관념이 영국을 지배해서 엄격한 형식과 정교한 균형의 원칙을 따랐다. 그러나 프랑스혁명과 나폴레옹전쟁의 영향으로 19세기 초부터 자연스러움이 최고의 가치로 추앙받기 시작했고, 자연 그대로의 아름다움을 살리는 조경 원칙이 영국적인 정원의 특성으로 자리 잡았다.

걸까 의아해했지요.

하녀장인 레이놀즈 부인이 내려왔는데, 점잖은 풍모의 나이 지긋한 여자였어요. 엘리자베스가 상상했던 것보다 훨씬 덜 고상하고 훨씬 더 공손한 사람이었지요. 그들은 하녀장을 따라 다이닝 팔러로 들어갔어요. 널따랗고 훌륭하게 균형 잡힌 방에 아름다운 가구들이 배치되어 있었지요. 엘리자베스는, 건성으로 실내를 훑어보고 나서, 전망을 구경하러 창가로 갔어요. 방금 그들이 내려온 언덕이 숲을 면류관처럼 쓰고 있었는데, 멀리서 보니 훨씬 더 가팔라 보여서 보기에 참으로 아름다웠어요. 지형의 배치도 모든 면에서 훌륭했고요. 엘리자베스는 한눈에 들어오는 전경을 감상했어요. 강, 강둑에 드문드문 흩어져 자라는 나무들, 굽이치는 계곡, 눈길이 닿는 한 한껏 멀리까지 보고 있는데, 기쁨이 차올랐어요. 다른 방들을 지나치며 보니, 이런 자연의 면면이 또 다르게 배치되어 내다보였지요. 하지만 어느 창에서 보나 아름다운 볼거리가 있었어요. 방들은 천장이 높고 근사했고, 가구는 집주인의 자산 규모에 잘 어울렸지요. 그러나 엘리자베스는 무엇 하나 천박하게 화려하지 않고 쓸데없이 장식적이지도 않다는 걸 눈여겨보며, 집주인의 취향에 탄복했답니다. 로징스의 가구보다 화려함은 덜해도 참된 의미에서 격조 높고 우아했어요.

'그런데 이 집에서,' 그녀는 생각했지요. '내가 여주인으로 살았을 수도 있었다니! 지금쯤 난 이 방들을 친밀하게 속속들이 익혔겠지! 외지인으로 와서 구경하는 게 아니라, 내 것으로서 향유하고 외삼촌과 외숙모를 방문객으로 반가이 맞았을

수도 있어. 하지만 안 돼,'―퍼뜩 정신을 차리며―'그럴 순 없
는 거야. 난 외삼촌과 외숙모를 영영 잃었을 테니까. 두 분을
초대해도 좋다 허락할 리가 없잖아.'

이 생각을 때맞춰 떠올린 건 행운이었지요―후회 비슷한
것에서 구해주었으니까요.

엘리자베스는 주인이 정말로 집을 비웠는지 묻고 싶은 마
음이 간절했지만, 차마 용기가 나지 않았어요. 하지만 마침내
외삼촌이 대신 그 질문을 해주었지요. 그래서 화들짝 불안한
마음에 돌아보았는데, 레이놀즈 부인이 지금 안 계신다고 대
답하고서는 바로 덧붙여서 "하지만 내일 오신다고 하셔서 기
다리고 있어요. 친구분들 여럿을 데리고 오신다더군요"라고
말했답니다. 무슨 사정이라도 생겨서 여행이 하루 늦춰지지
않아서 천만다행이라고, 엘리자베스가 얼마나 좋아했게요!

외숙모가 그때 그림을 하나 보라고 그녀를 불렀어요. 다가
갔더니 위컴 씨를 닮은 초상이 벽난로 선반 위에 여러 다른 미
니어처[2]들과 함께 걸려 있었어요. 외숙모는 싱긋 웃으며 마음
에 드느냐고 물어왔지요. 하녀장이 다가오더니 그림 속 젊은
신사분은 작고하신 주인님의 영지 관리인 아들인데 주인님이

---

2 미니어처 초상화는 16~18세기 유럽 상류층에서 유행했고, 상아나 양
피지, 구리판에 수채 물감이나 에나멜로 그린 매우 작은 크기의 인물화
다. 로켓이나 목걸이, 브로치, 시계 뚜껑 등의 장신구에 넣어 휴대할 수
있도록 제작되었고 개인적 기념품이나 사랑의 증표로 중요한 역할을 했
다. 제작 비용이 비싸서 사회적 지위의 표지이기도 했다. 초턴의 제인
오스틴 하우스 뮤지엄에는 제인 오스틴의 고모 필라델피아 행콕의 초소
형 미니어처가 전시되어 있다.

교육 비용을 모두 지원했다고 말했어요—“지금은 군대에 들어갔어요.” 그러더니 이 말을 덧붙였지요. “하지만 안타깝게도 아주 제멋대로 사는 젊은이가 되었답니다.”

가디너 부인은 웃으며 조카를 바라보았지만, 엘리자베스는 차마 웃음으로 화답할 수가 없었어요.

“그리고 저기,” 레이놀즈 부인은 또 다른 미니어처를 가리키며 말했습니다. “우리 주인님이세요—아주 꼭 닮았지요. 아까 그 다른 미니어처와 비슷한 시기에 제작되었는데—약 팔 년 전쯤이에요.”

“영주님께서 풍모가 헌칠하시다고 말씀을 많이 들었어요.” 가디너 부인이 그림을 보며 말했어요. “잘생긴 얼굴이네요. 하지만, 리지야, 닮았는지 아닌지는 네가 우리한테 말해줄 수 있잖니.”

엘리자베스를 향한 레이놀즈 부인의 존경심은 엘리자베스가 주인님을 안다는 말에 눈에 띄게 커졌답니다.

“아가씨가 다아시 씨를 아세요?”

엘리자베스가 얼굴을 붉히고 말했지요—“조금요.”

“그럼 아주 잘생긴 신사분이라고 생각하지 않으세요?”

“네, 아주 잘생기셨죠.”

“저는요, 정말 그렇게 잘생긴 분은 한 번도 못 봤어요. 계단을 올라가서 갤러리에 가시면 이것보다 훨씬 멋지고, 훨씬 더 큰 초상화를 보실 수 있답니다. 이 방은 우리 돌아가신 주인님께서 제일 아끼던 방이고, 이 미니어처들은 그때 모습 그대로 유지하고 있어요. 그분이 이것들을 몹시 좋아하셨거든요.”

엘리자베스는 이 말을 듣고 위컴이 그 사이에 있는 이유를 납득할 수 있었답니다.

레이놀즈 부인은 다음에 미스 다아시의 미니어처로 일행의 관심을 집중시켰어요. 겨우 여덟 살 때 그려진 초상화였지요.

"미스 다아시도 오빠만큼 미모가 출중하신가요?" 가디너 부인이 물었어요.

"아! 그럼요—내가 이때까지 또 그렇게 아름다운 아가씨는 본 적이 없다니까요. 게다가 교양은 또 얼마나 알차게 갖추셨는지!—하루 온종일 연주하고 노래하세요. 바로 다음 방에 아가씨를 위해서 방금 막 들여온 새 피아노포르테가 있답니다—우리 주인님이 선물하신 거예요. 아가씨도 내일 주인님과 같이 오세요."

편안하고 사람의 마음을 끄는 매너의 소유자인 가디너 씨는 적절히 질문도 던지고 논평도 덧붙이며 레이놀즈 부인에게서 이런저런 이야기를 끌어냈어요. 레이놀즈 부인은 자부심이 강해서인지 정이 깊이 들어서인지 주인님과 아가씨 이야기를 하는 걸 아주 좋아하는 게 분명했지요.

"영주님께서는 연중에 펨벌리에 많이 와 계십니까?"

"아무리 많이 계셔도 제가 바라는 만큼은 아니지요, 선생님. 하지만 여기서 일 년의 절반은 보내시는 것 같아요. 그리고 미스 다아시는 여름철에는 항상 와 계신답니다."

'물론,' 하고 엘리자베스는 생각했어요. '램스게이트에 갈 때는 예외였겠지만요.'

"영주님께서 결혼하시면 더 자주 보시겠습니다."

"그럼요, 선생님. 하지만 그게 언제가 될지 모르겠어요. 영주님한테 어울리는 좋은 여자가 과연 있을지 모르겠네요."

가디너 부부는 웃음을 지었어요. 엘리자베스는 이 말을 하지 않을 수가 없었어요. "그렇게 생각하신다니, 정말 훌륭하신 분인가봐요."

"저는 더도 덜도 말고 진실 그대로 말해요. 또 그분을 아는 사람은 누구나 그렇게 말하지요." 레이놀즈 부인이 대답했어요. 엘리자베스는 이 정도는 좀 과한 칭찬 아닐까 생각하며 갈수록 커지는 놀라움을 안고 부인이 덧붙이는 말을 들었어요. "내 평생 살면서 그분한테 서운해하는 말이나 야박한 말 한마디 들은 적이 없어요. 저는 그분을 네 살 때부터 봐온 사람이란 말이지요."

이 칭찬은, 정말이지 놀랍고도 이상했고, 생각과는 완전히 정반대였어요. 성격이 좋은 사람은 아니라는 게, 이제까지 굳게 지켜온 의견이었으니까요. 예리하기 그지없는 주의력이 모조리 바짝 각성했지요. 더 듣고 싶어 애가 탔어요. 그래서 외삼촌이 이 말을 해주었을 때 얼마나 고마웠는지요.

"그 정도의 찬사를 받을 만한 사람은 몇 되지 않을 텐데요. 그런 영주님을 모시고 계신다니 참으로 복이 많으십니다."

"네, 그래요, 저도 잘 압니다. 제가 나가서 온 세상을 샅샅이 뒤지고 다녀도 더 나은 주인님은 못 찾을 거예요. 하지만 항상 보면, 어렸을 때 성격이 좋은 사람이 커서도 성격이 좋더라고요. 주인님은 애초에 온 세상에서 가장 다정하고 가장 마음이 너그러운 소년이었지요."

엘리자베스는 하마터면 레이놀즈 부인을 넋 놓고 물끄러미 쳐다볼 뻔했어요—'설마 그런 사람이 정말 다아시 씨일 수가!' 그녀는 생각했지요.

"선친께서도 훌륭한 분이셨다고요." 가디너 부인이 말했습니다.

"네, 부인, 정말로 그랬어요. 아드님도 아버지를 꼭 닮으셨지요—가난한 사람들을 꼭 그렇게 상냥하게 대하시니까요."

엘리자베스는 경청했고, 의아해했고, 의심했고, 좀 더 듣고 싶어 애가 탔어요. 레이놀즈 부인이 하는 다른 얘기는 하나도 재미가 없었지요. 초상화의 인물들, 방의 규모, 가구의 가격도 설명해줬지만 다 소용없었어요. 가디너 부인은 주인 가족을 이렇게까지 편애할 수가 있나 생각하며 굉장히 재미있어했고 과도한 칭찬도 모두 치우친 애정 탓이라고 여겼어요. 금세 다시 그 화제로 이야기를 이끌면서요. 그러자 부인은 또다시 주인님의 수많은 장점들을 열렬히 늘어놓았고, 그러면서 일행은 다 같이 중앙 계단을 걸어 올라갔습니다.

"그분은 최고의 영주고, 최고의 주인님이세요." 그녀가 말했어요. "온 세상 사람들을 다 통틀어서 최고랍니다. 제멋대로 날뛰는 요즘 젊은이들과는 달라요. 요즘 그런 젊은이들은 자기 생각밖에 안 하잖아요. 그분의 소작인이나 하인이라면 좋게 말하지 않을 사람이 하나도 없어요. 어떤 사람들은 그분이 오만하다고 하는데, 진짜 저는 그런 면을 본 적도 없다니까요. 제 생각엔, 그건 그냥 다 그분이 다른 젊은이들처럼 짤랑짤랑 가볍게 하고 다니질 않아서 그래요."

'그 사람을 이렇게 사랑스러운 눈으로 바라볼 수 있다니!' 엘리자베스가 생각했어요.

"이렇게 멋진 설명이라니," 외숙모가 걸어가면서 속삭여 말했어요. "우리 가엾은 친구한테 한 짓과는 영 앞뒤가 안 맞는 거 아니니."

"어쩌면 우리가 잘못 알았을 수도 있지요."

"그럴 가능성은 별로 없잖아. 그렇게 믿을 만한 사람한테 들은 얘기인데."

이 층의 널찍한 로비에 다다른 그들은 아주 예쁜 거실로 안내받아 들어갔어요. 최근에 실내를 장식해서 아래층 방들보다 훨씬 우아하고 경쾌했지요. 곧이어, 마지막으로 펨벌리에 왔을 때 이 방을 마음에 들어한 미스 다아시를 기쁘게 해주려고 이제 막 꾸민 참이라는 설명을 듣게 되었어요.

"확실히 좋은 오빠시군요." 엘리자베스가 창문 하나를 향해서 걸어가며 말했어요.

레이놀즈 부인은 미스 다아시가 이 방에 들어오면 무척 기뻐할 거라고 기대가 컸어요. "주인님은 언제나 이런 식이셨어요." 그러면서 덧붙여 말했지요—"동생이 조금이라도 좋아하겠다 싶은 일은, 한순간에 해버리곤 하셨어요. 그분은 동생을 위해서라면 못 해줄 게 없다니까요."

이제 이 초상화 갤러리와 두세 개의 주요 침실들만 보면 구경은 끝이었어요. 초상화 갤러리에는 훌륭한 회화가 많았지만, 엘리자베스는 미술에 대해서는 전혀 조예가 없었답니다. 그래서 아래층에서 본 듯한 그림들은 대충 넘어가고 미스 다아시가 크레용으로 그린 그림 몇 점을 더 흥미롭게 보았어요. 그 그림들의 주제가 더 재밌고 더 알아보기도 쉬웠거든요.

갤러리에는 가문의 초상화들이 많았지만 낯선 사람의 이목을 끌 만한 점이 그리 많을 리가 없잖아요. 그래서 엘리자베스는 자기가 봐도 눈 코 입을 알아볼 수 있을 만한 단 하나의 얼굴을 찾아서 걸었어요. 그리고 드디어 그 얼굴이 그녀를 멈춰 세웠지요—그녀는 다아시 씨와 깜짝 놀랄 만큼 닮은 초상을 바라보았고, 만면에 머금은 환한 미소를 보고는, 그가 자기를 바라볼 때 이따금 떠올리던 바로 그 표정을 기억해냈어요.[3] 그래서 그림 앞에서 몇 분간 서서 열심히 살펴보며 깊은 생각에 잠겼다가, 갤러리를 떠나기 전 다시 그 앞으로 돌아가서 섰지요. 레이놀즈 부인이 그의 아버지께서 살아 계실 때 그리게 한 초상화라고 설명해주었습니다.

확실히 이 순간, 엘리자베스의 마음속에서는, 초상화의 진본을 향한, 두 사람의 친분이 절정에 다다랐을 때도 느껴본 적 없는, 어떤 훨씬 다사로운 느낌이 일어났던 거예요. 레이놀즈 부인이 쏟은 칭찬은 본질적으로 결코 하찮은 것이 아니었어요. 지적인 하인의 칭찬보다 더 값진 찬사가 어디 있겠어요?[4] 엘리자베스는 헤아려보았어요. 그 사람이 오빠로서, 영주로

---

3 다아시는 여러 번 엘리자베스를 보며 웃는 것으로 묘사되지만, 정작 엘리자베스는 그 사실을 눈치채지 못한다. 다아시의 온기는 초상화가 불러일으키는 회상과 반추를 통해 기억 속에서 건져 올려져 재구성된다.
4 이 문장은 콜린스 씨가 레이디 캐서린을 향해 던지는 찬사와 대조를 이룬다.

서, 주인으로서, 얼마나 많은 사람의 행복을 지키고 또 돌보고 있는지를요!—좋은 일도 나쁜 일도 그의 손으로 얼마나 많이 해야만 하는지를요! 하녀장의 말에 전면으로 떠오르는 생각은 하나같이 그 인품을 더 훌륭하게 되짚게 했기에, 엘리자베스는 흔들림 없는 그의 눈길을 한 몸에 받으며, 그의 모습을 재현한 캔버스 앞에 서서, 그가 준 사랑을 생각하며, 이전에 느껴보지 못한 깊디깊은 감사의 정서에 젖어들었어요. 그 따뜻한 온기가 기억나자 부적절한 표현에 느꼈던 불쾌감이 보드랍게 누그러졌습니다.

이제 일반에게 개방된 저택의 내부는 모두 구경했기에, 그들은 계단을 내려와 하녀장에게 인사를 고하고 정원사[5]에게 안내되었습니다. 정원사는 홀의 문 앞에서 기다리고 있다가 반겨 맞아주었지요.

넓은 잔디밭을 가로질러 강 쪽으로 걸어가다가, 엘리자베스는 한 번 더 뒤를 돌아보았어요. 외삼촌과 외숙모도 역시 걸음을 멈췄고, 외삼촌이 건물의 연식이 얼마나 되었을까 추측하고 있는 사이, 바로 그 저택의 주인이 갑자기 건물 뒤 마구간으로 이어지는 길 쪽에서 나타나 성큼 앞으로 다가왔습니다.

둘 사이의 거리는 채 이십 야드도 되지 않았고, 그의 등장이 너무나 돌연했기에, 그의 눈을 피하는 건 불가능했어요. 두 사람의 눈길이 찰나에 마주쳤고, 두 사람 다 뺨이 완연히 짙디짙

---

5 보통 저택 내부는 하녀장이 안내하고 정원과 영지는 정원사가 안내를 맡는다.

은 진홍빛으로 물들어버렸습니다. 그는 완전히 기겁해 소스라쳤고 잠시 부동자세로 굳어 꼼짝도 못 했어요. 하지만 곧 정신을 차리고 일행에게로 다가와서 엘리자베스에게 말을 걸었습니다. 완벽하게 평정심을 지켰다 할 순 없더라도 완벽하게 예의를 지키면서요.

엘리자베스는 본능적으로 고개를 돌려 외면했지만, 그가 다가오자 가만히 멈춰 서서 의례적인 인사를 받았어요. 하지만 창피한 마음은 주체할 수가 없었지요. 나머지 두 일행으로 말하자면, 처음 나타났을 때 그의 모습이나 방금 열심히 보고 온 초상화와 닮은 얼굴만 봐서는, 지금 보고 있는 사람이 다아시 씨인가 아닌가 확신하기가 좀 애매했다 해도, 주인을 보자마자 깜짝 놀란 정원사의 표정을 보고서는 곧바로 깨달을 수 있었답니다. 두 사람은 약간 멀찌감치 거리를 두고 서서, 장원의 주인이 조카와 대화를 나누는 것을 바라보고 있었습니다. 그들의 조카는 너무 놀라 혼란스러운 기색이 역력했고, 눈을 들어 그의 얼굴을 잘 쳐다보지도 못했으며, 정중하게 가족의 안부를 묻는 그에게 대체 뭐라 대답해야 할지 알 수가 없었어요. 마지막으로 만났을 때와 딴판으로 달라진 매너에 정말이지 놀라버렸고, 그가 한 문장 한 문장 내뱉을 때마다 점점 더 당혹스럽고 창피스러운 마음만 커져갔습니다. 이렇게 이 자리에 있다는 게 얼마나 무례하고 주제넘은지, 자꾸만 그 생각만 떠올랐어요. 그래서 함께 이야기를 나눠야 했던 그 몇 분은 엘리자베스의 인생에서 가장 불편한 시간이라 해도 과언이 아니었지요. 다아시 씨도 그리 편안해 보이지는 않았어요. 말할 때 어조에서는 평소의 흔들림 없는 침착함을 찾아볼 수 없었고, 롱본을 언제 떠났는지 더비셔에서는 어디서 묵는지, 똑같은 질문을 자꾸, 너무나 자주, 다급하게 되풀이해서, 정신이 산란한 태를 뚜렷이 드러냈으니까요.

급기야는 그에게 어떤 생각도 떠올라주지 않는 듯 보였습니다. 그는 몇 초쯤 아무 말도 없이 가만히 서 있다가는, 갑자기 퍼뜩 정신을 추스르더니, 인사를 고하고 떠나버렸어요.

나머지 일행이 그제야 다가와서 정말 헌칠한 미남이라고 감탄했지만 엘리자베스의 귀에는 아무것도 들리지 않았고, 자기만의 생각에 완전히 빠져든 채로 말없이 그들 뒤를 따랐지요. 수치스럽고 속상한 마음을 걷잡을 수가 없었어요. 내가 여기 오다니 어떻게 이렇게 재수 없고 생각 없는 짓을 할 수가 있었을까! 그 사람한테 얼마나 이상하게 보였을까! 저렇게 허영심 강한 남자한테 이게 얼마나 비굴한 짓으로 비치겠어! 내가 흡사 일부러 자기 앞에 다시 몸을 던진 것처럼 보이잖아! 아! 대체 왜 왔을까? 아니, 저 사람은 대체 왜 원래 예정보다 하루 먼저 온 거야? 십 분만 빨리 움직였어도, 누군지 알아볼 수도 없을 만큼 멀리 가버릴 수 있었는데. 누가 봐도 바로 방금 도착해서, 말이나 마차에서 막 내린 게 틀림없었는데. 이 괴상한 만남을 생각하다보니 얼굴이 끝도 없이 달아올랐어요. 게다가 그 행동이라니, 너무 딴판으로 다르잖아ー이게 대체 무슨 뜻이야? 와서 나한테 말을 건 것 자체부터 놀라운데!ー 그런데 그렇게 정중하게, 가족의 안부까지 묻다니! 이제껏 엘리자베스가 보아온 중에서, 이 뜻밖의 만남에서처럼, 이렇게 권위적인 기미 하나도 없이 상냥하기만 한 매너로 말한 적은 한 번도 없었어요. 로징스 파크에서 편지를 건넬 때의 그 마지막 말투와는, 극명하게 대조를 이루었지요! 뭐라 생각해야 할지, 어떻게 설명해야 할지, 도무지 알 수가 없었어요.

그들은 이제 물가의 아름다운 산책길로 들어섰고 한 걸음 한 걸음마다 한층 더 고결하게 가파른 지형, 한층 더 훌륭한 숲이 성큼성큼 가까워졌어요. 하지만 엘리자베스가 정신을 차리고 절경을 보게 된 건, 정말 한참의 시간이 흐른 후였지요. 외삼촌과 외숙모가 손으로 여기저기 가리키며 어서 보라고 재촉하면 기계적으로 대꾸하긴 했지만, 엘리자베스는 풍경을 분간할 수도 없었어요. 온 생각이 펨벌리 하우스의 어느 한 지점에 고정되어 있었거든요. 어디인지는 몰라도, 다아시 씨가 지금 있을 바로 그곳 말이에요. 그곳이 어디인지는 몰라도. 엘리자베스는 바로 그 순간 그의 마음을 스쳐 가고 있을 생각들을 알고 싶다는 마음이 간절했어요. 자기를 어떻게 생각할지, 또, 설마 그 모든 것을 무릅쓰고, 아직도 자기를 소중하게 여기고 있는지도 알고 싶었어요. 어쩌면 이제 마음이 편해져서 정중하게 대해줬는지도 모르지요. 하지만 그 목소리에는, 편한 건 아닌 듯한 어떤 그런 게 있었단 말이에요. 그녀를 만나서 괴로움이 큰지 기쁨이 큰지는 알 수 없었지만, 그가 평온한 마음으로 대할 수는 없었던 게 분명하단 말이에요.

하지만 마침내, 왜 이렇게 넋을 놓고 있느냐는 동행들의 말에 퍼뜩 정신이 들었고, 엘리자베스는 좀 더 자기답게 행동해야 할 필요성을 느꼈습니다.

일행은 숲속으로 들어섰고, 한동안 강에 작별을 고한 후, 더 높은 지대로 한참 올라갔습니다. 간간이 빽빽한 나무들 사이로 틈새가 열릴 때면 눈길은 배회할 힘을 얻곤 했습니다. 골짜기, 맞은편의 언덕들, 그중 여럿을 뒤덮고 길게 펼쳐진 숲들, 간헐적으로 강물이 언뜻언뜻 보이곤 했지요. 가디너 씨는 파크 전체를 한 바퀴 돌고 싶다는 소망을 피력했지만, 아무래도 걸어서 될 일이 아닌 것 같다 말했죠. 그러자 정원사가 득의 양양한 미소를 띠며 둘레가 십 마일에 달한다고 알려주었어요. 그래서 이 문제는 정리되었고, 정해진 경로대로 걸어갔답니다. 그러자 얼마 후 머리 위로 우거진 숲속의 내리막길을 좀 걸어 내려와 다시 강가로 와서, 강이 가장 좁아지는 지점에 다다랐습니다. 그리고 그곳 풍경의 전체적 분위기와 잘 어울리는 소박한 다리를 건넜어요. 이제까지 방문한 어떤 장소보다도 꾸밈이 없는 곳이었어요. 더욱이 골짜기가 여기서 좁아져서 한 줄기 시냇물과 물가를 따라 우거진 코피스 숲속[6]의 좁은 오솔길 하나가 간신히 지나갈 수 있는 협곡이 되어 있었지요. 엘리자베스는 굽이치는 그 길을 탐험하고 싶은 마음이 간절했지만, 다리를 건너자 어느새 저택에서 까마득히 멀리까지 왔다는 게 한눈에 들어왔고 원래 잘 걷지 못하는 가디너 부인은 최대한 빨리 마차로 돌아가고 싶다는 생각뿐이었어요. 그래서 조카도 순순히 따를 수밖에 없었고, 일행은 제일 가까운

[6] coppice wood. 나무를 밑동까지 바짝 잘라 새싹이 돋도록 관리하는 숲. 지속적으로 목재를 얻는 친환경적 수확법이며, 태양광의 지면 침투율도 높아져 다른 동식물에게도 유익해 생물 다양성을 높인다.

길을 택해 강 건너편의 저택 쪽으로 걸어가게 되었지요. 그러나 진행은 영 느렸어요. 마음만큼 자주 즐기진 못해도 낚시를 몹시 좋아하는 가디너 씨가 물속에서 이따금 튀어나오는 송어를 구경하는 데 너무 열중해서 정원사에게 자꾸 말을 거느라고 도무지 앞으로 나아가질 못했기 때문이지요. 이렇게 느릿느릿 걷고 있던 그들에게 또 놀랄 일이 생겨버렸답니다. 엘리자베스는 거의 처음만큼이나 기겁했는데, 다아시 씨가 다가오는 모습이 보였기 때문이에요. 그리 먼 거리도 아니었어요. 이쪽의 산책로는 반대편보다 트여 있어서 마주치기 전에 이미 다가오는 그를 볼 수가 있었지요. 그래서 엄청나게 놀라긴 했지만 엘리자베스도 전보다는 좀 마음을 가다듬고 대면할 준비를 했고, 정말로 그가 일행을 만날 의사로 오는 거라면 침착한 태도로 차분하게 말해야겠다고 결심했어요. 솔직히, 몇 초간은, 십중팔구 어딘가 다른 길로 가버릴 것만 같다는 느낌이 들었답니다. 산책길이 휘어지면서 그가 숲에 가려 보이지 않는 동안은 내내 그 생각이 들었어요. 하지만 휘어진 길이 지나가자마자 곧바로 그가 눈앞에 모습을 드러냈습니다. 아까의 정중한 태도를 조금도 잃지 않았다는 걸, 한눈에 보아도 알 수 있었지요. 그래서 예의 바른 그를 따라 하려고, 만나자마자 경관이 아름답다고 감탄하며 칭찬하기 시작했어요. 하지만 "아름답고" "매혹적"이라는 말까지밖에 못 했을 때 하필 꺼림칙한 생각들이 불쑥 끼어들었고 자기가 펨벌리를 칭찬하면 나쁜 쪽으로 오해를 받을 수도 있겠다는 상상을 하고 말았답니다. 엘리자베스는 얼굴이 화끈 달아올라 더는 아무 말도 하지 않았어요.

가디너 부인이 조금 뒤에 서 있었는데, 엘리자베스가 잠시 말이 없자 다아시 씨가 친구분들에게 소개해주시는 영광을 허락해주실 수 있겠느냐고 물어왔어요. 이 정중한 부탁만큼은 엘리자베스가 정말 전혀 예상도 못 한 것이어서, 저도 모르게 피식 웃음이 나려는 걸 간신히 꾹 눌러 참았어요. 청혼할 때 자기 자존심이 허락지 않아서 심정적으로 반발했던, 바로 그 사람들과 친분을 맺고자 부탁하고 있다니요. '얼마나 깜짝 놀랄까.' 그녀는 생각했지요. '이분들이 누군지 알게 된다면 말이야! 지금은 상류층 사람들인 줄 아는 모양인데.'

그러나 소개는 즉시 이루어졌고, 엘리자베스는 그분들과의 관계를 밝히며, 어떻게 받아들이나 보려고 살짝 표정을 훔쳐 보았답니다. 솔직히 이런 굴욕적인 동행들로부터 어떻게든 서둘러 빠져나갈 거라는 예상도 없지는 않았어요. 어떤 관계인지 듣고 놀란 태가 역력했지만 그는 의젓하게 잘 버텼고 훌쩍 가버리기는커녕 오히려 돌아서서 함께 걸으며 가디너 씨와 이야기를 나누기 시작했답니다. 엘리자베스는 뿌듯한 마음이 들지 않을 수 없었고, 의기양양하지 않을 수가 없었어요. 부끄러워 얼굴을 붉힐 필요가 없는 친척이 그녀한테도 있다는 걸, 이제 그도 알게 되었다는 게 마음에 위로가 되었지요. 그래서 둘 사이에 오가는 대화를 하나도 놓치지 않고 열심히 들었고, 외삼촌이 지성, 취향, 훌륭한 매너를 드러내는 표현 하나 문장 하나 말할 때마다 흐뭇하고 자랑스러워 날아갈 듯 벅차올랐어요.

대화는 금세 낚시로 흘러갔고, 그녀의 귀에 다아시 씨가 더 없이 정중하게 외삼촌을 초대하는 말이 들려왔답니다. 인근에 머무시는 동안은 얼마든지 자주 오셔서 낚시하시길 바란다면서 낚시 장비도 제공해드리겠다고, 대체로 물고기들이 많은 물가들을 가리켜 알려주었습니다. 가디너 부인은 엘리자베스와 팔짱을 끼고 걷다가 눈짓을 하더니 놀랍다는 표정을 지어 보였지요. 엘리자베스는 아무 말 하지 않았지만, 흐뭇하고 고마워서 가슴이 터져 나갈 것 같았어요. 이 모든 환대는 그녀를 위한 것이 틀림없었으니까요. 다만 놀라움이 극에 달해, 머릿속으로 끝도 없이 한 가지 질문만 되뇌게 되었지요. '왜 이렇게 딴사람이 된 걸까? 여기서 이제 다음엔 어떻게 될까? 나를 위해서일 리가 없어, 나를 생각해서 저렇게까지 매너를 부드럽게 바꾸었을 리는 없잖아. 헌스퍼드에서 내가 했던 질책이 이런 변화를 가져왔을 리가 없잖아. 아직도 나를 사랑한다거나 설마 그럴 리는 없잖아.'

두 숙녀가 앞서가고 두 신사가 따라가며 한참을 걸었다가 뭔가 신기한 수생식물을 더 잘 보려고 강가로 내려왔다가 또다시 같은 방식으로 걷기 시작했는데, 어쩌다보니 약간 변화가 생겼어요. 가디너 부인이 원인이었는데, 아침에 운동을 많이 해서 피로해진 그녀가 몸을 기대기에는 엘리자베스의 팔힘이 부족해서 남편의 팔을 붙잡고 걷고 싶다고 했기 때문이에요. 그래서 다아시 씨가 조카 옆자리에서 나란히 걷게 되었지요. 짧은 침묵이 흐른 후, 숙녀가 먼저 입을 열었어요. 정말 그가 없는 줄만 알고 여기 오게 되었다는 걸 알려주고 싶어서 먼저, 이렇게 오시다니 정말 뜻밖이었다고 말머리를 꺼냈답니다—"하녀장님 말씀으로는," 하고 덧붙여 말했어요. "내일까지는 확실히 오지 않으실 예정이었다고 들었어요. 그래서 정말로, 우리가 베이크웰을 떠나기 전에, 이렇게 빨리 전원에 내려오실 줄은 몰랐답니다." 그는 방금 하신 그 말씀이 모두 옳다고 인정하고는, 청지기와 처리할 일이 있어서 함께 여행하던 일행보다 몇 시간 먼저 오게 되었다고 말했습니다. "일행은 내일 일찍 합류할 겁니다." 그는 말을 이었어요. "그중에는 미스 베넷과 친분이 있는 사람들도 있지요—빙리 씨와 그 누이들 말입니다."

엘리자베스는 대답으로 살짝 고개를 숙이기만 했어요. 생각이 순식간에 둘 사이에서 마지막으로 빙리 씨의 이름이 거론되었던 때로 돌아가버렸거든요. 그의 표정으로 판단해도 괜찮다면, 그 또한 크게 다른 생각을 하는 것 같지는 않았고요.

"일행 중에 또 다른 사람도 있습니다." 잠시 말이 없던 그가 다시 이어 말했어요. "특히 당신께 소개해드리고 싶습니다— 램턴에 묵으시는 동안 제가 동생을 소개해드려도 괜찮을까요, 아니면 제가 너무 부담스러운 부탁을 드리는 걸까요?"

이 부탁은 정말로 너무나 놀라운 것이어서, 깜짝 놀란 엘리자베스는 어떤 식으로 승낙해야 할지조차 알 수가 없었어요. 하지만 미스 다아시한테 엘리자베스와 친교를 바라는 마음이 있다면 그건 다 오빠의 역할이 있었기 때문이라는 건 곧바로 알 수 있었고, 굳이 더 생각할 필요도 없이 기쁘고 뿌듯해졌어요. 원망스러운 마음에 자기를 정말로 나쁜 여자라고 생각하진 않았다는 게 고마웠어요.

두 사람은 이제 말없이 걸었어요. 둘 다 생각에 깊이 잠겨 있었지요. 엘리자베스는 편안하지 않았어요. 편안하다니 그럴 수는 없었지요. 하지만 으쓱하고 뿌듯하고 흐뭇했어요. 동생을 소개해주고 싶다는 소망은 최상의 찬사였으니까요. 두 사람은 곧 동행들을 까마득히 앞서버렸고 마차에 다다랐을 때 가디너 씨 부부는 팔 분의 일 마일이나 뒤처져 있었습니다.

다아시 씨는 집 안으로 들어가자고 했어요—그러나 엘리자베스는 피곤하지 않다고 사양했고, 그래서 두 사람은 함께 잔디밭에 서 있었지요. 숱한 말이 오갈 수 있는 그런 때, 침묵은 몹시 어색하기만 했습니다. 뭔가 말하고 싶었지만 모든 화제에 금지령이 내려져 있는 느낌이었어요. 결국 그녀는 여행 중이었다는 사실을 기억해냈고, 두 사람은 매틀록과 도브데일7에 관해 끈질기게, 꾸역꾸역, 결연히 이야기를 나누었답니다. 하지만 시간과 외숙모는 느리게 움직였어요—그리고 엘리자베스의 참을성과 아이디어는 이 독대가 끝나기 전에 다 너덜너덜 떨어질 지경에 이르렀지요. 가디너 부부가 도착했을 때, 일행은 다 같이 집 안에 들어가서 간식이라도 좀 드시고 가라는 열띤 요청을 받았어요. 그러나 이 청은 사양됐고, 양측은 극도로 정중한 예를 다 갖추고 헤어졌답니다. 다아시 씨가 숙녀들의 손을 잡고 마차에 타는 것을 도와주었고, 마차가 출발

7 매틀록은 온천으로 유명한 더비셔의 소도시이며 도브데일은 풍광이 아름다운 계곡이다.

해 멀어질 때 엘리자베스는 천천히 저택을 향해 걸어가는 그의 모습을 보았습니다.

외삼촌과 외숙모가 감상을 토로하기 시작했지요. 두 사람 모두 다 예상이 완전히 빗겨 나갔다면서, 기대에 비해 사람이 한없이 훌륭하더라며 감탄했어요. "흠잡을 데 없이 정중하고 예의 바른 데다 전혀 꾸밈이 없는 태도더구나." 외삼촌이 말했어요.

"확실히 근엄한 느낌이 있기는 있더라." 외숙모가 대답했어요. "하지만 풍기는 분위기만 그렇고, 어울리지 않는 것도 아니었어. 이제는 나도 하녀장처럼 말할 수 있겠구나. 그가 오만하다고 여기는 사람들이 있다지만, 나는 그런 점을 전혀 보지 못했다고 말이야."

"우리를 대하는 태도를 보고 난 완전히 깜짝 놀라버렸지 뭐요. 단순히 정중한 정도가 아니라 진심으로 사려 깊게 주의를 기울이더라고. 그런 신경을 쓸 필요는 전혀 없었는데 말이오. 엘리자베스와도 그냥 가볍게 알고 지내는 사이라면서."

"리지야," 외숙모가 말했어요. "확실히 위컴만 한 미남은 아니더라. 아니, 위컴처럼 표정이 좋은 얼굴이 아니라고 해야 하나. 생김새는 완벽하게 훌륭하니 말이야. 하지만 너는 어쩌다가 우리한테 저 사람이 그리 불쾌한 위인이라고 말하게 된 거니?"

엘리자베스는 최대한 변명을 늘어놓았지요. 켄트에서 만났을 때는 이전보다 훨씬 나았다고, 그래도 오늘 아침처럼 이렇게 상냥한 모습은 처음 본다고 말했어요.

"그럼 좀 변덕이 심해서 내키는 대로 예의를 지키다 말다 하는가보군." 외삼촌이 말했어요. "높으신 분들이 그런 경우가 자주 있지. 그러면 낚시하러 오라는 말도 곧이곧대로 믿지 말아야겠다. 언제 마음이 변해서 영지 근처에 얼씬도 말라고 할지 모르니."

엘리자베스는 그들이 다아시 씨의 인격을 완전히 오해하고 있다고 느꼈지만, 아무 말도 하지 않았어요.

"우리가 본 모습만으로는," 가디너 부인이 말을 이었어요. "가엾은 위컴한테 한 것처럼 그렇게 잔인한 짓을 누구한테 할 사람 같아 보이지 않던데. 못돼 보이는 인상이 아니었거든. 오히려 말할 때 입매에 어쩐지 기분 좋은 구석이 있더라. 얼굴 표정이 확실히 근엄하긴 해도, 속마음을 의심할 만큼 나쁜 인상은 아니었어. 하지만 아무리 그래도, 우리한테 집을 구경시켜준 그 선한 부인 말만 들으면 아주 번쩍번쩍 휘황찬란한 인품의 소유자가 따로 없었잖니! 가끔은 진짜 터져 나오는 웃음을 참을 수가 없었어. 봉급을 후하게 주는 주인인가봐. 하인이 보기에는 그거야말로 미덕의 총화가 아니겠니."

이렇게 되자 엘리자베스는 다아시가 위컴에게 한 행동을 변호해야 할 필요성을 느꼈고, 최대한 조심스럽게, 켄트에서 다아시의 친척에게 들은 이야기로 미루어보면 그 행동을 전혀 다른 관점에서 이해할 수도 있겠더라고 말했어요. 하트퍼드셔에서 생각했던 것처럼 다아시의 인격에 큰 흠이 있는 것도 아니고, 위컴의 인격이 사랑스럽기만 한 것도 아니라고요. 이 말을 뒷받침하고자 두 사람이 연루된 금전 거래의 세부 사항을 알려주면서, 이름을 밝힐 수는 없지만 믿을 만한 사람한 테서 들은 이야기라고 덧붙였습니다.

가디너 부인은 놀랐고 또 걱정스러워했지요. 하지만 이제 어린 시절 즐거운 추억이 있는 장소에 가까워지고 있었기에, 딴생각은 모두 잊고 추억의 매혹에 푹 빠져들었어요. 그러면 서 남편에게 주변의 흥미롭고 의미 있는 지점들을 낱낱이 가 리켜 보여주느라 다른 생각을 할 여유가 없어졌답니다. 아침 산책으로 많이 피로했을 텐데도, 가디너 부인은 저녁 식사를 하자마자 다시 예전의 지인들을 찾아 나섰고 그날 저녁은 수 년간 끊어졌다 재개된 친교의 기쁨 속에서 흘러갔습니다.

그날 일어난 일들에 온통 정신이 쏠려서 엘리자베스는 새 로 사귄 친구들 아무한테도 주의를 기울일 수가 없었어요. 다 른 아무것도 할 수 없었고, 오로지 다아시 씨의 공손하고 정 중한 태도, 무엇보다도, 동생과 친해지면 좋겠다는 그의 바 람만 생각할 따름이었지요, 생각하면 할수록 그저 놀랍기만 했어요.

2

엘리자베스는 다아시 씨가 동생이 펨벌리에 도착하면 그다음 날에 데리고 방문할 거라는 결론을 내려두었어요. 그래서 그 날 오전에는 여관이 잘 보이는 범위를 벗어나지 말아야겠다고 마음먹고 있었지요. 하지만 오판이었답니다. 이 방문객들은 일행이 램턴에 도착한 바로 그날 아침에 찾아왔기 때문이에요. 그들은 새 지인 가족들과 함께 주변을 산책하다가 그 가족과 만찬을 하기 전에 옷을 갈아입으려고 여관에 막 돌아온 참이었는데, 마차 소리가 들려 창가로 가보니 커리클[1]을 타고 거리를 달려오는 신사와 숙녀가 보였어요. 엘리자베스는 그 즉시 마부의 제복을 알아보고 그 의미를 알아챘어요. 그래서 적잖이 놀란 마음을 친척들에게 전하며 곧 있을 영예로운 방

1 curricle. 두 마리의 말이 끄는 경량의 이륜마차. 마차 중에서도 값비싼 사치품으로, 말의 장신구도 그에 맞춰 세련된 풍모를 자랑하곤 했다.

문을 알렸답니다. 외삼촌과 외숙모는 정말로 완전히 놀라버리고 말았지요. 이 상황도 놀랍지만, 그 말을 전하는 조카의 당황한 기색이며, 어제 있었던 여러 상황들을 합쳐 생각하게 된 두 사람은 이 문제를 좀 새롭게 생각하게 되었답니다. 이전에 어떤 조짐도 없었다 해도, 그런 계층에서 이런 관심을 쏟는다면 설명할 수 있는 이유는 단 하나 조카를 특별하게 생각하는 마음뿐이었으니까요. 이런 갓 태어난 생각들이 그들 뇌리를 스치는 사이, 엘리자베스는 요동치는 감정이 시시각각 걷잡을 수 없이 커져만 갔어요. 도저히 침착하게 마음을 가눌 수 없는 자신에게 스스로 놀라서 기가 막혔어요. 초조하고 불안한 데는 여러 이유가 있었지만, 오빠가 편향된 마음에 동생에게 지나친 칭찬을 한 게 아닐까 두려운 마음도 있었지요. 평소와 다르게 잘 보이고 싶은 마음이 너무나 컸는데, 바로 그 때문에 어떻게 해도 도저히 잘 보일 수가 없을 것만 같았어요.

혹시 자기 모습이 보일까봐 창가에서 화들짝 물러서서는 흐트러진 마음을 가다듬으려 애쓰며 방 안을 서성였는데, 그러자 외삼촌과 외숙모가 놀라움과 궁금증이 가득한 눈길로 빤히 쳐다보는 바람에 만사가 더 악화되어버렸어요.

미스 다아시와 오빠가 드디어 나타났고, 두려워 불안에 떨었던 소개가 이루어졌답니다. 엘리자베스는 새로 사귄 지인 또한 그녀 못지않게 부끄러움을 탄다는 걸 알고 적잖이 놀랐어요. 램턴에 온 후로, 미스 다아시가 굉장히 오만방자하다는 얘기를 많이 들어왔거든요. 하지만 불과 몇 분만 관찰해 봐도, 그저 유달리 수줍은 아가씨라는 걸 알 수 있었어요. 단

음절을 벗어나는 한 단어짜리 대답을 이끌어내기도 쉽지가 않았어요.

미스 다아시는 키가 크고 엘리자베스보다 몸집도 컸어요. 열여섯 살이 갓 넘었을 뿐이지만 벌써 몸매가 자리를 잡은 데다 얼굴도 여성스럽고 우아했지요. 오빠만큼 잘생긴 미모는 아니었지만 센스와 좋은 성격이 얼굴에서 드러났고 매너도 흠잡을 데 없이 소탈하고 정중했어요. 예전의 다아시처럼 침착하고 예리한 관찰자를 만나게 되리라 예상했던 엘리자베스는 딴판으로 다른 마음의 소유자임을 알아보고 크게 안심했답니다.

만나고 얼마 되지 않아 다아시 씨가 빙리 씨도 방문하러 오고 있다고 말했어요. 엘리자베스가 기쁨을 미처 표할 겨를도 없이, 그런 손님을 맞을 채비를 갖출 겨를도 없이, 빙리 씨의 빠른 발걸음 소리가 계단에서 들려왔고, 다음 순간 그가 방 안에 들어왔습니다. 화가 났던 마음은 이미 오래전에 사라지고 없었지만, 행여 조금은 마음의 찌끼가 남아 있었다 해도, 다시 만나서 반가운 마음을 이처럼 꾸밈없이 표현하는 빙리 앞에서는 버텨내지 못했을 거예요. 빙리 씨는 우호적으로, 하지만 특별할 것 없는 태도로, 가족의 안부를 물었고, 언제나 그러했듯 소탈하고 편안한 외양으로 소탈하고 편안하게 말했답니다.

엘리자베스 못지않게 가디너 부부에게도 빙리는 흥미로운 인물이었지요. 오래전부터 만나고 싶었던 사람이니까요. 아니, 지금 눈앞에 있는 사람들 모두가, 부부의 열렬하고 흥미진진한 관심을 자극하고 있었어요. 다아시 씨와 조카 사이를 두고 갓 떠오른 의혹을 염두에 두고, 가디너 부부는 각자에게 조심스럽게, 진지하게, 이런저런 질문을 던지며 반응을 살폈답니다. 그리고 머지않아 적어도 한 사람은 사랑이 무엇인지 안다는 틀림없는 확신을 얻게 되었고요. 숙녀의 감정은 조금 알쏭달쏭한 면이 있었지만, 신사가 품은 흠모의 마음은 벅차게 넘쳐흐르다 못해 역력하게 태가 났거든요.

엘리자베스는 자기 나름대로 할 일이 많았어요. 방문객 한 사람 한 사람의 감정을 명확히 파악해야 했고, 자기 감정을 침착하게 가누어야 했고, 그들 모두에게 잘 보여야 했거든요. 정작 자신은 마지막 목적에서 크게 실패하리라 예상했지만, 실제로는 최고의 대성공을 거둘 수밖에 없었어요. 기쁘게 해주고자 애쓴 대상들이 일찌감치 그녀를 좋아하기로 마음을 정하고 있는 상태였기 때문이지요. 그 기쁨을 받아들이는 마음으로 말하자면, 빙리는 준비가 되어 있었고, 조지애나는 열의가 있었고, 다아시는 결연히 작정한 터였답니다.

빙리를 만나자 엘리자베스의 생각은 자연스레 언니에게로 훌쩍 날아갈 수밖에 없었지요. 아! 간절하게 알고 싶었어요. 빙리의 마음도 자기와 같은 방향을 향해 날아갔을까요. 엘리자베스만의 상상인지 몰라도 빙리의 말수가 전보다 적어졌다는 느낌이 가끔 들었고, 자기를 흘끗 바라보며 눈으로 언니와 닮은 곳을 찾는 게 아닐까 그런 생각이 들어 한두 번은 반갑기도 했어요. 다만, 어쩜 이 또한 헛된 상상일 수도 있지만, 제인의 라이벌로 떠올랐던 미스 다아시를 바라보는 빙리의 태도만큼은 착각의 여지가 없이 명확했답니다. 양측을 다 살펴봤지만 특별한 호감을 표하는 조짐은 찾아볼 수도 없었거든요. 미스 빙리의 소망을 정당화할 만한 그 어떤 일도 둘 사이에서 오가지 않았어요. 이 점에서는 금세 만족할 수 있었지요. 엘리자베스가 애타게 바라는 마음으로 봐서 그런지 몰라도, 빙리에게서는 헤어지기 전 두세 번쯤 제인을 추억하는 조짐도 보였고, 애틋한 정서로 물든 듯도 했고, 조금만 더 용기를 내면 제인을 거론하며 이야기를 나눌 수 있겠다는 소망까지도 느껴졌답니다. 빙리는 다른 이들끼리 이야기하는 틈을 타서 진심 어린 회한이 담긴 어투로 엘리자베스에게 "만남의 기쁨을 누린 지가 정말 오래되었습니다"라고 말했고, 뭐라 대꾸할 틈도 없이, 덧붙여 말했지요. "여덟 달이 넘었어요. 11월 26일 이후로는 우리가 만나지 못했으니까요. 그날 우리는 네더필드에서 다 함께 춤추고 있었는데 말이지요."

엘리자베스는 그가 이토록 정확하게 기억하고 있다는 걸 알고 기뻤어요. 더욱이 빙리는 기회를 살피다가, 남들이 아무도 듣지 않을 때를 골라, 자매들은 모두 롱본에 있느냐고 묻기까지 했거든요. 그 질문도, 그 이전의 말도, 어쩜 별 얘기는 아니었을지 몰라도, 심장한 의미를 부여하는 어떤 눈빛과 태도가 있었답니다.

막상 다아시 씨에게로는 엘리자베스가 눈길을 돌릴 수 있는 때가 자주 오지 않았어요. 하지만 스치듯 일별할 때마다 전체적으로 상대의 기분을 맞춰주려는 표정을 하고 있었고, 무슨 말을 하든 말투에서 상대를 낮잡아 보는 고자세나 경멸이 조금도 느껴지지 않았기에, 어제 보았던 그 변화가 행여 한

시적이라 하더라도, 적어도 하루는 더 지속되었구나 믿게 되었지요. 불과 몇 달 전만 해도 말 한마디 섞게 될 때마다 굴욕감이 들게 하던 사람이 먼저 친해지려고 애쓰고 남들의 호감을 사려 노력하는 모습을 보니, 자기한테는 물론이고 헌스퍼드 목사관에서 마지막으로 격렬한 말다툼을 벌였을 때만 해도 터놓고 경멸하던 바로 그 친척들에게까지 정중히 예를 다하는 모습을 보니, 그 괴리가, 어마어마한 변화가 새삼 엄청난 충격으로 다가왔고, 엘리자베스는 놀라움을 겉으로 드러내지 않으려 간신히 자제하고 있었어요. 한 번도, 심지어 네더필드에서 친한 친구들과 어울릴 때나 로징스의 고고한 친척들과 함께 있을 때에도, 지금처럼 그가 우월감이나 완강한 낯가림을 다 털어버리고 상대를 기쁘게 해주려 애쓰는 모습은 정말단 한 번도 본 적이 없었어요. 이렇게 애쓴다고 사회적인 위상이 높아질 일도 없고, 오히려 지금 이토록 관심을 기울이는 이 사람들과 친해져봤자 네더필드와 로징스의 숙녀들 모두한테 비웃음과 조롱을 살 뿐일 텐데 말이지요.

방문객들은 삼십 분이 조금 넘게 머물렀고, 일어나면서 다아시 씨는 동생을 부르더니 함께 가디너 부부와 미스 베넷이 이 지역을 떠나기 전에 이분들을 펨벌리에서의 만찬에 초대하고 싶다는 소망을 밝혔습니다. 미스 다아시는 사람을 많이 초대해본 경험이 없는지 좀 쭈뼛거리긴 했지만, 기꺼이 오빠의 뜻에 따랐어요. 가디너 부인은 이 초대에서 가장 중요한 주빈인 조카를 돌아보며 그녀의 뜻은 어떤지 타진해보려 했지만, 엘리자베스는 고개를 돌려 외면하고 있었어요. 하지만 고심

끝에 외면한 조카의 행동은 제안이 못마땅해서가 아니라 순간적인 부끄러움 탓이리라 짐작했습니다. 그래서 워낙 사람과 어울리길 좋아해서 흔쾌히 수락하고 싶어하는 남편의 의중을 읽고는 용기 내어 기꺼이 참석하겠다 말했고, 바로 이틀 후로 날짜가 정해졌답니다.

빙리는 확실히 엘리자베스를 다시 만난다는 데 크게 기쁨을 표했어요. 아직 할 말이 많이 남았고 하트퍼드셔의 친구들 소식에 관해서도 묻고 싶은 질문이 많다면서요. 엘리자베스는 이 말들을 모두 언니 얘기를 더 듣고 싶다는 뜻으로 알아듣고 내심 흐뭇했어요. 물론 이 일도, 다른 몇 가지 일들과 함께, 손님들이 떠나고 나서, 지난 삼십 분을 뿌듯한 마음으로 돌아볼 수 있게 되었을 때가 되어서야 가까스로 헤아렸지만요. 막상 그 시간이 흘러가던 당시에는, 차마 기쁘게 즐길 수가 없었거든요. 어서 혼자 있고 싶어서, 외삼촌이나 외숙모가 넌지시 언질을 흘리거나 꼬치꼬치 캐물을까 두려워서, 엘리자베스는 빙리가 참 사람이 좋다 말하는 데까지만 듣고 얼른 옷을 갈아입으러 물러났습니다.

하지만 엘리자베스가 가디너 씨 부부의 호기심을 두려워할 필요는 없었답니다. 억지로 조카의 심정을 말하게 하는 건 두 사람의 바람이 아니었으니까요. 물론 전에 생각했던 것과는 비교도 안 되게 엘리자베스가 다아시 씨와 가까운 사이라는 사실은 자명했고, 또한 다아시 씨가 엘리자베스를 깊이 사랑하고 있다는 사실도 자명했어요. 물론 흥미가 동하는 구석은 많았지만, 그렇다고 해서 조카한테 꼬치꼬치 캐물을 합당한 근거는 없었습니다.

다아시 씨로 말하자면, 이제는 반드시 마음에 들어해야 할 절실한 이유가 생기고 말았어요. 지금까지 본 바로는 흠잡을 구석이 하나도 없었지만요. 특히 그가 보여준 공손한 태도는 감동하지 않을 수 없었고요. 참조할 다른 정보가 없이 본인들의 감정과 하녀장의 이야기만으로 인품을 판단했다면, 하트퍼드셔 사교계 사람들이 아는 바로 그 다아시 씨라고 믿지도 못했을 거예요. 하지만 이제는 하녀장의 말을 믿어야 할 개인적 이유가 생겼고, 또 네 살 때부터 보아온 하인의 권위는 쉽게 내칠 수 있는 게 아니라는 점을 곧 주목하게 되었습니다. 램턴 친구들이 해준 얘기를 들어봐도 그 말의 무게를 결정적으로 훼손할 내용은 없었어요. 친구들이 책잡는 점은 오로지 오만하다는 것이었는데, 자존심이 센 거야 당연하고, 혹여 실제로 성격이 오만한 것도 아니라면, 그건 분명 이 가족이 자주 발걸음하지 않는 작은 시장 마을 사람들끼리 하는 이야기에 불과할 테지요. 하지만 너그러운 영주라는 사실은 누구나 인정했고 가난한 사람들에게 많은 선행을 베푼다고들 입 모아 말했답니다.

위컴으로 말하자면, 여기서 평판이 그리 좋지 못하다는 걸 여행자들도 금세 알게 되었어요. 후원자 아들과 관련한 주된 내용은 여기도 잘못 알고 있는 사람이 많았지만, 위컴이 더비셔를 떠날 때 큰 빚을 남기고 갔고 다아시 씨가 나중에 다 갚아주었다는 사실만은 널리 알려져 있었기 때문이지요.

엘리자베스로 말하자면, 오히려 지난번보다도 오늘 저녁에 한층 더 생각이 펨벌리를 떠나지 못하고 머물러 있었어요. 그날 저녁은, 흘러가던 당시에는 길게 느껴졌지만, 그 저택에 있는 한 사람을 향한 자신의 감정을 결정짓기에는 시간이 짧았기 때문이지요. 엘리자베스는 두 시간을 꼬박 잠을 이루지 못하고 뜬눈으로 누워서 자기 마음이 뭔지 알아내려 애썼습니다. 분명히 미워하지는 않았어요. 아니, 증오는 오래전에 사라졌고, 싫어했던 마음조차 부끄러워진 지도 못지않게 오래된 일이에요. 그걸 싫어하는 마음이라 불러도 될지 모르겠지만요. 처음엔 선뜻 인정할 수 없었지만, 드물게 귀한 그의 품성을 결국 확신하게 되면서 생겨난 존경심 덕분에 감정적인 반감을 느끼지 않게 된 지도 꽤 되었지요. 그런데 이제 그 존경심이 어제 있었던 일들을 거치며, 그토록 애정 어린 시선으로 그의 성정을 돋보이게 드러내고 훌륭한 인품을 장담하는 목격자의 칭찬을 듣고 나서는, 훨씬 더 우정에 가깝게 변한 거예요. 하지만 그 무엇보다도, 심지어 존중심과 존경심보다도, 심정적으로 호의를 품게 하는 한 가지 동기를 간과할 수 없었답니다. 그건 감사였어요―감사하는 마음, 그저 한때 그녀를 사랑했기 때문이 아니라, 아직까지도 그녀를 사랑해서, 청혼을 거절할 때의 그 뿌루퉁하고 신경질적인 매너도, 또 거절하면서 했던 온갖 억울한 비난들까지도 전부 다 용서해줄 정도라니, 너무나 고마웠어요. 최악의 적으로 간주하고 그녀를 피하리라 당연하게 믿고 있었는데, 그런 그가 이런 우연한 만남에서 어떻게든 친분을 유지하려 저렇게 간절하게 애쓰면서도 어떤 부적절한 애정 표현도 하지 않고, 남다른 매너로 그녀를 대하지도 않으면서, 결국 그들 두 사람만의 문제일 따름인데도 친척들한테까지 호감을 사려고 노력하고 저토록 그녀에게 동생을 소개해주고 싶어하다니요. 저토록 자존심이 강한 남자한테서 저토록 엄청난 변화를 일구어냈다니, 놀라웠고 또 고마웠어요—사랑, 열렬한 사랑, 오로지 그 때문이라 생각할 수밖에 없었으니까요. 그 사실은 엘리자베스의 마음에 크나큰 인상을 남겼는데, 전혀 기분 나쁜 감정은 아니었고, 오히려 더 키우고 싶은 어떤 마음이었지만, 정확히 뭐라고 짚어 말할 수는 없었어요. 그를 존경했고, 높이 평가했고, 그에게 감사했고, 진심으로 그가 행복하길 바랐어요. 다만 그 행복이 그녀 자신에게 달려 있길 스스로 얼마나 원하는지를 알고 싶을 따름이었지요. 다시 그가 청혼하게 할 힘을 어쩐지 아직 쥐고 있는 듯 느껴졌기에, 두 사람 모두의 행복을 위해 자기가 그 힘을 어디까지 행사해야 할지도 알고 싶었고요.

그날 저녁 외숙모와 조카는 단둘이 이야기를 나누면서 미스 다아시가 펨벌리에 도착한 당일에 바로, 그것도 늦은 아침 식사 시간에 도착해서 곧바로 그들을 방문하러 온 건 정말 특별한 예우이므로, 똑같진 않더라도 어느 정도 대등한 예우를 돌려줘야 한다는 결론에 이르렀습니다. 따라서 바로 다음 날 아침 펨벌리로 화답 방문을 해야 적절하겠다고 생각했지요. 그래서 두 사람은 함께, 펨벌리로 가기로 했어요—엘리자베스는 기쁘고 좋았지만, 기분이 왜 좋으냐고 스스로에게 물어보면 막상 대답할 말이 별로 없었어요.

가디너 씨는 아침 식사를 마치고 서둘러 혼자 외출했습니다. 전날 낚시 이야기가 다시 나왔고, 정오에 펨벌리에서 신사 몇 명과 만나기로 확실한 약속을 잡아두었거든요.

3

엘리자베스는 이제 미스 빙리가 자기를 싫어했던 게 질투심 탓이라고 확신하고 있었어요. 그러니 펨벌리에 자기가 나타나면 얼마나 달갑지 않을까 실감했고, 새삼 다시 만나 어울리게 되면 그 숙녀분이 얼마나 예의 바르게 나올지 궁금해하지 않을 수 없었어요.

저택에 도착하자 현관을 거쳐 살롱으로 안내받았는데, 북향이라 여름철에 시원하고 참 좋았어요. 벽면을 바닥까지 채운 창문이 영지를 조망하고 있어서 집 뒤편의 높고 울창한 야산과, 잔디밭에 드문드문 흩어져 있는 아름다운 참나무들과 스페인밤나무들이 한눈에 들어왔습니다.

이 방에서 미스 다아시가 일행을 반겨 맞아주었고, 허스트 부인과 미스 빙리, 런던에서 미스 다아시와 함께 생활하는 부인이 옆에 앉아 있었어요. 조지애나는 아주 공손하게 인사했지만, 수줍기도 하고 자기가 뭔가 잘못할까 두려운 마음에 어쩔 바를 몰랐어요. 스스로 열등하다 느끼는 사람이 보면 오만하고 곁을 쉽게 주지 않는다 믿어버리기 쉬운, 그런 모습이었지요. 하지만 가디너 부인과 그 조카는 조지애나의 진심을 알아보아주고, 안쓰럽다 여겼답니다.

허스트 부인과 미스 빙리는 살짝 고개만 까닥했고, 두 사람이 착석했을 때는, 침묵이, 이런 침묵들이 늘 꼭 그렇듯이 어색하게, 몇 초간 이어졌어요. 그 침묵을 처음 깨뜨린 사람은 바로 앤슬리 부인이었는데, 온화하고 인상이 호감 가는 여자였어요. 어떻게든 대화를 해보려는 앤슬리 부인의 노력은 나머지 두 여자와 비길 수 없이 훌륭한 교양을 갖추고 있다는 증거였지요. 그래서 앤슬리 부인과 가디너 부인 사이에 대화가 오갔고, 가끔 엘리자베스가 거들곤 했어요. 미스 다아시는 자기도 끼어들 용기가 있으면 얼마나 좋을까 바라는 표정이었고, 남한테 들릴 위험이 가장 적을 때를 골라 짧은 문장을 내뱉기도 했답니다.

엘리자베스는 미스 빙리에게 일거수일투족을 관찰당하고 있다는 걸 금세 알아차렸지요. 미스 빙리의 주목을 끌지 않고서는 한마디도, 특히 미스 다아시에게는 정말 한마디도 건넬 수가 없었지요. 그렇다고 미스 다아시에게 말을 걸려는 시도를 포기하진 않았겠지만, 불편하게 떨어져 앉아 있어서 대화를 나누기가 쉽지 않았어요. 하지만 말을 많이 하는 번거로움을 덜게 되어서 아쉽지는 않았어요. 엘리자베스는 자기만의 생각에 몰입해 있었거든요. 이제나저제나 신사들이 방에 들어오지는 않을까 마음을 졸이고 있었어요. 그 가운데 이 집의 주인이 있기를 바랐고, 또 그럴까봐 두렵기도 했어요. 바라는 마음이 큰지 두려운 마음이 큰지 스스로도 알 수가 없었어요. 이런 식으로, 미스 빙리의 목소리는 들어보지도 못하고 십오 분쯤 앉아 있던 엘리자베스는 가족은 건강하시냐는 쌀쌀한 질문에 퍼뜩 정신이 들었어요. 똑같이 심드렁하고 짤막하게 대답해주자 상대는 더 아무 말도 하지 않았지요.

그나마 방문의 분위기가 전환된 건, 차가운 고기와 케이크, 다종다양한 제철 과일을 내온 하인들 덕분이었답니다. 하지만 그때가 오기까지 앤슬리 부인은 초대한 사람의 본분을 잊지 말라는 뜻으로, 미스 다아시에게 얼마나 의미심장한 눈짓을 여러 번 보내고 미소 지으며 재촉해야 했는지 몰라요. 그래도 이제 모두 할 일이 생겼으니 다행이었지요. 모두가 말할 수 있는 건 아니었지만 누구나 먹을 수는 있었으니까요. 그래서 아름다운 피라미드처럼 쌓인 포도, 천도복숭아, 복숭아를 가운데 두고 식탁에 다들 둘러앉았지요.

그러던 중 엘리자베스는 자기가 다아시 씨의 등장을 바라는지 두려워하는지 알게 될 훌륭한 기회를 맞았답니다. 그가 방으로 들어온 순간 그녀를 온통 사로잡은 감정 덕분이었지요. 방금 전만 해도 바라는 마음이 더 큰 줄 알았는데, 이젠 차라리 안 왔더라면 좋았겠다는 이상한 마음이 커지기 시작했어요.

다아시 씨는 가디너 씨와 한동안 함께 있다가 온 참이었어요. 가디너 씨는 여전히 저택에 묵는 두세 명의 다른 신사와 함께 낚시에 열중하고 있는데, 다아시 씨는 그 가족의 숙녀들이 오늘 아침 방문했다는 소식을 듣고 먼저 왔다고 했습니다. 그가 나타나자마자 엘리자베스는 조금도 당황한 기색 없이 완벽하게 편안하게 행동해야겠다고 현명하게 결심을 했습니다—반드시 필요한 결심이었지만 지키기가 쉽지는 않았어요. 배석한 사람들 모두가 둘 사이의 수상한 기미를 눈치챈 터라, 처음 방에 들어올 때 그가 어떻게 행동하는지에 모든 눈이 쏠려 있었거든요. 하지만 미스 빙리만큼 그 강렬한 호기심을 표정에 노골적으로 드러낸 사람은 아무도 없었답니다. 물론 미스 빙리도 두 관찰 대상 중 한 명에게 말을 걸어야 할 때는 늘 만면에 미소를 띠고 말하긴 했어요. 아직은 질투심이 절박한 지경에 다다르지 않았고 다아시 씨에 대한 관심도 사그라들려면 멀었으니까요. 미스 다아시는 오빠가 들어오자 한층 기운을 내서 열심히 말하려 애썼고, 엘리자베스는 자신이 동생과 친해지길 바라며 조바심 내는 그의 마음을 읽고, 최대한, 두 사람 모두와 이야기를 많이 나누려고 노력했습니다. 미스 빙리도 이를 모두 보았고 울화가 치밀어 그만 경우를 잊고는, 말할 기회가 생기자마자 깍듯한 말씨로 비웃듯 물었습니다.

"그런데 미스 일라이자, ＿＿＿셔 민병대는 메리턴에서 철수하지 않았나요? 가족분들이 너무 아쉬워서 어떡해요."

다아시 앞이니 미스 빙리도 감히 위컴의 이름을 입에 올리지는 못했지요. 하지만 엘리자베스는 바로 위컴을 겨냥한 말이라는 걸 곧바로 알아챘어요. 위컴과 연루된 온갖 기억이 떠올라 잠시 동요했지만, 곧 기운을 내서[1] 힘차게 악의적인 공격에 맞섰고 그럭저럭 초연한 어조로 질문에 답할 수 있었습니다. 말하는 도중 저도 모르게 찰나의 눈길이 다아시를 스쳤는데, 그는 상기된 표정과 열렬한 눈빛으로, 그녀만을 뚫어져라 보고 있었어요. 그의 동생은 혼란을 주체 못 하고 차마 눈길을 똑바로 들지 못하고 있었지요. 만일 그때 미스 빙리가 그토록 사랑한다는 친구를 자기가 얼마나 괴롭히고 있는지 알았더라면 분명 그런 암시는 자제했을 거예요. 그러나 그녀의 의도는 단순했어요. 자기가 보기에 엘리자베스가 좋아하는 남자를 거론해 당황하게 만들어서, 다아시가 불쾌해할 법한 감정을 내비치게 만들고, 나아가 아마도 군대와 관련해 그녀 가족 몇몇이 보인 어처구니없는 행태를 다아시에게 다시 주지시키려는 목적이었지요. 미스 다아시가 도주를 계획했다는 얘기는 한마디도 들어본 적이 없었거든요. 그 일은 할 수 있는 한 아무한테도 밝히지 않았고, 다아시가 오로지 엘리자베스에게만 밝힌 사실이었으니까요. 다아시는 오빠로서 빙리의 가족에게는 특별히 신경 써서 사실을 숨겼어요. 엘리자베스가 오래전 어림짐작한 대로, 빙리와 가족의 연을 맺기를 바라는 마음도 내심 있었기 때문이지요. 분명 그런 계획을 세워두고 있었으니, 의식한 건 아니라도 그가 친구를 미스 베넷과 갈라놓으려 개입한 데도 어느 정도 영향이 있었을 테고, 친구 앞날을 그렇게까

---

1 exert oneself. 상황을 막론하고 어떻게든 기운을 내서 노력하는 태도는 제인 오스틴의 초기 소설에 등장하는 여주인공들—엘리너와 엘리자베스 등—이 공통으로 보여주는 중요한 미덕이다. 오빠가 들어오자 수줍은 성격을 극복하고 대화를 하려 더 열심히 애쓸 때 미스 다아시도 '기운을 낸다.'

지 걱정한 심정에는 또 다른 이유가 더해졌을 확률도 높지 않았을까요.

그러나 엘리자베스의 침착한 대처로 다아시의 불안은 금세 가라앉았고, 미스 빙리는 괜히 속만 더 상하고 실망한 나머지 감히 위컴 비슷한 얘기는 더 꺼내지도 못했어요. 조지애나도 시간이 흐르며 마음을 추슬렀지만, 말은 더 할 수 없었고요. 조지애나는 겁이 나서 오빠를 똑바로 보지도 못했지만, 막상 그는 동생이 연루된 일은 거의 떠올리지도 않고 있었어요. 그의 마음이 엘리자베스로부터 멀어지게 만들려고 꾸민 상황 탓에 엘리자베스만을 생각하게 되었던 거예요. 도리어 한결 환해진 기분으로 그녀만을 생각하게 되었지요.

앞에서 얘기한 질문과 대답 이후로 방문이 길게 이어지지는 않았어요. 다아시 씨가 마차까지 배웅하러 나간 사이 미스 빙리는 엘리자베스의 외모, 행동, 드레스를 트집 잡으며 제 감정을 풀고 있었고요. 하지만 조지애나는 끝내 거들지 않았어요. 오빠가 추천한 사람이니 그것만으로도 좋게 볼 이유는 충분했거든요. 오빠의 판단력은 한 치의 틀림도 없는데, 그런 오빠가 엘리자베스를 그렇게까지 칭찬했다면 조지애나로선 사랑스럽고 다정한 사람이라 여길 수밖에 다른 도리가 있나요. 다아시가 살룬² 으로 돌아왔을 때, 미스 빙리는 참지 못하고 방금 동생한테 하던 말을 일부 되풀이해 말해버렸습니다.

"오늘 아침 미스 일라이자 베넷의 몰골이 말이 아니네요,

2 집 안에서 제일 넓은 거실이나 홀.

다아시 씨." 그녀는 외쳤어요. "겨울 동안 저렇게 외모가 딴판으로 달라진 사람은 살면서 처음 봤지 뭐예요. 얼굴이 갈색으로 타서 거칠어졌잖아요! 루이자 언니와 나는 저이와 다시 만나지 않았더라면 좋았겠다 하고 있었어요."

다아시 씨는 물론 그 말이 몹시 듣기 싫었겠지만, 좀 그을린 것 말고 크게 달라진 점은 못 보았다고 냉랭하게 대꾸하는 정도로 만족하기로 했어요―여름에 여행하는데 그게 뭐 그렇게 대단하게 신기한 결과입니까.

"제가 보기엔요," 하고 그녀는 말을 덧이었지요. "솔직히 처음부터 한 번도 예쁜 줄 모르겠더라고요. 얼굴은 너무 야위고, 피부에 윤기도 없고, 눈 코 입도 전혀 반듯하지 않아요. 코에 특징도 없고, 콧날에도 눈에 띄는 점이 없잖아요. 치아는 그럭저럭 봐줄 만하지만, 평범한 수준을 벗어나지 않고, 눈으로 말하자면, 가끔 누가 빼어나다고 봐주긴 하지만, 난 한 번도 그렇게 특출난 매력을 못 느꼈거든요. 매섭고 말괄량이 같은 눈빛이 있는데, 그게 정말 마음에 안 들어요. 그리고 전반적으로 고상한 느낌은 하나도 없이, 저 잘난 맛에 당당한 분위기를 풍기는데, 그걸 참아줄 수가 없단 말이에요."

다아시가 엘리자베스를 흠모한다고 확신하는 미스 빙리로서는, 그런 말은 잘 보이기 위해 할 수 있는 최선의 방법이 아니었지요. 하지만 화가 난 사람이 늘 현명한 건 아니거든요. 그래서 드디어 약간 꿈틀하는 다아시를 보고 이제 성공했다고 기대감을 품었답니다. 하지만 그는 결연하게 입을 꾹 다물고 침묵을 지켰어요. 그래서 그녀는, 반드시 그가 말하게 만들고야 말겠다 작정하고서, 이렇게 말을 이었답니다.

"새삼 기억이 나네요. 처음 하트퍼드셔에서 만났을 때 미인으로 정평이 나 있다고 해서 우리가 얼마나 놀랐는지. 특히 언젠가 밤에, 네더필드에서 저녁을 같이 먹고 나서, 다아시 씨가 하셨던 말씀 있잖아요. '그 여자가 미인이라니!―차라리 그 어머니한테 위트가 넘친다고 하는 게 낫겠군요.' 하지만 그 후로 갈수록 더 좋게 보시는 것 같던데. 한번은 꽤 예쁘다고 생각하셨던 적도 있고요."

"그래요," 다아시는 급기야 더는 참지 못하고 대꾸하고 말았습니다. "하지만 그건 처음 알게 되었을 때일 뿐입니다. 이미 수개월 전부터 저는 그분이 제 지인들 가운데 가장 아름다운 여자 중 하나라 여기고 있으니까요."

그리고 그는 휙 나가버렸고 미스 빙리는 다른 누구도 아닌 제 마음만 후벼 파는 말을 기어이, 억지로 그 입에서 끌어냈다는 만족감만 안고 방에 혼자 남았습니다.

가디너 부인과 엘리자베스는 돌아오는 길에 그날 방문에서 있었던 일들을 낱낱이 나누었지만, 둘 다 초미의 관심을 가진 단 한 가지 일만은 말하지 않았습니다. 그날 본 모든 사람의 표정과 행동을 조목조목 짚어 얘기하면서도, 둘의 이목을 집중시킨 단 한 사람 이야기는 하지 않았지요. 오로지 그의 동생, 그의 친구들, 그의 집, 그의 과일, 그만 빼고 다른 모든 것에 관해서만 말했습니다. 하지만 엘리자베스는 가디너 부인이 그를 어떻게 보았는지 궁금해 애를 태웠고, 가디너 부인은 조카가 먼저 말을 꺼내줬더라면 반색을 했을 거예요.

4

엘리자베스는 램턴에 도착한 첫날 제인에게서 온 편지가 없
다는 걸 알고 많이 실망했는데, 그 실망감은 여기서 보낸 아침
마다 나날이 새삼스레 거듭되었어요. 하지만 사흘째 되던 날
드디어 맘 졸이던 기다림은 끝났고, 한꺼번에 도착한 편지 두
통이 언니의 사정을 해명해주었어요. 한 통에는 다른 주소로
잘못 배달되었다는 표시가 있었거든요. 엘리자베스는 별로 놀
라지도 않았어요. 제인이 주소를 유달리 엉망으로 써놓았더라
고요.

다 같이 산책을 가려고 막 준비하는데 편지들이 도착해서
외삼촌과 외숙모는 엘리자베스가 조용히 편지를 읽을 수 있
게 남겨두고 둘이서만 외출했어요. 잘못 배달된 한 통을 먼
저 읽어야 했는데, 닷새 전에 썼다고 날짜가 표기되어 있었지
요. 앞부분에는 사소한 만남들과 사교 모임들, 연회들 이야기
와 시골에서 흔히 접할 법한 그런 뉴스가 적혀 있었지만, 하루

지나 다음 날로 표기된 후반부는 크게 동요한 마음 상태가 역력히 드러나 있고, 훨씬 중요한 정보가 담겨 있었어요. 내용은 다음과 같았습니다.

앞선 글을 적고 나서, 사랑하는 내 동생 리지야, 전혀 예상치 못했던 심각한 사태가 발생하고 말았어. 하지만 너한테 괜한 걱정을 끼칠까 두렵구나—우리는 다 건강하니 그건 안심해. 내가 지금 해야 하는 말은 가엾은 리디아 이야기야. 어젯밤 12시에 급보[1]가 도착했어. 우리가 막 잠자리에 들었을 때였지. 포스터 대령이 리디아가 장교 한 사람과 스코틀랜드[2]로 도망쳤다는 소식을 우리에게 알리려고 보낸 편지였어. 솔직히 말하자면, 글쎄 위컴과 갔다지 뭐야!—우리가 얼마나 놀랐겠니. 하지만 키티에게는 전혀 뜻밖의 사태는 아닌 듯했어. 정말이지 너무, 너무 속상해. 양쪽 모두에게, 전혀, 전혀 득이 될 게 없는 결혼이잖니!—하지만 나는 그래도 최선의 결과를 기대할래. 위컴의 인품을 우리가 오해했기를 바라. 생각 없고 분별없는 사람인 줄은 나도 쉽게 알겠지만, 이번 일만 보면(그나마 우리가

1 express. 정해진 마차 노선으로 하루 한두 번 운행되는 정규 우편보다 훨씬 빠르게 급보를 전하기 위해 배달인을 고용해 따로 말을 타고 보내는 전달 방식. 화급을 다투는 전갈일 경우 높은 비용을 감수하고 보내는 우편이므로 밤 12시에 급보가 도착할 수도 있었다.
2 스코틀랜드로 간다는 계획은 결혼할 의도를 내포한다. 1753년 잉글랜드에서 제정된 로드 하드윅 결혼법The Marriage Act of Lord Hardwick은 스물한 살 이하의 남녀가 결혼하려면 반드시 부모의 동의가 필요하다고 명시했다. 스코틀랜드에서는 이 결혼법이 적용되지 않았고 남자 14세, 여자 12세 이상이면 부모의 동의와 무관하게 결혼할 수 있었다.

기뻐해야겠지) 속마음이 정말로 나빠 보이진 않아. 최소한 돈 욕심은 없는 거니까. 우리 아버지가 리디아한테 한 푼도 줄 수 없다는 걸 모를 리 없잖니. 우리 가엾은 어머니는 슬퍼서 어쩔 줄 모르고 계셔. 아버지는 훨씬 의연하시고. 우리가 들은 위컴의 나쁜 이야기를 두 분께 미리 말씀드리지 않은 게 얼마나 다행이니! 우리도 이제 그 일은 잊어야만 해. 두 사람은 토요일 밤 12시쯤 떠난 것으로 추정되는데, 어제 아침 8시까지 아무도 몰랐대. 그 즉시 급보를 보냈고. 사랑하는 리지야, 그들은 우리와 십 마일도 안 되는 지점을 지나쳐 갔을 거야. 포스터 대령님은 아무래도 머지않아 직접 여기 찾아올 생각인가봐. 리디아가 두 사람의 의도를 몇 줄 써서 자기 아내한테 남겼대. 이제 그만 줄여야겠다. 가엾은 어머니 곁을 오래 비울 수가 없네. 네가 무슨 소리인지 못 알아들을까 걱정이 되지만, 나도 내가 무슨 소리를 썼는지 잘 모르겠어.

생각해볼 겨를도 없이, 자기 감정을 파악할 겨를도 없이, 엘리자베스는 이 편지를 다 읽자마자 즉시 다음 편지를 움켜쥐었고, 정신없이 바쁜 마음에 다급하게 편지를 뜯어 다음 내용을 읽었습니다. 첫 편지를 다 쓰고 하루 지나 쓴 글이었어요.

사랑하는 동생아, 지금쯤 내가 서둘러 써 보낸 편지를 받았겠지. 이 편지는 더 알아보기 쉽기를 바라지만, 쓸 시간은 넉넉해도 머리가 너무 복잡해서 앞뒤가 맞는 글을 쓸 수 있을지 장담은 못 하겠다. 세상에서 내가 가장 사랑하는 동생 리지야, 무슨 얘기를 써야 할지 정말 잘 모르겠지만, 너한테는 나쁜 소식이고, 도저히 더는 지체할 수가 없어. 위컴 씨와 우리 가엾은 리디아의 결혼은 턱없이 경솔한 혼사지만, 그래도 이제 우리는 확실히 결혼했기만을 간절히 바라고 있단다. 아무래도 스코틀랜드에 간 게 아닌 것 같아서 걱정할 만한 이유가 많아도 너무 많아서 그래. 포스터 대령님이 어제 오셨어. 전날 브라이턴에서 출발해서 급보가 도착하고 몇 시간 안 되어 직접 오신 거야. 리디아가 F. 부인한테 남긴 짧은 편지에서는 그레트나그린에 간다고 했는데, 데니가 W.는 처음부터 거기 갈 생각도 없고 리디아와 결혼할 생각도 없다고 뭔가 귀띔을 해줬나봐. 그 얘기를 전해 들은 포스터 대령님은 즉시 불안해져서 둘의 동선을 추적할 생각으로 B.에서 출발했고. 클래펌까지는 쉽게 추적할 수 있었는데 그 후로는 행방이 묘연하대. 클래펌에 들어가면서부터는 그들이 해크니 마차[3]를 빌려 타고서 엡섬에서 거기까지 타고 간 셰즈를 돌려보냈다는 거야. 그 이후로 알려진 행적이라곤, 런던 도로로 계속 가는 모습을 보았다는 게 다야. 난 뭐라고 생각해야 할지 모르겠어. F. 대령님은 런던 그쪽 지역에 관한 조사를 샅샅이 해본 다음에 하트퍼드셔에 오신 거래. 초조하게 톨게이트들을 모두 뒤지고 바넷과 햇필드의 여관들을 다 조사했지만 아무 성과가 없었다고 해. 그런 사람들이 지나가는 모습은 아무도 못 봤대. 친절하게도 우리를 걱정하는 마음

---

3 현대의 택시에 해당하는 전세 마차로 런던 시내를 이동하는 주요 운송 수단이었다. 오늘날 런던 택시를 블랙 캡black cab이라고 하는데 해크니 hackney 또는 핵hack이라고도 부른다.

에 롱본까지 오셔서 근심하는 바를 말씀해주셨는데 그 진심이 참 고맙더라. 대령님과 포스터 부인도 입장이 난처해졌으니 나도 참 마음이 좋지 않지만, 누가 그 사람들을 탓할 수 있겠어. 리지야, 우리는 맘고생이 이만저만이 아니야. 아버지와 어머니는 최악의 사태가 일어났다 믿으시지만, 나는 정말 그렇게까지 나쁜 사람이라고는 도무지 믿기지가 않아. 여러 가지 사정이 생겨서, 첫 번째 세운 계획을 따르기보다는 런던에서 비밀리에 결혼하는 편이 더 낫다고 판단했을지도 모르잖니. 그 남자야 리디아처럼 가족을 둔 젊은 여자를 꾀어 신세를 망치려 계략을 꾸몄을 수도 있다지만—그럴 것 같지는 않지만—설마 리디아가 이렇게까지 모든 윤리를 저버릴 수 있는 아이일까?—그건 있을 수 없는 일이잖니. 하지만 참담하게도 F. 대령님은 결혼을 확신하지 못하겠다고 하네. 내가 희망 사항을 말씀드렸더니 고개를 저으시며 W. 같은 남자는 믿으면 안 된다고 하셨어. 불쌍한 우리 어머니는 정말로 앓아누워서 방에서 나오질 않고 계셔. 조금 기운을 내주시면 훨씬 나으련만 그건 기대하지 말아야겠지. 그리고 아버지는, 내가 살면서 이렇게 동요하신 모습은 처음 봐. 두 사람의 연애를 숨겼다고 가엾은 키티한테 화를 다 쏟아붓고 계신데, 사적인 비밀이었으니 놀랄 일도 아니지. 리지야, 네가 이 심란한 난리통을 못 본 게 그나마 난 진심으로 기쁘단다. 하지만 이제 처음의 충격은 지나갔으니, 솔직히 네가 돌아오길 간절히 바란다고 털어놓아도 될까? 하지만 사정이 불편하다면, 굳이 졸라댈 만큼 이기적으로 굴지는 않을게. 안녕! 방금 했던 얘기를 다시 하려고 펜을 또 들었어. 그러고 싶지는 않지만, 사정이 이러니, 너는 물론이고 모두들 최대한 빨리 여기 와달라고 진심으로 애원하지 않을 수 없어. 내가 다정한 우리 외삼촌과 외숙모를 너무 잘 아니까, 이렇게 거리낌 없이 부탁하는 거야. 게다가 외삼촌께는 부탁할 일이 좀 더 있고. 아버지가 포스터 대령과 함께 곧바로 리디아를 찾으러 런던으로 가신대. 뭘 어떻게 하시려는지는, 정말 모르겠어. 하지만 지금처럼 극도로 흥분한 상태에서는 안전하게 최선의 방도를 찾지 못하실 것 같아. 그런데 포스터 대령님은 내일 저녁 브라이턴에 꼭 다시 가셔야 할 일이 있대. 이런 비상사태에서는 외삼촌의 조언과 조력이 세상 무엇보다도 중요해. 외삼촌이라면 즉시 내 마음을 알아주실 테니, 선의에 기댈 뿐이야.

"오! 외삼촌, 우리 외삼촌 어디 계시지?" 엘리자베스는 편지를 다 읽자마자 의자에서 벌떡 일어나 어서, 이 귀한 시간을 일 초도 잃지 않고, 외삼촌을 찾으러 나가려 했습니다. 하지만 문 앞에 다다른 순간, 하인이 문을 열었고 다아시 씨가 나타났어요. 엘리자베스의 파리한 얼굴과 불안한 태도를 본 다아시 씨는 소스라쳐 놀랐고, 그가 마음을 가다듬고 뭐라 말할 겨를도 없이, 그녀가, 리디아의 처지뿐 다른 어떤 생각도 할 수 없는 상태로, 다급하게 이리 외쳤습니다. "죄송합니다. 하지만 전 지금 가봐야 해요. 지금 당장 가디너 씨를 찾아야 해요. 지체할 수 없는 일이라서, 한시도 허비할 겨를이 없어요."

"이런, 세상에! 대체 무슨 일입니까?" 큰 소리로 외친 그 말투에서는 그만 예의보다 감정이 앞섰지만, 그는 이윽고 정신을 차리고서 다시 말했습니다. "단 한 순간도 저 때문에 머무실 필요는 없습니다. 하지만 부디 제가 가서, 아니 하인을 보내서 가디너 씨와 부인을 찾아 모셔 오게 하시지요. 지금 그럴 상태가 아니십니다—직접 가실 수는 없어요."

엘리자베스는 망설였지만 무릎이 덜덜 떨리고 있었어요. 직접 찾으러 가봤자 별 소용이 없으리라는 느낌이 들었지요. 그래서 하인을 다시 불러 즉시 가디너 씨 부부를 불러오는 일을 맡겼습니다. 하지만 너무 숨이 차서 헐떡거린 바람에 그녀가 하는 말은 잘 알아듣기조차 힘들었지요.

하인이 방에서 나가자 엘리자베스는 더는 몸을 가누지 못하고 털썩 주저앉았고, 지독하게 피폐한 그 낯빛을 본 다아시 씨는 도저히 그 곁을 떠날 수가 없었습니다. 결국 묻지 않을 수 없었지요. 다정과 공감이 가득한 말투였어요. "제가 하녀를 불러오겠습니다. 지금 마음을 진정하시는 데 도움이 될 만한, 무슨 드실 만한 게 없을까요?—와인 한 잔이 좋겠군요—제가 한 잔 가져다드릴까요?—지금 많이 안 좋으십니다."

"아니에요, 감사합니다." 엘리자베스는 마음을 가다듬고 정신을 차리려 애쓰며 대답했습니다. "저는 아픈 데가 전혀 없어요. 아주 건강하답니다. 다만 방금 롱본에서 온 끔찍한 소식 때문에 마음이 어지러울 뿐이에요."

그 말을 꺼내자마자 울음이 터져 엘리자베스는 몇 분간 한 마디도 더 하지 못했어요. 다아시는, 극도의 불안과 긴장감에 휩싸여, 걱정스러운 심정을 뭐라 알아들을 수 없는 몇 마디 말로 전하다, 결국 아무 말도 하지 않고 그 아픔에 공감하며 찬찬히 그녀를 살펴보고만 있었습니다. 한참 후에야 그녀가 다시 말하기 시작했어요. "방금 제인 언니의 편지를 받았는데, 너무 끔찍한 소식을 듣게 됐어요. 아무한테도 숨길 수가 없는 일이에요. 우리 막냇동생이 가족과 친구 모두를 저버리고—애인과 함께 도망쳤어요—남자의 수중에 제 몸을 던졌어요—바로 위컴 씨한테요. 두 사람은 함께 브라이턴에서 도망쳤대요. 다아시 씨께서는 그 사람을 너무나 잘 아시니 나머지는 의심할 여지도 없겠지요. 돈도, 인맥도, 위컴을 유혹할 만한 게 무엇 하나 없는 애예요—이제 영영 신세를 망쳐버린 거예요."

다아시는 경악한 나머지 미동도 하지 못했습니다. "생각해보면," 덧붙여 말하는 그녀의 목소리는 한층 더 심하게 동요하고 있었습니다. "내가 막을 수 있는 일이었는데요!—나는, 그 사람의 정체를 알고 있었는데요. 일부만이라도 진상을 설명해줬더라면—내가 알게 된 걸 조금만이라도, 우리 가족한테 알려줬다면! 그 인격이 어떤지를 알려줬더라면, 이런 일은 일어나지 않았을 텐데요. 하지만 이제 다, 다 늦어버렸어요."

"정말이지 참담한 심정입니다." 다아시가 외쳤습니다. "참담하고—충격적입니다. 하지만 확실합니까, 절대적으로 확실한 일입니까?"

"아, 그럼요!—일요일 밤에 함께 브라이턴을 떠났는데, 런던까지는 행적이 파악되지만 그 후로는 행방이 묘연해요. 스코틀랜드에 가지 않은 건 확실합니다."

"그럼 동생분을 다시 찾기 위해 어떤 일을, 어떤 시도를 했다고 합니까?”

“아버지가 런던에 가셨다는데, 제인 언니는 외삼촌께서 즉시 도와주셔야 한다고 간청하려고 편지를 쓴 거예요. 그래서, 제 바람대로라면, 우리는 삼십 분 후면 떠날 거예요. 하지만 우리가 할 수 있는 일은 없어요. 할 수 있는 일이 없다는 걸 제가 잘 알아요. 그런 남자를 어떻게 다루겠어요? 두 사람을 어떻게 찾아내겠어요? 전 희미한 희망조차 품지 않고 있어요. 모든 면에서 너무 끔찍한 일이에요!”

다아시는 반박하지 않고 말없이 고개를 저었다.

“내가 눈을 뜨고 그의 진짜 인격을 알게 됐을 때—아! 내가 이럴 줄 미리 알았어야 해요. 용기를 내서 해야 할 일을 했어야 해요! 하지만 그걸 몰랐어요—지나치게 주제넘은 짓일까봐 행동하지 못했어요. 한심하고, 형편없는 실수를 한 거예요!”

다아시는 대답이 없었습니다. 그녀 말은 잘 듣지도 못하고 심각한 상념에 빠져 미간을 잔뜩 찌푸린 채 침울한 분위기로 방 안을 왔다 갔다 서성거리고 있었지요. 엘리자베스는 곧 눈치를 챘고, 그 즉시 사정을 이해했어요. 그녀의 힘이 무너지고 있었던 거죠. 이처럼 가족의 약점을 입증하는 증거, 이 깊디깊은 치욕의 확증 앞에서는 세상 무엇이라도 기필코 무너지고야 말 테니까요. 전혀 놀랍지도 않았고 그를 비난할 수도 없었어요. 하지만 드디어 그가 자기 자신과의 싸움에서 승리를 거두었다는 그 믿음은 가슴에 어떤 위로도 되지 않았고 괴로움 또한 조금도 누그러뜨리지 못했답니다. 오히려 정반대로, 정확히 계산한 듯 그녀 스스로가 자기의 소망을 깨닫는 효과를 발효해버렸어요. 바로 지금 이 순간만큼, 그를 사랑할 수도 있었다는 느낌을 솔직하게 품은 적은 이전에 단 한 번도 없었거든요. 하지만 이제 사랑은 모두 물거품처럼 헛될 따름이었어요.

하지만 자기 자신을 생각하는 마음은, 불쑥 끼어들 수는 있을망정, 엘리자베스의 마음을 온통 사로잡을 수는 없었어요. 리디아―리디아가 온 가족에게 끼칠 굴욕과 불행이 사사로운 걱정을 모두 집어삼켜버렸고, 엘리자베스는 손수건으로 얼굴을 가리고서 금세 다른 잡념을 다 까맣게 잊고 말았습니다. 하지만 몇 분쯤 정적이 흐른 후, 곁에 있던 사람의 목소리가 들려와 현재의 처지를 날카롭게 상기시키고 말았어요. 연민이 담긴 목소리였지만 또한 거리를 두는 경고처럼 들리기도 했습니다. "제가 떠나주길 오래전부터 바라고 계셨을 텐데 죄송합니다. 저도, 진심이지만, 아무 도움도 안 되는 근심 말고는, 곁에 머무를 다른 핑계를 찾을 수가 없군요. 그 괴로움을 덜어드리기 위해 제발 제 쪽에서 뭐라도 할 수 있는 말, 할 수 있는 일이 있기를 간절히 바라는 마음입니다만―그런 헛된 소망으로 더 심기를 괴롭게 해드리지는 않겠습니다. 괜히 감사의 인사를 바라서 하는 소리로 들릴까 두렵습니다. 이 불행한 사태로 인해, 안타깝지만, 오늘 동생은 펨벌리에서 여러분을 뵙는 기쁨을 누리지는 못하겠군요."

"아, 네. 부디 미스 다아시께 저희 대신 사과 말씀을 전해주세요. 다급한 볼일로 즉시 집으로 돌아갔다고요. 불행한 진실은 최대한 숨겨주시면 감사하겠습니다―오래 숨길 수 없다는 건 알고 있어요."

그는 선뜻 비밀을 지키겠노라 약속했고—또다시 그녀가 겪는 고통에 깊은 슬픔을 표하고, 지금 예상하시는 것보다 훨씬 행복한 결말로 마무리되길 빈다고 말하고, 친척들에게 안부 인사를 남기고, 단 한 번 진지하게 작별의 눈길을 던지고는, 가버렸습니다.

그가 방에서 나가는 순간, 엘리자베스는 더비셔에서 가졌던 지난 몇 번의 만남만큼 격의 없이 친한 사이로 다시 만나는 게 얼마나 까마득히 요원한 일일지 실감했어요. 처음 알게 되고 나서 지금까지, 모순들로 점철되어 별의별 일들이 다 있었던 그와의 사이를 돌이켜본 그녀는 얄궂은 자기 감정에 한숨을 쉬었어요. 예전이라면 인연이 끊어져서 기쁘다 했을 텐데, 이제 와서 인연이 이어지기를 바라다니요.

감사와 존경이 사랑의 든든한 토대가 되어줄 수 있다면, 엘리자베스가 겪은 심정 변화는 터무니없거나 그릇된 것이 아닐 테지요. 하지만 그게 아니라면, 그런 원천에서 샘솟은 사랑이 다른 사랑, 이를테면 흔히 묘사하듯 사랑의 대상과 처음 만나서 두 마디 말도 나누기 전에 솟아난 그런 사랑에 비해 비합리적이고 부자연스러운 거라 한다면, 엘리자베스를 두둔해줄 말은 하나도 없을 거예요. 다만 엘리자베스는 위컴에게 편향된 호감을 주었을 때 이미 후자의 방법을 시험해봤다 할 수 있고 그 결과 형편없는 성과를 거두었으니, 재미가 좀 덜한 사랑의 방식을 추구할 정당한 이유가 조금은 되어주지 않으려나요. 아무튼, 떠나는 그를 보는 마음은 아쉽고 후회스럽기만

했답니다. 리디아의 굴욕이 가져올 결과를 이렇게 일찍 본보기로 겪고 보니, 참담한 사태를 보는 심정에 한층 괴로움이 더해졌고요. 제인의 두 번째 편지를 읽고 나서는, 위컴이 리디아와 결혼할 거라는 일말의 희망도 품을 수 없었어요. 제인 언니 말고는, 그런 기대를 품고 마음을 달랠 수 있는 사람은 아무도 없을 거야, 그녀는 생각했지요. 이런 전개를 바라보는 감정 중에 놀라움은 거의 찾아볼 수 없었어요. 첫 편지의 내용만 읽었을 때는 오히려 놀라움을 금치 못했었는데요—위컴이, 도저히 돈을 보고 결혼할 수는 없는 여자애와 결혼한다니, 놀라 기겁할 일이었으니까요. 게다가 리디아가 어떻게 위컴의 마음을 얻었는지, 도저히 이해가 되지 않는 일이었어요. 그러나 이제는 오히려 모든 게 자연스럽기 이를 데 없었답니다. 이런 식의 연애라면, 리디아의 매력으로도 충분했을 테니까요. 리디아가 결혼할 생각 없이 도주에 동의했으리라 생각진 않더라도, 스스로를 지켜줄 미덕도 이해력도 없으니 얼마든지 손쉬운 먹잇감이 되었으리라 짐작할 수 있었어요.

하트퍼드셔에 군대가 주둔할 당시에는 리디아가 위컴에게 특별한 호감을 품는 느낌을 받은 적 없지만, 리디아라면 조금만 부추겨도 아무한테나 마음을 주고도 남을 아이였어요. 자기한테 관심을 얼마나 쏟느냐에 따라, 어떤 때는 이 장교, 또 다른 때는 저 장교를 좋아하곤 했지요. 리디아의 애정은 끝없이 오르락내리락 변동이 심했지만 대상이 없었던 적은 한 번도 없어요. 그런 여자애를 짓궂게 방치하고 뭐든 오냐오냐 받아주는 실수를 저지르다니—아, 그 악영향이 이제는 얼마나 뼈저리게 실감 나던지요.

어서 집에 가고 싶어 미친 듯 몸이 달았어요―그 현장을 보고 듣고 그 자리에 있고 싶었어요. 어서 가서 이렇게 엉망으로 흐트러진 집구석에서 온전히 제인 혼자만의 몫으로 떠맡겨졌을 걱정과 돌봄의 의무를 함께 나누고 싶었어요. 아버지는 부재하고, 어머니는 어떻게든 힘을 내서 뭘 할 수 있는 사람이 아니거니와 오히려 끝없이 시중을 들어줘야 하니까요. 리디아를 위해서 할 수 있는 일은 아무것도 없다고 거의 확신한 상태에서도 외삼촌의 개입은 절대적으로 중요하다고 느껴졌어요. 가디너 씨와 부인은 크게 놀라 바삐 돌아왔습니다. 하인의 설명만 듣고서는, 조카딸이 갑자기 큰 병에 걸린 줄 알았거든요―곧바로 그 걱정을 덜어주고 나서 엘리자베스는 두 사람을 부른 이유를 열심히 설명했고, 두 통의 편지를 큰 소리로 읽어주고, 덜덜 떨면서도 에너지를 실어 마지막 편지의 추신을 특별히 강조했습니다―리디아를 한 번도 좋아한 적 없는 가디너 부부였지만 깊은 충격을 받을 수밖에 없었어요. 리디아뿐 아니라 모두가 연루된 문제였으니까요. 놀라움과 공포로 처음에 탄식만 내뱉던 가디너 씨는 힘닿는 한 최선을 다해 돕겠노라 약속했습니다―엘리자베스는, 당연히 예상했던 일임에도, 감사한 마음에 눈물을 흘리며 인사했고요. 세 사람은 한마음으로 힘을 내서 여행과 관련된 모든 일을 빠르게 처리했습니다. 최대한 빨리 출발하기만 하면 되었어요. "하지만 펨벌리의 일은 어떻게 해야 하니?" 가디너 부인이 말했어요. "존 얘기를 들으니 네가 우릴 부르러 보낼 때 다아시 씨가 함께 있었다고 하던데—그게 맞니?”

“네, 그분한테 우리 약속은 못 지키게 되었다고 말씀드렸어요. 그건 다 해결된 문제예요.”

“그건 다 해결된 문제라니.” 자기 방으로 준비하러 달려가며 가디너 부인은 조카의 말을 되풀이했어요. “둘이 진상을 다 터놓고 밝힐 만한 그런 사이였다니! 아, 내가 미리 그걸 알았더라면 얼마나 좋았을까!”

하지만 그런 소망은 헛될 뿐이었고, 기껏해야 향후 한 시간 동안의 다급한 채비와 혼란 속에서 가디너 부인의 마음에 약간의 재미를 주었을 뿐이었지요. 만일 엘리자베스가 무료하게 시간을 보내야 했다면, 자기처럼 불행한 사람은 어떤 일도 손에 잡히지 않는다고 굳게 믿어버렸을 거예요. 하지만 그녀도 외숙모 못지않게 할 일이 많았고, 갑작스레 출발하게 된 이유를 거짓으로 꾸며내어 램턴의 모든 친구에게 쪽지를 쓰는 일도 그중 하나였습니다. 그러나 모든 일을 끝내는 데는 한 시간 밖에 걸리지 않았답니다. 한편 가디너 씨는 그사이 여관비 정산을 끝냈으니 이제 출발하는 것 말고는 할 일이 아무것도 남지 않았습니다. 그리하여 엘리자베스는 오전에 겪은 온갖 불행한 일을 뒤로하고, 생각했던 것보다 훨씬 더 빠른 시간 내에 마차 좌석에 앉아 롱본으로 가는 길에 올랐습니다.

5

"그 일을 내가 다시 곰곰 잘 생각해봤는데 말이다, 엘리자베스야." 마을에서 멀어지는 마차 안에서 외삼촌이 말했습니다. "정말로, 심각하게 생각해봤는데, 네 언니의 의견 쪽으로 전보다 훨씬 더 기울어질 수밖에 없구나. 내가 보기에는 너무 말이 안 되는 일이야. 보호자가 없는 것도 아니고 지켜주는 친구가 없는 것도 아닌 아가씨한테, 대체 어떤 청년이 그런 꿍꿍이를 품는단 말이냐. 게다가 자기 대령네 집에 묵는 손님 아니냐. 그래서 최선의 희망을 품어보자는 생각이 많이 드는구나. 리디아의 친구들이 나서서 해결하리라 예상하지 않았겠니? 포스터 대령한테 그런 파렴치한 짓을 하고 나서 어떻게 다시 군대에서 인정받을 생각을 하겠니? 위험을 감안하면 그 유혹은 적절하지가 않아!"

"정말로 그렇게 생각하세요?" 엘리자베스가 외쳤어요. 한순간 표정이 밝아졌지요.

"솔직히 말하자면," 가디너 부인이 말했어요. "나도 네 외삼촌과 같은 생각이 들기 시작했단다. 그가 감당하기에는, 예법과 명예와 실질적 이득, 모든 면에서 지나치게 도를 벗어나는 짓이야. 난 위컴을 그렇게까지 나쁘게 생각할 수는 없구나. 너는 그럴 수 있니, 리지? 그런 짓을 저지를 수 있다 믿을 정도로 사람을 아예 포기할 수 있는 거니?"

"자기 이득을 소홀히 여기진 않겠지만, 다른 모든 면에서는 얼마든 나태하게 의무를 방기할 거라 믿을 수 있어요. 정말로, 말씀하신 대로였으면! 하지만 전 감히 그런 희망은 품지 못하겠어요. 정말 그런 거라면 왜 스코틀랜드에 가지 않았겠어요?"

"일단은," 하고 가디너 씨가 대꾸했습니다. "그들이 스코틀랜드에 가지 않았다는 절대적으로 확실한 증거가 없다."

"오! 하지만 셰즈에서 해크니 마차로 바꿔 탄 걸 보면 미루어 짐작할 수 있잖아요! 게다가 바넷 로드에서는 두 사람의 흔적도 찾아볼 수가 없었어요."

"글쎄, 그렇다면 — 런던에 있다고 생각해보면 어떨까. 거기 있더라도, 눈을 피해 숨어 있으려는 목적 말고 더 특별한 꿍꿍이는 없을지도 몰라. 둘 다 돈이 아주 넉넉할 것 같지는 않고, 그러니 스코틀랜드보다는, 런던에서 결혼하는 게, 좀 덜 빠르더라도 돈은 덜 드는 방법일지 모르지."

"하지만 왜 이렇게 꽁꽁 비밀로 해야 하는데요? 왜 사람들 눈에 띨까 두려워하는 건데요? 왜 두 사람이 비밀리에 결혼해야 하는 건데요? 아! 아니, 아니에요, 그럴 것 같지는 않아요.

제인 언니 얘기에 따르면, 위컴과 가장 절친한 친구조차 그가 리디아와 결혼할 리 없다고 본다잖아요. 위컴은 돈이 좀 있는 여자가 아니면 결혼할 사람이 아니에요. 그럴 처지가 못 돼요. 그런데 리디아한테 내세울 게 뭐가 있어요? 젊고 건강하고 성격이 서글서글하다는 것 말고 무슨 매력이 있다고 위컴이 그 애를 위해서 돈 많은 여자와 결혼할 기회를 모조리 포기하겠어요? 불명예스러운 도주를 했다고 연대에서 당할 불이익을 얼마나 두려워하는지는, 제가 판단할 계제가 아니지요. 그런 행위가 어떤 결과를 불러올지 전 전혀 모르니까요. 하지만 외삼촌이 제기하신 다른 반론은, 도저히 성립이 안 돼요. 리디아한테는 나서줄 남자 형제가 없어요. 그러니 위컴 입장에서는, 우리 아버지의 행동과 가족한테 무슨 일이 있든 별 관심이 없는 방만한 태도를 보고, 그런 문제가 생기더라도 웬만한 아버지만큼도 나서서 해결하거나 심각하게 여기지 않을 거라 여길 수도 있지요.”

“그래도 리디아가 그렇게 사랑에 눈이 멀어 다른 건 아무것도 생각 안 하고 결혼이 아닌 다른 관계로 그와 살림을 차리겠다 동의할 거라는 게 상상이 가니?”

“그럴 수 있을 것 같아요. 그게 가장 큰 충격이에요.” 엘리자베스가 눈물이 그렁그렁한 채로 대답했습니다. “그런 문제에서 동생의 점잖은 품행과 미덕을 의심할 여지가 있다는 게요. 하지만, 난 정말로, 뭐라 말해야 할지 모르겠어요. 어쩌면 제가 그 애를 너무 가혹하게 평가하는지도 모르지요. 하지만 그 애는 아주 어려요. 그런데 진지한 문제들에 대해 생각하는 법을 아무도 가르쳐주지 않았어요. 게다가 지난 반년, 아니 열두 달 내내, 오로지 재미와 허영만 좇으면서 살았단 말이에요. 자기한테 주어진 시간을 지극히 나태하고도 경솔하게 써버리고 눈앞에 보이는 아무 의견이나 멋대로 따르더라도, 다들 괜찮다고 허락해줬단 말이에요. ＿＿＿서 민병대가 처음 메리턴에 주둔할 때부터는, 그 애 머릿속엔 사랑, 추파, 장교들 말고는 아무것도 없었어요. 자기가 할 수 있는 모든 수단을 써서 그 화제만 생각하고 그 얘기만 하고ㅡ뭐라고 해야 할까요? ㅡ안 그래도 한창 열렬할 감정을 한층 더 예민하게 만들었지요. 게다가 우리 모두 알고 있잖아요. 위컴은 외모로 보나 화술로 보나 여자의 마음을 사로잡기에 충분한 매력의 소유자라는 걸요.”

“하지만 너도 알다시피 제인은,” 하고 외숙모가 말했어요. “위컴이 그런 시도를 할 정도로 나쁜 사람이라고 생각지는 않잖니.”

“제인 언니가 나쁘게 생각하는 사람이 세상에 있나요? 게다가 언니는, 그 누구라도, 예전에 무슨 짓을 저질렀든, 실제로 증거가 나오기 전까지는 결코 그리 나쁜 사람이라 믿지 못할 사람이에요. 하지만 제인 언니도 알고 있어요. 위컴이 실제로 어떤 인간인지 나만큼이나 잘 알고 있었어요. 우리 둘 다 그가 방탕한 인간이라는 걸 알고 있어요. 성적으로 방종하고 낭비벽도 심하고 절제를 모르는 사람이지요. 도덕성도 명예심도 없고요. 교묘하게 환심을 사려 드는 만큼 거짓되고 기만적인 사람이에요.”

"그런데 네가 정말 그 모든 걸 다 아는 거냐?" 가디너 부인이 외쳤어요. 엘리자베스가 이런 정보를 얻은 경로가 궁금해 새삼 호기심이 살아난 거죠.

"네, 정말 잘 알고 있어요." 엘리자베스의 얼굴이 붉어졌어요. "지난번에 제가 그 사람이 다아시 씨한테 파렴치한 짓을 했다고 말씀드렸잖아요. 그리고 외숙모께서도, 마지막으로 롱본에 오셨을 때, 그 사람이 어떤 식으로 다아시 씨 이야기를 하는지 들으셨잖아요. 자기한테 그토록 자제심을 발휘해서 너 그렇게 대해준 사람인데도요. 게다가 제가 제 마음대로 발설할 수 없는 다른 사정도 있어요─굳이 말씀드릴 가치도 없는 일이고요. 하지만 펨벌리 가족 전체에 대한 위컴의 거짓말은 끝도 없어요. 그 사람이 미스 다아시를 두고 한 말만 듣고 저는 오만하고 과묵하고 불쾌한 여자애를 만날 각오를 철저히 하고 갔어요. 하지만 위컴 자신도 사실은 정반대라는 걸 알고 있었지요. 우리가 만나본 것처럼 사랑스럽고 꾸밈없는 사람이라는 걸 알고 있었던 게 틀림없어요."

"그런데 리디아는 이런 사정을 하나도 모르는 거야? 너와 제인이 이렇게 잘 알고 있는데 리디아가 까맣게 모를 수가 있는 거니?"

"아, 그러니까요!─그게, 그게 정말로 최악이에요. 제가 켄트에 가서 지낼 때까지, 거기서 다아시 씨와 그의 친척인 피츠윌리엄 대령을 자주 만나게 될 때까지, 저도 진실을 몰랐어요. 그리고 집에 돌아왔을 때는, ＿＿＿서 민병대가 일이 주일 후 메리턴에서 철수하게 되어 있었지요. 사정이 그러하니, 내게서 진상을 전부 들은 제인 언니도, 또 나도, 굳이 우리가 아는 사실을 공개적으로 퍼뜨릴 필요가 없다고 판단했던 거예요. 게다가 우리 말이 무슨 효력이 있었을까요? 이웃 사람들이 모두 위컴을 그토록 높이 평가하고 있는데, 우리가 하는 말이 그 평판을 뒤집을 수 있었을까요? 그래서 리디아가 포스터 부인과 함께 떠나기로 결정이 내려진 후에도, 위컴의 진짜 인격을 그 애한테 알려줘야 한다는 생각은 미처 못 한 거예요. 그 애가 위컴한테 속아 넘어갈 위험이 있다니, 그런 생각은 제 뇌리를 스친 적도 없어요. 이런 결과로 이어질 수 있다니, 외숙모도 쉽게 상상이 가시겠지만, 제 머리로는 도저히 할 수 없는 생각이었어요."

"그러면 다들 브라이턴으로 갔을 때는, 둘이 서로 좋아한다고 생각할 이유가 없었던 거구나?"

"조금도 없었어요. 양쪽 다 사랑의 조짐이 전혀 없었다고 기억해요. 그런 낌새가 눈에 띄었다면, 우리 가족이 못 보고 지나쳤을 리가 없어요. 그건 외숙모도 아실 거예요. 위컴이 처음에 입대했을 때는 리디아도 기꺼이 그를 흠모할 태세였지요. 하지만 그건 우리 모두가 그랬어요. 메리턴에 사는, 아니 메리턴 근처에 사는 젊은 여자들까지 처음 두 달 동안 그에게 반해서 제정신이 아니었단 말이에요. 하지만 그는 한 번도 리디아한테 특별한 관심을 주지 않았고, 그러다보니 리디아도 한동안은 흥분에 달떠 과장되게 떠받들고 흠모했지만 곧 시들시들해졌고, 그 애를 더 특별하게 대접해주는 연대의 다른 남자들을 총애하게 됐어요."

쉽게 상상할 수 있다시피, 이 초미의 관심사에 관한 한, 끝도 없이 토론을 거듭한 나머지 이제 그들의 소망, 두려움, 추측에 더 보탤 것도 남지 않았건만, 여행하는 내내 그들은 다른 화제에 결코 오래 머무르지 못했고, 곧바로 다시 이 이야기로 돌아오곤 했어요. 엘리자베스의 생각은 한시도 그 문제에서 떠나지 못했고요. 세상에서 가장 괴로운 번뇌, 즉 자책에 꼼짝없이 붙들린 엘리자베스는 막간의 평안이나 망각조차 찾을 수 없었습니다.

그들은 최대한 빠른 속도로 여행했어요. 마차 안에서 하룻밤 자고 다음 날 저녁 식사 때에 맞춰 롱본에 도착했지요. 제인 언니가 오래 기다리다 지칠 정도는 아니었으니 그나마 다행이라고, 엘리자베스는 마음의 위로로 삼았어요.

말들이 꼴을 뜯는 초지에 들어설 무렵, 셰즈의 등장에 이끌려 나온 꼬마 가디너들이 이미 저택 계단에 서 있었지요. 그래서 마차가 문간으로 다가설 때는, 아이들의 얼굴이 즐겁게 놀라 환하게 밝아졌답니다. 아이들은 온몸으로 까불고 장난치며 기쁨을 표현했는데, 그게 일행이 처음 맞닥뜨린 진심 어린, 열렬한 환영이었어요.

엘리자베스가 마차에서 뛰어내렸어요. 꼬마들 하나하나 서둘러 키스해주고는 다급하게 현관 전실로 뛰어들어갔더니, 어머니 방에 있다가 계단을 달려내려온 제인이 곧바로 반겨 맞아주었어요.

엘리자베스는 제인을 다정하게 안아주었고, 둘 다 눈에 눈물이 차올랐어요. 엘리자베스는 지체 없이 도망간 사람들 소식은 들었느냐고 묻기부터 했습니다.

"아직은 못 들었어." 제인이 대답했어요. "하지만 이제 우리 외삼촌이 오셨으니까, 다 괜찮아지길 바라."

"아버지는 런던에 계셔?"

"응, 내가 너한테 편지를 쓰던 화요일에 가셨어."

"그럼 아버지 소식은 자주 듣고 있어?"

"소식은 딱 한 번 왔어. 수요일에 나한테 몇 줄 써 보내셨는데, 무사히 도착했다며 주소를 알려주셨어. 내가 꼭 주소를 알려달라고 아버지한테 간곡히 부탁드렸거든. 긴히 할 말이 생기기 전에는 다시 편지는 쓰지 않겠다는 말씀만 덧붙여 쓰셨더라."

"그럼 어머니는—어떠셔? 언니랑 다들 어때?"

"어머니는 그럭저럭 괜찮으신 거 같아. 물론 충격으로 기력이 크게 쇠하셨지만. 위층에 계시는데, 다들 올라가서 뵈면 아주 좋아하실 거야. 아직은 드레싱룸[1] 밖으로는 나오지 않으시려 해. 메리와 키티는 아주 건강해. 천만다행이지 뭐니!"

"하지만 언니는—언니는 어때?" 엘리자베스가 외쳤어요. "언니 안색이 창백해. 언니가 고생이 막심했을 텐데!"

하지만 언니는 아픈 데 하나 없이 건강하니 걱정 말라고 동생을 안심시켰지요. 가디너 씨와 부인이 아이들과 인사를 나

1　영국의 컨트리 하우스에서 숙녀의 거주 공간은 침실과 옷을 차려입고 몸단장을 하는 드레싱룸, 손님을 가볍게 맞을 수 있는 응접실로 구성되어 있었다. 부유한 대저택에서는 서재와 화장실이 포함되기도 한다.

누는 틈을 타 이어지던 두 사람의 대화는, 일행들이 다가오자 끝이 났어요. 제인은 외삼촌과 외숙모에게 달려가 눈물과 웃음을 번갈아 보이며 두 사람을 환영하고 감사의 인사를 전했어요.

다 같이 응접실에 들어서자, 엘리자베스가 이미 물어본 질문들을 나머지 일행도 당연히 반복했고 제인도 별다르게 전해줄 소식이 없다는 걸 알게 됐어요. 하지만 선량한 심성에서 비롯된 낙천적인 희망은 아직 제인을 저버리지 않았지요. 그래서 제인은 결국은 다 잘될 거라고 믿으며, 매일 아침 리디아나 아버지한테서 편지가 와서 사태의 진행을 설명해주고 어쩌면 결혼 소식을 전해줄 거라 기대하고 있었어요.

몇 분간 함께 이야기를 나누다 다 함께 베넷 부인의 방으로 갔지요. 부인은 정확히 예상대로 맞아주었어요. 후회의 눈물과 탄식, 위컴의 악당 짓거리에 퍼붓는 독한 욕설, 본인이 겪는 고생과 박대를 한탄하는 불평불만이 터져 나왔어요. 부인은 만인을 탓하면서도 그릇되고 방만하게 오냐오냐 다 받아줘서 딸아이가 저런 잘못을 저지르게 만든 주된 원인인 자기 자신만은 결코 탓하지 않았지요.

"내가 온 가족이 함께 브라이턴에 가자고 했을 때," 부인이 말했어요. "그때 내 뜻을 관철시킬 수만 있었다면, 이런 일은 일어나지 않았을 텐데. 포스터 부부는 왜 애를 눈에 보이는 데 딱 붙잡아두지 않은 게야? 그이들이 애를 크게 홀대하거나 한 게 틀림없어. 잘만 돌봐줬다면 우리 리디아가 그런 짓을 할 애가 아니란 말이야. 난 늘 그이들이 애를 돌봐줄 적임자가 아니라고 생각했다니까. 하지만 늘 그렇듯이, 내 말을 들어줘야 말이지. 불쌍한 우리 아가! 게다가 이제 베넷 씨까지 가버렸으니 이를 어째. 내 생각에 그 사람은 분명히 위컴과 만나기만 하면 결투를 할 텐데, 그러다 죽고 말 거야. 그럼 우린 다 어떻게 되겠어? 시신이 무덤 속에서 채 식기도 전에 콜린스 부부가 와서 다 쫓아낼 거 아닌가. 이보게, 동생, 자네가 우리한테 친절을 베풀지 않으면 우리는 대체 어찌 살아야 할지 난 모르겠어.”

이런 끔찍한 생각에 다들 외마디 비명을 지르며 반대했지요. 가디너 씨는 누나와 누나의 가족을 사랑하니 걱정 말라고 먼저 안심을 시킨 후, 바로 다음 날 런던에 가서 베넷 씨가 리디아를 구할 수 있도록 모든 조력을 아끼지 않겠다고 말했습니다.

“쓸데없는 불안에 흔들리지 마세요.” 가디너 씨가 말했어요. “최악에 대비하는 게 옳지만, 기정사실로 미리 믿어버릴 필요는 없습니다. 그 애들이 브라이턴을 떠난 지 일주일도 채 못 되었어요. 며칠만 더 있으면, 우리가 뭐든 새 소식을 듣게 될 거고, 둘이 결혼하지 않았고 결혼할 의사도 없다는 걸 우리가 똑똑히 알게 될 때까지는, 이미 다 끝난 일이라고 포기하지는 맙시다. 내가 런던에 가자마자 형님을 찾아가서 그레이스처치 스트리트에 있는 우리 집으로 모시고 갈게요. 거기서 앞으로 어떻게 할지 함께 의논하면 되지요.”

“아! 우리 착한 동생.” 베넷 부인이 대답했어요. “그거야말로 내가 정확히 바라 마지않는 일이야. 그리고 런던에 가면,

애들이 어디 있든지 꼭 찾아내줘. 아직 결혼을 안 했다고 하면 꼭 결혼을 시켜주고. 웨딩드레스는, 애들한테 굳이 기다리지 말라고 하고, 리디아한테 원하는 만큼 돈은 얼마든지 줄 테니까 결혼하고 나서 새로 사라고 말해주게나. 그리고 무엇보다, 베넷 씨가 결투를 절대 못 하게 해. 내 상태가 얼마나 딱한지 그이한테 말해주고—내가 무서워서 제정신이 아니라고. 온몸이 덜덜 떨리고, 가슴이 펄떡거리고, 옆구리가 결리고, 머리가 지끈거리고, 심장이 쿵쿵 뛴다고, 밤낮으로 도무지 편히 쉬질 못한다고 전해줘. 그리고 우리 아가 리디아한테도, 나를 만날 때까지는, 옷 주문은 하지 말라고 해주게. 어디가 제일 좋은 상점인지를 걔가 모른다네. 아이고, 동생, 참 친절도 하지! 자네가 다 어떻게든 궁리해서 해결해줄 줄 내가 잘 알아.”

그러나 가디너 씨는 열과 성을 다하겠다고 다짐하는 한편, 누나에게 두려움뿐 아니라 희망에서도 중용을 지키시라고 조언하지 않을 수 없었습니다. 이런 식으로 이야기를 나누던 일행은 저녁 식사가 다 차려지자 베넷 부인이 딸들이 없을 때 시중을 들어주는 하녀장에게 실컷 하소연하며 속풀이를 하도록 혼자 두고 내려왔습니다.

베넷 부인의 동생과 올케는 그렇게 가족과 격리되어 두문불출할 이유가 없다고 믿었지만, 굳이 반대하려는 시도도 하지 않았지요. 베넷 부인은 식탁 시중을 드는 하인들 앞에서 입조심을 할 만큼 신중한 사람이 못 된다는 걸 잘 알고 있었기 때문이에요. 그래서 차라리 살림만 맡아 꾸려주는 하인 한 사람, 가장 믿을 만한 단 한 사람이 이 화제에 관한 부인의 불안과 걱정을 다 받아주는 편이 낫다고 판단했던 겁니다.

식당에 내려가자 얼마 후 메리와 키티가 와서 함께 자리에 앉았어요. 둘 다 각자의 처소에서 뭔가에 몰두하느라 바빠서 더 일찍 나타나지 못했거든요. 메리는 책을 읽다 왔고, 키티는 화장을 하다 왔고요. 하지만 둘 다 웬만큼 차분한 얼굴이었고, 아무 변화도 없어 보였지요. 그저 제일 좋아하는 동생을 잃은 서운함과 이 문제로 자기한테 쏟아진 분노 탓인지 키티의 말 투에서 평소보다 더 안달복달 징징거리는 느낌이 들었을 뿐 이에요. 반면 메리로 말하자면, 식탁 앞에 다들 앉자마자 심 각한 얼굴로 엘리자베스에게 이렇게 속삭일 정도로 평정심이 대단했답니다.

"참으로 불행하기 짝이 없는 연애야. 분명 사람들의 입에 많이 오르내리겠지. 그러나 우리는 악의의 파도를 막고 서로 의 상처받은 가슴에 자매의 위로라는 향유를 부어주어야만 해."

그러더니 엘리자베스가 대꾸할 의사가 없음을 눈치채고는, 이렇게 덧붙여 말했어요. "리디아한테는 불행한 일이지만, 우 리는 이로부터 유용한 교훈을 얻을 수도 있지. 여자에게 정조 의 상실은 돌이킬 수 없는 일이고—한번 잘못된 걸음을 내디 뎠다가는 끝없는 패망의 길로 들어선다는—여자의 평판은 아 름다운 만큼 깨지기 쉽고—무가치한 이성 앞에서는 몸가짐을 아무리 조심하더라도 지나치지 않는다고 말이야."

엘리자베스는 경악한 나머지 눈을 치켜떴지만, 너무 답답해 서 뭐라 대꾸할 수도 없었어요. 그러나 메리는 눈앞에 있는 악으로부터 계속 그런 유의 도덕적 교훈을 끌어내며 자기 위안을 삼았답니다.

오후에 베넷가의 큰 언니 둘은 삼십 분 정도 둘만의 시간을 가질 수 있었어요. 엘리자베스는 기회가 생기자마자 많은 질문을 던졌고 제인도 기꺼이 답해주려 애썼지요. 이 사건이 초래할 끔찍한 결과[2]를 함께 개탄하면서도, 엘리자베스는 이를 확정된 사실이나 다름없다 믿는 반면 제인은 완전히 불가능한 일이라 믿기는 힘들다 여겼어요. 엘리자베스가 이 화제를 이어가면서, 이렇게 말했습니다. "그래도 사건의 전모를, 낱낱이 말해줘. 내가 이미 들은 얘기는 빼고 말이야. 더 상세한 내용까지 말해줘. 포스터 대령님이 뭐라고 했어? 둘이 도망치기 전에는 전혀 낌새를 못 챘대? 허구한 날 둘이 같이 있는 모습을 분명히 봤을 텐데."

"포스터 대령님은, 특히 리디아 쪽에서, 특별한 호감을 품은 건 아닌가 여러 번 의심한 적이 있다고 솔직히 털어놓으셨어. 하지만 걱정할 만한 일은 없었다고 해. 그분 입장도 참 딱해서 정말 마음이 아파. 태도도 배려 깊고 지극히 친절하셨거든. 둘이 스코틀랜드에 가지 않았다는 걸 미처 알기도 전에, 우리한테 우려되는 점이 있다고 알려주려고 출발하신 거야. 그런데 그런 우려가 새어 나와 소문으로 퍼지니까, 더 빨리 서둘러 오신 거지."

---

2 리디아가 결혼하지 않은 상태에서 위컴과 계속 살면서 가족의 명예를 실추하는 일.

"그런데 데니는 위컴이 결혼할 리 없다고 굳게 믿고 있었다고? 둘이 도망갈 작정이었다는 건 알고 있었대? 포스터 대령님이 데니를 직접 만난 거야?"

"응. 하지만 대령님이 추궁하니까 데니는 그 계획을 전혀 몰랐다고 시치미를 떼고 진짜 자기 생각을 절대로 말하지 않았대. 둘이 결혼하지 않을 거라 생각한다는 얘기는 두 번 다시 하지 않았다니까—그걸로 미루어보면, 난 희망을 품고 싶어. 데니가 전에 잘못 알았을 수도 있으니까."

"그런데 포스터 대령님이 직접 올 때까지는, 둘이 정말로 결혼한 게 아닐지도 모른다는 의심을, 가족 중에서는 아무도 하지 못했던 거구나?"

"그런 생각이 어떻게 우리 머리에 들어올 수가 있겠니! 나는 마음이 좀 편치 않았어—동생이 결혼해서 그 남자와 잘 살 수 있을까 좀 두려웠지. 늘 올바르게 처신한 사람은 아니라는 걸 알고 있었으니까. 아버지와 어머니는 그걸 전혀 모르셨으니, 경제적인 면에서 현명하지 못한 혼사라는 정도만 느끼셨겠지. 그때 키티가, 우리보다 자기가 더 많이 안다는, 아주 자연스러운 승리감에서 솔직히 털어놓은 거야. 리디아가 보낸 마지막 편지에서 그런 행보를 이미 준비하고 있었다고. 아무래도, 키티는 둘이 사랑에 빠졌다는 걸, 벌써 몇 주 전부터 알고 있었나봐."

"하지만 브라이턴에 가기 전은 아니지?"

"아니야, 아니라고 알고 있어."

"그럼 포스터 대령님도 위컴을 안 좋게 생각하는 눈치였어?

위컴의 실제 성격을 아는 거야?"

"솔직히 말하자면 예전처럼 위컴을 좋게 말하지는 않았어. 경솔하고 방탕하다고 생각하더라. 게다가 이 슬픈 사건이 일어난 후로 들려오는 풍문으로는, 메리턴에 엄청난 빚을 남겨두고 떠났대. 하지만 난 거짓 소문이길 바라."

"아, 제인 언니, 우리가 비밀을 좀 덜 지켰더라면, 위컴에 대해 아는 사실을 말했더라면, 이런 일은 생기지 않았을 텐데!"

"그랬다면 더 나았을지도 모르지." 언니가 말했어요. "하지만 당사자가 현재 어떤 마음인지 모르면서 과거의 과오를 들추는 짓은, 그게 누구든, 옳은 일처럼 느껴지지 않아. 우리는 최선의 의도를 가지고 행동한 거야."

"포스터 대령님이 리디아가 부인한테 남긴 쪽지의 상세한 내용을 전해주셨어?"

"우리더러 읽으라고 가지고 오셨더라."

제인은 그때 포켓북[3]에서 편지를 꺼내 엘리자베스에게 건네주었지요. 내용은 다음과 같았어요.

내 친구 해리엇에게

내가 떠났다는 걸 알면 네가 깔깔 웃음을 터뜨리겠지. 내일 아침 내가 없어진 걸 보자마자 네가 놀랄 걸 생각하니 나도 터지는 웃음을 그칠 수가 없다니까. 나는 그레트나그린으로 가. 그런데 누구랑 같이 가는지 모르겠다고 하면 난 네가 바보라고

---

3 주머니가 달린 가죽 표지가 있어 지갑으로도 쓰인 휴대용 수첩.

생각할 거야. 내가 사랑하는 사람은 이 세상에서 한 남자뿐이고, 그 남자는 천사니까. 그 남자 없이 나는 결코 행복할 수 없으니까 같이 도망간다 해서 해로울 건 하나도 없다고 생각해. 마음이 내키지 않으면 롱본에 내가 떠났다는 소식을 전하지는 않아도 돼. 그럼 내가 리디아 위컴이라고 서명해서 편지를 보낼 때, 놀라움이 더 커질 테니까. 얼마나 재밌는 장난이 되겠어! 웃음이 터져 나와서 글도 잘 안 써지네. 부디 프랫한테 나 대신 변명해줘. 오늘 밤에 춤을 함께 춰주겠다는 약속을 못 지켜서 미안하다고. 그도 사정을 다 알게 되면 날 용서해줄 거라고, 그 대신 다음에 우리가 무도회에서 만나면 크나큰 기쁨으로 함께 춤추어주겠다 했다고 말해줘. 나중에 롱본에 도착하면 내 옷가지를 챙겨 올 사람을 보낼게. 하지만 짐을 꾸리기 전에, 내가 수놓아서 꾸민 모슬린 가운의 찢어진 부분은 샐리한테 말해서 수선해주면 좋겠어. 안녕. 포스터 대령님께 내 사랑을 전해줘. 우리의 즐거운 여행을 위해 건배해주길 바라.

다정한 친구,
리디아 베넷

"아! 생각이 없어도, 이렇게까지 없을 수가, 리디아야!" 편지를 다 읽은 엘리자베스가 외쳤어요. "무슨 편지가 이래. 그런 순간에 썼으면서! 하지만 적어도 이 편지로 보면, 리디아는 여행의 목적을 진지하게 생각하긴 했네. 그다음에 위컴이 어떻게 꼬드겼든, 이 애 쪽에서 부정한 계략을 꾸민 건 아니야. 우리 아버지 가엾어서 어떡해! 얼마나 통한을 느끼셨을까!"

“난 사람이 그렇게 크게 충격받은 모습은 본 적이 없어. 꼬박 십 분 동안 한마디도 말을 못 하셨어. 어머니는 즉시 앓아누우셨고, 온 집 안이 다 난리통이었다니까!”

“아! 제인 언니,” 엘리자베스가 외쳤지요. “우리 집 하인 중에 그날 일과가 끝나기 전 사건 전말을 다 알아차리지 못한 이가 있기나 할까?”

“몰라 ─ 있었으면 좋겠어 ─ 하지만 그런 상황에서 말조심을 하기는 아주 어렵잖니. 어머니는 히스테리를 일으켰고, 힘 닿는 한 부축하고 시중을 들려고 아무리 애써도, 생각만큼 내가 뭘 많이 할 수가 없더라! 하지만 앞으로 벌어질지 모를 사태가 너무 끔찍한 나머지, 하마터면 나까지 뭘 할 수 있는 힘을 다 잃을 뻔했어.”

“그간 어머니 시중을 드는 일이, 언니 힘에 부쳤던 거야. 언니 안색도 좋지가 않아. 아! 내가 언니랑 같이 있었더라면 좋았을걸. 그 모든 불안과 걱정을 언니 혼자 다 떠맡고 있었잖아.”

“메리와 키티가 아주 친절했고, 피곤한 일을 다 함께 나누려 했어. 정말이야. 그런데 내가 생각해보니까 그 애들이 할 일이 아니더라. 키티는 가냘프고 여린 애고, 메리는 공부를 그렇게 많이 하는데 쉬는 시간을 방해하면 안 되겠더라고. 필립스 이모가 화요일에 아버지가 떠나시고 나서 롱본에 오셨어. 고맙게도 목요일까지 나와 같이 있어주셨지. 우리 모두에게 큰 도움과 위로를 주셨어. 레이디 루커스도 아주 친절하셨고. 수요일 아침에 여기까지 걸어오셔서 우리를 위로해주고, 뭐든 도움이 될 만한 일이 있으면 자기나 딸들이 와서 돕겠다고 하시더라고."

"차라리 집에 가만히 계시는 게 나았을 텐데." 엘리자베스가 외쳤어요. "아마 좋은 뜻이셨겠지. 그래도 이런 불행이 닥치면, 이웃은 안 만나면 안 만날수록 좋은 법이니까. 도움은 불가능하고, 위로는 참아줄 수가 없잖아. 우리보다 처지가 낫다는 승리감은 멀찌감치 떨어져서 만끽하고 그걸로만 만족하라고 해."

다음에 엘리자베스는 아버지가 런던에 계시는 동안 딸을 구하려고 어떤 조치를 하려는 건지 물어보았지요.

"내가 알기로는," 하고 제인이 말했어요. "그들이 마지막으로 역마를 갈아탔던 엡섬에 가서 포스틸리언[4]들을 만나서 뭐든 캐낼 수 있는 정보가 있는지 알아보실 거야. 주된 목적은, 클래펌에서 그들을 싣고 온 해크니 마차의 번호를 알아내는 것이겠지. 런던에서부터 태우고 온 승객인 데다, 신사와 숙녀가 한 마차를 타고 가다가 다른 마차로 바꿔 타면 눈여겨볼 수밖에 없었을 거야. 그래서 클래펌에서 이것저것 알아보려 하신대. 승객을 어느 집 앞에서 내려줬는지 마부한테 알아낼 수만 있으면, 거기서 다시 탐문을 하겠다고 마음먹고 계셔. 그럼 마차의 대기 장소와 번호를 알아내는 것도 불가능하지는 않을 거라 희망하셨지. 아버지가 그 밖에 어떤 계획을 세우셨는지는 나도 전혀 몰라. 하지만 빨리 떠나려고 너무 서두르고 계

4　빌려 타는 역마와 함께 고용되어 말을 모는 전문 기수.

셨고 심기도 심하게 어지러우신 듯 보여서 이만큼 알아내는
것도 정말 힘들었어."

6

다음 날엔 모두가 베넷 씨로부터 편지가 오기만 기다렸지만, 우편은 도착했어도 베넷 씨로부터는 단 한 줄 소식도 없었어요. 가족들은 모든 평범한 사안에 관한 한 그가 편지 쓰기에 매우 소홀하고 답장도 늘 늦는 사람이라는 걸 잘 알고 있었지만, 때가 때이니만큼 부디 노력해주기를[1] 바랐던 거지요. 하지만 하는 수 없이, 써 보낼 만한 기분 좋은 소식이 없나보다 결론을 내려야 했어요. 심지어 그 말이라도 써서 보내줬더라면, 그나마 확실히 알게 되어 기쁘다 여겼을 텐데요. 가디너 씨는 편지가 오는 것만 보고 떠나겠다고 기다렸단 말이에요.

1 exertion. 제인 오스틴은 마음이 내키지 않더라도 기운을 차리고 노력하는 태도를 성숙한 사람이 갖춰야 할 가장 중요한 미덕으로 계속 강조하고 있다. 나이가 많다고 해서 성숙한 사람이 되는 건 아니라는 사실이, 위기 상황에 대처하는 제인과 베넷 부부를 날카롭게 대조함으로써 보여준다.

가디너 씨가 떠나고 나서는 적어도 무슨 일이 어떻게 되는지 꾸준히 소식은 들을 수 있겠다고 푹 믿고 마음을 놓을 수 있었어요. 게다가 외삼촌은 떠나면서 베넷 씨를 설득해 최대한 빨리 롱본에 돌려보내겠다고 약속했고, 남편이 결투에서 살해당하지 않으려면 그 길밖에 없다고 믿는 누나의 마음을 크게 안심시켜주었거든요.

가디너 부인과 아이들은 하트퍼드셔에서 며칠 더 머물렀어요. 가디너 부인은 자기가 곁에 있어주면 조카들한테 도움이 되어줄 수 있다고 여겼지요. 그래서 베넷 부인의 시중을 거들기도 하고, 조카들이 홀가분하게 쉴 수 있는 시간에는 마음을 크게 위로해주기도 했답니다. 필립스 이모도 자주 찾아오긴 했지만, 말로는 늘 기분을 북돋워주고 기운을 차리게 도와주러 왔다면서, 막상 올 때마다 새롭게 드러난 위컴의 낭비벽이나 불법 행위를 저지른 사례들 소식을 미주알고주알 알려주었고, 그래서 결국 처음 왔을 때보다 조카들 기운을 쭉 빼놓은 후에야 떠나기 일쑤였어요.

메리턴 전체가 위컴의 이름에 먹칠하려 안간힘을 쓰는 모양새였는데, 사실 석 달 전만 해도 흡사 빛의 천사인 양 떠받들던 사람이 아니던가요. 이제 이 동네에서 장사하는 사람들은 누구나 위컴한테 받을 빚이 있다고 공언했고, 장사하는 집 치고 유혹이라는 이름으로 미화된 그의 수작질이 뻗치지 않은 집구석이 없다고 떠들었어요. 모두가 입을 모아 그가 세상에서 가장 사악한 청년이라 말했고, 모두가 자기는 처음부터 그의 선한 외양을 불신했다는 사실을 새삼 깨닫기 시작했지요. 엘리자베스는 떠도는 말의 절반 이상이 거짓이라 여기면서도, 동생이 신세를 망쳤다는 원래의 확신을 굳힐 만큼은 믿었답니다. 심지어 엘리자베스만큼도 믿지 않는 제인마저 거의 희망을 잃어가고 있었어요. 무엇보다, 제인이 끝까지 일말의 희망을 품었던 대로 그 둘이 스코틀랜드로 갔다면, 무슨 일이 있었어도 이제는 뭔가 소식이 들려왔어야 할 때가 되었거든요.

가디너 씨는 일요일에 롱본을 떠났어요. 그리고 화요일에 가디너 부인이 남편의 편지를 받았지요. 도착하자마자 매형을 찾았고 그레이스처치 스트리트로 가자고 설득했다는 내용을 담고 있었어요. 베넷 씨는 자기가 오기 전에 이미 엡섬과 클래펌에 다녀왔지만 흡족한 정보는 전혀 얻지 못했고, 이제 런던의 주요 호텔들을 모조리 찾아다니며 탐문하기로 결심했대요. 처음 런던에 와서 숙소를 구하기 전에 먼저 호텔에 갔을 수도 있다면서요. 가디너 씨는 그 방법으로는 별 성과가 없을 거라고 생각하지만, 매형이 열의를 보이니 도우려 한다고 했어요. 그리고 베넷 씨는 현재 런던을 떠날 의향이 전혀 없다면서, 아주 빠르게 다음 편지를 또 보내겠다는 약속을 덧붙였지요. 추신에서도 같은 내용을 되풀이해 썼고요.

포스터 대령한테도 편지를 보내서 부탁을 했어요. 가능하다면, 연대에서 그 청년과 친했던 사람들한테 위컴이 지금 런던 어느 지역에 묵고 있는지 알 만한 친척이나 연줄이 있는지 알아봐달라고 말이오. 누구 하나라도 있다면, 꽤 높은 확률로 중요한 증

거로 이어질 단서가 될 거예요. 지금으로서는 우리 앞길을 인
도해줄 만한 게 하나도 없소. 내 생각에는, 포스터 대령이 그 방
면으로는 힘닿는 한 최선의 노력을 해줄 거요. 하지만 다시 생
각해보니 지금 생존해 있는 위컴의 친인척이 누구인지, 다른
누구보다 리지가 우리한테 더 잘 알려줄 수 있을 것도 같군요.

엘리자베스는 외삼촌이 누구를 염두에 두고 이런 생각을 했
는지 모르지는 않았지만, 칭찬이 무색하게도 이렇게 만족스러
운 정보를 알려줄 힘을 갖고 있지는 못했어요.
    이미 수년 전에 돌아가신 아버지와 어머니 외에 다른 친척
이 있다는 얘기는 들어본 적이 없었거든요. 하지만, ____셔의
동료들 중에는 아는 사람이 있을지도 모른다고 여겼고, 아주
낙관적인 기대를 품기는 어려웠지만 그래도 그 부탁에 일말
의 희망을 걸어보았어요.
    롱본에서의 하루하루는 이제 불안으로 점철되었어요. 하지
만 무엇보다 초조한 시간은 우편이 도착할 무렵이었어요. 편
지의 도착은 매일 아침 조바심을 치며 맞아야만 하는 큰 사건
이 되어버렸지요. 편지들을 통해야만, 좋은 소식이든 나쁜 소
식이든 알게 되고 전달할 수 있으니, 날마다 편지가 뭔가 중요
한 소식을 가져다주기만 기다리게 되었어요.
    하지만 다시 가디너 씨한테서 연락을 받기 전에 아버지 앞
으로, 다른 사람으로부터, 다름 아닌 콜린스 씨로부터 편지 한
통이 도착했답니다. 제인은 부재중인 아버지를 대신해 모든
편지를 뜯어보라는 지시를 받았기 때문에 그 편지를 읽었어

요. 그리고 엘리자베스도, 콜린스 씨의 편지가 언제나 얼마나 괴상하고 희한한지 알고 있었기에, 어깨 너머로 같이 읽었습니다. 편지의 내용은 다음과 같았어요.

친애하는 귀하

우리의 혈연과 제 사회적 위상으로 말미암아 지금 귀하께서 겪고 계시는 이 비통한 불행에 위로의 마음을 표할 의무가 제게 있다고 느낍니다. 우리는 어제 하트퍼드셔에서 온 편지를 받고 그 사실을 알게 되었습니다. 친애하는 귀하, 귀하와 귀하의 점잖은 가족의 고통을 콜린스 부인과 제가 십분 이해하고 공감한다고 장담을 드립니다. 현재 겪고 계시는 그 괴로움은, 시간이 결코 해결해줄 수 없는 원인에서 비롯되었으니, 극한의 통한이 아닐 수 없겠지요. 이런 심각한 불행을 누그러뜨릴 수 있다면, 또 어떤 일보다도 부모로서 뼈저리게 느낄 수밖에 없는 이런 사정에 위로를 드릴 수 있다면, 제 입장에서는 어떤 설교라도 아낌없이 드리고자 합니다. 이에 비하면 따님이 죽는 편이 차라리 축복으로 여겨질 지경이 아닙니까. 게다가 더욱 개탄스러운 바는, 우리 사랑하는 샬럿이 알려준 바에 따르자면, 따님의 이런 방종한 행실이 부모가 그릇된 수준까지 응석을 받아주어 잘못 키운 결과라 짐작할 근거가 있어 보이기 때문입니다. 하나 동시에, 귀하와 베넷 부인께 위로의 말씀을 곁들이자면, 원래 그 따님의 성정이 천성적으로 나빴다고 저는 믿고 싶습니다. 그게 아니라면 그리 어린 나이에 그런 어마어마한 짓을 저지를 수 없었을 테니까요. 여하간 귀하는 참으로 불쌍하게 여겨져 마땅한 처지이시므로, 저뿐 아니라 콜린스 부인과, 제가 이 사연을 말씀드려 알고 계시는 레이디 캐서린과 그 따님까지 한마음으로 동정하고 있습니다. 그분들도 저와 마찬가지로, 딸 하나의 잘못된 행보 탓에 다른 딸들이 다 같이 신세를 망치게 되었다는 의견을 견지하고 계십니다. 레이디 캐서린께서 황송하게 말씀을 주신 바에 따르면, 대체 누가 그런 집안과 연을 맺기를 원하겠습니까. 그래서 이 점을 숙고할수록 저는 지난 11월에 있었던 소정의 사건을 돌이켜보며 점점 더 흐뭇한 마음을 갖게 됩니다. 그때 일이 달리 풀렸다면 저도 귀하의 슬픔과 굴욕에 온전히 연루되어 있었을 테니까요. 그럼 제가 한마디 충고를 드리지요. 친애하는 귀하께서는, 자격 없는 자식한테 일절 사랑도 주지 마시고 연을 끊은 후 영영 저버리세요. 자기가 알아서 그 추악한 죄의 결실을 거두도록 하라고 하십시오.

저는, 친애하는, 귀하, 배상 어쩌고저쩌고

가디너 씨는 포스터 대령의 답변을 받고 나서야 다시 편지를 보내왔어요. 하지만 기분이 좋아질 만한 소식은 없었지요. 위컴이 연락하고 지내는 친지가 한 명이라도 있는지는 아무도 알지 못하고, 살아 있는 혈육이 없다는 사실만은 확실하다는 내용이었어요. 이전에 알고 지내던 지인들은 무수히 많았지만, 민병대에 입대한 후로는 누구와도 특별한 우정을 나누지 않은 것 같았어요. 그래서 소식을 알려줄 만하다고 특별히 지목할 사람은 하나도 없었지요. 게다가 한심하기 짝이 없는 재

정 상황 탓에, 위컴에겐 리디아의 친척에게 발각될지 모른다
는 두려움 말고도 비밀을 지켜야 할 강력한 동기가 있답니다.
방금 밝혀진 사실에 따르면, 상당한 거액의 도박 빚을 남기고
갔다는 거예요. 포스터 대령은 브라이턴에서 쓴 비용만 갚아
도 천 파운드 이상이 필요할 거라 보고 있었어요. 런던에도 상
당한 부채가 있지만 불명예 부채[2]는 그보다 더 액수가 크다면
서요. 가디너 씨는 이런 상세한 내용을 롱본 가족에게 숨기려
하지 않았고, 제인은 그 말을 듣고 기겁해 공포에 질려버렸지
요. "도박꾼[3]이라고요!" 제인은 외쳤어요. "이건 완전히 예상
을 벗어난 일이네요. 난 정말 생각조차 못 했어요."

가디너 씨는 이튿날이면 아버지를 집에서 뵐 수 있을 거라
는 말을 추신으로 알려주었어요. 그렇다면 토요일이었지요.
모든 노력이 허사가 되자 의욕을 잃은 베넷 씨는 앞으로 추적
을 재개할 만한 상황이 생기면 그 나머지 일은 자기가 맡을 테
니 이제 가족한테 돌아가라는 처남의 간청을 듣기로 한 것이
지요. 베넷 부인은 남편의 목숨이 위험할까봐 그렇게 불안해
한 사람치고는, 이런 소식을 듣고도 자식들이 기대한 것처럼
크게 기뻐하지 않았어요.

"아니, 그 양반이, 우리 가엾은 리디아도 안 데리고, 그냥 온
다는 거니!" 부인은 외쳤어요. "설마 애들을 찾을 때까지 런던

---

2 debt of honour. 보통 도박 빚을 의미한다. 상인들에게 진 빚과 달리 법
   적으로 상환을 강제할 수 없다. 그러나 불명예 부채를 진 남자는 사회적
   으로 추방하는 것이 암묵적 관례였다.
3 gamester. 18세기 소설에서 도박꾼은 불명예스러운 남자의 전형이었다.

에서 꿈쩍도 않겠지. 그이가 와버리면 누가 위컴하고 결투해서 리디아와 결혼을 시킨단 말이니?”

가디너 부인은 집에 가고 싶은 마음이 들기 시작했고, 따라서 베넷 씨가 런던에서 오는 때에 맞춰서 아이들과 런던으로 돌아가기로 결정이 내려졌어요. 그래서 가족의 코치가 여정 앞부분을 책임지고 떠났다가, 중간에 주인을 만나 그를 싣고 다시 롱본까지 오게 되었지요.

가디너 부인은 엘리자베스와 더비셔에서 환대해주었던 친구 사이가 어떻게 되어가고 있는지 궁금한 채로 떠나야 했어요. 조카는 한 번도 먼저 그 이름을 입에 올린 적이 없었지요. 가디너 부인은 그가 곧바로 편지를 보내진 않을까[4] 반쯤 기대했지만, 그런 일도 끝내 일어나지 않았지요. 엘리자베스가 돌아온 후로 받은 것 중에, 펨벌리에서 왔을 만한 건 하나도 없었어요.

가족이 워낙 불행한 지경에 처해 있다 보니, 엘리자베스가 기운이 없는 이유를 달리 찾을 필요가 없었어요. 따라서 그런 모습만 봐서는, 누구도 제대로 된 추정을 할 수가 없었지요. 하지만 엘리자베스는 이제 자기 감정을 그럭저럭 잘 알게 되었고, 차라리 다아시를 알지 못했다면 리디아가 불러온 이 끔찍한 오욕을 조금은 더 잘 견딜 수 있었을 거란 사실을, 완벽하게 의식하고 있었어요. 그랬다면, 하고 엘리자베스는 생각했

---

4 다아시에게서 편지가 온다면 그가 엘리자베스와 결혼을 약속했다는 뜻이 된다.

지요. 잠 못 이루는 밤 하루이틀쯤은 덜 수 있었을 텐데.

집에 돌아온 베넷 씨는 겉으로는 평소와 다를 바 없이 철학적이고 태연한 척했어요. 말하는 습관을 들인 이래로 그가 이렇게 말수가 적었던 적은 없지만요. 베넷 씨는 집을 비우게 된 그 일에 관해서는 한마디도 하지 않았고, 그래서 딸들도 한참 시간이 흐른 후에야 그 얘기를 꺼낼 용기를 낼 수 있었습니다.

오후에 아버지와 함께 차 마실 때가 되어서야, 엘리자베스는 용감하게 그 주제를 꺼내어봤어요. 그간 얼마나 험한 고생을 하셨겠냐고 짧게 아픈 마음을 전하자 아버지가 대답했어요. "그런 소리는 하지도 마라. 나 말고 고생할 사람이 누가 있다고? 내가 자초한 일이니, 내가 다 받아야지."

"그리 가혹하게 자책하시면 안 돼요." 엘리자베스가 대답했어요.

"암, 네가 그런 악덕에 빠지지 말라 경고하는 게 당연하고말고. 인간의 본성이 그런 함정에 참 쉽사리 잘도 빠지니 말이다! 그래도, 아니야, 그건 안 될 말이다, 리지야, 살면서 한 번쯤은 나도 내가 얼마나 큰 잘못을 했는지 느끼게 해다오. 그 실감에 압도당할까 두렵지는 않다. 금세 지나갈 테니까."

"그들이 런던에 있다고 생각하세요?"

"그래. 달리 어디서 그렇게 꼭꼭 잘 숨어 있겠니?"

"그리고 리디아는 런던에 가고 싶어했어." 키티가 말을 얹었어요.

"그럼, 그 애는 행복하겠구나." 아버지가 무미건조하게 말했어요. "거기 사는 기간도 십중팔구 꽤 길어질 테고 말이다."

그러더니 잠시 말을 끊었다가, 다시 말을 이었어요. "리지야, 지난 5월에 네가 해준 조언이 옳았다고 해서 내 너한테 삐치거나 하진 않았다. 지금의 사태를 보면, 참 훌륭한 마음가짐을 보여준 조언이었지."

두 사람의 대화는 제인이 어머니의 차를 가지러 들어오는 바람에 끊기고 말았어요.

"이렇게 불행을 과시하면 참 본인은 좋겠구만." 베넷 씨가 외쳤어요. "그럼 불운도 아주 우아해질 테니 말이야! 언젠가 나도 똑같이 따라 해봐야겠어. 잘 때 쓰는 모자와 잠옷 차림으로 서재에 들어가 앉아서 최대한 사람들을 귀찮게 부려대고 말이야—아니다, 어쩌면, 그건 키티가 도망갈 때까지 미루는 게 낫겠구나."

"저는 도망가지 않을 거예요, 아빠." 키티가 뾰루퉁하게 안달하며 말했어요. "혹시라도 내가 브라이턴에 가게 되면, 리디아보다 훨씬 행실을 바르게 할게요."

"네가 브라이턴에 간다고! —네가 이스트본 근처에만 가도 난 못 믿는다. 오십 파운드를 걸어도 좋아! 절대 안 되고말고, 키티야, 이 아버지가 적어도 조심하는 법은 배웠으니 그 효과는 네가 감당해야겠다. 다시는 그 어떤 장교도 우리 집에 드나들 수 없어. 아니, 마을을 지나쳐 가는 것도 용납 못 한다. 무도회는 네가 언니들과 춤을 추지 않는 이상 절대 금지다. 그리고 매일 이성적으로 보낸 시간이 십 분 이상 된다는 걸 증명할 수 없다면, 문 밖으로 한 발짝도 못 나갈 줄 알아라."

키티는 이 모든 협박을 진지하게 받아들이고는, 울기 시작했어요.

"저런, 저런," 아버지가 말했지요. "너무 슬퍼하진 말아라. 향후 십 년 동안 착하게 굴면, 십 년 후에는 내가 열병식에 데려가주마."

7

베넷 씨가 귀가하고 이틀 후, 집 뒤편 숲에서 함께 산책하던 제인과 엘리자베스는 그들 쪽으로 다가오는 하녀장을 보았어요. 그래서 어머니 일로 부르러 온 줄 알고 달려가서 맞았지요. 하지만 가까이 다가가자 하녀장은 어머니가 부른다는 말 대신 미스 베넷에게 말했어요. "방해해서 죄송합니다. 하지만 런던에서 뭔가 좋은 소식이 있는 것 같아서, 주제넘지만 무슨 일인지 여쭤보려고 왔어요."

"무슨 말이에요, 힐? 런던에서 아무 소식도 온 게 없는데."

"아가씨," 힐 부인은 정말 깜짝 놀라서 말했어요. "가디너 씨가 주인님께 급보를 보내오셨던데, 모르셨어요? 벌써 삼십 분 전 일인데, 주인님께서 편지를 갖고 계세요."

아가씨들은 당장 뛰어갔고, 마음이 바빠 서로 뭐라 말할 틈도 없었지요. 달려서 전실을 지나치고 아침 식사를 하는 거실까지 갔다가, 또 거기서 서재까지 뛰었어요—아버지는 어디에도 없었어요. 위층의 어머니와 함께 계실까 해서 아버지를 찾으러 올라가려는데, 집사와 맞닥뜨렸답니다. 그런데 집사가 말했어요.

"주인님을 찾고 계신다면, 저 작은 숲으로 걸어가고 계십니다."

이 정보를 듣자마자 둘은 또다시 뛰기 시작했고, 전실을 지나쳐서 아버지를 쫓아 잔디밭을 가로질러 달렸어요. 아버지는 울타리가 쳐진 호젓한 풀밭을 향해 느릿느릿 차분하게 걸어가고 있었지요.

제인은 몸집이 가볍지도 않고 엘리자베스만큼 달리기에 익숙하지도 않아서 금세 뒤처졌지만, 엘리자베스는 헐떡헐떡 숨을 몰아쉬면서도 아버지를 따라잡았고, 흥분해서 외쳐 물었어요.

"오, 아빠, 무슨 소식이에요? 무슨 소식이 온 거예요? 외삼촌한테서 연락을 받으셨어요?"

"그래, 급보로 온 편지 한 통을 받았다."

"그럼, 어떤 소식인데요? 좋은 소식이에요, 나쁜 소식이에요?"

"좋은 소식이 뭐가 있겠니?" 아버지는 호주머니에서 편지를 꺼내며 말했어요. "그래도 아마 너도 읽어보고 싶긴 하겠지."

엘리자베스는 초조하게 아버지의 손에서 편지를 건네받았고, 이제 제인도 옆에 왔어요.

"큰 소리로 읽어보렴." 아버지가 말했어요. "당최 뭔 말인지

나는 읽어도 모르겠다."

그레이스처치 스트리트
8월 2일 월요일

형님께

  드디어 조카의 소식을 전해드릴 수 있게 되었습니다. 전체적으로, 형님께서 만족하실 만한 내용이길 바랍니다. 토요일에 형님께서 런던을 떠나시고 머지않아 운 좋게도 그들이 런던 어느 지역에 묵고 있는지 알아냈습니다. 자세한 내용은, 만나서 말씀드리겠습니다. 그들을 찾아냈고, 둘 다 만나봤다는 것만 아셔도 충분합니다—

"그럼 제가 늘 바라던 대로," 제인이 외쳤어요. "결혼을 하긴 한 거군요!" 엘리자베스는 계속 편지를 읽어 내려갔어요.

제가 둘 다 만나보았습니다. 결혼은 하지 않았고, 결혼할 의사가 있는지조차 알아낼 수 없었습니다. 하지만 제가 감히 제안드리는 대로 형님이 해주겠다고 약속하시면, 머지않아 결혼하리라고 믿고 또 바랍니다. 형님이 해주셔야 하는 일은, 정착해서 살림을 차리는 비용으로 딸에게 오천 파운드를 지급하시는 겁니다. 형님과 누님이 세상을 뜨시면 자식들에게 공평하게 배분되는 자산이니까요. 그리고 형님 생전에는 일 년에 백 파운드씩 생활비를 지급하겠다고 약조하셔야 합니다. 이런 조건이라면, 모든 상황을 고려해볼 때, 형님을 대신해 제 재량으로 주

3부 489

저 없이 동의할 만하다고 판단했습니다. 형님의 회답을 한시도 지체 없이 받아야만 하므로, 이 편지는 급보로 보냅니다. 이 상세한 내용들로 미루어 보아, 위컴 씨의 사정이 대다수 사람들이 믿는 것만큼 절망적인 건 아니라는 걸 형님도 쉽게 아실 겁니다. 그런 면으로는 그간 세상 사람들이 속아서 잘못 알고 있었던 겁니다. 그리고 이 말씀을 드리게 되어 참 다행인데, 조카 몫의 재산에 더해, 위컴의 부채를 다 갚고도 따로 조카 몫에 보탤 돈이 좀 남겠습니다. 제가 형님이 그러시리라 믿는 대로, 이 사안 전반에서 형님의 역할을 제가 맡아 하도록 전권을 허락해 주신다면, 즉시 해거스턴[1]에게 결혼 조건을 제대로 정리하도록 지시를 내리겠습니다. 형님이 굳이 다시 런던에 오실 필요는 없습니다. 그러니 조용히 롱본에 계시면 제가 부지런히 성심껏 만사를 처리하겠습니다. 회신은 최대한 빨리 주십시오. 명료하게 쓰셔야 한다는 것을 반드시 유념하셔야 합니다. 우리는 조카를 우리 집에 데리고 있다가 결혼시키는 게 최선이라고 판단했는데, 형님께서도 같은 뜻이기를 바랍니다. 조카는 오늘 우리 집에 옵니다. 다른 결정들이 더 내려지는 대로 곧 다시 편지를 드리겠습니다.

EDW. 가디너

"이게 가능한 일인가요!" 편지를 다 읽고 나서 엘리자베스가 외쳤어요. "그 사람이 그 애와 결혼을 한다니, 그럴 수가 있는

1 가디너 씨의 변호사일 확률이 높다.

일이에요?”

“그럼 위컴이 우리가 생각했던 것만큼 그렇게 변변찮은 위인은 아닌가보다.” 언니가 말했어요. “아버지, 정말 축하드려요.”

“그런데 편지에 답장은 하셨어요?” 엘리자베스가 소리쳐 물었어요.

“아니, 하지만 곧 해야지.”

그래서 엘리자베스는 제발 더 시간을 허비하지 말고 편지를 쓰시라고, 간절한 마음으로 아버지를 독촉했어요.

“아! 사랑하는 아버지,” 다그쳐 말했지요. “얼른 돌아가서 바로 편지를 쓰세요. 이런 일에서 일분일초가 얼마나 중요한지 헤아리셔야지요.”

“제가 아버지 대신 편지를 쓸게요.” 제인이 말했어요. “번거롭다고 생각하시면요.”

“편지는 정말로 쓰기 싫다만,” 아버지가 대꾸했어요. “이건 반드시 써야지.”

그 말과 함께 베넷 씨는 발길을 돌려 딸들과 함께 다시 집 쪽으로 걷기 시작했지요.

“그런데 한 가지 여쭤봐도 돼요?” 엘리자베스가 말했습니다. “그 조건은, 순순히 따를 수밖에 없는 거겠죠?”

“순순히 따르냐고! 오히려 난 요구가 소박해서 부끄러울 따름이다.”

“게다가 둘이 결혼해야 한다니요! 그런 남자하고!”

“그래, 그래, 결혼은 반드시 해야 하지. 달리 뭐 할 수 있는 일이 없다. 하지만 내가 진심으로 꼭 알고 싶은 일이 두 가지 있어. 하나는, 삼촌이 이 결혼을 성사시키려고 얼마나 큰 돈을 내놓았나 하는 거고, 둘째는, 내가 어떻게 이 은혜를 갚을까, 하는 거란다."

"돈이라니! 외삼촌께서!" 제인이 외쳤어요. "그게 무슨 말씀이세요, 아버지?"

"제정신이 박힌 남자라면 고작 내 생전에 연간 백 파운드, 내가 죽으면 오십 파운드라는 하찮은 유혹에 넘어가서 리디아와 결혼할 리가 없다 그 말이다."

"그 말씀이 정말 옳아요." 엘리자베스가 말했어요. "방금까지 미처 생각하지 못했지만요. 부채를 갚고도 아직 남은 돈이 좀 있다니! 아! 외삼촌이 하신 일이 틀림없네요! 너그럽고, 선하신 분, 외삼촌이 무리하셨을까 걱정이에요. 적은 액수로는 이 많은 일을 다 하실 수 없었을 텐데."

"물론이지." 아버지가 말했어요. "만 파운드보다 한 푼이라도 적게 받고 리디아와 결혼하면 위컴이 바보지. 이제 막 가까운 사이가 되려고 하는데 그렇게 나쁘게 생각하면 미안하지 않겠어."

"만 파운드라고요! 맙소사! 그 절반만 되어도 우리가 어떻게 갚을까 싶은데!"

베넷 씨는 아무 대꾸도 하지 않았고 세 사람은 각자 깊은 생각에 빠져 집까지 말없이 걸어왔어요. 아버지는 편지를 쓰러 서재로 갔고, 딸들은 아침 식사를 하는 거실로 들어갔습니다.

"그런데 정말 둘이 결혼을 하는구나!" 언니와 단둘이 있게 되자마자, 엘리자베스가 외쳤어요. "무슨 이런 이상한 일이 다 있어! 이나마 우리가 감사해야 할 일이잖아. 행복할 확률은 적어도 어쨌든 결혼은 하는 거니까, 성격이 형편없는 남자라도 우리는 억지로 기뻐해야만 하고! 아, 리디아, 어쩌하면 좋아!"

"그래도 난, 위컴이 정말로 리디아한테 호감이 없으면 결혼할 리 없다 생각해서 마음에 위로가 좀 돼." 제인이 대답했어요. "우리 친절하신 외삼촌이 얼마쯤 청산을 해주긴 했겠지만, 만 파운드는커녕 그 비슷한 돈도 선금으로 내주지 않았다고 봐. 외삼촌도 자식들이 있고, 또 앞으로 자식이 더 생길 수도 있는데. 만 파운드는커녕 그 절반이라도 그런 여윳돈을 어떻게 마련하시겠어?"

"위컴의 부채가 정확히 얼마나 되는지 알 수만 있다면," 엘리자베스가 말했지요. "또 신랑 쪽 정착 비용이 얼마나 되는지 알 수만 있으면, 가디너 씨가 해준 돈이 얼마나 되는지 정확히 계산할 수 있는데. 위컴은 자기 돈이 육 펜스도 없으니까 말이야. 외삼촌과 외숙모의 친절에는 영영 보답할 수 없을 거야. 리디아를 집으로 데려와주고, 신변을 보호하고 돌봐주는 비용만 해도, 수년간 감사하고 또 감사해도 모자랄 은혜니까. 지금쯤 리디아는 두 분과 함께 있겠네! 지금 이런 선행을 받으면서도 그 애에게 비참한 마음이 들지 않는다면, 행복할 자격도 없는 애인 거야! 처음 외숙모를 봤을 때 어땠겠어, 개 입장에서 보면 무슨 그런 만남이 있냐고!"

"양쪽 다 지나간 일은 다 잊으려 노력해야 해." 제인이 말했어요. "그래도 난 둘이 행복할 거라 믿고 또 바라. 위컴이 결혼하겠다고 한 것 자체가, 이제 바르게 생각하기 시작한 증거라고, 나는 믿을 거야. 서로 좋아하는 마음이 있으니 둘 다 차분해지겠지. 둘이 조용하게, 매우 분별 있는 삶을 살다보면 시간이 흐르고 과거의 과오가 다 잊힐 거라고, 그렇게 좋은 생각만 하고 있을래.”

“둘이 보여준 그간의 행실은,” 엘리자베스가 대꾸했어요. “언니도, 나도, 또 다른 누구도, 결코 잊을 수 없는 거야. 그런 얘기는 해봤자 아무 소용도 없어.”

둘은 그제야 어머니가 무슨 일이 벌어졌는지 까맣게 모를 확률이 높다는 생각을 떠올렸습니다. 그래서 서재로 가서 아버지에게 어머니에게 알리길 원하시는지 여쭈었지요. 베넷 씨는 글을 쓰면서 고개도 들지 않고 냉정하게 대답했습니다.

“너희 마음대로 하렴.”

“외삼촌의 편지를 가져가서 읽어드려도 될까요?”

“뭐든 맘대로 다 가져가고, 어서 나가라.”

엘리자베스가 아버지 책상에서 편지를 챙겼고, 둘은 함께 이 층으로 올라갔습니다. 메리와 키티가 다 베넷 부인과 함께 있었어요. 그러니 소식을 전하는 일을 한 번만 하면 모두에게 알릴 수 있었어요. 좋은 소식이 있으니 마음의 준비를 하라고 짧게 일러둔 후, 편지를 읽어주었습니다. 베넷 부인은 흥분을 주체하지 못했어요. 리디아가 곧 결혼하기를 바란다고 가디너 씨가 말한 부분을 제인이 읽어주자마자 부인의 기쁨은 폭발해버렸고, 이후 모든 문장은 열렬한 환희를 증폭할 따름이었지요. 불안하고 속상하다고 한시도 가만있지 못하고 보채던 사람이 이제는 기쁘다고 마구 날뛰는 지경에 이르렀어요. 부인은 딸이 결혼한다는 사실 하나만 알면 그만이었던 거예요. 딸이 행복하지 못할까봐 심란하지도 않고 딸의 부주의한 행실을 기억하고 겸손하지도 않았지요.

"우리 어여쁜 딸 리디아!" 부인은 외쳤어요. "이거야말로 경사지 뭐니!─리디아가 결혼을 하다니!─우리 딸을 내가 다시 볼 수 있다니!─우리 애가 열여섯 살에 결혼을 하게 됐네!─참 착하고 친절한 내 동생!─내가 이리 될 줄 알았어─내 동생이 다 알아서 해줄 줄 알았다니까. 우리 딸내미 보고 싶어 죽겠네! 소중한 위컴도 보고 싶고! 하지만 옷은, 결혼식 드레스는 어쩌지! 올케 가디너한테 내 당장 편지를 써서 드레스 얘기를 해야겠다. 리지야, 어서 아버지한테 달려 내려가서, 딸아이한테 돈을 얼마나 주실 거냐고 물어보거라. 아니야, 잠깐, 있어봐라, 내가 직접 가야겠어. 종을 울려라, 키티야, 힐을 불러줘. 내 옷은 금방 차려입으마. 사랑하는 우리 딸 리디아!─다시 만나면 우리가 얼마나 즐겁겠니!"

큰딸은 어머니가 이처럼 격렬한 감정을 분출하는 건 조금 삼가시도록, 가디너 씨의 선행으로 가족 모두가 지게 된 의무 쪽으로 생각을 돌려보려 애썼답니다.

"이 행복한 결말은, 어떻게 보면," 하고 제인은 덧붙여 말했지요. "외삼촌의 친절에 크게 힘입은 일이니까, 우리가 그걸 꼭 생각하고 있어야만 해요. 외삼촌이 위컴 씨에게 금전적인 도움을 약조하셨을 거라고 우리는 믿고 있거든요."

"글쎄다," 어머니가 큰 소리로 외쳤어요. "그야 지당한 일 아니냐. 제 외삼촌이 아니면 누가 그렇게 해주겠니? 자기 가족만 없었다면 알다시피 그 애 돈은 어차피 전부 나하고 우리 아이들 차지잖니. 게다가 기껏 몇 번 선물받은 걸 빼면, 우리가 개한테 뭘 제대로 받은 건 이번이 처음이야. 아무튼! 난 정말 행복하구나. 조금만 있으면 딸 하나를 결혼시키게 됐어. 위컴 부인이라니! 소리만 들어도 좋네. 더구나 지난 6월에 겨우 열여섯이 됐는데. 제인아, 난 너무 설레고 흥분돼서 편지를 도저히 못 쓰겠다. 내용을 불러줄 테니까 네가 좀 받아 써다오. 아버지하고 돈 문제는 나중에 해결해야겠구나. 일단 지금 당장 물건들부터 주문해야 하니까."

그러더니 캘리코, 모슬린, 캠브릭² 등을 꼼꼼하고 소상하게 늘어놓기 시작했어요. 중간에 좀 난항을 겪기는 했지만, 그래도 제인이 아버지가 좀 한가로워져서 의중을 여쭐 수 있을 때까지 기다리자고 어머니를 말렸기 망정이지, 안 그랬다면 어머니는 금세 어마어마한 거액의 주문을 받아 쓰라고 불러주었을 거예요. 제인은 하루 늦어진다고 큰 차질은 없을 거라고 만류했고, 날아갈 듯 행복한 나머지 어머니도 평소처럼 고집을 부리진 않았답니다. 금세 또 다른 계획들이 머리에 떠올랐거든요.

"메리턴에 가야겠다." 베넷 부인이 말했어요. "옷을 차려입자마자 가서, 이 말도 못 하게 좋은 소식을 필립스 동생한테

---

2 프랑스 캉브레 지방에서 개발된 리넨으로 얇고 부드러워서 손수건이나 속옷 등에 쓰였다.

말해줘야지. 돌아오는 길에는 레이디 루커스와 롱 부인도 만나고 와야겠어. 키티야, 어서 뛰어내려가서 마차 좀 불러라. 바깥바람을 좀 쐬면 건강에도 아주 좋을 게야, 그럼 그렇고말고. 애들아, 메리턴에서 내가 뭐 해줄 일 없니? 아! 저기 힐이 오네. 이보게, 힐, 자네 그 좋은 소식을 들었나? 리디아 아가씨가 결혼을 하게 됐어. 결혼식에서 자네들도 다들 기분 좋게 펀치 한 그릇씩 마셔야지.”

힐 부인은 그 즉시 기쁨을 표현하기 시작했어요. 엘리자베스도 그 사이에 끼어서 축하를 받다가, 이런 멍청한 짓거리에 신물이 나서 맘껏 자유롭게 생각에 잠길 수 있는 자기 방으로 피난을 갔습니다.

불쌍한 리디아의 처지는, 최선의 경우라 해도 충분히 나빴어요. 하지만 더 나쁘진 않다는 데 감사해야만 했지요. 엘리자베스도 그렇게 느꼈어요. 여전히 미래를 생각하면, 동생의 앞날에서 합리적인 행복도 세속적 번영도 응당히 내다볼 수가 없었지만, 바로 두 시간 전, 두려움에 떨었던 과거를 돌아보면, 그들이 얻게 된 혜택이 얼마나 큰지 실감할 수밖에 없었으니까요.

8

베넷 씨는 예전에도 인생에서 이런 시기가 오기 전부터 수입을 모두 써버리는 대신 매년 일정 액수를 저축해서 자식들을 위해서, 또 자기보다 오래 살 경우 아내를 위해서, 더 든든한 재산을 마련해놓을 걸 그랬다고, 매우 자주 바라곤 했답니다. 지금은 그 어느 때보다 그런 마음이 간절했어요. 그런 면에서 베넷 씨가 자기 의무를 다했더라면, 리디아는 그나마 남은 명예와 평판을 사올 돈을 외삼촌한테 빚지지 않아도 되었을 테니까요. 그랬다면 영국에서 가장 변변찮은 청년 중 하나를 설득해서 리디아의 남편이 되게 만드는 만족감은, 원래 느껴야 할 사람의 몫으로 제자리를 찾았을 테고요.

베넷 씨는 진지하게 걱정이 되었어요. 이렇게 아무한테도 별 도움이 안 되는 일을 진행하는 비용을 처남 혼자 다 떠맡게 하다니요. 그래서 가능하다면 처남이 도와준 정도를 파악해서 최대한 빨리 빚을 갚겠다고 작정했답니다.

결혼 초에는, 돈을 아껴 쓰는 건 의미가 없다는 생각이 들었어요. 왜냐하면 아들이 생기는 게 당연하니까요. 아들이 성년이 되는 즉시 아들과 힘을 합쳐 한정 상속을 막으면 혹시 그가 죽더라도 남은 부인과 더 어린 자식들의 생계를 보장해줄 수 있었지요. 다섯 딸이 연달아 세상에 나왔지만 아들은 더 기다려야 했어요. 그리고 베넷 부인은 리디아를 낳고도 여러 해 동안 아들이 생길 거라 당연히 믿고 있었지요. 이 희망은 결국 꺾였지만, 그때는 이미 저축을 하기에 너무 늦어버렸고요. 베넷 부인은 알뜰하게 살림을 꾸리는 데는 전혀 재주가 없었고, 남한테 손 벌리기 싫어하는 남편 덕에 간신히 버는 돈을 넘지 않게 쓰고 살았거든요.

결혼 조항으로 명시된 오천 파운드가 베넷 부인과 아이들 몫으로 마련되어 있었어요. 하지만 그 안에서 액수를 어떻게 나누느냐는, 부모의 뜻에 달려 있었지요. 적어도 이 한 가지가 리디아와 관련해서 지금 당장 결정해야 하는 문제였는데, 베넷 씨는 눈앞에 놓인 제안을 두고 망설일 처지가 아니었어요. 그래서 지극히 간결한 문장으로 표현하기는 했지만, 처남의 친절에 감사하는 마음을 전하고, 처남이 현재 행한 모든 조치를 전적으로 지지할 뿐 아니라 제안된 조건을 기필코 이행하겠다는 의사를 지면에 적어 내려갔습니다. 위컴이 딸과 행여 결혼한다 해도, 설마 지금처럼 이렇게 자기한테 폐를 적게 끼칠 거라고는, 생각지도 못한 일이었어요. 둘한테 연 백 파운드를 지급한다 해도 실질적으로 더 들어가는 돈은 십 파운드도 되지 않았답니다. 리디아를 먹이고 입히고 재우는 비용과 용돈, 어머니가 꾸준히 챙겨준 용돈까지 친다면, 리디아한테 지금 들어가는 돈과 크게 차이 나지 않았기 때문이지요.

베넷 씨 입장에서는, 별로 힘들게 애쓰지도 않고 절로 일이 처리된 것 또한 놀랍고도 반가운 일이었습니다. 현재로서는, 최대한 골머리를 적게 썩고 문제를 해결하는 것이 가장 큰 바람이었으니까요. 치미는 분노에 흥분해서 처음에 딸을 열심히 찾아다니던 시기가 끝나자, 자연스럽게 나태한 원래의 자기 자신으로 돌아왔던 거지요. 그래도 베넷 씨의 편지는 금세 발송되었답니다. 일을 시작할 때는 미적거리며 미루더라도, 막상 시작하면 빠르게 해치우는 사람이었거든요. 처남에게 자기가 진 빚의 상세한 내역을 알려달라고 간곡히 부탁하는 한편, 리디아한테는 너무 화가 치민 나머지 단 한 마디도 전하지 않았습니다.

좋은 소식은 집 안 전체에 빠르게 퍼졌습니다. 그리고 이에 걸맞은 속도로 동네로 퍼져 나갔지요. 동네 사람들은 그럭저럭 점잖고 초연하게 이 소식을 받아들였어요. 하긴 미스 리디아 베넷이 런던의 길거리 여자가 되었거나, 그들 입장에서 볼 때 최선의 결과로, 어디 멀찍이 떨어진 농장에 갇혀서 세상과 격리되었다면 재밌게 수다를 떨 거리는 훨씬 풍성하고 좋았겠지요. 하지만 이렇게 결혼시켜버리는 것만 해도, 얘기할 거리는 충분히 많았거든요. 그래서 사정은 좀 바뀌었지만, 남 잘되는 꼴 못 봐주는 메리턴의 고약한 할머니들이 입버릇처럼 달고 다니던, 그저 애가 잘 되기만 바란다는 친절한 덕담의 기세는 아주 조금밖에 꺾이지 않았답니다. 그런 남편과 결혼한 이상, 비참한 불행은 불 보듯 빤했으니까요.

베넷 부인은 이 주일 만에 처음 아래층에 내려왔지만, 이 행복한 날 다시 식탁 상석을 차지하고 앉아서는 보는 사람 가슴이 답답하리만큼 한창 신나고 들떠 있었어요. 일말의 수치심도 부인의 승리감에 찬물을 끼얹지 못했답니다. 딸을 결혼시키는 건 제인이 열여섯 살이 되던 순간부터 부인이 그 무엇보다 바라 마지않던 소원이었는데 이제 성사를 앞두고 있었으니, 부인의 생각과 말은 모조리 그에 부차적으로 따르는 우아한 결혼식, 고급 모슬린, 새 마차, 하인들에게로 흘러갔지요. 부인은 딸이 살 만한 적당한 집을 고르느라 동네를 샅샅이 뒤졌고, 딸 부부의 소득이 어느 정도인지 생각도 하지 않고 크기가 작고 위상이 떨어진다고 여러 채의 집을 거절했답니다.

"헤이 파크 정도면 괜찮겠는데요." 부인이 말했어요. "굴딩네가 그 집에서 나간다고 하면요. 아니면 스토크의 큰 저택도, 응접실만 좀 더 크면 좋겠고요. 하지만 애시워스는 너무 멀어요! 걔가 나랑 십 마일도 더 떨어진 데 산다고 하면 내가 못 살겠어요. 퍼비스 로지는, 다락방이 형편없고 말이지요."

남편은 하인들이 옆에 머무는 동안은 부인이 마음대로 떠들도록 내버려두고 한마디도 하지 않았어요. 그러나 하인들이 물러가자 이렇게 말했지요. "베넷 부인, 사위와 딸을 위해서 당신이 그 집들 중 한 채를 사거나 전부 다 사들이거나 하기 전에 말이오, 우리끼리 한 가지는 확실히 알아두고 넘어갑시다. 이 동네에서 한 집만큼은 그 둘을 절대로 문안에 들이지 않을 거요. 롱본에서 그 애들 둘 중 하나라도 받아줘서 파렴치한 짓거리를 부추긴다면 내가 결코 용납 못 해요."

기나긴 말다툼이 이 선언 이후로 이어졌습니다. 하지만 베넷 씨는 단호했고, 곧이어 또 다른 결정마저 내려버렸어요. 베넷 부인은 남편이 딸의 의상비 선금을 일 기니도 내놓을 수 없다고 하는 바람에 경악과 공포에 휩싸여야 했답니다. 이 일로는, 딸에게 어떤 애정의 표시도 해줄 수 없다는 게 베넷 씨의 완강한 주장이었습니다. 베넷 부인은 제대로 이해하지도 못했어요. 남편의 분노가 어쩜 이렇게까지 상상을 초월하는 원한을 품는 지경에 이르러서 딸한테 어떤 특혜도 주지 못하겠다고 하다니, 그런 특혜가 없으면 결혼 자체가 무의미해지는데, 부인으로서는 믿기지 않을 수밖에요. 불과 이 주일 전에 딸이 위컴과 몰래 도망가서 살림을 차린 사태가 야기한 그 어떤 수치심보다도, 부인은 딸 결혼식에 새옷이 없을 때 겪게 될 굴욕감이 훨씬 더 뼈저리게 절감했거든요.

엘리자베스는 엘리자베스대로 이제, 당시 순간의 괴로움에 휩싸여 그만 다아시 씨에게 동생 걱정을 털어놓고 만 일이 진심으로 후회스러워졌어요. 도주가 이렇게 빠르게 결혼으로 적절히 매듭지어졌으니, 당장 현장에 없었던 사람들한테는 그 꺼림칙한 출발을 숨길 수 있기를 바랄 만도 했지요.

이 이야기가 그를 통해 더 널리 퍼질까 두려운 마음은 전혀 없었어요. 그만큼 비밀을 믿고 털어놓을 만한 사람도 몇 없었지요. 하지만 동시에, 동생의 부도덕한 행실을 알게 된 게 이처럼 죽도록 창피할 만한 사람도, 아무도 없었어요. 하지만 개인적으로 불이익을 겪게 될까 두려운 마음은 아니었답니다.

어쨌든, 둘 사이에는 건널 수 없는 깊은 골이 가로놓인 듯 보였으니까요. 리디아의 결혼이 흠잡을 데 없이 명예롭게 마무리되었다 해도, 다아시 씨가, 온갖 다른 반대 사유에 더해서, 응당 경멸해 마땅한 사내와 친인척으로 얽힌 집안과 연을 맺길 원할 거라고는 감히 생각조차 할 수 없었어요.

이런 인연이라면 기겁해 움찔한다 해도 이상할 게 하나도 없지요. 그녀의 호감을 얻고자 하던 그 절실한 소망, 더비셔에서 확실히 알게 된 그의 감정도, 이런 타격을 견디고 살아남을 거라고는, 이성적으로 생각할 때 차마 기대할 수 없었어요. 엘리자베스는 겸손해졌고, 깊은 상실감에 슬퍼졌어요. 후회가 되었어요. 정확히 무엇이 후회되는지 모르면서도 후회했어요. 그 사람의 존경을 받고 싶어 애가 타고 몸이 달았어요, 이제 그 덕을 누리는 건 바랄 수조차 없게 되어버렸는데. 그 사람의 소식이 듣고 싶었어요. 근황을 알 길이 아예 막혀버린 것만 같은데. 그 사람이라면 행복하게 함께 살 수 있었을 거라고 믿어 의심치 않았어요. 이제는 다시 만날 일도 없을 것 같은데.

그로서는 대단한 승리를 거둔 셈이지, 하고 엘리자베스는 자주 생각했어요. 불과 넉 달 전 오만방자하게 거절한 청혼인데 이제 와서 기쁘고도 감사하게 받아들이고자 한다니, 이 사실을 알면 얼마나 득의양양할까! 물론 같은 성별 중에서야 누구보다 너그러운 사람이라는 데는, 한 치의 의심도 없었지요. 하나 그도 사람인 이상 승리감을 느끼지 않겠어요.

엘리자베스는 지금에야, 성정과 능력을 감안할 때, 그야말로 정확히 자기와 어울릴 남자라는 사실을 깨닫기 시작했습니다. 그의 지성과 성격이라면, 비록 그녀 자신과는 딴판으로 다르지만, 그녀가 바라는 모든 걸 모자람 없이 채워주었을 거예요. 이 결합은 둘 다에게 득이 되었을 거예요. 그는 편하고 활기찬 그녀 덕분에 마음이 온유해지고 매너가 좋아졌을 테고, 판단이 뛰어나며 정보가 많고 세상을 잘 아는 그 덕분에 그녀는 훨씬 중요한 혜택을 누렸을 테니까요.

하지만 이젠 그런 천생연분의 혼인을 해서 선망에 찬 수많은 사람들에게 진정한 결혼의 행복이 무엇인지 가르쳐줄 수는 없게 되었네요. 오히려 행복의 가능성을 처음부터 배제한, 전혀 성향이 다른 혼인이 곧 이 집안에서 이루어지겠지요.

위컴과 리디아가 과연 어떻게 해서 그럭저럭이나마 제 힘으로 생계를 감당할는지, 엘리자베스는 아무리 상상해봐도 그려지지 않았어요. 하지만 욕정이 미덕보다 앞섰다는 단 한 가지 이유로 결합하게 된 부부가 영구한 행복을 누릴 확률이 얼마나 희박한지라면, 손쉽게 미루어 짐작할 수 있었지요.

가디너 씨가 금세 다시 매형에게 편지를 보내왔습니다. 베넷 씨의 승낙에 응하는 짤막한 회신이었는데, 누구든 가족의 행복이 걸린 일이라면 기꺼이 도울 의향이 있다고 재차 안심시키는 내용이 담겨 있었지요. 그리고 부디 이 문제는 다시 거론하지 않기를 바란다는 간절한 부탁으로 결론을 맺었어요. 이 편지의 주된 내용은 위컴 씨가 민병대를 떠나기로 결심했다는 소식을 알리고 있었습니다.

이런 행보는 제가 크게 바라는 바이기도 했습니다. 저는 결혼이 확정되자마자 그가 제대하길 바랐습니다. 그리고 그 자신을 위해서나 우리 조카를 위해서나 민병대에서 나오는 것이 몹시 바람직하다는 제 생각에 형님도 동의하시리라 생각합니다. 위컴 씨는 정규군 입대를 희망하고 있고, 그의 옛 친구들 중에는 군에서 자리 잡도록 도와줄 만한 이들이 아직 몇 사람 있습니다. 현재 북부에 주둔하는 ___ 장군의 연대에서 말직 장교 자리를 주겠다는 약속을 받아두었습니다. 왕국의 이쪽 지역과 멀리 떨어진 임지라는 데 큰 이점이 있습니다. 위컴 씨도 앞으로 잘하겠다고 약속은 그럴싸하니, 다른 사람들과 어울리며 각자 체면을 지켜야 할 상황이 되면 둘 다 더 신중해질 겁니다. 포스터 대령에게도 편지를 보내서 현재 우리 조치를 알리고 브라이턴과 근교에서 위컴 씨가 빚진 여러 채권자들에게 채무를 조속히 청산하겠다고 전해달라는 부탁을 했습니다. 이 점은 제가 직접 약조한 사항입니다. 그리고 본인이 알려준 정보에 따라 작성한 명단을 첨부하니, 수고스럽지만 메리턴의 채권자들에게는 형님께서 직접 동일한 약조를 전해주실 수 있을까요? 그는 부채 전액의 상세 내역을 솔직히 털어놓았습니다. 적어도 우리를 속이지는 않았기만을 바랍니다. 해거스턴이 우리의 지시를 받았으니 일주일 후면 모두 마무리될 겁니다. 먼저 롱본에서 초대하지 않는다면, 두 사람은 연대에 합류하게 되겠지요. 가디너 부인을 통해 소식을 들었는데, 조카는 남부를 떠나기 전에 가족 모두를 만날 수 있기를 매우 간절히 바란답니다. 조카는 잘 있고, 딸 된 의무로 형님과 누님께 안부를 전해달라고 청했습니다.

E. 가디너

베넷 씨와 딸들은 위컴이 _____셔 민병대에서 나오는 조치의 모든 이점을 가디너 씨만큼이나 똑똑히 느낄 수 있었습니다. 그러나 베넷 부인은 그리 달가워하지 않았어요. 리디아를 하트퍼드셔에 살게 한다는 계획을 아직 포기하지 않은 부인으로서는, 이제야 리디아를 곁에 두고 같이 재미있게 놀고 뿌듯하게 자랑하며 살고 싶은 참에, 북부로 간다니 청천벽력 같은 낙심이 아닐 수 없었거든요. 게다가 리디아가 한 사람도 빠짐없이 친해져서 특별히 아끼는 사람들도 많이 있는데, 연대와 헤어지게 됐다니 정말 안타깝다는 거예요.

"포스터 부인을 애가 그렇게 좋아하는데," 부인이 말했어요. "애를 멀리 보내버리다니 충격이 이만저만이 아닐 게야! 게다가 그 애가 아주 좋아하는 젊은 남자애들도 여럿 있잖니. _____ 장군의 연대에 가면 장교들이 그렇게 유쾌하지 않을지도 몰라."

딸의 요청은 북부로 떠나기 전에 다시 가족으로 받아달라는 뜻으로 여길 만했는데, 처음에는 결단코 안 된다는 반대에 맞닥뜨렸지요. 하나 제인과 엘리자베스는 동생의 감정과 사회적 위상을 생각해서 같은 소망을 피력했고, 부모님한테 결혼을 인정받는 모양새를 갖춰야 한다고 생각했답니다. 롱본에서 리디아와 남편을 함께 환대해야 한다고, 둘이서 얼마나 열렬하고도 합리적이고도 온유하게 아버지를 설득했는지, 결국은 베넷 씨도 딸들과 같은 생각을 하게 되었고 딸들이 바라는 대로 하기로 했지요. 그들의 어머니도 결혼한 딸이 북부로 쫓겨나기 전에 먼저 이웃한테 보여주고 자랑할 수 있게 됐다는 걸 알고 만족했고요. 그리하여 베넷 씨가 다시 처남에게 편지를 보내며 막내딸 부부가 집에 와도 좋다는 허락을 동봉하게 된 거예요. 그리고 결혼식이 끝나자마자 롱본에 오는 것으로 결정이 되었고요. 하지만 엘리자베스는 위컴이 그런 계획에 동의했다는 게 놀라웠지요. 솔직히 그 자신의 심정만 고려한다면, 어떤 식으로든 위컴과 마주치게 되는 것만은 단연코 바라지 않았을 거예요.

9

동생의 결혼식 당일이 되었습니다. 제인과 엘리자베스는 리디아 자신보다 오히려 더 뼈저리게 동생의 처지를 절감했지요. 마차가 ____로 그들을 마중 나갔고, 두 사람은 저녁 식사 때쯤 그 마차를 타고 도착할 예정이었어요. 그들의 도착은 큰 미스 베넷들에게는 두렵기 그지없는 일이었고, 특히 자기가 리디아 같은 잘못을 저질렀다면 어떤 마음일까 깊이 공감했던 제인은 동생이 얼마나 혹독하게 맘고생을 했을까 헤아리며 참담한 심정을 가누지 못했어요.

둘이 왔지요. 가족은 아침 식사를 하는 거실에 모여 그들을 맞을 채비를 하고 있었어요. 베넷 부인의 얼굴이 환한 미소로 장식되는 것과 동시에 마차가 문 앞에 정차했습니다. 부인의 남편은 속을 알 수 없이 심각한 표정이었고, 딸들은 불안하고 초조하고 불편했어요.

리디아의 목소리가 전실에서 들려왔습니다. 문이 활짝 열리자 리디아가 뛰어들어왔지요. 어머니가 달려 나가 딸을 안아 주었고 기뻐 어쩔 줄 모르며 반가이 맞아주었지요. 아내를 뒤따라온 위컴에게도 다정한 미소를 지으며 손을 내밀고 둘 다 행복을 바란다고 인사했는데, 일말의 거리낌도 없는 그 태도를 보니 정말로 그 행복을 한 치의 의심 없이 확신하는 게 분명했어요.

하지만 다음에 인사한 베넷 씨의 반응은 그렇게 호의적이진 않았답니다. 원래도 엄숙하던 표정이 더욱 근엄하게 굳었고, 거의 입술을 떼지도 않았거든요. 솔직히, 젊은 부부가 보여준 제집처럼 당당한 태도가 베넷 씨의 화를 돋우고도 남을 만했지요. 엘리자베스는 역겨움을 느꼈고 미스 베넷마저 충격을 받았으니까요. 리디아는 여전히 리디아였어요. 괄괄하고 당돌하고 부끄러운 줄 모르고 제멋대로 날뛰고 시끄럽고 겁대가리가 없었지요. 리디아는 언니들을 한 사람씩 쳐다보며 축하를 강요하더니, 급기야 다들 자리에 앉았을 때는 열심히 방 안을 둘러보며 조금이라도 달라진 데가 있으면 꼭 짚어 말하고 깔깔 웃어대며 정말이지 한참 만에 와보는 방이지 뭐야, 하고 말하는 거예요.

위컴도 리디아 못지않게 괴로운 기색이라곤 없었지만 매너만큼은 원래도 싹싹하게 상대의 기분을 맞췄기 때문에, 만일 인품과 결혼이 법도에 맞았더라면 그 미소와 사근사근한 화술 덕분에 가족으로 맞아들이는 모두의 마음이 참으로 즐거웠을 거예요. 엘리자베스는 전엔 위컴이 그렇게까지 당당하게 굴 위인이라고는 생각지 않았건만, 착석할 무렵엔 이제 앞으로는 뻔뻔한 사람의 뻔뻔함에는 미리 한계를 두지 말아야겠다는 결심을 하게 되었답니다. 엘리자베스는 낯빛을 붉혔고, 제인도 낯빛을 붉혔어요. 하나 정작 이처럼 혼란한 심경을 초래한 당사자 둘은 안색의 변화가 전혀 없었지요.

이야깃거리는 떨어질 줄을 몰랐습니다. 신부와 어머니 둘다 아무리 빨리 말해도 성에 차지 않는 듯 보였어요. 위컴은 하필 엘리자베스 가까이 앉아서 동네 지인들의 안부를 물었는데, 엘리자베스는 도저히 그처럼 소탈하고 편안하게 대꾸해줄 수가 없었답니다. 저 부부는 둘 다 세상에서 가장 행복한 추억만 간직하고 있는 듯 보였어요. 과거의 어떤 대목도 아픈 마음으로 돌아보지를 않았지요. 언니들이라면 무슨 일이 있더라도 꺼내지 않을 화제를, 리디아는 오히려 앞장서서 떠들어 댔어요.

"석 달이나 됐다니," 리디아는 소리쳐 말했지요. "내가 가고 석 달이 지났다니 말도 안 돼. 진짜 난 이 주밖에 안 된 것 같다니까. 하긴 그사이 큰일들이 생기긴 꽤 생겼지만. 아, 진짜 웬일이야! 내가 갈 때는, 다시 돌아오기 전에 결혼할 줄은 생각조차 못 했다니까! 그렇게 된다면 엄청 재밌겠다 생각은 했지만 말이야."

아버지가 눈을 치켜떴어요. 제인은 심란해서 어쩔 줄 몰랐고요. 엘리자베스는 의미심장한 눈빛으로 리디아를 노려보았어요. 하지만 리디아는, 둔감하고자 작정하기만 하면 아무것도 안 보고 안 들을 수 있는 아이였고, 명랑하게 하던 말을 계속했어요. "아! 엄마, 이 동네 사람들이 내가 오늘 결혼한 거

알아요? 난 모를까봐 걱정됐어요. 그래서 우리가 커리클을 타고 가는 윌리엄 굴딩을 추월했지 뭐야. 꼭 알려주고 싶었거든. 그래서 그 옆을 지나칠 때 창문을 내리고 장갑을 벗은 다음에 창턱에 손에 딱 걸쳐두었지. 이거 보라고, 내 반지 잘 보라고 말이야. 그리고 고개를 까닥하고 인사한 다음 아무렇지도 않게 웃어주었어요.”

엘리자베스는 이제 더는 참아줄 수가 없었습니다. 그래서 자리에서 벌떡 일어나 방에서 뛰다시피 나왔고 다시 들어가지도 않았어요. 그러다 다들 홀을 지나쳐 다이닝 팔러로 가는 기척을 듣고서야 그제야 일행과 합류했습니다. 하지만 그러기 무섭게, 리디아가 잘난 척 뻐기면서 어머니의 오른편으로 보란 듯 걸어가더니, 제인 언니한테 “아! 제인 언니, 이제 내가 언니 자리를 차지하게 됐어. 언니는 밑으로 내려가야 해. 내가 결혼한 여자니까”[1]라고 말하는 꼴을 보고 말았지 뭐예요.

처음부터 수치심에 구애받은 적이 없는 리디아가, 시간이 지난다고 부끄러움을 배울 거라 생각해선 안 되는 거였어요. 세상 편해서 신이 난 리디아는 오히려 기세가 등등해졌죠. 필립스 부인, 루커스 가족, 이웃들을 전부 다 만나고 싶다며, 그 한 사람 한 사람의 입에서 ‘위컴 부인’이라는 말을 꼭 들어야겠다는 거예요. 일단은 저녁 식사를 마치고 힐 부인과 하녀들한테 먼저 가서 반지를 보여주면서 결혼했다고 자랑부터 했

---

1 식당이나 연회장에 들어갈 때도 위계를 지켜서 순서대로 입장했다. 자매는 맏이부터 입장하는 게 관례였지만, 동생이 먼저 결혼하면 기혼 여자의 위상을 앞세워 결혼하지 않은 언니보다 먼저 입장하게 된다.

답니다.'

"있잖아요, 엄마," 다들 아침 식사용 거실로 돌아왔을 때 리디아가 말했어요. "그런데 엄마는 우리 남편 어떻게 생각해요? 정말 매력적인 남자 아니에요? 언니들도 틀림없이 전부 다 날 부러워할 거야. 내 반만큼만 운이 좋아도 다행이지 뭐. 언니들도 다 브라이턴에 가야 한다니까요. 남편을 잡으려면 거기가 딱이니까. 엄마, 우리 다 같이 못 간 게, 너무 아쉬워요."

"왜 아니라니. 엄마 뜻대로 할 수만 있었다면야 우리도 다 함께 가고도 남았겠지. 하지만 우리 딸 리디아야, 나는 너희가 그리 먼 데로 훌쩍 가버리는 게 너무 서운하단다. 꼭 그래야만 하는 거니?"

"아, 맙소사! 당연하죠—별일 아니에요. 난 진짜 그러고 싶어요. 엄마랑 아빠, 언니들, 다 우리 보러 놀러 와야 해요. 우리는 겨울 내내 뉴캐슬에 있을 거니까, 누가 뭐래도 무도회도 꽤 있을 거고, 언니들 다 내가 신경 써서 좋은 파트너를 구해줄게."

"엄마는 진짜 꼭 그러고 싶구나!" 어머니가 말했어요.

"그랬다가 돌아갈 때는 언니들 한둘은 남겨두고 가세요. 그럼 내가 겨울이 가기 전에 언니들 신랑감을 다 구해줄게요."

"네가 나까지 신경 써줘서 고마운데," 엘리자베스가 말했어요. "나는 네가 남편감을 구하는 방식이 특별히 마음에 들진 않더라."

방문객들이 그들과 함께 머무는 기간은 열흘이 채 못 되었어요. 위컴 씨는 런던을 떠나기 전 임명을 받았고, 이 주일 후엔 연대에 합류해야 했거든요.

베넷 부인 말고는 아무도, 어찌 그리 짧게 있다 가느냐고 아쉬워하는 사람이 없었습니다. 부인은 이 기간을 최대한 활용해 딸을 데리고 이웃을 방문하고, 집에서도 매우 자주 파티를 열었지요. 이 파티들은 모두가 용인할 만했어요. 생각하지 않는 사람들보다는 생각을 하는 사람들 쪽에서, 집안 식구들끼리만 있는 걸 더 피하고 싶어했으니까요.

리디아를 향한 위컴의 사랑은 엘리자베스가 예상했던 그대로였어요. 그를 향한 리디아의 사랑에 필적할 수 없었지요. 지금 눈으로 관찰하고 확인한 사실은, 엘리자베스가 이미 이성적으로 정황을 따져보고 추론해 알고 있던 대로였지요—두 사람의 도주는 위컴보다는 리디아 쪽 사랑의 힘으로 이루어졌다고 생각했거든요. 그럼 위컴은 뜨겁게 사랑하지도 않으면서 왜 리디아와 도망가는 선택을 했을까 의아할 수도 있었지만, 엘리자베스는 위컴이 돈 문제로 궁지에 몰려 어쩔 수 없이 도망칠 수밖에 없었던 거라고 느꼈어요. 정말로 그랬다면, 위컴은 도망길에 여자를 데리고 갈 기회를 마다할 청년이 아니었고요.

리디아는 위컴이 좋아서 어쩔 줄 몰랐어요. 언제 어느 때나, '나의 소중한 위컴'이었고요. 감히 갖다 댈 남자는 세상에 하나도 없었고요. 세상 모든 일을 세상 최고로 잘하는 남자였고요. 9월 1일[2]에도 이 지역 누구보다 위컴이 총으로 새를 많이 쏴서 잡을 거라고, 리디아는 믿어 의심치 않았답니다.

어느 날 아침, 도착하고 얼마 지나지 않아, 리디아가 큰 언니들 둘과 앉아 있다가 엘리자베스에게 말했어요.

"리지 언니, 언니한테는 우리 결혼식이 어땠는지 내가 얘기를 안 해준 거 같아. 엄마하고 다른 언니들한테는 내가 전부 다 말해줬는데, 그때 언니가 자리에 없었거든. 식을 어떻게 올렸는지 궁금하지 않아?"

"아니, 별로." 엘리자베스가 대꾸했어요. "난 그 얘기는 안 하면 안 할수록 좋다고 생각하거든."

"참 나! 언니는 참 이상하다니까! 하지만 그래도 어떻게 됐는지 나는 꼭 얘기해줘야겠어. 우리는 있잖아, 세인트클레멘트 교회에서 식을 올렸거든. 위컴이 묵는 집이 그 교구에 있어서. 그리고 우리 다 11시까지 거기 가기로 결정이 됐단 말이야. 외삼촌하고 외숙모하고 나하고 같이 가게 되어 있었고. 다른 사람들은 교회에서 만나기로 한 거야. 아무튼, 월요일 아침이 막상 오니까 내가 완전 난리법석을 떨고 있는 거야! 또 무슨 일이 생겨서 식이 미뤄지지는 않을까 너무너무 걱정이 되지 뭐야. 그래서 틀림없이 내가 정신머리 하나도 없이 굴었을 거야. 그런 데다 옷 입고 단장하는 내내 우리 외숙모가 옆에서 어찌나 설교가 늘어져서 잔소리를 하는지, 나 진짜 설교책이라도 낭독하는 줄 알았잖아. 하지만 난 열 마디 중에 한마디도 안 들었어. 내가 말 안 해도 언니도 다 알겠지만, 난 오로지 내 소중한 위컴 생각뿐이었거든. 그이가 결혼식에 파란 코트를

2　자고새 사냥 시즌의 개막을 축하하는 날.

입고 올지 진짜 궁금해 죽겠더라고.

어쨌든, 그래서 평소처럼 10시에 아침을 먹었단 말이야. 난 아침 식사가 영영 안 끝날 줄 알았다니까. 어쨌든 간에, 뭐 좀 있으면 언니도 알게 되겠지만, 내가 거기 같이 있는 동안 외삼촌이랑 외숙모가 완전 끔찍하게 기분 나쁘게 날 대접했어. 말해도 언니가 믿어줄까 모르겠네. 글쎄, 내가 거기 이 주일이나 있었는데 집 밖으로 한 발짝도 못 나가게 하더라고. 파티 한 번, 외출 한 번, 뭐 아무것도 없었어. 물론 런던에 사람이 좀 없고 한적하긴 하더라. 하지만 그래도 극장은 열었단 말이야. 아무튼, 그래서 마차가 문 앞에 왔는데, 스톤 씨라고 끔찍한 인간이 사업상 볼일이 있다고 연락해서 글쎄, 외삼촌이 불려 간 거야. 게다가, 둘이 만나서는 얘기가 끝이 안 나는 거지. 아유, 나 진짜 기겁해서 어떻게 해야 할지 모르겠더라니까. 외삼촌이 식장에 날 데리고 들어가서 신랑한테 건네줘야 하잖아. 그런데 우리가 정해진 시간 내에 못 하면, 그날 하루 종일 결혼을 못 하는 거라지 뭐야. 하지만, 다행히도, 십 분 후에 외삼촌이 다시 돌아와서, 다 같이 출발했어. 하지만 내가 나중에 생각해보니까, 외삼촌이 일 때문에 결국 못 가게 됐더라도, 굳이 식을 미룰 필요는 없었더라고. 다아시 씨가 대신 해줄 수도 있었으니까.”

“다아시 씨라고!” 엘리자베스가 아연실색한 나머지, 그 이름을 똑같이 따라 말했어요.

“아, 맞다!—그러니까, 그 사람이 위컴하고 거기 오기로 했단 말이지. 하지만 내 정신머리 좀 봐! 까맣게 잊었네! 그 애기는 한마디도 입 밖에 내지 말라고 했는데. 내가 약속을 그렇게 철석같이 해놓고서! 위컴이 알면 뭐라고 할까? 진짜 완전 비밀이라고 했단 말이야.”

“비밀로 해야 할 얘기라면,” 제인이 말했어요. “이 주제로는 한마디도 더 말하지 마. 나도 절대로 더 캐묻는 일 없을 테니까.”

“아! 당연하지.” 엘리자베스도 말했어요. 호기심에 속이 타들어가면서도 말이지요. “우리는 아무 질문도 하지 않을게.”

“고마워.” 리디아가 말했어요. “언니들이 물어보면, 당연히 내가 전부 다 말해줘야만 할 텐데, 그럼 위컴이 화낼 거거든.”

어서 물어보라고 그렇게까지 부추기는 말을 듣자, 엘리자베스는 자기 입에서 질문이 튀어나오지 못하게 하려고 아예 도망가버렸어요.

하지만 모르는 채로 산다는 건 불가능했지요. 아니, 적어도 알아보려고 시도조차 하지 않는다니, 정말이지 그럴 수는 없었어요. 다아시 씨가 동생의 결혼식에 참석했다니요. 정확히 그런 장면, 정확히 그런 사람들 사이에 있는 걸, 그는 제일 싫어하고 또 제일 꺼려하지 않았던가요. 그 의미를 두고 온갖 추정들과 어림짐작들이 삽시간에 치달아 걷잡을 수 없이 머릿속으로 밀려 들어왔어요. 하지만 단 하나도 마음에 차지 않았어요. 그녀를 가장 기쁘게 하는 가설들, 그의 행동을 가장 고결하게 비추는 가설들은, 가장 개연성이 적어 보였거든요. 엘리자베스는 불확실한 상태의 이 긴장감을 도저히 견뎌낼 수가 없었어요. 그래서 다급하게 종이 한 장을 움켜쥐고, 외숙모에게 짧은 편지를 써서, 비밀을 지키기로 한 약조를 거스르지 않는다면 리디아가 흘린 말을 부디 좀 더 설명해주시길 바란다고 부탁했어요.

"선뜻 이해해주시리라 믿어요." 엘리자베스는 덧붙여 썼습니다. "우리 중 누구와도 연결점이 없는 사람이, (상대적으로 말해자면) 우리 가족한테는 아예 남이라 할 사람이, 하필 그런 때에 두 분과 함께 있었다니, 제가 얼마나 궁금할지 아시겠지요. 제발 곧바로 답장을 보내주세요. 저를 이해시켜주세요 —리디아가 생각하는 것처럼 반드시 비밀로 남겨두어야 할 굉장히 설득력 있는 이유들이 있는 게 아니라면 말이에요. 만일 그렇다면, 그때는 저도 무지한 상태로 만족하려고 노력해보겠습니다."

'물론 그럴 수 있을 리가 없지만요,' 편지를 매듭지으며 엘리자베스는 혼잣말로 추신을 덧붙였답니다. '사랑하는 외숙모, 외숙모가 명예를 지키느라 말해주지 않는다면 나는 치사하게 온갖 속임수와 술수를 죄다 동원하는 한이 있어도 꼭 알아내고야 말 거예요.'

제인은 명예의 관념에 민감했기에 리디아가 흘린 얘기를 엘리자베스와 사적으로 나누는 것조차 스스로 허락지 않을 터였어요. 엘리자베스는 차라리 잘됐다고 생각했어요—방금 보낸 질문들에 조금이라도 후련한 답이 돌아온 듯 느껴질 때까지는, 아무한테도 속내를 털어놓지 않는 편이 나았거든요.

10

엘리자베스는 후련하게도 편지에 답장을 받았고, 회신은 이보다 더 빠를 수는 없으리만큼 빠르게 돌아왔어요. 편지를 손에 넣자마자 얼른 작은 숲속으로 들어갔어요. 거기라면 방해받을 걱정이 제일 적었기에, 벤치 하나를 골라 앉아서 행복해질 마음의 준비를 했어요. 편지의 길이로 보아, 청이 거절당하지는 않았구나 확신할 수 있었거든요.

그레이스처치 스트리트

9월 6일

사랑하는 내 조카에게

방금 네 편지를 받았고, 오전 시간을 온전히 바쳐 답장을 쓰려 한다. 너에게 해줘야 할 이야기를 다 아우르려면, 글을 **조금** 써서 될 일이 아닐 것 같구나. 네 부탁을 받고 놀랐다고 솔직히 털어놓으마. 너한테서 그 질문을 받을 줄은 몰랐어. 하지만 내가 화났다고 생각하진 마라. 난 그저 네 쪽에서 그런 질문이 필요한 줄은 상상조차 못 했다는 말을 하려는 것뿐이니까. 네가 무슨 말인지 모르겠다는 척하고 싶은 마음이라면, 내가 주제넘게 군 것이니 미안하다. 네 외삼촌도 나만큼이나 놀라셨단다—네가 이 일에 직접 연루되었다고 믿지 못했다면, 결단코 그 사람이 그 일들을 다 하게 두지는 않았을 거야. 하지만 네가 정말 아무것도 모르고 아무 일도 안 했다면, 내가 더 명확하게 말해줘야 하겠지. 우리가 롱본에서 집에 돌아온 바로 그날, 네 삼촌한테 정말 뜻밖의 손님이 찾아왔어. 다아시 씨가 방문해서 네 외삼촌과 단둘이 문을 꼭 닫고 몇 시간 동안 있었단다. 내가 집에 와보니 그 일이 다 끝나 있었으니, 나도 호기심에 얼마나 몸이 달았겠니. 지금은 네가 그래 보인다마는. 네 동생과 위컴 씨가 어디 있는지 찾아냈고, 둘 다 만나고 얘기도 나눠봤다는 얘기를 가디너 씨한테 하러 온 거였어. 위컴과는 여러 번 얘기했고 리디아는 한 번 봤다고 하더라. 내가 주워들은 얘기로는, 우리가 떠나고 하루 지나 바로 더비셔에서 출발했고 두 사람을 찾겠다는 결심으로 런던에 왔대. 그가 밝힌 동기는, 위컴의 형편없는 인성을 만천하에 알려서 품성이 반듯한 젊은 아가씨라면 아무도 그를 사랑하거나 그에게 속마음을 털어놓을 수 없게 했어야 하는데, 그러지 못한 자기 책임이라는 거야. 너그럽게도 이 모든 사태를 자기의 그릇된 자존심 탓으로 돌리면서, 예전에는 위컴의 사사로운 행각을 세상에 공개한다는 게 자기 수준에 맞지 않게 저열한 일이라 느꼈다고 아주 솔직히 털어놓더구나. 그래서 이렇게 나서서 자기 때문에 야기된 악행을 되돌리려 애쓰는 건 자기의 의무라고 하더라. 그가 밝히지 않은 **또 다**른 동기가 있다 해도, 결코 그를 욕되게 하는 것일 리가 없다고 믿는다. 그가 런던에 온 지 며칠 후에 그 애들을 찾아낼 수 있었다고 해. 하지만 **우리**보다 사정이 나았던 게, 수색에 뭔가 단서가 있었던 모양이야. 이 사실을 깨달은 게, 그가 우리를 뒤따라온 또 하나의 이유였다고 하고. 보아하니 영 부인이라는 여자가 있나봐. 꽤 오래전에 미스 다아시의 가정 교사였다가 뭔가 불미스러운 사유가 있어 해고되었다더라. 하지만 무슨 일인지는 말하지 않았어. 그 여자가 그 후 에드워드 스트리트의 대저택을 사서 숙소로 빌려주며 생계를 유지해왔다는 거야. 이 영부인이 위컴과 긴밀한 친분이 있는데, 그걸 알고 있었대. 그래서 런던에 오자마자 위컴의 정보를 캐내러 그 여자를 찾아갔대. 하지만 원하는 걸 얻어내기까지 이삼 일은 걸렸던 모양이야. 내 생각엔, 그 여자는 자기가 신의를 저버리려면 뇌물과 뒷돈이 반드시 있어야 한다고 했나봐. 자기 친구를 어디서 찾을 수 있는지 그 여자가 정말로 알고 있었거든. 위컴은 런던에 도착하고 그 여자를 정말로 찾아갔고, 그 집에 방이 있어서 받아줬더라면 아마 거기 같이 살고 있었을 거야. 하지만 우리의 친절한 친구는 결국 원하는 주소를 받아내고 말았지. 그 애들은 ___ 스트리트에 있었어. 위컴을 만났고, 그 후에 리디아도 만나야겠다고 우겨서 만났대. 처음 리디아를 만날 때는, 힘닿는 한 도와줄 테니 이 수치스러운 상황에서 어서 도망쳐서 가족이 받아준다면 최대한 빨리 가족에게 돌아가라고 설득하는 게 목적이었다고 인정하더라. 그런데 리디아가 무조건 거기 남겠다고 결심이 이만저만이 아니었대. 가족 생각은 안중에 없고, 그딴 도움 따위 필요 없다면서, 위컴을 떠나라는 소리는 아예 듣지도 않았대. 언젠가는 어차피 결혼하게 될 테니, 시기는 크게 중요하지 않다면서 말이야. 그러니 다아시 씨는 그 애 감정이 그렇다면 신속하게 결혼을 확정 짓는 수밖에 없겠다고 생각한 거지. 하지만 제일 처음 위컴과 만났을 때, **그쪽은** 애시당초 결혼할 의사가 없었다는 걸 금세 알 수 있었대. 본인 입으로 거액의 불명예 부채를 졌는데 압박이 심해서 연대를 떠날 수밖에 없었다고 고백하더란다. 게다가 도망으로 리디아가 감수할 불이익은 순전히 자기가 멍청해서 자초한 일이라고 거침없이 말했다지 뭐니. 위컴은 즉각 제대할 의향이었지만 장래의 전망은 아예 내다보지도 않았어. 어딘가 가긴 가야 하는데 그게 어딘지는 모르고 있었고, 먹고살 길이 없다는 것도 알았다더라. 다아시 씨가 왜 곧바로 리디아와 결혼하지 않았느냐고 물어보면서 베넷 씨가 아주 부유하다고 볼 수는 없지만 뭐라도 해줄 수 있을 테고, 그럼 결혼해서 사정이 훨씬 나아지지 않겠느냐고 했대. 하지만 답으로 하는 말을 들어보니, 위컴이 아직도 어디 다른 나라에 가서 결혼으로 훨씬 더 크게 팔자를 고치려는 희망을 버리지 않고 있었다고 해. 그런데 지금 같은 처지에서 당장의 욕망을 해결해줄 유혹을 굳이 물리칠 위인도 아니었던 거지. 의논할 거리가 워낙 많았기 때문에, 다아시 씨와 위컴 씨는 여러 번 만났단다. 위컴은 물론 자기 분수에 넘치도록 많은 걸 바랐지만 결국은 합리적인 수준으로 희망을 조절하게 되었어. 둘 사이에서 일을 다 정리한 뒤 다아시 씨가 취한 다음 행보가 네 외삼촌에게 이 사실을 알리는 일이었고. 그래서 내가 집에 돌아오기 전날 저녁에 처음 그레이스처치 스트리트를 방문했다고 해. 하지만 그때는 가디너 씨를 만나지 못했지. 수소문해본 결과 네 아버지가 아직은 네 외삼촌과 같이 계시지만 이튿날 아침엔 런던을 떠난다는 사실을 알게 되었다더라. 다아시 씨는 이 일을 제대로 논의할 상대로 네 아버지가 네 외삼촌만큼 적절한 사람은 아니라고 판단했고, 그래서 네 아버지가 떠난 후로 기꺼이 만남을 미루었다고 했어. 그래서 명함을 남기지 않고 그냥 갔고, 우린 다음 날까지 그냥 어떤 신사분이 사업상의 볼일로 방문했다고만 알고 있었단다. 다아시 씨는 토요일에 다시 찾아왔어. 네 아버지는 가시고 네 외삼촌은 집에 계셨고. 아까 말했지만, 둘이 굉장히 많은 이야기를 나누었단다. 그러고서 일요일에 다시 만났는데, 그때는 **나도** 그를 만날 수 있었다. 결정이 다 내려진 건 월요일이 되어서였단다. 그 즉시 롱본에 급보를 보냈지. 하지만 우리를 찾아온 손님은 엄청나게 고집이 세더구나. 리지야, 아무래도 내 생각에는, 그 사람 성격의 진짜 결함은 옹고집이 아닌가 싶다. 그 사람은 각기 다른 시기에 여러 다른 결함이 있다는 비난을 받았지만, **이게 진짜더라.** 뭘 해도 무조건 자기가 직접 해야 한다는 거야. 네 외삼촌도 기꺼이 전액을 탕감해주려 했을 거라고 난 믿어 의심치 않는다만. (감사를 받으려 하는 말이 아니니, 인사는 넣어두렴.) 두 사람은 그 문제로 아주 오랜 시간 티격태격했단다. 사실 그 대상인 신사나 숙녀는 그럴 가치가 있는 사람들은 아닌데 말이다. 그러다 결국은 네 외삼촌이 못 이기고 양보하고 말았고, 조카딸한테 도움이 되기는커녕 하지도 않은 일에 인사만 듣게 되었으니 그 성격에 얼마나 거슬렸겠니. 그래서 난 오늘 아침 네가 보낸 편지를 받고 외삼촌이 크게 기뻐했다고 믿는다. 네가 요구한 해명을 통해 남한테 빌려서 꽂은 깃털을 털어버리고 칭찬을 받아 마땅한 사람에게 돌릴 수 있게 되었으니 말이야. 하지만 리지야, 이 얘기는 너 말고 아무도 알면 안 된다. 영 어려우면 제인한테까지만 알려라. 짐작건대 너도 젊은 부부를 위해서 해준 일이 뭔지 잘 알겠지. 부채를 청산해줘야 하는데, 내가 알기로는, 액수가 천 파운드가 넘는다고 해. 게다가 **리디아 몫**의 결혼 비용으로 천 파운드를 더 얹어주기로 했고, 군대의 보직도 돈으로 사줘야 했어. 이 모든 일을 왜 그가 혼자 처리해야 하는지는, 앞에서 말한 이유가 다란다. 사람들이 위컴의 인품을 이렇게 잘못 알고 있었던 건, 자기가 말을 아끼고 자기 생각이 깊지 못했던 결과라는 거야. 그런 탓에 결과적으로 위컴이 이토록 사교계에서 환영받고 주목의 대상이 되어버렸다는 거야. 그 말도 **어느 정도**는 일리가 있을 수 있지. 하지만 그 **사람이든, 다른 누구든**, 누가 말을 아껴서 사태가 이렇게 된 건지는, 난 잘 모르겠구나. 훌륭한 말들이 오가긴 했지만, 사랑하는 리지야, 너는 마음을 푹 놓고 믿어도 된다. 그 사람이 이 일에 **또 다른 이유**로 연루되어 있다는 걸 우리가 알아보지 못했다면, 네 외삼촌은 결코 물러서지 않았을 테니까. 이 모든 일이 다 해결되고 난 후, 그 사람은 펨벌리에 계속 머물고 있던 지인들에게로 돌아갔단다. 그렇지만 결혼식을 올리는 날 다시 런던에 와서 마지막 남은 돈 문제까지 청산하기로 했고. 이제는 내가 너한테 이

일의 전말을 다 말해준 것 같아. 너는 그 말을 듣고 정말 깜짝 놀랐다고 했지. 적어도 이 일로 내가 네 마음을 조금이라도 불쾌하게 만들지는 않았기를 바란다. 리디아가 우리 집에 왔었잖니. 그리고 위컴도 집 안에 계속 들여야 했고. 그 사람은 하트퍼드셔에서 처음 봤을 때와 하나도 달라진 데가 없더라. 하지만 리디아가 우리 집에서 머물면서 보인 행동은 정말 마음에 안 들었다는 말은 아무래도 해야겠어. 웬만하면 말을 안 했겠지만 지난 수요일 제인이 보낸 편지를 읽고 집에 가서도 정확히 똑같이 행동했다는 사실을 알게 된 이상, 지금 내가 해주는 말에 너희가 새삼스레 상처받을 일은 없을 것 같구나. 네가 얼마나 사악한 짓을 저질렀는지, 그 결과 가족을 얼마나 끔찍한 불행으로 몰아넣었는지 아느냐고, 내가 정말로 진지하고도 엄숙한 말투로 몇 번이고 되풀이해서 알아듣게 말해줬는지 모른다. 설사 그 애가 내 말을 들었다면, 그건 순전히 운이란다. 난 한마디도 듣지 않았다고 확신하거든. 가끔 진짜로 울화가 치밀 때도 있었는데, 그럴 때는 내가 아끼는 엘리자베스와 제인을 떠올리고 오로지 너희 생각을 해서 그 애를 꾹 참고 봐줬다. 다아시 씨는 정확히 약속한 시간에 맞춰 돌아왔고 리디아가 너한테 말했듯이 결혼식에 참석했지. 다음 날 우리와 저녁 식사를 함께 했는데, 수요일이나 목요일에 런던을 떠난다고 하더라. 사랑하는 리지야, 혹시 내가 이 기회를 빌려서 (예전에는 감히 용기가 안 나서 말하지 못했는데) 난 정말 그 사람이 마음에 꼭 든다고 말하면 화를 많이 낼 거니? 우리를 대하는 일거수일투족이, 정말 모든 면에서, 더비셔에 있을 때 본 것 못지않게 훌륭했어. 지성이나 견지하는 견해들도 다 참 맘에 들고. 어디 한군데 모자란 데가 없고 딱 하나 조금만 더 생기발랄하면 좋겠는데, 그야 뭐, 신중하게 결혼을 잘 하면, 아내가 가르쳐줄 수 있겠지. 난 그 사람이 은근히 꿍꿍이가 깊다는 생각이 들더라—네 이름을 웬만해서는 입에 담지도 않더라고. 하지만 꿍꿍이가 요즘 유행인 것 같기도 하구나. 내가 좀 심하게 오지랖을 부렸다 해도 용서해다오. 적어도 나를 빼놓고 P.에 초대하는 그런 심한 벌은 내리지 말아라. 난 그 파크를 한 바퀴 다 돌아보기 전에는 진짜로 행복할 수가 없을 것 같구나. 귀여운 조랑말 두 마리가 끄는 낮은 페이튼 마차가 딱 좋을 것 같다. 하지만 이제 더 쓰면 안 되겠어. 아이들이 벌써 삼십 분째 나를 기다리고 있거든.

너를 정말 진심으로 사랑하는,
M. 가디너

이 편지에 담긴 내용을 읽고 엘리자베스의 기분은 어지럽게 파닥파닥거리기 시작했지만, 쾌감과 고통 중 어느 쪽이 더 큰 몫을 차지하는지 판단하기는 어려웠어요. 다아시 씨가 동생의 결혼을 성사시키기 위해서 그간 무슨 일을 했는지에 관해, 불확실한 상태에서 품었던 막연하고 애매한 짐작들은 현실이라기엔 턱없이 엄청난 선행이라서 차마 부풀려 키우기가 두려웠던 한편, 부채감 또한 고통스러우리만큼 커서 현실일까봐 무섭기도 했지요. 그런데 어림짐작으로 그었던 최선의 한계를 훌쩍 넘어서는 현실로 판명이 난 거예요! 그는 분명한 의도를 가지고 런던에 가서 그들을 추적했고, 그런 탐문에 응당 따르는 온갖 고충과 수모를 혼자 떠맡아 감내했던 거예요. 혐오하고 경멸해 마지않는 여자에게 비굴하게 자신을 낮추고, 세상 누구보다 만나기 싫어했던 남자를 만나고, 그것도 자주 만나서, 타이르고, 설득하다, 결국은 돈으로 매수해야 하는 처지로 전락하길 마다하지 않은 거예요. 그 이름을 입에 올리는 것만으로도 그에겐 형벌이나 다름없는 인간인데 말이에요. 게다가 그로서는 차마 존중할 수도 존경할 수도 없는 여자아이를 위해서 이 모든 일을 해주었다니. 엘리자베스의 심장이 속살거렸어요, 그 사람이 나를 위해서 한 일이야. 하지만 그 희망은 다른 고려 사항들이 끼어들면서 금세 꺾여버리고 말았지요. 이미 한 번 청혼을 거절한 여자로서 생각해보면, 엘리자베스 자신의 허영심이 아무리 크다 한들 그의 사랑이 위컴과 가족의 연을 맺는 혐오스러운 사태까지 극복할 정도로 크나크다 믿을 정도는 아니었어요. 그가 위컴과 동서 사이가 되다니요! 그 어떤 자존심이 그런 인연에 반감을 갖지 않겠어요. 분명 그는 너무나 많은 일을 해주었지요. 얼마나 많은 일을 해주었는지 생각하면 부끄러웠어요. 하지만 그는 자기가 개입하는 이유를 밝혔고, 그 이유는 엄청나게 대단한 믿음을 요하지 않았어요. 그가 스스로 잘못했다고 느낀다면, 그럴 만한 합리적 근거가 있었으니까요. 그는 관대한 사람이고 또 후의를 베풀 수 있는 수단을 가진 사람이니까요. 그 후의를 이끌어낸 주된 동기가 그녀 자신이라 내세우지는 못하겠지만, 어쩌면, 그에게 아직 남아 있는 호감이 있어서, 그녀의 심적 평화를 결정적으로 좌우할 사안에 힘을 쏟는 데에 그래도 조금은 영향을 주지 않았을까, 어쩌면 그 정도는 생각해볼 수 있을지도요. 은혜를 갚을 수도 없는 사람한테 이런 큰 빚을 지다니 정말 괴로웠어요, 쓰라리게 마음이 아파왔어요. 리디아, 리디아의 체면, 모두 다 그에게 빚진 거예요! 아! 매몰차게 굴어 상처를 준 모든 행동, 당돌하게 따지고 들었던 모든 말이 후회된 나머지 맘이 아프고 속이 상했어요. 자기 자신을 돌아보면 겸허해졌지만, 그 사람을 떠올리면 자랑스러웠어요. 그 사람이 공감과 명예의 이름을 받들어 자기 자신과의 싸움에서 승리를 거둔 것이 자랑스러웠어요. 엘리자베스는 외숙모가 그를 칭찬한 대목을 읽고 또 읽고 또 읽었어요. 그걸로 충분하진 않지만 그래도 기뻤어요. 그녀 혼자만이 아니라 외삼촌 부부도 다아시 씨와 그녀 사이에 사랑과 친밀감이 존재한다고 확신한다는 걸 알게 되어서, 비록 회한과 뒤섞이긴 했지만, 어떤 쾌감마저 느껴졌어요.

깊은 사색에 잠겼던 엘리자베스는 누군가 다가오는 인기척에 퍼뜩 정신을 차리고 의자에서 일어났습니다. 하지만 다른 길로 들어설 겨를도 없이, 그만 위컴한테 따라잡히고 말았지요.

"혼자 산책하고 계시는데 제가 그만 방해를 했나보군요, 처형?" 위컴이 곁에 서면서 말했습니다.

"확실히 방해를 하셨어요." 엘리자베스는 미소를 띠며 대꾸했어요. "하지만 그렇다고 방해가 달갑지 않다는 건 아니에요."

"방해가 되었다면 정말 죄송합니다. 우리는 언제나 참 좋은 친구였는데, 이제는 더 좋은 사이가 되었군요.”

“정말 그러네요. 다른 사람들도 다 나온 건가요?”

“모르겠습니다. 베넷 부인과 리디아는 마차를 타고 메리턴에 갔어요. 그런데 처형, 외삼촌과 외숙모님 말씀을 들으니 실제로 펨벌리를 보셨다고요.”

그렇다고 대답했어요.

“이거 그 좋은 데를 보셨다니 부러워지려고 하는데요. 하지만 저한테는 과한 기쁨이라 감당이 안 될 것 같습니다. 안 그러면 뉴캐슬로 가는 길에 구경할 수도 있겠지만요. 그럼 그 나이 지긋한 하녀장도 만나보셨겠군요? 불쌍한 레이놀즈, 항상 나를 참 예뻐했는데. 하지만 물론 처형한테 내 이름을 거론할 일은 없었겠지만요.”

“아니, 말씀하셨어요.”

“뭐라고 하시던가요?”

“군대에 입대했고, 안타깝게도—그리 잘 크진 못했다고요. 그렇게 먼 데 있으면, 아시다시피, 사실이 이상하게 왜곡되기 마련이잖아요.”

“확실히 그렇지요.” 그는 입술을 깨물며 대답했습니다. 엘리자베스는 이 정도 말했으니 이제 입을 다물어주면 좋겠다고 바랐지만, 그는 금세 또 이렇게 말했습니다.

“지난달 런던에서 다아시를 만나게 돼서 놀랐습니다. 몇 번 스쳐 가며 만났거든요. 거기서 뭘 하고 있는지 궁금하더군요.”

“아마 미스 드 버그와의 결혼 준비를 하고 있겠지요.” 엘리자베스가 말했어요. “그분이 이런 계절에 런던까지 갔다면, 틀림없이 뭔가 특별한 일일 테니까요.”

“지당한 말씀입니다. 램턴에 계실 때 다아시를 만났습니까?
가디너 부부가 하시는 말씀을 들어서 그렇다고 알고 있습니
다만.”

“그래요. 우리를 동생에게 소개시켜주셨거든요.”

“미스 다아시가 마음에 드셨나요?”

“아주 많이요.”

“하긴, 최근 일이 년 사이 눈에 띄게 사람이 좋아졌다는 말
을 듣긴 했습니다. 마지막으로 봤을 때는, 그렇게 앞날이 밝아
보이지는 않았는데요. 마음에 드셨다니 아주 기쁘군요. 잘 자
랐으면 합니다.”

“감히 제 의견을 말하자면, 그럴 거예요. 가장 힘든 나이를
잘 극복하고 넘어갔으니까요.”

“킴프턴 마을도 들르셨나요?”

“우리가 갔던 기억은 없네요.”

“그곳 얘기를 꺼낸 건, 제가 원래 받았어야 하는 교구가 있
기 때문입니다. 정말 기분 좋은 곳이랍니다! ─목사관도 훌륭
하고요! 어느 모로 보나 저와 참 잘 어울렸을 텐데요.”

“설교를 쓰시는 일도 그렇게 좋아하셨을까요?”

“굉장히 좋아하지요. 제 의무의 일환이라 여겼을 테니, 힘이
들더라도 금세 아무렇지 않아졌을 거예요. 지나간 일에 미련
을 두고 아쉬워하면 안 되지만 말입니다─하지만, 분명히, 그
랬다면 제게는 정말 멋진 일이었을 텐데요! 그런 조용하고 한
적한 삶이라면, 제가 생각하는 행복의 조건을 빠짐없이 충족

해주었을 겁니다! 그런 일은 없겠지만요. 켄트에 계실 때 혹시 그때 그 사정에 관해서 다아시한테서 무슨 말을 들으셨나요?”

“제가 보기에 그분 못지않게 믿을 만한 분께 얘기를 듣기는 했답니다. 조건부로 약속한 사항이었고 또 현재의 후원자 의사가 중요했다고요.”

“들으셨군요. 그런 쪽으로 조건이 있기는 했지요. 기억하실지 모르지만, 저도 처음부터 그렇게 말씀드렸습니다.”

“또 제가 들은 얘기가 있는데, 설교문 쓰시는 일이 지금만큼이나 구미에 맞지 않던 때도 있으셨다면서요. 실제로 서품은 절대로 받지 않겠다는 결심을 밝히셔서 그 문제는 수순대로 정리되었다고 들었어요.”

“그런 얘기를 들으셨군요! 전혀 근거 없는 얘기는 아닙니다. 처음 우리가 대화를 나눴을 때, 그 점과 관련해 제가 드린 말씀을 기억하실지도 모르겠네요.”

두 사람은 어느새 집의 문 앞까지 거의 다 와 있었어요. 엘리자베스가 그를 떨쳐버리려고 아주 빠르게 걸었거든요. 위컴을 도발하는 건 동생한테 좋을 게 없을 것 같아서, 사람 좋게 웃어 보이면서 이렇게만 대답했어요.

“자, 위컴 씨, 우리는 매제와 처형 사이잖아요. 지난 일로 티격태격하지는 말아요. 앞으로는, 언제나 한마음일 테니까요.”

엘리자베스는 손을 내밀었고, 위컴은 다정한 신사도를 발휘해 그 손에 키스했어요. 하지만 과연 어떤 표정을 지어야 할지 모르겠다는 얼굴이었지요. 그리고 둘은 집으로 들어갔답니다.

11

위컴 씨는 대화에 완벽하게 만족한 나머지 다시는 자기 속을 끓이지도 않고 괜히 얘기를 꺼내서 친애하는 처형 엘리자베스를 자극하지도 않았어요. 엘리자베스는 엘리자베스대로 위컴의 입을 다물게 할 만큼 충분히 할 말을 한 걸 다행이라 여겼습니다.

위컴과 리디아가 떠나는 날이 금방 찾아왔고, 베넷 부인도 어쩔 수 없이 이별을 순순히 받아들이게 되었어요. 다 함께 뉴캐슬에 간다는 계획에 남편이 조금도 동조해주지 않았기에, 적어도 꼬박 일 년 열두 달은 딸과 헤어져 지내야 했지요.

"아! 우리 아가 리디아야," 부인이 울먹였어요. "우리는 또 언제 다시 만나니?"

"어머, 진짜! 난 몰라요. 아마 이제 이삼 년은 못 보지 않을까."

"아주아주 자주자주 편지해야 한다, 우리 아가."

"할 수 있는 대로 자주 할게요. 하지만 엄마도 알다시피 결혼한 여자는 글을 쓸 시간이 많지 않잖아요. 언니들이야 나한테 편지를 보내도 괜찮겠지만, 달리 별 할 일이 없을 거잖아."

위컴 씨의 작별 인사는 아내보다는 훨씬 더 싹싹하고 상냥했습니다. 미소를 띠고 아주 잘생겨 보이면서 어여쁜 말들을 아주 많이 늘어놓았어요.

"거참 저렇게 멀끔한 친구는 내 살다 살다 처음 본다니까." 둘이 집 밖으로 나가자마자 베넷 씨가 말했어요. "찡얼찡얼 애교도 떨고, 멋진 척 씩 웃기도 하고, 우리 모두한테 구애를 하네그려. 우리 집 사위가 거참 말도 못 하게 자랑스럽지 뭐요. 내 심지어 저 윌리엄 루커스 경한테까지 가서 어디 뉘 집 사위가 더 대단한가 겨뤄보자고 도전장이라도 내밀고 싶구려."

딸을 보낸 마음이 허전해서 베넷 부인은 며칠 동안 축 처져 있었어요.

"자꾸 생각하게 되네." 부인이 말했지요. "정든 가족과 헤어지는 것만큼 나쁜 일이 없다고. 벗처럼 지내던 식구가 없어지면 참 휑하니 쓸쓸하다니까."

"어머니, 보세요, 그게 바로 딸을 결혼시킨 결과라니까요." 엘리자베스가 말했어요. "이젠 어머니도 남은 딸 넷은 아직 혼자라는 사실에 전보다는 훨씬 만족하시겠네요."

"그게 그렇지가 않아. 리디아는 결혼해서 내 곁을 떠나는 게 아니잖니. 남편 연대가 하필 그렇게 멀리 있어서 그렇지.

좀 더 가까웠다면, 이리 빨리 가버리진 않았을 텐데.”

하지만 이 일로 시작된 기운 없고 시들시들한 상태는 금방 해소되었고, 부인의 마음은 또 활짝 열어젖혀져서 심기를 온통 헤집어놓는 희망을 품고 말았어요. 또 한 가지 새 소식이 그즈음 돌기 시작했거든요. 네더필드의 하녀장이 주인이 곧 도착하니 준비하라는 명을 받았다는 거였지요. 집주인은 하루이틀 후에 내려와서 몇 주일 동안 거기서 사냥을 즐기겠다고 했대요. 베넷 부인은 안절부절 안달이 나서 잠시도 가만히 있지를 못했어요. 제인을 보고는, 흐뭇하게 웃다가, 또 고개를 절레절레 흔들기를, 번갈아서 되풀이하는 거예요.

“그래, 그래, 그러니 지금 동생 말은 빙리 씨가 내려온다는 거 아니냐.”(필립스 부인이 그 소식을 처음 물어다주었거든요.) “글쎄, 뭐, 그럼 차라리 더 잘됐지 뭐야. 어차피 우리한테는 아무것도 아닌 사람이니까, 뭐. 난 정말 영영 다시는 보고 싶지도 않아. 하지만, 자기가 그러고 싶다면야 네더필드에 얼마든지 오라고 하지 뭐. 행여 또 무슨 일이 있을지 누가 알아? 하지만 우리한테는 아무것도 아닌 사람이야. 동생도 알지, 우리끼리 그 말은 한마디도 안 꺼내기로 우리가 오래전에 약속했지 않아. 그건 그렇다 치고, 온다는 건 정말 확실하다던가?”

“언니, 꼭 믿어도 돼.” 필립스 부인이 말했어요. “니컬스 부인이 어젯밤에 메리턴에 왔더라니까. 그 여자가 지나가는 걸 보고 내가 진상을 알아보려고 직접 나가봤지. 그랬더니 확실한 사실이래요. 늦어도 목요일에는 올 거고, 수요일에 도착할 공산이 아주 크다네. 그래서 수요일에 쓸 고기를 주문하려고 정육점에 간다고 했어. 딱 잡아먹기 좋은 크기의 오리를 세 쌍이나 샀더라고."

미스 베넷은 그가 온다는 말을 듣고서 낯빛이 확 달라졌지만 스스로 어찌할 수 없었지요. 벌써 수개월째 엘리자베스에게도 그 이름을 꺼낸 적이 없지만, 이제는 동생과 단둘이 있게 되자마자 이렇게 말했답니다.

"오늘 네가 내 눈치를 살피는 거 봤어, 엘리자베스야. 아까 이모가 그 소식 말해줬을 때 말이야. 내가 심란해 보였다는 건 알아. 하지만 무슨 바보 같은 이유 때문이라고는 생각지 마. 그냥 순간적으로 좀 혼란스러워서 그런 거야. 사람들이 틀림없이 내 눈치를 살필 거라는 느낌이 들었거든. 진심으로 말하는데, 그 소식은 내 마음에 아무 영향을 주지 않아서 기쁘지도 않고 아프지도 않아. 다만 한 가지, 혼자 온다니 그건 기뻐. 그럼 만날 일이 더 적을 테니까. 내 마음이 걱정되어서가 아니라 남들이 입방아를 찧을까 무서워서 그래."

엘리자베스는 이 일을 어떻게 생각해야 할지 알 수가 없었어요. 더비셔에서 빙리를 만나지 않았더라면 겉으로 드러난 목적 외에 다른 마음 없이 네더필드에 올 법도 하다고 여겼을 테지만, 엘리자베스는 아직도 그의 마음이 제인에게 기울어져 있다고 생각했거든요. 다만 친구의 허락을 받고 오는 걸까, 아니면 친구의 허락이 없이 그냥 올 정도로 대담한 마음을 먹은 걸까, 과연 어느 쪽 확률이 클까를 놓고 저울질했지요.

'하지만 합법적으로 자기 돈 주고 임대한 자기 집에 올 때마다 이런 온갖 어림짐작을 불러일으켜야 하다니 이 가엾은 남

자도 참 힘들겠어! 그럼 나라도 혼자 알아서 하라고 내버려둬
야겠다.' 이따금 그런 생각이 들기도 했지요.

언니의 선언에도 불구하고, 또 언니 감정이 정말 그렇다고
믿으면서도, 막상 빙리가 온다고 생각하니 언니 마음이 흔들
리고 있다는 건, 엘리자베스도 쉽게 알아볼 수 있었어요. 종전
에 보던 것보다 쉽게 동요하고 감정의 기복도 심해졌거든요.

대략 열두 달 전, 그들의 부모 사이에서 열띤 논쟁을 촉발시
켰던 그 화제가 새삼 다시 떠올랐습니다.

"빙리 씨가 오면요, 여보," 베넷 부인이 말했지요. "당연히
곧바로 당신이 방문하실 거지요."

"아니, 싫소이다. 작년에 당신이 억지로 시키면서, 내가 만
나러 가면 그 친구가 우리 딸 하나하고 결혼을 할 거라면서요.
하지만 결국 아무 일도 없이 끝났으니, 멍청한 심부름은 이제
다시는 안 할 거예요."

아내는 빙리가 네더필드로 돌아오는 마당에, 동네의 신사분
들 모두가 반드시 그렇게 관심을 보여주는 게 꼭 필요하다고
남편에게 설명했지요.

"그런 에티켓을 내가 경멸한다니까요." 남편이 말했어요.
"그 친구가 우리랑 어울리고 싶다면, 자기가 찾아오라고 해요.
우리가 어디 사는지 그 친구도 알잖소. 이웃들이 어디로 떠났
다 돌아올 때마다 쫓아다니는 짓거리에 내 시간을 쏟을 생각
이 없어요."

"글쎄요, 난 모르겠고, 당신이 찾아가 만나지 않으면 끔찍스
럽게 무례한 짓이 될 거다, 딱 그거 하나만 알겠네요. 하지만,

그래도요, 뭐 당신이 그런다고 내가 여기서 함께 식사하자고 초대를 못 할 줄 알아요. 내가 꼭 하고 말 거예요. 얼마 있다가 롱 부인과 굴딩네를 초대해야겠어요. 그러면 우리 식구까지 합쳐서 열세 명이 되니까, 식탁에 그 사람 앉을 자리가 딱 나오겠네요."

이 결심이 마음을 달래주어서 부인은 남편의 무례를 꿋꿋하게 견뎌낼 수 있었답니다. 남편 때문에 이웃 사람 모두가 자기네보다 먼저 빙리 씨를 만났다는 걸 알게 되면, 굉장히 망신스럽게 느껴지긴 하겠지만요. 빙리가 도착할 날짜가 다가오자, 제인은 동생에게 이렇게 털어놓았어요.

"그가 오는 것 자체가 유감이라는 생각이 들기 시작했어. 아무것도 아닌 일일 텐데. 그 사람은 아무렇지 않게 만날 수 있는데, 이처럼 허구한 날 그 얘기만 하는 건 못 참겠어. 어머니는 좋은 뜻으로 그러시겠지. 하지만 어머니는 당신이 하시는 말씀이 내게 얼마나 상처가 되는지 몰라. 그건 아무도 모를 거야. 그 사람이 네더필드에 머무는 기간이 끝나면, 그때야말로 난 정말 행복할 거 같아!"

"뭐라도 언니 마음에 위로가 될 만한 말을 내가 해줄 수 있으면 좋겠다." 엘리자베스가 대답했지요. "하지만 그건 내 힘이 전혀 닿지 않는 일이네. 언니가 그냥 다 느끼는 수밖에 없어. 보통 수난을 당하는 사람한테 참을성을 가지라고 설교하면서 얻는 만족감을 나는 누릴 수가 없잖아. 언니는 원래 참을성이 너무 많아서 탈이니까."

빙리 씨가 왔어요. 베넷 부인은 하인들의 도움을 통해 제일

먼저 소식을 들을 수 있도록 미리 방안을 강구해두어서, 불안
하고 초조해서 어쩔 줄 몰라 하는 기간을 최대한 늘렸답니다.
초대장을 보내도 될 만할 때까지 며칠이나 사이를 두어야 하
나 날짜만 헤아렸어요. 그 전에는 빙리를 보게 될 가망은 없다
고 포기하고 있었답니다. 하지만 빙리가 하트퍼드셔에 온 지
사흘째 되는 날 아침, 부인은 자기 드레싱룸의 창문으로, 말을
타고 초지에 진입해 집 쪽으로 오고 있는 빙리를 보았지 뭐
예요.

빨리 이 기쁨에 동참하라고 딸들을 열심히 불러모았어요.
제인은 결연히 식탁의 자리를 그대로 지키고 앉아 있었지요.
하지만 엘리자베스는, 어머니 마음을 맞춰주려고, 창가로 갔
어요―밖을 봤더니―함께 오는 다아시 씨가 보여서, 다시 언
니 옆자리에 가서 앉았어요.

"어떤 신사가 같이 와요, 엄마." 키티가 말했어요. "대체 누
굴까요?"

"이런저런 지인 아니겠니, 애야. 확실한 건 엄마는 모르는
사람일 게다."

"어라!" 키티가 대답했어요. "전에 같이 다니던 그 사람처럼
보이는데요. 그 이름이 뭐더라. 그 키 크고 오만한 남자."

"웬일이니! 다아시 씨!―맞다, 맞네, 맹세해도 좋아. 뭐, 빙
리 씨 친구라면 물론 여기서는 누구든지 환영이다만. 하지만
안 그랬으면 정말 난 저 인간은 꼴도 보기 싫다고 했을 게야."

제인은 놀람과 근심이 섞인 표정으로 엘리자베스를 바라보
았습니다. 더비셔에서 만난 일은 거의 몰랐기에 그 해명의 편

지를 받고 거의 처음 만날 동생의 민망한 처지에 공감한 것이
치요. 두 자매는 가만히 있어도 충분히 불편했는데요. 자매는
서로의 마음에 공감하면서, 자기의 감정은 감정대로 느꼈어
요. 하지만 자매의 어머니는 끊임없이 수다를 떨어댔어요. 자
기는 다아시가 너무 싫다, 빙리 씨의 친구라서 예의를 갖춰주
기로 작정한 거다. 그래도 두 자매의 귀에는 전혀 들어오지 않
았지만요. 그러나 엘리자베스에겐 마음이 불편할 이유가 또
하나 있었는데, 그건 제인이 짐작조차 할 수 없었지요. 아직은
용기가 나지 않아서, 제인에게 가디너 부인의 편지를 보여주
거나 다아시 씨를 향한 감정 변화를 털어놓지 못했거든요. 제
인이 보기에 다아시 씨는 동생에게 청혼했다가 거절당한 남
자, 동생한테 장점을 저평가당하고 있는 남자일 따름이었어
요. 하나 훨씬 많은 걸 훨씬 폭 넓게 아는 엘리자베스가 보기
에는, 온 가족이 무엇보다 큰 은혜를 입은 은인이었고, 또한
그녀 자신이, 언니가 빙리를 보듯 애틋한 감정은 아닐지 몰라
도, 최소한 그만큼 근거 있고 온당한 관심을 가지고 바라보는
남자였지요. 그런데 그가 왔다니―네더필드에, 롱본에 그가
왔다니, 다시 그녀를 만나고자 자의로 찾아왔다니, 엘리자베
스의 놀라움은 더비셔에서 딴판으로 달라진 그의 행동을 처
음 보았을 때 못지않았습니다.

엘리자베스의 얼굴에서 싹 사라졌던 핏기는 삼십 초쯤 후
에 한층 탐스러운 윤기를 더해서 돌아왔고, 기쁨의 미소가 눈
빛에 반짝임을 더해주었어요. 딱 그만큼의 시간 동안은, 그의
애정과 소망이 여전히 흔들림 없이 굳건하다는 생각이 들었

거든요. 하지만 안심하고 마음을 놓아버릴 수는 없었어요.

'먼저 그가 어떻게 행동하는지 보자.' 마음속으로 말했지요. '그다음에 기대해도 전혀 늦지 않아.'

열심히 바느질하면서, 침착하려고 안간힘을 썼고, 감히 눈을 들지조차 못하다가, 초조한 호기심에 언니의 얼굴을 살폈는데, 그때 하인이 문간으로 다가오는 기척이 들렸어요. 제인은 평소보다 창백해 보였지만, 엘리자베스의 예상보다는 안정되어 보였지요. 언니는 신사들이 모습을 나타내자 홍조가 조금 진해지긴 했어도 웬만큼 편안히 맞아 인사했고, 원망의 조짐이나 지나친 반색 같은 기미를 하나도 내비치지 않고 훌륭히 예절 바르게 행동했거든요.

엘리자베스는 무례를 범하지 않는 선에서 최대한 말을 아꼈고, 자리에 다시 앉아서 평소 자주 볼 수 없는 열성을 보이며 바느질에 몰두했어요. 그러다 용기를 내서 딱 한 번 다아시에게 찰나의 눈길을 던졌지요. 그런데 평소처럼 진지한 표정을 짓고 있어서, 펨벌리에서 본 모습보다는 예전에 하트퍼드셔에서 본 모습에 더 가깝구나, 그런 생각이 들었어요. 하지만 어머니 앞에서는 외삼촌과 외숙모를 대할 때처럼 행동할 수 없는지도 몰라. 속상하긴 해도, 터무니없는 짐작은 아니었지요.

빙리 또한 그렇게 잠시만 살펴볼 수 있었는데, 그 짧은 찰나에도, 좋으면서 한편으로 민망한 얼굴이 눈에 들어왔어요. 빙리를 향한 베넷 부인의 거창한 환대는 두 딸을 부끄럽게 만드는 수준이었고 그의 친구에게 보이는 얄궂고 쌀쌀맞은 겉치레 예의가 대조되어서 더욱더 창피했답니다.

특히 엘리자베스는 당신이 제일 아끼는 딸을 구제 불능의 오욕에서 구해준 은인을 몰라보고 그릇된 차별을 하는 어머니를 보면서 상처받고 괴로운 나머지 통증이 느껴질 지경이었어요.

다아시는 엘리자베스를 보자 가디너 씨와 부인은 잘 지내시느냐고 안부를 물었고, 이 질문을 받자 만감이 교차한 그녀는 말도 제대로 못 하고 말았지요. 그는 그녀 옆자리에 앉지 않았어요. 어쩜 그래서 그렇게 말이 없었을지도 몰라요. 하지만 더비셔에서는 안 그랬잖아요. 거기서는 그녀와 말할 수 없을 때 그녀 지인들과도 이야기를 나누었잖아요. 하지만 이제 그의 목소리가 아예 들리지 않는 채로 십여 분이 흘러가버렸어요. 더구나 간혹가다, 호기심의 충동을 이기지 못하고 엘리자베스가 눈을 들어 그의 얼굴을 보면, 그녀를 보고 있을 때도 있었지만, 제인도 그만큼 보고 있었고, 아예 아무것도 보지 않고 땅바닥만 쳐다보고 있을 때도 빈번했어요. 마지막 만났을 때에 비해 생각은 더 많아지고 잘 보이고 싶은 조바심은 적어졌다는 건 뚜렷하게 보였지요. 엘리자베스는 실망했고, 실망한 자기 자신한테 화가 났어요.

'어떻게 달리 기대할 수가 있겠어?' 그녀는 마음속으로 혼잣말을 했지요. '하지만 그러면 대체 왜 온 거래?'

그가 아니면 아무와도 말하고 싶은 기분이 아니었어요. 그런데 그에겐 말을 걸 용기가 나지 않았어요.

동생은 잘 지내느냐고 안부를 묻고는 그 이상 더 말할 수가 없었지요.

“빙리 씨. 가시고 나서 참 오랜만에 뵙네요.” 베넷 부인이
말했어요.

그가 선뜻 동의했습니다.

“다시는 안 오실까봐 겁이 나기 시작하던 참이거든요. 미클
머스에 완전히 이 집을 포기하고 떠나실 예정이시라고, 진짜
그런 말이 돌았단 말이에요. 하지만 전 사실이 아니길 바라요.
떠나신 후로 이 동네에서 엄청나게 많은 일들이 있었답니다.
미스 루커스가 결혼해서 정착했고요. 또 우리 딸도 하나 결혼
했어요. 그 얘기는 빙리 씨도 들으셨겠지요. 그럼요, 신문에서
읽으셨겠지요. 〈타임스〉하고 〈쿠리어〉에 실렸다는데요. 온당
히 격식을 갖춰서 난 기사는 아니지만요. 글쎄 그냥 ‘최근, 조
지 위컴 에스콰이어[1]와 미스 리디아 베넷’ 이렇게만 났지 뭐
예요. 아버지가 누군지, 어디 사는지, 한마디도 나질 않았어요.
그것도 내 동생 가디너가 작성했다는데, 무슨 일을 그리하다
말았는지 모르겠네요. 빙리 씨도 보셨어요?”

빙리는 봤다면서 축하한다고 인사했어요. 엘리자베스는 감
히 눈을 들어 똑바로 볼 수가 없었어요. 그래서 다아시 씨의
표정이 어떤지도 알 수가 없었지요.

“그럼요, 딸이 결혼을 잘하니까 정말 좋더라고요.” 어머니
가 계속 말을 이어 나갔어요. “하지만 한편으로는요, 빙리 씨,
애가 이렇게 곁에서 떠나니까 정말 힘들기도 하답니다. 한참

1 영국에서 작위가 없는 신사 계급 남성에게 붙이던 존칭이다.

북쪽 지방인 뉴캐슬로 갔는데, 거기서 계속 살 것 같아요. 얼마나 오래 살지도 모르겠고요. 사위 연대가 거기래요. 위컴이
____셔 민병대에서 나와서 정규군 연대에 입대했다는 소식은 들으셨겠지요. 상당히 영향력 있는 친구들이 있었나봐요, 천만다행이지 뭐예요! 물론 훨씬 더 친구가 많이 있어야 마땅한 사람이지마는요."

엘리자베스는 다아시 씨를 겨누고 한 말이라는 걸 알았고, 비참한 수치심에 휩싸여서 제자리에 앉아 있기조차 힘들었어요. 하지만 그 탓에 좀 기운을 차리고 말을 하려고 노력하게 됐답니다. 엘리자베스의 입을 열게 하는 데엔 그 전의 어떤 계기보다 효험이 있었던 셈이지요. 엘리자베스는 빙리에게 당분간 이 지역에 머무실 계획이냐고 물었어요. 몇 주일 있으려고 합니다, 그가 대답했어요.

"그럼 빙리 씨, 영지의 새들을 몽땅 다 잡으신 다음에" 하고 어머니가 말했지요. "꼭 여기 오셔서 베넷 씨 장원에서 원하는 만큼 새들을 많이 많이 잡으세요. 베넷 씨는 아주 흔쾌히 그러라고 하실 거라 믿어 의심치 않아요. 또 최고로 좋은 자고새들은 빙리 씨를 위해 남겨둘 거예요."

엘리자베스의 참담함은 점점 더 커져만 갔어요. 이토록 불필요하고 이토록 주제넘은 오지랖이라니요! 일 년 전 가족들의 가슴을 부풀렸던 흐뭇한 기대감이 지금 또다시 고개를 든다 해도, 만사가, 또 그때와 똑같은 착잡한 결론으로 치닫고 있다고, 이제 확신할 수 있었어요. 그 순간에는, 앞으로 오래오래 행복하게 살게 된다 해도, 제인이나 자신이 느껴야 했던

이 괴로운 심정을 보상받을 수는 없으리라 느꼈어요.

'진심으로 내 첫 번째 소원은,' 마음속으로 읊조렸지요. '저 둘 누구와도 다시는 만날 일이 없어지는 거야. 함께 있는 기쁨이 아무리 커도 이런 비참한 마음을 보상해줄 수는 없잖아! 제발 두 번 다시 내가 둘 중 누구와도 만날 일이 없기를!'

그러나 아무리 오래오래 행복하게 살아도 보상받을 수 없는 비참한 마음은 잠시 후 실질적인 위로를 얻고 다소 누그러졌답니다. 제인 언니의 아름다움이 옛 연인의 마음에 새삼 뜨거운 흠모의 불길을 피워 올렸다는 걸, 눈으로 보아 알 수 있었거든요. 처음 집에 들어왔을 때는 빙리 씨가 제인 언니에게 말도 잘 못 걸더니 오 분이 다르게 태도가 변하더니 이제는 온통 언니에게만 관심을 쏟고 있었어요. 그가 보는 언니는 작년과 변함없이 아름답고 선하고 꾸밈이 없었지요. 그때처럼 재잘거리지는 않았지만요. 제인은 자기가 전혀 달라지지 않았다는 걸 보여주고 싶어 마음을 졸였고, 그래서 자기가 그 어느 때보다도 말을 많이 하고 있다고 스스로 믿고 있었어요. 하지만 마음속에 온갖 생각들이 분주하게 오가느라, 자기가 말없이 가만히 있다는 걸 알아채지 못할 때도 있었지요.

신사들이 자리에서 일어나자 베넷 부인이 잊지 않고 원래 의도했던 대로 예의를 갖췄고 두 사람은 며칠 후 롱본에서의 저녁 식사에 초대받았습니다.

"저한테 제대로 방문 빚을 지고 계신 건 아시지요, 빙리 씨." 베넷 부인은 이 말을 덧붙였어요. "작년 겨울에 런던에 가실 때, 돌아오면 즉시 우리와 가족 만찬을 함께 하시겠다 약속하셨잖아요. 보세요, 제가 잊지 않았답니다. 정말 확실히 말씀드리는데, 다시 오셔서 약속을 안 지키시는 바람에 굉장히 실망했어요."

빙리는 이게 무슨 말인가 싶어 좀 어안이 벙벙한 표정을 지었고, 볼일이 생겨서 못 왔다는 뜻으로 뭐라고 중얼거렸어요. 그리고 그들은 가버렸어요.

베넷 부인은 바로 그날 더 머물다가 저녁까지 먹고 가라고 하고 싶은 마음이 간절했지만, 아무리 자기가 원래 식탁을 항상 훌륭하게 차리는 편이라 해도, 최소한 두 가지 코스를 마련하지 않고서야 자기가 사위로 맞으려 잔뜩 궁리하고 있는 남자를 제대로 대접하거나 연 소득이 만 파운드나 되는 남자의 까탈스러운 입맛과 자존심을 충족하긴 무리라고 생각했습니다.

12

그들이 가자마자 엘리자베스는 기분을 전환하려고 야외로 산책하러 나갔어요. 바꿔 말하자면, 완전히 침울해져버리기 전에, 아무한테도 방해받지 않고 이 주제를 찬찬히 생각해보기로 했다는 말이에요. 다아시 씨의 행동이 너무 기가 막히고 속상했거든요.

'말도 안 하고, 심각한 얼굴만 하고, 나한테 무관심하게 대할 거면, 대체, 왜 온 거야?'

어떤 식으로 생각해봐도 기분 좋은 결론이 나지가 않았어요.

'런던에 있을 때 외삼촌 외숙모한테는 여전히 상냥하고 싹싹하게 할 수 있었다면서, 나한테는 왜 안 그래? 내가 겁나면, 여긴 왜 온 거야? 이제 날 좋아하지 않는다면, 왜 아무 말도 안 해? 진짜 감질 나, 감질 나게 사람 애태우는 남자야! 아예 생각도 하지 말아야지.'

그 결심은 제인 언니가 다가오는 바람에, 의지와는 전혀 무
관하게 짧은 시간 지켜졌답니다. 명랑한 얼굴로 옆에 와서 앉
는 걸 보니, 언니는 신사분들의 방문에 그래도 엘리자베스보
다는 만족한 모양이었지요.

"이제 첫 만남을 해치우고 났더니 마음이 한층 편해지네.
내 힘을 이제 아니까 다시는 그 사람이 온다고 당황하는 일은
없을 거야. 화요일에 같이 식사하게 되어서 기뻐. 그러면 공개
적으로, 우리 둘 다 그냥 평범하고 무심한 지인들로서 만날 따
름이란 걸 다 알게 될 테니까."

"그래, 참 잘도 무심하겠다." 엘리자베스가 소리 내어 웃었
어요. "아, 제인 언니, 조심해."

"리지야, 설마 지금 내가 또 위험에 빠질 만큼 마음이 약하
다고 생각하니?"

"언니는 예나 지금이나 그가 꼼짝없이 사랑에 빠지게 만들
위험이 굉장히 크다고 생각해."

화요일까지는 신사들을 다시 만나지 못했어요. 그래서 베넷
부인은, 그새를 참지 못하고, 또다시 온갖 행복한 계획들을 상
상하기 시작했지요. 삼십 분의 방문에서 빙리가 보여준 선한
성격과 평범한 예의가 죽었던 꿈을 다 살려낸 거예요.

화요일에는 롱본에서 대규모의 인원이 모여 식사를 하게
되었지요. 다들 가장 마음 졸이며 기다리던 두 사람은 스포츠
맨답게 시간을 정확히 지켜 딱 맞는 때 도착했고요. 식당에 들
어갈 때 엘리자베스는 빙리가, 예전의 모든 연회에서 그랬듯,

자기의 자리, 즉 언니 옆자리에 앉을지를 유심히 지켜보았어요. 신중한 어머니가 똑같은 생각을 하고서 자기 옆자리에 와서 앉으라고 그를 부르지 않았거든요. 식당에 들어갈 때는 머뭇거리는 듯 보였지만, 제인이 하필 그때 고개를 돌려, 하필 그때 그를 보고 웃었어요. 그럼 결정이 난 거죠. 그는 언니 옆자리에 앉았답니다.

엘리자베스는 승리감에 휩싸여 그의 친구 쪽을 바라보았어요. 그는 품위 있게 무심한 태도로 잘 참고 있었어요. 하마터면 빙리 씨가 친구한테 행복해도 좋다는 허락을 받았나보다 생각할 뻔도 했는데, 그만 빙리 씨의 시선도 다아시 씨 쪽을 향하는 걸 보고 말았지요. 그 눈빛은 반쯤은 웃으면서 큰일 났다는 표정을 담고 있었어요.

저녁 식사 내내 언니에게 하는 행동을 보니 흠모의 마음이 역력히 드러나서, 엘리자베스는 전보다는 좀 더 경계심을 품으면서도, 빙리 혼자 결정하게 맡겨두기만 한다면 제인 언니와 그의 행복이 빠른 시일 내에 결정되리라는 믿음이 생겼어요. 감히 기정사실이라 믿어버릴 용기는 없었지만, 빙리의 행동을 지켜보고만 있어도 마음이 흐뭇해졌어요. 엘리자베스는 오로지 그 둘을 지켜보며 얻는 활력으로 그나마 기운을 차리고 있었답니다. 명랑할 기분이 전혀 아니었거든요. 다아시 씨는 그녀로부터 식탁이 갈라놓을 수 있는 한 가장 멀찍이 떨어진 자리에 앉아 있었어요. 게다가 어머니가 한쪽 옆자리에 있었고요. 그 상황에서는 그들 둘 다 어떤 기쁨도 얻을 수도 없고 서로 좋게 보일 수도 없다는 걸 엘리자베스는 잘 알고 있었어요. 저 두 사람이 나누는 이야기가 들릴 만큼 가까운 자리는 아니었지만, 둘이 서로 거의 말을 섞지 않고 설사 말을 하더라도 그 말투가 매번 얼마나 형식적이고 냉랭한지 알아볼 수는 있었지요. 어머니의 쌀쌀맞은 박대를 바라보고 있자니 엘리자베스의 마음에 새삼 이 가족이 빚진 엄청난 은혜가 통절한 아픔으로 느껴졌어요. 그래서 때로는, 이 가족을 통틀어 당신이 베푼 친절을 알지도 못하고 느끼지도 못하는 사람만 있는 건 아니라고, 그에게 가서 말해줄 기회만 누가 내려준다면 가진 걸 뭐든지 다 내놓겠다는 마음마저 들곤 했어요.

그녀는 그날 저녁 그와 한자리에 모일 기회가 생기기만을 바랐어요. 집에 들어오면서 의례적으로 건네는 인사말 말고 좀 더 대화다운 대화를 나누지도 못한 채 방문 시간이 다 흘러가버리지는 않기를 바랐어요. 마음이 초조하고 불안해서, 신사들이 오기 전까지 응접실에서 보내는 시간이 시들하고 지루한 나머지 하마터면 엘리자베스는 무례를 범할 뻔도 했답니다. 오로지 신사들이 들어오기만 고대했어요. 바로 그때 그 시점에 그날 저녁 행복의 가능성이 온전히 걸려 있었어요.

'내게로 오지 않는다면, 그때는,' 마음속으로 말했지요. '나도 그 사람을 영영 포기할 거야.'

신사들은 왔고, 그녀는 그가 꼭 자기 소망에 보답해줄 것만 같아 보인다고 생각했답니다. 하지만, 안타까워라! 미스 베넷이 차를 내리고 엘리자베스가 커피를 따르고 있던 테이블에 아가씨들이 우르르 모여들더니 빽빽하게 붙어 앉아서 근처에 의자를 놓고 앉을 만한 자리가 하나도 남지 않았지 뭐예요. 게

다가 신사들이 다가오자 한 아가씨가 전에 없이 엘리자베스 곁에 바짝 다가와 붙어 서더니 이렇게 속삭였어요.

"남자들이 와서 우릴 갈라놓지 못하게 하자고. 내가 작정했거든. 우리는 저 사람들 오는 거 싫잖아, 그치?"

다아시는 방의 다른 쪽으로 이미 가버리고 말았어요. 눈길로 그를 좇으며 그가 말을 거는 모든 사람을 부러워하다보니 누구 커피 시중을 들 인내심이 남아날 리가요. 그러자 이젠 이리도 바보처럼 구는 자기 자신에게 왈칵 화가 치밀었어요!

'한 번 거절한 남자잖아! 다시 사랑해주길 바라다니, 어쩜 이렇게 바보야? 그 성별 중에 같은 여자한테 두 번 청혼하는 나약한 짓거리에 반발심이 들지 않을 이가 하나라도 있겠냐고? 남자들이 느끼기에는 그만큼 진저리 쳐지는 굴욕이 또 없을 텐데!'

하지만 그가 자기 커피잔을 직접 가져오는 바람에 그녀도 다시 조금 화색이 돌았지요. 그래서 기회를 놓칠세라 그에게 말을 걸었어요.

"동생분은 펨벌리에 아직 계세요?"

"네, 크리스마스 때까지는 거기 머물 겁니다."

"그럼 혼자라 외롭겠네요? 친구분들은 모두 떠나셨고요?"

"앤슬리 부인은 같이 있습니다. 다른 사람들은 스카버러[1]로 가서 지난 삼 주 동안 거기 머물고 있고요."

엘리자베스는 이제는 할 말이 하나도 생각나지 않았어요.

1 온천으로 유명한 도시.

하지만 대화를 이어가길 바란다면, 그가 말을 하는 편이 훨씬 결과가 좋을 텐데요. 그러나 그는 가만히 옆에 서서, 몇 분 동안 침묵만 지키고 있는 거예요. 그러다 결국은 아까 그 아가씨가 또 엘리자베스의 귀에 대고 뭐라 속삭여 말하는 바람에, 가버리고 말았지요.

찻상이 거두어지고 카드 테이블이 차려지자 숙녀들은 모두 일어났고 엘리자베스는 그제야 그의 곁으로 갈 수 있겠다 생각했는데, 탐욕스럽게 휘스트 게임 참여자를 불러 모으던 어머니에게 그가 그만 희생자가 되는 바람에 그 기대조차 꺾여버렸고, 잠시 후엔, 나머지 사람들과 함께 앉아 있는 신세가 되고 말았지 뭐예요. 이제 그녀는 어떤 기쁨도 기대할 수 없게 되어버렸어요. 그들은 저녁 내내 서로 다른 테이블에 갇혀 있어야 했고, 그녀에겐 아무 희망도 남지 않았어요. 다만 그의 시선이 그녀가 있는 쪽으로 너무나 자주 향했던 나머지, 둘 다 게임은 형편없이 망쳐버렸을 뿐이지요.

베넷 부인은 네더필드의 신사 두 명을 서퍼 때까지 잡아두려고 미리 궁리를 다 해놓은 터였어요. 하지만 불행히도 하필 그 신사들의 마차가 손님들 중에서도 제일 먼저 불려 나오는 바람에 더 오래 붙들어둘 기회를 잃고 말았답니다.

"자, 얘들아," 다들 가고 가족들끼리만 남자 베넷 부인이 물었어요. "오늘 어땠니? 보기 드물게 모든 일이 참 잘 돌아가지 않았니, 정말. 만찬이 내가 본 중 제일 훌륭하게 차려졌더라. 사슴고기 굽기도 완벽했고—다들 하나같이 말하기를, 이렇게 통통한 다릿살을 생전 처음 봤다잖아. 수프도 지난주 우리가 루커스네 집에서 먹은 것보다 오십 배는 훌륭했어. 게다가 다아시 씨까지 자고새 요리가 빼어나게 훌륭하다고 인정했지 뭐니. 내 생각에 그 집에는 프랑스인 요리사가 적어도 두세 명은 될 것 같은데 말이야. 그리고 우리 딸 제인, 내 눈에는 네가 오늘보다 더 아름다워 보인 적이 없는 거 같았어. 내가 안 그렇냐고 물어봤더니, 롱 부인도 그렇다고 했어. 게다가 부인이 또 뭐라고 했는 줄 아니? '아, 베넷 부인, 드디어 저 아이가 네더필드에 살게 되겠어요'라고 하더라. 진짜 그렇게 말했다니까. 롱 부인만큼 사람 좋은 이가 세상에 또 없는 거 같아—게다가 그이 조카들도 행동거지는 아주 예쁘잖니, 생긴 건 하나도 예쁘지 않지만 말이야. 난 그 애들이 말도 못하게 마음에 들더라."

베넷 부인은, 짧게 말해서, 굉장히 신이 나 있었어요. 빙리가 제인한테 하는 행동을 충분히 보고 드디어 딸이 그 남자를 잡았다고 확신한 거죠. 행복해서 들뜬 나머지 이제 가문의 위상이 높아진다고 치솟은 기대감이 얼마나 턱없이 비이성적인 지경에 이르렀는지, 그다음 날 바로 빙리가 찾아와서 청혼하지 않는다고 크게 낙심하고 말았지요.

"아주 즐거운 날이었어." 미스 베넷이 엘리자베스에게 말했어요. "손님들도 아주 잘 고른 것 같고, 서로 잘 어울렸고. 우리가 또 자주 만나게 되면 좋겠다."

엘리자베스는 미소를 지었어요.

"리지야, 너 그러면 안 돼. 나를 의심하고 그러면 안 된다고. 그럼 창피해 죽겠단 말이야. 확실히 말해두지만, 이제는 매력 있고 센스 있는 여느 청년이나 다름없이 그 사람과 대화를 즐기는 법을 배웠어. 그 이상 바라지 않고서도 말이야. 지금 그 매너로 보니까, 내 사랑을 얻으려는 의도가 한 번도 없었다는 걸 확실히 알겠더라. 그저 다른 남자들보다 훨씬 말씨가 다정하고 전반적으로 남을 기쁘게 해주려는 마음이 강한, 축복받은 사람인 거야."

"언니, 아주 잔인한 사람이네." 동생이 말했어요. "웃지도 못하게 해놓고, 이렇게 매 순간 사람을 웃기다니."

"정말 아무리 말을 해도 믿어주지 않는다니까!"

"언니야말로 다른 사람 말은 아예 믿지도 않으면서!"

"그런데 너는 왜, 내가 말하는 것보다 훨씬 더 감정이 깊다고 자꾸 날 설득하고 싶은 거야?"

"그 질문에는 내가 어떻게 답해야 할지 잘 모르겠네. 우리는 누구나 남들을 가르치길 좋아하잖아. 알 필요도 없는 것밖에 가르칠 게 없을 때도 말이야. 미안해. 그런데 언니가 고집을 세우고 계속 무심한 척할 거면, 나를 상대로 자꾸 얘기하진 말아줘."

13

이 방문으로부터 며칠 후, 빙리 씨가 다시, 그것도 혼자서 찾아왔어요. 친구는 그날 아침 런던에 갔지만 열흘 후에는 돌아올 예정이라고 했지요. 빙리는 그들과 한 시간 이상 함께 앉아 있었고, 눈에 띄게 기분이 들떠 있었습니다. 베넷 부인은 저녁 식사에 그를 초대했지만, 그는 이런저런 우려를 잔뜩 늘어놓다가, 솔직히 다른 약속이 있다고 고백했지요.

"다음에 방문하실 때는," 베넷 부인이 말했어요. "우리가 조금 더 운이 좋기를 바랄게요."

언제라도 자기에게는 특별한 기쁨이다 어쩌고저쩌고 기타 등등, 그러더니 허락해주신다면 최대한 이른 기회를 잡아 다시 방문하겠습니다, 하고 말하는 거예요.

"그럼 내일 오실 수 있나요?"

그럼요, 내일은 아무 약속이 없습니다. 그렇게 부인의 초대는 덥석 받아들여졌답니다.

그는 왔고, 얼마나 기가 막히게 때를 맞춰 왔는지, 숙녀들이 아무도 아직 단장을 마치지 않고 있었어요. 베넷 부인은 머리를 만지다 말고 실내용 가운 차림으로 딸 방에 뛰어들어와서 큰 소리로 외쳤어요.

"우리 딸 제인아, 얼른 서둘러서 빨리 내려와라. 그 사람이 왔어―빙리 씨가 왔다고―그이가, 진짜로 왔다니까. 서둘러야 한다, 빨리 서둘러. 여기, 세라야, 미스 베넷한테 지금 당장 가서 드레스를 입혀드려. 미스 리지 머리는 하나도 신경 안 써도 된다."

"우리도 할 수 있는 한 빨리 준비해서 내려갈게요." 제인이 말했어요. "하지만 우리 둘보다는 키티가 빠를 것 같아요. 삼십 분 전에 이 층에 올라갔거든요."

"아유! 키티는 됐고! 걔가 무슨 상관이니? 얼른 내려와야 한다, 빨리빨리! 허리에 두르는 리본은 어디다 뒀니, 아가?"

그러나 어머니가 나가자 제인은 동생 하나가 같이 가주지 않으면 혼자서는 절대 내려갈 수 없다고 우겼답니다.

단둘이 있게 해줘야 한다는 열의가, 저녁때가 되자 또 눈에 훤히 보일 지경이 되었지요. 티타임이 끝나자 베넷 씨는 평소 습관대로 서재로 물러났고, 메리는 악기 연습을 하러 이 층으로 올라갔어요. 다섯 개의 방해물 중 두 개가 없어지자, 베넷 부인은 앉아서 엘리자베스와 키티를 퍽 오랜 시간 쳐다보며 윙크를 하며 눈치를 줬지만 둘 다 아무 눈치도 채지 못했어요. 엘리자베스는 어머니를 아예 쳐다보지도 않았고, 키티는 마침내 보는가 싶더니 아주 천진하게 물었어요. "무슨 문제 있어요, 엄마? 왜 그렇게 나한테 윙크를 자꾸 하시는 거예요? 내가 뭘 어떻게 해야 해요?”

“아무것도 아니다, 얘야, 아무것도 아니야. 난 너한테 윙크한 적 없어.” 그리고 부인은 오 분 더 가만히 앉아 있었답니다. 그러다 차마 이 귀한 기회를 허비할 수는 없다 싶었는지, 벌떡 일어나더니 키티에게 말했지요. “이리 와보렴, 우리 딸, 내가 좀 할 말이 있어.” 그러고는 방 밖으로 데리고 나가버렸어요. 제인이 곧바로 엘리자베스에게 의미심장한 눈빛을 보냈습니다. 그 눈빛은 어머니의 꿍꿍이에 괴로운 심정을 토로하면서, 너만은 절대 저 술수에 넘어가면 안 돼, 하고 말하고 있었지요. 몇 분 후, 베넷 부인이 문을 열고 소리쳤어요.

“리지야, 얘야, 엄마가 할 말이 있다.”

엘리자베스도 도리 없이 나가야만 했지요.

“둘이서만 남겨두는 게 좋아, 알잖니.” 엘리자베스가 복도로 나가자마자 어머니가 말했지요. “키티하고 나는 이 층에 가서 드레싱룸에 앉아 있으마.”

엘리자베스는 어머니를 이성적으로 설득할 시도조차 하지 않고, 복도에 남아서 조용히 기다리기만 했어요. 그러다 어머니와 키티가 시야에서 사라지자 다시 응접실로 들어갔지요.

이날 베넷 부인의 계략은 아무 효과도 없었답니다. 빙리는 어느 모로 보나 매력적이었지만 딸아이를 향한 사랑을 공개적으로 선언하는 연인이 되어주진 않았어요. 편하고 명랑한 성격으로 저녁 모임을 더할 나위 없이 즐겁게 만들어주는 손님이긴 했지만요. 게다가 분위기 파악을 잘 못 하는 어머니의 오지랖도 잘 참아주고, 온갖 말도 안 되는 소리를 들어주면서도 잘 견디며 싫은 내색조차 하지 않아서, 딸들로서는 특별히 고마울 따름이었지요.

별다른 초대를 하지도 않았지만 그는 서퍼 때까지 머물렀고, 떠나기 전에 다음 약속을 잡았어요. 그와 베넷 부인이 약속을 주도한 결과, 바로 다음 날 아침 다시 와서 베넷 씨와 사냥을 즐기기로 했지요.

이날 이후로 제인은 더 이상 자신이 무심하다는 말을 꺼내지 않았어요. 빙리 이야기는 자매 사이에 일절 오가지 않았고요. 하지만 엘리자베스는 다아시 씨가 예정보다 일찍 돌아오지만 않는다면, 만사가 조속히 결정되리라는 행복한 믿음을 품고 잠자리에 들었답니다. 정말로 진지하게 말하자면, 이 모든 일은 바로 그 신사의 동의하에 진행되고 있다는 생각이 퍽 신빙성 있다고 믿고 있었고요.

빙리는 약속 시간을 정확히 맞춰 왔습니다. 그리고 약속한 대로 베넷 씨와 함께 오전 시간을 보냈지요. 베넷 씨는 배우자의 예상보다는 훨씬 상냥하게 대해줬답니다. 빙리는 주제를 모르고 잘난 척하지도 않고 멍청하거나 어리석지도 않아서, 베넷 씨로서는 욱해서 조롱하거나 역겨워서 차라리 말을 안 하고 말 일이 없었거든요. 그래서 평소에 아내가 본 모습보다 더 소통을 잘 하고 덜 괴짜처럼 굴었어요. 빙리는 당연히 저녁 식사를 하러 그와 함께 돌아왔고요. 그리고 저녁때가 되자 베넷 부인이 또다시 술수를 쓰기 시작해서 빙리와 큰딸만 남겨두고 사람들을 다 내보내려 했지요. 엘리자베스는 써야 할 편지가 있어서 티타임을 마친 후 곧바로 글을 쓸 목적으로 아침 식사용 거실로 갔어요. 다른 사람들은 다 둘러앉아서 카드 게임을 하려던 참이어서, 굳이 자기가 남아서 어머니의 계략을 막아주지 않아도 되겠다 생각했거든요.

하지만 편지를 다 쓰고 응접실로 들어온 엘리자베스는 정말로 얼마나 놀랐는지 몰라요. 아무래도 이번엔 어머니의 기발한 잔꾀에 그만 자기까지 속아 넘어갔다는 불안감이 들었지요. 문을 열었더니, 언니와 빙리 씨가 벽난로 앞에 둘이 서 있지 뭐예요. 한창 열심히 심각한 이야기를 나누던 중인 것 같아 보였어요. 그것만으로도 수상했지만, 다급하게 돌아서며 화들짝 서로 떨어지는 두 사람 얼굴이 모든 걸 말해주고 있었어요. 그 둘도 민망하고 어색했겠지만, 엘리자베스는 그래도 자기 입장이 최악이라고 느꼈지요. 아무도 단 한 마디 말도 내뱉지 않았고, 엘리자베스가 다시 나가야겠다고 생각이 드는 참에, 두 자매와 같이 자리에 앉았던 빙리가 갑자기 벌떡 일어나더니, 언니에게 귓속말로 몇 마디 속삭이고는, 방에서 뛰어나가버렸습니다.

제인은 기쁨을 주는 소식이라면 엘리자베스에게는 도저히 숨기지 못했고, 당장 엘리자베스를 껴안고는 흘러넘치는 감정을 생생하게 표현하며, 자기가 이 세상 누구보다 행복한 사람이 되었다고 인정했어요.

"행복이 너무 지나쳐!" 제인은 덧붙여 말했지요. "지나쳐도 너무 심하게 지나쳐! 내게는 과분하단 말이야. 아! 왜 모두가 이렇게 행복하지 않은 거야?"

엘리자베스는 진심과 열성과 기쁨을 담아 축하했지만, 막상 말로 표현하니 형편없고 한심하기만 했어요. 친절한 한 문장 한 문장이 제인에게는 새삼스러운 행복의 원천이었지만요. 하고 싶은 말을 반도 나누지 못했고, 동생과 머무르고 싶은 마음이 간절했지만, 제인은 지금 그럴 수가 없다고 느꼈어요.

"곧바로 어머니한테 가야 해." 제인이 외치듯 말했어요. "날 사랑하셔서 저리 맘을 졸이시는데, 내가 그 심정을 가벼이 여길 수는 없어. 그리고 나 말고 다른 사람한테 소식을 듣게 해서도 안 되고. 그이가 벌써 아버지를 만나러 갔단 말이야. 오! 리지, 이제 내 얘기를 들으면 온 가족이 얼마나 기뻐하겠니! 그런 엄청난 행복을 내가 어떻게 감당하지!"

제인은 서둘러 어머니를 찾으러 나갔어요. 일부러 카드놀이를 무산시키고 키티와 함께 이 층에 앉아 있는 어머니를요.

엘리자베스는 혼자 남아서, 지난 여러 달에 걸쳐 그토록 초조하게 속을 태우고 가슴앓이에 시달리게 만든 이 연애가 정말 빠르게 수월하게 최종적인 결정에 이르렀다는 생각을 하며 미소를 지었어요.

'이것이 친구가 그렇게 걱정하며 만류한 결과라니! 동생이 그렇게 거짓과 꼼수를 쓴 결과라니! 지극히 현명하고 합리적인 최고의 해피 엔딩이지 뭐야!'

몇 분 후에 빙리가 다시 돌아왔어요. 아버지와의 면담은 짧고도 본론에 충실했던 것이지요.

"언니는 어디 계십니까?" 그는 문을 열자마자 다급하게 물었어요.

“이 층에 어머니와 함께 있어요. 제 생각엔 금세 내려올 것 같아요.”

그러자 빙리는 방문을 닫고 엘리자베스에게 다가와 형부와 처제로서 애정 어린 덕담을 나누었어요. 엘리자베스는 앞으로 맺게 될 인연이 한없이 반갑고 기쁘다고, 허심탄회하게 마음을 표현했어요. 둘은 무척 다정하게 따뜻한 악수를 나누었지요. 그다음에 엘리자베스는 언니가 내려올 때까지 빙리가 벅차게 쏟아내는 말을 귀담아들어주어야 했어요. 자기가 얼마나 행복한지, 제인이 얼마나 완벽한지를 이야기했는데, 사랑에 빠져서 하는 말이긴 해도, 행복한 결혼 생활을 내다보는 그의 기대감에는 합리적인 근거가 있다고, 엘리자베스는 진심으로 믿었어요. 뛰어난 이해력, 제인의 비범하게 훌륭한 성정, 전반적으로 서로 비슷한 취향과 감정이 기본적인 토대를 이루어 줄 테니까요.

그날은 모두에게 보통 기쁜 밤이 아니었답니다. 모자람 없이 채워진 마음이 불어넣은 달콤한 생기로 얼굴이 얼마나 환하게 윤이 났는지, 미스 베넷은 언제 어느 때보다도 아름다웠지요. 키티는 칭얼거리다 실실 웃다가 하면서 자기 차례도 빨리 왔으면 좋겠다고 바랐어요. 베넷 부인은 오로지 빙리 얘기뿐 다른 말은 하나도 하지 않고 삼십 분을 내리 떠들고서도, 흔쾌히 수락한다는 말도, 결혼에 찬성한다는 말도, 아직도 제대로 열렬히 표현하려면 멀었다고 했어요. 그리고 서퍼를 먹으러 가족한테 온 베넷 씨의 목소리와 태도에서도 정말 진심으로 행복한 심정을 역력히 읽을 수 있었답니다.

하지만 손님이 밤 인사를 하고 떠날 때까지 베넷 씨의 입술에서 그 이야기는 단 한 마디도 새어 나오지 않았지요. 하지만 그가 가자마자 딸들을 바라보고는 이렇게 말했답니다.

"제인아, 축하한다. 너는 아주 행복한 여자가 될 거야."

제인은 곧바로 아버지에게 가서 키스하고 좋은 아버지가 되어주셔서 감사하다고 인사했어요.

"너는 착한 아이지." 베넷 씨가 대꾸했어요. "네가 그렇게 행복하게 정착하게 된다 생각하니 정말 난 몹시 기쁘단다. 너희 둘이 같이 아주 잘 살 거라는 데야 의심의 여지도 없지. 너희 둘은 마음씨도 닮았고 말이야. 둘 다 말을 너무 잘 듣는 사람들이라, 무슨 결정이나 내릴 수 있을까 모르겠고. 둘 다 그리 순하고 허술하니 하인들한테 다 속고 살겠지. 그리 마음이 후해서야 맨날 버는 돈보다 나가는 돈이 더 많을 게다."

"그렇지는 않길 바라요. 저는 돈 문제에서 경솔하게 생각 없이 굴 처지가 못 되잖아요."[1]

"버는 돈보다 더 쓴다고요! 사랑하는 우리 여보, 베넷 씨," 아내가 버럭 외쳤어요. "대체 무슨 말씀을 하시는 거예요? 아니, 그이는 연 소득이 사천이나 오천 파운드쯤 돼요. 아니, 훨씬 많이 벌 공산이 아주 크다고요." 그러고는 딸을 보며 말했어요. "아유! 우리 이쁜 아가, 우리 제인아, 엄마는 정말 행복하단다! 오늘 밤은 눈 한번 못 붙이고 꼬박 새우게 생겼어. 이

---

1 '저는'을 강조함으로써, 제인이 빙리와의 결혼에서 경제적으로는 큰 보탬이 되지 못한다는 사실을 날카롭게 인식하고 있음을 잘 보여준다.

럴 줄 알았지. 꼭 그래야 한다고 내 늘 말했는데, 드디어. 그럼 뭐 아무 쓸데 없이 네가 그렇게 예쁘게 생겼겠니! 작년에 그이가 처음 하트퍼드셔에 왔을 때 기억이 나네. 보자마자 너희 둘이 잘될 거 같다고 생각했다니까. 아! 내가 본 중에 제일 잘생긴 청년이더라고!"

위컴, 리디아는 다 잊었지요. 견줄 필요도 없이 제인이 단연 총애하는 자식이었어요. 그 순간 베넷 부인의 안중에는 다른 아무도 없었어요. 메리와 키티도 금세 제인에게 아부하면서 나중에 자기네들이 원하는 행복을 선사해달라고 졸라대기 시작했지요.

메리는 네더필드의 서재를 쓸 수 있게 해달라고 부탁했고 키티는 겨울마다 그곳에서 무도회 몇 번만 열어달라고 아주 열심히 빌었답니다.

빙리는, 이때부터는, 당연히 롱본에 날이면 날마다 방문했어요. 아침 식사 전에 오는 날도 허다했고, 언제나 서퍼가 끝난 시각까지 머물러 있었어요. 물론 예의도 모르는 몰상식한 이웃이, 진저리 나게 혐오스럽게도 감히 만찬에 초대해서, 빙리가 의무감에서 참석해야 할 경우만 예외였지요.

엘리자베스는 이제 언니와 대화를 나눌 시간을 거의 갖지 못하게 되었습니다. 빙리가 있으면 언니에겐 다른 사람에게 관심을 쏟을 여유가 없었거든요. 그러나 가끔은 그 둘도 떨어져 있어야 하니까, 그런 시간엔 자기가 둘 다에게 꽤 큰 쓸모가 있다는 걸 엘리자베스도 깨닫게 되었지요. 제인이 없을 때 빙리는 언제나 엘리자베스 옆에 딱 붙어 있었어요. 엘리자베스와 제인 이야기를 하면 즐거웠으니까요. 그가 없을 때면 제인도 마찬가지로 항상 엘리자베스를 말 상대로 삼아 빙리 이야기를 하면서 마음을 달랬지요.

"그이가 지난봄에 내가 런던에 있다는 걸 까맣게 몰랐다고 말해줘서, 얼마나 기뻤는지 몰라." 어느 날 저녁 제인이 말했지요. "정말 그럴 수 있다고는 믿지 않았는데."

"난 그 정도는 짐작했는데." 엘리자베스가 대답했어요. "그런데 어떻게 해서 그렇게 된 거래?"

"그 누이들이 꾸민 짓이 틀림없어. 그이가 나와 친한 게 두 사람한테는 정말 못마땅했던 모양이야. 이상할 일도 아니지. 그 사람은 여러 면에서 훨씬 더 유리한 여자를 얼마든지 고를 수 있었을 테니까. 하지만 나와 행복하게 사는 모습을 보게 되면, 물론 난 그럴 자신이 있으니까 말이야, 그땐 자기네들도 만족하는 법을 배우겠지 뭐. 그럼 다시 좋은 사이로 지내게 될 거야. 절대로 우리가 예전 같은 사이는 될 수 없겠지만."

"언니가 그렇게 용서 없는 말을 하다니, 나 처음 들어봐." 엘리자베스가 말했어요. "잘했어! 미스 빙리의 표리부동한 호의에 언니가 또 속는 걸 보면 내가 진짜 속상할 거 같아."

"믿기니, 리지야, 작년 11월 그이가 런던에 갔을 때, 그때도 그이는 날 정말로 사랑했대. 내가 자기한테 관심이 없다고 굳게 믿지만 않았다면, 무슨 일이 있어도 기어코 다시 돌아왔을 거래!"

"그 사람이 실수를 좀 하긴 했지. 하지만 겸손한 사람이라는 증거잖아."

이 말은 자연스럽게 제인에게서 현란한 칭찬의 말들을 끌어내었지요. 빙리가 얼마나 겸손하고 자기 장점들을 대단치 않게 생각하는지 모른다고, 제인은 한참을 감탄했어요.

엘리자베스는 빙리가 친구가 결혼을 만류했다는 사실을 밝히지 않아서 기뻤어요. 제인은 세상에서 가장 너그럽고 자애로운 마음의 소유자지만, 그래도 사정을 알면 다아시에게 편견을 가질 수밖에 없다는 걸 그녀는 알고 있었거든요.

"나는 분명히 이 세상에 존재한 생명체를 통틀어도 제일 운이 좋을 거야!" 제인이 외쳤어요. "아! 리지, 우리 가족 중에서 왜 나 혼자만 특별히 선택받아서 이렇게 비할 데 없는 축복을 받게 된 걸까! 너만이라도 나만큼 행복해지면 정말 좋겠다! 너한테도 그런 남자가 또 있다면 얼마나 좋을까!"

"나한테 그런 남자를 마흔 명 갖다줘도, 결코 언니만큼 행복할 수는 없을 거야. 언니 같은 성정, 언니 같은 선한 마음을 내가 갖게 될 때까지는 언니 같은 행복을 누릴 수는 없을 거거든. 아니, 됐어, 내 일은 내가 알아서 할게. 하지만, 아마도, 내가 아주 운이 좋으면, 늦지 않게 콜린스 씨를 하나 더 만날 수도 있겠지."

롱본 가족의 현재 사정은 오래 비밀로 남아 있지 않았어요. 베넷 부인은 필립스 부인에게 그 소식을 속삭여 말하는 특권을 행사했고, 그러자 필립스 부인이 감히, 허락도 없이, 메리턴의 모든 이웃에게 똑같이 속삭여 말해줬거든요.

베넷가가 세상에서 가장 운이 좋은 가족이라는 공언이 빠른 속도로 선포되었어요. 물론, 불과 몇 주일 전, 리디아가 처

음 도망갔을 때만 해도, 불운의 표지를 단 가족이 틀림없다고
다들 입 모아 말했으면서 말이지요.

음 도망갔을 때만 해도, 불운의 표지를 단 가족이 틀림없다고
다들 입 모아 말했으면서 말이지요.

14

어느 날 아침, 빙리와 제인의 약혼이 성사되고 일주일쯤 되었을 때, 빙리가 베넷 가족의 여자들과 함께 식당에 앉아 있는데, 갑자기 마차 소리가 들리는 바람에 모두의 관심이 창가로 쏠렸어요. 그들의 눈에 말 네 필이 끄는 셰즈가 잔디밭으로 들어오는 모습이 보였지요. 손님의 방문이라기엔 너무 이른 아침 시간이었고, 말과 마차의 모양새를 보니 이웃 중에 몰 만한 사람이 없었지요. 말은 역마들이었고, 마차도 마부의 제복도 낯설었어요. 그러나 누군가 온 것만은 확실했으므로, 빙리는 곧바로, 불쑥 온 손님한테 붙들려 답답하게 구애받지 말고 함께 관목 숲을 산책하러 가자고 미스 베넷을 설득했지요. 둘은 나가버렸지만 남은 셋의 어림짐작은 계속되었는데 별 성과가 없었어요. 그런데 마침내 문이 활짝 열리고 방문객이 들어왔습니다. 바로 레이디 캐서린 드 버그였어요.

당연히 모두 놀랄 각오를 하고 있었지만 이 경악은 예상을 초월했어요. 그래도 베넷 부인과 키티는, 전혀 모르는 사람임에도, 엘리자베스만큼 소스라쳐 놀라지는 않았답니다.

레이디 캐서린 드 버그는 평소보다 훨씬 더 무례한 태도로 방에 들어왔고, 엘리자베스의 인사에도 고개를 살짝 기울였을 뿐 대꾸도 하지 않고서 아무 말 없이 앉았습니다. 소개의 요청도 없었지만, 엘리자베스는 레이디가 들어오는 순간 어머니에게 이름을 알려주었어요.

베넷 부인은 혼비백산했지만 한편 이렇게 고귀한 손님을 맞는 기분이 으쓱하기도 해서, 지극한 예우로 받들어 모셨지요. 침묵 속에 잠시 앉아 있던 레이디는 아주 딱딱한 어조로 엘리자베스에게 말했습니다.

"건강하게 지내고 있길 바라네, 미스 베넷. 저 숙녀분이 자네 어머니신가 보군."

엘리자베스는 그렇다고 아주 짧게 대답했어요.

"그럼 짐작건대 저기 저 애가 동생이겠지."

"네, 그렇답니다." '레이디' 캐서린이라는 사람한테 말을 걸게 되어 신이 난 베넷 부인이 말했어요. "저 아이 밑으로 하나가 더 있어요. 우리 막내는 최근에 결혼했고 우리 첫째는 곧 가족이 될 청년과 함께 저 영지 어디서 산책을 하고 있답니다."

"여기 이 집은 파크가 아주 작던데." 짧은 침묵이 흐른 후 레이디 캐서린이 대꾸했어요.

"제가 감히 말씀을 얹자면, 로징스와는 비교도 되지 않게 하찮지요. 하지만 윌리엄 루커스 경네 파크보다는 훨씬 크답니다."

"여름 저녁에는 이보다 불편한 응접실이 없겠어. 창문이 전부 서향이잖나."

베넷 부인은 저녁 식사 후에 여기 앉아 지내는 일은 결코 없다고 안심시키고, 덧붙여 말했습니다.

"감히 제가 먼저 말씀을 올리자면, 콜린스 씨와 부인은 잘 지내는지 안부를 여쭤도 괜찮을까요?"

"그래, 아주 잘 있어. 엊그제 만났다네."

엘리자베스는 그때 레이디가 샬럿의 편지를 꺼내서 건네줄 거라고 예상했어요. 그게 유일하게 개연성 있는 방문 동기였으니까요. 하지만 편지는 나오지 않았고 이제 엘리자베스는 완전히 어안이 벙벙해졌어요.

베넷 부인은 지극히 공손한 말투로 간식거리를 좀 드시라고 권했지요. 하지만 레이디 캐서린은 몹시 단호하고 별로 정중하지 못한 태도로 아무것도 먹지 않겠다고 거절하고는, 자리에서 일어나면서 엘리자베스에게 말했어요.

"미스 베넷, 자네 집 한구석에 좀 예쁘장한 유의 숲 정원[1]이 있더군. 자네가 같이 가준다면 한 바퀴 돌아보고 싶네."

"어서 가, 얘야." 어머니가 말했어요. "레이디께 다채로운

---

1 wilderness. 숲과 꽃나무, 덤불을 배치해 꾸민 영국식 정원의 형태. 엘리자베스가 가디너 부인의 편지를 읽으러 갔던 작은 숲과 동일한 공간이다. 여기서 wilderness는 황무지가 아니라 18세기에 유행한 조경 용어로, 다아시와의 관계에서 기존의 질서가 전복되는 사건이 일어나는 배경이 늘 야생의 자연과 연결되는 함의는 주목할 만하다.

숲길을 많이 구경시켜드려라. 암자를 보면 좋아하실 것 같구나."

엘리자베스는 순순히 따랐고, 자기 방에 뛰어들어가서 양산을 가지고 나와서는 귀족 손님을 모시고 계단을 내려갔어요. 복도를 지나치는 동안 레이디 캐서린은 다이닝 팔러와 거실의 문들을 열어젖혔고, 짧게 훑어본 후 그럭저럭 괜찮게 생긴 방들이라고 선언하고는 계속 걸어갔습니다.

레이디의 마차는 문간에 그대로 서 있었고, 엘리자베스가 보니 마차 안에 레이디의 일상 시중을 전담하는 시녀가 앉아 있었어요. 두 사람은 침묵 속에서 숲으로 이어지는 자갈길을 걸어갔지요. 엘리자베스는 굳이 대화하려 애쓰지 않기로 마음을 먹고 있었습니다. 이 여자는 평소보다도 유달리 무례하고 불쾌하게 행동하고 있었어요.

'이 여자가 조카와 닮았다니, 어떻게 난 그런 생각을 할 수가 있었지?' 레이디의 얼굴을 보면서 그녀는 생각했지요.

숲에 들어서자마자, 레이디 캐서린이 다음과 같은 식으로 말머리를 꺼냈습니다—

"미스 베넷, 자네는 내가 여기까지 달려온 이유가 뭔지를, 어리바리 모르고 있을 리가 없어. 분명히 자네 마음, 자네 양심이 말해주고 있을 게야."

엘리자베스는 기막힌 놀라움을 꾸밈없이 그대로 드러냈어요.

"정말로, 레이디께서 잘못 알고 계세요. 이곳에서 뵙게 된 이 영예를 어찌 이해해야 할지 저는 전혀 모르겠습니다."

"미스 베넷," 레이디가 화가 난 말투로 대꾸했습니다. "이건 반드시 알아두게. 나는 자네가 그리 만만하게 보고 장난칠 상대가 아니야. 자네는 가식을 떨겠다 얼마든지 선택해도 좋지만, 나는 그리하지 않을 테니까. 내 성격은 언제나 진정성 있고 솔직하다는 찬사를 받아왔으니, 당연히 이처럼 중차대한 문제에서도 크게 벗어나진 않을 생각이네. 내가 이틀 전에 지극히 우려되는 요지의 보고를 받았어. 자네 언니가 결혼으로 엄청난 출세를 하게 됐을 뿐 아니라, 미스 엘리자베스 베넷, 자네 또한, 곧 내 조카, 내 친조카, 다아시 씨와 부부의 연을 맺을 것이 거의 확실시된다는 게야. 경천동지할 뜬소문이라는 걸 물론 나는 잘 알고 있지. 그걸 사실로 믿고 조카에게 피해를 끼칠 의도는 추호도 없지만, 얘기를 듣는 즉시 내 여기로 와서 자네한테 내 감정을 똑똑히 알려야겠다고 단단히 마음을 먹었다네."

"진실일 리가 없다고 믿으신다면," 엘리자베스가 말했습니다. 기가 막히고 사람이 우스워 보여서 얼굴이 화끈 달아올랐어요. "대체 왜 이 먼 데까지 오시는 수고를 마다 않으셨는지 모르겠군요. 레이디께서 여기까지 오셔서 하실 말씀이 무엇일까요?"

"일절 거짓이라고 당장 부인하라는 요구를 하러 왔네."

"레이디께서 롱본까지 저와 제 가족을 만나러 오신 그 자체가," 엘리자베스가 차갑게 말했습니다. "오히려 소문이 사실이라는 방증이 될 텐데요. 물론, 정말로, 만일 그런 소식이 존재한다면 말이지요."

"만일이라고! 그럼 모르는 척하겠다는 게야? 본인이 직접 열심히 퍼뜨린 소문이면서 아니라는 게야? 바깥에 온통 퍼지고 있는데 정작 자네가 모른다고?"

"들어본 적도 없는 얘기입니다."

"그럼 마찬가지로, 전혀 근거가 없다고도 장담할 수 있겠군?"

"저는 레이디처럼 솔직한 성격은 닮을 흉내도 못 낼 사람이라서요. 레이디께서는 얼마든지 질문을 하셔도 좋지만, 저는 답을 하겠다 선택하지 않겠습니다."

"이건 도저히 참아줄 수가 없군. 미스 베넷, 난 흡족한 답을 얻어야겠네. 그 애가, 내 조카가, 청혼을 한 게야?"

"레이디께서 직접 그런 일은 있을 수 없다고 하셨습니다."

"그래선 안 되지. 그 애가 이성의 쓸모를 잃지 않았다면 몰라도 결코 안 되고말고. 하지만 자네의 간교와 매력이라면, 순간적으로 홀린 나머지 저 자신과 온 가족에 대한 의무를 잊을 수도 있겠어. 자네가 그 애를 부러 꼬드겨서 잡아챈 게지."

"행여 그랬다 해도, 제 입으로 자백하는 일은 없을 겁니다."

"미스 베넷, 자네는 내가 누군지 아나? 나는 이런 말본새에 익숙한 사람이 아니야. 나는 세상에서 그 애와 가장 가까운 혈육이나 마찬가지니, 내밀한 고민까지도 소상하게 알 권리가 있네."

"그렇지만 제 내밀한 고민을 아실 권리는 없으시지요. 이런 식으로 강요하셔서는, 결코 제게서 명확한 답을 이끌어내시지 못할 겁니다."

"올바로 알아듣도록 내 뜻을 말해주지. 이 혼사는, 자네가 분수도 모르고 꿈꾼 이 혼사는, 결단코 성사될 수가 없어. 암, 절대로 안 되고말고. 다아시 씨는 내 딸과 약혼한 사이거든. 이제는 자네가 뭐라고 하겠나?"

"드릴 말씀은 하나뿐입니다. 정말 그러하다면, 레이디께서 그 사람이 제게 청혼하리라 짐작하실 이유가 전혀 없겠지요."

레이디 캐서린은 잠시 망설이다가, 이윽고 대답했습니다.

"그 애들의 약혼은 성격이 좀 특별하다네. 갓난아기 때부터 정혼한 사이였으니까. 나는 물론이고 그 애 어머니가 무엇보다 바라던 소원이었어. 요람에 있을 때부터 우리가 그 결혼을 계획했네.[2] 그런데 이제 와서, 둘의 결혼으로 우리 자매의 소원이 이루어져야 할 지금, 출신도 열등하고, 사회적 위상도 없고, 가족과 아무 관계도 없는 젊은 여자가 나타나서 앞을 가로막으면 되겠는가? 자네는 그 애 가족의 바람을 아예 개의치도 않는 게야? 미스 드 버그와의 암묵적 정혼도 무시하고? 예법과 도리를 지키는 감정을 모조리 다 잃어버린 겐가? 자네는 내 말 못 들었나? 세상에 태어났을 때부터 그 애들은 서로 결혼하기로 되어 있었다니까?"

"그래요, 들었습니다. 하지만 그게 저한테 무슨 의미가 있는데요? 제가 조카분과 결혼하는 데 다른 반대 사유가 없으시

---

2 상류 계급에서 사촌끼리 결혼하는 경우가 이 시기에는 흔히 있었다. 유아기에 정혼을 약속한 상대와 정략 결혼을 하는 관습도 여전히 존재했다. 다만 이 소설이 쓰인 18세기 후반에는 이 관습도 구태가 되어 서서히 사라지기 시작했다.

다면, 저는 그 사람 어머니와 이모가 미스 드 버그와 결혼하길 바란다고 해서 물러서진 않을 겁니다. 두 분은 결혼을 계획하신 것만으로, 하실 일을 다 하신 거예요. 그 계획을 실행에 옮기는 건 나머지 당사자들의 몫이고요. 다아시 씨가 명예나 감정으로 사촌에게 묶여 있지 않다면, 왜 다른 선택을 하면 안 되나요? 그리고 제가 바로 그 선택이라면, 왜 저는 그를 받아들이면 안 되는 거죠?"

"왜냐하면 명예, 사회의 규범, 신중함, 아니, 이해관계가 금지하기 때문이지. 그래, 미스 베넷, 금전적 이해관계 말이야. 이리 고집스럽게 그 애의 가족들과 친구들 뜻을 거스르고도 감히 인정을 바랄 수 있겠나? 그 애와 관계된 모든 사람이 자네를 질책하고 하대하고 경멸할 게야. 자네와 어울리는 건 우리한테 치욕이 될 테고, 우리 모두 자네 이름을 입에 올리지도 않을 걸세."

"그건 정말 무거운 불행의 짐이군요." 엘리자베스가 응수했습니다. "하지만 다아시 씨의 아내라면 그 위상에 응당 따를 엄청난 행복의 원천들이 따로 있을 테니, 전체적으로 보자면, 그리 한탄할 이유는 없을 것 같습니다."

"고집불통에, 당돌하기 짝이 없는 계집애 같으니라고! 난 네가 부끄럽기 짝이 없구나! 작년 봄에 내가 베푼 배려를 이따위 배은망덕으로 갚는단 말이냐? 그런 면에서 내게 진 빚이 넌 하나도 없다는 게야?

우리 좀 앉도록 하지. 미스 베넷, 내 말을 잘 알아들어야 해. 난 내 목적을 관철하겠다는 투철한 각오로 여기 왔다는 거야.

무슨 소리를 해도 내 마음은 돌릴 수 없어. 난 누가 변덕을 부린다고 뜻을 꺾는 데 익숙지도 않고, 실망을 참고 견디는 버릇이 든 사람도 아니란 말이야.”

“그렇다면야 지금 레이디께서 처한 상황이 한층 더 안타깝게 되었군요. 하지만 제게는 아무 효과가 없을 겁니다.”

“내가 말하는데 끊지 말게. 입 다물고 내 말을 들어. 우리 딸과 내 조카는 천생의 연분이야. 모계를 통해 내려온 같은 귀족의 혈통이지. 아버지 쪽으로는, 작위는 없어도 점잖고 영예롭고 유서 깊은 가문이고. 양쪽 다 막대한 재산을 소유하고 있고. 각자의 가문에 속한 성원들이 한 사람도 빠짐없이 한목소리로 둘의 인연을 지지하고 있네. 그런데 무엇이 그 둘을 갈라놓겠다고? 가문도, 연줄도, 재산도 없는 젊은 여자가 어디 당돌하게 제 주제도 모르고 위세를 떨어? 이걸 내가 어떻게 참고 봐주겠나! 절대로 안 돼, 그렇게 되진 않을 게야. 뭐가 신상에 좋은지 잘 생각해보면 자네가 자라난 환경을 떠나려 하진 않을 게야.”

“조카분과 결혼한다고 해서, 제가 그 환경을 떠난다고 생각지는 않습니다. 그는 신사고 저는 신사의 딸입니다. 여기까지 보면 우리는 대등합니다.”

“그야 그렇지. 자네는 신사의 딸이지. 하나 자네 모친이 누군가? 외삼촌과 이모는 또 어떻고? 그 사정을 내가 모른다고 생각지는 말게.”

“제 혈연이 어떠하든,” 엘리자베스가 말했습니다. “조카분께서 그 사정에 이의가 없으시다면, 레이디께서 상관하실 일이 아니지요."

"딱 한 번 물을 테니 확실히 대답하게. 그 애와 약혼한 사이인가?"

엘리자베스는, 레이디 캐서린의 뜻에 따라주는 목적뿐이었다면, 이 질문에 결코 대답하지 않았을 거예요. 하지만 잠시 생각해보니, 이렇게 말하지 않을 수가 없었습니다.

"아닙니다."

레이디 캐서린은 흐뭇한 표정을 지었어요.

"그럼 그런 약혼은 결코 안 하겠다고, 약속할 텐가?"

"그런 약속은 하지 않을 겁니다."

"미스 베넷, 내가 느끼는 충격과 경악이 이루 말할 수가 없어. 나는 좀 더 합리적인 아가씨를 만나게 될 줄 알았지 뭔가. 그래도 내가 한 치라도 물러설 거라 헛된 믿음을 품지는 말게. 내가 요구하는 확답을 듣기 전까지는 절대로 갈 생각이 없으니."

"그런데 그 확답을 저는 결단코 드리지 않을 거예요. 겁주고 윽박지른다고 해서 이런 터무니없이 비합리적인 일에 따를 수는 없습니다. 레이디께서는 다아시 씨가 따님과 결혼하길 원하시지요. 그런데 원하시는 대로 제가 약속한다고 하면, 그 둘이 결혼할 확률이 조금이라도 커질까요? 혹여 그가 제게 애정이 있다면, 제가 청혼을 거절한다고 그가 사촌에게 결혼하자고 할까요? 이 말은 하게 해주세요, 레이디 캐서린, 이런 황당무계한 요구도 요구지만, 그런 요구를 하면서 드신 근거들도 마찬가지로, 경박하기 짝이 없고 판단도 그릇되었어요. 이런 설득으로 꿈쩍할 거라 생각하셨다면 제 성격을 완전히 오판하신 겁니다. 자기 일에 이리 개입하신 걸 알면 조카분께서 과연 좋아하실지는, 제가 잘 모르겠군요. 하지만 분명 제 일에 끼어들어 걱정하실 권리는 전혀 없으십니다. 그러니 이 문제로 시달리는 일은 이제 더 없으면 좋겠군요."

"미안한데, 그리 선불리 나오지는 말게. 아직 할 말이 끝나려면 멀었으니까. 이미 말한 반대 사유들 말고도, 한 가지 덧붙일 게 있어. 나는 자네 막냇동생의 그 악명 높은 야반도주를 세세하게 다 알고 있어. 전부 다 알고 있단 말일세. 그 청년의 결혼은 아버지와 삼촌이 억지로 돈으로 사서 막은 결과라고 말이야. 그런데 그런 계집애가 우리 조카의 처제가 된다고? 그 남편은 작고하신 선친의 집사였는데, 동서지간이 되라고? 아이고, 하늘과 땅이 뒤집힐 일이지! ─대체 자네는 무슨 생각을 하는 게야? 펨벌리의 그림자가 이렇게 더럽혀져서야 쓰겠는가?"

"이제 이 이상 하실 말씀이 또 남아 있을 리는 없겠군요." 엘리자베스는 쓰디쓴 말투로 내뱉었어요. "가능한 모든 방식으로 저를 모욕하셨으니까요. 부탁인데 저는 집으로 돌아가야겠습니다."

이 말을 하면서 엘리자베스는 일어났어요. 레이디 캐서린도 일어났고, 두 사람은 발길을 돌렸습니다. 레이디는 치미는 울화를 못 참고 씩씩거리고 있었습니다.

"그럼, 내 조카의 명예와 신용은 알 바도 아니라는 거군! 매정하고 이기적인 계집애! 자네와 연을 맺으면, 만인의 눈앞에서 그 애가 당할 수모는 생각도 않는 게야?"

"레이디 캐서린, 저는 더 드릴 말씀이 없습니다. 제 마음은 이미 알고 계세요."

"그럼 그 애를 갖겠다고 작정한 거야?"

"그런 말씀은 전혀 드린 적 없어요. 다만 레이디의 견해는 참조하지 않고, 아니, 저와 아무 상관 없는 다른 누구의 견해도 참조하지 않고, 저 스스로 생각해서, 저 스스로 행복할 길을 찾도록, 그리 행동하겠다고 작정했을 뿐입니다."

"잘 알았네. 그럼 내 뜻을 거절하겠다는 거군. 의무, 명예, 보은의 의무에 따르기를 거절하겠다는 거고. 모든 가족과 친지 사이에서 그 애의 평판을 망가뜨리고, 세상의 조롱거리로 만들겠다 작정했다 이 말이지."

"의무도, 명예도, 보은도," 엘리자베스가 맞받아쳐 말했어요. "현재 이 경우에는, 그 무엇도 저를 속박할 수 없습니다. 다아시 씨와 제가 결혼한다고 해서, 그 원칙 중 하나라도 위반할 일은 없으니까요. 그분 가족의 원망이나 세상의 분노로 말하자면, 가족이 제 탓에 원망을 품는다 해도 제겐 찰나의 근심 거리조차 되지 못합니다─웬만한 세상 사람들은 생각보다 눈치가 빠르므로, 그 조롱에 동참할 리가 없고요."

"그럼 이게 자네의 진짜 생각이로군! 이것이 최종적인 결심이야! 어디 한번 해보게. 이제 내가 어찌 행동해야 할지 알겠군. 자네의 야망이 실현될 일은 없으니, 미스 베넷, 꿈도 꾸지 말게. 난 자네를 시험해보러 온 거야. 분별이 있는 아가씨이길 바랐는데, 이제 어디 두고 보지. 내 반드시 내 뜻을 관철하고야 말 테니."

레이디 캐서린은 계속 이런 식으로 말했고, 마침내 마차 문 앞에 다다르자, 홱 돌아서더니, 한마디를 더 덧붙였습니다.

"자네한테 작별 인사는 안 하겠네, 미스 베넷. 자네 어머니에게 칭찬을 전하지도 않겠어. 그따위 후의는 베풀 값어치도 없는 위인들이니까. 내 심기가 심각하게 불쾌하군."

엘리자베스는 아무 대꾸도 하지 않았어요. 집 안으로 돌아오시라 해보지도 않고, 그냥 조용히 혼자 집으로 걸어갔어요. 계단을 올라가는데 마차가 떠나는 소리가 들려왔지요. 어머니가 초조하게 드레싱룸 문간에서 기다리다 맞아주면서, 레이디 캐서린께서는 다시 들어와서 쉬다 가실 생각이 없으시더냐고 물었어요.

"그러지 않으시겠대요." 딸이 말했지요. "가시겠대요."

"아주 외모가 훌륭하신 여자분이시더라! 여기 찾아주신 것도 말도 못하게 너그러우시지 뭐냐! 기껏해야, 보아하니, 콜린스 부부가 아주 잘 지내더라는 말씀을 전해주러 오신 것 같던데. 아무래도 어디 가다가 메리턴을 지나게 돼서, 그런 김에 널 만나보러 가보자 하셨나봐. 특별히 너한테 하실 말씀이 있었던 건 아니지, 리지야?"

엘리자베스는 하는 수 없이 여기서 약간의 거짓말을 했어요. 그 대화의 진짜 내용은 도저히 털어놓을 수가 없었으니까요.

15

이 이상한 방문이 휘저어놓은 엘리자베스 마음의 동요는 쉽사리 가라앉지 않았습니다. 심지어 몇 시간 동안은, 부단히 그 생각에만 빠져 있는 걸 피할 방법을 터득할 수도 없었어요. 레이디 캐서린은, 정말로 그녀가 다아시 씨와 결혼한다고 생각하고, 파혼을 시키겠다는 단 한 가지 목적으로 로징스에서 여기까지 달려오는 수고를 감내한 듯했어요. 거참 이성적인 계획이지요, 아주 기가 막혀요! 하지만 둘이 약혼한다는 소문이 어디서 시작된 걸까 하면 엘리자베스로선 갈피도 잡히지 않았지요. 그러다 그는 빙리의 절친한 친구고 그녀는 제인의 동생이니까, 그것만으로도 충분히 할 만한 생각이라는 생각이 문득 들었어요. 원래 결혼식 하나를 앞두고 있을 때는, 모두가 또 다른 결혼을 성사시키려고 열성을 보이는 법이니까요. 엘리자베스 자신도 언니의 결혼으로 그와 함께 어울릴 기회가 더 자주 있겠다는 생각을 잊지는 않고 있었어요. 그러니 루커스 로지의 이웃들은 (엘리자베스는 콜린스 부부와 교유하던 중에 그 소식이 레이디 캐서린의 귀에 들어갔을 거라는 결론을 내렸거든요) 다만 그녀 자신이 한 가지 가능성으로 기대하던 바를 그들은 가까운 미래에 거의 확실시되는 전망으로 단정했을 뿐인 것이지요.

하지만 레이디 캐서린의 표현들을 이리저리 돌려 생각하다 보니, 부인의 완강한 반대로 초래될 어떤 결과들을 생각하며 마음이 퍽 불편해지는 건 어쩔 수 없었어요. 결혼을 막고야 말겠다고 그리 말한 것으로 보아, 분명 조카를 찾아가서 만류하리라는 생각이 엘리자베스의 뇌리를 스쳤기 때문이지요. 결혼에 따를 온갖 폐해를 비슷하게 설명했을 때 그가 어떻게 받아들일지를, 뭐라 단정 내릴 용기가 나지 않았어요. 그 사람이 이모를 얼마나 사랑하는지, 이모의 판단을 과연 어느 정도까지 믿는지는 정확히 알지 못했지만, 그녀가 보는 것보다는 훨씬 더 높이 평가하고 있으리라고 추정하는 편이 자연스러웠어요. 게다가 이모가 본인과 비교할 수도 없이 열등한 가족을 둔 여자와 결혼한 결과 맞닥뜨릴 불행들을 일일이 열거한다면, 분명히 그의 가장 취약한 부분에 호소하게 될 테지요. 엘리자베스가 보기에는 허약하고 우스꽝스러운 주장들이라도, 그처럼 품격을 중시하는 사람한테는 상당한 분별과 탄탄한 논거를 지녔다 느껴질지도 몰라요.

앞으로의 행보를 두고 이미 그의 마음이 흔들리고 있다면, 하긴 실제로 그런 듯 보일 때가 꽤 자주 있기도 했고요, 가까운 혈육의 조언과 간청을 계기로 우유부단한 고민을 모두 끝내고 이제는 흠결 없는 품격이 허락하는 최선의 행복을 찾겠다는 결심을 하게 될지도 몰라요. 그렇다면 그는 이제 다시는 오지 않겠지요. 레이디 캐서린은 런던을 통과하는 길에 그를 만나러 갈지도 몰라요. 그러면 그는 다시 네더필드로 돌아오겠노라 빙리한테 했던 약속을 파기할 수밖에 없겠지요.

'그럼 며칠 내로, 약속을 지킬 수 없게 되었다는 사과의 변이 친구에게 전해진다면,' 엘리자베스는 덧붙여 생각했어요. '그때는 어떻게 생각해야 할지 나도 알게 되겠지. 그때는 그이의 변함없는 사랑에 내가 건 모든 기대와 소망을 깨끗이 포기할 거야. 내 사랑과 내 온 마음을 얻을 수도 있는 사람이 그저 나와 이루어지지 않아 아쉽다는 정도로 만족한다면, 나 또한 그 사람을 놓치고 아쉬워하는 마음을 금방 접을 수 있을 테니까.'

방문객의 정체를 알게 된 나머지 가족들의 놀라움은 굉장히 컸답니다. 하지만 베넷 부인의 호기심을 달래준, 그 똑같은 유의 어림짐작에 순순히 만족하고 마는 수밖에 없었지요. 엘리자베스는 이 화제로 많이 시달리지는 않아도 되었고요.

다음 날 아침, 아래층으로 내려가던 중에 엘리자베스는 아버지와 마주쳤어요. 서재에서 나온 아버지의 손에는 편지 한 통이 들려 있었지요.

"리지야," 베넷 씨가 말했어요. "너를 찾으러 가던 길이다. 내 방으로 좀 와보렴."

그래서 아버지 방으로 뒤따라갔지요. 아버지가 하려는 말씀이 뭘까 고개를 든 호기심은 아무래도 그 손에 든 편지와 관련이 있다는 생각에 한층 고조되었답니다. 문득 레이디 캐서린의 편지일지도 모른다는 생각이 떠올랐어요. 온갖 해명을 해야 할 생각을 하니 그만 기운이 쭉 빠져버렸답니다.

엘리자베스는 아버지를 따라 벽난로가 있는 곳까지 갔고, 둘이 함께 자리를 잡고 앉은 후에 아버지가 말했어요.

"오늘 아침에 편지 한 통을 받았는데, 그걸 읽고 내가 말도 못하게 놀랐지 뭐냐. 주로 너와 관련된 내용인데, 너도 꼭 알아둬야 할 것 같다. 미처 몰랐는데, 지금 결혼을 앞둔 내 딸이 하나가 아니라 둘인 모양이야. 매우 중요한 승리를 거둔 네게 먼저 축하 인사부터 해야겠다."

그 편지는 이모가 아니라 그 조카에게서 온 거라고, 순간 확신한 엘리자베스의 뺨에 새빨간 홍조의 물결이 들이닥쳤습니다. 그가 어쨌든 자기 의사를 밝혔다는 사실 자체에 기뻐해야 할지, 자기가 아니라 아버지가 수신인이라는 사실에 기분 나빠해야 할지, 마음을 정하지 못하고 있는데 아버지가 이렇게 말을 이었어요.

"표정을 보아 하니 너도 아는 모양이구나. 젊은 아가씨들은 이런 문제를 참 기막히게 꿰뚫어 본단 말이지. 하지만 아무리 눈치 빠른 너라도 널 사랑하는 남자의 이름을 알아내지는 못할걸. 이 편지는 콜린스 씨한테서 왔단다."

"콜린스 씨라고요! 그 사람이 무슨 할 말이 있대요?"

"물론 굉장히 중요한 용건이지. 일단 큰딸이 결혼을 앞두고 있다고 축하하는 인사로 시작하는데, 맘 좋고 뒷담화 좋아하는 루커스네 식구들한테서 들어 알게 된 모양이야. 괜히 네 인내심을 가지고 장난칠 생각은 없으니, 어서 이 친구가 하는 말의 용건만 말해주마. 너와 관련이 있는 부분은, 다음과 같다. '콜린스 부인과 제가 이 행복한 경사에 진심으로 축하를 보낸다는 말씀을 이제 드렸으므로, 다른 주제와 관련해 짧게 언질을 드리겠습니다. 이 소식 또한 저희는 동일한 소식통으로부터 알게 된 것이고요. 추정컨대 귀하의 따님 엘리자베스 또한 큰따님이 출가하신 후 베넷의 이름을 오래 유지하지 않는 모양이지요. 선택된 운명의 반려는 이 땅에서 가장 유명한 명사 가운데 한 사람으로 추앙받아 마땅하다 알고 있습니다.'

대체 이게 누구를 말하는지, 넌 짐작이 가느냐, 리지야? '이 젊은 신사는 필멸의 인간이라면 누구나 진심으로 바라 마지 않을 모든 축복을 한 몸에 받은 분이시지요—웅장한 영지, 고귀한 혈통, 광범히 후원하는 교구들[1]까지 말입니다. 그러나 이 엄청난 유혹에도 불구하고, 친척 엘리자베스와 귀하께, 이 신사의 청혼을 섣불리 마무리 짓는 데 따를 온갖 해악에 대해 경고의 말씀을 드리고자 합니다. 물론, 이 결혼으로 인해 귀하와 따님은 즉시 과분한 혜택을 누리게 되시겠지만 말입니다.'

리지야, 이 신사분이 누군지 짐작도 못 하겠지? 하지만 이제 곧 나온다.

---

1 콜린스 씨가 다아시의 장점을 부러워하고 칭찬하는 세목들은 그가 세상을 얼마나 자기중심적으로 바라보고 있는지를 잘 보여준다. 샬럿 또한 피츠윌리엄 대령보다 다아시에게 더 교구가 많다는 사실을 이전에 의식했던 걸 보면, 이 부부도 생각보다 서로 많이 닮았다.

'제가 신중히 귀띔하는 이유는 다음과 같습니다. 신사의 이 모님이신 레이디 캐서린 드 버그가 이 혼사를 우호적인 눈으로 보지 않고 계시다 믿을 만한, 합리적인 근거가 있기 때문입니다.'

봐라, 그 사람이 글쎄, 다아시 씨란다! 리지야, 어떠냐, 내가 널 아주 깜짝 놀라게 하지 않았니. 콜린스 씨나 루커스네 집안 식구나, 우리 지인을 통틀어 하필 저 이름을 골라서 밀 수가 있었을까. 덕분에 금세 말도 안 되는 헛소리라는 게 들통나지 않았니? 다아시 씨라니, 여자를 보면 흠집부터 찾고 보는 그 남자가, 게다가 평생 살면서 너를 쳐다볼 일도 없었을 텐데, 하필 그런 남자를 어떻게! 이거 진짜 귀엽지 뭐냐!"

엘리자베스는 아버지의 재미에 동참하려 애썼지만, 단 한 번 마지못해 웃음을 짓는 정도가 최선이었어요. 아버지의 위트가 이토록 그녀의 마음에 거슬리는 방향으로 날아간 건, 이번이 처음이었지요.

"넌 별로 재미가 없나보다?"

"아! 아니에요. 어서 더 읽어주세요."

"'어젯밤 이 결혼이 성사될 가능성이 있다 말씀드렸더니 레이디께서는 곧바로, 평소처럼 황송하게 자신을 낮추시어, 이 사안에 대한 당신의 견해를 밝히셨습니다. 친척 측 가족에 반대할 만한 사유가 상당히 있다는 점을 들어, 이렇게 굴욕적인 결혼에는 결코 동의할 수 없다는 뜻을 명백히 하셨지요. 저는 친척과 친척을 흠모하는 신사분이 스스로 무슨 짓을 하는지 깨닫고, 적절한 인가를 받지 못한 혼인을 서둘러 치르는 일이 없도록 가장 빠른 속도로 이 사실을 알리는 게 제 의무라고 생각했습니다.' 게다가 콜린스 씨는 여기 더해 이런 소리까지 썼어. '친척 리디아의 딱한 사태가 이토록 훌륭하게 입막음되었다니 저 또한 참으로 기쁩니다. 다만 이제 결혼 전에 둘이 살림을 차렸다는 사실이 이토록 모르는 사람이 없이 널리 알려진 게 우려될 따름이군요. 그러나 목사로서 제 의무를 소홀히 할 수 없거니와, 귀하께서 결혼이 치러지기 무섭게 젊은 부부를 집에 들이셨다는 소식을 듣고 제가 경악했다는 말씀을 굳이 아끼지 않고 드려야만 합니다. 이는 악행을 부추기는 행위입니다. 제가 롱본의 교구 목사였다면, 아주 강력하게 반대했을 겁니다. 귀하께서는 당연히 기독교인으로서 그들을 용서해야 하지만, 귀하의 눈에 보이는 범위에 들여서는 안 되고, 그 이름이 귀하의 귀에 들려오게 해서도 안 될 것입니다.' 이런 게 이 친구가 생각하는 기독교인의 자애란 말이다! 나머지 내용은 그 사랑하는 샬럿의 안부에 관한 것뿐이고, 아기 올리브 나뭇가지가 태어날 예정이라는 소식이 전부다. 하지만 리지야, 네 표정이 영 즐거운 것 같지가 않구나. 설마 새침하게 토라져서, 이런 할 일 없는 인간들 소리에 불쾌해하거나 그러진 않았으면 좋겠구나. 우리가 사는 목적이 뭐냐? 이웃들한테 놀림감이 되어주다가, 또 우리 차례가 오면 그들을 비웃으면 되는 거 아니겠니?"

"아!" 엘리자베스가 외쳤어요. "정말 웃기고 재밌어요. 하지만 너무 이상하네요!"

"그래—바로 그래서 이게 진짜 재밌는 거다. 누구든 딴 남자를 지목했다면 별 얘기도 아니었을 게야. 하지만 그는 철저히 무관심하고, 너는 그리 날을 세우고 싫어하니, 이게 얼마나 어처구니없고 웃기는 얘기냐! 내 비록 편지 쓰기를 끔찍하게 싫어하지만, 이러니 콜린스 씨와의 서신 교환만큼은 무슨 일이 있어도 포기할 수가 없다니까. 아니야, 이 편지를 읽고 나니 하는 수 없이 위컴보다 우위에 놓을 수밖에 없겠다. 아무리 우리 사위의 후안무치함과 위선을 내가 높이 산다지만 이건 뭐 어쩔 수가 없구나. 그런데 리지야, 레이디 캐서린은 이 소식에 뭐라고 하더냐? 혹시 자기는 결코 동의할 수 없다고 너를 찾아왔던?"

이 질문에 딸은 웃음으로밖에 답할 수 없었어요. 일말의 의심도 품지 않고 던진 질문이었기에 아버지가 재차 반복해 물어도 불쾌하진 않았습니다. 다만 지금처럼 진심이 아닌 감정을 어찌 표현해야 할지 알 수 없어 당혹스러웠던 적이 엘리자베스에겐 없었어요. 사실은 울어버리고 싶은데 반드시 웃어야만 했지요. 아버지는 참으로 잔인하게도, 다아시 씨의 무관심을 들추어내서, 엘리자베스의 심정을 죽도록 창피하고 속상하게 만들어버렸어요. 하지만 그 앞에서 할 수 있는 일이 아무것도 없었어요. 그저, 아버지는 어쩜 이렇게 사람 속마음을 꿰뚫어 보지 못하실까 기막혀하거나, 혹시나 아버지가 못 보시는 게 아니라 그녀의 꿈이 너무 큰 건 아닐까 싶어 덜컥 겁이 났을 뿐이에요.

16

엘리자베스는 빙리 씨가 친구한테서 못 와서 미안하다는 편지를 받게 되리라 절반쯤 예상하고 있었지만, 레이디 캐서린이 방문하고 며칠 지나지 않아 그는 다아시를 롱본에 데리고 올 수 있었습니다. 신사들은 이른 시각에 방문했어요. 베넷 부인이 레이디 캐서린 드 버그를 뵀었다고 말할까봐 그 딸은 순간적으로 두려워했지만 미처 그럴 틈도 없이, 제인과 단둘이 있고 싶었던 빙리가 다 같이 야외로 나가 산책하자고 제안했습니다. 그래서 그렇게 뜻이 모였어요. 베넷 부인은 산책하는 습관이 들지 않았고 메리는 바빠서 시간을 낼 수 없었지만 나머지 다섯 명은 함께 밖으로 나갔습니다. 그러나 빙리와 제인은 금세 나머지 일행이 한참 앞서가도록 양보해주었어요. 둘이 한참 뒤로 처지자, 엘리자베스와 키티와 다아시가 서로를 즐겁게 해줘야 할 처지가 되어버렸고요. 하지만 아무도 거의 말을 하지 않았어요. 키티는 다아시가 너무 무서워서 아무 말

도 못 했고, 엘리자베스는 남몰래 절박한 각오를 다지고 있었
는데, 아마도 다아시 또한 같은 마음이 아니었으려나요.

그들은 루커스 저택 쪽으로 걸었는데, 키티가 마리아를 만
나고 싶어했기 때문이에요. 그러나 엘리자베스는 그게 모두의
목적이 될 수는 없다고 판단했고, 키티가 제 갈 길을 가고 나
자 대담하게 다아시와 단둘이 계속 걸었습니다. 지금이야말로
굳게 다진 각오를 실행에 옮길 순간이었어요. 엘리자베스는
용기가 하늘을 찌를 때 재빨리 말했습니다.

"다아시 씨, 제가 정말 이기적인 사람이에요. 제 감정을 달
래고 다스리느라, 저로 인해 다아시 씨가 마음의 상처를 받을
수도 있는데도 이렇게 무심했네요. 이제는 저도, 우리 가엾은
동생한테 유례없는 후의를 베풀어주신 데 꼭 감사를 표해야
하겠어요. 그 사실을 알고 난 이래로 제가 느끼는 이 크나큰
감사를 어떻게든 전하고 싶어서 애타게 마음을 졸여왔어요.
만일 저희 가족 중 다른 사람들도 안다면, 저 혼자만의 감사만
받지는 않으실 텐데요."

"정말 죄송합니다. 진심으로 유감입니다." 다아시가 놀람
과 감정[1]을 담은 말투로 대답했습니다. "자칫 잘못 생각하면,
불쾌하게 여기실 법도 한 일을 알게 되셨다니. 가디너 부인이
그리 믿지 못할 분이라고는 생각지 않았습니다."

"외숙모를 탓하시면 안 돼요. 리디아가 생각 없이 말해버리
는 바람에 다아시 씨가 연루되어 있다는 걸 제가 처음 알게 되

1　제인 오스틴은 여기서 어떤 감정인지를 밝히지 않고 있다.

었으니까요. 물론 저도 자세한 사정을 알아낼 때까지는 차마 마음 편히 있을 수가 없었고요. 제발 감사하고 또 감사한다고 제가 거듭거듭 말하게 해주세요. 온 가족의 이름으로 당신의 너그러운 공감과 연민에 감사해요. 그런 큰 수고를 혼자 떠맡으시고, 그들을 찾아내려고 수많은 수모를 감내하셨을 그 마음에 감사드려요."

"굳이 제게 감사하고자 하신다면," 그가 대답했습니다. "오로지 당신 혼자서만 하면 돼요. 당신을 행복하게 해주고 싶다는 소망이 여러 다른 동기들에 힘을 보탰다는 사실은, 굳이 부인하려 애쓰지도 않겠습니다. 하지만 당신의 가족분들은 제게 빚진 것이 아무것도 없습니다. 그분들을 존중하는 마음과는 별개로, 분명히, 그때 저는 오로지 당신 생각만 하고 있었습니다."

엘리자베스는 너무 당황해서 한마디도 할 수가 없었어요. 짧은 정적이 흐른 후, 그녀의 동행이 덧붙여 말했습니다. "너그러우신 분이니 제 마음을 가볍게 여기고 애태우진 않으시겠지요. 당신의 감정이 여전히 지난 4월과 같다면, 당장 그리 말씀해주십시오. 제 사랑과 소망은 변함이 없습니다. 하지만 단 한 마디만 하시면, 이 문제에 관해서는 영원히 침묵하도록 하겠습니다."

엘리자베스는 평범한 경우와는 다른 그의 상황이 얼마나 어색하고도 불안할지 절실히 느꼈기에, 이제는 억지로라도 말을 해야만 했어요. 그래서 유창한 달변은 아니라도 지체 없이, 그가 잘 알아듣도록 차근차근 설명했지요. 방금 말씀하신 그

때에 비하면 감정이 본질적으로 달라져서, 지금의 고백을 고맙고도 기쁜 마음으로 받아들이고자 한다고요. 이 대답이 자아낸 행복감은, 아마 그로서는 이전에 단 한 번도 느껴본 적이 없는 것이었겠지요. 그래서 그는 미칠 듯 사랑에 빠진 남자로서 할 수 있는 한 최선을 다해 뜨겁고 진심 어린 마음을 형언했습니다. 엘리자베스가 그의 눈을 똑바로 바라볼 수만 있었다면, 마음 깊은 곳에서 우러난 기쁨이 온 얼굴에 화사하게 퍼진 표정이 그에게 얼마나 잘 어울리는지 볼 수도 있었을 텐데요. 그래도 엘리자베스는 보진 못해도 들을 수는 있었고 그는 감정을 들려주었어요. 그녀가 그에게 얼마나 중요한 사람인지 말해주는 증거였기에 귀담아듣는 순간순간 그의 사랑은 점점 더 값지고 소중해졌답니다.

둘은 어디로 걷는지 방향도 모른 채 계속 걸었어요. 생각하고 느끼고 말할 것이 너무도 많았기에 다른 무엇에도 신경 쓸 수 없었어요. 엘리자베스는 머지않아 이렇게 서로의 마음을 알게 된 건 이모님의 노고 덕분이었다는 사실을 알게 되었지요. 레이디 캐서린이 런던을 거쳐 가는 길에 정말로 그를 방문했고, 롱본에 찾아갔던 이야기, 목적, 엘리자베스와 나눈 대화의 요지를 말해주었대요. 특히 레이디께서는 건방지고 뻔뻔한 자신감을 특히 잘 보여준다고 판단한 엘리자베스의 표현들을 하나하나 똑똑히 강조하며 자세히 말해주었다고요. 그 말들을 들려주면, 엘리자베스한테서 받아내지 못한 확약을 조카의 입에서 받아낼 수 있으리라 믿었던 거예요. 레이디께는 불행한 일이지만, 효과는 정확히 반대로 나타났습니다.

"그 말은 제게 희망을 품도록 가르쳐주었습니다. 이전에는 차마 나 스스로 허락하지 못했던 희망이었지요. 당신의 성격을 충분히 잘 알기에, 정말 절대적으로, 돌이킬 수 없이, 저를 거절할 결심을 하셨다면, 레이디 캐서린한테도 그리 말하셨을 거라 확신할 수 있었습니다. 솔직하게, 거리낌 없이 말씀하셨을 겁니다."

엘리자베스는 대답하면서 발갛게 얼굴을 물들이고 소리 내어 웃었어요. "그래요, 제가 그럴 수 있다 믿으실 만큼 제 솔직한 성격을 잘 알긴 하시지요. 당신 면전에 대고 그렇게 끔찍하게 욕을 퍼부은 마당에, 당신 일가친척이 다 온다 한들 그 앞에서 제가 서슴없이 당신 욕을 하지 못할 리가 있겠어요."

"그때 하신 말씀 중에, 제가 들어 마땅하지 않은 얘기가 어디 있습니까? 사정을 오해하고 그릇된 비난을 하긴 하셨지만, 그때 제가 당신께 한 행동은 아무리 혹독한 질책이라도 다 받아 마땅합니다. 용서할 수 없는 짓이었어요. 그 생각을 하면 혐오감에 몸서리가 쳐집니다."

"우리 그날 저녁 일에 누구 잘못의 지분이 더 큰지를 두고 다투지는 말기로 해요." 엘리자베스가 말했어요. "둘 중 아무도, 엄밀하게 따지면, 비난의 여지가 없이 행동한 건 아닐 거예요. 하지만 그 후로는, 우리 둘 다, 예의범절 면에서 훨씬 발전했길 바라요."

"전 저 자신과 그리 쉽게 화해할 수가 없습니다. 제가 그때 했던 말들, 제 행동, 제 매너, 그러는 동안 내내 제가 지었던 표정들을 돌이켜 생각하면, 지금도, 또 지난 여러 달 동안에도, 저는 형언할 수 없이 고통스러웠습니다. 참으로 적확했던 당신의 질책은 영원히 잊지 못할 겁니다. '당신이 조금 더 신사답게 행동했더라면'이라고 하셨지요. 정확히 그 말을 하셨어요. 모르실 거예요. 그 말들이 얼마나 저를 괴롭혔는지, 상상도 못 하실 겁니다—솔직히 고백하자면, 제가 이성을 되찾고 그 말들의 정당성을 허락할 때까지 한참의 시간이 필요했지만요."

"그 말들이 그렇게까지 깊은 인상을 남길 거라고는 저는 전혀 예상하지 못했어요. 그 말들을 그렇게까지 괴롭게 느끼실 줄은 꿈에도 몰랐지요."

"당연히 그러시리라 믿습니다. 그때는 제가 도리에 맞는 감정을 아예 느낄 줄 모르는 인간이라 생각하셨잖아요. 분명히 그러셨어요. 가능한 그 어떤 방식으로 청혼했다 해도 제가 당신 마음을 끌어 수락하게 만들 길은 단연코 없을 거라고, 그 말을 하실 때 싹 바뀌던 당신 표정은 결코 잊지 못할 겁니다."

"아! 그때 제가 한 말을 다시 되풀이하진 말아주세요. 예전 일을 되짚는 건 아무래도 안 되겠어요. 부디 믿어주세요, 진심으로 부끄러워진 지가 아주 오래되었단 말이에요."

다아시는 자신이 보낸 편지 이야기를 꺼냈습니다. "그 편지……" 그가 말했습니다. "편지를 읽고 곧 저를 조금 낫게 생각하셨습니까? 읽으시고 그 내용을 믿기는 하셨나요?"

그녀는 자기 마음에 편지의 효과가 어떠했는지, 예전의 편견들이 얼마나 서서히 걷혔는지, 설명해주었어요.

"저도 압니다." 그가 말했지요. "제가 쓴 내용은 읽기 고통

스러우셨겠지만, 필요한 이야기였지요. 그 편지는 없애버리셨
길 바랍니다. 특히 한 대목, 편지의 첫머리는, 언제든 다시 읽
을 수 있는 힘이 당신에게 있다는 생각만 해도 무섭군요. 당신
이 날 미워하게 만들고도 남을 만한 표현들 몇 개가 기억이 납
니다.”

“당신이 내 사랑을 지키는 데 반드시 필요하다 믿는다면야,
편지는 물론 태워버려야지요. 물론 우리 둘 다 서로의 마음이
절대 불변은 아니라 생각할 만한 근거가 꽤 있긴 하니까요. 하
지만, 지금 그 말씀에 내포된 것처럼 설마 그렇게 쉽게 변하지
는 않겠죠. 그러길 바라요.”

“그 편지를 쓸 당시에는,” 다아시가 대답했어요. “제가 완벽
하게 침착하고 냉정한 줄 알았는데요. 나중에 생각해보니 지
독한 억하심정을 품고 쓴 편지였습니다.”

“그 편지가, 어쩌면, 처음엔 억하심정으로 시작했는지도 모
르지요. 하지만 그렇게 끝나지는 않았어요. 안녕을 고하는 인
사는 자애 그 자체였거든요. 하지만 편지 생각은 우리 이제 그
만해요. 쓴 사람과 받은 사람의 감정이 이제 그때와는 딴판으
로 달라져서, 편지와 연관된 온갖 불쾌한 일들은 잊어야 하니
까요. 당신도 제 철학을 조금 배우셔야겠어요. 과거는 추억이
기쁨을 줄 때만 돌아볼 것.”

“당신을 따라 그런 유의 철학을 신봉하겠다고 말씀드릴 수
는 없군요. 당신의 회상에는 분명 자책할 점이 전혀 없을 테니,
그 만족감은 철학이 아니라, 철학보다 훨씬 좋은 것, 즉 순수
에 기인할 겁니다. 하지만 저는 그렇지가 못해요. 괴로운 기억

들이 불쑥불쑥 떠오르더라도, 물리칠 수도 없고, 그래서도 안 됩니다. 저는 평생 이기적인 인간으로 살아왔어요. 원칙은 그렇지 않더라도, 행동에선 그랬습니다. 어린 시절 무엇이 옳은지는 배웠지만 제 성격을 올바르게 교정하는 법은 배우지 못했습니다. 훌륭한 원칙들을 터득했지만 자만과 오만에 젖은 채 그 원칙들을 따라도 아무도 말리지 않았지요. 불행히도 유일한 아들이라서(그리고 수년간은 외동이었고요) 부모님들이 오냐오냐하시다가 제 버릇을 망치셨거든요. 본인들은 선한 분들이셨지만(특히 아버지는 관대함과 상냥함의 화신 같은 분이셨어요) 제가 이기적이고 고압적으로 굴도록 허락하고, 권장하고, 또 가르치다시피 하셨지요. 그래서 전 우리 가족의 테두리 밖에 있는 사람들에게 신경 쓰지 않았고, 세상의 나머지 사람들을 하찮다 여기거나, 적어도, 나 자신에 비해 사리 판단과 인간적 값어치가 변변찮다고 믿고 싶어했습니다. 여덟 살부터 스물여덟 살까지 그런 인간으로 살았는데, 아마 당신이 아니었다면 지금까지도 그랬을 거예요. 사랑하는, 사랑스러운 엘리자베스! 내가 당신한테 빚지지 않은 게 있기나 할까요! 당신은 내게 교훈을 주었어요. 처음엔 물론 힘들었지만, 세상 무엇보다 제게 득이 되는 가르침이었습니다. 당신으로 인해, 나는 겸손을 제대로 알게 된 거예요. 청혼하러 갈 때는 한 치의 의심도 없이 당연히 수락하리라 믿고 있었습니다. 그런데 기쁨을 줄 가치가 있는 여자에게 기쁨을 줄 수 있다는 제 자신감이 얼마나 근거 없고 턱없이 부족한 것인지를 당신이 보여주었지요."

"그럼 그때는 내가 수락할 거라 믿고 있었던 거예요?"

"정말로 그랬다니까요. 그러니 내 허영심을 뭐라고 생각하시겠어요? 내가 다가와주길 바라고, 또 기대하고 있다고 믿었어요."

"내 매너에 뭔가 잘못이 있었겠지만, 정말로 고의는 아니었어요. 당신을 속일 생각은 처음부터 없었지만 성격이 활발해서 이따금 실수를 할 수는 있지요. 그날 저녁 이후론 내가 얼마나 미웠을까요?"

"밉다고요! 아마 처음엔 화가 났을 테지만 분노는 곧 올바른 방향을 찾기 시작했습니다."

"이 질문은 하기가 겁날 지경이지만, 펨벌리에서 만났을 때 날 어떻게 생각하셨을까요. 거기 온 나를 탓하셨겠죠?"

"정말로 아닙니다. 내가 느낀 감정은 놀라움뿐이었어요."

"당신의 놀라움이 당신한테 들킨 제가 느낀 놀라움보다 컸을 리는 없어요. 양심의 목소리가 특별히 공손한 대접을 받을 자격이 없다고 날 꾸짖었거든요. 솔직히 말씀드리자면, 분에 넘친 대접을 기대하진 못했어요."

"그때 제 목표는," 다아시가 대답했습니다. "당신한테 보여주는 것이었어요. 제 힘이 닿는 한 최선의 예를 다해서, 제가 지난 일로 악감을 품을 만큼 졸렬한 인간은 아니라는 걸 꼭 보여주고 싶었거든요. 당신의 꾸짖음을 귀담아들었다는 걸 행동으로 보여주어서, 용서를 구하고 조금 덜 나쁜 평가를 받고 싶었지요. 그 밖의 다른 소망들은 언제 생겨났는지 잘 분간할 수 없지만, 당신을 보고 삼십 분쯤 되었을 때였던 것 같습니다."

다음에 그는 조지애나가 그녀와 친해지고 아주 기뻐했는데 그런 갑작스러운 일로 못 만나게 되어 실망이 컸다고 말했어요. 그래서 자연스럽게 그 사건으로 화제가 이어졌는데, 엘리자베스는 곧 그가 그녀 동생을 찾으러 더비셔에서부터 그녀를 뒤따라가겠다는 결심은 여관을 떠나기 전에 굳혔다는 사실을 알게 됐어요. 거기서 그토록 심각하고 침울해 보였던 데에도 다른 이유는 하나도 없이 목적을 이룰 수단을 골똘히 궁리하느라 그랬던 거예요.

그녀는 다시 한번 고맙다고 말했지만 둘 다에게 너무 마음 아픈 화제였기에 더 오래 머물지는 않았습니다.

몇 마일을 한가로이, 하지만 다른 무엇도 안중에 없이 부산한 마음으로 걷던 그들은 마침내 시계를 보고, 집에 돌아가야 할 시간이라는 걸 깨달았습니다.

"빙리 씨와 제인은 어떻게 될까요!" 이 하나의 궁금증으로 두 사람의 연애 이야기가 시작되었지요. 다아시는 두 사람이 약혼해서 정말 기쁘다고 했어요. 친구가 제일 먼저 알려줬다면서요.

"듣고 놀라셨는지 여쭤봐야 하나요?" 엘리자베스가 물었어요.

"전혀요. 떠날 때 이미 금세 성사되리라는 느낌이 있었어요."

"그 말씀은, 당신의 허락이 떨어졌다는 뜻이군요. 그 정도는 저도 짐작했죠." 다아시는 허락이라는 말에 항의하듯 탄성을 질렀지만, 엘리자베스는 실제로 그렇게 된 일이라는 걸 오히려 확신했어요.

"런던으로 떠나기 전날 밤에, 솔직히 내가 한 짓을 자백했습니다. 오래전에 했어야 하는 말이지만요. 그 친구 연애에 끼어들어서 내가 한 짓을 낱낱이 털어놨어요. 어처구니없고 주제넘은 짓들이었지요. 그가 많이 놀라더군요. 조금의 의심조차 없었던 거지요. 게다가 제가 잘못 판단한 것 같다는 말도 했습니다. 전엔 언니분이 그에게 관심이 없다고 생각했는데, 내 생각이 틀렸다고요. 그 친구의 사랑은 변함없다는 건 쉽게 알아볼 수 있었으니, 두 사람이 함께 행복하리라는 데 추호의 의심도 없습니다."

엘리자베스는 친구를 이처럼 수월하게 조종하는 그의 방식에 웃음을 물 수밖에 없었어요.

"우리 언니가 그를 사랑한다는 말을 해줄 때는, 직접 관찰한 바를 토대로 하셨나요, 아니면 단순히 작년 봄에 제가 알려드린 정보를 전한 건가요?"

"직접 보고 판단했습니다. 얼마 전 여기 두 번 방문했을 때 면밀히 관찰했어요. 그리고 빙리를 사랑한다는 확신을 굳혔습니다."

"그럼 당신의 확신이, 그 즉시 빙리 씨에게도 확신을 준 셈이네요."

"그렇지요. 빙리만큼 꾸밈없이 겸손한 사람은 또 없을 거예요. 마음이 소심해서 이렇게 초조한 사안에서는 자기 자신의 판단에 자신이 없어하거든요. 나를 믿고 의지해줘서, 만사가 수월했습니다. 저도 한 가지 고백을 해야 했고, 한동안은, 물론 부당하진 않지만, 그 친구도 많이 기분 나빠했어요. 지난겨울에 언니분이 삼 개월간 런던에 있었다는 사실을 알고 있었지만 고의적으로 숨겼다는 걸 더 이상 밝히지 않는 건, 저 스스로 용납할 수 없었거든요. 화를 내더군요. 하지만 그 분노는 언니분의 감정을 몰라 맘고생을 하는 동안까지만 남아 있었어요. 지금은 흔쾌히 저를 용서해주었답니다."

엘리자베스는 당신한테는 빙리 씨만큼 좋은 친구가 다시 없겠다고, 그렇게 쉽게 조종당하니 그 가치를 어찌 헤아릴 수 있겠냐고, 정말이지 간절하게 말해버리고 싶었어요. 하지만 자제하고 꾹 참았지요. 아직 놀림을 받는 법을 배우지 못한 사람이고, 지금은 수업을 시작하기에 너무 때가 이르다는 걸 기억해냈던 거예요. 다아시는 빙리의 행복을 내다보면서, 물론 자기 행복에는 못 미칠 거라 자신하면서, 집에 다다를 때까지 그렇게 대화를 이어갔습니다. 두 사람은 복도에서 헤어졌어요.

17

"세상에, 리지야, 대체 어디까지 걸어갔다 온 거니?"가 엘리자베스가 방 안에 들어가자마자 제인한테 받은 질문이었어요. 테이블에 앉자 모두가 같은 질문을 했지요. 뭐라 할 말이 없어서, 정처 없이 돌아다니다가, 자기도 길을 모르는 데까지 가버렸다고 대답했어요. 그 말을 하면서 얼굴이 발갛게 달아올랐지만, 그 모습은 물론이고, 또 다른 그 무엇도, 진실을 의심하게 만들지는 못했지요.

저녁 시간은 빠르게 흘러갔고, 눈에 띄게 특별한 일은 일어나지 않았습니다. 공식 연인들은 서로 이야기를 나누고 소리 내어 웃었고, 비공식 연인들은 침묵을 지켰어요. 다아시는 행복이 환희가 되어 흘러넘치는 성정이 아니었고, 엘리자베스는 흥분과 혼란에 휩싸여서 자기가 행복하다는 걸 마음으로 느꼈다기보다는 머리로만 알고 있었어요. 당장의 창피함은 그렇다 쳐도, 앞에는 여러 곤란한 일들이 가로놓여 있었거든요. 이 상황을 가족들이 알면 어떻게 느낄까 미리 헤아려보았어요. 제인 말고는 아무도 그를 좋아하지 않는다는 걸 잘 알고 있었지요. 가족이 느끼는 비호감은 혹시 그의 재산과 사회적 지위를 다 동원해도 지울 수 없는 것일까봐 두렵기까지 했어요.

밤이 되자 제인에게 심중을 털어놓았지요. 미스 베넷은 전반적인 습관이 원래 의심과는 거리가 멀었지만, 여기서는 도저히 믿을 수가 없다고 고집을 부렸어요.

"너 농담이지, 리지야. 이럴 수는 없어!―다아시 씨와 약혼했다고! 아니야, 아니야, 나는 안 속을 거야. 불가능한 일이라는 걸 내가 안단 말이야."

"시작부터 이렇게 형편없으면 안 되는데! 난 오로지 언니만 믿고 있었단 말이야. 언니가 안 믿어주면, 아무도 안 믿어줄 게 틀림없잖아. 하지만, 정말이야, 나 진심이야. 나는 오로지 진실만 말하고 있는 거야. 그이는 여전히 나를 사랑하고, 우리는 결혼을 약속했어."

제인은 미심쩍은 눈으로 동생을 바라보았어요. "아, 리지! 이러면 안 돼. 네가 그 사람 얼마나 싫어하는지 내가 아는데."

"언니는 이 일에 관해서 아무것도 몰라. 그때 그건 다 잊어버려야 해. 내가 그이를 항상 지금처럼 사랑했던 건 아니겠지. 하지만 이럴 때 좋은 기억력은 아무리 언니라도 용서할 수 없는 죄야. 정작 나도 그 일을 기억하는 건 이번이 마지막이야."

미스 베넷은 여전히 아연한 눈으로 물끄러미 쳐다봤어요. 엘리자베스는 또다시, 조금 더 정색하고 진짜라고 다짐했습니다.

"맙소사! 정말로 이게 이럴 수가 있는 일이니! 하지만 이제
는 나도 너를 믿어줘야만 하겠지." 제인이 소리쳐 말했어요.
"세상에, 내 소중한 동생 리지야, 나도 그러고 싶—정말로 축
하해—하지만 확신이 있는 거니? 이런 질문 해서 미안해—
그 사람과 행복하게 살 자신이 분명히 있는 거야?"

"그건 의심할 여지도 없어. 이미 우리끼리는 결론을 내렸거
든. 우리가 이 세상에서 제일 행복한 부부가 될 거라고. 하지
만 언니는 좋아, 제인 언니? 그런 제부가 생기면 좋겠어?"

"아주, 너무너무 좋지. 빙리나 내겐 그보다 더 기쁜 일이 있
겠니. 하지만 우리도 그 생각을 해본 적이 있는데, 불가능한
일이라고 했었어. 그런데 정말로 너 그 사람을 결혼할 만큼 사
랑하는 거야? 아, 리지야! 다른 건 다 해도 애정 없는 결혼만
은 하면 안 돼. 정말로 네가 응당 느껴야 하는 감정을 느낀다
고 확실히 믿는 거지?"

"아, 그럼! 내가 전부 다 털어놓으면 언니는 오히려 내가 온
당히 느껴야 할 감정보다 더 많이 느낀다고 할걸."

"무슨 말이니?"

"그러니까, 난 빙리보다 그이를 더 사랑한다고 고백할 수밖
에 없다고. 언니가 화낼까봐 걱정이라고."

"리지야, 이제 좀 진지하게 말해보자. 난 아주 진지하게 얘기
하고 싶어. 어서 당장 내가 알아야 할 것들을 전부 다 말해줘.
얼마나 오래전부터 사랑했는지부터 말해줄래?"

"너무 천천히 다가온 마음이라 어디서 시작되었는지 정말
잘 모르겠어. 하지만 아무래도 그 사람이 가진 펨벌리의 그 아

름다운 영지를 처음 봤을 때라고 해야 할 것 같아.”

하지만 언니는 제발 진지하게 말하라고 동생을 다그쳤고, 이번에는 바라는 결과를 얻었습니다. 진심으로 사랑한다고 곧 언니를 안심시켰거든요. 미스 베넷은 그 한 가지 확신을 얻은 이상 더는 바라는 게 없어졌어요.

“이제 나는 정말로 행복해.” 제인이 말했어요. “네가 나만큼 행복해질 테니 말이야. 나는 늘 그 사람의 가치를 알고 있었어. 다른 걸 다 제치고 너를 사랑한다는 사실 하나만으로도, 나는 언제나 그를 높이 평가했을 거야. 하지만 이제는 빙리의 친구고 네 남편이니까, 빙리와 너 말고는 그보다 내게 더 귀한 사람이 없지. 하지만 리지야, 너 이번엔 꿍꿍이가 심했어. 나한테 그렇게까지 말을 아끼고 숨기다니. 펨벌리와 램턴에서 있었던 일을 그렇게 조금밖에 알려주지 않다니! 그 일에 대해 내가 아는 건 전부 다 네가 아니라 그 사람 덕분이네.”

엘리자베스는 비밀로 할 수밖에 없었던 이유를 말해주었어요. 빙리의 이야기를 꺼내고 싶지 않았고, 감정의 혼란이 정리되지 않아 그 친구 이야기도 하고 싶지가 않았다고요. 그렇지만 이제는 리디아의 결혼에서 그가 어떤 몫을 했는지 더는 언니에게 숨길 수가 없다고요. 언니는 모든 걸 이해했고 밤의 절반이 대화 속에서 흘러갔습니다.

“웬일이니, 정말!” 베넷 부인이 다음 날 아침 창가에 서서 외쳤어요. “저 불쾌한 위인 다아시 씨는 이제 다시는 우리 소중한 빙리를 따라서 우리 집에 안 오면 좋겠는데! 대체 무슨 생각으로 항상 저렇게 같이 오는 걸까? 내 머리로는 짐작도 안 되지만 어디 사냥을 가거나 뭐 다른 데 다른 볼일이나 보러 가서 우리를 귀찮게 하지 않으면 좋겠다. 대체 저이를 어째야 한담? 리지야, 아무래도 네가 또 같이 데리고 산책을 나가야겠다. 괜히 빙리를 방해하지 않게 말이야."

엘리자베스는 어머니가 하필 이처럼 편리한 제안을 해줘서 하마터면 소리 내어 웃음을 터뜨릴 뻔하다가 겨우 참았지만, 한편으로는 허구한 날 그 사람을 저런 멸칭으로 부르는 게 정말이지 너무 속상하기도 했어요.

신사들이 함께 들어오자마자 빙리가 매우 의미심장한 눈빛을 보내며 엘리자베스의 손을 잡고 열렬하게 흔들어서 좋은 소식을 들었다는 사실을 확실하고 명확히 알려 왔습니다. 그러더니 잠시 후에 큰 소리로 말했어요. "베넷 부인, 이 근처에 리지가 오늘도 또 길을 잃을 만한 산책길들이 더 없습니까?"

"다아시 씨와 리지, 키티가 오늘 아침에는 오컴 마운트까지 걸어가는 게 어떨까 싶네요. 길이 길고 참 좋은데, 다아시 씨는 그쪽 풍경을 못 보셨으니까요."

"다른 사람들도 다 좋다고 할 겁니다." 빙리 씨가 대답했어요. "하지만 제 생각엔 키티가 다녀오기에는 너무 힘들 거예요. 그렇지 않니, 키티?"

키티는 집에 그냥 있고 싶다고 속내를 털어놓았지요. 다아시는 마운트에서 풍경을 보고 싶다고 굉장히 호기심을 드러냈고요, 엘리자베스는 말없이 동의했답니다. 이 층으로 준비하러 가는 엘리자베스를 베넷 부인이 따라와서는, 이렇게 말했어요.

"정말 미안하게 됐다, 리지야. 네가 저 기분 나쁜 사람을 억지로 혼자 떠맡게 돼서 어쩌니. 그래도 좀 봐주면 좋겠다. 다 제인을 위해서잖니. 게다가 그 사람한테는 어차피 말을 할 일도 별로 없고 아주 가끔씩 한두 마디만 해주면 되니까. 그러니까 괜히 불편한 일은 나서서 하지 말고."

산책하는 동안 베넷 씨의 허락을 그날 저녁 안으로 구해야겠다는 결심이 섰습니다. 엘리자베스는 어머니에게 말씀드리는 일은 직접 하겠다고 했지요. 어머니가 어떻게 받아들일지 가늠이 되지 않아서요. 가끔 보면 막대한 재산과 화려한 신분이라 한들 저렇게까지 싫은 마음을 넘을 수 있을까 싶었거든요. 하나 격렬하게 혼사를 반대하고 나서든 격렬하게 쌍수를 들고 환영하든, 어차피 매한가지로 어머니는 분위기를 파악 못 하는 매너를 보여서 사리 판단이 모자라다는 걸 드러내고 말 거예요. 만일 다아시 씨가 어머니가 처음으로 내뱉는 기쁨의 환호성을 듣게 된다면 어머니가 격하게 날뛰며 반대하는 언사를 처음 내뱉는 것만큼이나 견디기 괴로울 것 같았어요.

저녁에 베넷 씨가 서재로 물러나자 다아시 씨가 일어나서 뒤따르는 모습이 보였고, 그러자 엘리자베스의 마음도 엄청나게 요동치기 시작했습니다. 아버지의 반대가 두렵지는 않았지만, 반대하신다면 아버지의 마음을 아프게 할 수밖에 없었지요. 아버지가 누구보다 아끼는 자식인 그녀가 아버지 심기를 괴롭히는 선택을 하게 되다니, 떠나보내는 아버지 마음을 두려움과 회한으로 가득 차게 만들다니, 생각만 해도 슬프기가 이루 말할 수 없었어요. 그래서 괴로운 마음을 걷잡지 못하고 앉아 있다가 다아시 씨가 다시 들어왔을 때, 그 미소를 보고서야 조금 마음을 놓았답니다. 몇 분 후 엘리자베스가 키티와 함께 앉아 있는 테이블 쪽으로 그가 다가오더니, 자수 솜씨에 감탄하는 척하다가 귀에 속삭여 말했습니다. "아버지한테 가봐요, 서재에서 기다리십니다." 그래서 곧장 서재로 갔지요.

아버지는 심각하고 초조한 표정으로 방 안을 왔다 갔다 서성이고 있었어요. "리지야, 대체 무슨 짓을 하고 있는 게냐? 이 남자를 받아들이겠다니, 정신이 나간 건 아니니? 늘 그 사람이 끔찍하게 싫다고 했잖니?"

지난날 의견은 좀 더 합리적으로 가졌어야 했고 표현은 좀 더 온화하게 다듬었어야 했다고, 그 순간 엘리자베스가 얼마나 진심으로 후회했는지요! 그랬다면 지금 이처럼 말도 못하게 어색한 해명과 공언은 면할 수 있었을 텐데요. 하지만 이젠 해명과 공언이 필요했어요. 그래서 다아시 씨를 사랑하는 마음을, 상당한 혼란을 수반하긴 했지만, 열심히 전하려 애썼습니다.

"그럼 다른 말로, 그 남자를 갖겠다 작정했다는 얘기구나. 물론 부자긴 하지. 제인보다 더 비싼 옷과 좋은 마차를 가질 수도 있을 게야. 하지만 그걸로 네가 행복하겠니?"

"반대하시는 다른 이유는 없으세요?" 엘리자베스가 물었어요. "제가 그 사람한테 마음이 없다 믿으시는 것 하나뿐인가요?"

"전혀 없다. 건방지고 불쾌한 위인인 건 우리가 다 알잖니. 하지만 그야 네가 진심으로 좋아한다면 전혀 문제가 되지 않겠지."

"전 정말로, 진심으로 그이가 좋아요." 대답하는 그녀의 눈에 눈물이 차올랐어요. "그이를 사랑해요. 사실 그이한테 부적절하게 오만한 면은 하나도 없어요. 완벽하게 다정하고 상냥한 사람이에요. 그 사람을 진짜로 모르서서 그래요. 그러니까 그런 식으로 말하면서 제 마음을 아프게 하지 말아주세요."

"리지야," 아버지가 말했습니다. "난 이미 허락한다고 했다. 그런 사람이 자기를 낮춰서 부탁을 해오는데, 감히 내가 뭐라고 거절하고 말고 하겠니. 네가 꼭 그 남자를 갖겠다 작정했으면, 이제 너한테도 허락을 하려 한다. 하지만 좀 더 잘 생각해보라고 조언하고 싶구나. 나는 네 성정을 안다, 리지야. 너는 네 남편을 진심으로 존경하지 못하면 결코 행복할 수도 없고, 또 점잖게 얌전히 살 아이도 아니야. 너는 남편이 너보다 더 나은 사람이라 믿고 우러러볼 수 있어야 한다 이 말이다. 대등한 결혼을 하지 못하면, 네가 지닌 그 활달한 재주가 널 엄청난 위험에 몰아넣을 게다. 평판도 나빠지고 불행해질 게야. 우리 아가, 제발 살면서 배우자를 존중하지 못하는 처지에 네가 놓이는, 그런 애통한 꼴을 애비가 보게 하진 말아다오. 그게 어떤 건지 너는 모른다."

엘리자베스는, 휘젓는 감정이 더 울컥 복받쳐 올랐지만, 열렬하게, 엄숙하게, 아버지에게 대답했어요. 다아시 씨가 정말로 자기가 선택하는 남자라고 거듭거듭 확실히 말하고, 그 평가가 어떻게 서서히 변화를 거쳤는지 설명하고, 그의 사랑은 하루아침에 생겨난 게 아니라 애타게 여러 달 마음 졸이며 시간의 시험을 거친 결과라고 절대적으로 확신한다 장담하고, 수많은 장점들을 열정적으로 피력한 끝에, 기어이 아버지의 불신을 정복하고 그가 결혼을 반기게 만들고야 말았답니다.

"애야, 우리 아가," 딸이 말을 마치자 아버지가 말했지요. "이제 나는 더 할 말이 없구나. 정말 그렇다면, 너를 데려갈 자격이 있겠다. 내 딸 리지야, 한 치라도 모자란 녀석이었다면 내가 결코 너를 떠나보내지 않았을 게야."

이 호의적인 인상을 확실히 매듭짓고자, 엘리자베스는 이어서 다아시 씨가 리디아를 위해 자발적으로 나서서 해준 일들을 말씀드렸지요. 딸의 말을 들으며 아버지는 놀라움을 금치 못했어요.

"이거 참, 별별 희한한 일들이 다 일어나는 밤일세! 그럼 다아시가 그걸 다 했단 말이지. 결혼도 성사시키고, 돈도 주고, 그 친구 빚도 다 갚아주고, 군대에 보직도 사주고! 차라리 그럼 더 잘됐다. 나는 이제 어마어마하게 수고도 덜고 돈도 아끼게 생겼구나. 네 외삼촌이 한 일이면 반드시 갚아야 하고 또 갚으려 했을 거야. 하지만 이렇게 열렬한 사랑에 빠진 젊은 연인이 자기 식대로 만사를 다 해결했다 이거지. 당장 내일 돈을 갚겠다고 그 친구한테 말해봐야겠다. 그럼 입에 거품을 물고 아주 너를 사랑한다고 난리 난리를 칠 테고, 이 문제는 그걸로 끝 아니냐."

그러더니 베넷 씨는 며칠 전 콜린스 씨의 편지를 읽어줬을 때 딸이 당황하던 걸 기억해냈고, 한참을 신나게 놀려대다가 드디어 가봐도 좋다고 허락해줬어요—그러면서 방에서 나가는 딸의 등에 대고, "메리나 키티하고 결혼하겠다고 찾아올 청년이 또 있으면, 어서 들여보내렴. 난 아주 한가하니 말이다"라고 말했지요.

엘리자베스는 이제 아주 무거운 마음의 짐을 하나 내려놓았어요. 그리고 삼십 분쯤 자기 방에서 조용히 생각을 정리한 후에야 그럭저럭 평온한 얼굴로 다른 이들과 다시 어울릴 수 있었고요. 명랑하게 굴기에는 최근에 닥친 일이 너무 많았지만 저녁 시간은 고요하게 흘러갔습니다. 정말로 두려웠던 근심거리도 이제 사라졌으니 편안함과 친숙함의 위안은 때가 되면 찾아오겠지요.

어머니가 밤에 드레싱룸으로 올라가자 엘리자베스는 뒤따라가서 중요한 소식을 전달했어요. 그 효과는 정말이지 신기했답니다. 처음 그 말을 듣고 나서 베넷 부인은 꼼짝도 못 하고 가만히 앉아서 외마디 말조차 뱉지 못했거든요. 자기가 무슨 소리를 들은 건지 부인이 제대로 알아들은 것도 한참, 수 분이 지나고 난 후였어요. 가족에게 이득이 된다 싶거나 어느 딸에게든 연인의 모습을 하고 다가오는 것들을 알아보는 데는 대체로 결코 느리다 할 수 없는 부인이었는데도 말이에요. 부인은 드디어 정신이 들었는지 의자에서 안절부절못하다가, 일어났다가, 다시 앉았다가, 기가 막혀 하다가, 가슴에 십자 성호를 그었어요.

"아유, 이게 무슨 일이야! 하느님 축복을 내리소서! 생각이

나 했겠니! 내가 못 살아! 다아시 씨라고! 누가 생각이나 했겠냐고! 그런데 이게 진짜 현실이니? 아! 내 어여쁘고 어여쁜 딸 리지야! 이제 네가 얼마나 돈도 많고 대단해지겠니! 네 개인 용돈[1]은 얼마나 두둑할 거며, 보석 장신구나 마차도 얼마나 화려하겠니! 거기 대면 제인은 아무것도 아니야—아무것도 아니고말고. 엄마는 정말 기쁘구나—너무너무 행복해. 리지야! 그런 매력적인 남자를!—그렇게 잘생기고! 그렇게 키도 훤칠하고!—어머나, 우리 예쁜 리지 어떡하나! 전에 그렇게 싫어해서 미안하다고 대신 꼭 사과해다오. 대강 넘어가주면 좋겠구나. 아유, 우리, 우리 리지야. 런던에 집이 있다니! 예쁘고 좋은 건 다 있다니! 세 딸이 결혼하네! 일 년에 만 파운드야! 아, 주님! 나 어떡하지. 정신이 나갈 거 같아."

이 정도면 어머니의 허락은 걱정할 필요가 없다는 건 입증되었겠지요. 엘리자베스는 이 흘러넘치는 기쁨의 토로를 혼자서만 듣게 되어 환희를 느꼈고, 금세 나왔어요. 그러나 자기 방에 들어간 지 삼 분도 못 되어 어머니가 뒤따라 들어왔답니다.

"어여쁜 우리 아가," 어머니가 외쳤어요. "다른 생각을 하나도 할 수가 없구나! 일 년에 만 파운드에, 사실은 아마도 그보다 훨씬 더 벌겠지! 이러면 귀족이나 다름없지 않니! 게다가

---

1 pin money. 결혼한 여자의 재산은 남편에게 귀속되므로, 법적으로 소정의 생활비를 보장해야 했다. 대개 그 액수는 결혼 조건으로 명시해 공증했다. 보통 옷이나 장신구를 비롯한 개인적 소비의 용도였다.

특별 허가[2]도 받을 테고. 특별 허가를 꼭 받아서 결혼해야만 한다. 틀림없이 그럴 게야. 하지만 사랑하는 우리 아가야, 제발 다아시 씨가 무슨 요리를 좋아하시는지 말해주렴. 그건 내가 내일 당장 준비해 대령하마."

이건 앞으로 어머니가 그 신사를 어떻게 대할지를 예기하는 슬픈 징조가 아닐 수 없네요. 그래서 엘리자베스는 새삼 깨달았답니다. 뜨겁고도 뜨거운[3] 그의 사랑이 이제 확실히 그녀의 것이 되었고, 또 가족의 동의도 다 얻었는데도, 여전히 소망할 일이 남아 있다는 걸요. 하지만 다음 날 아침은 예상보다 훨씬 괜찮게 지나갔어요. 베넷 부인이 다행히도 장래의 사윗감 앞에서 기가 죽은 나머지 감히 뭐라 말을 걸지 못했거든요. 간신히 뭐가 필요한가 가끔 묻고 그의 견해를 양순하게 존중하는 말을 한두 마디 했을 뿐이었지요.

그리고 엘리자베스는 아버지가 그와 친해지려고 수고를 마다않는 모습을 보고 마음이 뿌듯해졌답니다. 베넷 씨는 사윗감이 시시각각 점점 더 마음에 든다고 금세 딸에게 단언했고요.

---

2 special license. 당시 사회적 특권층의 경우, 캔터베리 대주교가 직권을 행사해 번거로운 합법적 결혼의 일부 구체적 조건을 면제하고 특별히 결혼을 허가해주었다. 특별 결혼 허가를 받으면 정해진 시간에 교회에서 결혼하지 않고 원하는 시간에 자택에서 호화롭게 결혼식을 거행할 수 있었다.

3 his warmest affection. 18세기 영국에서 감정을 묘사하는 언어의 온도는 현재보다 점잖았다. 따라서 이 표현은 따스한 애정보다는 뜨겁고 열렬한 사랑에 가깝다.

“사위 셋이 다 내 마음에 아주 꼭 들지 뭐냐.” 베넷 씨가 말했습니다. “아무래도 위컴이 단연 나의 총아이지마는, 내 생각엔 네 신랑도 제인 신랑 못지않게 좋아질 것 같다.”

18

엘리자베스는 금세 기분이 날아올라서 다시 장난기가 발동했어요. 그래서 다아시 씨에게 자기와 사랑에 빠진 사연을 듣고 싶어졌지요. 그래서 "어떻게 시작한 거예요?" 하고 물었어요. "일단 출발을 하고 나선 당신이 멋지게 나아갔으리라 상상이 되는데, 무슨 계기로 처음에 시작하게 된 거예요?"

"어느 시간, 어느 장소, 어느 표정, 어떤 말들이 토대가 되었는지는 딱 짚어 말할 수가 없어요. 너무 오래전이라서요. 내가 시작했다는 걸 미처 알아차리기도 전에 벌써 한가운데 들어와 있었습니다."

"제 미모야 일찌감치 당신이 잘 버텨냈고, 제 매너로 말하자면—적어도 당신에게는 언제나 아슬아슬하게 무례의 선상에 있었고, 또 말할 때도 괴롭힐 작정으로 할 때가 안 그럴 때보다 오히려 많았단 말이에요. 그러니까 이제 진지하게 말해 봐요. 내가 당돌하고 무례해서 좋아했던 거예요?"

"그 활기찬 마음에 반한 거지요, 그래요."

"당돌하고 무례해서 좋았다고 그냥 말씀하셔도 돼요. 실제로 거의 다를 바 없는 수준이었으니까요. 사실, 당신은 예의를 따지고 공경을 바치고 요란하게 받들어 모시는 대접에 신물이 나 있었던 거죠. 언제나 당신한테 인정받기만 바라면서 말하고 겉모습을 보여주고 그런 생각만 하는 여자들이 정말 싫었던 거예요. 내가 당신을 자극하고 당신의 흥미를 끌었던 건, 내가 그런 사람들과 너무나 달랐기 때문이지요. 당신이 정말로 좋은 사람이 아니었다면 아마도 그 이유로 나를 미워했을 텐데요. 하지만 아닌 척하려고 그렇게 번거롭게 공들였는데도, 당신 감정은 언제나 고결하고도 온당했던 거죠. 그래서 당신 마음 깊은 곳에서는, 그리도 끈덕지게 당신 비위를 맞추는 사람들을 철저히 경멸했고요. 자, 어때요―제가 방금 당신이 귀찮게 해명하는 수고를 덜어줬죠. 그런데 모든 걸 다 고려해볼 때, 정말로 흠잡을 데 없이 그럴싸하게 느껴지기 시작했어요. 확실한 건, 당신이 실제로 내 장점은 하나도 몰랐다는 거죠― 하지만 사랑에 빠질 땐 아무도 그건 생각지 않으니까요."

"네더필드에 있을 때 제인 언니를 대하던 그 다정한 태도에도 좋은 점이 없었습니까?"

"사랑하는 우리 제인 언니! 제인 언니인데 누가 그 정도를 못 해줘요? 하지만 제발 그거라도 미덕으로 만들어주세요. 내 장점들은 다 당신이 지켜주도록 맡길 테니까, 한껏 과장하고 부풀려주세요. 그 보답으로 저는 최대한 자주 당신을 놀리고 시비를 걸 기회들을 찾아보도록 할게요. 지금 당장 시작해야겠네요. 마침내 본론으로 들어갈 때까지 왜 그렇게 주저했는지 직설적으로 물어보겠어요. 처음 방문했을 때도, 또 다음에 여기서 만찬이 열렸을 때도, 대체 왜 그렇게 낯을 가리고 날 피해 다닌 거예요? 특히 처음 방문했을 때, 왜 그렇게 나한테 관심이 없는 것 같은 표정을 지었어요?”

“당신이 심각한 표정으로 아무 말도 안 하고 격려도 해주지 않았잖아요.”

“하지만 부끄러웠단 말이에요.”

“저도 그랬습니다.”

“만찬 때는 나한테 좀 더 말을 걸 수도 있었잖아요.”

“감정이 그만큼 크지 않은 남자라면, 그럴 수도 있겠죠.”

“당신한테 하필 그렇게 합리적인 답변이 있다니, 내가 합리적으로 굴려면 차마 인정하지 않을 수가 없다니, 이렇게 안타까울 수가요! 하지만 내가 당신을 그냥 내버려뒀다면 얼마나 오래 그렇게 계속 끌 생각이었을까 궁금해요. 내가 묻지 않았다면 당신이 언제 고백할 생각이었을까 궁금하다니까요! 리디아에게 후의를 베풀어주어 감사하다 인사를 하겠다고 결심한 효과가 확실히 엄청났네요. 오히려 효과가 너무 커서 걱정이죠. 마음이 편안하자고 약속을 깬다면, 대체 도덕률은 어떻게 되는 거예요? 그 얘기를 내가 하면 안 되는 거 아니었나요? 아무래도 이건 안 되겠는데요.”

“그런 고민은 하지 않아도 돼요. 도덕률은 여전히 아름답고 청청할 테니까요. 우리를 갈라놓으려던 레이디 캐서린의 용납할 수 없는 수고가 제 모든 의심을 말끔히 걷어준 계기거든요.

지금 나의 행복은 내게 감사하고 싶었던 당신의 열의에 빚진 바 없습니다. 난 당신이 뭐라 말머리를 꺼낼 때까지 기다릴 기분도 아니었어요. 이모님이 전해준 말에 희망을 얻었고, 당장 진심을 알아야겠다고 단단히 마음먹고 왔으니까요.”

“레이디 캐서린께서 무한한 쓸모가 있으셨네요. 그럼 그분도 틀림없이 행복하실 거예요. 쓸모 있다는 걸 아주 좋아하시는 분이잖아요. 그런데요, 네더필드에는 왜 내려온 거예요? 단순히 롱본까지 말을 달려 와서 부끄러움을 타려고 그런 거예요? 아니면 그보다 더 진지한 의도가 있었나요?”

“진짜 목적은 당신을 만나고, 할 수 있다면 당신이 날 사랑하게 만들 수 있다는 희망을 품어도 좋을지 알아보려던 거였어요. 겉으로 내세운, 아니 적어도 나 스스로 내세운 명분은, 언니께서 여전히 빙리를 특별히 생각하는지 보고, 만일 그렇다면 나중에 제가 했던 그 고백을 해야겠다는 거였지만 말입니다.”

“레이디 캐서린께 앞으로 닥쳐올 불행을 알려드릴 용기는 과연 낼 수 있겠어요?”

“용기보다는 시간이 더 필요할 것 같은데요, 엘리자베스. 하지만 해야 할 일이긴 하니까, 편지지 한 장 주시면 당장 해치우도록 하지요.”

“저도 써야 할 편지 한 통이 있어서 그렇지, 안 그랬다면 당신 옆에 앉아서 그 고른 필체에 감탄을 금치 못할 수도 있을 텐데. 언젠가 옛날에 어떤 아가씨가 그랬던 것처럼 말이에요. 하지만 저한테도 외숙모님[1]이 계셔서 더는 의무를 게을리할 수가 없네요."

엘리자베스는 다아시 씨와 얼마나 가까운 사이인지 과대평가하고 계신다고 털어놓기가 왠지 꺼려져서 가디너 부인의 긴 편지에 아직도 답하지 않고 있었지만, 이제는 외숙모가 무엇보다 반가워할 게 틀림없는 바로 그 소식을 전할 수 있게 되었으니까요. 외삼촌과 외숙모가 벌써 사흘 치의 행복을 놓쳤다 생각하니 자칫 부끄럽기까지 해서, 엘리자베스는 즉시 다음과 같은 편지를 썼습니다.

사랑하는 외숙모, 길고 친절하고 만족스럽게 세세한 내용을 설명해주신 편지를 받고 전부터 감사의 말씀을 드리고 싶었어요. 그랬어야만 했고요. 하지만 진실을 털어놓자면, 제가 뾰족하게 토라져서 편지를 쓸 수가 없었어요. 외숙모님이 실제보다 더 많이 짐작하셨더라도요. 하지만 **이제는** 마음껏 짐작하셔도 되어요. 상상력의 고삐를 풀고 날려 보내세요. 이 주제에 관한 한 사방팔방 가능한 어떤 길로든 맘껏 훨훨 날아가라고 하고 편히 즐기세요. 그래도 우리가 실제로 벌써 결혼했다고 믿지 않는 한, 크게 틀릴 수는 없을 거예요. 외숙모도 얼른 저한테 빨리 편지 쓰셔야 해요. 그래서 지난번 편지에서보다 훨씬 더 많이 그이를 칭찬해주세요. 레이크 디스트릭트에 안 가주셔서, 감사드리고 또 감사드려요. 제가 얼마나 어리석었으면 그딴 걸 바랐을까요! 외숙모의 조랑말 아이디어는 근사해요. 우리 날마다

---

1 영어로는 이모와 외숙모가 모두 aunt이니 말장난이기도 하다.

파크를 빙빙 돌도록 해요. 저는 온 세상에서 가장 행복한 생명체예요. 전에도 그런 말을 한 사람이 있겠지만, 나만큼 온당한 근거가 있는 사람은 없었을걸요. 전 심지어 제인 언니보다 행복해요. 제인 언니는 배시시 미소만 짓지만 저는 깔깔 웃거든요. 다아시 씨가 이 세상 모든 사랑을 보낸대요. 물론 저한테 다 주고 남은 것만요. 두 분 모두 크리스마스에는 펨벌리에 오셔야 해요.

사랑하는 조카가

레이디 캐서린에게 보낸 다아시 씨의 편지는 전혀 다른 스타일이었어요. 그 둘과도 또 전혀 다른 편지는, 베넷 씨가 콜린스 씨에게서 온 마지막 편지의 답장으로 보낸 것이었답니다.

친애하는 귀하

내가 또다시 귀하에게 축하 인사를 받는 폐를 끼쳐야겠습니다. 엘리자베스가 곧 다아시 씨의 아내가 됩니다. 있는 힘껏 레이디 캐서린을 위로해드리세요. 하지만 내가 귀하라면, 조카 편에 서겠어요. 그쪽이 얻어낼 게 훨씬 많으니까요.

어쩌고저쩌고 배상

미스 빙리가 오빠의 다가오는 결혼에 보낸 축하 인사는 애정 어린 겉치레 그 자체였지요. 심지어 제인한테도 편지를 보내서 정말 기쁘다며 전처럼 친하게 지내자고 입에 발린 말을 늘어놓았어요. 제인은 속지 않았지만 그래도 마음이 흔들렸지

요. 미스 빙리를 믿을 수는 없다 느꼈지만, 자기가 생각하기
에도 상대에게는 과분하다 싶게 친절한 편지를 써주고 말았
어요.

미스 다아시가 비슷한 소식을 듣고 표현한 기쁨은 편지를
보낸 오빠만큼이나 진심이었지요. 편지지 네 면으로도 그 기
쁨과 새언니의 사랑을 차지하고 싶다는 열렬한 바람을 다 담
을 수가 없었답니다.

콜린스 씨의 답장이나 그 부인이 엘리자베스에게 보낸 축
하를 받기 전에, 롱본 가족은 콜린스 부부가 루커스 로지에 와
있다는 소식을 들었어요. 이 갑작스러운 방문의 이유는 곧 밝
혀졌고요. 레이디 캐서린이 조카의 편지를 받고 엄청나게 진
노했기 때문에, 이 소식에 진심으로 기뻐하던 샬럿이 어서 피
난 가서 태풍이 지나갈 때까지 기다리자고 했다나요. 이런 순
간에 친구가 와서 엘리자베스는 한없이 즐거웠지만, 때로는
이 즐거움을 사려고 치른 대가가 값비싸다 느낄 때도 있었어
요. 샬럿 남편의 작위적인 허세와 비굴한 공경심에 무방비로
노출된 다아시 씨를 봐야만 했으니까요. 그래도 다아시 씨는
장하게도 침착하게 잘 참아냈답니다. 심지어 그는 윌리엄 루
커스 경의 말마저 들어주었어요. 이 나라에서 가장 빛나는 보
석을 훔쳐간 걸 축하한다면서 앞으로 세인트제임스궁에서 다
함께 자주 만나자는 인사말을 들으면서도 썩 점잖게 평온함
을 유지했단 말이지요. 물론 어깨를 으쓱해 보이긴 했지만, 그
건 윌리엄 경이 안 보이는 데로 사라진 후의 일이었고요.

필립스 부인의 천박함이 또 하나의 문제였는데, 아마도 다

아시 씨의 인내심에는 더 큰 시련이었을 거예요. 필립스 부인도 언니 베넷 부인과 마찬가지로 다아시 씨 앞에서는 경외감에 위축된 나머지 성격 좋은 빙리한테처럼 격의 없이 말할 수가 없었어요. 하지만 뭐라고 말을 하기만 하면, 반드시 천박한 말을 내뱉었지요. 다아시 씨를 존경하는 마음에 좀 조용해지긴 했지만 결코 더 우아해질 수는 없었고요. 엘리자베스는 그 둘의 눈에 자주 띄지 않게 다아시 씨의 방패막이 되어주었고, 어떻게든 자기가 혼자 그를 독차지하고 시간을 보내거나, 아니면 망신스럽지 않은 가족들하고만 어울리게 하려고 할 수 있는 한 모든 노력을 다했어요. 이 온갖 사정이 야기한 불편한 감정들은 연애 기간의 즐거움을 상당히 많이 앗아갔지만, 또한 미래의 희망을 키워주기도 했답니다. 그래서 둘 다 차마 즐길 수 없는 이들과의 친교로부터 어서 멀리 떨어져서 펨벌리의 가족들끼리 안온하고 품격 있게 어울려 지내게 될 시간을 학수고대하게 되었어요.

19

가장 훌륭한 자격을 갖춘 딸 둘을 치우던[1] 날, 어머니로서 베넷 부인은 참으로 행복하기 이를 데 없었지요. 나중에 얼마나 즐겁고 자랑스러운 마음으로 빙리 부인을 방문하고 다아시 부인 이야기를 늘어놓았는지[2] 아마 짐작하실 수 있을 거예요. 가족들을 생각하면 저도,[3] 이 많은 딸들을 결혼시켜 열렬

1   get rid of. '없애다'라는 뜻인데 결혼시킨다는 함의로 쓰였다. 상당히 비슷한 용례로 쓰는 한국어 표현이 '치우다'다. 둘 다 딸이 재고의 위험을 지닌 상품으로서 교환 거래 되는 사회에서만 효력이 발생한다. 따라서 베넷 부인의 사고방식을 적확히 표현한다. 반면 "가장 훌륭한 자격을 갖춘most deserving"이라는 말은 분명히 화자(소설가)의 판단이다. 제인 오스틴의 소설적 기교는 이처럼, 심지어 같은 문장 안에서도 화자와 인물의 생각이 뒤섞이는 자유로운 간접화법에서 그 빛을 발한다.

2   네더필드는 가까우니 제인의 집에 자주 드나들었을 테고, 펨벌리는 머니 동네 사람들에게 '다아시 부인'을 자랑하고 다녔을 것이다.

3   『이성과 감성』과 『오만과 편견』을 이어주는 이 화자의 목소리는 자생적으로 창발한 젊은 소설가이자 화자의 육성이며, 소설들을 통틀어 한두 번씩 '나I'라는 일인칭으로 존재를 과시한다.

히 바라던 소원이 다 이루어졌으니 베넷 부인이 남은 여생은 눈치 빠르고 사랑스럽고 똑똑한 여자가 되어 살아갔더랍니다, 하는 행복한 결말을 맺었다고 말하고 싶어요. 하지만 그런 평소답지 않은 결혼 생활의 행복은 베넷 씨가 조롱하며 음미할 수 없었을지 모르니, 부인이 여전히 이따금 신경앓이를 하고 항시 실없었다는 게 남편을 위해서는 다행이라 할까요.

베넷 씨는 둘째 딸을 굉장히 그리워했고, 그렇게 집에서 꿈쩍도 않던 그도 오직 딸을 사랑하는 마음으로 훨씬 자주 나들이를 하게 되었습니다. 그래서 펨벌리에 가는 걸 굉장히 좋아했는데, 특히 자기가 오는 줄 아무도 모르고 있을 때 들이닥치길 즐겼어요.

빙리 씨와 제인은 열두 달만 더 네더필드에 머물러 살았습니다. 어머니와 메리턴 친지들과 이렇게 가까운 거리에 산다는 건, 심지어 그의 소탈한 성격에도 또 그녀의 다정한 마음에도 전혀 바람직하지 못했어요. 그래서 자매의 애틋한 소원이 드디어 이루어졌지요. 빙리는 더비셔와 인접한 카운티에 영지를 샀고, 제인과 엘리자베스는 다른 모든 행복의 원천에 추가해 서로 삼십 마일도 못 되는 거리에 살게 되었답니다.

키티로서는 두 언니와 대다수 시간을 보내게 된 것이 대단한 행운이었어요. 자기가 주로 알고 자라난 사회보다 탁월하게 뛰어난 사람들과 어울리면서 크게 성장했거든요. 리디아처럼 제어할 수 없는 성격도 아니어서 리디아의 악영향에서 떼어놓고 제대로 돌보고 관리해주자, 짜증도 줄고 무식도 줄고 훨씬 덜 시들시들해졌어요. 리디아와 어울리며 더 나빠지는 일이 없도록 당연히 세심하게 보호받았고, 위컴 부인이 와서 같이 지내자고 자주 초대하면서 무도회와 젊은 남자들을 약속하며 꼬드겨도 아버지가 결코 허락해주지 않았지요.

집에 남은 딸은 메리 하나뿐이었고, 베넷 부인이 도저히 혼자 앉아 있을 수가 없는 사람이다보니 어머니를 따라 바느질을 비롯해 살림을 해야만 하게 되었지요. 메리는 세간의 사람들과도 더 많이 어울려야 했는데, 아직도 오전에 다른 집을 방문할 때마다 훈계를 늘어놓긴 했어도, 아버지가 판단하기에는 언니들의 미모와 비교당하며 수치감을 느끼는 일이 없어지자 크게 거리낌 없이 적응하는 듯 보였어요.

위컴과 리디아로 말하자면, 언니들이 결혼한다고 그 성격들이 극적으로 변하는 일은 없었어요. 위컴은 이제 엘리자베스가 전에 몰랐던 자신의 배덕과 거짓까지 속속들이 알게 되었다는 사실을 초연하게 인내했고, 그 많은 일들이 지난 지금도, 다아시를 잘 구슬려서 한 재산 챙길 수 있다는 희망을 완전히 버리지는 않았어요. 엘리자베스가 결혼하면서 리디아로부터 받은 축하의 편지는, 본인은 아니더라도 그 아내가 그런 희망을 품고 있다는 사실을 잘 말해주었고요. 편지의 내용은 다음과 같았어요.

리지 언니

기쁘길 바라. 언니가 다아시 씨를 내가 위컴을 사랑하는 반만 사랑해도 틀림없이 아주 행복할 거야. 언니가 그렇게 부자라니 엄청 마음이 편해. 그래서 다른 할 일이 하나도 없으면 우리를 생각해주길 바라. 위컴은 법정에서 한자리 얻기를 바라고 있고, 내 생각엔 누가 좀 도와주지 않으면 우리가 먹고살 돈이 넉넉지 않을 것 같아. 일 년에 삼사백 주는 데면 어떤 자리든 좋아. 하지만 언니가 내키지 않으면 다아시 씨한테는 말하지 마.

사실 엘리자베스는 전혀 내키지 않았기에, 답장을 보내면서 그런 유의 청탁과 기대는 일절 끝내고자 노력했답니다. 그러나 자기 힘으로 가능한 선에서는, 개인 용돈을 아껴 쓰고 돈을 마련해서 자주자주 동생을 도와주곤 했어요. 엘리자베스는 처음부터 그들이 받는 수입[4]만으로는 허랑방탕하게 욕심도 많고 장래도 전혀 생각지 않는 두 사람이 먹고살기에 턱없이 부족하리라는 걸 불 보듯 빤히 알고 있었거든요. 아니나 다를까 그들은 거주지를 옮길 때마다 제인이나 그녀에게 자기네 빚을 갚아달라는 부탁을 어김없이 해왔습니다. 전쟁이 끝나고 평화가 찾아와서[5] 집을 구해 정착해야 했는데도, 두 사람의

---

4 초급 장교인 위컴의 연봉은 당시 구십오 파운드였으니 리디아의 연 소득 백 파운드를 합쳐도 신사의 생활 방식을 유지하기에 넉넉한 돈은 아니었다.

5 여기서 거론하는 구체적인 시기는 논란의 여지가 있다. 한쪽에서는 소설의 첫 판본은 1790년대에 탈고되었고, 훗날 출판을 위해 수정을 거쳤다 해도 여전히 배경은 그 당시라고 여긴다. 그렇다면 '평화가 다시 찾아온' 시기는 영국과 프랑스가 1802~1803년에 걸쳐 잠시 휴전한 때가 된다. 하지만 제인 오스틴은 이 소설을 1813년 출간했으니, 해피 엔딩을 바라는 결말에 맞추어 현재 진행되는 프랑스와의 전쟁이 끝나기를 바라는 마음으로 썼을 확률이 높다는 주장이 더 설득력이 있어 보인다. 나폴레옹전쟁은 이 년 후인 1815년 완전히 종결되었다.

생활 방식은 극도로 불안정했어요. 언제나 더 싼 곳을 찾아 이곳저곳으로 옮겨 다녔고, 언제나 써야 할 액수보다 돈을 많이 썼지요. 위컴의 애정은 금세 추락해 무관심으로 변했고, 리디아의 애정은 그보다는 조금 더 오래갔습니다. 하지만 리디아는 젊은 나이와 형편없는 매너에도 불구하고 결혼이 준 특권과 체면을 남김없이 누리려 들었어요.

다아시는 차마 위컴을 펨벌리에 들일 수는 없었지만, 엘리자베스를 위해서 일자리를 구하는 일은 좀 더 도와줬어요. 리디아는 간혹 남편이 런던이나 바스로 혼자 즐기러 가면 펨벌리에 방문하기도 했지요. 빙리 부부한테는 둘이 다 같이 너무 자주 찾아가서 너무 오래 머무르는 바람에, 심지어 그 착한 빙리마저 참지 못하고 이제 좀 가달라는 뜻을 넌지시 비치는 말을 하기에 이르렀어요.

미스 빙리는 다아시의 결혼에 몹시, 깊이, 죽도록 자존심이 상했어요. 그러나 펨벌리를 방문하는 권리는 놓치지 않는 편이 낫다는 판단을 내렸고, 모든 앙심을 내려놓았답니다. 그래서 어느 때보다도 애틋하게 조지애나를 챙기고, 다아시에게 거의 예전과 다름없는 관심을 쏟고, 엘리자베스에게 지켜야 할 예절을 겉으로는 빠짐없이 지켰지요.

펨벌리는 이제 조지애나의 집이 되었어요. 그래서 자매처럼 정답게 지냈는데, 그거야말로 다아시가 보고자 소망했던 광경이었어요. 뜻은 있어도 마음이 따라주지 않기가 일쑤인데, 이 경우에는 사랑의 마음이 뜻대로 따라주었답니다. 조지애나는 세상에서 엘리자베스 언니를 최고로 훌륭한 여자라 우러러보았어요. 물론 처음에는 언니가 생기발랄하게 장난기를 섞어 오빠를 놀려대며 말하는 걸 듣고는, 그만 놀라서 어안이 벙벙해졌다가 퍼뜩 겁이 나기까지 했지만요. 오빠가 절로 불러일으키는 존경심이 오히려 사랑을 압도할 지경이었던 조지애나는, 이제 그 허물없는 농담의 목적을 알게 되었어요. 그래서 예전에 한 번도 접해보지 못한 앎을 마음으로 받아들였답니다. 엘리자베스의 가르침을 통해 조지애나는 이제 여자는 남편을 자유롭게 대해도 된다는 사실을 이해하기 시작했어요. 열 살 어린 동생한테 오빠가 그런 자유를 늘 허락하진 않겠지만요.

레이디 캐서린은 조카의 결혼에 진노가 극에 달했고, 결혼을 알리는 조카의 편지에 화답할 때 그 솔직한 성정을 전혀 절제하지 않고 거침없이 발휘했지 뭐예요. 따라서 엄청나게 모욕적인 언사를, 그것도 엘리자베스를 겨냥해서, 얼마나 함부로 쏟아냈는지 한동안은 양측 간에 모든 연락이 끊어지고 말았지요. 그러나 결국은 엘리자베스의 설득으로, 다아시가 이모의 잘못을 너그럽게 보아 넘기기로 마음먹고 화해를 청했어요. 이모는 조금 더 반발하긴 했지만, 결국은 앙심을 누그러뜨렸습니다. 조카를 아껴서 그랬는지, 아내가 어떻게 행동하는지 알고 싶은 호기심 때문인지, 급기야 큰 양보를 하고 펨벌리에 방문했답니다. 그런 안주인이 들어앉았을 뿐 아니라 런던에 사는 외삼촌과 외숙모가 자주 찾아와서 펨벌리의 숲이 그토록 더럽혀졌는데도 불구하고 말이지요.

가디너 부부는 그들과 누구보다 절친한 사이로 가까이 지

냈어요. 엘리자베스뿐 아니라 다아시도 그들을 진심으로 사랑
했습니다. 다아시 부부는 둘 다 엘리자베스를 더비셔로 데려
와주어서 둘의 인연을 이어준 은인들에게 뜨거운 감사의 정
을 영원히 잊지 않았답니다.

제인 오스틴 연보

1775년 12월 16일 영국 햄프셔 카운티 스티븐턴에서 성공회 교구 목
사인 아버지 조지 오스틴과 어머니 커샌드라 오스틴 사이에
서 태어난다. 여덟 남매 중 일곱째이자 둘째 딸이다. 1775년
은 찰스 디킨스가 『두 도시 이야기』에서 묘사한 바로 그해,
"최고의 시절이자 최악의 시절"이었다.

1776년 북아메리카 13개 영국령 식민지 대표들이 독립을 선언한다.

1783년 언니 커샌드라 오스틴, 사촌 제인 쿠퍼와 함께 옥스퍼드의
콜리 부인 기숙학교에 입학한다. 같은 해 콜리 부인을 따라
사우샘프턴으로 갔지만 장티푸스에 걸려 학업을 중단하고
집으로 돌아온다. 셋째 오빠 에드워드 오스틴이 먼 친척인
토머스 나이트 2세 부부에게 입양된다.

1785년 언니 커샌드라와 함께 버크셔 카운티 레딩에 있는 애비기숙
학교에 입학한다.

1786년 12월에 학교를 그만두고 언니와 함께 집으로 돌아온다. 다섯
째 오빠 프랜시스 오스틴이 왕립해군사관학교에 입학한다.

1787년 작품 습작을 시작한다.

1788년 다섯째 오빠 프랜시스가 동인도제도로 떠난다. 조지 고든 바
이런 경이 태어난다.

1789년 큰오빠 제임스 오스틴과 넷째 오빠 헨리 오스틴이 옥스퍼드
에서 〈로이터러〉를 발행한다. 프랑스혁명이 일어난다.

1790년 6월에 초기 습작 중 하나인 「사랑과 우정」을 탈고한다.

1791년 막냇동생 찰스 오스틴이 왕립해군사관학교에 입학한다.

1792년 초기 습작 「레슬리 캐슬」과 「이블린」을 탈고하고, 「캐서린 또는 화원 이야기」 집필을 시작한다. 메리 울스턴크래프트가 『여성의 권리 옹호』를 출간한다.

1793년 짧은 희곡 「찰스 그랜디슨 경 혹은 행복한 남자」를 쓰다가 중단한다. 1월에 루이 15세와 왕비 마리 앙투아네트가 처형된다. 영국이 프랑스를 상대로 전쟁을 일으킨다.

1794년 서간체 중편소설 「레이디 수전」을 집필한다.

1795년 『이성과 감성』 초고에 해당하는 첫 장편소설 「엘리너와 메리앤」을 집필한다. 이웃의 조카 톰 르프로이를 만나 특별한 친분을 쌓는다. 존 키츠가 태어난다.

1796년 1월 톰 르프로이가 런던으로 떠난다. 10월에 『오만과 편견』의 초고에 해당하는 「첫인상」을 집필하기 시작한다. 나폴레옹이 이탈리아 원정에서 승리를 거두면서 정치적으로 급부상한다.

1797년 「첫인상」을 탈고하고 「엘리너와 메리앤」을 개고한다. 아버지의 권유로 「첫인상」을 출판사에 투고했지만 거절당한다.

1798년 『노생거 애비』의 초고 「수전」을 집필하기 시작한다.

1799년 바스를 방문한다. 「수전」을 탈고한다.

1800년 「찰스 그랜디슨 경 혹은 행복한 남자」를 탈고한다.

1801년 아버지가 목사직에서 은퇴하고 큰오빠 제임스가 교구를 물려받는다. 나머지 가족은 서머싯 카운티 바스로 이사한다.

1802년 해리스 빅위더의 청혼을 받고 승낙했지만 다음 날 거절한다. 「수전」을 개고하기 시작한다. 나폴레옹이 프랑스에서 제1통령으로 집권한다.

1803년 「수전」 판권을 크로스비 출판사에 십 파운드를 받고 판다. 나폴레옹전쟁이 발발한다.

1804년 「왓슨 가족」을 집필하기 시작한다. 나폴레옹이 황제로 즉위
한다.

1805년 아버지 조지 오스틴이 세상을 떠난다. 「왓슨 가족」 집필을
중단한다. 트라팔가르해전이 일어난다.

1807년 어머니, 언니 커샌드라와 함께 사우샘프턴에 있는 둘째 오빠
프랭크 오스틴의 집으로 이사한다. 영국 노예 무역이 공식적
으로 금지된다.

1809년 크로스비 출판사에 편지를 보내 「수전」 출간을 독촉하지만
별다른 답을 받지 못한다. 햄프셔 카운티 초턴에 있는 셋째
오빠 에드워드 소유의 작은 집으로 이사한다.

1810년 토머스 애거턴과 『이성과 감성』 출판 계약을 맺는다.

1811년 10월에 넷째 오빠 헨리 부부가 사는 런던에 머문다. 같은 달
'한 숙녀a lady'라는 익명으로 『이성과 감성』을 출간한다. 『맨
스필드 파크』 집필을 시작한다. 「첫인상」을 『오만과 편견』으
로 개고하기 시작한다. 조지 3세가 정신 질환으로 국정을 수
행할 수 없게 되어 왕세자(훗날의 조지 4세)가 섭정을 맡게
된다.

1812년 『오만과 편견』 판권을 토머스 에거턴에게 백십 파운드를 받
고 판다. 찰스 디킨스가 태어난다.

1813년 『오만과 편견』이 출간되고 큰 호평을 받는다. 『이성과 감성』
『오만과 편견』 2쇄가 제작된다. 『맨스필드 파크』를 탈고한다.

1814년 『에마』를 집필하기 시작한다. 5월에 『맨스필드 파크』가 출간
되고, 초판이 여섯 달 만에 모두 소진된다.

1815년 『에마』를 탈고한다. 『설득』의 초고인 「엘리엇 가족」 집필을
시작한다. 섭정 중인 왕세자의 사서로부터 『에마』를 왕세자
에게 헌정할 것을 권유받고 동의한다. 12월에 머리 출판사
에서 『에마』가 출간된다. 나폴레옹이 워털루전투에서 대패

하면서 나폴레옹 시대가 끝난다.

1816년　넷째 오빠 헨리의 도움을 받아 「수전」의 판권을 되찾고 개고
　　　　하면서 제목을 '캐서린'으로 바꾼다. 『설득』 초고를 완성한
　　　　다. 건강이 악화되기 시작한다. 월터 스콧이 〈쿼털리 리뷰〉
　　　　에 『에마』를 호평한 리뷰를 기고한다. 4월 21일, 샬럿 브론
　　　　테가 태어난다.

1817년　1월부터 『샌디턴』의 초고인 「형제들」을 쓰기 시작하지만 건
　　　　강 악화로 중단한다. 4월에 유서를 작성하고, 5월에 치료를
　　　　위해 언니 커샌드라와 함께 윈체스터로 떠난다. 7월 18일 새
　　　　벽에 세상을 떠나고, 시신은 윈체스터 성당에 안장된다. 12월
　　　　에 헨리의 주도로 『노생거 애비』와 『설득』을 묶어 출판한다.
　　　　이때 '한 숙녀'라는 작가가 제인 오스틴이라는 사실이 처음
　　　　공개된다.

1818년　메리 셸리가 익명으로 『프랑켄슈타인』을 출간한다. 7월 30일,
　　　　에밀리 브론테가 태어난다.

1832년　리처드 벤틀리가 제인 오스틴의 후손들로부터 판권을 사
　　　　들여 『이성과 감성』 『맨스필드 파크』 『에마』 『노생거 애비』
　　　　『설득』을 출간한다.

1833년　전해 출간된 다섯 작품에 『오만과 편견』 『레이디 수전』까지
　　　　아우른 제인 오스틴 전집이 최초로 출간된다.

1871년　조카 제임스 에드워드 오스틴 리가 출판한 전기 『제인 오스
　　　　틴 회상록』 2판에 『레이디 수전』 『왓슨 가족』 『샌디턴』 일부
　　　　가 수록된다.

1884년　『제인 오스틴 서한집』이 두 권으로 출판된다.

1922년　『사랑과 우정』이 출간된다.

1925년　『샌디턴』 『레이디 수전』이 출간된다.

1927년　『왓슨 가족』이 출간된다.

디어 제인 오스틴 에디션을 출간하며

문학사에 이름을 새긴 작가들은 추앙받고 존경받고 경외받습니다. 하나 제인 오스틴만은 사랑을 받습니다. 물론 독자에게 사랑받는 작가들은 많습니다. 하나 제인 오스틴처럼 시공간과 언어와 매체의 모든 제약을 뛰어넘어, 전 세계의 독자들로부터, 이처럼 꺼질 줄 모르는 다정의 온기로 사랑받는 작가는 흔치 않습니다. 나아가 재미로 책을 읽는 독자들과 평생을 책 읽기에 바친 위대한 독서가들이 다함께 애틋하게 아끼는 작가라면, 정말이지 다시 찾기 어렵습니다. 250년 전 태어나 마흔한 살에 짧은 생을 마감한 '한 숙녀', 생전에 이름도 없이 책을 펴냈던 이 소설가만은 책을 사랑하는 모든 독자의 마음속에 '디어 제인'으로 간직됩니다.

제인 오스틴 탄생 250주년을 기억하는 '디어 제인 오스틴 에디션'은 기획·번역·편집·디자인을 아울러 책을 짓고 출판하는 모든 과정에서 '세계에서 가장 사랑받는 작가'로서의 제인 오스틴을 기리고 그에 걸맞는 사랑을 담고자 합니다. '디어 제인 오스틴 에디션'은 제인 오스틴이 태어난 지 정확히 250주년이 되는 2025년 12월 16일을 기해 세상에 선을 보입니다. 그리하여 제인 오스틴이 생전에 완성한 여섯 권의 소설을 출간된 순서에 따라 매년 두 권씩 삼 년에 걸쳐 순차적으로 번역하고 각 소설을 해석하고 번역하는 과정에서 건져 올린 번역가의 단상들을 엮어 해마다 함께 펴냅니다. 2025년 12월 16일에는 제인 오스틴의 초기 소설인 『이성과 감성』과 『오만과 편견』과 이 두 작품에 관한 번역가 에세이 『디어 제인 오스틴: 젊은 소설가의 초상』이 발간됩니다. 2026년 12월 16일에는 『맨스필드 파크』와 『에마』, 또 한 권의 번역가 에세이가 발간되고, 2027년 12월 16일에는 『노생거 애비』와 『설득』, 그리고 마지막 번역가 에세이가 발간됩니다. '디어 제인 오스틴 에디션'에 포함된 모든 책의 초판 발행일은 제인 오스틴의 생일입니다.

제인 오스틴을 향한 꺼질 줄 모르는 사랑을 유심히 들여다보고 싶었던 이유는, 어느 시대 어느 장소에서나 자생적으로 불붙은 그 독자들의 애정에 우리가 책을 사랑하는 초심이 깃들어 있다고 믿기 때문입니다. 우리는 읽고 쓰는 사람들로서 늘 거산과 준봉을 오르고자 합니다. 하지만 거산과 준봉을 오르기 전에 우리를 텍스트의 숲으로 이끌어준 다정한 진입로 또한 분명히 있었을 것입니다. 환상의 나라 나니아로 통하는 문이 그저 옷장 속에 있었듯 말이지요. 제인 오스틴은 일상의 거실에서 문득 열리는 꿈의 통로이자 현실의 가교이고 걸어도 걸어도 새로운 풍경이 나타나는 뜻밖의 거산이고 준봉입니다. 독자의 첫사랑으로 손색이 없지만 평생 손잡고 걸어갈 반려가 될 수도 있는 작가지요. '디어 제인'을 기억하는 마음들이 책을 사랑하는 독자들 사이에 스며들기를 바랍니다.

김선형

오만과 편견

초판 발행 2025년 12월 16일

지은이 제인 오스틴
옮긴이 김선형

책임편집 허정은 | **편집** 허영수 권은경
표지 디자인 상록
마케팅 이보민 손아영

펴낸곳 (주)엘리 | **펴낸이** 김정순
출판등록 2019년 12월 16일 제2019-000325호
주소 04043 서울시 마포구 양화로 12길 16-9(서교동 북앤빌딩)
전화 02-3144-3123 | **팩스** 02-3144-3121
전자우편 ellelit.book@gmail.com | **인스타그램** @ellelit2020

ISBN 979-11-91247-64-0 04840
　　　　979-11-91247-62-6 (세트)